御製

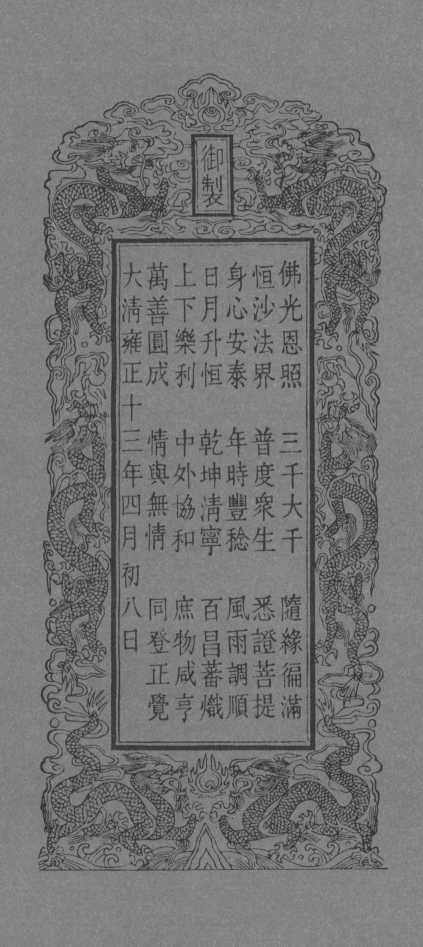

佛光恩照 三千大千 隨緣徧滿
恒沙法界 普度衆生 悉證菩提
身心安泰 年時豐稔 風雨調順
日月升恒 乾坤清寧 百昌蕃熾
上下樂利 中外協和 庶物咸亨
萬善圓成 情與無情 同登正覺
大清雍正十三年四月初八日

第一〇二册　小乘論（一四）

鞞婆沙論

苻秦罽賓三藏僧伽跋澄譯

清刻龍藏佛說法變相圖

鞞婆沙論卷第十

迦旃延子造

苻秦罽賓三藏僧伽跋澄譯

四禪處第三十三

四禪者初禪二禪三禪四禪問曰四禪有何性答曰五陰是性此是禪性已種相身所有自然說性已當說行何以故說禪禪有何義爲棄結故禪耶爲正觀故禪耶若棄結爲禪者無色中亦有定謂能棄結若正觀爲禪者欲界中亦有定謂能正觀作此論已有一說者棄結故名爲禪問曰若棄結名爲禪者無色中亦有定謂能棄結何以故不名爲禪耶答曰謂棄二種結不善及無記彼名爲禪無色中定雖棄無記結非棄不善是故彼不名爲禪問曰若爾者應依未來名爲禪彼棄二

種結不善及無記答曰此說訶責棄故此說二種棄斷棄訶責棄彼依未來爲欲界結故二種棄斷棄訶責棄上地雖非斷棄但是訶責棄是謂訶責棄故說問曰若爾者盡道法智分一切未知智分不應是禪謂彼欲界結亦非斷棄亦非訶責棄答曰莫具取界莫具取地可得彼一界一地欲界結斷棄訶責棄彼無色中一時頃不得謂此欲界結斷棄及訶責棄尊者瞿沙說曰一切六地欲界結斷棄亦訶責棄但彼依未來生已棄欲界結彼餘地當何所棄彼亦能棄但無結可棄除如一人有六怨家其謀議若隨所得處當斷其命彼初怨家斷此人命餘者當何所斷彼亦能斷但無人當何所斷如是一切六地欲界結斷棄訶責棄但彼依未來生已棄欲界結彼餘地當何所棄彼亦能棄但無結可棄如人持六燈入冥室中彼初明已棄室冥餘燈當何所棄彼亦能棄但無冥可棄如是一切六地欲界結斷棄訶責棄但彼依未來生已棄欲界結彼餘地當何所棄彼亦能棄但無結可棄如一切日光壞諸闇冥初日中日西日但初光出已棄夜闇冥餘光當何所棄彼餘光亦能棄但無冥可棄如是彼一切六地欲界結斷棄亦訶責棄但依未來生已棄欲界結彼餘地當何所棄彼亦能但無結可棄或曰禪者定可得謂一切緣中定亦棄一切結欲界定雖一切緣中定但不棄結無色界定亦不一切緣中定亦不棄一切結以是故不名爲禪或曰謂禪者普智可得道亦能棄結欲界定雖普智可得但無有道棄結無色

界雖有道能棄結但無普智可得謂禪中普智可得道亦棄結或曰謂三道可得此名爲禪非欲界無色界三道可得是故彼不名爲禪或曰謂三地可得此名爲禪非欲界無色界三地可得是故不名爲禪或曰謂三根可得此名爲禪非欲界無色界三根可得是故不名爲禪或曰謂三學可得增戒增定增慧此名爲禪非欲界無色界三學可得是故不名爲禪或曰謂攝四支五支五陰定可得此名爲禪非欲界無色界攝四支五支五陰定可得是故不名爲禪或曰謂三示現可得神足示現觀察示現教授示現此名爲禪非欲界無色界三示現可得是故不名爲禪或曰謂三神足可得意解神足意揵疾神足身涌神足意解神足者如力士屈伸臂頃於中間至阿迦尼吒意揵疾神足者如識旋轉諸界於中間至阿迦尼吒身涌神足者謂一切身涌如鳥飛虛空如畫人飛此名爲禪非欲界無色界三神足可得是故不名爲禪或曰謂具三十七道品可得彼名爲禪非欲界無色界具三十七道品可得是故不名爲禪更有說者正觀故名爲禪問曰若正觀名爲禪者欲界中亦有定謂能正觀何以故不名爲禪答曰欲界定雖有定名但無定用如泥梁雖有梁名無有梁用如是欲界定雖有定名而無定用色界定既有定名而有定用如木梁既有梁名而有梁用如是色界定既有定名而有定用或曰欲界定嬈亂不定如四衢道然燈四面風吹隨風東西如是欲界定嬈亂不定色界定不嬈亂常定不動如室中燈風

所不吹炎不東西如是色界定亦不娆亂常定不動或曰欲界定不堅無力無士夫功色界定堅固有力有士夫功以是故此名爲禪說曰此名禪十八支初禪有五支覺觀喜樂一心二禪有四支内淨喜樂一心三禪有五支猗樂念正智一心四禪有四支不苦不樂護念一心問曰禪支名十八種有幾答曰禪支名十八種有十一謂初禪五支此名亦五種亦五二禪增一支信三禪三支增樂念正智四禪增二支不苦不樂護此禪支名十八種有十一更有說者禪支名十八種有十問曰何以故答曰謂初禪二禪樂及三禪樂此應同共立一支此者不論問曰何以故答曰謂初禪二禪樂此是三禪樂者應有禪支名十八種有十但初禪二禪樂異三禪樂亦異

初禪二禪猗樂三禪痛樂初禪二禪樂行陰所攝三禪樂痛陰所攝是謂禪支名十八種有十一如名如種如是名數種數名相種相名異種異名别種别名覺種覺名如是盡當知此是禪性已種相身所有自然說性已當說行何以故說禪支禪支有何義答曰順義是支義助行義是支義攝義是支義順義是支義者謂彼地定支隨順即立彼地中助行義是支義者此支斷結除結時助彼定行攝義是支義者此支斷結除結時出入總攝是謂順義助行義攝義是支義此應作四句問曰謂禪支是道品耶答曰初禪有覺二禪信三禪樂四禪不苦不樂此禪支非道品云何道品非禪支答曰精進正語正業正命是道品非禪支云何禪支亦道品答曰餘支此是

禪支亦道品云何非禪支亦非道品耶答曰除此行已問曰謂初禪支亦是道品耶答曰或初禪支非道品云何初禪支非道品答曰初禪有覺此是初禪支非道品云何道品非初禪支答曰信念精進護正見正語正業正命此是道品非初禪支云何初禪支亦道品答曰餘支此是初禪支亦道品云何非初禪支亦非道品除此行已問曰謂二禪支是道品耶答曰或二禪支非道品云何二禪支非道品答曰二禪信此是二禪支非道品云何道品非二禪支答曰信念精進護正見正智正語正業正命此是道品非二禪支云何二禪支亦道品答曰餘支此是二禪支亦道品云何非二禪支亦非道品答曰除此行已問曰謂三禪支是道品耶答曰或三禪支非道品云何三禪支非道品答曰三禪樂是三禪支非道品云何道品非三禪支答曰信精進喜護正智正語正業正命此是道品非三禪支云何是三禪支亦道品答曰餘支此是三禪支亦道品云何非三禪支亦非道品答曰除此行已問曰謂四禪支亦是道品耶答曰或四禪支非道品云何四禪支非道品答曰四禪不苦不樂此是四禪支非道品云何道品非四禪支答曰信精進喜猗正見正智正語正業正命此是道品非四禪支云何是四禪支亦道品答曰餘支此是四禪支亦道品云何非四禪支亦非道品答曰除此行已問曰謂禪支是意止耶答曰或禪支非意止云何禪支非意止答曰初禪有覺二禪信三禪樂四禪不苦不樂此是禪支非意止云何意

止非禪支答曰信精進正語正業正命此是意止非禪支云何禪支亦意止答曰餘支此是禪支亦意止云何非禪支亦非意止答曰除此行已如四意止意斷神足根力覺道亦如是問曰謂初禪支是意止耶答曰或初禪支非意止云何初禪支非意止答曰有覺此是初禪支非意止云何意止非初禪支答曰信念精進護正見正語正業正命此是意止非初禪支云何初禪支亦意止答曰餘支此是初禪支亦意止云何非初禪支亦非意止答曰除此行已問曰謂二禪支是意止耶答曰或二禪支非意止云何二禪支非意止答曰二禪信此是二禪支非意止云何意止非二禪支答曰信念精進護正見正智正語正業正命此是意止非二禪支云何二禪支亦

意止答曰餘支此是二禪支亦意止云何非二禪支亦非意止答曰除此行已問曰謂三禪支是意止耶答曰三禪樂是三禪支非意止云何意止非三禪支答曰信精進喜護正見正智正語正業正命此是意止非三禪支云何是三禪支亦意止答曰餘支此是三禪支亦意止云何非三禪支非意止答曰除此行已問曰謂四禪支亦是意止耶答曰或四禪支非意止云何四禪支非意止答曰四禪不苦不樂此是四禪支非意止云何意止非四禪支答曰信精進喜猗正見正智正語正業正命此是意止非四禪支云何是四禪支亦是意止答曰餘支此是四禪支亦是意止云何非四禪支亦非意止答曰除此行已如四意止四意斷神足根力覺道亦如是問曰

謂初禪支亦是二禪支耶答曰或初禪支非二禪支云何初禪支非二禪支答曰初禪有覺有觀此是初禪支非二禪支云何一禪支非初禪支答曰二禪信此是二禪支非初禪支云何初禪支亦二禪支答曰餘支此是初禪支亦二禪支云何非初禪支亦非二禪支答曰除此行已問曰謂初禪支是三禪支耶答曰或初禪支非三禪支云何初禪支非三禪支答曰初禪三支有覺有觀喜此是初禪支非三禪支云何三禪支非初禪支答曰三禪三支樂念正智此是三禪支非初禪支云何初禪支亦是三禪支答曰餘支此是初禪支亦三禪支云何非初禪支亦非三禪支答曰除此行已問曰謂初禪支是四禪支耶答曰或初禪支非四禪支云何初禪支非四禪支答曰初禪有四支有覺有觀喜樂此是初禪支非四禪支云何四禪支非初禪支答曰四禪有三支不苦不樂護念此是四禪支非初禪支云何初禪支亦四禪支答曰一心此是初禪支亦是四禪支云何非初禪支亦非四禪支答曰除此行已問曰謂二禪支亦三禪支耶答曰或二禪支非三禪支云何二禪支非三禪支答曰二禪有二支信喜此是二禪支非三禪支云何三禪支非二禪支答曰三禪有三支樂念正智此是三禪支非二禪支云何二禪支亦是三禪支答曰餘支此是二禪支亦三禪支云何非二禪支亦非三禪支答曰除此行已問曰謂二禪支是四禪支耶答曰或二禪支非四禪支云何二禪支非四禪支答曰二禪三支信喜樂此是二禪支

非是四禪支云何是四禪支非二禪支答曰
四禪有三支不苦不樂護念此是四禪支非
二禪支云何二禪支亦四禪支答曰一心此
是二禪支亦四禪支云何非二禪支亦非四
禪支答曰除此行已問曰謂三禪支是四禪
支耶答曰或三禪支非四禪支云何三禪支
非四禪支答曰三禪有三支猗樂正智此是
三禪支非四禪支云何四禪支非三禪支答
曰四禪二支不苦不樂護此是四禪支非三
禪支云何是三禪支亦四禪支答曰餘支此
是三禪支亦四禪支云何非三禪支亦非四
禪支答曰除此行已問曰初禪有覺何以故
不立道品答曰觀壞故問曰二禪信何以故
不立道品答曰二禪信者緣内心道品者緣
四諦問曰三禪樂何以故不立道品答曰猗
樂壞故問曰四禪不苦不樂何以故不立道
品答曰護壞故問曰精進何以故不立禪支
答曰此前已說順義是支義此精進防定隨
順問曰何謂定隨順答曰樂是如所說樂已
心定謂衆生慇懃精進彼少受樂問曰正語
正業正命何以故不立禪支答曰禪支者相
應依行已力共緣正語正業正命者不相應
不依無行無已力不共緣問曰何以故初禪
三禪五支二禪四禪四支答曰前已說順義
是支義謂法諸地隨順彼定此立支或曰起
隨順從五支至五支從四支至四支問曰謂
三禪次第入空處彼從五支起入無支何得
隨順答曰一切内外事要當初用隨順說者
月德王及遮勒大臣十二年學成就一金丸
然後師子吼我等能化令一切地爲金復次

如彼行者謂神足智作證成神通時始習初如胡麻便一寸四寸一尺二尺半尋一尋一丈丈五二丈謂神足智作證成神通已一發意乃至阿迦膩吒如是彼行者入超越時要當初用隨順行從五支至五支從四支至四支以故爾或曰此欲界難可斷難可破難可度因彼故初禪立五支禪非難可斷非難可破易可度是故二禪立四支二禪染汙喜難可斷難可破難可度因彼故三禪立五支三禪非難可斷非難可破非難可度以是故四禪立四支或曰此欲界五欲可得因彼故初禪立五支初禪無五欲可得爲彼故一禪立四支二禪五種喜相應愛可得因彼故三禪立五支三禪無五種喜相應愛可得因彼故四禪立四支以是故初禪三禪立五支二禪四禪立四支問曰如初禪信可得何以故信立二禪支不立初禪答曰前已說順義是支義謂法諸地隨順定此立支或曰謂處彼行者極信界棄欲極信地棄欲謂彼行者此欲界多諸惡除欲已便作是念我已度此不定界此定界不知當云何度如初禪已除欲彼意極定作是念此一切可離從欲界至第一有謂處彼行者極信界棄欲極信地棄欲以是故信立二禪支不立初禪支問曰如猗一切地可得何以故立三禪支答曰此前已說謂法諸地隨順定此立支或曰二禪染汙愛不定如羅刹種可得謂彼行者三禪地退世尊說應止彼以是故猗立三禪支餘地不立問曰如猗及護一切地可得何以故猗立三禪支護立四禪支護四禪支答曰相壞故猗

壞護故不立三禪支護壞猗故不立四禪支問曰云何此法相壞答曰猗者能止護者不求此極相違如諸人去住眼覺此極相違如是猗者能止護者不求此極相違是謂相壞故猗立三禪支護立四禪支問曰如念及正智四禪可得何以故念立四禪支正智不立四禪支答曰三禪道嬈亂自地亦嬈亂道嬈亂者二禪地染汙喜不定如羅剎謂令行者三禪退世尊說當正念莫令二禪地喜地喜於三禪地退已地亂者彼三禪地樂一切生死中最妙世尊說當知莫著此樂令不至上地四禪雖有道嬈亂但無已地嬈亂道嬈亂者彼三禪中樂一切生死中最妙世尊說當正念莫著此三禪地樂令於四禪地退謂已地無嬈亂可說正智莫著令不能至上地以是故念及正智立三禪支四禪立念支不立正智問曰此中云何說禪云何支答曰禪者定也支者餘法也問曰如汝說應初禪三禪有四支二禪四禪有三支答曰定者亦是禪亦是禪支餘支雖是禪支非是禪如正見是道亦是道支餘者雖是道支非是道擇法覺意是覺意亦覺支餘者雖是覺支非覺定是神亦是神足餘雖神足非神非時不食是齋亦是齋支餘雖是齋支非是齋如是定是禪亦是禪支餘雖是禪支非是禪如世尊契經說四禪現法安樂遊處問曰何以故世尊說四禪現法安樂遊處答曰凡夫現法意計著樂意不捨離欲界欲令勸離欲界結故世尊說契經謂彼著少所樂不欲棄欲界結世尊說若欲極廣受無量樂者當棄欲界結根本

地現在前彼中無量樂可得是謂凡夫現法意計著樂意不捨離欲界欲令勸離欲界結故世尊說契經四禪現法安樂遊處問曰如此後世安樂遊處何以故世尊說現法安樂遊處不說後世安樂遊處答曰此應說如現法安樂遊處後世安樂處亦當說若未說者是世尊有餘言此現義義門義略義度當知是義或曰已說現法安樂遊處當知已說後世安樂遊處或曰現法安樂遊處是因後世安樂遊處是果如因果已作當作已成當成已生當生已連續當連續如是盡當知或曰現法安樂遊處者是近後世安樂遊處者是遠或曰現法安樂遊處者是麤後世安樂遊處者是細如麤及細如是可見不可見可現不可現如是盡當知或曰謂一切現法安樂遊處非一切後世安樂遊處或曰謂現法安樂遊處者一切聖後世安樂遊處者非一切聖或曰謂一切可信凡夫及慧者此法及外法或有不信後世何況信後世安樂遊處以是故佛契經說四禪現法安樂遊處如世尊契經說四禪爲食問曰何以故世尊說四禪爲食答曰長養法身故如如飲食長養衆生如是禪長養法身是謂世尊契經說四禪爲食如世尊契經說四禪爲座問曰何以故世尊說四禪爲座答曰爲高廣故高者出欲界故廣者攝無量善法故問曰何以故名爲座答曰諸聖生死疲勞除生死疲勞故說四禪爲座如人涉路疲極坐休息如是諸聖生死疲勞坐禪休息已除生死疲勞以是故佛契經說四禪爲座如世尊契經說四禪爲四功

德四無色爲一功德問曰何以故世尊說四禪爲四功德說四無色爲一功德答曰禪者種種若干相非相似是故可得一一功德無色者非種種非若干相非不相似是故一切合已說一功德或曰禪者種種功德莊嚴是故一切合已說一功德或曰禪者多有妙法是故一一說功德無色者無多妙法是故一切合已說一功德或曰禪者麤可見可現是故說一一功德無色者細不可見難可現是故一切合已說一功德以是故佛契經說四禪爲四功德四無色爲一功德如世尊契經說末那此四增心現法安樂遊處比丘禪起已我說當還入末那此四息解脫度色至無色比丘禪起已我說當教他問曰何以故佛世尊說四禪起已當還入說四無色起已當教他答曰此禪者種種若干相非相似是故彼聖起已還復欲入無色者非種種非若干相非不相似是故聖起已不欲還入世尊說若不欲入者當教他教他已謂彼心入心起不令忘或曰禪者種種功德莊嚴是故聖起已復欲還入無色者非種種功德莊嚴是故聖起已不欲入世尊說若不欲入者當教他教他已謂彼心入心起不令忘或曰禪者多妙法是故聖起已還復欲入無色者無多妙法是故聖起已不欲還入世尊說若不欲入者當教他教他已謂彼心入心起不令忘或曰禪者麤可見是故彼聖起已復欲還入無色者細不可見難可現是故彼聖起已不欲還入世尊說若不欲還入者當教他教他已謂彼心入心起不欲令忘是故佛世尊說四

禪起已當還入如世尊契經說四禪增意問曰何以故世尊說四禪增意答曰一切地無有定極堅有力有功如根本地以是故佛契經說四禪增意或曰此中可得增上心心數法如無量等解脫除入一切入以是故佛說四禪增意或曰諸聖於此中增上門受樂如無量等門解脫除入一切入門是故說四禪增意如世尊契經說四禪是天諸天道未淨衆生當淨已淨當增益淨問曰此爲取證故說四禪天道跡耶爲有漏盡耶若取證故說四禪天道者應六地取證依未來禪中間根本四禪若有漏盡者應九地盡有漏此六及三無色作此論已答曰爲取證故亦有漏盡故說四禪天道問曰若爾者置無色故應在六地何以故世尊說四禪諸天天道尊者瞿沙說曰具眷屬故世尊契經說四禪天道依未來禪中間是初禪眷屬是謂具眷屬故世尊說四禪諸天天道尊者波奢說曰此說天是淨天天者三種天作天生天淨天作天者如王生天者從四天王至有想無想處淨天者如阿羅漢阿羅漢者此中得二種道見道及思惟道忍道及智道法智道及未知智道是故說天淨天或曰謂道及娛樂道謂道及至竟道謂道及淨天道以故爾或曰佛法中現大妙事故如彼施設所說謂轉輪王未出世時大海水出高一由延謂不知轉輪王道是故無能行轉輪王道謂轉輪王出世已彼時大海水水還減一由延轉輪王道便淨金沙布下令轉輪王將四種兵案行天下如是佛世尊未出世時不知根本四禪謂衆生欲

除結非根本及無色謂世尊出世已便知根本四禪謂佛教化無量眷屬入滅盡涅槃是謂佛法中現大妙事故說四禪諸天天道或曰計著生天道現第一義天道故生天者三十三天說者三十三天有四園觀一名種種二名觀樂三名麤澀四名雜肆彼園觀中地四階道多諸男女玉女衆遊戲有種種香種種妓樂生種種華種種飲食餚饌豐盈種種飛鳥鳧鴈鴛鴦悲鳴相和令三十三天無量門無量度受五欲樂已入園觀中如是佛法中滅盡涅槃如四園觀彼中設四禪如四階道無礙道解脫道如多諸男女神通道如玉女衆遊戲聖戒種種如香四支五支樂如種種妓樂覺道華如生種種華無欲喜無上法漿如種種飲食餚饌豐盈學無學如種種飛鳥鳧鴈鴛鴦悲鳴相和令彼聖無量門無量度受聖樂入滅盡涅槃如園觀是謂計著生天道現第一義故世尊說四禪諸天天道未淨衆生當淨已淨增益淨云何爲四此比丘離欲惡不善法有覺有觀離生喜樂初禪成行遊處彼離欲惡不善法者問曰如離一切欲界何以故世尊但說離欲惡不善法答曰世尊已說離欲惡不善法當知已說離一切欲界或曰謂欲惡不善法難壞難破難度是故世尊說當離欲惡不善法或曰謂欲惡不善法增上患極重過多諸惡是故世尊說當離欲惡不善法或曰謂始盡已不復成就聖道與彼相違聖道者不與善有漏法相違非隱沒無記但與欲惡不善法相違當棄欲惡不善法時彼棄一切如燈不與炷相違非油

非燈器但與闇冥相違當除闇時亦燒炷亦消油亦熱器如是彼聖道燈不與善有漏法相違亦非隱沒無記但與欲惡不善法相違當棄欲惡不善法時彼棄一切是謂始盡已不復成就聖道與彼相違以是故世尊說離欲惡不善法或曰謂彼行者欲斷欲惡不善法故修初禪地道以是故世尊說棄欲惡不善法或曰謂彼行者離欲惡不善法時離一切欲界是故世尊說離欲惡不善法或曰謂欲惡不善法非上行上不可得以是故世尊說離欲惡不善法問曰離欲惡不善法者何者欲何者惡不善法答曰欲者五欲惡不善法者婬欲或曰欲者欲想惡不善法者恚想害想或曰欲者欲覺惡不善法者恚覺害覺或曰欲者欲有漏惡不善法者餘有漏或曰欲者欲流惡不善法者餘流或曰欲者欲軛惡不善法者餘軛或曰欲者欲愛惡不善法者餘愛或曰欲者欲蓋惡不善法者餘蓋或曰欲者現欲愛惡不善法者即是愛謂彼是不善因此愛故說離惡不善法是謂欲是謂惡不善法是故說離欲惡不善法有覺有觀者與覺俱與觀俱是故說有覺有觀離生喜樂者離惡法中生如從水生名爲水生從陸生名爲陸生如是離惡法中生是故說離生喜樂問曰如上地離爲最上妙何以故說初禪地離不說餘答曰始得故初得故是故說初禪離或曰疑者現決定初禪此欲界極近爲近故如此欲界設豪貴處眷屬處初禪亦爾如此欲界身識現在前初禪亦爾如此欲界有覺有觀初禪亦爾如此欲界出息入息

初禪亦爾莫令作是念彼非是離欲決定故說彼初禪離或曰令彼行心歡喜故如彼行者此欲界多諸惡除欲已初禪現在前已心極歡喜非復得盡智無生智或曰除苦根憂根故除無慙無愧故除摶食婬愛故世尊說初禪地離或曰謂初禪地離已地中三無漏地圍繞或曰謂初禪地離上地離依方便門或曰謂依初禪三行者取證得果無欲有漏盡一具縛二倍棄欲三棄婬欲以故爾或曰謂初禪具三十七品可得以是故初禪爲離是故說離生喜樂初禪者次第數爲初順次數爲初復次次第順正受是故說初成就遊處者謂此中善五陰到得成就是故說成就遊處復次比丘有覺有觀息內淨一心無覺無觀定生喜樂二禪成就遊處彼有覺有觀息者有覺有觀已盡故問曰如是息一切初禪者何以故但說息有覺有觀答曰已說有覺有觀息當知已說一切初禪數息或曰謂有覺有觀難可斷難可破難可度以是故爾或曰謂彼行者斷有覺有觀故修二禪地道以故爾或曰謂彼行者息有覺有觀一切初禪息以故爾或曰謂有覺有觀非上行上不可得世尊說當慇懃息以故爾是故說有覺有觀息內淨者內者心淨者信以彼信令心淨是故說內淨尊者婆須蜜說曰內淨有何義答曰有覺有觀心定時生濁有覺有觀息已便心淨如器中盛水若熱沸濁不定不見面像若水清涼不沸濁便定見面像如是有覺有觀心定時生濁有覺有觀息已便心淨重說曰有覺有觀心定時生調有覺有觀息

已心便淨如水波涌息已水便清如是有覺有觀心定時生調有覺有觀息已心便淨是故說內淨一心者欲界六重意六識身初禪四重意四識身二禪一重意一識身獨意地是故說一心無覺無觀者非覺觀俱是故說無覺無觀定生喜樂者初禪地定中生是故說定生喜樂問曰如初禪有定何以故說二禪地定答曰初禪地定故說二禪地定或曰謂二禪地定從初禪定中生從初禪定中來從初禪定長養從初禪定所轉或曰初禪此欲界極近極近故知此欲界設豪貴處眷屬處初禪亦爾如此欲界身識現在前初禪亦爾如此欲界有覺有觀初禪亦爾如此欲界出息入息初禪亦爾初禪此所嬈亂不定二禪無此嬈亂彼定而定或曰謂二禪離聲根本聲根本者是有覺有觀如所說居士覺觀已然後言說謂二禪離聲根本以故爾或曰謂二禪說賢聖默然如所說比丘賢聖默然者二禪是謂二禪賢聖默然以故爾是故說定生離喜樂二者禪次第數便有二順次數有二復次次第順正受是故說二成就遊處者謂二禪地善五陰到得成就是故說成就遊處

復次比丘離喜欲無求遊念住正智覺受身樂謂彼聖說捨念安樂遊處三禪成就遊處彼離喜欲者已斷二禪喜故問曰如離一切二禪欲者何以故但說離喜答曰已說離喜欲當知已說離一切二禪欲或曰謂喜盛患極重過多諸惡以故爾或曰謂彼行者斷喜故修三禪道以故爾或曰謂彼行者離喜離

一切二禪以故爾或曰謂喜非上行上不可得世尊說當慇懃離以故爾是故說離喜欲無求遊者已得三禪樂不餘求念住者護三禪樂故正智者覺三禪樂受身樂者自覺二種樂猗樂痛樂謂彼聖說捨者說者教他捨者已放捨問曰如聖一切地教他已亦放捨何以故但說三禪答曰謂三禪道有嬈亂已地亦有嬈亂道有嬈亂者二禪是於中染汙喜嬈亂如羅刹種令彼行者三禪退此是道嬈亂已地嬈亂者三禪地一切生死最妙樂是謂已地亂彼聖教初修行者當正念住莫令二禪地喜於三禪地退此亦應正覺莫於中著樂令不至上地如彼商人主彼教初行商人某方有婬家某處有戲家某許有酒家莫入彼家令失錢財如是聖教初修行者當正念住莫令二禪地喜於三禪地退此亦應正覺莫於中著樂令不至上地以是故彼聖三禪說及捨是故說謂聖說捨念安樂遊處三禪者次第數便有三順次數有三復次次第順正受便有三是故說念安樂遊處三禪成就遊處者謂三禪地善五陰到得成就是故說成就遊處復次比丘樂斷苦斷前憂喜已沒不苦不樂護念淨四禪成就遊處彼樂斷苦斷者問曰如除欲界結時苦盡已三禪除結樂已盡何以故三禪除結時說苦盡答曰本已斷斷爲名如已解脫解脫爲名如所說彼如是知如是見欲有漏心解脫有有漏無明有漏心解脫如已來來爲名如所說大王從何所來當爾時非是來彼已來也已取證證爲名如所說菩薩於正受中取證時得

等智如來得盡智無生智時於欲得無欲無恚無愚癡善根本已盡盡爲名已正受正受爲名如所説云何念入慈正受答曰欲令衆生生樂已痛痛爲名如所説彼覺樂痛痛時知樂痛如是前已斷斷爲名或曰二俱永滅故説二俱者樂根苦根欲界除欲時雖有參差未來永滅彼三禪除欲時永滅是二俱永滅故説或曰彼三禪樂説是苦謂彼是無常如世尊契經説比丘謂無常即是苦或曰彼三禪樂痛説如苦如佛契經説比丘樂痛當觀如苦苦痛當觀如刺不苦不樂痛當觀如毒蛇或曰此出息入息説是苦彼聖極有苦想非凡夫地獄苦想是故説樂斷苦斷前憂喜已没者欲界除欲時憂已盡二禪除欲時喜已盡是故説前憂喜已没不苦不樂者已除苦樂故護者出息入息斷不欲求餘念淨者八事念淨故問曰如一切下地無漏念清淨何以故但説四禪念清淨答曰念離結煩惱故有念離結不離煩惱有離煩惱不離結有離結亦離煩惱有不離結亦不離煩惱離結不離煩惱者三禪無漏念離煩惱不離結者四禪世俗念離結離煩惱者四禪無漏念不離結亦不離煩惱者三禪世俗念及欲界念是謂念離結煩惱故説四禪念清淨或曰念不失不壞故三禪成敗所及謂彼所依念亦壞彼四禪一切成敗所不及謂彼所依念亦不壞是謂念不失不壞故説四禪念清淨或曰念離内外燒亂故初禪内有燒亂覺觀如火如此内有燒亂外燒亂亦及火所燒二禪内有燒亂者喜如水如此内燒亂外燒亂

亦及水所漬溺三禪内有嬈亂者出息入息如刀風如此内嬈亂外嬈亂亦及風所吹四禪内無嬈亂如此内無嬈亂外嬈亂亦不及是謂念離内外嬈亂故或曰謂四禪依中猶如᫆上三無漏地下亦三無漏地謂四禪依中如᫆以故爾或曰謂依四禪三行者取證得果除欲有漏盡佛辟支佛聲聞以故爾或曰謂四禪定不移動普知依度無極一切依最妙地以故爾或曰世尊爲身清淨故說依清淨四禪中身清淨輕如燈炎謂所依念亦清淨是謂世尊爲身清淨故說依亦清淨或曰謂四禪智邊智上智源或曰謂四禪四大邊色邊造色邊處所邊以故爾或曰謂四禪二廣處所廣善根廣以是故說四禪念清淨四禪者次第數便有四順次數有四復次次第正受便有四是故說四禪成就遊處者謂四禪善五陰到得成就是故說成就遊處謂世尊梵經說四禪究竟道初禪廣說已說曰梵志此說名如來盡根如來所行如來所服彼不以爲究竟是如來無所著等正覺如是二禪三禪四禪廣說已說曰梵志此說如來盡根如來所行如來所服彼以爲究竟是如來無所著等正覺問曰何以故世尊捨三禪施設四禪究竟道答曰此是佛世尊爲已故說彼梵志聞一切恒沙三耶三佛依四禪成無上最正覺梵志作是念若沙門瞿曇施設四禪究竟道者沙門瞿曇應有一切智一切見若沙門瞿曇不施設四禪究竟道者沙門瞿曇非一切智非一切見於是彼梵志至世尊所到已面相慰勞面相慰勞已却坐一面

彼梵志坐一面已白世尊曰唯瞿曇我欲有所問聽我所問世尊告曰當問恣所問如是說已白世尊曰唯瞿曇說究竟道云何究竟道云何沙門瞿曇施設究竟道世尊爲廣說三禪已說曰是謂梵志如來盡根如來所行如來所服彼不以爲究竟是如來無所著等正覺四禪廣說已說曰梵志此說如來盡根如來所行如來所服彼以爲究竟是如來無所著等正覺彼梵志聞已意得定沙門瞿曇眞實一切智一切見以是故四禪說究竟道問曰何以故名如來盡根答曰智故得故如大象於春時見多青草已彼跳象衆入池中食藕根彼見已歡喜以牙掘地掘地已安足如是世尊四禪地護行已掘諸法地安智足是謂智故得故說如來盡根彼如來盡根者立止故說如來所行者立觀故說如來所服者立止觀故說如佛契經說四禪安樂遊處答曰根本地易成佛契經說安樂遊處非根本地及無色難成故佛不說安樂遊處問曰云何此地難成答曰彼行者欲界行結所縛依未來現在前彼一向苦一向遲如人堅反縛兩手欲令還自解彼一向苦一向遲如是彼行者欲界行結所縛依未來現在前一向苦一向遲或有行者觀不淨惡露或安般謂觀不淨者彼或十年或十二年觀白骨或成此定或不成謂數出入息彼或十年或二十年數息已或成此定或不成謂成此定已除欲界結不極慜初禪現在前彼初禪謂禪中間現在前一向苦一向遲彼一地餘滅心心數法餘心心數法現在前滅麤已微現在前

覺俱滅已觀俱現在前如人以木破木以石破石彼一向苦一向遲如是行者彼一地中餘心心數法滅已餘心心數法現在前滅麤已微現在前覺俱滅已觀俱現在前是一向苦一向遲謂初禪除欲已不勤二禪現在前二禪除欲已不勤三禪現在前三禪除欲已不勤四禪現在前問曰謂四禪除欲已空處現在前何以故此地難成答曰無色微難覺不可見或有不信無色如彼契經彼居士至尊者阿難所說曰尊者阿難我本聞無色已如臨深云何衆生名無色是謂根本地易成故佛契經說安樂遊處非根本地及無色難成故佛不說安樂遊處或曰謂不勤求除欲可得如二人乘馬一乘不調一乘極調謂乘不調者彼極勤御謂乘調者彼不極勤御如是多有衆生除欲或非根本及色或根本地謂非根本及無色者彼一向勤求行道謂根本地者彼不一向勤求行道以是故說根本地安樂遊處或曰謂攝四支五支定可得問曰非根本地及無色有支耶無支耶若有者何以故根本地說支餘不說若無者此施設所說云何通彼中說頗有空處最妙定最妙地支可得耶答曰有如從空處起次第入空處作此論已有一說者非根本地及無色有支問曰若有者何以不說答曰應說謂初禪五支除喜已增不苦不樂此五支說初禪邊謂二禪有四支除喜增不苦不樂此支說三禪邊謂四禪有四支彼四禪邊亦無色定更有說者根本地有支餘者無支問曰若根本地有支餘者無支者是故此中不說施設云

何通答曰彼中說覺支道支彼是支如是說者根本地有支餘者無支或曰謂樂修道可得如二人俱趣一方一從水道二從陸道雖同至一方但水道者樂非陸道如是多有衆生除欲或非根本地及無色或根本地雖至一處無餘涅槃界但彼根本者樂非餘或曰謂根本地現在前時一切身四大現在前非根本地及無色現在前時心邊四大現在前更有說者非根本及無色現在前時一切身四大現在前但生樂不如根本地如二人池水浴一在岸上一入池中浴水俱除垢誰者爲樂謂池中者如是雖非根本地及無色現在前時一切身四大現在前但彼樂不如根本地以故爾或曰謂二種樂可得外及內外樂者謂從禪起入非根本地及無色內樂者謂從禪起還入禪謂二種樂可得以故爾或曰二種樂可得猗樂及痛樂三禪有二種樂四禪雖無痛樂但猗樂極妙非彼二種謂二種樂可得以故爾或曰謂二法等行精進及止雖一切地增精進但因定力根本地精進及止等行以故爾或曰謂無恚樂極廣大可得如所說謂此中無恚此是極樂以故爾或四謂樂出要道可得如多有人度河或以材浮囊草束或極大船彼雖俱度河但乘船度者爲樂如是多有衆生除欲或非根本地及無色或根本地彼雖同度至涅槃但彼根本樂出要至涅槃非餘地以是故佛契經說四禪安樂遊處度說四禪處盡

鞞婆沙論卷第十

音釋

猗於其切輕安也　涉時攝切徒行厲水也　澀所立切不滑也　鳧逢夫切野鶩也　軛於華切　摶度官切捉聚也　齎祖奚切與臍同　跳徒吊切躍也

掘衢物切穿也

鞞婆沙論卷第十一上

迦旃延子造

苻秦罽賓三藏僧伽跋澄譯

四等處第三十四

四無量等慈悲喜護問曰何以故次禪說無量等答曰從禪生故次說等禪有餘功德次說無量等問曰無量等有何性答曰慈悲護無貪性取彼共有法相應法欲界色界有五陰性喜根性取彼共有法相應法欲界色界五陰性問曰若喜是喜根性者彼婆須蜜施設云何通彼問慈云何答言慈及慈相應痛想行識云何痛與痛相應耶答曰彼說應爾慈云何答曰慈及慈相應想行識應當爾若不爾者當有意答曰彼總說五陰性四無量等雖痛不與痛相應但彼想行識相應此是無量等性已種相身所有自然說性已當說行何以故說無量無量等有何義答曰除戲故說無量等問曰若除戲說無量等者彼四無量等有二戲用何等除戲答曰慈悲除見戲謂衆生多行見彼多有恚喜護除愛戲是故除戲說無量等或曰除放逸故說無量等或曰聖遊戲故說無量等如豪貴者多種種樂戲如是聖遊戲無量等是謂聖遊戲故說無量等界者欲界繫亦色界繫地者七地欲界依未來禪中間根本四禪依者依欲界行者慈樂行悲苦行喜悅行護捨行緣者或有說欲界無量等緣初禪初禪地緣二禪二禪地緣三禪三禪地緣四禪更有說者已地緣如是說者一切緣欲界一切緣衆生一切總緣緣欲界者或五陰衆生緣或二陰衆生緣

若已心住者五陰衆生緣若不已心住者二陰衆生緣意止者四意止智者性非智與等智相應定者非與定相應痛者總三痛相應樂根喜根護根問曰當言過去耶當言未來耶當言現在耶答曰當言過去當言未來當言現在問曰當言過去緣耶當言未來緣耶當言現在緣耶答曰當言是過去緣當言是未來緣當言是現在緣問曰當言已意緣耶當言他意緣耶答曰當言他意緣問曰當言名緣耶當言義緣耶答曰當言是名緣當言是義緣問曰無量等如說行亦爾耶為說異行異耶有一說者無量等者如說行亦爾前行慈是故世尊前說慈悲喜護亦爾更有說者無量等者說亦異行亦異問曰何以故說亦異行亦異答曰或有但行慈等不行餘等問曰何以故答曰無有等漸漸正受無有順正受亦非逆正受亦非超正受如無量等解脫除入一切入亦爾問曰何等人能行無量等答曰人有二種一者求惡二者求功德求惡者彼終不能行無量等謂彼至於阿羅漢所亦求惡何所犯何所失何所過常誦習持謂求功德者彼能行無量等謂彼至於斷善根所求功德問曰斷善根者無功德何所求答曰彼斷善根者端正極妙形見本宿行見已便作是念本宿行為極妙如是受極妙果是謂求惡者不能行無量等於功德者能行無量等問曰行無量等時作何方便答曰此慈前從親起行一切衆生立三品親品怨家品中人品彼親品復立三品輭中上上親品者父母尊師彼前上親品樂開解欲令彼樂

然此心極惡難御難制難持於親極妙意中不住彼精進勤不捨還攝意於上親品開解欲令彼樂如人以豆投錐數數投不住彼精勤不捨要投令住如是彼精勤不捨還攝意於上親品樂開解欲令彼樂於上親品開解已中親及輭親開解然後中品人及輭怨家開解然後中然後增上怨家品開解欲令彼樂如一切衆生平等如稱無欺樂開解如上親品如是至增上怨家品如是慈成就如慈悲喜亦爾護因中品行問曰護何以故因中品行答曰當捨親品者憎愛捨怨家者憎恚是故前中品開解此是衆生然後捨怨家問曰何以故前捨怨家答曰恚易除非愛然後捨上親如一切衆生平等如稱無欺捨一切衆生已如中品如是至上親品如是護等成就說曰前行慈問曰何以故前行慈答曰彼前求欲饒益衆生慈者是饒益相已饒益衆生彼作是念當除不饒益事悲者除不饒益相饒益衆生已除不饒益事彼作是念令衆生喜謂衆生喜已然後捨衆生更有說者前行悲問曰何以故前行悲答曰前欲令衆生除不饒益事悲者除不饒益事已除不饒益事便欲饒益慈者饒益相如以除衆生不饒益事饒益作是念令衆生喜彼然後捨衆生更有說者此二無量等各各相懷悲及喜若前行悲要當次行喜問曰何以故次悲要行喜答曰如悲令心憂彼生喜已除憂若前行喜要次行悲問曰何以故喜次要行悲答曰如生喜心調然後起悲攝受問曰謂欲令衆生樂慈正受用何樂令衆生樂開解有一說

者謂自愛樂飲食樂衣被床座樂以如此樂令一切衆生樂開解問曰如汝說一切衆生不應樂開解一切衆生無有此樂更有說者三禪地增上樂衆生樂開解問曰如汝說謂不得三禪彼不能令衆生樂開解更有說者三禪地宿命智憶已衆生樂開解問曰作如是說謂三禪地不得宿命智彼不能令衆生開解更有說者謂衆生樂是彼緣從彼行慈問曰作如是說非一切衆生受如此樂更有說者有衆生樂根現在前是彼緣從彼行慈問曰作如是說非一切衆生樂根現在前亦非一切衆生如是成就樂根尊者婆須蜜說曰謂衆生樂慈正受彼定何所緣以何樂令衆生樂開解答曰謂彼自受安樂若飲食樂及衣被床卧樂是彼緣從彼行慈問曰此定不應一切衆生緣亦不一切衆生受如此樂重說曰三禪地增上樂衆生樂開解問曰此定不應一切衆生緣亦不一切衆生得三禪地樂重說曰三禪地宿命智憶已衆生樂開解問曰此定不應一切衆生緣亦不一切衆生得三禪地宿命智重說曰謂衆生樂是彼緣從彼行慈問曰此定不應一切衆生緣亦非一切衆生樂重說曰有衆生樂根現在前是彼緣從彼行慈問曰此定不應一切衆生緣亦非一切衆生樂根現在前尊者曇摩多羅說曰諸尊見諸衆生樂想與慈愍俱有饒益心愍念衆生平等行如曾見彼行者入城村乞食見無錢財者及無床卧裸形惡垢弊衣手足劏裂頭髮蓬亂手執瓦器到家家乞下聲輭語從他乞索當施貧窮當惠困厄當

給孤獨復見象衆馬衆車衆步衆金冠莊飾光曜照目著妙衣持蓋隨從擊鼓吹貝作五倡妓如彼天子見此二已食後還至本處舉衣鉢洗足或坐繩木床身柔輭意柔輭坐已以彼苦者安處樂中令彼苦者亦如此樂是故說諸尊見衆生樂想與慈慜俱有饒益心愍念衆生平等行如曾所見問曰謂欲令衆生樂慈正受彼衆生不得樂彼定當言顛倒耶當言不顛倒耶答曰當言不顛倒欲饒益故或曰當言不顛倒以妙意故或曰當言不顛倒慜衆生故尊者婆須蜜說曰當言不顛倒有衆生樂根現在前是彼緣從彼行慈重說曰當言不顛倒有衆生樂是彼緣從彼行慈重說曰當言不顛倒壞恚故尊者曇摩多羅說曰諸尊不由彼行慈故衆生得樂但從彼行除恚問曰顛倒行亦除恚答曰謂正行除恚非是顛倒謂以餘行除恚是不善或曰謂彼如是意開解欲令衆生苦者應有顛倒但彼如是意開解欲令衆生得樂而彼衆生不得樂彼有何過或曰謂彼入善心饒益一切衆生故是非顛倒說曰此說三思惟一自相思惟二總相思惟三得解思惟自相思惟者如色相思惟色至識相思惟識是謂自相思惟總相思惟者如十六聖行是謂總相思惟得解思惟者如此無量等解脫除入一切入此三思惟中說無量等意解思惟非餘問曰無量等爲徧緣一切衆生耶爲有方齊限耶若徧緣一切衆生者云何不得衆生海邊若有方齊限者此契經云何通彼四無量等滿一切世間成就遊作此論已有一說者無

量等徧緣一切衆生問曰云何不得衆生海邊答曰設得一切衆生海邊當有何咎佛契經說四生卵生胎生濕生化生除此已更無衆生如是得衆生海邊但總相非自相更有說者無量等方有齊限問曰此契經云何通彼四無量等滿一切世間成就遊答曰此衆生說方爲名更有說者佛徧緣一切衆生聲聞辟支佛方有齊限更有說者佛辟支佛徧緣一切衆聲聞方有齊限更有說者佛辟支佛聲聞得度無極徧緣一切衆生餘聲聞方有齊限如是說者無量等者是得解思惟若佛徧緣一切衆生者辟支佛聲聞亦爾若佛方齊限者辟支佛聲聞亦爾問曰如無量等徧緣一切衆生何以故說意與慈俱滿東方已成就遊如是南方西方北方一切諸方意與慈俱滿諸方已成就遊答曰此契經應當爾意與慈俱滿東方衆生已成就遊如是南方西方北方一切諸方意與慈俱滿衆生已成就遊此應當爾若不爾者當何意答曰此衆生說以方爲名問曰頗不發初禪地無量等能發二禪地無量等耶有一說者不可不發初禪地無量等能發二禪地無量等問曰何以故不可不發初禪地無量等能發二禪地無量等耶答曰謂初禪地無量等二禪地無量等依方便門是故不可不發初禪地無量等能發二禪地無量等更有說者可得不發初禪地無量等能發二禪地無量等如聖道可得初禪地不發能發二禪地何況無量等得解思惟問曰無量等一地不可得各各次第現在前餘地各各次第能現在前耶爲

不耶有一說者曰無量等地亦不可各各次第現在前要從彼一地相似善根現在前謂次第無量等現在前無量等現在前已有如此行慈樂行悲苦行喜悅行護捨行問曰初禪地無量等上速發二禪地無量等耶於二禪地無量等上速發初禪地無量等耶答曰二禪地無量等上速發初禪地無量等非初禪地無量等上速發二禪地無量等如學梵書已速學佉樓書非學佉樓速學梵書如是二禪地無量等上速發初禪地無量等彼定揵度說云何思惟慈正受答曰衆生樂云何思惟悲正受答曰衆生苦云何思惟喜正受答曰悅衆生云何思惟護正受答曰捨是衆生問曰此云何說正受答曰前正受已正受爲名此中證答如前說如世尊契經說謂須涅多羅弟子爲梵天上故說法時不具一切戒行彼或生四天王中或生三十三天中或生焰天或生兜術天或生化自在天或生他化自在天謂須涅多羅弟子爲梵天上說法時具一切戒行彼思惟四梵遊處於欲除欲已多遊行故梵天中問曰如此所說須涅多羅勝非釋迦文何以故謂須涅多羅弟子具一切戒行彼生梵天中謂不具一切戒行彼生欲界六天中謂釋迦文弟子具一切戒行彼生善處及滅盡涅槃界謂不具一切戒行彼生地獄餓鬼畜生中答曰此不然何故應當從契經索次第何因何緣佛契經說須涅多羅以無量等是戒謂爲梵天上說法謂須涅多羅弟子爲梵天上說法時求等能行具足等彼生梵天中謂須涅多羅爲弟子梵天

上故說法時求無量等不能具足行無量等彼行增上善根生欲界六天中復次爾時一切衆生各有妙行謂不行無量等彼生欲界六天中何況求無量等不能發無量等云何彼增上善根不生欲界六天中耶是謂此中說不是犯戒及破戒釋迦文學二百五十禁是戒爲無餘涅槃故說法謂釋迦文弟子不犯戒不破戒便生善處亦入無餘涅槃謂釋迦文弟子犯戒越戒不具足戒生地獄餓鬼畜生中生諸惡趣中是謂契經次第於是須涅多羅作是念我不應爾與弟子俱生一處一趣我寧可增益思惟慈增益思惟慈已當生光音天中於是須涅多羅後時增益思惟慈增益思惟慈已生光音天中問曰如已成菩薩除諸嫉惡何以故自行二禪發於無量等爲弟子說初禪答曰須涅多羅觀弟子根本齊限故或曰二禪地無量等無佛法時不可得發唯有已成菩薩能發餘一切不能或曰須涅多羅菩薩作是念此梵志長夜欲得梵天常願梵天究竟梵天彼作是念令我等生梵天上近大梵天須涅菩薩常欲滿他願故隨所欲而爲說法問曰如三四禪無量等極妙何以故說二禪地無量等妙答曰彼弟子無量等故說二禪地無量等妙或曰爲初禪地無量等故說二禪地無量等妙或曰須涅菩薩作是念彼三禪四禪地無量等無佛時不可得尊者瞿沙亦爾說若上地可得無量等者須涅多羅不應說我寧可增益思惟無量等生光音天此非凡夫地但佛威神故令弟子能彼現在前問曰何以故說梵遊行

處答曰初梵可得及一切具依未來巳雖初可得但非是一切具上地雖一切可得但非是初此初禪中亦初可得亦一切具是故說梵遊行處或曰能除非梵故曰梵遊行處非梵者欲界結彼能除是謂除非梵遊行處或曰謂思惟大梵巳得梵天王故曰梵遊行處或曰以梵音說故曰梵遊行處或曰梵者謂如來彼說分別施設顯示故曰梵遊行處問曰無量等及梵遊行處何差別有一說者無有差別無量等有四慈悲喜護梵遊行處亦四慈悲喜護是故無差別或曰謂初禪可得彼是梵遊行處上地可得彼是無量等或曰除非梵故名梵遊行處除戲故名無量等或曰除非梵故名梵遊行處除放逸故名爲無量等或曰三地可依未來初禪中禪是名爲梵遊行處七地可得欲界未來禪中禪根本四禪名爲無量等梵遊行處無量等是謂差別如世尊契經說諸比丘我自知七歲思惟慈心七成敗不來至此世世成敗時我生光音天中世不成敗生餘空靜梵宮彼爲梵天梵餘處千反作他化自在天子三十六爲釋提桓因無量百千作轉輪聖王說曰此中七夏月名七歲說者菩薩極好時多諸善根地無沙石生諸金銀在中國爲人王彼國極熱離城不遠有山林謂至夏月彼城中人往詣山林彼菩薩留人守城巳出城亦詣山林彼人夏四月各各作務菩薩別至高顯處發無量等發無量等巳夏四月遊行無量等過夏四月巳謂人出林中巳還入城菩薩出林巳亦還入城彼時菩薩極設大會施與作福欲

得食者與食渴者與飲裸者與衣施與屋舍床卧燈明亦持戒說者菩薩六徃返山林七反或有說者菩薩命終已生光音天或有說者成敗時彼命終生光音天是故此中七夏月名七歲問曰若說無量等果生梵天上及光音天中此應當爾謂無量等色界果色界法若說無量等果生他化自在天子釋提桓因及轉輪聖王此色界善根彼欲界不受報何以說無量等果生他化自在天子及釋提桓因轉輪聖王答曰菩薩於三地發無量等欲界初禪二禪欲界無量等果生他化自在天子釋提桓因及轉輪聖王初禪地無量等果生大梵二禪地無量等果生光音天或曰無量等於此故欲界有出心入心如市肆中一切雜物可得欲界亦爾此欲界乃至盡智無生智有相似相謂欲界出心入心由彼果生他化自在天子釋提桓因及轉輪聖王根本無量等生大梵天及光音天中或曰謂菩薩極設大會時施與作福欲得食者與食渴者與飲裸者與衣施與屋舍床卧燈明由彼果作轉輪聖王若持戒者由彼果作釋提桓因及他化自在天子無量等果生大梵天及光音天中或曰此佛契經說三福一者施二者戒三者思惟此契經說比丘我作是念是誰行果是誰行報令我大尊神妙比丘我作是念此三行報令我最尊極大神妙云何三一施二御三攝施者是施福御者是戒福攝者是思惟福彼施果福作轉輪聖王戒福果作釋提桓因及他化自在天子思惟福果作大梵天及光音天以故爾問曰何以故色界

一切善根說無量等思惟福不說餘答曰謂無量等者果不可燒如彼丼經天至世尊而偈問曰

何物火不燒　而風不能壞　水災壞地時
何者水不漬

世尊偈答曰

福火所不燒　福風不能壞　福水所不漬

雖非福亦不燒但燒其果無量等亦不燒福亦不燒果以是故佛丼經說色界一切善根中說無量等思惟福如佛丼經說慈正受時火不能燒毒所不中刀所不傷不由他橫死問曰何以故慈正受時火所不燒毒所不中刀所不傷不由他橫死尊者婆須蜜答曰彼定無諍是故諍不能動重說曰彼定極大威神是故諸天所護重說曰色界四大現在前故彼患不能動如彼色界四大充滿身體合一極厚如石是故彼患不能動是謂慈正受時火所不燒毒所不中刀所不傷不由他橫死問曰悲喜護正受時此患能動耶不動耶若動者何以故慈正受不動悲喜護而動耶若不動者何以故但說慈正受不動不說悲喜護正受作此論已答曰悲喜護正受亦不動問曰何以故說慈正受不動不說悲喜護正受耶答曰應說如說慈悲喜護亦爾若不說者是世尊有餘言此現義義門義度義略當知是義或曰悲喜護雖正受時不動但起時或能動慈起亦不動或曰悲喜護雖正受時不動起或能傷壞慈起亦不傷壞或曰根本悲喜護正受時雖不動但悲喜護方便可動慈方便亦不動說者有一人得欲界慈方

便彼以不知犯於王法爲執事所收將送王所王當爾時乘大象出城遥見彼人顧問左右此是何人臣白王曰此人犯於王法願王罰之王時手執右律省其過狀此人所犯法王應手行刑王怒隆盛以劒投之彼人見王瞋恚尋方便行慈正受如豆投木即還墮地彼劒如是投身即還墮王足下時王驚怖問彼人曰汝行何術作何蠱道施何幻化彼人對白大王願王歡喜我不作術不作蠱道及以幻化王問曰若不爾者此云何彼人對曰我見王瞋於大王所行於慈心是故此劒不害我身是故可知慈方便亦不動況根本慈耶以是故慈說正受時不動不說悲喜護如佛契經說慈修習多修習能除諍悲修習多修習能除恚喜修習多修習能除不樂護修習多修習能除害問曰無量等除結耶不能除結耶若無量等能除結者此定揵度云何通彼說慈除何繫結答曰無處所悲喜護除何繫結答曰無處所若無量等不除結者此契經云何通作此論已答曰無量等不能除結問曰若爾者定揵度所說善通此契經云何解答曰除結有二種一者須臾除二者究竟除如須臾除者是佛契經所說慈修習多修習能除諍悲修習多修習能除恚喜修習多修習能除不樂護修習多修習能除害如無量等不能究竟除結者如定揵度所說如是此二說爲善通如佛契經說慈修習多修習除婬諍護修習多修習亦除諍問曰何諍慈能除何諍護能除答曰諍有二種處諍非處諍處諍者慈能除非處諍者護能除復有

二種諍一者欲捨衆生命二者繫衆生謂捨衆生命慈能除謂繫衆生者護能除如是諍慈除如是諍護除如佛契經説不淨修習多修習能除婬欲慈修習多修習除婬欲諍問曰何婬不淨能除何婬慈能除答曰六種欲一色欲二處欲三行欲四婬欲五更樂欲六莊飾具欲色欲者以不淨除處欲者以慈除行欲者不淨除更樂欲者以慈除婬欲者以不淨除莊飾具欲者以慈除如是欲不淨除如是欲以慈除如世尊契經説如是修習慈心解脱如是多修習能得阿那含果或復上得問曰如無量等不能除結何以故説如是修習慈心解脱如是多修習能得阿那含果或復上得答曰此佛契經以聖道名説慈佛説聖道多種名或以痛爲名或以想爲名或以思爲名或以意爲名或以信爲名或以精進爲名或以念爲名或以定爲名或以慧爲名或以燈爲名或以我爲名或以石山爲名或以華爲名或以水爲名或以痛爲名者如所説比丘覺已此苦知如眞此習盡道知如眞是謂痛爲名或以想爲名者如所説無常想修習多修習能除一切婬欲一切色欲一切無色欲一切無明一切自慢是謂想爲名或以思爲名者如所説末那若思及行黒黒報思能除是謂思爲名或以意爲名者如所説偈

當制意入處　謂無所有縁　終不染著世

可受一切供

是謂意爲名或以信爲名者如所説偈

信能度流　不放逸海　眞諦除苦　慧應清淨

鞞婆沙論卷第十一上

音釋

錐(職垂切鑽也)裸(郎果切赤體也)剖裂(剖普后切判也裂良傑切破也)蠱道(蠱公戶切惑也蠱道謂以左道蠱惑人也)

鞞婆沙論卷第十一下

迦旃延子造

苻秦罽賓三藏僧伽跋澄譯

四等處第三十四之餘

如所說舍利弗信根成就若比丘比丘尼除去不善修行於善是謂信爲名或以精進爲名者如所說阿難精進能轉成道如所說舍利弗聖弟子成就精進力除去不善修行於善是謂精進爲名或以念爲名者如所說我說一切中念如所說舍利弗聖弟子成就於念如守門人除去不善修行於善是謂念爲名或以定爲名者如所說偈

定者是道　非定非道　定以自知　五陰興衰

如所說舍利弗聖弟子成就三三昧須除去不善修行於善是謂定爲名或以慧爲名者如所說偈

慧爲世間妙　能趣有所至　能用等正智　生老病死盡

如所說慧過一切法上如所說諸妹聖弟子以慧刀斷一切結縛使惱纒重斷打重打割剥是謂慧爲名或以燈爲名者如所說偈

勤修不放逸　受攝及調御　慧者能然燈　癡闇不能壞

是謂燈爲名或以我爲名者如所說比丘我者聖八道是謂我爲名或以石山爲名者如所說比丘大石山者堅固常住不壞一切同一體等見是是謂石山爲名或以華爲名者如所說比丘生七覺華者七覺是是謂華爲名或以水爲名者如所說比丘成就八味水者聖八道是是謂水爲名如此佛說聖道多

種名如是佛契經說聖道以慈爲名或曰謂慈意慈解脫計慈慈方便或凡夫時求阿那含果或聖人時求阿那含果謂凡夫時求阿那含果者彼除欲界結時得慈意解脫彼若取證彼得阿那含果謂聖人時求阿那含果除欲界結得阿那含果於阿那含果上得慈意解脫以是故說如是修慈意解脫如是多修習得阿那含果或復上得但無量等不除結問曰無量等何者最妙有一說者慈爲最妙謂慈正受一切衆不能傷害故更有說者悲爲最妙謂佛發於大悲而說法問曰何故但說大悲而不說大慈大喜大護答曰應說如說大悲大慈大喜大護亦爾謂從佛意中功德可得盡應說大何以故佛世尊無量慇心饒益心善心是故謂從佛意中功德可得盡應說大更有說者此不應難何以故若悲即是大悲者可難但悲異大悲異問曰若悲異大悲異者悲及大悲何差別答曰即以名爲差別一者悲二者大悲或曰地亦有差別悲在七地大悲根本第四禪地或曰意亦有差別悲佛辟支佛聲聞同大悲但佛非餘或曰身亦有差別悲者男女身可得大悲者男身可得非女身或曰除結亦有差別悲無貪善根能除貪大悲無愚癡善根能除癡或曰行亦有差別悲者能悲不能救大悲者亦能悲亦能救如二人在河岸上彼時河中有漂溺人彼一人意雖欲拔濟而無有力但索掌而住彼第二人有意亦有力拔濟彼人著安隱處如彼一人見已索掌而住無力者悲亦如是如彼第二人有意亦有力拔濟彼人著

安隱處者大悲亦如是尊者曇摩多羅說曰諸尊佛世尊大悲從久遠來極微入遍一切入等攝一切衆生聲聞何能悲及色無色界衆生問曰何以故說大悲答曰以大賈得故名大悲非如聲聞道以一施以一人故亦非如辟支佛道一楊枝施一袍施故但一切極妙事極受物施除非已有然後可得是謂大賈得故名大悲或曰生大身故名大悲非如聲聞道辟支佛道不具身可得但彼大士三十二相八十種好莊嚴其身紫磨金色圓光一尋梵音聲妙如迦毗陵鳥視之無厭是謂生大身故名爲大悲或曰以大方便求得故名大悲非如聲聞道一種二熟三解脫亦非如尊者舍利弗六十劫中增益智慧亦非如辟支佛百劫中增益智慧但具足三阿僧祇劫修無量苦行然後可得是謂大方便求可得故名爲大悲或曰極多饒益衆生故名爲大悲如此衆生願求佛道願求辟支佛聲聞道得大富生豪貴家顏貌端正生天上人中彼一切皆由大悲是謂多饒衆生故名爲大悲或曰墮大塹衆生能拔濟之故名爲大悲如佛見衆生墮於五趣而度脫之安處道道果彼一切皆由大悲故是謂墮大塹衆生能拔濟故名爲大悲或曰能動大護山故名爲大悲佛世尊於四禪地不共遊處名爲大護謂佛護現在前時爾時一切衆生地獄餓鬼畜生熾然如甘蔗竹葦稻麻叢林熾然佛於彼處心無傾動如大悲現在前已爾時佛身極堅固力大悲能動如風吹芭蕉樹是謂能動大護山名爲大悲或曰以大士能入考掠

中故名爲大悲如佛化作末羅力士形或作尼師形或作乞人形或作彼女形手牽難陀至五趣中爲鴦崛魔故迴前地令後廣迴後地令前廣佛常定不亂口出長舌而自覆面極成就慚愧爲女人現陰馬藏捨妙禪樂捨極妙佛法爲教化故過百千億鐵圍山大鐵圍山至恒沙國土一切由大悲故是謂大士能入大考掠中爲大悲如世尊律所說世尊爲衆生慈滿已而說法問曰謂世尊爲衆生慈滿故而說法彼衆生得樂耶不得樂耶若衆生得樂者何以不以慈滿一切地獄餓鬼畜生天人而爲說法若彼衆生不得樂者此偈云何通

如鬼心念惡　若往著於人　不觸亦不害

能令生痛畏

彼鬼心念惡者能動惡果況佛心念善不動善果耶作此論已說曰世尊爲衆生慈心滿爲說法彼衆生得樂問曰若樂者何以故不以慈滿一切地獄餓鬼畜生天人而爲說法答曰世尊觀衆生行轉不轉衆生作轉行爲彼慈滿而說法謂衆生作不轉行不爲慈滿而說法更有說者世尊爲衆生慈滿說法者彼衆生不得樂問曰若衆生不得樂者此偈云何通

如鬼心念惡　若往著於人　不觸亦不害

能令生痛畏

答曰佛世尊無量種慈滿或以神足或現愛緣或知樂或善細滑或清涼影或以神足者如所說世尊最後遊世間至波婆國闍浮林精舍波婆國人聞世尊遊世間到此波婆國

閻浮精舍波婆國人聞已聚集一處共設要令我等盡當往見世尊若不往者當罰舊金錢五百枚彼設如是要令已一切往詣世尊所爾時大臣留枝於世尊所無敬信意彼亦往至世尊所彼時阿難遥見大臣留枝來見已告言善來善哉善哉留枝汝能來見世尊此世尊具足無上福田不久無常所壞留枝大臣曰阿難我不故來見沙門瞿曇我但不違親里要令故耳尊者阿難語留枝不違親里何等要令大臣留枝曰尊者阿難我等親里聚集一處共設要令我等盡當往見世尊若不往者當罰舊金錢五百枚尊者阿難我寧與舊金錢五百枚不願來見沙門瞿曇但我作是念無令於親里有諍於是尊者阿難牽大臣留枝臂至世尊所到已白世尊曰唯世尊此大臣留枝本舊親里然於世尊無信敬心唯願世尊善爲說法令於世尊有信敬心生於歡喜彼留枝心行愛志亂不定諸佛世尊終不爲亂志者說法彼時世尊說處不遠化作沸尿地獄深廣無量令彼舉聲有大臣名留枝世尊所無信敬心彼命終已當生此中大臣留枝見大地獄聞聲已恐懼生厭佛世尊知彼恐懼生厭已隨順說極妙法大臣留枝聞法已遠塵離垢諸法法眼生此佛以大慈滿大臣留枝問曰云何說慈滿答曰彼神足是復次或以神足如所說調達勸阿闍世王有象名檀那波勒以清酒飲之令醉於使奔趣害於世尊彼時象遥見世尊便走趣向彼時世尊遥見象來見已左右面化作極高墻後化極大澗深百千丈上化極大火

山雷聲而下在前化五大師子彼象見五大師子已極大恐怖迴視左右面有極大墻還迴視後有極大澗深百千丈而仰視大火山雷聲而下見已謂生一切世火然想佛世尊見象大畏懼已還攝却五大師子却五大師子已唯見佛足下清涼見已至世尊所到已頭面禮世尊足以鼻投世尊足彼時世尊諸相莊嚴紫磨金色滿五千福祐一切世尊以右手摩象頭摩象頭已醉便解醉解已世尊爲說偈曰

象莫害大龍　象龍出世難　象莫害大龍
終不生善處　不應捶不捶　無恚而生恚
當受千倍報　速疾往生彼　當受極苦痛
身體亦毀壞　當遭困重疾　心亂志惱惡
或遭災困厄　爲他所誹謗　或親戚離別
錢財盡亡失　居宅諸所有　爲火所焚燒
身壞無有慧　當生地獄中

彼象聞此偈已眼便淚出佛爲作象音而說法彼象聞佛說法命終生三十三天此佛爲象故慈滿問曰此中云何慈滿答曰即彼神足是謂神足或現愛緣者如所說梵志有一兒守稻田天大暴雨爲雹所殺及壞稻田彼梵志以二俱喪故便意亂生狂裸形而走乃至舍衛阿那邠邸園彼梵志應從佛化世尊遥見梵志從遠而來見已作是念今此時恒沙佛爲說法者不能令度彼時世尊離彼不遠化作稻田及彼一子梵志見此二已還得本心彼作是念此是我子及以稻田令我常抱憂患見已便至世尊所到已頭面禮世尊足却坐一面彼於世尊有信敬心内懷歡喜

世尊隨順爲說妙法彼梵志聞佛說法遠塵離垢得法眼生此神足爲梵志慈滿問曰此中云何慈滿答曰即彼現愛緣是復次現愛緣者如所說婆斯吒女梵志有六子命終念子憂慼意亂生狂裸形而走乃至舍衛阿那邠邸園彼女梵志應從佛化世尊遥見女梵志從遠而來見已作是念今此時若恒沙佛爲說法者不能令度彼時世尊離彼不遠化作六子女梵志見六子已逮得本心此是我子令我常抱憂患彼有慚愧便長跪而坐彼時世尊告阿難汝阿難取鬱多羅僧與彼女梵志如是世尊彼尊者阿難受世尊教已取鬱多羅僧與女梵志女梵志取阿難鬱多羅僧被著至世尊所到已禮世尊足禮足已却住一面彼於世尊有信敬心內懷歡喜世尊隨順爲說妙法女梵志聞佛說法遠塵離垢諸法法眼生此佛爲彼女梵志故慈滿問曰此中云何慈滿答曰即彼現愛緣是是謂現愛緣或現智藥者如所說摩訶先優婆夷請佛及僧供養醫藥彼時有一比丘得病服藥醫教勑當服肉汁彼病比丘語侍病者賢者往語摩訶先優婆夷其比丘有患服藥當須肉汁彼時侍比丘者便至摩訶先優婆夷所到已語摩訶先優婆夷妹當知某比丘遇患服藥當須肉汁彼摩訶先優婆夷告使人曰汝持此物往買肉與彼比丘彼使人持物往周徧波羅㮈城索肉不能得說者彼曰梵摩達王生一童男盡勑城內不得殺生彼使人還至摩訶先優婆夷所到已白摩訶先優婆夷曰大家當知周徧城中求索肉不可得摩

訶先優婆夷作是念此爲災比丘得患而服藥若不得肉或能命終便持利刀入屋中割身輭肉與使人汝使人自煑與彼比丘彼使人如所勑持與比丘彼比丘不知持往與病比丘彼病比丘亦不知而服至病得愈摩訶先優婆夷患身疼痛彼時摩訶先優婆夷夫少有事爲出行不在彼摩訶先優婆夷夫還家問内人曰摩訶先今爲所在内人對曰大家摩訶先在屋中極患苦痛彼時摩訶先夫聞已極瞋恚無有敬心彼作是說若施者不知受者亦不知耶我當往向佛論之於是摩訶先夫至世尊所彼時世尊無量百千衆前後圍遶而爲說法摩訶先夫見已作是念今不得論明當請世尊會然後當論作是念已便前至世尊所到已禮世尊足禮足已却坐一面彼時世尊爲摩訶先夫無量方便而爲說法勸進等勸進令歡喜等歡喜無量方便爲說法勸進等勸進令歡喜等歡喜默然住彼時摩訶先夫從座起叉手向世尊白世尊曰唯世尊明設微小會願世尊及僧愍故當受世尊受彼摩訶先夫請默然而住於是摩訶先夫知世尊默然可已禮世尊足遶世尊已還本所止到已即彼夜具諸餚饍設種種淨妙供饌辦已白時至彼時世尊晨著衣服比丘前後圍遶往詣彼摩訶先夫舍到已就坐世尊知而問内人摩訶先優婆夷今爲所在内人曰唯世尊摩訶先優婆夷行永斷極患苦痛在屋中佛世尊知内緣起知外亦如是於是世尊屈伸臂頃至雪山上取藥來已摩著瘡上著瘡上已告摩訶先優婆夷夫曰

呼摩訶先優婆夷出世尊呼汝唯然世尊摩訶先夫受世尊教已便至摩訶先所到已語摩訶先世尊呼汝聞世尊呼瘡即平服同一色聞已於世尊所倍增信敬內懷歡喜至世尊所到已禮世尊足却住一面世尊隨順爲說妙法摩訶先優婆夷及諸眷屬聞說法已遠塵離垢諸法法眼生此世尊爲摩訶先優婆夷故慈滿問曰此中云何慈滿答曰即彼智藥復次智藥者如所說彼時愚癡瑠璃王破迦維羅衛城將彼釋種極妙六女彼在堂上而自誇說我能壞汝親族令無遺餘彼釋女對曰王有宿福我親族見諦盡是聖人但王不應全命而來彼王作是念故能爲彼敢有所言彼王捨於後世無有慈心截彼釋女手足已棄著壍中彼釋種女盡應佛化彼世尊爲教化故便至彼處見彼遭無量苦患見已作是念今此時此釋六女若恒沙佛爲說法者彼患斯苦不能令受化佛世尊知內緣起知外亦如是於是世尊屈伸臂頃至雪山上取藥來已摩著瘡上摩著瘡上已苦痛即除便生樂痛生樂痛已世尊隨順爲說妙法彼六釋女聞說法已遠塵離垢諸法法眼生此世尊爲六釋女慈滿問曰此中云何慈滿答曰即彼智藥是是謂智藥或以更樂者如所說世尊遊諸房到一房舍世尊見彼房中有一比丘遇患苦痛獨自無伴眠大小便中不能起居世尊知而問比丘何以故遇此患獨自無伴病比丘質直白世尊曰唯世尊我窳惰不能看視他他亦不看視我唯世尊我無所依唯善逝我無所怙世尊告曰比丘汝

不爲我故出家學道作沙門耶比丘曰唯然世尊唯然善逝世尊告曰比丘我是汝所依及天世間彼時世尊於彼卧處徐徐扶起將出外安徐令卧彼時世尊還入房中出彼薦席除大小便泥治卧屋更布新薦席洗浴病比丘已更著新衣浣濯故衣還將入房徐徐卧新床褥上以手摩身世尊告曰比丘若汝不增勤修不到欲到不獲欲獲不證欲證者比丘但更遭重患復甚於此如世尊以手摩病比丘所苦即除便得樂痛得樂痛已世尊隨順爲說妙法比丘聞說法已遠塵離垢諸法法眼生此世尊爲彼比丘故慈滿問曰此中云何慈滿答曰彼更樂是復次更樂者如所說世尊遊耆闍崛山一方調達亦在一方彼時調達遭重頭痛不可堪忍彼時世尊以

具足相好紫磨金色滿百千福手貫彼山摩調達頭除一切苦痛便得樂痛得樂痛已調達作是念是誰之恩彼還顧見是世尊手見已說曰善哉悉達善學此醫以此醫方足得生活此世尊爲調達故慈滿問曰此中云何慈滿答曰即更樂是是謂更樂或以涼冷影者如所說世尊及尊者舍利弗同遊一處尊者阿難在佛後執拂拂佛彼時有鳥爲鷹所逼怖畏飛取尊者舍利弗影中住身戰如獨搖樹彼鳥離舍利弗影飛至佛影中無恐畏阿難見已叉手白佛曰甚奇世尊如此鳥在尊者舍利弗影中時身戰如獨搖樹離舍利弗影至世尊影已便無恐畏世尊告曰如是阿難如是阿難舍利弗比丘離於殺不極清淨是故身住影中鳥戰如獨搖樹阿難我於

三阿僧祇劫離於殺具足清淨澤行是故鳥住我影中而無恐怖此世尊爲彼鳥故慈滿問曰此中云何慈滿答曰即涼冷影是復次涼冷影者如所說有一賊截手足棄著塹中彼賊世尊應化世尊作是念若此時恒沙佛爲一賊說法者不能度彼時世尊往至賊所到已彼賊在世尊影中即離苦痛便得樂痛得樂痛已世尊隨順爲說妙法賊聞法已遠塵離垢諸法法眼生此世尊爲賊故慈滿問曰此中云何慈滿答曰即涼冷影是是謂涼冷影如世尊無量種慈滿非一種以是故律說世尊慈滿衆生而說法如世尊契經說四種人受於梵福謂人未曾立處以如來舍利立作鍮婆是謂初人受於梵福復次謂人未曾立處作房舍已施招提僧是謂二人受於梵福復次謂人若有鬬亂僧而和合之是謂三人受於梵福復次謂人心與慈俱滿一方已成就遊如是二三四四維上下滿一切諸方已成就遊如是心與悲喜護俱滿一方已成就遊如是二三四四維上下滿一切諸方已成就遊是謂四人受於梵福譬喻者說曰此非佛契經所說亦非梵福佛契經說無量等是梵福何以故謂無量等與果等如此受梵福謂金剛座及轉法輪從天下處立鍮婆如是彼立小小鍮婆得梵福與等耶如此受梵福謂竹園祇桓深邃林立大僧坊如是彼立小小房得梵福與等耶如此受梵福謂調達鬬亂得而和合之如是彼拘舍彌比丘小小諍而和合之得梵福與等耶是故非佛契經亦非梵福佛契經說無量等亦

是梵福如是說者是佛契經說亦是梵福問曰如此果不與等答曰饒益他故世間福相如無量饒益他謂修無量等如是此亦無量饒益他謂未曾立處以如來舍利立鍮婆謂因彼處百千衆生修善身口意行供養世尊繒綵華蓋幢幡妓樂碎末塗香願求佛道聲聞辟支佛道得大富生豪貴家顏貌端正生天上人中觀此極有饒益如此無量極饒益他謂發於無量等此亦如是無量饒益他謂未曾立處作房已施與招提僧謂因彼處百千衆生修善身口意行誦習讀者問者教者思惟契經律阿毗曇思惟靜默除欲界結除色界無色結得須陀洹斯陀含阿那含阿羅漢果爲佛法僧故佐助衆事願求佛道聲聞辟支佛道得大富生豪貴家顏貌端正生天上人中觀此極有饒益如此無量極饒益他謂發於無量等此亦如是無量饒益他謂和合鬬亂僧者如僧鬬亂壞爾時未取證不取證未得果不得果不能除結不得漏盡亦不誦習契經律阿毗曇亦不思惟契經律阿毗曇亦不思惟靜默不除欲界結亦不除色無色界結不得須陀洹斯陀含阿那含阿羅漢果三千大千世界不轉法輪至首陀會天意亂謂和合鬬亂僧已未取證取證得果能除結得漏盡誦習契經律阿毗曇思惟契經律阿毗曇亦思惟靜默除欲界結除色無色界結得須陀洹斯陀含阿那含阿羅漢果三千大千世界轉于法輪至首陀會天意亦不亂觀此極有饒益或曰謂未曾立處以如來舍利立鍮婆者如來是梵因彼處受梵福謂未

曾立處作房施招提僧因梵行人處受梵福謂和合鬬亂僧者謂聖道因彼處受梵福尊者婆須蜜說曰謂未曾立處以如來舍利立鍮婆以四事故受梵福云何爲四開極妙意廣出財物及立舍利所作已訖謂未曾立處作房施招提僧以四事故受梵福開極妙意廣出財物所作已訖誦習禪思未定得定謂和合鬬亂僧以四事故受梵福除口四過行四淨口除諸非法住於施法謂修無量等以四事故受於梵福離諍不諍除去五蓋色界果封在色界問曰梵福福爲幾數有一說者謂所因行得轉輪王此是梵福數更有說者謂所因行得天帝釋是謂梵福數更有說者謂所因行得他化自在天子是謂梵福數更有說者謂所因行得大梵是謂梵福數更有說者世敗還成時一切衆生所因行施設此大地是梵福數更有說者梵天請世尊轉於法輪謂大梵請佛所轉法輪受福是梵福數問曰大梵不隱沒無記心請佛世尊云何受梵福有一說者謂始發梵天我當往請佛世尊即彼時大梵天受梵福此者不論何以故如汝所說應不作行而受報問曰若不爾者此云何答大梵天請世尊轉法輪大梵天聞已便作是念我請故佛轉法輪彼以此懷歡喜心發極妙善願彼時受梵福更有說者除已成菩薩餘一切衆生所受福此是梵福數如是說者名梵福者此稱譽讚歎但梵福者無量不可計阿僧祇不可數如世尊契經說慈修習多修習生徧淨天悲修習多修習生空處喜修習多修習生識處護修習多修習

生不用處問曰若說慈修習多修習生徧淨天者此應爾謂慈果封在徧淨謂說悲修習多修習生空處喜修習多修習生識處護修習多修習生不用處者此不應爾何以故此是色界功德善根不應受無色界報何以故說悲修習多修習生空處喜修習多修習生識處護修習多修習生不用處有一說者彌勒下已當爲說之餘者不能或曰爲相似故說慈是樂行樂根一切生死中最妙彼三禪中可得是故佛說修慈生徧淨悲者能訶責壞色空處亦訶責壞色是故佛說修悲生空處喜者悅行識處意亦悅行是故佛說修喜生識處護者能捨不用處亦說名爲捨是故佛說修護生不用處或曰彼行者令意悅樂故或有行者欲得三禪或欲得空處識處不用處謂欲得三禪者彼除欲界結意不樂不悅除初禪欲不樂不悅於二禪除欲時三禪現在前意悅樂謂欲得空處者彼除欲界欲意不樂不悅乃至三禪除欲意不樂不悅於四禪除欲時空處現在前意悅樂謂欲得識空處者彼除欲界欲意不樂不悅乃至三禪除欲意不樂不悅於四禪除欲時空處現在前意悅樂謂欲得識處者彼除欲界欲意不樂不悅至四禪除欲意不樂不悅謂空處除欲時識處現在前意悅樂謂欲得不用處者彼除欲界欲意不樂不悅至空處除欲意不樂不悅於識處除欲時不用處現在前意悅樂是謂行者令意悅樂故以故爾或曰此中說覺支道支謂覺支道支者能除二禪彼說慈爲名謂覺支道支除四禪彼說悲爲名謂

覺支道支除空處者彼說喜爲名謂覺支道支除識處者彼說護爲名是謂說覺支道支以故爾或曰斷異學意故異學無色中計解脫想於無量等中說道想謂異學無色中計解脫想者彼世尊說無量等共同尊者瞿沙亦爾說異學於離中者癡於不離中計解脫想謂計解脫想者彼世尊說無量等共同廣說四無量等處盡

鞞婆沙論卷第十一下

音釋

掠 離灼切笞也　邠邸園 邠卑民切邸直離切邠邸園即給孤獨園也　塹 七豔切坑也　窳惰 窳烏主切嬾也惰徒卧切怠也　浣濯 浣胡玩切濯直角切

鞞婆沙論卷第十二

迦旃延子造

苻秦罽賓三藏僧伽跋澄譯

四無色處第三十五

四無色者空處識處不用處有想無想處問曰何以故作此論答曰斷他意故作此論或有欲令無色中有色或有欲令無色中無色鞞婆闍婆提欲令無色中有色育多婆提欲令無色中無色問曰鞞婆闍婆提何意欲令無色中有色答曰彼從佛契經起無色中有色彼言世尊契經說名色緣識識緣名色無色中有識若無色中有識者亦當應有色更餘契經說壽煖識此三法常合終不相離此三法不可得別施設若此三法不可得別施設者無色中有識若無色中有識者亦當應有煖煖者即是色餘契經世尊說若作是說我離色離痛想行獨施設識若來若住若生若終此不應作是說無色中有識若無色中有識者亦當應有四識住復更說詰責事若無色中無色者謂從欲界色界終生無色界彼或八萬劫色永斷若從彼終生欲界色界八萬劫色永斷還復生若八萬劫色永斷還復生者應阿羅漢入無餘涅槃界一切有爲行永斷後亦當還生若阿羅漢入無餘涅槃界一切有爲行永斷後方當還生者應無解無脫無離無出要莫言有咎是故無色中有色以此契經證故鞞婆闍婆提說無色中有色問曰育多婆提何意欲令無色中無色答曰從佛契經起欲令無色中無色彼言世尊契經說彼息解脫度色至無色如是像正受

身作證成就遊若度色至無色者是故無色中無色更餘契經說離欲至色離色至無色若離色至無色者是故無色中無色更餘契經說一切度色想滅有對想不念雜想無量空是空成就遊若度一切色想者是故無色中無色更餘契經禪品中說謂得可得有可有若色若痛想行識彼觀此法如病如癰如刺如箭如毒蛇觀無常苦空非我無色品中說謂得可得有可有若痛若想行識彼觀此法如病如癰如刺如箭如毒蛇觀無常苦空非我若禪品中說色無色品中不說色者以是故可知無色中無色復更說詰責事若無色中有色者斷法次第不可知謂諸有法在欲界此法在色無色界者如是斷法次第不可知若斷法次第不可知者究竟斷法不可知因斷法次第故至究竟可施設若至究竟不斷者應無解無脫無離無出要莫言有咎是故無色中無色以此契經證故育多婆提說無色中無色如是一說如是二但說如是無色中無色好問曰若無色中無色者此育多婆提云何通彼鞞婆闍婆提所說契經證答曰此契經說有意可通問曰有何意云何通答曰佛世尊或以欲界故說契經或色界故或無色界故或欲界色界或色無色故或三界故或離三界故欲界故說非色無色界者如所說三界欲界恚界害界此契經欲界故說非色無色界爲色界故說非欲界非無色界者如上禪品所說此契經色界故說非欲界非無色界無色界故說非欲界非色界者如上無色品所說此契經無色界故說非

欲界非色界欲色界故說非無色界者如此
契經名色緣識識緣名色此契經欲色界故
說非無色界何以故此欲色界中有色是故
此名色緣識識緣名色無色中無色是故彼
名緣識識緣名以是故此契經欲色界故說
非無色界色無色界故說非欲界者如禪經
所說經意生經此契經色無色界故說非界
三界故說者如所說欲界色界無色界此契
經三界故說離三界故說者如所說比丘我
當說涅槃及涅槃道此契經離三界故說如
所說壽煖識此三法常合終不相離此三法
不可得別施設者此契經亦欲色界故說非
無色界何以故此欲色界中有色是故此三
法常合終不相離此三法不可得別施設無
色中無色是故彼壽識此二法常合終不相

離此二法不可得別施設是謂此契經意之
所通如法所說此契經三法常合終不相離
不可得別施設者此三法亦可得別施設界
故入故陰故界別施設者壽者法界所攝煖
者色界所攝識者七意界所攝入別施設者
壽者法入所攝煖者色入所攝識者意入所
攝陰別施設者壽者行陰所攝煖者色陰所
攝識者識陰所攝如是此三法不能常合亦
可別施設界故入故陰故莫作是說此契經
三法常合終不相離此三法不可別施設如
所說若作是說我離色離痛想行獨施設識
若來若住若生若終此不應作是說者此契
經亦欲色界施設說何以故此欲色中有色
是故此識四識住故施設無色界中無色是
故彼識三識住故施設謂作是說我除四識

住獨施設識此終不能施設謂除一識住三識住故施設彼能施設如所說若無色中無色者謂從欲色界終生無色界彼或八萬劫色永斷若從彼終生欲界色界八萬劫色永斷還復生若八萬劫色永斷還復生者應阿羅漢入無餘涅槃界一切有爲行永斷後亦當還生若阿羅漢入無餘涅槃界一切有爲行永斷後亦當還生者應無解無脫無離無出要莫言有咎是故無色中有色者答曰比不應通此非契經非律非阿毗曇不可以世間譬喻壞賢聖法世間喻異賢聖法亦異此若通者當有何意答曰或因色無色生色無色或因色無色生無色或因無色生無色或因無色生色無色因色無色生色無色者若從欲色界終還生欲色界因色無色生無色者若從欲色界終生無色界因無色生無色者若從無色界終生無色界因無色生色無色者若從無色界終生欲色界或有色相續至竟斷或須臾斷謂色相續至竟斷者彼不復還生謂色相續須臾斷者彼還復生彼阿羅漢入無餘涅槃界一切有爲行永斷是故不復生問曰彼鞞婆闍婆提云何通此育多婆提所說契經證答曰彼言如佛契經說彼息解脫度色至無色如是像正受身作證成就遊此契經佛度麤色故說無色中有色但微細四大布散空界說曰此不論何以故說色極微者猶麤於四陰然彼說四陰不說色陰以此不知無色中無色問曰如所說離欲至色離色至無色此云何通答曰如彼色離欲界於色中故有色如是無色離色於無色

中亦應有色說曰此者不論何以故若彼色離此欲界色者可爾但彼色離此欲界中欲不離色色中無有欲如是彼無色離此色界中色以是故無色中無色餘契經證者彼不能通唯彼無智果闇果癡果非精勤果謂欲令無色中有色但無色中無色是謂欲斷他意現已意說如等法故作此論莫令斷他意莫現已意但說如等法故作此論四無色者空處識處不用處有想無想處空處云何如婆須蜜經所說空處正受及生謂善痛想行識是問曰何以故如禪或說正受及生或說生非正受無色者說一切正受及生答曰彼無色非種種非若干相非不相似是故一切說正受及生禪者種種若干相不相似是故或說正受及生或說生非正受或曰無色者非種種功德莊嚴是故一切說正受及生禪者種種功德莊嚴是故或說正受及生或說生非正受或曰無色者無多妙法是故一切說正受及生禪者多有妙法是故或說正受及生或說生非正受或曰無色者細不可見難可現是故一切說正受及生禪者麤可見可現是故或說正受及生或說生非正受四無色定者空處識處不用處有想無想處空處云何於是比丘度一切色想滅有對想不念雜想無量空是無量空處成就遊彼度一切色想者色想者謂四禪大地布散色想現彼應滅以是故說度一切色想滅有對想者對想者五識身相應想是問曰如欲界除欲時滅五識身相應想或除初禪欲時滅何以故四禪除欲時說滅有對想答曰雖有五識

身相應想或欲界除欲時滅或初禪除欲時滅但彼想處未滅謂四禪除欲已彼想處滅以想滅故說或曰滅依故說雖有五識身相應想或欲界除欲時滅或初禪除欲時滅但依未滅謂四禪除欲已所依便滅是故依滅故說更有說者有對想者恚相應想是問曰如恚相應想欲界除欲時求滅何以故四禪除欲時說答曰滅因故說謂因及緣生恚色因色緣是彼色四禪除欲時求滅是謂因及緣滅故說以是故滅有對想說不念雜想者四禪地布散想問曰彼何以故說不念答曰謂彼四禪布散想退空處正受世尊說不思念此想修空處正受道以是故說不念雜想無量空是無量空處成就遊者問曰何以故說空處爲性耶爲緣耶若是性者應四陰性若是緣者應緣四諦作此論已答曰空處者非性亦非緣但方便故說空處如彼施設所說云何方便空處正受云何方便成空處正受此始初行時或住山頂上或住高閣上或住高臺上謂此地極高處不念彼謂此地極下處彼念是空意解是空彼觀是空分別是空是從空故成就此正受以成此定說名爲空處或曰此法應爾謂彼地始無色彼名空處或曰離色故說空處彼行者於下地色緣色已除欲界欲乃至三禪彼於四禪上更無色可緣除四禪欲彼爾時生空想如人攀枝至枝上樹極標彼上更無有枝而可攀緣爾時便起空想如是行者於下地色緣色除欲界欲乃至三禪四禪上更無色可緣除四禪欲彼時便起空想是離色故便說空處或曰

謂從空處起相似想說者有一比丘得空處正受彼從定起手捫摸牀同學問曰汝何所求答曰我自求我同學說曰汝在牀上更何所求謂從定起相似想是說空處是故說無量空無量空處成就遊者謂彼空處地善四陰到得成就是故說無量空處成就遊復次比丘度一切無量空處無量識處成就遊問曰何以故說識處爲性耶爲緣耶若性者應有四陰性若緣者應四諦緣作此論已答曰無量識處者亦非性亦非緣但方便故說無量識處如彼施設所說云何方便無量識處正受云何精勤成就無量識處正受是始初行時觀淨眼識想觀淨耳鼻舌身意識想觀淨大火聚焰觀淨燈光彼念是識意解是識彼觀是識分別是識是從識故成就此正受以成此定說名無量識處或曰彼相似故從此起生悅樂悅樂識是故說無量識處無量識處成就遊者謂此無量識處善四陰到得成就是故說無量識處成就遊復次比丘度一切無量識處無所有處成就遊問曰彼中無何等答曰有所有者無量行彼中無此是故說無所有處尊者婆須蜜說曰彼無我計我是故說無所有處問曰如一切地無我計我何以故無所有處說無我計我答曰一切地計我意無有如少薄欲穿如無所有處是故說無所有處無我計我重說曰彼中無有常計常及常住是故說無所有處重說曰彼中無著處無依處無歸處是故說無所有處成就遊者此中謂無所有處善四陰到得成就是故說成就遊復次比丘度一切無所有

處非想非不想處成就遊問曰何以故說非想非不想處答曰彼想不定非想亦不定想不定者如七想正受中想定此中不爾非想不定者如無想定滅盡定此中亦不爾問曰若不爾者此云何答曰彼處鈍不捷疾不定斷是故說非想非不想處成就遊者此中謂非想非不想處善四陰到得成就是故說成就遊問曰何以故彼一界或二倍壽或不也如空處二萬劫壽識處四萬劫壽何以故無所有處不說八萬劫壽何以故非想非不想處不說十六萬劫壽答曰彼報因齊限謂彼因齊限報亦爾或曰空處有無量行或不無量行無量行者受萬劫壽不無量行者亦受萬劫壽是故彼受二萬劫壽識處亦有無量行或不無量行無量行者受二萬劫壽不無量行者亦受二萬劫壽是故彼四萬劫壽識處上無有無量行是故彼無量行壽分斷以故爾或曰空處中有止有觀止者受萬劫壽觀亦受萬劫壽是故彼受二萬劫壽識處亦有止亦有觀止者受二萬劫壽觀者亦受二萬劫壽是故彼受四萬劫壽識處止觀漸薄是故觀分斷以故爾或曰彼一切地性二萬劫壽空處性二萬劫壽識處性亦二萬劫壽以度一地故更二萬劫壽是故彼受四萬劫壽無所有處性亦二萬劫壽以度二地故更受四萬劫壽是故彼受六萬劫壽非想非不想處性亦二萬劫壽以度三地故更受六萬劫壽是故彼受八萬劫壽以故爾是故彼一界或二倍或不說曰欲界及非想非不想無聖道問曰何以故欲界及非想非不想無聖

道答曰非田非地非器故以故爾或曰此說二邊一欲界邊二非想非不想邊彼聖道除二邊故而處其中以故爾或曰此說一於有二根一欲界有根二非想非不想有根彼聖道除二有根而處其中以故爾或曰此欲界非定界非思惟地非除欲地非想非不想鈍不利不捷疾不定斷聖道者是定是思惟能除欲不鈍極利捷疾以故爾或曰此欲界增調非想非不想處增上聖道者是止觀以是故欲界及非想非不想處無聖道廣說四無色處盡

八解脫處第三十六

八解脫者色觀色初解脫內無色想觀外色二解脫淨解脫身作證成就遊三解脫復次比丘度一切色想滅有對想不念雜想無量空是無量空處成就遊四解脫復次比丘度一切無量空處無量識是無量識處成就遊五解脫復次比丘度一切無量識處無所有處成就遊六解脫復次比丘度一切無所有處非想非不想成就遊七解脫復次比丘度一切非想非不想處想滅正受身作證成就遊八解脫問曰八解脫有何性答曰初三解脫不貪性無量空處無量識處無所有處非想非不想處四陰性想滅解脫不相應行陰性界者初三解脫繫在欲界亦繫色界無量空處解脫無量識處解脫無所有處解脫或繫在無色界或不繫非想非不想想滅解脫繫無色界地者初二解脫初禪地二禪地淨解脫者根本四禪無量空處解脫即空處地無量識處解脫即無量識處地無所有處解

脫即無所有處地非想非不想想滅解脫即非想非不想處地依者初三解脫依欲界無量空處解脫至非想非不想處解脫依三界想滅解脫者依欲色界行者初二解脫不淨行淨解脫是淨行無量空處解脫無量識處解脫無所有處解脫或十六行或離十六行非想非不想處想滅解脫離行緣者初三解脫色陰緣空處解脫乃至非想非不想解脫緣四諦想滅解脫無有緣意止者初三解脫身意止空處解脫乃至非想非不想解脫三意止想滅解脫法意止智者初三解脫雖性非智與等智相應空處解脫乃至無所有處解脫或六智或非也非想非不想解脫一等智想滅解脫非智定者初三解脫性非定亦非定相應空處解脫乃至無所有處解脫或定或離非想非不想解脫想滅解脫非定痛者初二解脫與二根相應喜根護根淨解脫至非想非不想解脫一護根相應想滅解脫不與痛相應問曰當言過去耶當言未來耶當言現在耶答曰當言過去當言未來當言現在問曰當言過去緣耶當言未來緣耶當言現在緣耶當言非世緣耶答曰七解脫當言過去緣當言未來緣當言現在緣當言非世緣想滅解脫當言非緣問曰當言已意緣耶當言他意緣耶當言非意緣耶答曰七解脫當言已意緣當言他意緣當言非意緣想滅解脫當言非緣問曰當言名緣耶當言義緣耶答曰七解脫當言名緣當言義緣想滅解脫當言非緣此是解脫性已種相所有自然說性已當說行何以故說解脫解脫有何

義答曰不向門義是解脫義問曰若不向門義是解脫義者何等解脫於何事不向門耶答曰初二解脫於色欲不向門淨解脫不淨不向門空處解脫乃至非想非不想處解脫下地相續不向門想滅解脫二事不向門一心永滅二不向門心永滅者謂斷一切心不向門者謂一切共緣相續不向問曰如所說內無色想觀外色者若內無色想時即觀外色耶爲觀外色非內無色想耶若內無色想時即觀外色者何得不一時有二種心耶若一時有二種心者何得不破心耶若破心者何得不有無量心耶若觀外色非內無色想者此契經云何通此中說內無色想觀外色作此論已答曰觀外色無有內無色想問曰若觀外色無有內無色想者此契經云何通此中說內無色想觀外色答曰此契經說善根及善根方便若說內無色想是彼善根方便觀外色者此是根本善根或曰此中說前校計分別彼行者前校計分別已如我內無色想當觀外色是故說內無色想觀外色問曰彼不淨想盡是欲界色入境界耶爲非耶若彼不淨想盡是欲界色入境界者此尊者阿那律契經云何通說者尊者阿那律遊於山林中爾時四妙天女化作上妙色已到尊者阿那律所禮尊者阿那律足於一面住白尊者阿那律曰尊者阿那律我等四妙天女於四事善得自在云何四天色天衣天飾天樂尊者阿那律我等四妙天女若意所欲化天四事天五欲等共娛樂尊者阿那律便作是念我今寧可於四禪地不淨想現在前已

當觀不淨爾時尊者阿那律作是念巳四禪
地不淨想即現在前便觀四妙天女不淨終
不能於不淨得解爾時尊者阿那律告四妙
天女曰諸妹皆作青色問曰何以故尊者阿
那律告彼諸妹皆作青色耶答曰尊者阿那
律作是念此色極好種種若盡同一色者或
於不淨得解爾時四妙天女聞尊者阿那律
教巳盡化青色於尊者阿那律前歌舞戲笑
尊者阿那律於不淨猶故不解尊者阿那律
復告曰諸妹盡作黃色盡作赤色問曰何以
故尊者阿那律告四妙天女諸妹皆作黃色
盡作赤色答曰尊者阿那律作是念觀緣行
時或從不淨得解爾時四妙天女聞尊者阿
那律教巳盡化黃色盡化赤色於尊者阿那
律前歌舞戲笑尊者阿那律於不淨猶故不
解尊者阿那律復告諸妹盡作白色問曰何
以故尊者阿那律告四妙天女諸妹盡作白
色答曰尊者阿那律作是念此白色觀不淨
時極隨順若作白色者或於不淨得解爾時
四妙天女聞尊者阿那律教巳盡化作白色
於尊者阿那律前歌舞戲笑尊者阿那律於
不淨猶故不解尊者阿那律作是念此色甚
爲極妙作是念巳即閉塞諸根若彼不淨想
盡是欲界色入境界者此羿經云何解答曰
尊者阿那律雖於不淨想不得解但利根者
於不淨能得解如佛辟支佛聲聞得度無極
問曰能於佛身解不淨耶爲不耶答曰佛身
者極妙極好諸得不淨想者盡來於佛身觀
不淨終不能於佛足指觀不淨況復極妙面
得不淨耶唯佛觀佛能解不淨更有說者不

淨想者有二種一觀別相二總觀相觀別者終不能於佛身解不淨總觀相者或能於佛身解不淨復有二種不淨想一壞色二緣行壞色不淨想者終不能於佛身解不淨緣行不淨想者或能於佛身解不淨問曰淨解脫爲色觀色耶爲内無色想觀外色耶若色觀色者彼初解脫及第三解脫何差別若内無色想觀外色者彼二解脫及第三解脫何差別作此論已答曰淨解脫者内無色相觀外色問曰若淨解脫内無色想觀外色者二解脫及三解脫何差别答曰名即是差別此二此三地亦有差別二解脫者初禪二禪地淨解脫者根本四禪地除病亦有差別二解脫者除色欲淨解脫者除不淨或曰二解脫者緣觀不淨不起結淨解脫者緣觀淨亦不起結緣觀不淨不起結者此非奇緣淨觀不起結者此乃爲奇二解脫及三解脫是謂差別問曰此說淨解脫極妙緣亦極妙何以故說淨解脫極妙緣亦極妙耶答曰謂此非是常人所能得唯淨潔自喜從妙天來者彼能得如所說有異比丘來至世尊所到已禮世尊足却坐一面世尊爲說妙法勸進等勸進以無量方便等勸進已黙然住於是比丘聞世尊所說法内懷歡喜從坐起整衣服露右肩叉手向世尊白世尊曰唯世尊願賜處所彼時尊者阿難在世尊後手執拂拂世尊彼時世尊還顧告阿難曰爲客比丘屏一房令得止宿唯然世尊彼時尊者阿難受世尊教已爲客比丘屏一房與客比丘客比丘白尊者阿難曰尊者阿難爲我故極掃灑此房除諸

穢惡懸繒幡蓋燒衆名香散種種華設廣大牀褥極令柔輭於是尊者阿難聞已到世尊所白世尊曰唯世尊向冥來客比丘如是告勑尊者阿難爲我故極掃灑此房除諸穢惡懸繒幡蓋燒衆名香散種種華設廣大牀褥極令柔輭世尊曰阿難速爲彼客比丘如所言尊者阿難波斯匿王常請供養於是尊者阿難受世尊教已至波斯匿王宫取種種具便掃灑彼房除諸穢惡懸繒幡蓋燒衆名香散種種華設廣大牀褥極令柔輭尊者阿難一切具施設已還所止於是彼客比丘於房中即其夜發淨解脫三明作證得六神通於八解脫順逆已晨朝神足淩虚而去於是尊者阿難明朝至彼房看見空房不見客比丘於是尊者阿難到世尊所已白世尊曰唯世尊昨來客比丘如是告勑已而彼客比丘空房而去世尊告曰阿難勿說彼客比丘何以故阿難彼客比丘者於房中即其夜發淨解脫三明作證得六神通於八解脫順逆已晨朝神足淩虚而去阿難彼客比丘淨潔自喜從妙天中來阿難若不具種種供給者彼比丘終不能發爾所功德是故以此可知非是常人所能得唯潔自喜從妙天中來者可得是故說淨解脫極妙緣亦極妙問曰如此二正受無想正受想滅正受二俱無心何以故想滅正受立解脫無想正受不立耶答曰謂勇猛勤行多作方便彼立解脫謂不勇猛不勤行不多作方便彼不立解脫或曰謂未曾行未曾得未曾轉彼立解脫謂曾行曾得曾轉彼不立解脫或曰謂不共彼立解脫謂共

彼不立解脱或曰謂此法可得非外彼立解脱謂此法及外可得彼不立解脱問曰云何知無想正受此法可得答曰有證如所說得無想正受彼從中起止息所往來持衣鉢具言語柔和飲食詳徐有長老比丘得妙智觀觀已作是念彼比丘極妙具足威儀禮節我寧可觀之得何功德彼觀知乃是凡夫人唯得無想正受知已從三昧起呼彼比丘告曰子此非是妙汝離佛法中極妙善根而與異學同行何用是爲速當捨之於是彼比丘求極多方便欲捨本心終不能離說者彼比丘乃至退服還家本不能離本心彼命終已生無想天是故以此可知無想正受此法中亦得或曰謂聖人可得非凡夫人彼立解脱謂一向凡夫人可得非聖人彼不立解脱或曰此前已說二事故名爲解脱一者共緣相續不向門二者盡斷心彼無想正受不能一切共緣相續不向門亦不能盡斷心是故想滅正受立解脱無想正受不立解脱問曰何以故無色具足立解脱禪者不具足立解脱耶答曰此禪麤可見是故不具立解脱無色極微細不可見是故具立解脱或曰禪者種種非一相不相似是故不具立解脱無色者非種種非不一相非不相似是故具立解脱或曰禪多有功德多有妙法是故不具立解脱無色者無多功德無多妙法是故具立解脱或曰禪者種種善根莊嚴是故不具立解脱無色者無種種善根莊嚴是故具立解脱或曰禪解脱一向有漏是故不具立解脱無色解脱者有漏無漏是故具立解脱問曰何以

故禪解脫一向有漏無色解脫有漏無漏耶答曰禪解脫者得解思惟無色解脫者眞實思惟以是故禪解脫一向有漏無色解脫有漏無漏問曰何以故八解脫說淨解脫想滅解脫身作證不說餘答曰餘亦說如彼大因經所說阿難如比丘於八解脫順逆身作證成就遊以此可知餘亦說身作證問曰此一契經說八解脫身作證餘契經何以唯說此二解脫身作證答曰此二解脫勇猛勤行多作方便以是故說二解脫身作證或曰謂此二解脫說界邊淨解脫者說色界邊想滅解脫者說無色界邊以故爾或曰謂此二解脫說地邊淨解脫者說四禪地邊想滅解脫者說非想非不想地邊或曰淨解脫者緣觀淨不起結世尊說身當作證想滅解脫者非心

法身所生非心所生身力可得非心力可得世尊說身當作證或曰世尊說大因經八解脫身作證成就遊者彼一切由二解脫故以是故世尊說淨解脫想滅解脫身作證說曰此佛契經說八解脫爲方問曰何以故世尊說八解脫爲方答曰爲教化故有受化者應聞方名得解是故世尊爲教化故說八解脫爲方如餘契經爲教化故說諦爲方如是世尊爲教化故說八解脫爲方或曰此契經有因有緣如所說王波斯匿告捕象者汝捕象人速捕野象已白我令知於是捕象者受王教已至空野處捕象得已還白王曰唯尊當知已捕得象隨王處分於是王告善御象汝御象人速調御此野象調已還來白我彼善御象者受王教已將野象而調御之極調已

還白王曰唯尊所勑調象今已極調於是王欲試此象令御象者御象王乘而出出城已而彼象遥見大牝象群見已奔走馳向彼善御象者極以力御而不能制彼象被鈎斵而無所覺於是王告善御者汝速迴此象無令斷我命根御者對曰天王極以力制而不可禁王及御象者殆至於死彼宿緣會象趣樹間於是善御象者手攀枝授與王於是王及善御者攀枝而下象奔走趨群王告御象者曰汝云何令項生王乘此不調之象御者叉手對曰天王當賜威顏此象極已調王告曰云何知極調御者對曰天王彼象已習人間之食彼食空野中食不能存命彼欲止自還還已當令王見所以為調於是野象欲止還至王城彼御象者將象至王所告象曰我當令汝有所作勿得動轉若不忍者我當令汝如本所更彼象有智即然可之寧令我死願不見本所更事彼御者以大鐵鉗鉗大熱鐵團著其頂上燒象頂如燒樺皮彼象不敢動轉於是御象者白王曰天王當觀象調如此王告御者曰前者是誰之過御者對曰天王是心之過王告曰何以故不調御心御者對曰唯能御形不能調心王告曰誰有能調心者於是御者右膝跪地叉手面向祇桓精舍白王曰天王彼佛世尊止此舍衛祇樹給孤獨園彼能調心於是王有心於世尊欲見世尊於是王及御者還乘本象更往祇樹給孤獨園彼時世尊為無量百千衆眷屬圍遶說微妙法於是王下象已步至世尊所世尊方便說喻非一切聲聞辟支佛彼王漸欲近世

尊見已告諸比丘象師御象走趣一方或東西南北及諸方御馬師調御馬走趣一方或東西南北及諸方調牛師調御牛走趣一方或東西南北及諸方無上士天人師調御人趣一切方一切方者色觀色界初方乃至想滅解脫身作證成就遊爲八方以是故佛契經以解脫說爲方問曰解脫云何如方答曰同八事故名爲方解脫者八方亦八問曰如方有十解脫有八云何同八事故名爲方答曰如彼御象者能御八方終爲能令至上下是故同八事故名爲方或曰如象日方而趣如是受化者緣故解脫現在前尊者瞿沙說曰解脫及方者三事同三事差降三事同者如象不趣向方不可調御世尊亦爾不向化者不能令解脫現在前如象調御至一方不趣餘方如是世尊爲受化者令一解脫現在前非餘解脫如象調御趣一方遠離餘方如是世尊爲受化者令一解脫現在前遠離餘解脫此三事同三差降者象者不至方不可調御世尊住一方已爲受化者極令彼遠能令解脫現在前象者御趣一方不趣餘方世尊爲八受化者能令一時八解脫現在前象者御趣一方遠離餘方世尊爲受化者能令一解脫現在前餘解脫近爲習學故是謂三差降廣說八解脫處盡

八除入處第三十七

八除入者云何爲八此比丘内有色想觀外色少若好若醜彼色壞已知壞已見作如是想此初除入復次比丘内有色想觀外色無量若好若醜彼色壞已知壞已見作如是想

此二除入復次比丘内無色想觀外色少若好若醜彼色壞已知壞已見作如是想此三除入復次比丘内無色想觀外色無量若好若醜彼色壞已知壞已見作如是想此四除入復次比丘内無色想觀外色青青色青見青光無量無量淨意愛意樂無厭如青蓮華青青色青見青光如成就波羅柰衣極擣熟令悅澤青青色青見青光如是比丘内無色想觀外色青青色青見青光無量無量淨意愛意樂無厭彼色壞已知壞已見作如是想此五除入復次比丘内無色想觀外色黄黄色黄見黄光無量無量淨意愛意樂無厭如迦羅尼華黄黄色黄見黄光如成就波羅柰衣極擣熟令悅澤黄黄色黄見黄光如是比丘内無色想觀外色黄黄色黄見黄光無量無量淨意愛意樂無厭彼色壞已知壞已見作如是想此六除入復次比丘内無色想觀外色赤赤色赤見赤光無量無量淨意愛意樂無厭如頻頭迦羅華赤赤色赤見赤光如成就波羅柰衣極擣熟令悅澤赤赤色赤見赤光如是比丘内無色想觀外色赤赤色赤見赤光無量無量淨意愛意樂無厭彼色壞已知壞已見作如是想此七除入復次比丘内無色想觀外色白白色白見白光無量無量淨意愛意樂無厭如明星白白色白見白光如成就波羅柰衣極擣熟令悅澤白白色白見白光如是比丘内無色想觀外色白白色白見白光無量無量淨意愛意樂無厭彼色壞已知壞已見作如是想此八除入問曰八除入有何性答曰無貪善根性彼相應法

共有法總五陰性界者或欲界繫或色界繫地者初四除入初禪二禪地後四除入第四禪地何以故謂從初解脱二解脱或初四除入故從淨解脱或後四除入故依者盡依欲界行者初四除入不淨行後四除入淨行緣者盡緣欲界欲界中色入緣意止者是身意止智者雖性非智但等智相應定者非定痛者初四除入喜根相應後四除入護根相應問曰當言過去耶當言未來耶當言現在耶答曰當言過去當言未來當言現在問曰當言過去緣耶當言未來緣耶當言現在緣耶答曰當言過去緣當言未來緣當言現在緣問曰當言名緣耶當言義緣耶答曰當言名緣當言義緣問曰當言已意緣耶當言他意緣耶答曰當言已意緣當言他意緣此是除入性已種相身所有自然說性已當說行何以故說除入除入有何義答曰緣壞故名爲除入如所說能壞處所者是故世尊說除入是謂緣壞故名爲除入八除入者云何爲八此比丘內有色想觀外色少者少自在故少緣故名爲少好者謂色青黃赤白悅澤名爲好醜者謂色青黃赤白不悅澤名爲醜彼色壞已知壞已見者彼色中離欲斷欲度欲便壞已知壞已見訶責自在教勑自在如大家已有奴責數自在教勑自在如是彼色中離欲斷欲度欲便壞已知壞已見訶責自在教勑自在是故說彼色壞已知壞已見作如是想者如是修彼想也是故說作如是想此初除入初者次第數便有初次順數便有初復次次第正受便有初故曰初除入者何所除

入當正受時壞色故曰除入復次比丘内有色想觀外色無量者自在無量故緣無量故名爲無量好者謂色青黄赤白悅澤名爲好醜者謂色青黄赤白不悅澤名爲醜彼色壞已知壞已見者彼色中離欲斷欲度欲便名壞已知壞已見訶責自在教勑自在如大家已有奴訶責自在教勑自在如是彼色中離欲斷欲度欲便壞已知壞已見訶責自在教勑自在是故説彼色壞已知壞已見作如是想者如是修彼想也是故説作如是想此二除入二者次第數便有二次順數便有二復次次第正受便有二故曰二除入者何所除入當正受時壞色故曰除入復次比丘内無色想觀外色少者自在少故緣少故名爲少好者謂色青黄赤白悅澤名爲好醜者謂色青黄赤白不悅澤名爲醜彼色壞已知壞已見者彼色中離欲斷欲度欲便名壞已知壞已見訶責自在教勑自在如大家已有奴訶責自在教勑自在如是彼色中離欲斷欲度欲便壞已知壞已見訶責自在教勑自在是故説彼色壞已知壞已見作如是想者如是修彼想也是故説作如是想此三除入三者次第數便有三次順數便有三復次次第正受便有三故曰三除入者何所除入當正受時壞色故曰除入復次比丘緣無量故名爲無量好者謂色青黄赤白悅澤名爲好醜者謂色青黄赤白不悅澤名爲醜彼色壞已知壞已見者彼色中離欲斷欲度欲便壞已知壞已見訶責自在教勑自在如大家已有奴訶責自在教勑自在如是彼色中離欲斷欲

度欲便壞已知壞已見訶責自在教勑自在是故說彼色壞已知壞已見作如是想者如是修彼想也是故說作如是想此四除入四者次第數便有四次順數便有四復次次第正受便有四故曰四除入者何所除入當正受時壞色故曰除入復次比丘內無色想觀外色青者現青想現青種現青聚是故說青青色者如此色青如是彼色形亦青是故說青色青見者眼行眼境界眼光是故說青見青光者青光青明青焰是故說青光無量者無量無邊不可計是故說無量無量淨者如彼色無量如是彼色中淨亦無量是故說無量淨意愛者彼色愛喜好喜念是故說意愛意樂者意樂著自娛是故說樂無厭者樂欲忍是故說無厭如青蓮華青青色青見青光如成就波羅㮈衣極擣熟令悅澤青青色青見青光如是比丘內無色想觀外色青青色青見青光無量無量淨意愛意樂無厭彼色壞已知壞已見者彼色中離欲斷欲度欲便壞已知壞已見訶責自在教勑自在如大家已有奴訶責自在教勑自在如是彼色中離欲斷欲度欲便壞已知壞已見訶責自在教勑自在是故說彼色壞已知壞已見作如是想者如是修彼想也是故說作如是想此五除入五者次第數便有五次順數便有五復次次第正受便有五故曰五除入者何所除入當正受時壞色故曰除入如青除入黃赤白除入亦如是問曰何以故無色不立除入答曰佛世尊於法真諦餘眞無能過彼盡知諸法相盡知行謂有除入相彼立除入謂無

除入相彼不立除入或曰除入者能壞色以故名爲除入無色中無色可壞以故彼不立除入廣說八除入處盡

十一切入處第三十八

十一切入者云何爲十此比丘地一切入一思惟上下諸方無二無量水一切入火一切入風一切入青一切入黃一切入赤一切入白一切入無量空處一切入無量識處一切入十思惟上下諸方無二無量問曰十一切入有何性答曰初八無貪善根性無量空處無量識處一切入四陰性界者初八色界繫無量空處無量識處一切入者無色界繫地者初八一切入根本第四禪何以故從淨解脫成八一切入故無量空處一切入即無量空處地無量識處一切入即無量識處地依者一切依欲界行者八一切入淨行無量空處無量識處一切入不施設行緣者初八一切入欲界緣無量空處無量識處一切入無色界緣意止者初八一切入身意止無量空處無量識處一切入三意止智者初八一切入雖性非智但等智相應無量空處無量識處一切入是等智定者非定痛者一切護根相應問曰當言過去耶當言未來耶當言現在耶答曰當言過去當言未來當言現在問曰當言過去緣耶當言未來緣耶當言現在緣耶答曰當言過去緣當言未來緣當言現在緣問曰當言名緣耶當言義緣耶答曰當言名緣當言義緣問曰當言已緣耶當言他緣耶答曰當言已緣當言他緣此是十一切入性已種相身所有自然說性已當說行何

以故說一切入一切入有何義答曰普緣故
名一切入十一切入者此比丘地一切入者
普緣故一思性一者次第數便有一順次數
便有一復次次第正受便有一上下者上即
上方下即下方諸方者四方及四維也無二
者不俱不散無量者無量無限不可計水一
切入火一切入風一切入青一切入黃一切
入赤一切入白一切入無量空處無量識處
一切入無量一切入者普緣故十思惟者次
第數便有十順次數便有十復次次第正受
便有十上下者上即上方下即下方諸方者
四方及四維無二者不俱不散無量者無量
不可限不可計問曰無所有處非想非不想
處何以故不立一切入答曰佛世尊於法眞
諦餘眞無能過上彼盡知諸法相盡知行謂
有一切入相立一切入謂無一切入相不立
一切入或曰無量行故無量空處無量識處
立一切入無所有處非想非不想處無無量
行是故不立一切入問曰此中說上下及諸
方八一切入應爾上下及諸方無量空處無
量識處一切入無地不可見何以故說上下
及諸方答曰彼雖無上下正受故可得上下
謂彼行正受者或上或下或中是故說上下
如幇經說諸賢行地一切正受者作是念謂
地即是我謂我即是地我與地一無二問曰
此云何如是行地一切正受者謂地計是我
答曰行正受者曾行正受故說如本曾作沙
門故以沙門爲名曾阿練阿練爲名曾戒律
戒律爲名曾法師法師爲名如是行正受者
曾行正受故說問曰三禪何以故不立解脫

除入一切入答曰三禪樂一切生死中最妙行者彼樂不求此善根以故爾問曰若爾者何以故三禪中有神通變化答曰如是彼中或有善根或無莫令彼地善根空或曰此神通變化能長養樂非是損解脱除入一切入於樂是損非是長養以是故三禪不立解脱除入一切入問曰解脱除入一切入何差別答曰解脱者令不向門除入者壞於緣一切入者普緣解脱除入一切入是謂差別廣說十一切入處盡

鞞婆沙論卷第十二

音釋

詰（苦吉切問也）匿（女力切）牝象（毗忍切牝象母象也）斲（竹角切）鉗（巨鹽切）樺（胡化切木名）擣（都晧切敲也）

鞞婆沙論卷第十三

迦旃延子造
苻秦罽賓三藏僧伽跋澄譯

八智處第三十九

八智者法智未知智知他心智等智苦智習智盡智道智問曰何以故彼作經者依八智而作論答曰彼作經者意欲爾如所欲如是作經與法不相違以是故依八智而作論或曰彼作經者無事問曰何以故彼作經者無事答曰此是佛經佛契經說八智彼作經者於佛契經中依本末處所已此阿毗曇中作論彼作經者不能八智中減一智已立七智增一智已立九智問曰何以故答曰所謂是一切佛契經亦不增亦不減不增者無增可減不減者無減可增如不增不減如是無量深無邊無量深者無量義故無邊者無邊味故如大海無量深無邊如是佛契經無量深無邊無量深者無量義故無邊者無邊味故如尊者舍利弗如是比百千那術以佛契經二句作百千經令智盡而住不能盡佛契經二句得其邊涯如佛契經此論是故作經者無事問曰若佛契經此論佛契經者說無量智或說二智如增一中說二法或說四智如增一中說四法或說八智如增一中說八法或說十智如增一中說十法如佛契經說無量種智何以故彼作經者離無量種智依八智而作論答曰謂八智是中說亦攝一切智二智雖攝一切智彼但略十智雖攝一切智智但極廣或曰謂八智數數現在前盡智無生智不數數現在前或曰謂八智數數思惟

盡智無生智不數數思惟或曰謂八智是見性及智性盡智無生智雖是智性但非見性或曰謂八智有欲無欲意中可得盡智無生智一向無欲意中可得如有欲無欲如是有恚無恚有癡無癡有慢無慢如是盡當知或曰謂八智學無學意中可得盡智無生智一向無學意中可得如學無學如是作不作求不求息不息如是盡當知以是故彼作經者離無量種智依八智而作論彼作經者或依一智頌作論如雜揵度所說頌以一智知一切法耶答曰不也問曰如此智生一切法無我此何所不知答曰不知自然不知共有法不知相應法問曰何以故爾答曰彼作經者依一智頌作論以故爾若彼作經者依一切八智作論而問頌八智一智能知一切法耶亦可答有等智是如是七六五四三二一若彼作經者依一智作論而問頌一智知一切法耶亦可答有等智也若彼作經一智中依二時頌立論而問頌一智二時頌知一切法耶亦可答有一智二時頌謂一智一時頌除自然相應法共有法餘者盡知一切法謂一智二時頌者知自然相應共有法如是彼一智二時頌盡知一切法但彼作經者一智一時頌立論而問頌一智知一切法耶答曰不也八智者法智未知智知他心智等智苦智習智盡智道智問曰八智有何性答曰慧性攝一持一入一陰少所入相應法共有法攝三持二入五陰此是智性已種相身所有自然說性已當說行何以故說智智有何義答曰決定義是智義問曰若決定義是智義者

疑品中不應有智彼疑品者非決定答曰疑品中有智者性決定但餘事故名疑品謂彼疑品苦是苦猶豫疑如是習盡道是道猶豫疑作譬喻者說曰謂心中有智不應有無智謂心中有疑不應有決定復次譬喻者詰責阿毗曇師諸尊如叢林阿毗曇師說法性亦如是一心中施設智施設無智一心中施設疑亦施設決定但阿毗曇師說法性一心中施設智無智亦施設非智非無智施設疑亦施設決定施設亦非疑亦非決定智者慧無智者無明非智非無智者餘法疑者猶豫決定者智非疑非決定者餘法問曰此當言智耶當言了耶答曰亦名爲智亦名爲了智者決定義故謂知苦習盡道了者開義謂開已意亦開他意以是故亦名爲智亦名爲了如是共行說已當說別行問曰如一切十智法性何以故說一法智答曰十智雖是法性但事故說一法智知十八界雖是法性但事故說一法界如十二入雖是法性但事故說一法入如七覺意雖是法性但事故說一擇法覺意如六思念雖是法性但事故說一法念如四信雖是法性但事故說一信法如四意止雖是法性但事故說一法意止如四辯雖是法性但事故說一法辯如三寶三自歸雖是法性但事故說一法寶法歸如是雖有十智是法性但事故說一法智或曰此法智者一名餘者二名法智者同名餘者同不同名是故說一法智非餘或曰謂法智始覺法如法故說法智謂後覺如法是未知智是說未知智或曰謂法智未得無壞信是故說法智

謂後得無壞信是未知智或曰謂法智除欲界多非法相結如恚憒不語依高害諂誑無慙無愧慳嫉是故說法智謂除諸結是未知智或曰謂法智法智除欲界結是法智謂除色無色界結是未知智問曰何以故說知他心智答曰謂知他心是故名知他心智問曰如知他心數法何以故說知他心智不說心數法智答曰方便求故知他心智此法多事故得名或性故或依故或相應故或方便求故或行故或緣故或行緣故性故得名者如界入陰依故得名者如六識身謂依眼者彼名眼識謂依乃至意名爲意識相應故得名者如覺樂痛法覺苦痛法覺不苦不樂痛法方便求故得名者如此知他心智復次如無量空處無量識處行故得名者如苦智習智緣故得名者如四意止如五見正受行緣故得名者如盡智道智此智名亦同緣亦同此中方便求故名知他心智因此故彼行者精勤方便求欲令我知他心然後不精勤方便求自然知他心數法如人欲求見王既見王已并見眷屬如是行者精勤方便求欲令我見他心然後自然知他心數法以故爾或曰妙說妙義故彼品何者最妙心是如所說如王行眷屬隨從以故爾或曰謂說心王因彼故立心數法心者說大地因彼故立十大地或曰謂彼神通作證時無礙道緣心以故爾如是如前心所答於此中盡答以故說知他心智問曰何以故說等智答曰知等故名等智如此中淨不淨行盡行裁割縫去來坐卧言語飲食如是餘事是謂知等故曰等智問

曰如知第一義苦習盡道乃至一切法何以故説等智不説第一義智答曰多知等故名爲等智少知第一義是故不説第一義智或曰隱没故名爲等智猶如器蓋上名隱没如是此智隱没故名爲等智或曰此智謂依於癡與癡相續癡所持是故名等智尊者婆須密説曰此智非智相但多人舉作智相是故名等智如彼多人舉作王姓非王種但多人會推舉爲王以多人舉故是故説名多人舉但王如是此智非智相但多舉作智想是故名等智問曰何以故説苦智何以故説乃至道智答曰謂苦行四行乃至道行四行是名苦智乃至道智問曰世俗智亦苦行四行乃至道行四行何以故不名苦智至道智答曰是世俗智與苦習同一縛是故不名苦智至道智或曰此世俗法誹誹諦言無苦無習盡道是故不應説苦智至道智或曰謂苦行四行乃至道行四行能滅壞破有是名苦智乃至道智世俗智雖苦行四行乃至道行四行但增受長養有是故非名苦智至道智或曰謂苦行四行乃至道行四行能斷有相續能斷輪轉生老死是故名苦智乃至道智世俗智雖苦行四行乃至道行四行能相續有輪轉生死是故不名苦智乃至道智或曰謂苦行四行乃至道行四行苦盡趣道有盡趣道貪盡趣道盡生老死趣道是故名苦智乃至道智世俗智雖苦行四行乃至道行四行苦習趣道有習趣道貪習趣道生老死習趣道是故不名苦智乃至道智或曰謂苦行四行乃至道行四行非身見種非顛倒種非愛種

非使種非貪處非恚處非癡處非雜汙非雜毒非雜濁非在有不墮苦習諦是名苦智乃至道智世俗智雖苦行四行乃至道行四行是身見種顛倒種愛種使種貪處恚處癡處雜汙雜毒雜濁在有墮苦習諦是故非名苦智乃至道智說曰四事故名爲法智始知法故名爲法智知現法故名爲法智於法非愚故名爲法智於法非欺故名爲法智遥知故名未知智此亦四事從因遥知果從果遥知因從身行口行遥知心從見善說法遥知世尊知他心智亦四事因次第緣增上此智有四緣知亦四緣等亦四事名等相續等俗數等所入等苦亦四事生苦老苦病苦衰苦習亦四事行結愛處所盡亦四事一者三結盡二者欲恚薄三者五下分結盡四者一切結盡道亦四事一者緣二者現法安樂遊三者身遊戲四者觀所作辦盡智亦四事空三昧不相應不攝見不與知他心智俱所求已捨無生智亦四事一者依二者方便求三者意四者不轉說曰一智攝一切智法智是此性非如法智但十智性是法二智攝一切智有漏無漏相續非相續繫非繫三智攝一切智法智未知智等智四智攝一切智法智未知智知他心智等智五智攝一切智苦智習智盡智道智等智六智攝一切智苦習盡道智知他心智等智七智攝一切智法智未知智等智苦習盡道智八智攝一切智法智未知智知他心智等智苦智習智盡智道智問曰若八智攝一切智者餘更有八智法界住智涅槃智生死智念宿命智漏盡智妙智盡智

無生智云何此八智攝彼八智答曰此八智盡攝彼八智問曰云何此八智攝彼八智答曰法界住智者是法性彼是四智法智未知智知他心智等智涅槃智者是盡智彼是四智法智未知智盡智等智生死智念宿命智者本阿毗曇師及罽賓說者一等智尊者瞿沙說曰生死智念宿命智六智法智未知智等智苦智習智道智除知他心智盡智問曰何以故除知他心智答曰生死智念宿命智緣過去未來知他心智緣現在是故除知他心智問曰何以故除盡智答曰生死智念宿命智是有爲緣盡智無爲緣是故除盡智如是說者生死智念宿命智是一宿命智有漏盡智者或有說謂智有漏盡緣是漏盡智更有說者漏盡智者漏盡意中可得是漏盡智謂說漏盡緣是漏盡智若此四智法智未知智盡智等智謂說漏盡意中可得是漏盡智者一切十智漏盡意中可得妙智者本阿毗曇師及罽賓說一智等智尊者瞿沙說曰妙智者七智法智未知智知他心智等智苦智習智道智除盡智問曰何以故除盡智答曰妙智者有爲緣盡智者無爲緣是故除盡智如是說者妙智一等智盡智無生智者六智法智未知智苦智習智盡智道智除知他心智等智

問曰何以故除知他心智答曰盡智無生智知他心智不相應故除知他心智問曰何以故除等智答曰盡智無生智是無漏等智是有漏是故除等智如是此八智攝彼八智說曰一切智當言一智智知故知如法故十智

當言法智性法故十智當言妙智願滿故十智當言盡智得漏盡故十智當言無生智不轉故問曰此八智幾欲界繫幾色界繫幾無色界繫幾不繫答曰六智是不繫等智三界繫知他心智或色界繫或不繫地者法智六地未來中間根本四禪未知智者九地此六地及三無色知他心智根本四禪問曰何以故根本四禪答曰神通故謂神通定可得彼知他心智可得非根本地及無色非神通定可得等智十一地苦習智盡智道智法智分六地未知智分九地依者法智知他心智依欲界未知智等智依三界苦智習智盡智道智法智分依欲界未知智分依三界行者法智未知智十六行知他心智道四行等智或十六行或離十六行若智習智盡智道智各四行緣者法智未知智四諦緣知他心智欲界色界緣他有漏無漏心心數法等智或四諦緣或離四諦苦智苦諦緣習智習諦緣盡智盡諦緣道智道諦緣意止者法智未知智苦智習智道智四意止盡智法意止知他心智心意止等智或四意止或離四意止智者即智定者法智未知智三三昧相應知他心智道無願相應等智或三三昧相應或不相應苦智三三昧相應習智盡智道智各一三昧相應痛者法智未知智知他心智苦智習智盡智道智總三根相應樂根喜根護根等智五根相應問曰當言過去耶當言未來耶當言現在耶答曰當言過去當言未來當言現在問曰當言過去緣耶當言未來緣耶當言現在緣耶答曰法智未知智等智或過去

縁或未來縁或現在縁或離世縁知他心智當言現在縁苦智習智道智當言過去縁當言未來縁當言現在縁盡智當言離世縁問曰當言名縁耶當言義縁耶答曰當言名縁當言義縁問曰當言巳意縁耶當言他意縁耶當言離意縁耶答曰法智未知智等智當言巳意縁當言他意縁當言離意縁知他心智他意縁苦智習智道智當言巳意縁當言他意縁盡智當言無意縁廣說八智處盡

三三昧處第四十

三三昧者空三昧無願三昧無相三昧問曰應說一三昧如十大地十心心數法如五根五力七覺種八道種說一三昧應說二三昧如所說有漏無漏相續不相續繫不繫應說四三昧如所說欲界繫色界繫無色界繫不繫應說五三昧如所說欲界繫色界繫無色界繫斷無斷應說六三昧如所說欲界繫色界繫無色界繫學無學非學非無學應說九三昧如所說增上增上中增上輭中上中中中輭輭上輭中輭輭應說十八三昧有漏九種無漏九種意故一時頃有無量三昧云何一三昧廣施設三三昧云何無量三昧略施設三三昧耶答曰以三事故一行二不願三縁行者空三昧行二行空行非我行不願者不願有故問曰若不願是無願者亦不願道耶答曰不也何以故無願者是聖道能除有以故不願有聖道者不願道何況願有縁者無想離十想法故十想法者五界想色聲香味細滑二衆生想男想女想三有爲有爲想生老無常此者彼中無一是離十想法故名

無想是謂三事故行不願緣說三三昧或曰除結故說三三昧空三昧除身見無願三昧除戒盜無想三昧除疑是謂除結故說三三昧彼施設中說謂空三昧即是空三昧非無願非無想謂無願即是無願非空三昧非無想謂無想三昧即是無想非空三昧非無願問曰何以故別說三答曰行各異故謂空三昧行此行非無願行非無想行謂無願行此行非空三昧行非無想行謂無想行此行非空三昧行非無願行是謂行各異故別說三三昧復如所說謂空三昧即是空三昧亦是無願非無想謂無願即是無願亦是空三昧非無想謂無想即是無想非空三昧亦非無願問曰何以故并說二別說一答曰一時得故共除結故一時得者若依空三昧取證亦得無願若依無願取證亦得空三昧共除結者此二俱見苦斷除結種是謂一時得故共除結故并說二別說一復如所說謂空三昧即是空三昧亦是無願亦是無想問曰何以故一切并說答曰此三昧空無有常計常常住不變易以是故一切并說謂無願即是無願亦是空三昧亦是無想問曰何以故此三昧無願答曰此三昧不願婬恚癡亦不願受當來有是故此三昧是無願謂無願三昧即是無想亦是空三昧亦是無願問曰何以故此三昧是無想答曰此三昧無有色想無有聲香味細滑法想是故此三昧無想問曰三三昧有何性答曰行陰性界者或三界繫或不繫地者或十一地或九地依者依三界行者空三昧有二行空行非我行無願有十行

無常行因習本緣道正趣出要無想有四行盡止妙離此中應作四句謂空三昧亦是行空行耶答曰或空三昧非行空行云何空三昧非行空行耶答曰謂空三昧行非我行是謂空三昧非行空行云何空行非空三昧耶答曰謂空三昧行空行時相應諸法是謂行空行非空三昧云何空三昧亦是行空行答曰謂空三昧行空行是謂空三昧亦是行空行云何非空三昧亦非行空行答曰若即取此種類應說謂空三昧行餘行相應法若不即取此種類應說除此行如行如是已行當行如空行三四句如是無我行亦三四句是謂空三昧六四句無願三十無想十二并說四十八四句緣者空三昧緣苦諦無願緣三諦無想緣盡諦意止者空三昧無願四意止

無想法意止智者雖性非智空三昧四智相應法智未知智苦智等智無願七智相應法智未知智等智知他心智苦智習智道智無想四智相應法智未知智盡智等智定者即定痛者三痛相應樂根喜根護根問曰當言過去耶當言未來耶當言現在耶答曰當言過去當言未來當言現在問曰當言過去緣耶當言未來緣耶當言現在緣耶當言非世緣耶答曰空無願當言過去緣當言未來緣當言現在緣無想者當言非世緣問曰當言名緣耶當言義緣耶答曰當言名緣當言義緣問曰當言已意緣耶當言他意緣耶當言非意緣答曰空三昧無願當言已意緣當言他意緣無想三昧當言非意緣此是三三昧性已種相身所有自然說性已當說行何以

故說三昧三昧有何義答曰三事故說三昧一等二相續三緣縛等者衆生久時心數法亂謂令正眞因三昧故相續者衆生久時心數法不次第生若生善便有不善無記若生不善便有善無記若生無記便有善不善謂令一向次第生善相縛相續除不善無記唯因三昧故緣縛者衆生久時心數法散色聲香味細滑法謂令攝撿縛一緣中因三昧故是謂三事故等相續緣縛說三昧或曰以三事故一攝二不散三不捨說三昧或曰復有三事故一者一意二不散三相續說三昧如世尊契經說三三昧三解脫門問曰三三昧者空三昧無願無相解脫門亦空三昧無願無相此二何差別答曰三昧者有漏無漏解脫門者一向無漏是謂差別問曰此論便有

論生何以故三昧有漏無漏解脫門一向無漏耶答曰此是解脫門解脫門者不應有漏亦不應繫縛是故三昧有漏無漏解脫門一向無漏問曰解脫門者爲取證故解脫門耶爲有漏盡故解脫門耶若取證故解脫門者應苦法忍相應是解脫門餘者非若有漏盡故解脫門者應金剛三昧相應是解脫門餘者非作此論已答曰解脫者取證故亦漏盡故問曰若取證漏盡故是解脫門者應苦法忍相應是解脫門餘者非答曰一切取證故得一切漏盡故名爲解脫門問曰何以故名爲門答曰向面故名爲門如勇健夫執楯自障以極利刀害彼怨家如是行者三昧向面已以利慧刀害結怨家如是謂向面故名爲門如世尊契經以三三昧爲鬘問曰何以故

佛世尊說三三昧爲鬘答曰增上恭敬故極妙故如人以鬘冠首妙故他所恭敬如是行者以三三昧鬘冠首妙故天及人增上恭敬是謂增上恭敬妙故說三三昧爲鬘或曰如人首冠華鬘風不亂其髮如是聖三三昧冠首善根功德覺觀風不能亂以故爾或曰如人以線結華作鬘久住不速解散如是聖三三昧結功德鬘得久住不速遺忘以故爾或曰如人以華結作鬘多有所直如是聖以三三昧結功德鬘多有所直取證得果除結漏盡因此事故佛契經說舍利弗聖弟子成就三三昧鬘除去不善修行於善以故爾或曰謂以三三昧廣師子吼如所說尊者舍利弗遊拘薩羅止山林中離彼不遠有異學亦在中止彼時人民於四月節會遊戲彼異學少有事緣下山林至人間遇彼節會得酒肉豐足彼醉挾瓶還本山林彼遥見尊者舍利弗見已輕之甚奇我亦止於林彼亦止於林我亦出家彼亦出家我亦捨妻色彼亦捨妻色我有如此樂彼有如此苦即時說偈曰

美酒我飲醉　今復持挾瓶　山地草樹木

視之一金色

於是尊者舍利弗作是念此死瘦梵志能說此偈我豈不能以偈答之即時說偈曰

我飲無想醉　持空三昧瓶　山地草樹木

視之如棄唾

尊者舍利弗於此偈中以三三昧作師子吼我飲無想醉者此現無想三昧持空三昧瓶者此現空三昧山地草樹木視之如棄唾者此現無願三昧如是此偈中尊者舍利弗作

師子吼以是故佛契經說三三昧為鬘問曰死瘦者無命根無意非衆生數彼梵志有命有意是衆生數何以故說言死瘦耶答曰以彼輕易意故言死瘦或曰彼無慧命根故言死瘦說曰此說多有無想或以空三昧說無想或以見道說無想或以無疑說無想或以非想非不想說無想或即說無想或以空三昧說無想者如所說我本無想三昧所為所行謂我所為所行者我今便止不欲謂彼比丘思惟空法便忘衆生想不見男女此是空三昧說無想復次空三昧說無想者如所說有一比丘得空解脫門而不自知何果何功德彼作是念誰能為我記此三昧果及功德復作是念尊者阿難聖所稱譽世尊印可阿難必能為我記此三昧果及功德復作是念若我至尊者阿難所問此三昧何果功德者或能尊者阿難還問我比丘得此三昧耶我若說得云何示他功德我若言不得云何欺彼上尊比丘我若默然住云何觸嬈上尊比丘復作是念我當尋從尊者阿難或能自他從尊者阿難所聞此事於是彼比丘六年中尋從尊者阿難而不聞此事於是彼比丘後時從座起整衣服偏露右肩叉手向尊者阿難白尊者阿難曰尊者阿難謂此三昧精勤修行不增不減如水定住住故解脫解脫故住此三昧何果何功德耶尊者阿難問曰比丘汝得此三昧耶比丘對曰唯然尊者阿難得此三昧尊者阿難說曰比丘謂此三昧精勤修行不增不減如水定住住故解脫解脫故住比丘此三昧智果智功德比丘不久當

得智精勤修行者勇猛專志是故說精勤修行不增不減者不增涅槃不減生死是故說不增不減或曰不增者除我故不減者除是我故或曰不增者除我見故不減者除有我見故是故說不增不減如水定住者如泉眼出水覆泉眼不捨如是彼三昧所緣生而不捨彼緣比丘此三昧智果智功德者取證得果漏盡故說智果智功德於是彼比丘聞尊者阿難善方喻說內懷歡喜誦習受持已禮尊者阿難足遶尊者阿難已而去彼比丘因尊者阿難教授獨靜宴坐心不放逸精勤遊已知法至得阿羅漢此是空三昧說無想見道說無想者如所說目揵連彼鞞舍梵不爲汝記第六無想行人耶第六無想行人者堅信堅法此義說第六無想行人彼無想不可數不可施設或此住或彼住或苦法忍或苦法智或苦未知忍或苦未知智或習法忍或習法智或習未知忍或習未知智或盡法忍或盡法智或盡未知忍或盡未知智或道法忍或道法智或道未知忍是謂無想不可數不可施設以是故堅信堅法說第六無想人此中見道說無想問曰何以故此見道說無想答曰見道速疾道捷疾道不住故以是故見道說無想或無疑說無想者如所說尊者瞿多有欲想有恚想有癡想若無者是謂無想是謂無疑此中說無疑是無想問曰何以故說無疑是無想答曰結者能令退因結相故無疑不減不退以是故無疑說無想或非想非不想說無想者如所說彼度一切無所有處非想非不想處成就遊此中非想非不

想說無想問曰何以故非想非不想說無想答曰彼想亦非定非想亦非定想非定者如七想止受非想亦非定者如無想正受想滅正受鈍故不利故不捷疾故無想即說無想者如所說三三昧空三昧無願無想此中無想即說無想如世尊說空三昧上尊所居問曰何以故說空三昧上尊所居答曰上尊多遊中故三千大千國土佛世尊於功德中最爲上尊彼多遊此中第二上尊尊者舍利弗彼亦多遊此中是謂上尊所居多遊此中名空三昧上尊所居或曰謂空三昧於此法不共居故說空三昧上尊所居雖百歲在此外法者但彼故名爲小成就愚法故雖七歲在此法者但彼名爲上尊成就上尊法故謂空三昧於此法不共居故名爲上尊所居問曰無願無想於此外法爲有耶爲無耶答曰雖無根本無願無想或有相似無願行相似是麤行無想行相似是止行一切九十六種術無有似空三昧況根本空三昧謂空三昧於法此不共居是故說上尊所居或曰定住故說空三昧上尊所居此衆生未觀空故常亂馳逸狂奔不住如水擾動意如是不住若觀空法已定住不移動如須彌山是謂定住故說空三昧上尊所居或曰一切愛非愛便不便善不善樂具苦具不共俱是故說空三昧上尊所居如所說尊者舍利弗母命終弟子退服還家當爾時黑齒比丘常與尊者舍利弗不相得彼作是念我當至彼說此凶問便詣尊者舍利弗所到已說曰尊者舍利弗欲知不尊母命終弟子退服還家尊者舍利弗

說曰黑齒比丘此者知當如何如汝所說毋命終者此有之性誰生不死者汝所說弟子退服還家者此凡夫人性常移動世尊說唯一聖人常不移動如所說阿難見諦之人知已犯戒捨戒退服還家者非有此處黑齒比丘作是念雖有斯言心必不樂爾時尊者舍利弗見此事清旦整服持鉢入舍衛分衛分衛已食後舉衣鉢澡洗手足以尼師壇著左肩上入安陀林坐禪尊者舍利弗安陀林坐禪時作是念世間頗有極好妙事可愛謂當變易起我愁憂苦惱耶復作是念世間無有極好妙事可愛謂當變易起我愁憂苦惱爾時尊者舍利弗晡時從禪起出安陀林詣祇樹給孤獨園尊者阿難遥見尊者舍利弗來見已說曰善來尊者舍利弗爲從何來何處坐禪爾時尊者舍利弗答曰阿難從安陀林來在彼坐禪尊者阿難問曰尊者舍利弗在安陀林云何坐禪答曰阿難我於安陀林思惟有覺有觀問曰云何尊者舍利弗有覺有觀三昧答曰阿難我於安陀林坐禪時作是念世間頗有極好妙事可愛謂當變易起我愁憂苦惱耶尊者阿難問曰作是念時爲獲何等答曰阿難我作是念世間無有極好妙事可愛謂當變易起我愁憂苦惱問曰尊者舍利弗爲極愛敬世尊不答曰阿難極愛敬世尊問曰若世尊般涅槃爲當起愁憂苦惱不耶答曰阿難世尊般涅槃我不起愁憂苦惱但作是念世尊般涅槃甚速世間眼滅甚疾尊者阿難說曰善哉善哉尊者舍利弗世尊般涅槃不起愁憂苦惱何以故如彼我是

我極斷故是謂一切愛非愛便不便善不善樂苦具不共俱是故說空三昧上尊所居復次如所說世尊遊舍衛祇樹給孤獨園爾時尊者阿難在一處坐禪便作是念一時世尊遊釋種處城名尼鉗彼時我從世尊聞如此所說義阿難我多遊空三昧云何昔世尊所說善知善受持耶於是尊者阿難從下晡起至世尊所到已禮世尊足却住一面白世尊曰唯世尊世尊昔一時遊釋種處城名尼鉗彼時我從世尊聞如此所說義阿難我多遊空三昧云何昔世尊說所善知善受持耶如是向世尊說已世尊告曰如是阿難如是阿難我所說汝善知善受持何以故阿難我今亦多遊空三昧問曰若彼善知善受持者何以故問世尊若問者云何善知善受持作此論已答曰善知善受持問曰若善知善受持者何以故問答曰尊者阿難以壞釋種憂慼意中不定故問說者彼愚癡瑠璃王伐迦維羅衛盡壞彼族尊者阿難聞愚癡瑠璃王伐迦維羅衛盡壞我釋種聞已明旦與一比丘爲伴入彼城視本城猶若天宮今如丘塚墻壁樓櫓埤堄窻牖皆已毀壞有種種華樹種種果樹園觀盡已摧折縱横蔽地若干華池蓮華池青蓮華池盡頽毀枯竭異類奇鳥鳧鴈鴛鴦鵁鶄鸚鵡孔雀千秋青雀飛在空中煙火所熏徘徊在上無量男女喪失父母號哭悲泣隨逐阿難彼時異學優曇鉢園中七萬賢聖埋半身在地以大香象鐵爬爬之尊者阿難見已增益悲酸世尊因彼處故與諸比丘前後圍遶諸根寂定意行不動猶如山

地執心如持油鉢御五根馬如淨金山而入彼城於是尊者阿難遥見世尊妙光曜身阿難見巳作是念甚奇生地同壞種族俱滅我有如此憂慼而世尊猶若大山無有傾邪彼時世尊知尊者阿難意念意行便告尊者阿難曰阿難我多遊空三昧而汝有村想我具足寂靜想而汝有人想我具足法想彼時尊者阿難及餘比丘喪失親族内懷憂慼不能行善於是世尊因此處故遊於人間次第遊行還至舍衛遊舍衛祇洹精舍給孤獨園彼時尊者阿難憂慼心除於寂靜處作是念昔一時世尊遊釋種處城名尼鉗彼時我從世尊聞如此所說義阿難我多遊空三昧云何昔世尊所說善知善受持耶於是尊者阿難從下晡起至世尊所到巳禮世尊足却住一

面白世尊曰唯世尊世尊昔一時遊釋種城名尼鉗彼時我從世尊聞如此所說義阿難我多遊空三昧云何世尊所說善知善受持耶世尊告曰如是阿難如是阿難我所說汝善知善受持何以故阿難我今亦多遊空三昧問曰若問者云何善知善受持答曰彼善知善受持者不邪受持不顛倒受持不前不後受持不盡遺忘但内懷憂慼意中不定故問說曰如世尊說阿難我今亦多遊空三昧彼時諸比丘聞所說作是念空三昧者諸佛世尊必不共遊居非諸聲聞辟支佛彼時世尊知諸聲聞意念意行巳告尊者阿難曰阿難諸有比丘欲多遊空三昧者阿難彼比丘當不念村想不念人想應念寂靜想問曰世尊現何等村想何等人想何等寂靜想何等

地想何等無量空處想何等無量識處想何等無所有處想何等無想意定何等有爲意解脫何等無爲意解脫何等漏盡答曰村想者現緣迦維羅衛想人想者現殺舍夷人想寂靜想者現尼拘類樹園想地想者現四禪想無量空處乃至無所有處想者現除此欲色界或曰村想現欲界欲界者說如村如所說偈

謂能棄人想　罵言及縛害　比丘離苦樂
如山不可動

人想者現凡人想寂靜想者現二禪想此說賢聖默然地想者現滅色想因色故便有截耳鼻手足無量空處想乃至無所有處想者現除欲色界是謂現村想至無所有處想問曰何以故常說村想人想當莫念答曰謂此二想令諸比丘内多懷憂慼世尊說當捨此行善法以是故常說莫念村想人想問曰何以故捨下想增上想答曰剸亂故若世尊不捨下想增上想便有亂諸佛世尊法常不亂說是謂剸亂故或曰剸重說故若世尊不捨下想增上想者便爲有重諸佛世尊法常不重說是謂剸重說故捨下想增上想阿難此不顛倒如真實空三昧謂有爲解脫無爲解脫問曰云何此中有爲解脫無爲解脫答曰有爲解脫者等意解脫無爲解脫者無礙解脫問曰何以故說等意解脫答曰以少道得故說等意解脫問曰何以故說無礙解脫答曰以無量道得故說無礙解脫問曰何以故說無礙解脫不動答曰結者能令動無礙者因結不動不轉不退以是故無礙解脫說不

動謂至竟漏盡者謂現一切漏盡廣說三三昧處盡廣說大章盡

鞞婆沙論卷第十三

音釋

楯食尹切楯與盾同 挾胡頰切持也 唾湯卧切 鞮都奚切 埤堄埤匹詣切堄研計切埤堄城上女墻也 鴝鵒鴝其俱切鵒余蜀力 爬蒲巴切 剸止究切斷也

鞞婆沙論卷第十四

迦旃延子造

苻秦罽賓三藏僧伽跋澄譯

中陰處第四十一（出阿毗曇結使揵度人品非次）

中陰者何以故作此論答曰斷他意故作此論或有欲令有中陰或有欲令無中陰鞞婆闍婆提欲令無中陰育多婆提欲令有中陰

問曰鞞婆闍婆提何意欲令無中陰答曰彼從佛契經起欲令無有中陰五無間罪作已增長無間必生地獄中若以無間生地獄者是故無中陰餘契經說偈曰

梵志命根盡　未至閻王所　中無頓止處
必往不可除

若中無頓止處者是故無有中陰復更說世俗喻事如光如影無有中間如是若終若生無有中間以此契經證故鞞婆闍婆提說無有中陰問曰育多婆提何意欲令有中陰答曰從契經起欲令有中陰彼言世尊契經說三事合故入母胎中父母共會母或時滿有所堪任香陰已至若香陰至者是故有中陰餘契經說五阿那含中般涅槃生般涅槃行般涅槃無行般涅槃上流至阿迦膩吒若說中般涅槃者是故有中陰餘契經婆蹉梵志至世尊所問曰瞿曇若是時捨此身已未至餘處衆生乘意行瞿曇當爾時此衆生依受何住沙門瞿曇爲彼衆生說依受何住世尊說曰婆蹉若是時捨此身已未生餘處衆生乘意行婆蹉當爾時彼衆生依受愛住我說彼依受愛住若說衆生捨此身已來生餘處衆生乘意行者是故有中陰復更說詰責事

若言無中陰者謂從閻浮提終生鬱單越者彼於此中斷彼間未有而有若爾者應無有法而有莫言有咎是故有中陰如是一說如是二但說有中陰好問曰若有中陰者此育多婆提云何通彼鞞婆闍婆提所說契經證答曰此契經證有意可通問曰有何意云何通答曰謂佛說契經五無間罪作已增長無間必生地獄中者佛於此契經除餘趣除餘行除餘趣者謂五無間罪作已增長必生地獄中不生餘趣除餘行者謂五無間罪要受生報不受現報不受後現是謂此契經意之所通如汝所說此契經五無間罪作已增長無間必生地獄中者有此要當具五無間罪作已增長必生地獄耶頗有四三二一生地獄耶或有除五更餘罪生地獄耶頗有時時五無間罪作已增長即生地獄耶爲或住世百歲耶此契經或有意或無意但不說無有中陰問曰若爾者如此偈云何通

梵志命根盡　未至閻王所　中無止頓處
必往不可除

答曰佛於此偈除餘趣除餘行除餘趣者謂此梵志作惡行增長已必生地獄不生餘趣除餘行者謂此梵志作惡行增長已必受生報非現法報後問曰此世間喻云何通如光如影無有中間如是若終若生無有中間答曰此不應通此非契經非律非阿毗曇不可以世間喻壞賢聖法世間喻異賢聖法異復次應壞若壞喻已亦應壞義光及影非命根無意非衆生數若終若生有命相有意是衆生數設通此喻當有何意答曰此喻乃說有

中陰非說無中陰如光如影無有中間如是死陰中陰無有中間中陰生陰亦無中間如是此喻乃說有中陰非說無中陰問曰此鞞婆闍婆提云何通彼育多婆提所說契經證答曰彼說者如所說三事合故入母胎中父母共合會或時滿有所堪任香陰已至者此不應說香陰已至何以故不應說此爲彈琴耶而言香陰已至問曰若不應說者此云何答曰當言名陰行何以故彼因陰行是故說當言名陰行說者此不論何以故若說香陰若說陰行故不能除中陰問曰此云何通五阿那含中般涅槃生般涅槃行般涅槃無行般涅槃上流至阿迦膩吒答曰彼說者有天名中彼生中天命未盡而終說者此不論何以故佛契經不說名中天佛契經說從四天王至非想非不想天不聞有中天復次此契經說生般涅槃行般涅槃無行般涅槃欲令有天名生般涅槃行般涅槃無行般涅槃耶復次如汝說命未盡而終名中般涅槃者除菩薩及鬱單越人餘一切衆生命未盡而終欲令一切衆生中般涅槃耶問曰云何通婆蹉梵志至世尊所問曰瞿曇若是時捨此身已未生餘處衆生乘意行瞿曇當爾時此衆生依受何住沙門瞿曇爲彼衆生說依受何住世尊說曰婆蹉若是時捨此身已未生餘處衆生乘意行婆蹉當爾時彼衆生依受愛住我說彼依受愛住依此云何通答曰彼說者此中說無色界天乘意行彼梵志有朋友極敬念而命終以天眼觀欲界而不見觀色界亦不見如不見已彼便作念爲斷滅耶爲

云何彼聞有沙門瞿曇一切智一切見我當往至彼問其本末爾時梵志至世尊所到已白世尊曰瞿曇爲是時捨此身已未生餘處衆生乘意行瞿曇當爾時此衆生依受何住沙門瞿曇爲彼衆生說依受何住世尊說曰婆蹉若爾時捨此身已未生餘處衆生乘意行婆蹉當爾時彼衆生依受愛住我說依受愛住以此知說無色界天乘意行問曰佛契經多說乘意行或化或中陰或色無色天或始人或地獄此中云何知無色天乘意行彼亦問此云何知中陰乘意行答曰即此契經知此中說捨此身已未生餘處以是故此契經說中陰乘意行問曰若無中陰者謂閻浮提命終已生鬱單越彼於此斷於彼無有而有若無有而有者是則無有法而有答曰彼說者彼終不捨死時陰要當受生時陰得生時陰已然後捨死時陰如蟲名蚇蠖終不捨後足要當安前足安前足已然後舉後足如是彼終不捨死時陰要前受生陰受生名然後捨死時陰問曰如汝說謂人間命終生地獄中彼不應捨人間陰得地獄陰若不捨人間陰得地獄陰者彼應即人爲地獄若即人爲地獄者是則極壞如世尊說五趣地獄餓鬼畜生天人與相違但彼無智果闇果愚癡果不勤果謂言無中陰但有中陰眞實有種相是謂斷他意現已意說如等法故作此論莫令斷他意亦莫現已意但說如等法故作此論問曰若有中陰者形爲大小答曰如四五月小兒是中陰形大小問曰若形如此者不應有顛倒想於母所有婬心於父所有害

心於父所有婬心於母所有害心答曰雖此形小但彼捷疾諸根利如人畫壁作老人形像形小而老如是彼中陰形雖小但彼捷疾諸根利問曰菩薩中陰形爲大小答曰如本身有三十二相八十種好莊嚴其身紫磨金色圓光一尋梵音聲妙聲迦毗陵伽鳥視之無厭以是故住中陰時百億天下妙光普徧謂日月最妙多力猶不能徧照彼以妙光普徧見妙光已衆生各各相知異衆生生異衆生生問曰若如此菩薩生中陰者尊者法實偈云何通

菩薩妙清淨　乘大白龍象　從兜術天下
降神入母胎

問曰此偈不必通何以故非契經非律非阿毗曇但作頌者欲令句義合故若必通此偈者當何意答曰此現方俗吉故菩薩母夢中見順彼相書所記故但菩薩從九十一劫除畜生彼豈乘畜生入母胎耶問曰趣中陰爲云何答曰謂生地獄者足在上頭向下如佛所說偈

諸墮地獄者　足上頭向下　惡意於仙人
戒德及苦行

謂生天上者頭上足在下如箭射虛空謂生諸方者傾身而去如鳥飛虛空如神足飛問曰中陰形爲云何答曰地獄者如地獄形如是乃至天爲天形問曰中陰者自相見耶答曰相見問曰若相見者何者見耶答曰地獄者還見地獄如是乃至天還見天更有說者天中陰見五趣中陰人見四餓鬼見三畜生見二地獄見一如是說者地獄見地獄如是

至天問曰此所生眼見中陰耶答曰不也問曰云何知答曰有契經佛契經說謂若男若女犯戒與惡法俱彼身壞時未至惡趣意所乘行如黑羊毛光如夜闇冥謂極淨天眼彼能見謂若男若女持戒行與善法俱彼身壞時未生善趣意所乘行如白淨衣光如夜月盛明謂極淨天眼彼能見以此契經可知謂天眼不極淨彼不能見況所生眼當能見耶問曰住中爲幾時答曰生天及地獄者速生餓鬼畜生人如合會時不久終已便生問曰或有衆生合會便生者可爾謂不合會毋或在天竺父或至震旦而彼命終當云何生答曰當觀彼衆生緣轉不轉若彼於毋緣不轉於父緣轉彼時毋極守貞正要趣至他人所令彼得生若於父緣不轉於毋緣轉彼時父極守貞正要當趣他女人所令彼得生問曰若二俱緣不轉二俱不合此終當云何生答曰彼衆生緣行故父所營事未訖市肆未成便有還心彼尋路行時不爲刀兵火毒所中亦不因他終要還已俱緣合會彼便得生問曰謂衆生常行欲者此可爾謂衆生時節行欲者如馬春時行欲犛牛夏時行欲狗秋時行欲豹冬時行欲彼衆生命終時云何生答曰彼衆生緣故非時所行欲彼便得生或曰彼生相似處此名牛亦名犛牛犛牛者時節行欲牛者常行欲謂應生犛牛者便生牛中名爲狗亦名爲狐狐者常行欲狗者時節行欲謂應生狗中者便生狐中名爲熊亦名爲羆羆者常行欲熊者時節行欲應生熊者便生羆中尊者婆須蜜說曰中陰者當言七日

住當言過耶答曰中陰住當言七日何以故身羸故住七日不過七問曰謂滿七日父母不合會者彼時爲斷耶答曰不斷但還生中陰重說曰中陰者當言七七日尊者曇摩多羅說曰中陰者父母不合會亦可久時住問曰中陰者有衣無衣耶答曰色界一切諸天有衣何以故如法身不裸形生身亦爾欲界中菩薩有衣及白淨比丘尼有衣餘一切衆生無衣更有說者白淨比丘尼有衣菩薩無衣問曰何以故白淨比丘尼有衣菩薩無衣答曰白淨比丘尼以衣布施聖衆故問曰菩薩所施衣多非白淨比丘尼所施衣無數何以故白淨比丘尼有衣菩薩無衣答曰白淨比丘尼以衣施聖衆作誓願令我於中陰有衣以是故於中陰有衣即以此衣入母胎中

以此衣出母胎謂白淨比丘尼增長衣亦隨身增長謂大已出家學道取所著割截作五衣成阿羅漢果捨有餘涅槃界入無餘涅槃界而般涅槃即以衣纏身而耶維之菩薩所作功德盡願求無上正眞道是故最後身於一切衆生中成最妙果以是故白淨比丘尼有衣菩薩無衣問曰中陰食爲云何答曰諸倉厨中器所盛食而取食之問曰如雨下甚多如是衆生墮阿鼻地獄中陰其數如此何況餘趣中陰數耶若盡來食者此諸衆生當何所食復次此食極重化身甚細云何食此而得消化答曰此者不論問曰若不爾者當云何答曰以香爲食諸有德衆生食華果香妙食香諸無德衆生圊厠不淨及汙泥氣以爲食問曰中陰何處答曰欲界色界非無色

界問曰何以故欲界色界非無色界答曰謂有色者便有中陰無色中無色是故無中陰問曰何以故有色便有中陰答曰如印印泥則文現如是本有中有若有色者見已便知有如此中陰是故謂有色者便有中陰或曰謂有來往便有中陰無色界中無有來往是故無色中無有中陰問曰於此身終即生此身彼云何有來往答曰謂此衆生或有識從足指滅者或從頂滅從臍滅或從心滅謂從足指滅者當知生惡趣中謂從頂滅者當知必生天上謂從臍滅者當知必生諸方謂從心滅者當知必般涅槃謂此衆生多愛著面謂識從足指滅者還來趣面是彼往來復次從足指滅即趣足指無色界中亦無有此以是故無色界無有中陰問曰中陰趣所攝趣耶若趣所攝者此施設云何通彼所問四生爲攝五趣耶五趣爲攝四生耶彼中答四生攝五趣非五趣攝四生問曰不攝何等答曰中陰也若離趣者此尊者曇摩難陀所說云何通彼所說中陰者隨趣所攝如種子萌芽未成實名爲稻如是地獄中陰雖未至地獄名爲地獄如是至天作此論已答曰中陰趣所攝問曰若中陰趣所攝者尊者曇摩難陀所說爲善通如施設所問四生攝五趣耶爲五趣攝四生耶彼中答四生攝五趣非五趣攝四生問曰不攝何等答曰中陰也此云何通答曰此所說應當爾四生攝五趣耶五趣攝四生耶答曰隨種相攝此應當爾更有說者中陰離趣問曰若中陰離趣者施設所說善通如尊者曇摩難提所說中陰隨趣所攝

如稻子萌芽未成實名爲稻如是地獄中陰雖未至地獄名爲地獄如是至天答曰彼尊者說不向餘趣不說攝謂彼地獄中陰彼不趣餘趣要當生地獄如是至天是故尊者曇摩難提說不向餘趣不說攝如是說者中陰離趣何以故中陰者是亂趣者非亂不應非亂攝亂亦不應亂攝非亂或曰中陰者不定趣者定不應不定攝定亦不應定攝不定或曰趣者已到名爲中陰者方當趣以是故中陰離趣問曰中陰者具諸根耶爲不具諸根耶有一說者具諸根更有說者不具諸根問曰若不具諸根者謂本有不具諸根彼即是中陰耶有一根者即是更有說者異如是說者中陰具諸根何以故中陰者始行復次彼衆生六門常求有是故中陰具諸根問曰中陰去速耶爲神足去速耶有一說者神足去速非中陰更有說者中陰去速非神足何以故行力强非神足力如是說者神足去速非中陰問曰若神足去速非中陰者何以故說行力强非神足答曰當聽所以說行力强非神足力者神足者能止神足佛能止一切衆生一切衆生不能止佛辟支佛者除佛能止一切衆生一切衆生不能止辟支佛尊者舍利弗者除佛辟支佛已能止一切衆生一切衆生不能止尊者舍利弗乃至利根止鈍根鈍根不能止利根中陰者非衆生所能止非法非呪術亦非藥非佛辟支佛及聲聞度無極能止要當徃生是故說行力强非神足力但神足去速非中陰如世尊契經所說三事合會已入於母胎父母合會爲婬欲故母或

時滿時滿者彼女人以欲滿體如滿溢河如是彼女人婬欲滿體更有說者母或時滿者是女人病是故說或時滿有所堪任者彼女人極有力懷妊持至九月十月是故說有所堪任香陰已至香陰者中陰也香陰於彼時有二意愛心及害心若女者彼於父有愛心於母有害心作是念無此女者我共此男合會彼不見母自見共父合會謂父母不淨彼作是念是我有見已便悶悶已此陰轉厚陰轉厚已便捨中陰得生陰若男者彼於母有愛心於父有害心作是念若無此男者我與此女合會彼不見父便與女人合會謂父母不淨彼作是念是我有見已便悶悶已此陰轉厚陰轉厚已便捨中陰得生陰一切凡夫如是顛倒意入母胎唯一菩薩無顛倒心入母胎謂世尊說此契經父母有德香陰無德不得入母胎香陰有德父母無德亦不得入母胎父母有德香陰亦有德三事等合得入母胎問曰如此豪貴者亦與賤女共會或賤男共貴女合會云何三事等和合答曰謂豪貴與賤女人共會者彼賤女人隨彼得貴謂若賤男與貴女共會彼貴女隨彼得賤處如是三事等和合問曰中陰由何處入母胎答曰中陰隨所欲入何以故謂中陰者於垣墻樹木山河石壁盡無所礙如是說者中陰從産門入母胎以此事故雙生兒前出爲小後出爲大何以故謂彼先入故問曰如一胎中有五趣中陰可得如猪狗魚蝦蟇謂胎中地獄中陰可得云何不燒彼胎答曰彼火行所作謂作惡行者便被燒謂不作惡行者便不

被燒復次彼根本大地獄猶尚不恒被燒何況中陰恒被燒耶如彼目連施設所說或有時活大地獄有冷風起展轉唱音言等活衆生等活衆生彼衆生還活肌肉血脉還生如彼根本大地獄猶尚不恒被燒何況中陰恒被燒耶此說中陰四種一中陰二意乘行三香陰四求有問曰何以故說中陰答曰二陰中間故名爲中陰二陰者死陰生陰此二陰中間生故名爲中陰問曰何以故說意乘行答曰意所生故名意乘行衆生或以行生或以結生或意生行生者地獄是要畢其行終不中死結生者卵生胎生及欲界化生天意生者化中陰及色無色界天始初人此中意生故中陰名意乘行問曰何以故說香陰答曰以香存命故中陰名香陰問曰何以故說求有答曰於六入門常求有是故中陰說求有如世尊契經說調達即身入地獄問曰調達有中陰耶無中陰耶答曰調達有中陰但死陰即滅中陰尋生中陰即滅生陰尋生說者釋提桓因以契經白世尊偈曰

於此坐終已　大仙我天身　旣還復其命

淨眼我自如

問曰釋提桓因爲終更生爲不終不生若終更生者彼中陰云何若不終不生者此偈云何通知（偈如上也）作此論已答曰釋提桓因終已更生問曰若終已更生者云何答曰諸天中陰生陰化生也化者死身不現不可知問曰如所說此天如十六男女形在天膝上坐爾時諸天不見耶答曰見但諸天作是念此釋提桓因極大力極大德極大神足於如來前

現其神足更有說者彼諸大威德天如因陀羅波樓那伊那（此三釋子亦如王）如是彼諸大天等本有中有大小一種如是釋提桓因終已更生身大但諸天不知如是說者釋提桓因不終不生問曰若釋提桓因不終不生者此偈云何通（偈如上也）答曰除五衰相故說偈諸天有五衰相有五死相五衰相者諸天身潔淨柔輭從香池浴還出池已水不著身衰時便著諸天身力强目初不瞬衰時便瞬諸天五欲境界極妙好端正無比常不樂一處意如陶輪衰時便守一處諸天衣裳瓔珞相振聲妙猶五樂音衰時便無音聲諸天遍有光明如摩尼寶影不可見衰時便有影現更有說者影不可見但光不極妙是謂五衰相五死相者諸天華冠未曾萎而萎寶衣未曾有垢而有垢腋下汗流形色變易不樂本座是謂五死相衰相者猶可禁制死相者不可禁制釋提桓因生五衰相不久當生五死相便作是念我當何恃怙脫五死相觀唯有佛便往至世尊所聽微妙法歡喜見諦即除五衰相故彼以輭愛言白世尊說此偈（偈如上也）或曰除惡道故說此偈佛於惡道拔濟釋提桓因安處天人中彼即除惡道故以輭愛言白世尊我應於惡道即滅斷壞遭遇世尊拔濟惡道如人出獄中囚著安隱處彼囚數至人所以輭愛言答謝彼人我應於獄中斷壞遭蒙仁恩得脫此難如是佛世尊於惡道拔濟釋提桓因安處天人中彼即除惡道故以輭愛言白世尊我應於惡道即滅斷壞遭遇世尊拔濟惡道以無上慧得存此命皆世尊恩是謂除

惡道故說偈或曰見斷結病盡故說偈世尊脫釋提桓因見斷結病安處第一義如醫療病令得除愈彼人數數至醫所以輭愛言答謝彼人我應於病斷壞遭蒙仁恩得免此病如是佛世尊脫釋提桓因見斷結病安隱第一義彼即除見斷結病盡故以輭愛言白世尊我應於見斷結病斷壞遭遇世尊拔濟見斷結病以無上慧得存此命皆世尊恩是謂除見斷結病故說此偈或因謂欲令現法報行增益長壽釋提桓因見佛聽法受現法報增益長壽是謂現法受報故說此偈問曰中陰爲轉耶爲不轉耶答曰不轉界趣處所故問曰若中陰界不轉者此不多聞比丘生經云何通說者一比丘不多聞生禪因宿縁故得世俗初禪彼作是念我得須陀洹果得世俗二禪復作是念我得斯陀含果得世俗三禪復作是念我得阿那含果得世俗四禪復作是念我得阿羅漢果彼於此中未得想得捨方便不增求未得欲得未獲欲獲未證欲證彼即命終生第四禪地中陰便作是念我一切結盡斷一切生死應般涅槃不應更生何以故有此中陰必無解脫若令有者我今應有彼生邪見誹謗涅槃便於四禪地中陰轉生阿毗大地獄中答曰彼本有時轉非入中陰轉彼於此中未得想得捨方便不增求未得欲得未獲欲獲未證欲證彼臨欲命終時生第四禪地瑞應彼見已便作是念我一切結盡我斷一切生死應般涅槃不應更生何以故有此瑞應必無解脫若令有者我今應有彼生邪見誹謗涅槃便於四禪地瑞應

轉生阿毗大地獄中是謂本有時轉非入中陰轉問曰若中陰趣不轉者彼善行惡行生經云何通說者舍衛城有二人一人行善一人行惡彼行善者彼即命終因後生報行故生地獄中陰便作是念我常極修善不作惡行應生天上不墮地獄何以故生地獄中陰彼憶修善已轉生地獄中陰得天中陰即生天上行不善者命終因後生報行生天中陰彼作是念我常極作惡行不修善行應墮地獄不應生天何以故生天中陰見已作是念必無善惡報果若有者我今應有彼生邪見誹謗因果轉天中陰得地獄中陰即生地獄若中陰趣不轉者此二人云何轉答曰彼本有時轉非入中陰轉凡一切衆生命欲終時必有善惡瑞應彼善行者善瑞應不善行者惡瑞應善瑞應者如所說偈

若見善行者　終時作是言　我視苑園觀
流河水華池

惡瑞應者如所說偈

若見惡行者　終時作是言　我視火刀劔
鵄犬及狐狼

彼善行者因後生報行命欲終時生地獄瑞應見已作是念我常極修善不作惡行應生天上不應墮地獄何以故生地獄瑞應彼增修善已轉地獄瑞應終已生天上彼不善行因後生報行命欲終時生天瑞應見已作是念我常極作惡行不修善行應墮地獄不應生天何以故生天瑞應必無善惡報果若今有者我今應有彼生耶邪見誹謗因果轉天瑞應終已生阿鼻大地獄中是謂本有時轉

非入中陰轉問曰若中陰處所不轉者瓶沙王生經云何通如所說從兜術中陰至兜術天當爾時四天王毗沙門天天王設餚饌食香氣極妙瓶沙王聞彼香已轉兜術中陰生四天王若中陰處所不轉者瓶沙王云何轉答曰瓶沙王亦本有時轉非入中陰轉說者阿闍世王父王法王無過無惡檢在牢獄刑刀削足禁制飲食使不得通長抱苦惱不能堪忍便作是念世尊不見我苦善逝不念我苦爾時世尊及五百比丘遊摩竭國耆闍崛山爾時世尊知瓶沙王意之所念告尊者目犍連曰目犍連汝往至瓶沙王所持我言善慰勞大王世尊作是說大王我與汝所作已作免於惡趣汝所惡行定當受報惡行報者如來尚不免況今大王爾時尊者大目犍連受世尊教已即入三昧於耆闍崛山没至從牢獄爾時尊者目犍連從三昧起告瓶沙王曰大王世尊作是說大王我與汝所作已作免於惡趣汝今所作惡行定當受報惡行報者如來尚不免況今大王如是尊者目犍連廣爲說法瓶沙王飢渴所逼不知法妙爾時瓶沙王問尊者目犍連目犍連何處天有極妙食我生已得食尊者目犍連稱歎四天王天至他化自在天有極妙食瓶沙王應生兜術天聞彼飲食已作是念我先食此近食已然後當生兜術天彼終命已生四天王作毗沙門太子名最勝子是謂本有時轉非入中陰轉以此事可知中陰界亦不轉趣亦不轉處所亦不轉如尊者目犍連施設所說始入者以胷臆行名爲摩睺勒生三手衆生名爲

象問曰彼衆生爲終已作摩睺勒象爲不終不生若終已更生者中陰云何若不終不生者何以故說人或是摩睺勒或是象作此論已答曰彼衆生終已更生問曰若終已更生者彼中陰云何答曰謂彼本陰中陰盡是化化者身不可見更有說者彼衆生亦不終亦不生問曰若不終不生者何以故說人或是摩睺勒或是象答曰謂彼衆生從光音終來此彼當爾是畜生中但形如人後轉飲食惡時惡衆生意惡巧詐滋多故人形轉滅遂成畜生形如蝦蟇初色黑身圓後色蒼形方如是彼衆生從光音天來生畜生中但人以生四惡事故人形轉滅遂成畜生形是謂彼衆生說或摩睺勒或是象但不終不生廣說中陰處盡

四生處第四十二

四生者卵生胎生濕生化生問曰卵生云何答曰謂衆生卵生入卵卵所纏卵所裹啄破生等生起等起成轉成有此云何答曰如鴈鴛鴦孔雀鸚鵡鴝鵒千秋或龍或金翅鳥或人如是比衆生卵生入卵卵所纏卵所裹啄破生等生起等起成轉成有是謂卵生問曰胎生如何答曰謂衆生胎生入胎網胎網所纏胎網所裹裂壞生等生起等起成轉成有此云何答曰象馬豬羊騾驢駱駝水牛野鹿或龍或金翅鳥或人如是比衆生胎網生入胎網胎網所纏胎網所裹裂壞生等生起等起成轉成有是謂胎生問曰濕生云何答曰謂衆生因竹葦孔腐樹孔因臭魚臭肉或因穢食或因圊厠汙泥或因諸糞除或因熱

氣鬱蒸或各各相近或各各相逼生等生起等起成轉成有此云何答曰蛣蜣蚊𧎬蛾蠅蝨蟻子或龍或金翅鳥或人如是比衆生因竹葦孔腐樹孔因臭魚臭肉或因穢食或因圊厠汙泥或因諸糞除或因熱氣鬱蒸或各各相近或各各相逼生等生起等起成轉成有是謂濕生問曰化生云何答曰謂衆生成就一切根具足身肢節一時生等生起等起成轉成有此云何答曰一切地獄一切餓鬼一切中陰一切天或龍或金翅鳥或人如是此衆生成就一切根具足身肢節一時生等生起等起成轉成有是謂化生問曰生有何性答曰四陰五陰性欲色界五陰性無色界四陰性是謂四生性巳種相身所有自然說性巳當說行何以說生生有何義答曰衆生巳生輒故名爲生問曰若衆生巳生輒故名爲生者界趣亦輒衆生何以故不說生耶答曰謂唯有衆生輒及一切衆生輒謂界者雖一切衆生輒但非衆生數亦輒趣者雖衆生輒但非一切衆生輒離中陰故此生唯衆生輒及一切衆生輒是故說四生問曰四生界有幾生答曰欲界一切四生可得色無色界唯一切化生問曰此四生趣有幾生答曰地獄餓鬼天唯一化生更有說者餓鬼胎生可得如彼餓鬼女向尊者目揵連說偈

晝有二五子　夜間亦二五　尋生我巳食
我意猶不飽

畜生及人一切四生可得問曰云何知人中有卵生答曰如所說閻浮利地多有商人入海採寶得二鵠鳥其鳥極妙隨意所化失一

一在謂在者與共遊戲覆卧一室彼合會時遂漸生二卵卵後漸熟便生二童子極妙端正後大出家學道得阿羅漢果一名尊者耆尸波羅二名尊者優鉢尸波羅闍久作南山寺主問曰云何知人中有濕生答曰如所說有頂生王尊者遮羅尊者優波遮羅利女問曰云何知人中有化生答曰劫初人是也說曰一切從四生生盡得聖法聖人已得聖法者不復卵生濕生問曰何以故聖人已得聖法不復卵生濕生答曰卵生濕生畜生趣所攝聖人者已離畜生趣或曰此二生多有愚聖人者已得觀或曰卵生濕生者逼迮聖人者意廣或曰卵生濕生無可恃怙聖人者成就恃怙法若波梨女有恃怙者不應有輕易女彼極下賤檀提梵志無喻女無敢輕易者

以有主故或曰聖人者畏生卵生二生若卵從毋胎出啄卵出以此事故故鳥名二生如沙門及梵志名為二生從毋胎生出家學道尊者瞿沙說曰何以故聖人已得聖法不復卵生濕生答曰如父趣向子亦爾問曰云何如父趣向子亦爾答曰如已成菩薩不卵生濕生如是聖人已得聖法不卵生濕生是故說如父趣向子亦爾是謂聖人已得聖法不卵生濕生問曰四生何生最廣有一說者卵生最廣說者外國西海邊山腹巖腹平澤卵滿其中驢騾駱駝象馬豬羊水牛野鹿盡蹈破之如是卵生最廣更有說者胎生最廣說者一魚一蝦蟇生子滿七稻田七河如是胎生最廣更有說者濕生最廣說者如夏月時鹵土灰牛屎內及諸濕處積聚從欲界至梵

天須臾一時頃蟲滿其中如是濕生最廣如是說者化生最廣何以故謂化生盡攝三趣二趣少所入盡三趣者地獄餓鬼天二趣少所入者畜生及人復次欲色界一切衆生皆生中陰中陰者是化生以是故化生最廣問曰四生何生最妙答曰化生最妙問曰若化生最妙者何以故佛世尊不從化生答曰不等和合故謂有化人時爾時無佛謂有佛時爾時無化生人是謂不等和合故佛世尊不化生或曰化生身無力故不勝十力四無所畏或曰化身柔輭不勝無上正眞道或曰此一向極愛念與親相續菩薩恒一向極愛修善以是故胎生不化生或曰菩薩長夜作行求尊父母父母亦長夜作行求孝順子若菩薩從化生者則誓願行無果無報以是故菩薩胎生不化生或曰說法受故若世尊從化生已詣聚論所訶責者彼比丘當作念此人無父母無兄弟姊妹及諸親族但來訶責我等如閻浮利地最豪貴家親族衆多迦維羅衛最爲人中世尊生彼如口舍唾不樂久停出家學道住一林中歎譽一林以是故說法時多有受化是謂說法受故佛世尊胎生不化生或曰斷誹謗故世尊胎生不化生如世尊在大衆中一切人無不見者從兜術天終降生母胎十月已滿在林毗園生即行七步二龍浴身二十九出家三十五得道六年苦行已食二女乳糜降魔官屬成無上道猶有異學來誹謗者過百劫已於大海中生一幻士食一切施何況世尊化生者異學豈不增誹謗耶是謂斷誹謗故世尊胎生不化生或

曰饒益化故世尊胎生不化生若世尊化生者般涅槃時不見身舍利若不見者如今般涅槃滅千載舍利如芥子百千衆生皆悉供養恭敬供養恭敬已願求佛辟支佛聲聞道豪貴家天上人中形貌端正無有雙比乃至入無餘涅槃界若世尊化生者爾所功德盡斷滅不現以是故佛世尊胎生不化生問曰何以故化生終時身不可見答曰化生身者一時生一時滅如人入水一時没一時出已還没不復現如化生身一時生一時滅或曰化生身者多有造色少四大多四大故終時可見或曰化生身者多根少非根多非根故終時可見化生者少髮毛爪齒骨以是故化生身終時身不可見問曰若化生身終時不可見者彼契經云何通化生金翅鳥搏撮化生龍而食若化身不現者云何以彼爲食答曰意欲食故取之但不除飢渴或曰化身妙輭入腹即當食如油如酥入腹當食如是化身妙輭入腹即當食或曰一時吞是故當食或曰彼金翅鳥有方便意先吞其尾然後至頭命未斷時以當食是故化身當食問曰若化身終時不現者彼餘契經云何通彼地獄卒取彼罪人從脚剥皮至頸從頸至足云何可見答曰著身故可見離身不可見如重雲電光出則見没則不見如是著身故可見離身不可見問曰天上鳥是卵生耶爲化生耶若卵若卵生者應終時身見諸天見已何得不起增惡心耶諸天有六種樂謂眼見色盡不可樂不見非樂喜非不喜念非不念善色非不善色快色非不快色妙非不妙如是至

意作此論已有一說者天上鳥卵生問曰若卵生者應終時身可見諸天見已何得不起增惡心耶答曰天上鳥終時可見但風吹去速如是說者天上鳥化生廣說四生處盡

鞞婆沙論卷第十四

音釋

蚇蠖蚇昌石切蠖烏郭切蚇蠖屈伸蟲也　犎牛犎敷容切與犎同　熊羆熊胡弓切羆波爲切　圊廁圊七情切廁初吏切　瞬舒閏切目動也　振直庚切觸也　腋羊益切左右肘脇間爲腋　療力嶠切治也　鵄赤脂切怪鳥也　削息約切刻削也　蛣蜣蛣去吉切蜣去羊切蛣蜣蟲名　鵠胡沃切鴻鵠也　鹵郎古切鹹地也　乳麋乳而主切麋靡爲切　搏撮搏補各切摯也撮子括切挽也　剝北角切割也　頸居郢切頭頸也

隨相論

陳天竺三藏真諦譯

清刻龍藏佛說法變相圖

隨相論卷上

德慧法師造

陳天竺三藏眞諦譯

論中解十六諦

十六諦總問爲物有十六爲名有十六耶答毗頗沙（翻爲廣解）師解爲物有十六故立十六名實有其體故稱物經優波提舍（翻爲修善說）離欲師解名有十六物惟有七苦諦有四謂無常苦空無我集滅道三諦各一合爲七佛本說優波提舍經以解諸義佛滅後阿難大迦旃延等還誦出先時所聞以解經中義如諸弟子造論解經故名爲經優波提舍毗婆沙復從優波提舍中出略優波提舍既是傳出故不言經毗婆沙今先依前釋屬縁故稱無常有爲法無力不能自起藉縁方起如嬰孩小兒

不能自起藉他扶持方復得起所言緣者即是貪愛及業必須具此二法五陰方得生業能生果雖復能生若無貪愛愛著應生處者果亦不起由如地水等能生穀芽若無人功以穀子安置地中芽終不得生未起貪愛及業時果則是無起貪愛及業因緣和合果方得生生則是有業力若盡果則謝滅還復成無即是先後先後無繫屬於緣故言屬緣故名無常逼惱性故名苦逼惱有兩種一違逆逼惱二隨順逼惱若於佛弟子是違逆逼惱佛弟子於生死中恒生怖畏經中譬云譬如燒利劒火光耀人眼執之在側欲以相害於念念中恒生大怖畏佛弟子怖畏生死亦如此此下是違逆義而生老病死等恒相逼惱故若於凡夫是隨順逼惱凡夫愛著生死即是隨順義而生老病死等恒相逼惱故苦三藏譬云如兄弟二人兄甚愛弟弟恒惱兄兄雖受惱猶自愛之凡夫愛著生死雖復受苦猶愛著之故以逼惱性爲苦對治我所見故名空凡夫執一切法言是我所今明一切悉非我所爲對治此見故名爲空對治我見故名無我凡夫執五陰等以爲我今明一切法悉無有我爲對治此見故說無我（此四是苦諦）次釋集諦四名種子法道理故名因能生果是種子法具四義是其道理四義者一種子破則不能生如取種子磨之令破雖具諸緣不復能生芽貪愛等煩惱亦是生果之種子若爲道所破雖具餘緣不復能生果二陳宿故雖具諸緣亦不能生芽以種子經時節久故貪愛等生果亦復如此聲聞六十大劫修行

獨覺百大劫修行佛三阿僧祇劫修行三乘人在未發心之前於一闡提位中起貪愛等煩惱煩惱生業業所感果猶未受之從修行已去多歷時節功德智慧既轉深廣映蔽先因力用衰弱雖具餘緣不能生果大有經說九十八惑生一煩惱一煩惱生九十八惑如因貪具生九十八惑皆能生貪三失時故雖具餘緣則不生芽如春種則生冬則不生因失時亦不能生果如鴦掘摩羅因無明斷二千命死必應入地獄而現身得成阿羅漢先所作惡以時差故雖具餘緣不復得生果四因緣不具雖不破不陳宿不失時亦不生芽如地水人工等因緣不具故不能生芽因生果亦爾雖未被破未經久時及未失時而因緣不具則不能生果若衆生作業能牽生果須具三事一親近善知識二有信向心三作功力惡業須三事對此求之若無三事因緣不具則不能得果故醜陋經云若衆生願生人中而作業因緣不具故乃於畜生等中受果若作惡業應於畜生等中受生因緣不具乃於人中受果如阿羅漢雖具有諸業以斷煩惱盡業無煩惱爲伴故則不能牽生又如中滅阿那含用業已盡而貪愛未盡不得受色界生生在中陰中又如得初果竟起修道所滅煩惱煩惱生業雖具業煩惱由斷見道所破煩惱故不復得用新業受生世間種子法必須具四種道理方得生芽貪愛及業爲種子法亦爾必須具四種道理方能生果生果故名因問業及煩惱何者正爲種子答煩惱爲正煩惱生業業不能生煩惱煩惱是本

故又有業無煩惱必不能牽生有煩惱無業由得中陰生二顯現故名集起顯現有兩義一貪愛與業相應令果得生未生時果未現生時則顯現二貪愛能顯於境界境界實是鄙惡而貪愛轉心謂境界爲好即顯現境界令好如一女人三識往觀之凡人見之謂爲可愛之境虎狼觀之謂是可食之物聖人觀之謂爲骨藏此是稱境而知謂爲可愛可食並由貪愛顯現此境故爾由貪愛顯現應生處境於中起染著故業得生果若無此二顯現果則不得生明此兩種顯現爲釋集起義外道謂一切法唯有一因生言自在天一因生一切物今爲破此見明衆縁集聚方能生果雖復衆縁集聚若不能令果起亦非因義集聚而令果起方得是因二種顯現亦明集聚義亦明令果起義故以顯現釋集起如窰師埏埴繩水等衆縁聚集共生一瓶能拔出果令成就故名縁因直感果令起縁則能令果生使一期報得具足成就次釋滅諦四名五陰盡不生故名滅此據果報爲語現在五陰盡未來五陰不生故名爲滅今取滅名目無爲體耳滅諦自以無爲爲體不取五陰滅不生爲體五陰滅不生有三世滅諦體是無爲非三世法五陰滅不生有三世者如舍利弗目揵連等五陰是過去滅不生凡夫五陰則於未來方滅不生若現在聖人五陰則是現在滅不生無爲法中無五陰五陰不於此中生故用盡不生義以目無爲又五陰若盡滅不生時方證得此無爲故以盡不生義目無爲故名無爲爲滅能滅三火故名寂靜三

火有兩種一欲瞋癡爲三火此三有三義故名火一能燒衆生一切善根二此三煩惱能使心熱即有燒心義三能然三界故名火此三煩惱遍三界中從六塵六根六識生此煩惱根塵識皆是有流由此三煩惱故不得安樂三煩惱如火能然根塵識如薪是所然問上界無瞋今那得言有瞋耶答凡夫生上界者具有見諦煩惱在上界非無之但不得起故言無今言有者就理爲語二以三苦爲三火此三苦能燒衆生令不得安樂若欲界則具三苦色界則具壞行二苦無色界唯有行苦三苦即是三災苦苦是火災壞苦是水災行苦是風災有此二種三火則喧動以滅此二種三火故名寂靜無三枉故名妙三枉者謂生老死爲三苦此三苦平等遍三界中故偏說此三苦爲三枉三界皆有生故有生苦若欲界則有頭白面皺之老六天及色界乃無此老相貌亦有改異義如彩畫始時則分明可愛久則彩色歇薄上界色身亦有此義即名此爲老無色界心亦有老果報將盡之時心用改異昔時定心堅固將終定心劣弱恒欲退墮故三界皆有老苦三界皆有終盡故皆有死苦所以名此爲枉者凡夫之性恒求安樂所以修世俗善望得樂報而此三横災使其受苦故名三苦爲三枉無爲之中無此三枉故名爲妙問上界生時自不苦何故名爲苦耶答未必生苦受故名苦生是苦本故名爲苦無爲不生所以無苦生死有生所以有苦故名生爲苦如地獄是處所之名處實非苦但處能生苦故名地獄爲苦問生苦

三苦中是何苦耶答若是苦受生是苦苦若樂受生是壞苦捨受生是行苦欲界生具有三苦色界生具二苦謂壞苦行苦無色界唯是行苦老苦亦具三苦若轉樂爲苦則是苦苦若轉苦爲樂轉樂爲樂則是壞苦轉樂爲捨則是行苦約三界類此死苦亦具三苦類前可解耳問經中說有幾苦耶答說有無量苦此問所說八苦以外分別復有諸苦但止說七苦耳舊八苦中不說病苦說七苦竟言等等餘諸苦所以不說病苦者病苦唯在欲界人中近不遍欲界天中故不說之天中所以無病苦者病從内外緣生外謂寒熱不平等飲食不調適故致病苦内者或行多令四大弱或坐多令四大弱四大弱故成病上界外無寒熱不平等飲食不調適之緣内四大既強無有行坐過差之緣故不得有病苦曲解亦有病義六天作欲事或三日不食乃至七日不食至七日則死未死之前四大弱亦得名病苦問餘四苦云何答五陰苦通三界求不得愛別離怨憎會此三苦上二界定無以各自住果報無有雜住一處故無此三苦欲界六天則具有之下品諸天願樂上品不得故生苦即求不得苦與阿脩羅鬪戰即怨憎會苦鬪戰不如爲阿修羅所縛所破即愛別離苦解脱一切失故名永離一切失者是因緣果報因是煩惱緣是業所受五陰是果報此三是過失法究竟解脱此三非暫時解脱故名永離問煩惱何故稱因業爲緣答煩惱是種子正能牽生故名因若無煩惱雖復有業則不能牽生若無業有煩惱猶得生中

陰若煩惱盡業雖得莊嚴果終由煩惱生業故得果次釋道諦四名於中行故名道凡有兩釋一云盡無生智是能行戒定慧是所行從苦法智訖道比智十二心皆斷煩惱是盡智第十三心是無生智戒有有流無流本是有流由兩智行之故成無流定亦如此智有三種謂聞思修修慧亦有有流無流亦由兩智行之故成無流盡智行之者苦法智現前具八分聖道戒定本是有流今爲盡智行之故成無流盡智有二種一是正見二是正思惟同觀無常而有麤細正見細正思惟麤而此二互得相生若以正見爲盡智亦得言使正見成無流終是以盡智令智慧成無流如此明義則一時中爲盡智所行故令戒定慧成無流以異性故得同時乃至阿羅漢悉如此若還以正見望正見正思惟望正思惟者則不得同時必以前正見使後正見成無流正思惟亦爾一時中不得並有一性兩法故若如此明義則異時明智慧爲盡智所行乃至阿羅漢悉如此爲無生智所行乃至阿羅漢悉如此爲無生智行故戒定慧成無流者見諦有後十心後十心屬果若須陀洹人作十二心觀者則是無生智使同時戒定慧及異時慧成無流問苦法見即是無生智何不說之耶答苦法見若形待苦法智亦得名其作無生智若望苦類智者其復爲苦類智作本斷上界煩惱復屬盡智既不定是無生智故悉屬盡智唯第十三心定故可說爲無生智第二解言戒定慧爲無流心所行成無流故名道則以無流心爲能行戒定慧爲所行

盡無生智是助心法故前解異後釋言於中者於戒定慧中與理相應故名如者若通論則與四相道理相應故名如若別論與不斷不常中道理相應故名如如是得理之智若以邪思惟不如破之不能使其成不如故名如正見所作故名正行若聲聞人聞正師說正教從正聲名生正聞正聞生正修作如此次第習學名爲所作若是獨覺及佛則從正思生正修無有從正聲名生正聞義以此兩乘根利自能思惟得悟問獨覺及佛根本悉經聞法故得生思惟修慧何故無正聞生正思耶答宿世非不經聞今論即事非是憶昔所聞于時師作此說依此說依此而生思慧直端然思惟自得悟理聲聞則必依師語思惟之永過度故名出離有兩解一報言由邪

思惟故生煩惱煩惱生業業生果報此等皆是不正思惟故若生無流智慧智慧生戒定等皆悉是正正與不正相反正即過度不正非暫時過度及是永過度又一解煩惱是倒智慧是不倒倒與不倒相反不倒永過度倒前解則廣後解則略故有異用前家又一解十六名言非永法性故名無常若無爲法本來是有永無有生永無住滅有爲法暫生暫住暫滅此法性爾故名無常從無明生故苦者不解世間事故苦近不解世間事巳自是苦況不解眞實甚深理耶彌是故苦無明根本是苦由無明故受生死報故生死無處不苦中間人所離故名空六根是中間佛自以聚落譬六根今言中間如聚落之中間我人不在此中間故言人所離以爲我人所離故

名爲空不自在故名無我者自在有兩義一不依他故名自在若不由他生住滅則是自在二者隨意所作故名自在若欲令火冷火輙冷欲令水不濕水即不濕者此則是自在一切有爲法依他故有生住滅又不得如意若有神通能轉變者終須依定等修學方有此用既不免依故無自在既無自在故無有我來道理故名因今次第舉譬釋之以種子爲譬如有種子不藉餘緣自有生樹之力樹猶未生而種子既有能生力能令芽等後時來現在業分爲四分初分者當作善惡業時不藉餘緣便自有能感果力果至命終猶在未來業既有能感果力能令果後時來現在有能令來之道理故言來道理名因出道理故名集起者種子本能生樹樹芽莖枝葉等本在未來今以種子内土中藉地水等外緣方得出芽芽纔起現在種子即滅業亦如此本能感果果在未來現在報既盡先受中陰生中陰生纔起業初分即謝業有能出中陰之道理必須因緣聚集中陰果方生故言出道理故名集起行度故名生處者芽先出現在從芽生莖從莖初訖至未生華以來名爲行度行者漸漸增長度芽位莖纔生芽便謝業亦如此先受中陰芽捨中陰芽受正生從阿羅邏初至第七分之終名爲行度漸漸增長故名行過中陰位故名度柯羅邏纔生業第二分便謝柯羅邏等次第生故名生此生從業生故名業爲處故言行度故名生處業第三分自用強若無業用雖有餘緣生果終不得起所依道理故名緣莖先漸長猶未生

華從生華以去至結子子又生未來樹皆名所依道理華果等皆依此位種子而得生華纔生種子第三分便謝業亦如此從柯羅邏初至第七分未能作生死因及解脱至六根具足第二剎那已去能造生死解脱因此位是業第四分此第四分初以去若苦樂若惡若善皆依業第四分業第四分是依道理故名爲緣業第四分纔生業第三分便謝業第四分自用亦強果既已生藉餘緣義則弱正由業用故果得具足若業第二分感中陰生因緣俱弱以貪愛爲因業爲緣二事俱弱不可以種子全爲譬止少分爲譬耳當作業時具能感此四位果逐時節有異有此四種約此位故分業爲四分問一業那忽具感此果耶答就一剎那明一業亦得義分爲三分前分後分弱中分則強弱感中陰強感生果若無流業則初強後弱問業生果與種子若爲異耶答此義不同若依薩婆多等部明有爲法皆剎那剎那滅者一種子且據十剎那爲語若當分論相生者第一剎那能生第二剎那第二剎那能生第三恒隣次明相生第一生而即滅不至第二豈能生第三耶若就同分因約相續爲語者第一剎那同分因即能生第二剎那以去乃至華實同分因攝此業果在未來第一剎那滅第二剎那同分即攝第三剎那以去果在未來後去次第類此若無第一剎那種子爲本則不得有第二第三剎那次第相續故初一剎那種子以得說其能生後諸果言同分因者種子四大即四分同能生一果故有此名不如業有同隨得攝

其因果若正量部色不念念滅有暫住義種子未生芽時只是一種子耳若當分論生果正生芽果若約相續亦有生莖葉等義後去類皆如此業則不爾業雖自滅有無失法在攝其果令不失今且據戒善爲語戒有根本有前方便及正方便前方便有三事一大衆和合許爲受戒二正乞戒三時節時節者要期盡形壽息一切惡正方便者師爲其說一白三羯磨至第三羯磨竟即得護身口善此善即是戒以要期心等緣攝之以此爲根本盡形壽不滅從此後相續恒流若中間作罪戒則不復流若懺悔竟則還復流言流者從根本流出一刹那戒善所流出者亦生即滅不從此刹那戒生第二刹那戒還從根本流出第二刹那戒如此後生者能從根本流出

若是薩婆多義有同隨得繫之戒善生雖謝同隨得繫其住在過去繫果在未來若正量部戒善生此善業與無失法俱生其不說有業能業體生即謝滅無失法不滅攝業果令不失無失法非念念滅法是待時滅法其有暫住義待果生時其體方謝若是定戒皆有隨根本相續流義布施物則隨物在善恒流若無流善不能得果無有無失法與善俱生無有出在餘心無流善恒流義問業與無失法俱生同是有爲法業體何故滅無失法不滅耶答善是心相應法故生而即滅無失法非心相應法故不念念滅薩婆多義同隨得亦念念滅但非心相應法種類自相續不斷問布施善恒流定云何答身口是業體以相貌爲身業以語言爲口業運手捉物或取物

或擧物與前人此即是相貌即以此相貌爲身業發言呼取其物施其人此語言即是口業發起身口業緣有三種一三善根二從三善根生正思惟三從正思惟生作意謂作施意若總論用此三緣發身口業近論正是作意發身口業言布施者以三緣發身口業故名布施善菩薩默念而雨寶意業亦是施業田有三種一福德田如佛及菩薩等二恩養田如父母等三貧窮田即飢寒衆生等若施福德田則無癡善根多若施貧窮田則無瞋善根多對貧窮衆生心起慈悲故無瞋善根多一時中乃具三善根隨所對田故不無多少之異施復有二種一恭敬施二利益施若恭敬當施時善生施竟則善不復流所以爾者如佛已涅槃爲恭敬佛故以衣食等供養又如世人以衣食等供養過去所尊亦有恭敬故既無人受用此物故善不得隨事而流二利益施者爲利益前人四大以前人受用此物四大增長故爲利益而施者善則隨三事恒流三事者一三善根二餘物三衆生三事中若一事不具善則不復流如餘物雖未盡衆生猶受用之而施主已死或起邪見斷善根善無復根本則善不復流若施主生存善根不斷能受用人未滅而餘物已盡善亦不復流若施主不斷善根亦不死餘物又未盡而能受用人已謝滅無復人受用之善亦不復流餘人雖用非施主本心所期唐自受用善終不資若檀越施心通普此則隨用皆有善資故爲福田者受他施時須將其約若聽隨意用則隨所迴施傳傳生福則無窮若

不爾者輒迴與他乖施主心迴施人非但無福亦更招罪乃至後應墮惡道中更相報償此不容易故宜慎之問斷善根竟善既無復根本云何得更生善耶答此應更作兩問須陀洹初道無流無有無流種類爲根本何以得生阿羅漢退起修道所破煩惱無不善根爲本云何得生耶答生有兩種因一先生因二俱生因先生因即是三善根未作善時先有此善根能生所作善故名先生因俱生因者即是作意思擇故善生只思擇時是善生時故名俱生因若善根未斷作善之時從兩因生若善根已斷作善之時則唯從俱生因生若善生時還復接三善根令與善心得相應斷善根非是善根體都滅盡直以邪見隔之無復有善心與其相應名之爲斷若無流道生者有流善根體則滅須陀洹初道無流爾前未有無流善根唯從俱生阿羅漢退起煩惱三不善根已盡亦但從俱生因生問小乘佛受施食食此食時作便利不答佛無便利佛頷下兩邊向頸各有千筋受一切食味食下至此便變爲血肉故無便利轉輪王有兩解一云有便利一云無有二乘同凡夫亦有便利若六天食名須陀須翻爲善陀翻爲貞實此食精妙亦不成便利無共繫義是滅義共繫淨盡故名滅例前止應有後句而有前句者天竺云尼盧陀此一名有十義覆亦名尼盧陀蘭亦名尼盧陀滅亦名尼盧陀今亦說滅義不說餘義故以初句分別之中阿含中有解繫縛經云佛語比丘貪愛在汝眼中汝須滅之若滅貪愛汝眼亦滅因眼對色

生貪愛共繫縛識貪愛即煩惱繫縛眼及色境界是繫縛若滅貪愛繫縛眼等繫縛亦壞滅經譬之云如以鎖鎖繫人置牢獄中鎖是一繫縛獄是一繫縛若打除鎖又燒滅獄則離二繫縛兩縛共繫衆生故言共繫解脱貪愛故言淨解脱境界故言盡此即是餘無餘涅槃貪愛滅是有餘涅槃境界滅是無餘涅槃眼既如此耳鼻等悉然三有爲相解脱故名寂靜三有爲自有二種一以三世爲三有爲相二以生老滅爲三有爲相所以不明有住者有爲法無住住是無爲相故不説之由邪思惟故起煩惱煩惱生業業生果報既有因果相生故有三世無爲法無因果相生故無三世有爲法本是無故有生有生故有老滅無爲法本有故無生無生故無老滅有爲法具有二種三相喧動故非寂靜無爲法解脱此二種三相既無喧動故名寂靜就一煩惱有一解脱九十八煩惱即有九十八解脱諸法本來不生不生即解脱衆生顛倒故於色等而起貪著因貪著生業業生果報煩惱貪著色不能稱所對無爲之理所對無爲即是此貪愛若被斷即證得此無爲故九十八惑有九十八無爲業及果報逐煩惱無別有無爲眞實善故名妙善自有四種一眞實善二自性善三相雜善四發起善眞實善者即是涅槃生死是惡法涅槃無惡不從因緣生故名眞實善自性善者即是無貪無瞋無癡三善根此三善根不藉餘緣性能對治貪瞋癡三惡涅槃無三惡其與涅槃相稱故名爲善譬如三藥非藉餘緣性能治病油能治風

酥能治熱蜜能治痰三相雜善者是意業善由與三善根相應故生信智等善信智等生時心及助心法與三善根相應悉皆成善未雜之時三善根各能治一惡心及助心法不與三善根相雜則無治惡用相雜之時則能備破諸惡如衆藥未相和雜之時各能治病和雜已後則無所不治四發起善者是身口善身口本無善由意業善發起身口故身口生善譬如水本非藥以藥內水中而煮之由藥發起水使水亦成藥三善根皆由隨順真實善故得成善惡是麤法無爲無惡是真實善故名妙好問心及助心法與三善根相應時一時中具與三善根相應不答一時中具與三善根相應如信智等現前時此心得理即是無癡貪瞋不起即是無貪瞋問心及助心法與三不善根相應時一時中具與三不善根相應不答惡心現前時此心乖理恒與無明相應若與貪相應時不與瞋相應以惡性相反故問三善根是心法不答非心法故有時不與心相應如僧祇等部說衆生心性本淨客塵所汙淨即是三善根衆生無始生死已來有客塵即是煩惱煩惱即是隨眠等煩惱隨眠煩惱即是三不善根由有三善根故生信智等信智等生時與三善根相扶故名相應由有三不善根故起貪瞋等不善不善生時與三不善相扶故言相應若起邪見斷三善根三善根暫滅非永滅後若生善還接之令生若斷三不善根者斷則永不生最勝息故名永離者如人處在怨賊之中則不得安息若斷離怨賊離之未遠乃有安息義

非最勝安息若都出其境界者方是最勝安息内合亦爾若在煩惱怨賊中則都未安息若雖復稍斷斷之未盡乃有安息義非最勝安息斷之若盡永出煩惱外方是最勝安息阿羅漢煩惱都盡永不復生是最勝安息須陀洹見諦煩惱都盡永不復生亦是最勝安息爲對治邪道故名爲道九十六種沙門皆行邪道所以稱邪道者行此道者去無所至故名邪道若行戒定慧正直道者得至涅槃爲對治邪道故説戒定慧爲道又解言可覓故名道如人期心欲至一方先須覓道路若欲求解脱須先覓出世道戒定慧是可覓之處故名道對治非如故名如有兩解一明對治非如理二明對治非如行四倒與理不相應即是非如以常樂我淨置生死中以無常苦無我不淨置涅槃中今觀生死是無常苦無我不淨涅槃是常樂我淨與理相應即是如問小乘涅槃云何得是我耶是我則一切法不皆是無我答小乘明一切法中無我故名無我耳涅槃有體有體即是法我對治行不如者外道有常見斷見常見者計我不滅於未來受報爲未來報故於現在修苦行凡有十一事一永坐恒坐不起二大發行不住不避山谷險難而漫行三不食斷食自餓四長倚恒立一處巳隨日仰頭視日朝則東視隨日上落視之不懈六五炙當晝火熱以日炙頭四邊然火以炙身七眠刺取刺置一處以眠其上八投巖九赴火十投水十一供養諸天自挑出筋爲琵琶弦彈之而預供養諸天斷見者謂身滅我亦滅無有未來現在恣

心所作造種種罪此行並不與正行相應故名不如行今觀不常不斷離二邊行中道與涅槃國相稱事故名正行所以呼涅槃爲國者有二義一大力人所鎭故大力人即是佛及獨覺阿羅漢證得涅槃無有過失故言鎭二怨賊不侵故涅槃之中永離煩惱即是不侵不稱事有三義一不肯去二僻路三疑路若起我見者以生死爲極處不復進求涅槃即是不肯去義離欲進求而修戒即是僻路於無流八定及有流八定不知何者是正即是疑路若修無流慧分別是非即除疑路既除疑路亦除僻路不著生死即除不肯去修無流慧能除我見戒取疑等煩惱涅槃無煩惱即是與涅槃相稱事此事不邪故名正行對治一切怖畏故名出離一切怖畏者佛問

波斯匿王有人說有大山從東方來下歷於地上際日輪如是次第明有人說餘三方有大山來汝今欲作何計王答佛言世尊此不可以愛語而得却之不可以布施而得却之不可作怖畏事而得却之不可興兵而得却之非此四方便所治如我今唯當一心急修八分聖道以求出離耳佛又問如有火來爛汝頭燒汝衣汝爲當先須滅火先須修八分聖道耶王答言世尊火燒我頭及衣我若滅火乃是暫時得免苦非是永免若修八分聖道則永離苦我當先修八分聖道不先滅火四方山即譬老病死愛別離四苦老苦能壞少壯病苦能奪強健死苦能傾壽命愛別離苦能乖富樂前來皆是出異義天親所執同經優波提舍師義

隨相論卷上

音釋

阿僧祇梵語也此云無央數　鴦掘摩羅梵語也此云指鬘鴦於良切

醜陋醜齒九切陋盧候切　埏埴埏式連切埴常職切埏埴和土也

暱女質切

隨相論卷下

德慧法師造

陳世三藏眞諦譯

論主云如我所信所解今當說之有生有滅故名無常有爲法有生滅故不得是常生即是有滅即是無先有後無故是無常生何故非常生滅何故非常滅而言生滅是無常耶解言生壞於滅故滅非常滅滅復壞生故生亦無常生相違性故名苦五陰是苦聚恒違逆衆生心令其受苦衆生無不愛所受身以衣服飲食種種將養而其不知此恩恒生諸苦違逆衆生心於衣食增減之間恒生苦惱欲令得安所以坐久則生苦猒坐須行久行又生苦如此四威儀中恒相違逆所以恒違逆衆生心者由所緣境界非眞實故違逆生苦體所離故名空一切諸法皆是假名有名有義而無有體和合能生是因義於和合中以立名所生是果義於所生中以立果名而因果無體何以知然根塵和合能生識離根塵外豈别有因體耶和合故說識生離和合外豈復别有識體生耶有因果無能作能用無有因果是有因果名義無能作者因無體無眞實能作無能用者果無體無眞實能受用苦樂名義中無體即是體所離義故名空無自人故名無我佛說有法不出十八界若言有我是何界所攝若十八界不攝故知無我此破跋私弗多羅可住子部義其救義云我遍十八界中豈可令别爲一界所攝耶其所執我言不一不異是不可說藏今更破之如眼根與色塵是所緣眼識是能緣緣根塵

故生識今先就所緣中破之我徧在根塵中爲一爲異若其異者則應所緣有根塵我三法佛何故止說二不說三耶若言有我異於根塵而佛不說爲所緣者此我則無用又若言異根塵者汝說不異義此則壞若言我與根塵一則惟有根塵何處有我則汝說不一義又壞次就能緣破之我與識爲一爲異耶若異則能緣有二種謂我及識若有二法佛何故不說耶若雖有而佛不說則我無用又汝說不異義則壞若我與識一識從緣生既是有爲我亦應是有爲汝立我非有爲非無爲此言則壞又汝言不一此言又壞若破外道計我者外道立我義以四智證知有我一證智二比智三譬智四聲智以此四智證知有我外道有斷常二見若是斷見者謂即此身是我故身滅我亦滅既即身是現見有身即是證智知有我若見出息入息等五種是我相既見其相則知有我此即是比智知有我若見自身有我知他身亦有我即是譬智知有我聞聖師說有我則知有我是聲智知有我若常見者則惟比聲二智知有我耳常見者言隣虛及我不可見作證智所知復有常見者亦言我是證智所知其說眼中之白精是月白之中間赤精是日赤之中間青精言是空青精中人子是我我則常此亦可見故是證智所知月是毋造日是父造空是自在天造我非因造故是常所以名青精爲空者若覆之則不見知其是空天親次第破之證智所知不過七法即是六塵及識六塵及識並非是我豈得爲證智所知耶比智所知

者如眼色空作意等因緣生眼識識即是眼用既見其有用比智知必有眼我無別用以何義比知有我耶譬智者如見家牛形容譬類知野牛形容狀亦應如此我既非證智所知亦非譬智所知聲智者其執我是聖師說言有我我信聖師聲說故立有我此亦不然汝師有斷常二說若如跋婆利柯阿賴伽柂優樓迦等三外道起常見執言有我說有未來若是訶梨多聞陀阿輸羅耶那等三外道起斷見執言無我不說有未來汝師所說有無自不定豈可以此爲證有我耶言無自人者計我者言我是五陰主獨居五陰中譬如國王國是自已所有不與他共今明五陰無主故言無自人故名無我問外道明我有何用耶若有則可以比智知答其說我外相有五内相有九此是優樓迦等作此執外相有五者一出息二入息三瞬四視五壽命具此五相故知有我五相即五用今破之若以前四相知有我者如卵無前四相豈有我耶其救義云雖無前四相有第五相則知有我又破之壽命必與身相接汝明我得解脫時我則離身我離身時則無復壽命豈得以壽命證知有我耶内相者其說我是常心是隣虛心亦是常别有法非法法者是善非法是惡法非法能令我心共合我心共合生九法從我心生覺能覺知故從覺生苦樂從苦樂生欲憎於樂生欲於苦起憎從欲憎生功力作功力欲滅苦求樂從功力生法非法若常見者計有未來故於現在修諸苦行名之爲法若斷見者計無未來故於現在恣心造惡名

爲非法從法非法生修習修習既熟其用速疾修疾即是因力修疾故能疾憶念過去事由別有法非法合之故九法中生法非法有時作善有時行惡別有法非法凡有五種事一能使火上昇二能使風傍行三能使地水沉下四能使隣虚離合五能使我心和合外道說有二災一中間災二火災中間災者凡經三百千拘胝即是三百千拘胝劫一百千拘胝火一百千拘胝水一百千拘胝風世界於火災時世界一劫滅一劫生水風時亦爾滅則麤塵滅本隣虚相離而住生則是法非法使其共合法合爲善道非法合爲惡道本塵既合從此增長更生諸塵故成世界我心亦逐外塵離合度三百千拘胝中間災滿至火災時復經三百千拘胝世界一向滅本塵

一向相離而住我心亦一向相離而住則我暫時解脱度三百千拘胝火災滿法非法復使其共合問火何故上風何故傍行地水何故沉下答火能成熟物若火不上昇衆生則無以得成熟飲食等物又火有光明主於智慧故在上自在天身備有六道從心向上是人天從心下向至齎是阿脩羅及鬼從齎下至足是畜生及地獄人天光明有智慧故在上火有光明主於智慧故在上風若不傍行衆生則無以得去來如船在海風若沉下上昇船則不得進由風傍行故有去來地水若不在下則衆生無依處地水闇生惑屬地獄畜生故在下地獄畜生闇而有惑故在下地地水闇生惑故在下爲欲永得解脱故修戒施苦行定四法從四法生正法正法者是其

得道從正法生樂生智智樂者受天中樂果智慧若後時斷法非法我與心則永相離九法永不復得生則永得解脱若破我見及隣虚此執自壞論云愛欲有四種一執我是不分別愛欲二執當我是不分別更有愛欲三執當我有勝劣是分別更有愛欲四結有相接愛欲今且次第釋之第一執我者於現在執言身中有我而不分別執一陰爲我餘陰非我亦不分別五陰都非我而於我生愛於我所色香味觸等境生染著心故名欲我及愛是見道所破欲是修道所破第二愛欲者常見者謂我不滅得至未來故名當我分別不異向釋未來言更有我於更有我生愛於我所六塵生染著故名欲第三執當我如向釋亦不分別有勝劣是分別者分別未來我

或受苦或受樂或於上地生或於下地生此即是勝劣義更有愛欲不異向解第四愛欲論文乃不説執我亦是執我愛欲執我無分別不異向解謂我不滅得至未來於未來生處起染著故推此身即受後身結前後二有命相接不斷故言結有相接愛欲不異向解論云經中佛説五陰者以愛欲爲根本愛欲爲集起愛欲爲生處愛欲爲緣經中復説愛欲有四種論更次第列前四名後乃釋之釋因云第一愛欲是五陰初根本故名因如種子與果者根本是因義故初引經言以愛欲爲根本即是愛欲爲因今以根本釋因義言初根本者先於現在執我生愛欲此愛欲即有感未來果力故名初如有種子便有生果之力故言如種子與果

釋集起云第二愛欲者是五陰集起能令當果來故譬如芽等與果者第二愛欲緣未來有我及諸塵生以愛欲共和合能令當果來現在故名愛欲爲集起猶如芽乃至華能生實等節等莖葉及華果即是實釋生處云第三愛欲者是五陰生處能生五陰勝劣譬如果與田水土等故有香味力變熟威德者第三愛欲分別未來有勝劣故受報之時有昇有沉由第三愛欲使未來勝劣報得生故名第三愛欲爲生處第二譬以實爲果今言果亦取實爲果果已生田及水土等爲果作緣增長其香味等田等有肥瘦等諸力用不同果於中生香味等隨緣有異亦爾隨愛欲分別故得果有勝有劣香依正量部及外道立義謂有三種一香二臭三平平者無香臭若是餘部止有香臭無別餘氣而香臭各有二種一增二損如麝香人若齅之則增臭隣虛塵蟲有聞此香則損鼻隣虛塵糞等臭人若齅之損鼻隣虛塵猪狗齅之則增鼻隣虛塵味有七種謂甜苦辛醋鹹澀灰汁味澀者如生查等灰味私謂只應是淡味耳力者有十種即輕重冷熱澀滑堅輭漱糗果子熟如林檎之流其內則糗變熟者有三種一甜二酸三辣此非三味以三味爲名耳食果入腹變熟成淡者名甜變熟成熱者名酸變熟成風者名辣淡體甜滑重故名淡爲甜熱體使醋咽故熱名酸風體能使身瘦面澀辣體無肥而澀故名風爲辣人身有三分從心向上是淡位從心下至臍是熱位從臍下至足是風位此三分若相通者則調適無病若壅結不

通則成病若以六味約之變熟則不同甘鹹二味變熟成甜醋味變熟成酸苦澀辛三味變熟則成辛威德者藥木等自有威德或根能出光或能却鬼或能除毒如摩伽藥所生之處一切毒草皆無復毒力果隨緣有此不同以喻衆生感報差别

釋緣云第四愛欲者是五陰生緣五陰從其起故譬如果緣華滅故生者第四愛欲染著未來生處結二有使相接未來五陰緣其得起故名第四愛欲爲緣如緣華滅故實得生事斷故名滅者事即十二緣生此據因爲事以因斷不復相續故名滅即明第一愛欲斷令十六諦有十六物故滅下四各以一法爲體無苦故名寂靜苦不據苦受爲語從前生者是果名果爲苦前明因斷令明果無若果更生喧動不已豈稱寂靜並由果無故所以寂靜此即明無第二愛欲第二愛欲從初愛欲生即是果無上故名美妙音最勝無過無等故言無上即明無第三愛欲第三愛欲分别勝負今明唯勝無劣即除勝劣愛欲不更還故名永離者若出而更還非謂永離今出而不還故名永離即明無第四愛欲第四愛欲結有令相接是更還生死令斷此結不得復還無流心所行故名道者道即戒定慧爲體從無流心生名之爲行無流心自有三種一熟二直三明熟故無退明故不迷直故是眞也得修慧離散動故熟熟故不復退失也若心闇則迷境由明故不迷也若有邪僻則不得名眞正趣不邪故名爲直直而無雜故稱直無流心既具此三德所生之道亦具三

德也通達眞實境故名如與四諦理眞實境界相稱故名如也決定故名正行如經説唯此是道更無別道爲清淨見故者無勝之無等之者故名決定若更有一法勝此法則成不定若更有別法等此法者亦非是定不定則不得稱正行也論引經證定義故言唯此是道無別法等之勝之故言更無別道也見有兩種一是僻見即五見也二是正見即盡智也盡智即阿羅漢斷煩惱已盡所得智也能斷除僻見得阿羅漢正見故言爲清淨見故也若曲解見道第十三心亦得名正見以能清淨見故名爲正行故唯正行是道此外豈復有別道耶畢竟度故名出離者滅諦是畢竟以畢竟不生故也無流智斷除煩惱越諸流證得無爲故名爲度無爲既是畢竟證得無爲度亦畢竟故以滅諦畢竟之名目度名爲畢竟以畢竟度故稱出離論云經中又説衆生有四見一常見二樂見三我所見四我見佛爲破此四見故説無常苦空無我釋此語者起見之時必先起我見起我見時即具起餘三見起我見者計我爲常即起常見我既是常如刀不能斫火不可燒既不可破壞此即是樂即是樂見既計有我我所在處即是我所即是我所見若破我見餘三見俱被破僧佉鞞世師等作此執也僧佉鞞世師等又起常見云無不有有不無一切法無則恒無無不成有有則恒有有不成無故一切法皆是常現見一切法有生滅者此是轉異耳非其體始生非其體終滅如金轉爲環釧金體不曾生滅也其説自性生空等五大五

大復生五根何者自性生空空與聲俱起空是本聲是末聲是空德空最細無物能破之自性生風與觸俱起風是本觸是末觸即是風德風麤空細以空來破風風雜於空風則具兩德自德是觸他德是聲也自性生火火與色俱生火是本色是末色即是火德火麤風細風來破火火雜於風火具三德自德是色他德是聲觸自性生水水與味俱生水是本味是末味即是水德水麤火細火來破水水雜於火水具四德自德是味他德是聲色觸也自性生地地與香俱起地是本香是末香是地德地麤而水細水來破地地雜於水地具五德自德是香他德是聲色觸味也五大作因生五根五根是果空生耳耳還取空自德不取他德故唯聞於聲不見色等也風生皮皮即皮肉等也皮還取風自德唯取觸不取餘德也以火生眼以水生舌以地生鼻類前兩可解耳五根既從五大生五根滅還歸五大耳根滅還歸空乃至鼻根滅還歸地故諸法是常也破常見者明未有有已有滅即是先無後無故是無常其言無不有今明未有有未有是無本是無今成有則無不恒無其言有不無今明已有無先是有今成無則有不恒有也問火云何能破水答色是火德水中有色即是以火破水也問何者是自性而說其能生耶答有三種法一名自性二名人三名變異三種中初一但名自性人但名人變異亦名自性亦名變異所以爾者初一無知故不得名人無轉故不得名變異故但稱自性也人有知不能取不得名自性無

轉故不得名變異但得名人也從三德以去悉無知其能傳生後故名性從他生有轉故名變異也三法悉是常前兩是常而無變異後一是常而變異如金性不改而有環釧之異人即是我也自性如盲人能行而不見路人如有目而無足人能見不能行自性能作而不能知人能知而不能作人與自性共合則生變異自性自性凡有八種一根本自性二三德自性三大自性四我執自性五唯塵自性六大實自性七知根自性八業根自性三中之第一是根本自性本來有之從根本自性生七種自性七種自性並是變異自性也從根本自性生三德自性三德者天竺語第一名薩埵無的相翻義應言妙有其生時精妙而體是有也二名阿羅社正翻爲塵動而能染染故名塵三名多摩正翻爲闇其體塞也若以義立者第一名輕光第二名動持第三名重塞一切法若内若外不出此三種先論外論外法約四大論之者空大及火大是輕光風大是動持而能持物令不墮落也地水是重塞其體重而闇塞也約六趣者天是輕光人是動持四惡趣是重塞也約内法論之者捨受是輕光樂受是動持心動搖而執捉於境苦受是重塞智慧是輕光貪是動持瞋癡是重塞也初生三德時内妙有始顯外法未顯後時方顯也從三德自性生大自性大者是覺覺是諸知之本有覺察之用也從大自性生我執自性執言有我與他異也若是僧佉義從我執生唯塵唯塵生大實若鞞世師義從大實生唯塵今且依前釋言唯

塵者唯有五塵餘法未顯也從五塵生大實即五大一切法無出其外者故名大也實者一切法去來皆在此五中一切法自有變異其體常在無異如眼根壞還歸空大眼根自有壞空大不壞乃至鼻根歸地亦爾故名實也從大實生知根眼等五根能知故也從知根生業根業根有五一口二手三脚四尻五男女根口能語爲之根語即是口業手爲捉根捉是手業脚爲行根行是脚業尻爲放根能放糞穢放是尻業男女根能生子爲生子根生子是男女根業也此即是二十五句實諦義五業根五知根五塵五大爲二十我執爲二十一大爲二十二三德爲二十三人爲二十四自性爲二十五也問約五大論三德五大只應屬大實那忽屬三德耶答其體性屬三德五大自屬大實由如一牙分爲多片或刻爲馬或刻爲象象馬雖異體性是牙五大亦爾五大自屬大實逐其體性相攝自屬三德也前言自性生空等即説根本自性能生也僧佉義明因中具有果如鉢多樹子中具足已有枝葉華果自性之中已具足有七種變異自性人與其合時七種則次第顯現名之爲生耳非先無後有名爲生也問三德有智慧及三煩惱緣何物爲境答其是妙有法不緣境起如佛家三善根三不善根復何所緣起耶問三德中有智慧大言是覺耶忽言變異自性悉非知耶人是知者人能知耳七種變異自無知用如人能斫故名刀爲能斫耳刀實不能斫也問唯塵是色等五塵云何用塵來顯大實耶答五大並是隣虛不可

見色等五塵是五大之末見末方得顯本色等五塵非隣虛故可見也問自性是能生亦是能變三德望自性是所生所變望大是能生能變何故自性能生得受生名能變不得受變名而三德具受兩名耶答能變能生並是因名所變所生並是果名直呼爲變直呼爲生者此是果名果起方是變是生耳因未有變及生也今言自性能生者即是能變說能變爲能生耳其非所變故不得受變名三德具能所二義故受兩名也問何以能生爲自性耶答能生是本本是自性義故受自性名問人亦是本何不受自性名耶答其無作用不能變他故不受自性名也

樂見者尼揵子等起見謂言生死眞實是樂涅槃眞實是苦其推之云如人無一手一目此是苦不若是苦者無一手一目已自是苦都無此身豈非極苦耶涅槃中既無復五陰故云涅槃是眞實極苦也無一手一目傍人爲治更得一手一目時此是樂不是樂者得一手一目已自是樂具足一身豈非極樂現在世既具有五根故知有身眞實是極樂也僧佉鞞世師又起樂見云生死眞實有樂有苦人天是眞實樂地獄畜生等眞實是苦其以因推之因既眞實有善有惡惡能感苦善能感樂以因眞實故知果亦眞實也破此兩見者生死互相待故生樂耳何以知然以麤爲樂以細爲苦如餓鬼緣地獄爲苦自緣其報爲樂畜生緣餓鬼爲苦自緣其報爲樂阿脩羅緣畜生爲苦自緣其報爲樂如此人天色無色界中互相形待妄謂爲樂極至非想

若以涅槃望非想非非想爲苦涅槃爲樂既無復有勝涅槃者故涅槃是眞實樂生死眞實是苦若大乘三乘涅槃復有異今不論此也問常言上罪地獄中罪畜生下罪餓鬼今那得言畜生勝餓鬼耶答若小乘則如所別大乘理論畜生勝餓鬼餓鬼帶火而行受重之苦頸小腹大恒患飢渴設值清流謂爲猛火畜生之中無此等事故知爲勝也破後見者生死以有流爲因雖是善因善亦有流既是有流故非眞實如有好食以毒藥内中則不復成好食善既非眞實樂豈是眞實耶論言我作器故名我所者僧佉鞞世師作此執一是内作器二是外作器我是知者作者受者知是我法即是九法中之覺法也心是我内作器根是我外作器塵是我資粮知有五根塵各五心只是一心及我皆常非法令其共合巳前解所以名作器者如世間斧鋸等是工巧人之作器其用之作牀机等心及根亦爾我用之見色聞聲故名作器由塵生知故名資粮也以内作器證有我以外作器證有内作器以資粮證有根我法通證有我及作器資粮也内作器證有我者我是作者若無有我誰使心在眼或時在耳鼻舌中耶故知有我外作器證有内作器者凡證兩義一證心是一心若是多何故一時中不並生五知以知五塵耶故知只是一心在眼中則能見不能聞在耳中則不能見色故五根不並用也二證心是有若有心者既恒有我恒有五根何不恒生知五塵耶心在根中時方能知塵故知必定有心也資粮證有外作器者

若無外作器眼根壞時何故不復見色耶故知必有外作器也我法通證四事者心非是知根塵亦爾若無有我豈得有知我是知者故知是我法既有我法證有我也若無有心則一時中並有五知若知色時不能知聲故知必定有心在根中故知得生亦得以知證心是一心若不一五心並在根中則一時中應有五知也若無有根根壞之時何故不生知耶若無有五塵知何所知耶心與我共合故名內作器根不與我合故名外作器塵是前境能資生我法名我資粮也其即名我作器及我資粮爲我所也僧佉立有我以五義爲證一聚集爲他故知有我如世人爲弘通法故聚集經書非是自爲乃是爲他又如世人聚集牀席亦非自爲乃爲擬他既見聚集爲他則有他人也衆生身亦爾五塵四大五根五陰等聚集見其聚集知非自爲必是爲他他即是我故知有我也二見自性變異爲三德等七法故知有我自性非知其不能變異爲三德等七法既能變異爲三德等七法知必有知者來合之方得有變異知者即是我故知有我也三見變異中有覺故知有我自性非覺自性是本變異是末本既無覺末中不應有覺變異中既有覺故知別有覺體來合自性故變異中有覺覺體即是我故知有我也此一事即顯我被繫縛以從覺生我執故也四見有可用故知有我既有可用知必有能用自性是可用我是能用既見有可用故知必有能用故知有我也其譬云如女人是可用男子是能用見有女即知有男也

自性是可用故我與之合合故變異爲三德等七法七法繫縛於我後聞師教得聞思修慧知從自性生此繫縛住在生死於自性及繫縛生猒惡既生猒惡永離繫縛故我得解脫其譬云如男子於闇中與病癩女人共爲欲事數數爲之了無猒惡後於光明中見之即生猒離若是強性女人猶來就此男子若是輭性者一被猒惡即不復來雖當時不來猶有來義自性一被猒惡則未不與我共合無一輭性女人及此自性輭性者也五獨住義眞實有故知有我既知從自性生變異故被縛繫修得智慧於自性生猒離自性既與我相離故我獨住我獨住故我得解脫若無有我則無獨住義獨住義既眞實有故知有我也後別委悉破我執不復兩煩也

隨相論卷下

音釋

拘胝（梵語也此云百億）齋（山奚切與臍同）麝（神夜切獸名）齅（許救切以鼻擥氣也）澀（所立切不滑也）漱（所祐切）糗（去九切）擒（巨金切林擒菓名）辣（盧達切辛也）壅（於隴切塞也）斫（之若切斫也）佉（丘伽切）尻（苦刀切脽也）

阿毗達磨識身足論

唐三藏法師玄奘奉 詔譯

清刻龍藏佛說法變相圖

阿毗達磨識身足論卷第一

提婆設摩阿羅漢造
唐三藏法師玄奘奉　詔譯

初歸禮讚頌

稽首大覺覺中王　覺王所供三界日
解脫妙法智所歸　智者所依諸聖衆
阿毗達磨海難渡　佛口池流千聖飲
於境巨溟能善決　故我至誠今頂禮
朗日不舉照人間　稠林昏翳孰能遣
若無阿毗達磨論　智所知冥誰殄滅
阿毗達磨正法燈　心中淨眼智根本
所知林日邪論劒　開士威力如來藏
三界照明慧眼道　一切法燈佛語海
能發勝慧破諸疑　是諸聖賢法衢路
智者慧水大陂池　求智勇銳勝基本

了此勝法至聰明　悟斯聖教眞佛了

總嗢柁南頌

初目乾連蘊　次補特伽羅　因所緣雜類

四句最爲後

目乾連蘊第一之一

第一嗢柁南頌

根惡行相　尋思界漏　大愛所有　垢縛皆三

沙門目連作如是説過去未來無現在無爲有應問彼言汝然此不謂契經中世尊善語善詞善説三不善根貪不善根瞋不善根癡不善根彼答言爾復問彼言汝然此不謂有能於貪不善根已觀今觀當觀是不善彼答言爾爲何所觀過去耶未來耶現在耶若言觀過去應説有過去不應無過去言過去無不應道理若言觀未來應説有未來不應無未來言未來無不應道理若言觀現在應説有一補特伽羅非前非後二心和合一是所觀一是能觀此不應理若不説一補特伽羅非前非後二心和合一是所觀一是能觀則不應説觀於現在言觀現在不應道理若言不觀過去未來現在則無能於貪不善根已觀今觀當觀是不善若無能觀則無能已厭今厭當厭若無能厭則無能已離染今離染當離染若無能離染則無能已解脱今解脱當解脱若無能解脱則無能已般涅槃今般涅槃當般涅槃如不善如是結縛隨眠隨煩惱纏所棄所捨所斷徧知亦爾復問彼言汝然此不謂有能於貪不善根已觀今觀當觀後世感苦異熟彼答言爾爲何所觀過去耶未來耶現在耶若言觀過去應説有過去不

應無過去言過去無不應道理若言觀未來應說有未來不應無未來言未來無不應道理若言觀現在應說有一補特伽羅非前非後亦能造業亦即領受此業異熟此不應理若不說一補特伽羅非前非後亦能造業亦即領受此業異熟則不應說觀於現在言觀現在不應道理若言不觀過去未來現在則無能於貪不善根已觀今觀當觀後世感苦異熟若無能觀則無能已厭今厭當厭若無能厭則無能已離染今離染當離染若無能離染則無能已解脫今解脫當解脫若無能解脫則無能已般涅槃今般涅槃當般涅槃如貪不善根如是瞋不善根癡不善根亦爾身惡行語惡行是不善非結非縛非隨眠非隨煩惱非纏是所棄所捨所斷徧知能於後世感苦異熟意惡行是不善結縛隨眠隨煩惱纏所棄所捨所斷徧知能於後世感苦異熟欲想恚想害想是不善非結非縛非隨眠非隨煩惱非纏是所棄所捨所斷徧知能於後世感苦異熟欲尋恚尋害尋是不善非結非縛非隨眠是隨煩惱非纏是所棄所捨所斷徧知能於後世感苦異熟欲界恚界是不善結縛隨眠隨煩惱纏所棄所捨所斷徧知能於後世感苦異熟害界是不善非結非縛非隨眠是隨煩惱非纏是所棄所捨所斷徧知能於後世感苦異熟欲漏無明漏是不善結縛隨眠隨煩惱纏所棄所捨所斷徧知能於後世感苦異熟有漏非不善是結縛隨眠隨煩惱纏所棄所捨所斷徧知非於後世感苦異熟貪火瞋火癡火及欲愛是不善結縛

隨眠隨煩惱纏所棄所捨所斷徧知能於後世感苦異熟色愛無色愛非不善是結縛隨眠隨煩惱纏所棄所捨所斷徧知非於後世感苦異熟貪所有瞋所有癡所有貪垢瞋垢癡垢貪縛瞋縛癡縛是不善結縛隨眠隨煩惱纏所棄所捨所斷徧知能於後世感苦異熟

目乾連蘊第一之二

第二嗢柁南頌

瀑扼取繫蓋　下上栽拘礙　見愛與隨眠
邪支結業道

沙門目連作如是說過去未來無現在無為有應問彼言汝然此不謂契經中世尊善語善詞善說四種瀑流欲瀑流有瀑流見瀑流無明瀑流彼答言爾復問彼言汝然此不謂有能於欲瀑流已觀今觀當觀是不善彼答言爾為何所觀過去耶未來耶現在耶若言觀過去應說有過去不應無過去言過去無不應道理若言觀未來應說有未來不應無未來言未來無不應道理若言觀現在應說有一補特伽羅非前非後二心和合一是所觀一是能觀此不應理若不說一補特伽羅非前非後二心和合一是所觀一是能觀則不應說觀於現在言觀現在不應道理若言不觀過去未來現在則無能於欲瀑流已觀今觀當觀是不善若無能觀則無能已厭今厭當厭若無能厭則無能已離染今離染當離染若無能離染則無能已解脫今解脫當解脫若無能解脫則無能已般涅槃今般涅槃當般涅槃如不善如是結縛隨眠隨煩惱

纏所棄所捨所斷徧知亦爾復問彼言汝然此不謂有能於欲瀑流已觀今觀當觀後世感苦異熟彼答言爾爲何所觀過去耶未來耶現在耶若言觀過去應說有過去不應無過去言過去無不應道理若言觀未來應說有未來不應無未來言未來無不應道理若言觀現在應說有一補特伽羅非前非後亦能造業亦即領受此業異熟此不應道理若不說一補特伽羅非前非後亦能造業亦即領受此業異熟則不應說觀於現在言觀現在不應道理若言不觀過去未來現在則無能於欲瀑流已觀今觀當觀後世感苦異熟若無能觀則無能已厭今厭當厭若無能厭則無能已離染今離染當離染若無能離染則無能已解脫今解脫當解脫若無能解脫則無能已般涅槃今般涅槃當般涅槃如欲瀑流如是見瀑流無明瀑流亦爾有瀑流非不善是結縛隨眠隨煩惱纏所棄所捨所斷徧知非於後世感苦異熟如瀑流軛亦爾於諸取中欲取見取戒禁取是不善結縛隨眠隨煩惱纏所棄所捨所斷徧知能於後世感苦異熟我語取非不善是結縛隨眠隨煩惱纏所棄所捨所斷徧知非於後世感苦異熟諸繫是不善結縛隨眠隨煩惱纏所棄所捨所斷徧知能於後世感苦異熟於諸蓋中貪欲蓋瞋恚蓋疑蓋是不善結縛隨眠隨煩惱纏所棄所捨所斷徧知能於後世感苦異熟惛沉睡眠蓋掉舉惡作蓋是不善非結非縛非隨眠是隨煩惱纏所棄所捨所斷徧知能於後世感苦異熟下分結中薩迦耶見非不

善是結縛隨眠隨煩惱纏所棄所捨所斷徧知非於後世感苦異熟餘下分結是不善結縛隨眠隨煩惱纏所棄所捨所斷徧知能於後世感苦異熟上分結中掉舉結非不善非結非縛非隨眠是隨煩惱纏所棄所捨所斷徧知非於後世感苦異熟餘上分結非不善是結縛隨眠隨煩惱纏所棄所捨所斷徧知非於後世感苦異熟五心根栽五心拘礙是不善結縛隨眠隨煩惱纏所棄所捨所斷徧知能於後世感苦異熟於諸見中薩迦耶見邊執見非不善是結縛隨眠隨煩惱纏所棄所捨所斷徧知非於後世感苦異熟邪見見取戒禁取是不善結縛隨眠隨煩惱纏所棄所捨所斷徧知能於後世感苦異熟諸身愛是不善結縛隨眠隨煩惱纏所棄所捨所斷徧知能於後世感苦異熟諸隨眠中有貪隨眠非不善是結縛隨眠隨煩惱纏所棄所捨所斷徧知非於後世感苦異熟所餘隨眠是不善結縛隨眠隨煩惱纏所棄所捨所斷徧知能於後世感苦異熟諸邪支中邪見是不善結縛隨眠隨煩惱纏所棄所捨所斷徧知能於後世感苦異熟邪語邪業邪命是不善非結非縛非隨眠非隨煩惱非纏是所棄所捨所斷徧知能於後世感苦異熟所餘邪支是不善非結非縛非隨眠是隨煩惱非纏是所棄所捨所斷徧知能於後世感苦異熟於諸結中嫉結慳結是不善結縛非隨眠是隨煩惱纏所棄所捨所斷徧知能於後世感苦異熟所餘諸結是不善結縛隨眠隨煩惱纏所棄所捨所斷徧知能於後世感苦異熟諸

業道中前七業道是不善非結非縛非隨眠非隨煩惱非纏是所棄所捨所斷徧知能於後世感苦異熟後三業道是不善結縛隨眠隨煩惱纏所棄所捨所斷徧知能於後世感苦異熟

目乾連蘊第一之三

第三嗢柁南頌

結蓋覺支心受意　調練持堅最爲後

沙門目連作如是說過去未來無現在無爲有應問彼言汝然此不謂契經中世尊善語善詞善說若有内眼結如實了知我有内眼結若無内眼結如實了知我無内眼結如此眼結未生而生生已令斷斷已當來不復更生亦如實知彼答言爾爲何所知過去耶未來耶現在耶若言知過去應說有過去不應無過去言過去無不應道理若言知未來應說有未來不應無未來言未來無不應道理若言知現在應說有一補特伽羅非前非後二心和合一是所知一是能知此不應理若言無一補特伽羅非前非後二心和合一是所知一是能知不應說言知於現在言知現在不應道理若言不知過去未來現在是則經中世尊善語善詞善說若有内眼結如實了知我有内眼結若無内眼結如實了知我無内眼結如此眼結未生而生生已令斷斷已當來不復更生亦如實知如是契經世尊所說汝便誹謗違越拒逆若汝誹謗違越拒逆如是世尊所說契經不應道理如眼結如是耳鼻舌身意結亦爾

沙門目連作如是說過去未來無現在無爲

有應問彼言汝然此不於契經中世尊善語善詞善説若有内貪欲蓋如實了知我有内貪欲蓋若無内貪欲蓋如實了知我無内貪欲蓋如此貪欲蓋未生而生生已令斷斷已當來不復更生亦如實知彼答言爾爲何所知過去耶未來耶現在耶若言知過去應説有過去不應無過去言過去無不應道理若言知未來應説有未來不應無未來言未來無不應道理若言知現在應説有一補特伽羅非前非後二心和合一是所知一是能知此不應理若言無一補特伽羅非前非後二心和合一是所知一是能知此不應言知於現在言知現在不應道理若言不知過去未來現在是則經中世尊善語善詞善説若有内貪欲蓋如實了知我有内貪欲蓋若無内貪欲蓋如實了知我無内貪欲蓋如此貪欲蓋未生而生生已令斷斷已當來不復更生亦如實知如是契經世尊所説汝便誹謗違越拒逆若汝誹謗違越拒逆如是世尊所説契經不應道理如貪欲蓋如是瞋恚惛沉睡眠掉舉惡作疑蓋亦爾

沙門目連作如是説過去未來無現在無爲有應問彼言汝然此不於契經中世尊善語善詞善説若有内念等覺支如實了知我有内念等覺支若無内念等覺支如實了知我有内念等覺支如此念等覺支未生令生生已令住不忘修習圓滿倍復增廣智作證亦如實知彼答言爾爲何所知過去耶未來耶現在耶若言知過去應説有過去不應無過去言過去無不應道理若言知未來應説有

未來不應無未來言未來無不應道理若言知現在應說有一補特伽羅非前非後二心和合一是所知一是能知此不應理若言無一補特伽羅非前非後二心和合一是所知一是能知則不應言知於現在言知現在不應道理若言不知過去未來現在是則經中世尊善語善詞善說若有內念等覺支如實了知我有內念等覺支若無內念等覺支如實了知我無內念等覺支如此內念等覺支未生令生生已令住不忘修習圓滿倍復增廣智作證亦如實知如是契經世尊所說汝便誹謗違越拒逆若汝誹謗違越拒逆如是世尊所說契經不應道理如念等覺支如是擇法等覺支精進等覺支喜等覺支輕安等覺支定等覺支捨等覺支亦爾

沙門目連作如是說過去未來無現在無爲有應問彼言汝然此不謂契經中世尊善語善詞善說若有貪心如實了知是有貪心若離貪心如實了知是離貪心彼答言爾爲何所知過去耶未來耶現在耶若言知過去應說有過去不應無過去言過去無不應道理若言知未來應說有未來不應無未來言未來無不應道理若言知現在應說有一補特伽羅非前非後二心和合一是所知一是能知此不應理若言無一補特伽羅非前非後二心和合一是所知一是能知則不應言知於現在言知現在不應道理若言不知過去未來現在是則經中世尊善語善詞善說若有貪心如實了知是有貪心若離貪心如實了知是離貪心如是契經世尊所說汝便誹

謗違越拒逆若汝誹謗違越拒逆如是世尊所說契經不應道理如有貪心離貪心如是有瞋心離瞋心有癡心離癡心略心散心沉心舉心掉動心不掉動心不寂靜心寂靜心不定心定心不修心修心不解脫心解脫心如實了知亦爾

沙門目連作如是說過去未來無現在無爲有應問彼言汝然此不謂契經中世尊善語善詞善說受有二種一者身受二者心受彼答言爾具壽若時領納身受心受爾時當言在何世過去耶未來耶現在耶若言在過去應說有過去不應無過去言過去無不應道理若言在未來應說有未來不應無未來言未來無不應道理若言在現在應說有一補特伽羅非前非後領納二受一者身受二者心受此不應理若言無一補特伽羅非前非後領納二受一者身受二者心受則不應言在於現在言在現在不應道理若言不在過去未來現在是則經中世尊善語善詞善說受有二種一者身受二者心受如是契經世尊所說汝便誹謗違越拒逆若汝誹謗違越拒逆如是世尊所說契經不應道理

沙門目連作如是說過去未來無現在無爲有應問彼言汝然此不謂契經中世尊善語善詞善說受有三種一者樂受二者苦受三者不苦不樂受彼答言爾具壽若時領納樂等三受爾時當言在何世過去耶未來耶現在耶若言在過去應說有過去不應無過去言過去無不應道理若言在未來應說有未來不應無未來言未來無不應道理若言在

現在應說有一補特伽羅非前非後領納三受一者樂受二者苦受三者不苦不樂受此不應理若言無一補特伽羅非前非後領納三受一者樂受二者苦受三者不苦不樂受則不應言在於現在言在現在不應道理若言不在過去未來現在是則經中世尊善語善詞善說受有三種一者樂受二者苦受三者不苦不樂受如是契經世尊所說汝便誹謗違越拒逆若汝誹謗違越拒逆如是世尊所說契經不應道理

沙門目連作如是說過去未來無現在無爲有應問彼言汝然此不謂契經中世尊善語善詞善說意法爲緣發生意識彼答言爾具壽若時意識現起意於爾時當言在何世過去耶未來耶現在耶若言在過去應說有過去不應無過去言過去無不應道理若言在未來應說有未來不應無未來言未來無不應道理若言在現在應說有一補特伽羅非前非後二心和合意及意識此不應理若言無一補特伽羅非前非後二心和合意及意識則不應言在於現在言在現在不應道理若言不在過去未來現在是則經中世尊善語善詞善說意法爲緣發生意識如是契經世尊所說汝便誹謗違越拒逆若汝誹謗違越拒逆如是世尊所說契經不應道理

沙門目連作如是說過去未來無現在無爲有應問彼言汝然此不謂契經中世尊善語善詞善說以齒持齒舌端著腭復以其心降伏執持調練其心何所調練過去耶未來耶現在耶若言調練過去應說有過去不應無

過去言過去無不應道理若言調練未來應說有未來不應無未來言未來無不應道理若言調練現在應說有一補特伽羅非前非後二心和合一所調練一能調練此不應理若言無一補特伽羅非前非後二心和合一所調練一能調練則不應言調練現在言調練現在不應道理若言不調練過去未來現在是則經中世尊善語善詞善說以齒持齒舌端著腭復以其心降伏執持調練其心如是契經汝便誹謗違越拒逆若汝誹謗違越拒逆如是世尊所說契經不應道理

沙門目連作如是說過去未來無現在無爲有應問彼言汝然此不謂契經中世尊善語善詞善說爲彼具壽補𦎟揭羅娑利苾芻說有十八意近行名爲士夫彼答言爾復問彼言具壽若時眼見色已隨順喜處諸色近行爾時十七餘意近行當言在何世過去耶未來耶現在耶若言在過去應說有過去不應無過去言過去無不應道理若言在未來應說有未來不應無未來言未來無不應道理若言在現在應說有一補特伽羅非前非後有十八意近行同時現行此不應理若言無一補特伽羅非前非後有十八意近行同時現行則不應言在於現在言在現在不應道理若言不在過去未來現在是則經中世尊善語善詞善說爲彼具壽補𦎟揭羅娑利苾芻說有十八意近行名爲士夫如是契經世尊所說汝便誹謗違越拒逆若汝誹謗違越拒逆如是世尊所說契經不應道理

目乾連蘊第一之四

第四嗢柁南頌

無所緣靜慮　異生大士羞　宣說有情居

食聖諦斷漏

沙門目連作如是說有無所緣心應問彼言汝然此不謂契經中世尊善語善詞善說苾芻了別了別故名爲識何所了別謂了別色了別聲香味觸法彼答言爾汝聽墮負若汝說有無所緣心則不應言謂契經中世尊善語善詞善說苾芻了別了別故名爲識何所了別謂了別色了別聲香味觸法作如是言不應道理汝今若言謂契經中世尊善語善詞善說苾芻了別了別故名爲識何所了別謂了別色了別聲香味觸法則不應說有無所緣心言有無所緣心不應道理彼作是言無所緣心決定是有何者是耶謂緣過去或緣未來應問彼言汝然此不謂契經中世尊善語善詞善說爲本魚師莎底苾芻說言苾芻由彼彼因由彼彼緣發生於識識既生已墮彼彼數由眼及色發生於識識既生已墮眼識數由耳鼻舌身意及法發生於識識既生已墮意識數彼答言爾汝聽墮負若汝說言無所緣心決定是有則不應言謂契經中世尊善語善詞善說爲本魚師莎底苾芻說言苾芻由彼彼因由彼彼緣發生於識識既生已墮彼彼數由眼及色發生於識識既生已墮眼識數由耳鼻舌身意及法發生於識識既生已墮意識數作如是言不應道理汝今若言謂契經中世尊善語善詞善說爲本魚師莎底苾芻說言苾芻由彼彼因由彼彼緣發生於識識既生已墮彼彼數由眼及色

發生於識識旣生已墮眼識數由耳鼻舌身意及法發生於識識旣生已墮意識數則不應說無所緣心決定是有言決定有無所緣心不應道理

沙門目連作如是說過去未來無現在無爲有應問彼言汝然此不若有慚羞惡作防護愛樂所學久居善處證得世間四種靜慮彼答言爾即彼具壽臨終時分有諸識達同梵行者來詣問言具壽當記自所證得彼作是言具壽我今已得世間四種靜慮應問彼言即彼具壽記何所證過去耶未來耶現在耶若言記過去應說有過去不應無過去言過去無不應道理若言記未來應說有未來不應無未來言未來無不應道理若言記現在應說有一補特伽羅非前非後二心和合一是所記一是能記又在定中應說異語此不應理若不說一補特伽羅非前非後二心和合一是所記一是能記又在定中不說異語則不應言記於現在言記現在不應道理若言不記過去未來現在是則空無勝過人法自稱言有彼應毀壞

沙門目連作如是說過去未來無現在無爲有應問彼言汝然此不謂契經中世尊善語善詞善說有五種根所謂信根精進根念根定根慧根苾芻若有於此五根由上品故由猛利故由調善故由圓滿故成阿羅漢俱分解脫自斯已降轉微轉鈍成慧解脫自斯已降轉微轉鈍成於身證自斯已降轉微轉鈍成於見得自斯已降轉微轉鈍成信解脫自斯已降轉微轉鈍成隨法行自斯已降轉微

轉鈍成隨信行苾芻如是根波羅蜜多爲緣果波羅蜜多施設可知果波羅蜜多爲緣補特伽羅波羅蜜多施設可知如是五根無有唐捐苾芻若有於此五根一切皆無我說彼住外異生品彼答言爾具壽有學現起纏心爾時此五根當言在何世過去耶未來耶現在耶若言在過去應說有過去不應無過去言過去無不應道理若言在未來應說有未來不應無未來言未來無不應道理若言在現在應說有一補特伽羅非前非後二心和合一者學心二者纏心此不應理若言無一補特伽羅非前非後二心和合一者學心二者纏心則不應言在於現在言在現在不應道理若言不在過去未來現在是則有學現起纏心應言是外應言異生應言住在外異生品

沙門目連作如是說過去未來無現在無爲有應問彼言汝然此不謂契經中世尊善語善詞善說爲具壽無滅於大士尋思中說少欲是法大欲非法彼答言爾具壽少欲是何法是心所有法與心相應具壽若阿羅漢身在欲界現入滅定如是少欲當言在何世過去耶未來耶現在耶若言在過去應說有過去不應無過去言過去無不應道理若言在未來應說有未來不應無未來言未來無不應道理若言在現在即不應說現入滅定言現入滅定不應道理若言不在過去未來現在是則阿羅漢身在欲界現入滅定應無少欲

沙門目連作如是說過去未來無現在無爲

有應問彼言汝然此不謂契經中世尊善語善詞善說爲具壽羅怙羅說羅怙羅若有正知而說妄語無羞無慙無有惡作我說彼無惡業不造彼答言爾具壽羞慙是何法是心所有法與心相應具壽若阿羅漢身在欲界現入滅定羞慙當在何世過去耶未來耶現在耶若言在過去應說有過去不應無過去言過去無不應道理若言在未來應說有未來不應無未來言未來無不應道理若言在現在則不應說現入滅定言現入滅定不應道理若言不在過去未來現在是則阿羅漢身在欲界現入滅定應無羞慙

阿毗達磨識身足論卷第一 說一切有部

音釋

陂 班縻切澤也 銳 以芮切利也 嗢柁南 梵語也此云自說嗢烏骨切柁徒我切 瀑扼 瀑蒲報切疾也扼於革切與軛同 腭 五各切與齶同齗齶也 穡 所力切

阿毗達磨識身足論卷第二

提婆設摩阿羅漢造
唐三藏法師玄奘奉 詔譯

目乾連蘊第一之五

沙門目連作如是說過去未來無現在無爲有應問彼言汝然此不謂契經中世尊善語善詞善說九有情居有諸有情有色有種種身有種種想謂人及天一分是名初有情居有諸有情有色有種種身有一種想謂梵衆天在彼初生是名第二有情居有諸有情有色有一種身有種種想謂光音天是名第三有情居有諸有情有色有一種身有一種想謂徧淨天是名第四有情居有諸有情有色無想無各異想謂無想天是名第五有情居有諸有情無色一切種色想超過故有對想滅歿故種種想不作意故無邊虛空空無邊處具足住謂近趣空無邊處天是名第六有情居有諸有情無色一切種無邊虛空處超過已無邊識識無邊處具足住謂近趣識無邊處天是名第七有情居有諸有情無色一切種識無邊處超過已無少所有無所有處具足住謂近趣無所有處天是名第八有情居有諸有情無色一切種無所有處超過已非想非非想處具足住謂近趣非想非非想處天是名第九有情居彼答言爾具壽若阿羅漢身在欲界現入滅定當言住在何有情居彼答言有種種身有種種想具壽由何世想說名有想過去耶未來耶現在耶若言由過去應說有過去不應無過去言過去無不應道理若言由未來應說有未來不應無未

來言未來無不應道理若言由現在則不應說現入滅定言現入滅定不應道理若言不由過去未來現在是則阿羅漢身在欲界現入滅定應言無想應言無想有情應言住在無想有情

沙門目連作如是說過去未來無現在無爲有應問彼言汝然此不謂契經中世尊善語善詞善說一切有情皆依食住彼答言爾具壽無想有情諸天當言有何食彼答有觸意思識食具壽彼食爾時當言在何世過去耶未來耶現在耶若言在過去應說有過去不應無過去言過去無不應道理若言在未來應說有未來不應無未來言未來無不應道理若言在現在則不應說無想有情言無想有情不應道理若言不在過去未來現在是則經中世尊善語善詞善說一切有情皆依食住如是契經世尊所說汝便誹謗違越拒逆若汝誹謗違越拒逆如是世尊所說契經不應道理

沙門目連作如是說過去未來無現在無爲有應問彼言汝然此不謂契經中世尊善語善詞善說有六識身眼識耳識鼻識舌識身識意識彼答言爾應問彼言汝然此不諸有能於眼識已觀今觀當觀是無常是苦是空是無我已觀今觀當觀彼因是因是集是生是緣彼滅是滅是靜是妙是離能斷彼道是道是如是行是出彼答言爾爲何所觀過去耶未來耶現在耶若言觀過去應說有過去不應無過去言過去無不應道理若言觀未來應說有未來不應無未來言未來無不應

道理若言觀現在應說有一補特伽羅非前非後二心和合一是所觀一是能觀此不應理若言無一補特伽羅非前非後二心和合一是所觀一是能觀則不應說觀於現在言觀現在不應道理若言不觀過去未來現在是則應無能於眼識已觀今觀當觀是無常是苦是空是無我已觀今觀當觀彼因是因是集是生是緣彼滅是滅是靜是妙是離能斷彼道是道是如是行是出若無能觀則應無能已猒今猒當猒若無能猒則應無能已離染今離染當離染若無能離染則應無能已解脫今解脫當解脫若無能解脫則應無能已般涅槃今般涅槃當般涅槃如眼識如是耳識鼻識舌識身識意識亦爾

沙門目連作如是說過去未來無現在無爲有應問彼言汝然此不謂契經中世尊善語善詞善說是諸苾芻應斷諸漏彼答言爾爲何所斷過去耶未來耶現在耶若言斷過去應說有過去不應無過去言過去無不應道理若斷未來應說有未來不應無未來言未來無不應道理若言斷現在應說有一補特伽羅非前非後二心和合一是所斷一是能斷此不應理若言無一補特伽羅非前非後二心和合一是所斷一是能斷則不應說斷於現在言斷現在不應道理若言不斷過去未來現在是則經中世尊善語善詞善說是諸苾芻應斷諸漏如是契經世尊所說汝便誹謗違越拒逆若汝誹謗違越拒逆如是世尊所說契經不應道理目乾連蘊竟

補特伽羅蘊第二之一

第一嗢柁南頌

趣補特伽羅　八種與三聚　三種自造作

見聞覺知後

補特伽羅論者作如是言諦義勝義補特伽羅可得可證現有等有是故定有補特伽羅性空論者作是問言汝然此不謂契經中世尊善語善詞善說如是五趣決定安立不相雜亂謂捺洛迦趣傍生趣鬼趣天趣人趣決定別有捺洛迦趣乃至決定別有人趣彼答言爾復問彼言汝然此不有從捺洛迦歿生傍生趣彼答言爾汝聽隨負若有五趣決定安立不相雜亂謂捺洛迦趣乃至人趣決定別有捺洛迦趣乃至決定別有人趣則不應說有彼捺洛迦歿生傍生趣汝作是言不應道理汝今若說有從捺洛迦歿生傍生趣則不應說如是五趣決定安立不相雜亂謂捺洛迦趣乃至人趣決定別有捺洛迦趣乃至決定別有人趣言此五趣決定安立不相雜亂謂捺洛迦趣乃至人趣決定別有捺洛迦趣乃至決定別有人趣不應道理彼作是言定有從捺洛迦歿生傍生趣應問彼言汝然此不彼即是彼答言不爾汝聽隨負若定有從捺洛迦歿生傍生趣是則應說彼即是彼汝作是言不應道理若汝不說彼即是彼則不應言定有從捺洛迦歿生傍生趣言定有從捺洛迦歿生傍生趣不應道理若作是言彼即是彼應問彼言汝然此不彼捺洛迦即傍生趣答言不爾汝聽隨負若彼即是彼是則應說彼捺洛迦即傍生趣汝作是言不應道理若汝不說彼捺洛迦即傍生趣則不應

說彼即是彼言彼即是彼不應道理若作是言彼異於彼應問彼言汝然此不捺洛迦斷別生傍生答言不爾汝聽墮負若彼異彼是則應說捺洛迦斷別生傍生汝作是言不應道理若汝不說捺洛迦斷別生傍生則不應說彼異於彼言彼異於彼不應道理若作是言不可說彼或彼或異應問彼言汝然此不有從捺洛迦歿生傍生趣如是之言亦不可說彼或彼或異答言不爾汝聽墮負若不可說彼或彼或異是則應言有從捺洛迦歿生傍生趣如是之言亦不可說或彼或異汝作是言不應道理若汝不說有從捺洛迦歿生傍生趣如是之言亦不可說或彼或異則不應言不可說彼或彼或異言不可說彼或彼或異不應道理如有從捺洛迦歿生傍生趣

如是有從捺洛迦歿生於鬼趣亦爾補特伽羅論者作如是言諦義勝義補特伽羅可得可證現有等有是故定有補特伽羅性空論者作是問言汝然此不謂契經中世尊善語善詞善說如是五趣決定安立不相雜亂謂捺洛迦趣傍生趣鬼趣天趣人趣決定別有捺洛迦趣乃至決定別有人趣彼答言爾復問彼言汝然此不有從捺洛迦歿生於人趣彼答言爾汝聽墮負若有五趣決定安立不相雜亂謂捺洛迦趣乃至人趣決定別有捺洛迦趣乃至決定別有人趣則不應說有從捺洛迦歿生於人趣汝作是言不應道理汝今若說有從捺洛迦歿生於人趣則不應說如是五趣決定安立不相雜亂謂捺洛迦趣乃至人趣決定別有捺洛迦趣乃至決定別

有人趣言此五趣決定安立不相雜亂謂捺洛迦趣乃至人趣決定別有捺洛迦趣乃至決定別有人趣不應道理彼作是言定有從捺洛迦歿生於人趣應問彼言汝然此不彼即是彼答言不爾汝聽墮負若定有從捺洛迦歿生於人趣是則應說彼即是彼汝作是言不應道理若汝不說彼即是彼則不應言定有從捺洛迦歿生於人趣言定有從捺洛迦歿生於人趣不應道理若作是言彼即是彼應問彼言汝然此不彼捺洛迦即是人趣答言不爾汝聽墮負若彼即是彼是則應說彼捺洛迦即是人趣汝作是言不應道理若汝不說彼捺洛迦即是人趣則不應說彼即是彼言彼即是彼不應道理又若作是言彼即是彼應問彼言汝然此不捺洛迦趣於生

無漏根力覺支無所堪能人趣有所堪能彼答言爾復問彼言汝然此不彼無堪能即有堪能答言不爾汝聽墮負若彼即是彼是則應說彼無堪能即有堪能汝作是言不應道理若汝不說彼無堪能即有堪能則不應說彼即是彼言彼即是彼不應道理若作是言彼異於彼應問彼言汝然此不捺洛迦斷別生人趣答言不爾汝聽墮負若彼異於彼是則應說捺洛迦斷別生人趣汝作是言不應道理若汝不說捺洛迦斷別生人趣則不應說彼異於彼言彼異於彼不應道理若作是言不可說彼或彼或異應問彼言汝然此不有從捺洛迦歿生於人趣如是之言亦不可說或彼或異答言不爾汝應墮負若不可說彼或彼或異是則應言有從捺洛迦歿生於

人趣如是之言亦不可說或彼或異汝作是言不應道理若汝不說有從捺洛迦歿生於人趣如是之言亦不可說或彼或異則不應言不可說彼或彼或異言不可說彼或彼或異不應道理如有從捺洛迦歿生於人趣如是有從捺洛迦歿生於天趣亦爾如捺洛迦趣如是傍生鬼天人趣亦爾此中差別者於捺洛迦傍生鬼趣中不應說有所堪能於天人趣中應說有所堪能於天人趣中不應說無所堪能於捺洛迦傍生鬼趣中應說無所堪能補特伽羅論者作如是言諦義勝義補特伽羅可得可證現有等有是故定有補特伽羅性空論者作是問言汝然此不謂契經中世尊善語善詞善說如是八種補特伽羅決定安立不相雜亂謂預流果能作證向若預流果乃至阿羅漢果能作證向若阿羅漢果決定別有預流果能作證向決定別有預流果乃至決定別有阿羅漢果能作證向決定別有阿羅漢果彼答言爾復問彼言汝然此不諸預流果能作證向補特伽羅得預流果彼答言爾汝聽隨負若有八種補特伽羅決定安立不相雜亂謂預流果能作證向若預流果乃至阿羅漢果能作證向若阿羅漢果決定別有預流果能作證向決定別有預流果乃至決定別有阿羅漢果能作證向決定別有阿羅漢果則不應言諸預流果能作證向補特伽羅得預流果汝作是言不應道理令汝若說諸預流果能作證向補特伽羅得預流果則不應說如是八種補特伽羅決定安立不相雜亂謂預流果能作證向若預

流果乃至阿羅漢果能作證向若阿羅漢果決定別有預流果能作證向決定別有預流果乃至決定別有阿羅漢果能作證向決定別有阿羅漢果言此八種補特伽羅決定安立不相雜亂謂預流果能作證向若預流果乃至阿羅漢果能作證向若阿羅漢果決定別有預流果能作證向決定別有預流果乃至決定別有阿羅漢果能作證向決定別有阿羅漢果不應道理彼作是言諸預流果能作證向補特伽羅定得預流果應問彼言汝然此不彼即是彼答言不爾汝聽墮負若預流果能作證向補特伽羅定得預流果是則應說彼即是彼汝作是言不應道理若汝不說彼即是彼則不應言諸預流果能作證向補特伽羅定得預流果言預流果能作證向補特伽羅定得預流果不應道理若作是言彼即是彼應問彼言汝然此不彼作證向即是住果答言不爾汝聽墮負若彼即是彼汝則應言彼作證向即是住果汝作是言不應道理若汝不說彼作證向即是住果則不應言彼即是彼言彼即是彼不應道理又若作是言彼即是彼應問彼言汝然此不諸預流果能作證向補特伽羅不成就果若預流果成就於果彼答言爾復問彼言汝然此不彼不成就即是成就答言不爾汝聽墮負若預流果能作證向補特伽羅不成就果彼預流果成就於果是則應言彼不成就即是成就汝作是言不應道理若汝不說彼不成就即是成就則不應言彼即是彼言彼即是彼不應道理若作是言彼異於彼應問彼言汝然

此不諸預流果能作證向斷別生預流果答言不爾汝聽墮負若彼異於彼是則應言諸預流果能作證向斷別生預流果汝作是言不應道理若汝不說諸預流果能作證向斷別生預流果則不應言彼果於彼言彼異於彼不應道理若作是言不可說彼或彼或異應問彼言汝然此不諸預流果能作證向得預流果如是之言亦不可說或彼或異答言不爾汝聽墮負若不可說彼或彼或異是則應言諸預流果能作證向得預流果如是之言亦不可說或彼或異汝作是言不應道理若汝不說諸預流果能作證向得預流果如是之言亦不可說或彼或異則不應言不可說彼或彼或異汝作是言不應道理如預流果能作證向望預流果如是諸一來果能作證向望一來果亦爾此中差別者諸一來果能作證向不應定說不成就果

補特伽羅論者作如是言諦義勝義補特伽羅可得可證現有等有是故定有補特伽羅性空論者作是問言汝然此不謂契經中世尊善語善詞善說如是八種補特伽羅決定安立不相雜亂謂預流果能作證向若預流果乃至阿羅漢果能作證向若阿羅漢果決定別有預流果能作證向決定別有預流果乃至決定別有阿羅漢果能作證向決定別有阿羅漢果彼答言爾復問彼言汝然此不諸不還果能作證向得不還果彼答言爾汝聽墮負若有八種補特伽羅決定安立不相雜亂謂預流果能作證向若預流果乃至阿羅漢果能作證向若阿羅漢果決定別有預

流果能作證向決定別有預流果乃至決定
別有阿羅漢果能作證向決定別有阿羅漢
果則不應說諸不還果能作證向得不還果
汝作是言不應道理汝今若說諸不還果能
作證向得不還果則不應言如是八種補特
伽羅決定安立不相雜亂謂預流果能作證
向若預流果乃至阿羅漢果能作證向若阿
羅漢果決定別有預流果能作證向決定別
有預流果乃至決定別有阿羅漢果能作證
向決定別有阿羅漢果言有八種補特伽羅
決定安立不相雜亂謂預流果能作證向若
預流果乃至阿羅漢果能作證向若阿羅漢
果決定別有預流果能作證向決定別有預
流果乃至決定別有阿羅漢果能作證向決
定別有阿羅漢果不應道理彼作是言諸不
還果能作證向定得不還果應問彼言汝然
此不彼即是彼答言不爾汝聽墮負若不還
果能作證向定得不還果是則應說彼即是
彼汝作是言不應道理若汝不說彼即是彼
則不應言諸不還果能作證向定得不還果
言不還果能作證向定得不還果不應道理
若作是言彼即是彼應問彼言汝然此不彼
作證向即是住果答言不爾汝聽墮負若彼
即是彼是則應說彼作證向即是住果汝作
是言不應道理若汝不說彼作證向即是住
果則不應言彼即是彼言彼即是彼不應道
理又若作是言彼即是彼應問彼言汝然此
不諸不還果能作證向有其瞋恚彼不還果
遠離瞋恚彼答言爾復問彼言汝然此不彼
有瞋恚即離瞋恚答言不爾汝聽墮負若彼

即是彼是則應說彼有瞋恚即離瞋恚汝作是言不應道理若汝不說彼有瞋恚即離瞋恚則不應言彼即是彼言彼即是彼不應道理若作是言彼異於彼應問彼言汝然此不諸不還果能作證向斷別生不還果答言不爾汝聽墮負若彼異於彼是則應說諸不還果能作證向斷別生不還果汝作是言不應道理若汝不說諸不還果能作證向斷別生不還果則不應言彼異於彼言彼異於彼不應道理若作是言不可說彼或彼或異應問彼言汝然此不諸不還果能作證向得不還果如是之言亦不可說或彼或異答言不爾汝聽墮負若不可說彼或彼或異是則應說諸不還果能作證向得不還果如是之言亦不可說或彼或異汝作是言不應道理若汝不說諸不還果能作證向得不還果如是之言亦不可說或彼或異則不應言不可說彼或彼或異言不可說彼或彼或異不應道理

補特伽羅論者作如是言諦義勝義補特伽羅可得可證現有等有是故定有補特伽羅

性空論者作是問言汝然此不謂契經中世尊善語善詞善說如是八種補特伽羅決定安立不相雜亂謂預流果能作證向若預流果乃至阿羅漢果能作證向若阿羅漢果決定別有預流果能作證向決定別有預流果乃至決定別有阿羅漢果能作證向決定別有阿羅漢果彼答言爾復問彼言汝然此不阿羅漢果能作證向得阿羅漢果彼答言爾汝聽墮負若有八種補特伽羅決定安立不相雜亂謂預流果能作證向若預流果乃至

阿羅漢果能作證向若阿羅漢果決定別有預流果能作證向決定別有預流果乃至決定別有阿羅漢果能作證向決定別有阿羅漢果則不應說阿羅漢果能作證向得阿羅漢果汝作是言不應道理汝今若說阿羅漢果能作證向得阿羅漢果則不應說如是八種補特伽羅決定安立不相雜亂謂預流果能作證向若預流果乃至阿羅漢果能作證向若阿羅漢果決定別有預流果能作證向決定別有預流果乃至決定別有阿羅漢果能作證向決定別有阿羅漢果言有八種補特伽羅決定安立不相雜亂謂預流果能作證向若預流果乃至阿羅漢果能作證向若阿羅漢果決定別有預流果能作證向決定別有預流果乃至決定別有阿羅漢果能作

證向決定別有阿羅漢果不應道理彼作是言阿羅漢果能作證向定得阿羅漢果應問彼言汝然此不彼即是彼答言不爾汝聽墮負若有阿羅漢果能作證向定得阿羅漢果是則應說彼即是彼汝作是言不應道理若汝不說彼即是彼則不應言阿羅漢果能作證向定得阿羅漢果言阿羅漢果能作證向定得阿羅漢果不應道理若作是言彼即是彼應問彼言汝然此不彼作證向即是住果答言不爾汝聽墮負若彼即是彼是則應說彼作證向即是住果汝作是言不應道理若汝不說彼作證向即是住果則不應言彼即是彼言彼即是彼不應道理又若作是言彼即是彼應問彼言汝然此不諸阿羅漢果能作證向未全離貪未全離慢未全離無明學

有所作阿羅漢果已全離貪已全離慢已全離無明是其無學所作已辦彼答言爾復問彼言汝然此不彼有所作即所作已辦答言不爾汝聽墮負若彼即是彼是則應說彼有所作即所作已辦汝作是言不應道理若汝不說彼有所作即所作已辦則不應言彼即是彼言彼即是彼不應道理若作是言彼異於彼應問彼言汝然此不諸阿羅漢果能作證向斷別生阿羅漢果答言不爾汝聽墮負若彼異於彼是則應說諸阿羅漢果能作證向斷別生阿羅漢果汝作是言不應道理若汝不說諸阿羅漢果能作證向斷別生阿羅漢果則不應言彼異於彼言彼異於彼不應道理若作是言不可說彼或彼或異應問彼言汝然此不諸阿羅漢果能作證向得阿羅漢果如是之言亦不可說或彼或異答言不爾汝聽墮負若不可說彼或彼或異是則應說諸阿羅漢果能作證向得阿羅漢果如是之言亦不可說或彼或異汝作是言不應道理若汝不說諸阿羅漢果能作證向得阿羅漢果如是之言亦不可說或彼或異則不應言不可說彼或彼或異言不可說彼或彼或異不應道理

補特伽羅論者作如是言諦義勝義補特伽羅可得可證現有等有是故定有補特伽羅性空論者作是問言汝然此不謂契經中世尊善語善詞善說如是三聚決定安立不相雜亂謂不定聚邪性定聚正性定聚決定別有不定聚決定別有邪性定聚決定別有正性定聚彼答言爾復問彼言汝然此不有從

不定聚入邪性定聚彼答言爾汝聽墮負若有三聚決定安立不相雜亂謂不定聚邪性定聚正性定聚決定別有不定聚決定別有邪性定聚決定別有正性定聚則不應說有從不定聚入邪性定聚汝作是言不應道理汝今若說有從不定聚入邪性定聚則不應說如是三聚決定安立不相雜亂謂不定聚邪性定聚正性定聚決定別有不定聚決定別有邪性定聚決定別有正性定聚言有三聚決定安立不相雜亂謂不定聚邪性定聚正性定聚決定別有不定聚決定別有邪性定聚決定別有正性定聚不應道理彼作是言定有從不定聚入邪性定聚應問彼言汝然此不彼即是彼答言不爾汝聽墮負若定有從不定聚入邪性定聚是則應說彼即是

彼汝作是言不應道理若汝不說彼即是彼則不應言定有從不定聚入邪性定聚言定有從不定聚入邪性定聚不應道理若作是言彼即是彼應問彼言汝然此不諸住不定聚即是住邪性定聚答言不爾汝聽墮負若彼即是彼是則應說諸住不定聚即是住邪性定聚汝作是言不應道理若汝不說諸住不定聚即是住邪性定聚則不應言彼即是彼言彼即是彼不應道理又若作是言彼即是彼應問彼言汝然此不住不定聚於生無漏根力覺支有所堪能住邪性定聚無所堪能彼答言爾復問彼言汝然此不彼有堪能即無堪能答言不爾汝聽墮負若彼即是彼是則應說彼有堪能即無堪能汝作是言不應道理若汝不說彼有堪能即無堪能則不

應言彼即是彼言彼即是彼不應道理若作是言彼異於彼應問彼言汝然此不諸住不定聚斷別生住邪性定聚答言不爾汝聽墮負若彼異於彼是則應說諸住不定聚斷別生住邪性定聚汝作是言不應道理若汝不說諸住不定聚斷別生住邪性定聚則不應言彼異於彼言彼異於彼不應道理若作是言不可說彼或彼或異應問彼言汝然此不諸從不定聚入邪性定聚如是之言亦不可說或彼或異答言不爾汝聽墮負若不可說彼或彼或異是則應說諸從不定聚入邪性定聚如是之言亦不可說或彼或異汝作是言不應道理若汝不說諸從不定聚入邪性定聚如是之言亦不可說或彼或異則不應言不可說彼或彼或異言不可說彼或彼或異不應道理

補特伽羅論者作如是言諦義勝義補特伽羅可得可證現有等有是故定有補特伽羅性空論者作是問言汝然此不謂契經中世尊善語善詞善說如是三聚決定安立不相雜亂謂不定聚邪性定聚正性定聚決定別有不定聚決定別有邪性定聚決定別有正性定聚彼答言爾復問彼言汝然此不有從不定聚入正性定聚彼答言爾汝聽墮負若有三聚決定安立不相雜亂謂不定聚邪性定聚正性定聚決定別有不定聚決定別有邪性定聚決定別有正性定聚則不應說有從不定聚入正性定聚汝作是言不應道理汝今若說有從不定聚入正性定聚則不應言如是三聚決定安立不相雜亂謂不定聚

邪性定聚正性定聚決定別有不定聚決定別有邪性定聚決定別有正性定聚言有三聚決定安立不相雜亂謂不定聚邪性定聚正性定聚決定別有不定聚決定別有邪性定聚決定別有正性定聚不應道理彼作是言定有從不定聚入正性定聚應問彼言汝然此不彼即是彼答言不爾汝聽墮負若定有從不定聚入正性定聚是則應說彼即是彼汝作是言不應道理若汝不說彼即是彼即不應言定有從不定聚入正性定聚言定有從不定聚入正性定聚不應道理若作是言彼即是彼應問彼言汝然此不諸住不定聚即是住正性定聚答言不爾汝聽墮負若彼即是彼是則應說諸住不定聚即是住正性定聚汝作是言不應道理若汝不說諸住

不定聚即是住正性定聚則不應言彼即是彼言彼即是彼不應道理又若作是言彼即是彼應問彼言汝然此不諸住不定聚是有量福田住正性定聚是無量福田彼答言爾復問彼言汝然此不諸有量福田即是無量福田答言不爾汝聽墮負若彼即是彼是則應說諸有量福田即是無量福田汝作是言不應道理若法不說諸有量福田即是無量福田則不應言彼即是彼言彼即是彼不應道理若作是言彼異於彼應問彼言汝然此不諸住不定聚斷別生住正性定聚答言不爾汝聽墮負若彼異於彼是則應說諸住不定聚斷別生住正性定聚汝作是言不應道理若汝不說諸住不定聚斷別生住性定聚則不應言彼異於彼言彼異於彼不應道理

若作是言不可說彼或彼或異應問彼言汝然此不諸有從不定聚入正性定聚如是之言亦不可說或彼或異答言不爾汝聽墮負若不可說彼或彼或異是則應說諸有從不定聚入正性定聚如是之言亦不可說或彼或異汝作是言不應道理若汝不說諸有從不定聚入正性定聚如是之言亦不可說或彼或異則不應言不可說彼或彼或異言不可說彼或彼或異不應道理

阿毗達磨識身足論卷第二 說一切有部

阿毗達磨識身足論卷第三

提婆設摩阿羅漢造

唐三藏法師玄奘奉　詔譯

補特伽羅蘊第二之二

補特伽羅論者作如是言諦義勝義補特伽羅可得可證現有等有是故定有補特伽羅性空論者作是問言汝然此不謂契經中世尊善語善詞善說如是三種補特伽羅決定安立不相雜亂謂學補特伽羅無學補特伽羅非學非無學補特伽羅彼答言爾法亦三種謂學法無學法非學非無學法彼答言爾復問彼言汝然此不先是非學非無學補特伽羅決次成學既成學已後成無學成無學已復成學補特伽羅彼答言爾復問彼言汝然此不先是非學非無學法次成學既成學已後成無學成無學已復成學法答言不爾汝聽墮負若先是非學非無學補特伽羅次成學既成學已後成無學成無學已復成學補特伽羅是則應說先是非學非無學法次成學既成學已後成無學成無學已復成學法汝作是言不應道理若汝不說先是非學非無學法次成學既成學已後成無學成無學已復成學法則不應說先是非學非無學補特伽羅次成學既成學已後成無學成無學已復成學補特伽羅言先是非學非無學補特伽羅次成學既成學已後成無學成無學已復成學補特伽羅不應道理

補特伽羅論者作如是言有我有情命者生者養育士夫補特伽羅由有補特伽羅故能造諸業或順樂受或順苦受或順不苦不樂

受彼造順樂受業已領受樂受造順苦受業已領受苦受造順不苦不樂受業已受不苦不樂受性空論者作是問言汝然此不自作苦樂答言不爾汝聽墮負若有我有情命者生者養育士夫補特伽羅由有補特伽羅故能造諸業或順樂受或順苦受或順不苦不樂受彼造順樂受業已領受樂受造順苦受業已領受苦受造順不苦不樂受業已受不苦不樂受是則應說自作苦樂汝作是言不應道理若汝不說自作苦樂則不應說有我有情命者生者養育士夫補特伽羅由有補特伽羅故能造諸業或順樂受或順苦受或順不苦不樂受彼造順樂受業已領受樂受造順苦受業已領受苦受造順不苦不樂受業已受不苦不樂受言有我有情命者生者養育士夫補特伽羅由有補特伽羅故能造諸業或順樂受或順苦受或順不苦不樂受彼造順樂受業已領受樂受造順苦受業已領受苦受造順不苦不樂受業已受不苦不樂受不應道理若作是言自作苦樂應問彼言汝然此不謂契經中世尊善語善詞善說爲鈷部盧出家外道說鈷部盧即受即領諸有欲令自作苦樂此鈷部盧我終不說彼答言爾汝聽墮負若自作苦樂則不應言謂契經中世尊善語善詞善說爲鈷部盧出家外道說鈷部盧即受即領諸有欲令自作苦樂此鈷部盧我終不說汝作是言不應道理汝今若說謂契經中世尊善語善詞善說爲鈷部盧出家外道說鈷部盧即受即領諸有欲令自作苦樂此鈷部盧我終不說則不應言

自作苦樂言自作苦樂不應道理若作是言他作苦樂應問彼言汝然此不謂契經中世尊善語善詞善說爲鉆部盧出家外道說鉆部盧異受異領若有欲令他作苦樂此鉆部盧我終不說彼答言爾汝聽墮負若他作苦樂則不應言謂契經中世尊善語善詞善說爲鉆部盧出家外道說鉆部盧異受異領諸有欲令他作苦樂此鉆部盧我終不說汝作是言不應道理汝今若說謂契經中世尊善語善詞善說爲鉆部盧出家外道說鉆部盧異受異領諸有欲令他作苦樂此鉆部盧我終不說則不應言他作苦樂言他作苦樂不應道理

補特伽羅論者作如是言有我有情命者生者養育士夫補特伽羅由有補特伽羅故能造諸業或順樂受或順苦受或順不苦不樂受彼造順樂受業已領受樂受造順苦受業已領受苦受造順不苦不樂受業已領受不苦不樂受性空論者作是問言汝然此不此作此受答言不爾汝聽墮負若有我有情命者生者養育士夫補特伽羅由有補特伽羅故能造諸業或順樂受或順苦受或順不苦不樂受彼造順樂受業已領受樂受造順苦受業已領受苦受造順不苦不樂受業已領受不苦不樂受是則應言此作此受汝作是言不應道理若汝不說此作此受則不應言有我有情命者生者養育士夫補特伽羅由有補特伽羅故能造諸業或順樂受或順苦受或順不苦不樂受彼造順樂受業已領受樂受造順苦受業已領受苦受造順不苦不

樂受業已領受不苦不樂受言有我有情命者生者養育士夫補特伽羅由有補特伽羅故能造諸業或順樂受或順苦受或順不苦不樂受彼造順樂受業已領受樂受造順苦受業已領受苦受造順不苦不樂受業已領受不苦不樂受不應道理若作是言此作此受應問彼言汝然此不謂契經中世尊善語善詞善說爲一梵志說言梵志此作此受是墮常邊彼答言爾汝聽墮負若此作此受則不應言謂契經中世尊善語善詞善說爲一梵志說言梵志此作此受是墮常邊汝作是言不應道理汝今若說謂契經中世尊善語善詞善說爲一梵志說言梵志此作此受是墮常邊則不應言此作此受言此作此受不應道理若作是言異作異受應問彼言汝然此不謂契經中世尊善語善詞善說爲一梵志說言梵志異作異受是墮斷邊彼答言爾汝聽墮負若異作異受則不應言於契經中世尊善語善詞善說爲一梵志語言梵志異作異受是墮斷邊汝作是言不應道理汝今若說謂契經中世尊善語善詞善說爲一梵志說言梵志異作異受是墮斷邊則不應言異作異受言異作異受不應道理

補特伽羅論者作如是言有我有情命者生者養育士夫補特伽羅由有補特伽羅故於所見聞覺知法中已得已求意隨尋伺性空論者作是問言汝然此不謂契經中世尊善語善詞善說爲本牧驢頞李瑟吒苾芻說言苾芻諸所見聞覺知法中已得已求意隨尋伺如是一切非我我所亦非我我如是如實

正慧觀見彼答言爾汝聽墮負若有我有情命者生者養育士夫補特伽羅由有補特伽羅故於所見聞覺知法中已得已求意隨尋伺則不應言謂契經中世尊善語善詞善說爲本牧驢頞李瑟吒苾芻說言苾芻諸所見聞覺知法中已得已求意隨尋伺如是一切非我我所亦非我我如是如實正慧觀見汝作是言不應道理汝今若言謂契經中世尊善語善詞善說爲本牧驢頞李瑟吒苾芻說言苾芻諸所見聞覺知法中已得已求意隨尋伺如是一切非我我所亦非我我如是如實正慧觀見則不應言有我有情命者生者養育士夫補特伽羅由有補特伽羅故於所見聞覺知法中已得已求意隨尋伺言有我有情命者生者養育士夫補特伽羅由有補特伽羅故於所見聞覺知法中已得已求意隨尋伺不應道理

補特伽羅蘊第二之三

第二嗢柁南頌

言慈何所緣　識身與念住　諸覺支可得
有爲及無爲

性空論者作如是言諦義勝義補特伽羅非可得非可證非現有非等有是故無有補特伽羅補特伽羅論者問言具壽慈何所緣答言諸法性有等有由想等想假說有情於此義中慈緣執受諸蘊相續彼問汝說慈緣執受蘊相續耶此答言爾彼復問言汝然此不謂契經中世尊善語善詞善說當使有情具諸快樂如是思惟入慈等至此答言爾彼作是言汝聽墮負若慈緣執受諸蘊相續則不

應言謂契經中世尊善語善詞善說當使有情具諸快樂如是思惟入慈等至汝作是言不應道理汝今若說謂契經中世尊善語善詞善說當使有情具諸快樂如是思惟入慈等至則不應言慈緣執受諸蘊相續言慈緣執受諸蘊相續不應道理應問彼言汝然此不謂契經中世尊善語善詞善說有六識身眼識耳鼻舌身意識彼答言爾問言具壽慈與何等識身相應爲眼識耶爲耳鼻舌身意識耶若言眼識相應則不緣有情以諸眼識惟緣色故若言耳識相應則不緣有情以諸耳識惟緣聲故若言鼻識相應則不緣有情以諸鼻識惟緣香故若言舌識相應則不緣有情以諸舌識惟緣味故若言身識相應則不緣有情以諸身識惟緣觸故若言意識相應則不緣有情以諸意識惟緣法故若言不與眼識耳鼻舌身意識相應即應別有第七有情之識慈與彼相應此識世尊不現等覺具壽世尊於無畏中作如是說我於諸法現正等覺若有沙門或婆羅門天魔梵等如法詰難或令憶念於是法中不現等覺我於如是正見無緣我正見彼無有緣故得安隱住無怖無畏自稱我處大仙尊位轉大梵輪於大衆中正師子吼具壽若爾豈不難佛爲無智耶彼言具壽我不難佛以爲無智世尊於此雖現等覺而不宣說具壽世尊曾爲具壽阿難陀說汝阿難陀我於諸法無間宣傳謂四念住四正斷四如意足五根五力七等覺支八聖道支汝阿難陀如來於法無有師拳謂自覆藏恐他知我無所識解具壽若爾爲

不難佛有師拳耶彼言具壽我不難佛以爲無智亦不難佛爲有師拳世尊於彼雖現等覺而不宣說具壽世尊昇攝波林契經中說汝等苾芻乃至大地昇攝波林葉之齊量我於彼法自然了知雖現等覺不爲他說是故世尊於如是識雖現等覺而不宣說應問彼言具壽即彼契經爲不更有餘廣句耶謂世尊言汝等苾芻然彼諸法不能引義不能引善不能引法不引梵行不證神通不證等覺不證涅槃設有如是補特伽羅不能引義不能引善不能引法不引梵行不證神通不證等覺不證涅槃即無所用是故無有補特伽羅性空論者作如是言諦義勝義補特伽羅非可得非可證非現有非等有是故無有補特伽羅補特伽羅論者問言具壽慈何所緣答言諸法性有等有由想等想假說有情於此義中慈緣執受諸蘊相續彼問汝說慈緣執受蘊相續耶此答言爾彼復問言汝然此不謂契經中世尊善語善詞善說當使有情具諸快樂如是思惟入慈等至此答言爾彼作是言汝聽隨負若慈緣執受諸蘊相續則不應言謂契經中世尊善語善詞善說當使有情具諸快樂如是思惟入慈等至汝作是言不應道理汝今若說謂契經中世尊善語善詞善說當使有情具諸快樂如是思惟入慈等至則不應言慈緣執受諸蘊相續言慈緣執受諸蘊相續不應道理應問彼言汝然此不謂契經中世尊善語善詞善說有四念住身念住受心法念住彼答言爾問言具壽慈與何等念住相應爲身念住耶爲受心法

念住耶若言身念住相應則不緣有情以身念住惟緣身故若言受念住相應則不緣有情以受念住惟緣受故若言心念住相應則不緣有情以心念住惟緣心故若言法念住相應則不緣有情以法念住惟緣法故若言不與身念住受心法念住相應即應别有第五有情念住慈與彼相應此念住世尊不現等覺具壽世尊於無畏中作如是說我於諸法現正等覺若有沙門或婆羅門天魔梵等如法詰難或令憶念於是法中不現等覺我於如是正見無緣我正見彼無有緣故得安隱住無怖無畏自稱我處大仙尊位轉大梵輪於大衆中正師子吼具壽若爾豈不難佛爲無智耶彼言具壽我不難佛以爲無智世尊於此雖現等覺而不宣說具壽世尊曾爲具壽阿難陀說汝阿難陀我於諸法無間宣傳謂四念住四正斷四如意足五根五力七等覺支八聖道支汝阿難陀如來於法無有師拳謂自覆藏恐他知我無所識解具壽若爾爲不難佛有師拳耶彼言具壽我不難佛以爲無智亦不難佛爲有師拳世尊於彼雖現等覺而不宣說具壽世尊昇攝波林契經中說汝等苾芻乃至大地昇攝波林葉之齊量我於彼法自然了知雖現等覺不爲他說是故世尊於彼念住雖現等覺而不宣說應問彼言具壽即彼契經爲不更有餘廣句耶謂世尊言汝等苾芻然彼諸法不能引義不能引善不能引法不引梵行不證神通不證等覺不證涅槃設有如是補特伽羅不能引義不能引善不能引法不引梵行不證神通

不證等覺不證涅槃即無所用是故無有補特伽羅性空論者作如是言諦義勝義補特伽羅非可得非可證非現有非等有是故無有補特伽羅補特伽羅論者問言具壽慈何所緣答言諸法性有等有由想等想假說有情於此義中慈緣執受諸蘊相續彼問汝說慈緣執受蘊相續耶此答言爾彼復問言汝然此不謂契經中世尊善語善詞善說當使有情具諸快樂如是思惟入慈等至此答言爾彼作是言汝聽墮負若慈緣執受諸蘊相續則不應言謂契經中世尊善語善詞善說當使有情具諸快樂如是思惟入慈等至汝作是言不應道理汝今若說謂契經中世尊善語善詞善說當使有情具諸快樂如是思惟入慈等至則不應言慈緣執受諸蘊相續言慈緣執受諸蘊相續不應道理應問彼言汝然此不謂契經中世尊善語善詞善說有七等覺支念等覺支擇法精進喜安定捨等覺支彼答言爾問言具壽慈與何等覺支相應爲念等覺支耶爲擇法精進喜安定捨等覺支耶若言念等覺支相應則不緣有情以念等覺支唯緣法故若言擇法精進喜安定捨等覺支相應則不緣有情以捨等覺支唯緣法故若言不與念等覺支擇法精進喜安定捨等覺支相應即應別有第八有情等覺支慈與彼相應此等覺支世尊不現等覺具壽世尊於無畏中作如是說我於諸法現正等覺若有沙門或婆羅門天魔梵等如法詰難或令憶念於是法中不現等覺我於如是正見無緣我正見彼無有緣故得安隱住無

怖無畏自稱我處大仙尊位轉大梵輪於大衆中正師子吼具壽若爾豈不難佛爲無智耶彼言具壽我不難佛以爲無智世尊於此雖現等覺而不宣說具壽世尊曾爲具壽阿難陀說汝阿難陀我於諸法無間宣傳謂四念住四正斷四如意足五根五力七等覺支八聖道支汝阿難陀如來於法無有師拳謂自覆藏恐他知我無所識解具壽若爾爲不難佛有師拳耶彼言具壽我不難佛以爲無智亦不難佛爲有師拳世尊於此雖現等覺而不宣說具壽世尊昇攝波林契經中說汝等苾芻乃至大地昇攝波林葉之齊量我於彼法自然了知雖現等覺不爲他說是故世尊於彼等覺支雖現等覺而不宣說應問彼言具壽即彼契經爲不更有餘廣句耶謂世尊言汝等苾芻然彼諸法不能引義不能引善不能引法不引梵行不證神通不證等覺不證涅槃設有如是補特伽羅不能引義不能引善不能引法不引梵行不證神通不證等覺不證涅槃即無所用是故無有補特伽羅補特伽羅論者作如是言有爲可得無爲可得補特伽羅亦有可得性空論者問言具壽補特伽羅當言有爲當言無爲若言有爲應同有爲可施設有生滅住異若言無爲應同無爲可施設無生滅住異具壽世尊爲諸苾芻說有二物一者有爲二者無爲謂無爲外無別有物是故無有補特伽羅

補特伽羅蘊第二之四

第三嗢柁南頌

補特伽羅無有空　諸法和合各所作

了知由幾俱生二　心性無常明愛緣

有六識身謂眼識耳鼻舌身意識眼色爲緣生眼識如是眼識惟能識諸色非補特伽羅此補特伽羅非眼識所識惟有諸色爲眼識所識是故此眼識非補特伽羅識又眼色爲緣生眼識三和合故有觸如是眼觸惟能觸諸色非補特伽羅此補特伽羅非眼觸所觸惟有諸色爲眼觸所觸是故此眼觸非補特伽羅觸又眼色爲緣生眼識三和合故有觸觸爲緣故生受如是眼觸所生受惟能受諸色非補特伽羅此補特伽羅非眼觸所生受所受惟有諸色爲眼觸所生受所受是故此眼觸所生受非補特伽羅觸所生受又眼色爲緣生眼識三和合故有觸觸爲緣故生想如是眼觸所生想惟能想諸色非補特伽羅此補特伽羅非眼觸所生想所想惟有諸色爲眼觸所生想所想是故此眼觸所生想非補特伽羅觸所生想又眼色爲緣生眼識三和合故有觸觸爲緣故生思如是眼觸所生思惟能思諸色非補特伽羅此補特伽羅非眼觸所生思所思惟有諸色爲眼觸所生思所思是故此眼觸所生思非補特伽羅觸所生思由此諸法觸爲第五補特伽羅非可得非可證非現有非等有是故無有補特伽羅如眼識耳鼻舌身意識亦爾

有六識身謂眼識耳鼻舌身意識眼色爲緣生眼識此中若眼若色若眼識皆非補特伽羅惟有眼色爲緣生眼識又眼色爲緣生眼識三和合故有觸此中若眼若色若眼識若眼觸皆非補特伽羅惟有眼色爲緣生眼識

三和合故有觸又眼色爲緣生眼識三和合故有觸觸爲緣故生受此中若眼若色若眼識若眼觸若眼觸所生受皆非補特伽羅惟有眼色爲緣生眼識三和合故有觸觸爲緣故生受又眼色爲緣生眼識三和合故有觸觸爲緣故生想此中若眼若色若眼識若眼觸若眼觸所生想皆非補特伽羅惟有眼色爲緣生眼識三和合故有觸觸爲緣故生想又眼色爲緣生眼識三和合故有觸觸爲緣故生思此中若眼若色若眼識若眼觸若眼觸所生思皆非補特伽羅惟有眼色爲緣生眼識三和合故有觸觸爲緣故生思由此諸法觸爲第五補特伽羅非可得非可證非現有非等有是故無有補特伽羅如眼識耳鼻舌身意識亦爾

有六識身謂眼識耳鼻舌身意識眼色爲緣生眼識此中眼生色生眼識不生如是不可得眼生色生眼識亦生如是可得此中眼滅色滅眼識不滅如是不可得眼滅色滅眼識亦滅如是可得又眼色爲緣生眼識三和合故有觸此中眼生色生眼識生眼觸不生如是不可得眼生色生眼識生眼觸亦生如是可得此中眼滅色滅眼識滅眼觸不滅如是不可得眼滅色滅眼識滅眼觸亦滅如是可得又眼色爲緣生眼識三和合故有觸觸爲緣故生受此中眼生色生眼識生眼觸生眼觸所生受不生如是不可得眼生色生眼識生眼觸生眼觸所生受亦生如是可得此中眼滅色滅眼識滅眼觸滅眼觸所生受不滅如是不可得眼滅色滅眼識滅眼觸滅眼觸

所生受亦滅如是可得又眼色爲緣生眼識三和合故有觸觸爲緣故生想此中眼生色生眼識生眼觸生眼觸所生想不生如是不可得眼生色生眼識生眼觸生眼觸所生想亦生如是可得此中眼滅色滅眼識滅眼觸滅眼觸所生想不滅如是不可得眼滅色滅眼識滅眼觸滅眼觸所生想亦滅如是可得又眼色爲緣生眼識三和合故有觸觸爲緣故生思此中眼生色生眼識生眼觸生眼觸所生思不生如是不可得眼生色生眼識生眼觸生眼觸所生思亦生如是可得此中眼滅色滅眼識滅眼觸滅眼觸所生思不滅如是不可得眼滅色滅眼識滅眼觸滅眼觸所生思亦滅如是可得如是諸法觸爲第五同生同住同滅一生時一切生一滅時一切滅

由此諸法觸爲第五補特伽羅非可得非可證非現有非等有是故無有補特伽羅如眼識耳鼻舌身意識亦爾

有六識身謂眼識耳鼻舌身意識眼色爲緣生眼識如是眼識能識諸色非觸非受非想非思由能識相是眼識故又眼色爲緣生眼識三和合故有觸如是眼觸能觸諸色非受非想非思非識由能觸想是眼觸故又眼色爲緣生眼識三和合故有觸觸爲緣故生受如是眼觸所生受能受諸色非想非思非識非觸由能受相是眼觸所生受故又眼色爲緣生眼識三和合故有觸觸爲緣故生想如是眼觸所生想能想諸色非思非識非觸非受由能想相是眼觸所生想故又眼色爲緣生眼識三和合故有觸觸爲緣故生思如是

眼觸所生思能思諸色非識非觸非受非想由能思相是眼觸所生思故如是諸法觸爲第五同生同住同滅一生時一切生一滅時一切滅既生起已各各別作自所作事不作其餘他所作事由此諸法觸爲第五補特伽羅非可得非可證非現有非等有是故無有補特伽羅如眼識耳鼻舌身意識亦爾

有六識身謂眼識耳鼻舌身意識問眼識何所了別答眼識了別諸色何所不了別謂十一處問耳識何所了別答耳識了別諸聲何所不了別謂十一處問鼻識何所了別答鼻識了別諸香何所不了別謂十一處問舌識何所了別答舌識了別諸味何所不了別謂十一處問身識何所了別答身識了別諸觸何所不了別謂十一處問意識何所了別答意識了別諸法眼色及眼識耳聲及耳識鼻香及鼻識舌味及舌識身觸及身識意法及意識如是六識身是能了別有了別性非無了別性補特伽羅無如是性是故無有補特伽羅有十二處謂眼處色處耳處聲處鼻處香處舌處味處身處觸處意處法處問眼處幾識所識乃至法處幾識所識答色處二識所識謂眼識及意識聲處二識所識謂耳識及意識香處二識所識謂鼻識及意識味處二識所識謂舌識及意識觸處二識所識謂身識及意識餘七處惟意識所識如是十二處是所識有所識性非無所識性補特伽羅無如是性是故無有補特伽羅

有六識身謂眼識耳鼻舌身意識眼色爲緣生眼識三和合故有觸與觸俱生有受想思

由此諸法觸爲第五補特伽羅非可得非可證非現有非等有是故無有補特伽羅如眼識耳鼻舌身意識亦爾

於可愛事由無智故便生等貪此中無智即是無明等貪即行了別事相即是其識識俱四蘊即是名色名色依根即是六處六處和合即是其觸此中領納即是其受受生欣喜即是其愛此愛增廣即名爲取能生後有業即名有諸蘊現起即名爲生諸蘊成熟即名爲老諸蘊棄捨即名爲死於內熱惱即名爲愁發言怨嗟即名爲歎五識相應不平安受說名爲苦意識相應不平安受說名爲憂其心熱惱擾惱燋惱說名擾惱等起謂生言 如是者示現顯了開發增語能生起故說名積集純謂至極究竟圓滿大苦蘊者大災大横大殃大惱順大世分衆苦法聚

又諸無明未斷未知爲因爲緣諸行生起謂隨福行隨非福行隨不動行如是諸行未斷未知爲因爲緣諸識生起或往善趣或往惡趣如是諸識未斷未知爲因爲緣名色生起或在此世或在後世如是名色未斷未知爲因爲緣六處生起或有圓滿或不圓滿六處和合 故有其觸隨觸領納故有其受受生欣喜故有其愛即愛增廣說名爲取能感後有業名爲有諸蘊現起說名爲生諸蘊成熟說名爲老諸蘊棄捨說名爲死於內熱惱說名爲愁發言怨嗟說名爲歎五識相應不平安受說名爲苦意識相應不平安受說名爲憂其心熱惱擾惱燋惱說名擾惱等起謂生言如是者示現顯了開發增語能生起故說名

積集純謂至極究竟圓滿大苦蘊者大災大橫大殃大惱順大世分衆苦法聚

由十四因應知心性決定無常謂加行故相應故威儀路故工巧處故身業故語業故意業故因故等無間故所緣故增上故染不染故受差別故所作事業展轉異故

若心已生分明可了或於今時或於餘時諸所憶念即所了知如是心性不離前心又此心性不離前心由此道理諸心展轉無前際來諸心次第如是名爲苦集聖諦如是應觀苦集聖諦如是觀者名爲正觀若異觀者名爲邪智

若有諸愛未斷未知爲因爲緣後苦生起若有諸愛已斷已知無因無緣可令後苦更得生起設使諸愛已斷已知爲因爲緣後苦生起由此具壽應見應聞如是具壽已離諸愛生於世間然今諸愛已斷已知無因無緣可令後苦更得生起是故具壽不見不聞如是具壽已離諸愛生於世間如是名爲苦滅聖諦如是應觀苦滅聖諦如是觀者名爲正觀若異觀者名爲邪智

有六識身謂眼識耳鼻舌身意識眼識有四緣一因緣二等無間緣三所緣緣四增上緣何等因緣謂此俱有相應法等何等等無間緣謂若從彼諸心心法平等無間如是眼識已生正生何等所緣緣謂一切色何等增上緣謂除自性餘一切法是名眼識所有四緣謂因緣等無間緣所緣緣增上緣如是眼識是誰因緣謂此俱有相應法等是誰等無間緣謂從眼識平等無間已生正生諸心心法

是誰所緣緣謂能緣此諸心心法是誰增上緣謂除自性餘一切法如眼識耳鼻舌身意識亦爾補特伽羅蘊竟

阿毗達磨識身足論卷第三說一切有部

音釋

鉆巨廉切 頷烏割切

阿毗達磨識身足論卷第四

提婆設摩阿羅漢造
唐三藏法師玄奘奉　詔譯

因緣蘊第三之一

嗢柁南頌

過去等因與善等　隨增幾緣幾因等
十十五心非因等　結縛隨眠等相應

有六識身謂眼識耳鼻舌身意識如是六識身或過去或未來或現在過去眼識頗有過去爲因非未來爲因非現在爲因耶頗有未來爲因非過去爲因非現在爲因耶頗有現在爲因非過去爲因非未來爲因耶頗有過去現在爲因非未來爲因耶頗有未來現在爲因非過去爲因耶頗有過去未來爲因非現在爲因耶頗有過去未來現在爲因耶如過去眼識未來現在眼識亦爾如眼識耳鼻舌身意識亦爾

過去眼識一切皆用過去爲因所餘諸句皆不可得未來眼識或用過去未來爲因非現在爲因何等未來因謂此俱有相應等法何等過去因謂過去法與此眼識或爲同類或異熟等非現在法與此眼識或爲同類或異熟等或有過去未來現在爲因何等未來因謂此俱有相應等法何等過去現在因謂過去現在法與此眼識或爲同類或異熟等現在眼識一切皆用過去現在爲因所餘諸句皆不可得何等現在因謂此俱有相應諸法何等過去因謂過去法與此眼識或爲同類或異熟等如眼識耳鼻舌身識亦爾過去意識一切皆用過去爲因所餘諸句皆不可得

未來意識或有未來爲因非過去現在爲因謂未證入正性離生補特伽羅未來最初無漏意識何等未來因謂此俱有相應諸法或有未來現在爲因非過去爲因謂苦法智忍現在前時所有未來無漏意識何等未來因謂此俱有相應諸法何等現在因謂苦法智忍及彼俱有相應等法或有過去未來爲因非現在爲因何等未來因謂此俱有相應等法何等過去因謂過去法與此意識或爲同類或異熟等非現在法與此意識或爲同類或異熟等或有過去未來現在爲因何等未來因謂此俱有相應等法何等過去現在因謂過去現在法與此意識或爲同類或異熟等現在意識或有現在爲因非過去爲因非未來爲因謂苦法智忍現在前時與彼俱有相應意識何等現在因謂此俱有相應諸法或有過去現在爲因非未來爲因何等現在因謂此俱有相應諸法何等過去因謂過去法與此意識或爲同類或異熟等

有六識身謂眼識耳鼻舌身意識如是六識身或善或不善或無記善眼識頗有善爲因非不善爲因非無記爲因耶頗有不善爲因非善爲因非無記爲因耶頗有無記爲因非善爲因非不善爲因耶頗有善無記爲因非不善爲因耶頗有不善無記爲因非善爲因耶頗有善不善爲因非無記爲因耶頗有善不善無記爲因耶如善眼識不善無記眼識亦爾如眼識耳鼻舌身意識亦爾

善眼識一切皆用善爲因所餘諸句皆不可得不善眼識一切皆用不善無記爲因所餘

諸句皆不可得無記眼識或有無記爲因非善爲因非不善爲因謂威儀路工巧處眼識及梵世所繫染污眼識或有善無記爲因非不善爲因謂善異熟生非識何等無記因謂此俱有相應等法何等善因謂彼善法能感於此眼識異熟或有不善無記爲因非善爲因謂不善異熟生眼識何等無記因謂此俱有相應等法何等不善因謂彼不善法能感於此眼識異熟如眼識耳鼻舌身識亦爾此中差别者鼻識舌識不應説有梵世所繫善意識一切皆用善爲因所餘諸句皆不可得不善意識一切皆用不善無記爲因所餘諸句皆不可得無記意識或有無記爲因非善爲因非不善爲因謂威儀路工巧處意識及色無色所繫染污意識或有善無記爲因非不善爲因謂善異熟生意識何等無記因謂此俱有相應等法何等善因謂彼善法能感於此意識異熟或有不善無記爲因非善爲因謂欲所繫有身見邊執見相應意識何等無記因謂此俱有相應等法何等不善因謂欲所繫見苦所斷八隨眠等及見集所斷徧行隨眠等

有六識身謂眼識耳鼻舌身意識如是六識身或善或不善或有覆無記或無覆無記於善眼識有幾隨眠之所隨增於不善有覆無記無覆無記眼識有幾隨眠之所隨增如眼識耳鼻舌身意識亦爾

於善眼識有欲纏色纏徧行隨眠及修所斷隨眠之所隨增於不善眼識有欲纏徧行隨眠及修所斷隨眠之所隨增於有覆無記眼

識有色纏徧行隨眠及修所斷隨眠之所隨增於無覆無記眼識有欲纏色纏徧行隨眠及修所斷隨眠之所隨增如眼識耳鼻舌身識亦爾此中差別者鼻識舌識不應說有有覆無記於善意識有三界徧行隨眠及修所斷隨眠之所隨增於不善意識有欲纏一切隨眠之所隨增於有覆無記意識有色無色纏一切隨眠及欲纏見苦所斷一切隨眠見集所斷徧行隨眠之所隨增於無覆無記意識有三界徧行隨眠及修所斷隨眠之所隨增有六識身謂眼識耳鼻舌身意識如是六識身或善或不善或有覆無記或無覆無記於善眼識有幾隨眠當言爲因當言爲緣有幾隨眠當言爲緣而不爲因於不善有覆無記無覆無記眼識有幾隨眠當言爲因當言爲緣有幾隨眠當言爲緣而不爲因如眼識耳鼻舌身意識亦爾

於善眼識一切隨眠當言爲緣而不爲因於不善眼識有十五隨眠當言爲因當言爲緣所餘隨眠當言爲緣而不爲因於有覆無記眼識有十四隨眠當言爲因當言爲緣所餘隨眠當言爲緣而不爲因於無覆無記眼識中除隨眠異熟眼識於餘無覆無記眼識一切隨眠當言爲緣而不爲因於隨眠異熟眼識一有三十四隨眠當言爲因當言爲緣所餘隨眠當言爲緣而不爲因問一心耶答不爾於見苦所斷邪見隨眠異熟眼識有二隨眠當言爲因當言爲緣所餘隨眠當言爲緣而不爲因如見苦所斷邪見見取戒禁取疑貪恚慢亦爾於見苦所斷不共無明隨眠異熟

眼識有一隨眠當言爲因當言爲緣所餘隨眠當言爲緣而不爲因於見集所斷邪見隨眠異熟眼識有二隨眠當言爲因當言爲緣所餘隨眠當言爲緣而不爲因如見集所斷邪見見取疑貪恚慢亦爾於見集所斷不共無明隨眠異熟眼識有一隨眠當言爲因當言爲緣所餘隨眠當言爲緣而不爲因於見滅所斷邪見隨眠異熟眼識有二隨眠當言爲因當言爲緣所餘隨眠當言爲緣而不爲因如見滅所斷邪見見取疑貪恚慢亦爾於見滅所斷不共無明隨眠異熟眼識有一隨眠當言爲因當言爲緣所餘隨眠當言爲緣而不爲因於見道所斷邪見隨眠異熟眼識有二隨眠當言爲因當言爲緣所餘隨眠當言爲緣而不爲因如見道所斷邪見見取戒禁取疑貪恚慢亦爾於見道所斷不共無明隨眠異熟眼識有一隨眠當言爲因當言爲緣所餘隨眠當言爲緣而不爲因於修所斷貪隨眠異熟眼識有二隨眠當言爲因當言爲緣所餘隨眠當言爲緣而不爲因如修所斷貪恚慢亦爾於修所斷不共無明隨眠異熟眼識有一隨眠當言爲因當言爲緣所餘隨眠當言爲緣而不爲因如眼識耳鼻舌身識亦爾此中差别者鼻識舌識不應説有有覆無記於善意識一切隨眠當言爲緣而不爲因於不善意識有三十六隨眠當言爲因當言爲緣所餘隨眠當言爲緣而不爲因問一心耶答不爾於見苦所斷不善意識有十四隨眠當言爲因當言爲緣所餘隨眠當言爲緣而不爲因於見集所斷不善意識有十

四隨眠當言爲因當言爲緣所餘隨眠當言爲緣而不爲因於見滅所斷不善意識有十八隨眠當言爲因當言爲緣所餘隨眠當言爲緣而不爲因於見道所斷不善意識有十九隨眠當言爲因當言爲緣所餘隨眠當言爲緣而不爲因於修所斷不善意識有十五隨眠當言爲因當言爲緣所餘隨眠當言爲緣而不爲因於有覆無記意識有七十六隨眠當言爲因當言爲緣所餘隨眠當言爲緣而不爲因問一心耶答不爾於欲所繫有覆無記意識有十四隨眠當言爲因當言爲緣所餘隨眠當言爲緣而不爲因於色所繫見苦所斷有覆無記意識有十三隨眠當言爲因當言爲緣所餘隨眠當言爲緣而不爲因於色所繫見集所斷有覆無記意識有十三隨眠當言爲因當言爲緣所餘隨眠當言爲緣而不爲因於色所繫見滅所斷有覆無記意識有十七隨眠當言爲因當言爲緣所餘隨眠當言爲緣而不爲因於色所繫見道所斷有覆無記意識有十八隨眠當言爲因當言爲緣所餘隨眠當言爲緣而不爲因於色所繫修所斷有覆無記意識有十四隨眠當言爲因當言爲緣所餘隨眠當言爲緣而不爲因如色所繫無色所繫亦爾於無覆無記意識一切隨眠當言爲緣而不爲因

有六識身謂眼識耳鼻舌身意識如是六識身或過去或未來或現在或善或不善或有覆無記或無覆無記於過去善眼識所有隨眠彼於此心若所隨增亦能爲因耶設於此心能爲因者爲所隨增耶如過去善眼識未

來現在善眼識亦爾如善眼識不善有覆無記無覆無記眼識亦爾如眼識耳鼻舌身意識亦爾

於過去善眼識所有隨眠彼於此心若所隨增即不爲因若於此心能爲因者即非隨眠亦不隨增如過去善眼識未來現在善眼識亦爾於過去不善眼識所有隨眠彼於此心或能爲因非所隨增或所隨增不能爲因或能爲因亦所隨增或不能爲因亦非所隨增且能爲因非所隨增者謂諸隨眠在此心前同類徧行即彼隨眠若不緣此設緣已斷及此相應隨眠已斷爲所隨增不能爲因者謂諸隨眠在此心後同類徧行即彼隨眠緣此未斷能爲其因亦所隨增者謂諸隨眠在此心前同類徧行即彼隨眠緣此未斷及此相應隨眠未斷不能爲因亦非所隨增者謂諸隨眠在此心後同類徧行即彼隨眠若不緣此設緣已斷若所餘緣若他隨眠若不同界徧行隨眠如過去不善眼識未來不善眼識亦爾於現在不善眼識所有隨眠彼於此心或能爲因非所隨增或所隨增不能爲因或能爲因亦所隨增或不能爲因亦非所隨增且能爲因非所隨增者謂諸隨眠在此心前同類徧行即彼隨眠若不緣此設緣已斷是所隨增不能爲因者謂諸隨眠在此心後同類徧行即彼隨眠緣此未斷是能爲因亦所隨增者謂諸隨眠在此心前同類徧行即彼隨眠緣此未斷及此相應所有隨眠不能爲因非所隨增者謂諸隨眠在此心後同類徧行即彼隨眠若不緣此設緣已斷若所餘緣

若他隨眠若不同界徧行隨眠如不善眼識有覆無記眼識亦爾於過去無覆無記眼識所有隨眠彼於此心爲所隨增亦爲因耶除諸隨眠異熟眼識於餘過去無覆無記眼識所有隨眠彼於此心若所隨增不能爲因若於此心能爲因者即非隨眠亦不隨增若諸隨眠異熟眼識所有隨眠彼於此心或能爲因非所隨增或所隨增不能爲因或能爲因亦所隨增或不能爲因亦非所隨增且能爲因非所隨增者謂諸隨眠爲因能感此心異熟即彼隨眠若不緣此設緣巳斷爲所隨增不能爲因者謂諸隨眠不爲因感此心異熟即彼隨眠緣此未斷是能爲因亦所隨增者謂諸隨眠爲因能感此心異熟即彼隨眠緣此未斷不能爲因非所隨增者謂諸隨眠不爲因感此心異熟即彼隨眠若不緣此設緣巳斷若所餘緣若他隨眠若不同界徧行隨眠如過去無覆無記眼識未來現在無覆無記眼識亦爾如眼識耳鼻舌身意識亦爾此中差別者鼻識舌識不應說有有覆無記不應說有隨眠所感異熟意識

有六識身謂眼識耳鼻舌身意識如是六識身或過去或未來或現在或善或不善或有覆無記或無覆無記於過去善眼識所有隨眠彼於此心若不隨增亦不爲因耶設於此心不爲因者亦不隨增耶如過去善眼識未來現在善眼識亦爾如善眼識不善有覆無記無覆無記眼識亦爾如眼識耳鼻舌身意識亦爾

於過去善眼識所有隨眠彼於此心若不隨

增亦不爲因或不爲因非不隨增謂諸隨眠緣此未斷如過去善眼識未來現在善眼識亦爾於過去不善眼識所有隨眠彼於此心或不爲因非不隨增或不隨增非不爲因或不爲因亦不隨增或非不爲因非不隨增且不爲因非不隨增者謂諸隨眠在此心後同類徧行即彼隨眠緣此未斷非所隨增非不爲因者謂彼隨眠在此心前同類徧行即彼隨眠若不緣此設緣已斷及此相應隨眠已斷不能爲因亦不隨增者謂諸隨眠在此心後同類徧行即彼隨眠若不緣此設緣已斷若所餘緣若他隨眠若不同界徧行隨眠非不爲因非不隨增者謂諸隨眠在此心前同類徧行即彼隨眠緣此未斷及此相應隨眠未斷如過去不善眼識未來不善眼識亦爾於現在不善眼識所有隨眠彼於此心或不爲因非不隨增或不隨增非不爲因或不爲因亦不隨增或非不爲因非不隨增且不爲因非不隨增者謂諸隨眠在此心後同類徧行即彼隨眠緣此未斷非所隨增非不爲因者謂諸隨眠在此心前同類徧行即彼隨眠若不緣此設緣已斷不能爲因非所隨增者謂諸隨眠在此心後同類徧行即彼隨眠若不緣此設緣已斷若所餘緣若他隨眠若不同界徧行隨眠非不爲因非不隨增者謂諸隨眠在此心前同類徧行即彼隨眠緣此未斷及此相應所有隨眠如善眼識有覆無記眼識亦爾於過去無覆無記眼識所有隨眠彼於此心若不隨增亦不爲因耶謂除隨眠異熟眼識於餘無覆無記眼識所有隨眠彼

於此心若不隨增亦不爲因或不爲因非不隨增謂諸隨眠緣此未斷若諸隨眠異熟眼識所有隨眠彼於此心或不爲因非不隨增或不隨增非不爲因或不爲因亦不隨增或非不爲因非不隨增且不爲因非不隨增者謂諸隨眠不爲因感此心異熟即彼隨眠緣此未斷非所隨增非不爲因者謂諸隨眠爲因能感此心異熟即彼隨眠若不緣此設緣已斷不能爲因非所隨眠者謂諸隨眠不爲因感此心異熟即彼隨眠若不緣此設緣已斷若所餘緣若他隨眠若不同界徧行隨眠非不爲因非不隨增者謂諸隨眠爲因能感此心異熟即彼隨眠緣此未斷如過去無覆無記眼識未來現在無覆無記眼識亦爾如眼識耳鼻舌身意識亦爾此中差別者鼻識舌識不應說有有覆無記不應說有隨眠所感異熟意識

有十種心謂欲界繫善心不善心有覆無記心無覆無記心色界繫善心有覆無記心無覆無記心無色界繫善心有覆無記心無覆無記心欲界繫善心若體未斷未斷爲因耶設未斷爲因體未斷未斷耶乃至無色界繫無覆無記心若體未斷未斷爲因耶設未斷爲因體未斷耶

欲界繫善心若體未斷未斷爲因耶曰如是設未斷爲因體未斷耶曰如是諸不善心若體未斷未斷爲因耶或體未斷未斷爲因或體未斷已斷爲因及未斷爲因且體未斷未斷爲因者謂諸具縛補特伽羅諸不善心自體未斷未斷爲因或體未斷已斷爲因及未

斷爲因者謂未離欲界貪苦智已生集智未生見集滅道及修所斷諸不善心何等未斷因謂此俱有相應等法何等已斷因謂欲界繫見苦所斷偏行隨眠及彼相應等法集智已生滅智未生見滅道修所斷諸不善心何等未斷因謂此俱有相應等法何等已斷因謂欲界繫偏行隨眠及彼相應等法滅智已生道智未生見道修所斷諸不善心何等未斷因謂此俱有相應等法何等已斷因謂欲界繫偏行隨眠及彼相應等法若見圓滿世尊弟子未離欲界貪修所斷諸不善心何等未斷因謂此俱有相應等法何等已斷因謂欲界繫偏行隨眠及彼相應等法是名體未斷已斷爲因及未斷爲因設未斷爲因體未斷耶或未斷爲因體亦未斷或未斷爲因及已斷爲因而體未斷或未斷爲因及已斷爲因其體已斷未斷爲因體未斷者謂諸具縛補特伽羅諸不善心是名未斷爲因體亦未斷未斷爲因及已斷爲因體未斷者謂未離欲界貪苦智已生集智未生見集滅道及修所斷諸不善心何等未斷因謂此俱有相應等法何等已斷因謂欲界繫見苦所斷偏行隨眠及彼相應等法集智已生滅智未生見滅道修所斷諸不善心何等未斷因謂此俱有相應等法何等已斷因謂欲界繫偏行隨眠及彼相應等法滅智已生道智未生見道修所斷諸不善心何等未斷因謂此俱有相應等法何等已斷因謂欲界繫偏行隨眠及彼相應等法若見圓滿世尊弟子未離欲界貪修所斷諸不善心何等未斷因謂此俱有

相應等法何等已斷因謂欲界繫徧行隨眠及彼相應等法是名未斷爲因及已斷爲因而體未斷未斷爲因及已斷爲因體已斷者謂未離欲界貪苦智已生集智未生見苦所斷諸不善心何等已斷因謂此俱有相應等法何等未斷因謂欲界繫見集所斷徧行隨眠及彼相應等法是名未斷爲因及已斷爲因其體已斷諸欲界繫有覆無記心若體未斷未斷爲因耶曰如是設未斷爲因體未斷耶或未斷爲因其體未斷或未斷爲因及已斷爲因其體已斷未斷爲因體未斷者謂諸具縛補特伽羅諸欲界繫有覆無記心是名未斷爲因其體未斷未斷爲因及已斷爲因體已斷者謂未離欲界貪苦智已生集智未生諸欲界繫見苦所斷有覆無記心何等已斷因謂此俱有相應等法何等未斷因謂欲界繫見集所斷徧行隨眠及彼相應等法是名未斷爲因及已斷爲因其體已斷諸欲界繫無覆無記心若體未斷未斷爲因耶除諸隨眠所感異熟餘欲界繫無覆無記心若體未斷未斷爲因耶曰如是設未斷爲因體未斷耶曰如是若諸隨眠所感異熟或體未斷未斷爲因或體未斷已斷爲因及未斷爲因其體未斷未斷爲因者謂諸具縛補特伽羅隨眠所感諸異熟心若未離欲界貪苦智已生集智未生見集滅道及修所斷隨眠所感諸異熟心集智已生滅智未生見滅道修所斷隨眠所感諸異熟心滅智已生道智未生見道修所斷隨眠所感諸異熟心若見圓滿世尊弟子未離欲界貪修所斷隨眠所感諸

異熟心是名體未斷未斷爲因其體未斷已斷爲因及未斷爲因者謂未離欲界貪苦智已生集智未生見苦所斷隨眠所感諸異熟心何等未斷因謂此俱有相應等法何等已斷因謂見苦所斷諸隨眠等能感如是諸異熟心集智已生滅智未生見苦集所斷隨眠所感諸異熟心何等未斷因謂此俱有相應等法何等已斷因謂見苦集所斷諸隨眠等能感如是諸異熟心滅智已生道智未生見苦集滅所斷隨眠所感諸異熟心何等未斷因謂此俱有相應等法何第已斷因謂見苦集滅所斷諸隨眠等能感如是諸異熟心若見圓滿世尊弟子未離欲界貪見所斷隨眠所感諸異熟心何等未斷因謂此俱有相應等法何等已斷因謂見所斷諸隨眠等能感如是諸異熟心是名體未斷已斷爲因及未斷爲因設未斷爲因體未斷耶曰如是諸色界繫善心若體未斷未斷爲因耶曰如是設未斷爲因體未斷耶曰如是諸色界繫有覆無記心若體未斷未斷爲因耶或體未斷未斷爲因或體未斷已斷爲因及未斷爲因其體未斷未斷爲因者謂諸具縛補特伽羅諸色界繫有覆無記心已離欲界貪未離色界貪苦類智未生諸色界繫有覆無記心是名體未斷未斷爲因其體未斷已斷爲因及未斷爲因者謂未離色界貪苦類智已生集類智未生諸色界繫見集滅道及修所斷有覆無記心何等未斷因謂此俱有相應等法何等已斷因謂色界繫見苦所斷偏行隨眠及彼相應等法集類智已生滅類智未生諸色

界繫見滅道修所斷有覆無記心何等未斷因謂此俱有相應等法何等已斷因謂色界繫徧行隨眠及彼相應等法滅類智已生道類智未生諸色界繫見道修所斷有覆無記心何等未斷因謂此俱有相應等法何等已斷因謂色界繫徧行隨眠及彼相應等法若見圓滿世尊弟子未離色界貪諸色界繫有覆無記心何等未斷因謂此俱有相應等法何等已斷因謂色界繫徧行隨眠及彼相應等法是名體未斷已斷爲因及未斷爲因設未斷爲因其體未斷耶或未斷爲因其體未斷或未斷爲因及已斷爲因其體未斷或未斷爲因及已斷爲因其體已斷未斷爲因其體未斷者謂諸具縛補特伽羅諸色界繫有覆無記心已離欲界貪未離色界貪苦類智未生諸色界繫有覆無記心是名未斷爲因其體未斷未斷爲因及已斷爲因其體未斷者謂未離色界貪苦類智已生集類智未生諸色界繫見集滅道及修所斷有覆無記心何等未斷因謂此俱有相應等法何等已斷因謂色界繫見苦所斷徧行隨眠及彼相應等法集類智已生滅類智未生諸色界繫見滅道修所斷有覆無記心何等未斷因謂此俱有相應等法何等已斷因謂色界繫徧行隨眠及彼相應等法滅類智已生道類智未生諸色界繫見道修所斷有覆無記心何等未斷因謂此俱有相應等法何等已斷因謂色界繫徧行隨眠及彼相應等法若見圓滿世尊弟子未離色界貪諸色界繫修所斷有覆無記心何等未斷因謂此俱有相應等法

何等已斷因謂色界繫徧行隨眠及彼相應等法是名未斷爲因及已斷爲因其體未斷未斷爲因及已斷爲因其體已斷者謂未離色界貪苦類智已生集類智未生諸色界繫見苦未斷有覆無記心何等已斷因謂此俱有相應等法何等未斷因謂色界繫見集所斷徧行隨眠及彼相應等法是名未斷爲因及已斷爲因其體已斷諸色界繫無覆無記心若體未斷未斷爲因耶曰如是設未斷爲因其體未斷耶曰如是諸無色界繫善心若體未斷未斷爲因耶曰如是設未斷爲因其體未斷耶曰如是諸無色界繫有覆無記心若體未斷未斷爲因耶或體未斷未斷爲因或體未斷已斷爲因及未斷爲因其體未斷未斷爲因者謂諸具縛補特伽羅諸無色界繫有覆無記心已離欲界貪未離色界貪苦類智未生諸無色界繫有覆無記心已離色界貪苦類智未生諸無色界繫有覆無記心是名體未斷未斷爲因其體未斷已斷爲因及未斷爲因者謂苦類智已生集類智未生諸無色界繫見集滅道及修所斷有覆無記心何等未斷因謂此俱有相應等法何等已斷因謂無色界繫見苦所斷徧行隨眠及彼相應等法集類智已生滅類智未生諸無色界繫見滅道修所斷有覆無記心何等未斷因謂此俱有相應等法何等已斷因謂無色界繫徧行隨眠及彼相應等法滅類智已生道類智未生諸無色界繫見道修所斷有覆無記心何等未斷因謂此俱有相應等法何等已斷因謂無色界繫徧行隨眠及彼相應

等法若見圓滿世尊弟子未離無色界貪諸無色界繫修所斷有覆無記心何等未斷因謂此俱有相應等法何等已斷因謂無色界繫徧行隨眠及彼相應等法是名體未斷已斷爲因及未斷爲因設未斷爲因其體未斷耶或未斷爲因其體未斷或未斷爲因及已斷爲因其體未斷或未斷爲因及已斷爲因其體已斷未斷爲因其體未斷者謂諸具縛補特伽羅諸無色界繫有覆無記心已離欲界貪未離色界貪苦類智未生諸無色界繫有覆無記心已離色界貪苦類智未生諸無色界繫有覆無記心是名未斷爲因其體未斷未斷爲因及已斷爲因其體未斷者謂苦類智已生集類智未生諸無色界繫見集滅道及修所斷有覆無記心何等未斷因謂此俱有相應等法何等已斷因謂無色界繫見苦所斷徧行隨眠及彼相應等法集類智已生滅類智未生諸無色界繫見滅道修所斷有覆無記心何等未斷因謂此俱有相應等法何等已斷因謂無色界繫徧行隨眠及彼相應等 法滅類智已生道類智未生諸無色界繫見道修所斷有覆無記心何等未斷因謂此俱有相應等法何等已斷因謂無色界繫徧行隨眠及彼相應等法若見圓滿世尊弟子未離無色界貪諸無色界繫修所斷有覆無記心何等未斷因謂此俱有相應等法何等已斷因謂無色界繫徧行隨眠及彼相應等法是名未斷爲因及已斷爲因其體未斷未斷爲因及已斷爲因其體已斷者謂苦類智已生集類智未生諸無色界繫見苦所

斷有覆無記心何等已斷因謂此俱有相應等法何等未斷因謂無色界繫見集所斷徧行隨眠及彼相應等法諸無色界繫無覆無記心若體未斷未斷爲因耶曰如是設未斷爲因其體未斷耶曰如是

阿毗達磨識身足論卷第四　說一切有部

阿毗達磨識身足論卷第五

提婆設摩阿羅漢造

唐三藏法師玄奘奉　詔譯

因緣蘊第三之二

有十種心謂欲界繫善心不善心有覆無記心無覆無記心色界繫善心有覆無記心無覆無記心無色界繫善心有覆無記心無覆無記心諸欲界繫善心若體已斷已斷爲因耶設已斷爲因其體已斷耶乃至無色界繫無覆無記心若體已斷已斷爲因耶設已斷爲因其體已斷耶

諸欲界繫善心若體已斷已斷爲因耶曰如是設已斷爲因其體已斷耶曰如是諸不善心若體已斷已斷爲因耶或體已斷已斷爲因或體已斷已斷爲因及未斷爲因其體已斷已斷爲因者謂未離欲界貪集智已生滅智未生見苦集所斷不善心滅智已生道智未生見苦集滅所斷不善心若見圓滿世尊弟子未離欲界貪見所斷不善心已離欲界貪未離色界貪諸不善心已離色界貪未離無色界貪諸不善心已離無色界貪諸不善心是名體已斷已斷爲因其體已斷已斷爲因及未斷爲因者謂未離欲界貪苦智已生集智未生見苦所斷諸不善心何等已斷因謂此俱有相應等法何等未斷因謂欲界繫見集所斷徧行隨眠及彼相應等法是名體已斷已斷爲因及未斷爲因設已斷爲因其體已斷耶或已斷爲因其體已斷或已斷爲因及未斷爲因其體已斷或已斷爲因及未斷爲因其體未斷已斷爲因其體已斷者謂

未離欲界貪集智已生滅智未生見苦集所斷諸不善心滅智已生道智未生見苦集滅所斷諸不善心若見圓滿世尊弟子未離欲界貪見所斷諸不善心已離欲界貪未離色界貪諸不善心已離色界貪未離無色界貪諸不善心已離無色界貪諸不善心是名已斷爲因其體已斷已斷爲因及未斷爲因其體已斷者謂未離欲界貪苦智已生集智未生見苦所斷諸不善心何等已斷因謂此俱有相應等法何等未斷因謂欲界繫見集所斷徧行隨眠及彼相應等法是名已斷爲因及未斷爲因其體已斷已斷爲因及未斷爲因其體未斷者謂未離欲界貪苦智已生集智未生見集滅道及修所斷諸不善心何等未斷因謂此俱有相應等法何等已斷因謂欲界繫見苦所斷徧行隨眠及彼相應等法集智已生滅智未生見集滅道修所斷諸不善心何等未斷因謂此俱有相應等法何等已斷因謂欲界繫徧行隨眠及彼相應等法滅智已生道智未生見道修所斷諸不善心何等未斷因謂此俱有相應等法何等已斷因謂欲界繫徧行隨眠及彼相應等法若見圓滿世尊弟子未離欲界貪修所斷諸不善心何等未斷因謂此俱有相應等法何等已斷因謂欲界繫徧行隨眠及彼相應等法是名已斷爲因及未斷爲因其體未斷諸欲界繫有覆無記心若體已斷已斷爲因耶或體已斷已斷爲因或體已斷已斷爲因及未斷爲因其體已斷已斷爲因者謂未離欲界貪集智已生滅智未生諸欲界繫有覆無記心

滅智已生道智未生諸欲界繫有覆無記心若見圓滿世尊弟子未離欲界貪諸欲界繫有覆無記心已離欲界貪未離色界貪諸欲界繫有覆無記心已離色界貪未離無色界貪諸欲界繫有覆無記心已離無色界貪諸欲界繫有覆無記心是名其體已斷已斷爲因其體已斷已斷爲因及未斷爲因者謂未離欲界貪苦智已生集智未生諸欲界繫見苦所斷有覆無記心何等已斷因謂此俱有相應等法何等未斷因謂欲界繫見集所斷徧行隨眠及彼相應等法是名體已斷已斷爲因及未斷爲因設已斷爲因其體已斷耶曰如是諸欲界繫無覆無記心若體已斷已斷爲因耶曰如是設已斷爲因其體已斷耶謂除隨眠所感異熟餘欲界繫無覆無記心已斷爲因其體已斷耶曰如是隨眠所感諸異熟心或已斷爲因其體已斷或已斷爲因及未斷爲因其體未斷已斷爲因其體已斷者謂已離欲界貪未離色界貪隨眠所感諸異熟心已離色界貪未離無色界貪隨眠所感諸異熟心已離無色界貪隨眠所感諸異熟心是名已斷爲因其體已斷已斷爲因及未斷爲因其體未斷者謂未離欲界貪苦智已生集智未生見苦所斷隨眠所感諸異熟心何等未斷因謂此俱有相應等法何等已斷因謂見苦所斷諸隨眠等能感如是諸異熟心集智已生滅智未生見苦集所斷隨眠所感諸異熟心何等未斷因謂此俱有相應等法何等已斷因謂見苦集所斷諸隨眠等能感如是諸異熟心滅智已生道智未生見

苦集滅所斷隨眠所感諸異熟心何等未斷因謂此俱有相應等法何等已斷因謂見苦集滅所斷諸隨眠等能感如是諸異熟心若見圓滿世尊弟子未離欲界貪諸見所斷隨眠所感諸異熟心何等未斷因謂此俱有相應等法何等已斷因謂見所斷諸隨眠等能感如是諸異熟心是名已斷爲因及未斷爲因其體未斷諸色界繫善心若體已斷已斷爲因耶曰如是設已斷爲因其體已斷耶曰如是諸色界繫有覆無記心若體已斷已斷爲因耶或體已斷已斷爲因或體已斷已斷爲因及未斷爲因其體已斷已斷爲因者謂未離色界貪集類智已生滅類智未生諸色界繫見苦集所斷有覆無記心滅類智已生道類智未生諸色界繫見苦集滅所斷有覆無記心若見圓滿世尊弟子未離色界貪諸色界繫見所斷有覆無記心已離色界貪未離無色界貪諸色界繫有覆無記心已離無色界貪諸色界繫有覆無記心是名體已斷已斷爲因其體已斷已斷爲因及未斷爲因者謂未離色界貪苦類智已生集類智未生諸色界繫見苦所斷有覆無記心何等已斷因謂此俱有相應等法何等未斷因謂色界繫見集所斷徧行隨眠及彼相應等法是名體已斷已斷爲因及未斷爲因設已斷爲因其體已斷耶或已斷爲因其體已斷或已斷爲因及未斷爲因其體已斷或已斷爲因及未斷爲因其體未斷已斷爲因其體已斷者謂未離色界貪集類智已生滅類智未生諸色界繫見苦集所斷有覆無記心滅類智已

生道類智未生諸色界繫見苦集滅所斷有覆無記心若見圓滿世尊弟子未離色界貪諸色界繫見所斷有覆無記心已離色界貪未離無色界貪諸色界繫有覆無記心已離無色界貪諸色界繫有覆無記心是名已斷爲因其體已斷已斷爲因及未斷爲因其體已斷者謂未離色界貪苦類智已生集類智未生諸色界繫見苦所斷有覆無記心何等已斷因謂此俱有相應等法何等未斷因謂色界繫見集所斷徧行隨眠及彼相應等法是名已斷爲因及未斷爲因其體已斷已斷爲因及未斷爲因其體未斷者謂未離色界貪苦類智已生集類智未生諸色界繫見集滅道及修所斷有覆無記心何等未斷因謂此俱有相應等法何等已斷因謂色界繫見苦所斷徧行隨眠及彼相應等法集類智已生滅類智未生諸色界繫見滅道修所斷有覆無記心何等未斷因謂此俱有相應等法何等已斷因謂色界繫徧行隨眠及彼相應等法滅類智已生道類智未生諸色界繫見道修所斷有覆無記心何等未斷因謂此俱有相應等法何等已斷因謂色界繫徧行隨眠及彼相應等法若見圓滿世尊弟子未離色界貪諸色界繫修所斷有覆無記心何等未斷因謂此俱有相應等法何等已斷因謂色界繫徧行隨眠及彼相應等法是名已斷爲因及未斷爲因其體未斷諸色界繫無覆無記心若體已斷已斷爲因耶曰如是設已斷爲因其體已斷耶曰如是諸無色界繫善心若體已斷已斷爲因耶曰如是設已斷爲

因其體已斷耶曰如是諸無色界繫有覆無記心若體已斷已斷爲因耶或體已斷已斷爲因或體已斷已斷爲因及未斷爲因其體已斷已斷爲因者謂集類智已生滅類智未生諸無色界繫見苦集所斷有覆無記心滅類智已生道類智未生諸無色界繫見苦集滅所斷無覆無記心若見圓滿世尊弟子未離無色界貪諸無色界繫見所斷有覆無記心已離無色界貪諸無色界繫有覆無記心是名體已斷已斷爲因其體已斷已斷爲因及未斷爲因者謂苦類智已生集類智未生諸無色界繫見苦所斷有覆無記心何等已斷因謂此俱有相應等法何等未斷因謂無色界繫見集所斷徧行隨眠及彼相應等法是名體已斷已斷爲因及未斷爲因設已斷爲因其體已斷耶曰已斷爲因其體已斷或已斷爲因及未斷爲因其體已斷或已斷爲因及未斷爲因其體未斷已斷爲因其體已斷者謂集類智已生滅類智未生諸無色界繫見苦集所斷有覆無記心滅類智已生道類智未生諸無色界繫見苦集滅所斷有覆無記心若見圓滿世尊弟子未離無色界貪諸無色界繫見所斷有覆無記心已離無色界貪諸無色界繫有覆無記心是名已斷爲因其體已斷已斷爲因及未斷爲因其體已斷者謂苦類智已生集類智未生諸無色界繫見苦所斷有覆無記心何等已斷因謂此俱有相應等法何等未斷因謂無色界繫見集所斷徧行隨眠及彼相應等法是名已斷爲因及未斷爲因其體已斷已斷爲因及未

斷爲因其體未斷者謂苦類智已生集類智未生諸無色界繫見集滅道及修所斷有覆無記心何等未斷因謂此俱有相應等法何等已斷因謂無色界繫見苦所斷徧行隨眠及彼相應等法集類智已生滅類智未生諸無色界繫見滅道修所斷有覆無記心何等未斷因謂此俱有相應等法何等已斷因謂無色界繫徧行隨眠及彼相應等法滅類智已生道類智未生諸無色界繫見道修所斷有覆無記心何等未斷因謂此俱有相應等法何等已斷因謂無色界繫徧行隨眠及彼相應等法若見圓滿世尊弟子未離無色界貪諸無色界繫修所斷有覆無記心何等未斷因謂此俱有相應等法何等已斷因謂無色界繫徧行隨眠及彼相應等法是名已斷爲因及未斷爲因其體未斷諸無色界繫無覆無記心若體已斷已斷爲因耶曰如是設已斷爲因其體已斷耶曰如是

有十五心謂欲界繫有五心色界繫有五心無色界繫有五心如是十五心或過去或未來或現在云何欲界繫有五心謂欲界繫見苦所斷心見集滅道修所斷心如欲界繫色界繫無色界繫亦爾於過去欲界繫見苦所斷心所有隨眠彼於此心若所隨增亦爲因耶設爲因者亦隨增耶乃至於過去無色界繫修所斷心所有隨眠彼於此心若所隨增亦爲因耶設爲因者亦隨增耶

於過去欲界繫見苦所斷心所有隨眠彼於此心若所隨增亦爲因耶或能爲因非所隨增或所隨增不能爲因或能爲因亦所隨增

或不能爲因亦非所隨增且能爲因非所隨增者謂諸隨眠在此心前同類徧行即彼隨眠若不緣此設緣已斷及此相應隨眠已斷是所隨增不能爲因者謂諸隨眠在此心後同類徧行即彼隨眠緣此未斷亦能爲因亦所隨增者謂諸隨眠在此心前同類徧行即彼隨眠緣此未斷及此相應隨眠未斷不能爲因非所隨增者謂諸隨眠在此心後同類徧行即彼隨眠若不緣此設緣已斷若所餘緣若他隨眠若不同界徧行隨眠如過去欲界繫見苦所斷心未來欲界繫見苦所斷心亦爾於現在欲界繫見苦所斷心所有隨眠彼於此心若所隨增亦爲因耶或能爲因非所隨增或所隨增不能爲因或能爲因亦所隨增或不能爲因亦非所隨增且能爲因非所隨增者謂諸隨眠在此心前同類徧行即彼隨眠若不緣此設緣已斷是所隨增不能爲因者謂諸隨眠在此心後同類徧行即彼隨眠緣此未斷亦能爲因亦所隨增者謂諸隨眠在此心前同類徧行即彼隨眠緣此未斷及此相應所有隨眠不能爲因非所隨增者謂諸隨眠在此心後同類徧行即彼隨眠若不緣此設緣已斷若所餘緣若他隨眠若不同界徧行隨眠如見苦所斷心見集滅道及修所斷染污心亦爾於過去欲界繫修所斷不染污心所有隨眠彼於此心若所隨增亦爲因耶謂除隨眠所感異熟餘過去欲界繫修所斷不染污心所有隨眠彼於此心若所隨增即不爲因若於此心能爲因者即非隨眠亦不隨增於隨眠所感異熟心或能爲

因非所隨增或所隨增不能爲因或能爲因亦所隨增或不能爲因亦非所隨增且能爲因非所隨增者謂諸隨眠爲因能感此心異熟即彼隨眠若不緣此設緣已斷是所隨增不能爲因者謂諸隨眠不爲因感此心異熟即彼隨眠緣此未斷亦能爲因亦所隨增者謂諸隨眠爲因能感此心異熟即彼隨眠緣此未斷不能爲因非所隨增者謂諸隨眠不爲因感此心異熟即彼隨眠若不緣此設緣已斷若所餘緣若他隨眠若不同界徧行隨眠如過去未來現在亦爾如欲界繫色界繫無色界繫亦爾此中差別有色界繫心無色界繫心不應說有隨眠異熟有十五心謂欲界繫有五心色界繫有五心無色界繫有五心如是十五心或過去或未來或現在云何欲界繫有五心謂欲界繫見苦所斷心見集滅道修所斷心如欲界繫色界繫無色界繫亦爾於過去欲界繫見苦所斷心所有隨眠彼於此心若不隨增亦不爲因耶設不爲因亦不隨增耶乃至於現在無色界繫修所斷心所有隨眠彼於此心若不隨增亦不爲因耶設不爲因亦不隨增耶

於過去欲界繫見苦所斷心所有隨眠彼於此心若不隨增亦不爲因耶或不爲因非不隨增或不隨增非不爲因或不爲因亦不隨增或非不爲因非不隨增且不爲因非不隨增者謂諸隨眠在此心後同類徧行即彼隨眠緣此未斷非所隨增非不爲因者謂諸隨眠在此心前同類徧行即彼隨眠若不緣此設緣已斷及此相應隨眠已斷不能爲因非

所隨增者謂諸隨眠在此心後同類徧行即彼隨眠若不縁此設縁已斷若所餘縁若他隨眠若不同界徧行隨眠非不爲因非不隨增者謂諸隨眠在此心前同類徧行即彼隨眠縁此未斷及此相應隨眠未斷如過去欲界繫見苦所斷心未來亦爾於現在欲界繫見苦所斷心所有隨眠彼於此心若不隨增亦不爲因耶或不爲因非不隨增或不隨增非不爲因或不爲因亦不隨增或非不爲因非不隨增且不爲因非不隨增者謂諸隨眠在此心後同類徧行即彼隨眠縁此未斷非所隨增非不爲因者謂諸隨眠在此心前同類徧行即彼隨眠若不縁此設縁已斷不能爲因非所隨眠者謂諸隨眠在此心後同類徧行即彼隨眠若不縁此設縁已斷若所餘縁若他隨眠若不同界徧行隨眠非不爲因非不隨增者謂諸隨眠在此心前同類徧行即彼隨眠縁此未斷及此相應所有隨眠如見苦所斷心見集滅道及修所斷染污心亦爾於過去欲界繫修所斷不染污心所有隨眠彼於此心若不隨增亦不爲因耶謂除隨眠所感異熟於餘欲界繫修所斷不染污心所有隨眠彼於此心若不隨增亦不爲因或不爲因非不隨增謂諸隨眠縁此未斷若諸隨眠所感異熟或不爲因非不隨增或不隨增非不爲因或不爲因亦不隨增或非不爲因非不隨增不能爲因非不隨增者謂諸隨眠不爲因感此心異熟即彼隨眠縁此未斷非所隨增非不爲因者謂諸隨眠爲因能感此心異熟即彼隨眠若不縁此設縁已斷不

能爲因不隨增者謂諸隨眠不爲因感此心異熟即彼隨眠若不緣此設緣已斷若所餘緣若他隨眠若不同界徧行隨眠非不爲因若不隨增者謂諸隨眠爲因能感此心異熟即彼隨眠緣此未斷如過去欲界繫修所斷不染汚心未來現在亦爾如欲界繫心色界繫心無色界繫心亦爾此中差別者色界繫心無色界繫心不應説有隨眠異熟

有六識身謂眼識耳鼻舌身意識如是六識身或善或不善或有覆無記或無覆無記於善眼識所有結縛隨眠隨煩惱纏幾當言爲因當言爲緣幾當言爲緣而不爲因於不善有覆無記無覆無記眼識所有結縛隨眠隨煩惱纏幾當言爲因當言爲緣幾當言爲緣而不爲因如眼識耳鼻舌身意識亦爾於善眼識一切結縛隨眠隨煩惱纏皆當言爲緣而不爲因於不善眼識有七結七縛十五隨眠二十隨煩惱纏當言爲因當言爲緣所餘一切當言爲緣而不爲因於有覆無記眼識有六結六縛十四隨眠十六隨煩惱纏當言爲因當言爲緣所餘一切當言爲緣而不爲因於無覆無記眼識中除隨眠異熟於餘無覆無記眼識一切結縛隨眠隨煩惱纏皆當言爲緣而不爲因於隨眠異熟眼識有七結七縛三十四隨眠三十九隨煩惱纏當言爲因當言爲緣所餘一切當言爲緣而不爲因一心耶曰不爾於見苦所斷邪見隨眠異熟眼識有二結二縛二隨眠七隨煩惱纏當言爲因當言爲緣所餘一切當言爲緣而不爲因如見苦所斷邪見隨眠異熟眼識見取戒

禁取疑貪恚慢隨眠異熟眼識亦爾於見苦所斷不共無明隨眠異熟眼識有一結一縛一隨眠六隨煩惱纏當言爲因當言爲緣所餘一切當言爲緣而不爲因於見集所斷邪見隨眠異熟眼識有二結二縛二隨眠七隨煩惱纏當言爲因當言爲緣所餘一切當言爲緣而不爲因如見集所斷邪見隨眠異熟眼識見取疑貪恚慢隨眠異熟眼識亦爾於見集所斷不共無明隨眠異熟眼識有一結一縛一隨眠六隨煩惱纏當言爲因當言爲緣所餘一切當言爲緣而不爲因於見集所斷邪見隨眠異熟眼識有二結二縛二隨眠七隨煩惱纏當言爲因當言爲緣所餘一切當言爲緣而不爲因如見滅所斷邪見隨眠異熟眼識見取疑貪恚慢隨眠異熟眼識亦爾於見滅所斷不共無明隨眠異熟眼識有一結一縛一隨眠六隨煩惱纏當言爲因當言爲緣所餘一切當言爲緣而不爲因於見道所斷邪見隨眠異熟眼識有二結二縛二隨眠七隨煩惱纏當言爲因當言爲緣所餘一切當言爲緣而不爲因如見道所斷邪見隨眠異熟眼識見取戒禁取疑貪恚慢隨眠異熟眼識亦爾於見道所斷不共無明隨眠異熟眼識有一結一縛一隨眠六隨煩惱纏當言爲因當言爲緣所餘一切當言爲緣而不爲因於修所斷貪隨眠異熟眼識有二結二縛二隨眠七隨煩惱纏當言爲因當言爲緣所餘一切當言爲緣而不爲因如修所斷貪隨眠異熟眼識恚慢隨眠異熟眼識亦爾於修所斷不共無明隨眠異熟眼識有一結

一縛一隨眠六隨煩惱纏當言爲因當言爲緣所餘一切當言爲緣而不爲因如眼識耳鼻舌身識亦爾此中差别者鼻識舌識不應説有有覆無記於善意識一切結縛隨眠隨煩惱纏皆當言爲緣而不爲因於不善意識有七結七縛三十六隨眠四十一隨煩惱纏當言爲因當言爲緣所餘一切當言爲緣而不爲因一心耶曰不爾於見苦所斷不善意識有七結七縛十四隨眠十九隨煩惱纏當言爲因當言爲緣所餘一切當言爲緣而不爲因於見集所斷不善意識有七結七縛十四隨眠十九隨煩惱纏當言爲因當言爲緣所餘一切當言爲緣而不爲因於見滅所斷不善意識有七結七縛十八隨眠二十三隨煩惱纏當言爲因當言爲緣所餘一切當言爲緣而不爲因於見道所斷不善意識有七結七縛十九隨眠二十四隨煩惱纏當言爲因當言爲緣所餘一切當言爲緣而不爲因於修所斷不善意識有七結七縛十五隨眠二十隨煩惱纏當言爲因當言爲緣所餘一切當言爲緣而不爲因於有覆無記意識有七結七縛七十六隨眠八十一隨煩惱纏當言爲因當言爲緣所餘一切當言爲緣而不爲因一心耶曰不爾於欲界繫有覆無記意識有七結七縛十四隨眠十九隨煩惱纏當言爲因當言爲緣所餘一切當言爲緣而不爲因於色界繫見苦所斷有覆無記意識有六結六縛十三隨眠十五隨煩惱纏當言爲因當言爲緣所餘一切當言爲緣而不爲因於色界繫見集所斷有覆無記意識有六結

六縛十三隨眠十五隨煩惱纏當言爲因當言爲縁所餘一切當言爲縁而不爲因於色界繫見滅所斷有覆無記意識有六結六縛十七隨眠十九隨煩惱纏當言爲因當言爲縁所餘一切當言爲縁而不爲因於色界繫見道所斷有覆無記意識有六結六縛十八隨眠二十隨煩惱纏當言爲因當言爲縁所餘一切當言爲縁而不爲因於色界繫修所斷有覆無記意識有六結六縛十四隨眠十六隨煩惱纏當言爲因當言爲縁所餘一切當言爲縁而不爲因於無覆無記意識一切結縛隨眠隨煩惱纏當言爲縁而不爲因有六識身謂眼識耳鼻舌身意識如是六識身或善或不善或有覆無記或無覆無記於善眼識所有結縛隨眠隨煩惱纏當言與幾相應幾不相應於不善有覆無記無覆無記眼識所有結縛隨眠隨煩惱纏當言與幾相應幾不相應如眼識耳鼻舌身意識亦爾於善眼識一切結縛隨眠隨煩惱纏當言皆不相應於不善眼識有三結三縛三隨眠七隨煩惱纏當言相應一心耶曰不爾於貪相應不善眼識有二結二縛二隨眠六隨煩惱纏當言相應如貪相應不善眼識瞋相應不善眼識癡相應不善眼識亦爾於有覆無記眼識有二結二縛二隨眠四隨煩惱纏當言相應於無覆無記眼識一切結縛隨眠隨煩惱纏當言皆不相應如眼識耳鼻舌身識亦爾此中差别者鼻識舌識不應說有有覆無記於善意識一切結縛隨眠隨煩惱纏當言皆不相應於不善意識有七結七縛三十四隨眠

三十九隨煩惱纏當言相應一心耶曰不爾於見苦所斷邪見隨眠相應不善意識有二結二縛二隨眠若覺悟位六隨煩惱纏當言相應若睡眠位增第七眠如見苦所斷邪見隨眠相應不善意識見取戒禁取疑貪恚慢隨眠相應不善意識亦爾於見苦所斷不共無明隨眠相應不善意識有一結一縛一隨眠若覺悟位五隨煩惱纏當言相應若睡眠位增第六眠於見集所斷邪見隨眠相應不善意識有二結二縛二隨眠若覺悟位六隨煩惱纏當言相應若睡眠位增第七眠如見集所斷邪見隨眠相應不善意識見取疑貪恚慢隨眠相應不善意識亦爾於見集所斷不共無明隨眠相應不善意識有一結一縛一隨眠若覺悟位五隨煩惱纏當言相應若睡眠位增第六眠於見滅所斷邪見隨眠相應不善意識有二結二縛二隨眠若覺悟位六隨煩惱纏當言相應若睡眠位增第七眠如見滅所斷邪見隨眠相應不善意識見取疑貪恚慢隨眠相應不善意識亦爾於見滅所斷不共無明隨眠相應不善意識有一結一縛一隨眠若覺悟位五隨煩惱纏當言相應若睡眠位增第六眠於見道所斷邪見隨眠相應不善意識有二結二縛二隨眠若覺悟位六隨煩惱纏當言相應若睡眠位增第七眠如見道所斷邪見隨眠相應不善意識見取戒禁取疑貪恚慢隨眠相應不善意識亦爾於見道所斷不共無明隨眠相應不善意識有一結一縛一隨眠若覺悟位五隨煩惱纏當言相應若睡眠位增第六眠於修所

斷貪隨眠相應不善意識有二結二縛二隨眠若覺悟位六隨煩惱纏當言相應若睡眠位增第七眠如修所斷貪隨眠相應不善意識恚慢隨眠相應不善意識亦爾於修所斷不共無明隨眠相應不善意識有一結一縛一隨眠若覺悟位五隨煩惱纏當言相應若睡眠位增第六眠於有覆無記意識有六結六縛六十五隨眠六十八隨煩惱纏當言相應一心耶曰不爾於欲界繫薩迦耶見相應有覆無記意識有二結二縛二隨眠若覺悟位四隨煩惱纏當言相應若睡眠位增第五眠如欲界繫薩迦耶見相應有覆無記意識邊執見相應有覆無記意識亦爾於色界繫薩迦耶見隨眠相應有覆無記意識有二結二縛二隨眠四隨煩惱纏當言相應如色界繫薩迦耶見隨眠相應有覆無記意識邊執見見苦所斷邪見見取戒禁取疑貪慢隨眠相應有覆無記意識亦爾於色界繫見苦所斷不共無明隨眠相應有覆無記意識有一結一縛一隨眠三隨煩惱纏當言相應於色界繫見集所斷邪見隨眠相應有覆無記意識有二結二縛二隨眠四隨煩惱纏當言相應如色界繫見集所斷邪見隨眠相應有覆無記意識見取疑貪慢隨眠相應有覆無記意識亦爾於色界繫見集所斷不共無明隨眠相應有覆無記意識有一結一縛一隨眠三隨煩惱纏當言相應於色界繫見滅所斷邪見隨眠相應有覆無記意識有二結二縛二隨眠四隨煩惱纏當言相應如色界繫見滅所斷邪見隨眠相應有覆無記意識見取

疑貪慢隨眠相應有覆無記意識亦爾於色界繫見滅所斷不共無明隨眠相應有覆無記意識有一結一縛一隨眠三隨煩惱纏當言相應於色界繫見道所斷邪見隨眠相應有覆無記意識有二結二縛二隨眠四隨煩惱纏當言相應如色界繫見道所斷邪見隨眠相應有覆無記意識見取戒禁取疑貪慢隨眠相應有覆無記意識亦爾於色界繫見道所斷不共無明隨眠相應有覆無記意識有一結一縛一隨眠三隨煩惱纏當言相應於色界繫修所斷貪隨眠相應有覆無記意識有二結二縛二隨眠四隨煩惱纏當言相應如色界繫修所斷貪隨眠相應有覆無記意識慢隨眠相應有覆無記意識亦爾於色界繫修所斷不共無明隨眠相應有覆無記意識有一結一縛一隨眠三隨煩惱纏當言相應如色界繫有覆無記意識無色界繫有覆無記意識亦爾於無覆無記意識一切結縛隨眠隨煩惱纏當言皆不相應

因緣蘊竟

阿毗達磨識身足論卷第五

說一切有部

阿毗達磨識身足論卷第六

提婆設摩阿羅漢造
唐三藏法師玄奘奉　詔譯

所緣緣蘊第四之一

嗢柁南頌

問過去等問善等　問了青等二四心
問十二心有二種　問十五心有五種

有六識身謂眼識耳鼻舌身意識如是六識身或過去或未來或現在過去眼識有緣過去非未來現在耶有緣未來非過去現在耶有緣現在非過去未來耶有緣過去現在非未來耶有緣未來現在非過去耶有緣過去未來非現在耶有緣過去未來現在耶如過去眼識未來現在眼識亦爾如眼識耳鼻舌身意識亦爾

一切過去眼識皆緣過去餘句不可得未來眼識或緣過去或緣未來或緣現在一切現在眼識皆緣現在餘句不可得如眼識耳鼻舌身識亦爾過去未來現在意識皆應說言緣一切法有六識身謂眼識耳鼻舌身意識如是六識身或善或不善或無記善眼識有緣善非不善無記耶有緣不善非善無記耶有緣無記非善不善耶有緣善不善非無記耶有緣善無記非不善耶有緣不善無記非善耶有緣善不善無記耶如善眼識不善無記眼識亦爾如眼識耳鼻舌身意識亦爾善眼識或緣善或緣不善或緣無記不善眼識或緣善或緣不善或緣無記無記眼識或緣善或緣不善或緣無記如眼識耳識意識亦爾餘三識身若善若不善若無記一切應言

惟緣無記
有六識身謂眼識耳鼻舌身意識眼識惟能了別青色不能了別此是青色意識亦能了別青色乃至未能了別其名不能了別此是青色若能了別其名爾時亦能了別青色亦能了別此是青色如青色黄赤白等色亦爾耳識惟能了別聲不能了別此是聲意識亦能了別聲乃至未能了別其名不能了別此是聲若能了別其名爾時亦能了別聲亦能了別此是聲鼻識惟能了別香不能了別此是香意識亦能了別香乃至未能了別其名不能了別此是香若能了別其名爾時亦能了別香亦能了別此是香舌識惟能了別味不能了別此是味意識亦能了別味乃至未能了別其名不能了別此是味若能了別其名爾時亦能了別味亦能了別此是味身識惟能了別觸不能了別此是觸意識亦能了別觸乃至未能了別其名不能了別此是觸若能了別其名爾時亦能了別觸亦能了別此是觸意識亦能了別諸法謂或執爲我或執我所或執爲斷或執爲常或撥無因或撥無作或復損減或執爲尊或執爲勝或執爲上或執第一或執清淨或執解脱或執出離若惑若疑若猶豫若貪若瞋若慢若癡若麤若苦若障若靜若妙若離若如病若如癰若如箭若惱害若無常若苦若空若無我若於因謂因謂集謂生謂緣若於滅謂滅謂靜謂妙謂離若於道謂道謂如謂行謂出若有因若有起若有是處若有是事若如理所引了別若不如理所引了別若非如理所引非不如

理所引了別

有四種心謂欲界繫心色界繫心無色界繫心不繫心欲界繫心有能了別欲界繫法耶有能了別色界繫法耶有能了別無色界繫法耶有能了別不繫法耶有能了別欲界繫色界繫法耶有能了別欲界繫無色界繫法耶有能了別欲界繫不繫法耶有能了別色界繫無色界繫法耶有能了別色界繫不繫法耶有能了別無色界繫不繫法耶有能了別欲界繫色界繫無色界繫法耶有能了別欲界繫色界繫不繫法耶有能了別欲界繫無色界繫不繫法耶有能了別色界繫無色界繫不繫法耶有能了別欲界繫色界繫無色界繫不繫法耶如欲界繫心乃至不繫心亦爾

欲界繫心有能了別欲界繫法耶曰能了別謂或執爲我或執我所或執爲斷或執爲常或撥無因或撥無作或復損減或執爲尊或執爲勝或執爲上或執第一或執清淨或執解脫或執出離若惑若疑若猶豫若貪若瞋若慢若癡若麤若苦若障若如病若如癰若如箭若惱害若無常若苦若空若無我若於因謂因謂集謂生謂緣若有因若有起若有是處若有是事若如理所引了別若不如理所引了別若非如理所引非不如理所引了別有能了別色界繫法耶曰能了別謂或撥無因或撥無作或復損減或執爲尊或執爲勝或執爲上或執第一或執清淨或執解脫或執出離若惑若疑若猶豫若無智若冥暗若愚癡若麤若苦若障若靜若妙若離若如

病若如癰若如箭若惱害若無常若苦若空若無我若於因謂因謂集謂生謂緣若有因若有起若有是處若有是事若如理所引了別若不如理所引了別有能了別無色界繫法耶曰能了別謂或撥無因或撥無作或復損減或執爲尊或執爲勝或執爲上或執第一或執清淨或執解脫或執出離若惑若疑若猶豫若無智若冥暗若愚癡若麤若苦若障若靜若妙若離若如病若如癰若如箭若惱害若無常若苦若空若無我若於因謂因謂集謂生謂緣若有因若有起若有是處若有是事若如理所引了別若不如理所引了別有能了別不繫法耶曰能了別謂若於滅謂滅謂靜謂妙謂離若於道謂道謂如謂行謂出若無常若空若無我若損減滅若損減

道若猶豫了別若愚癡若如理所引了別若不如理所引了別有能了別欲界繫色界繫法耶曰能了別謂若麤若苦若障若如病若如癰若如箭若惱害若無常若苦若空若無我若於因謂因謂集謂生謂緣若有因若有起若有是處若有是事若如理所引了別有能了別欲界繫無色界繫法耶曰能了別謂若麤若苦若障若如病若如癰若如箭若惱害若無常若苦若空若無我若於因謂因謂集謂生謂緣若有因若有起若有是處若有是事若如理所引了別有能了別欲界繫不繫法耶曰能了別謂若無常若空若無我若有因若有起若有是處若有是事若如理所引了別有能了別色界繫無色界繫法耶曰能了別謂或撥無因或撥無作或復損減或

執爲尊或執爲勝或執爲上或執第一或執清淨或執解脫或執出離若惑若疑若猶豫若無智若冥暗若愚癡若麤若苦若障若靜若妙若離若如病若如癰若如箭若惱害若無常若苦若空若無我若於因謂因謂集謂生謂緣若有因若有起若有是處若有是事若如理所別了別若不如理所別了別有能了別色界繫不繫法耶曰能了別謂若無常若空若無我若有因若有起若有是處若有是事若如理所引了別有能了別無色界繫不繫法耶曰能了別謂若無常若空若無我若有因若有起若有是處若有是事若如理所引了別有能了別欲界繫色界繫無色界繫法耶曰能了別謂若麤若苦若障若如病若如癰若如箭若惱害若無常若苦若空若無我若於因謂因謂集謂生謂緣若有因若有起若有是處若有是事若如理所引了別有能了別欲界繫色界繫不繫法耶曰能了別謂若無常若空若無我若有因若有起若有是處若有是事若如理所引了別有能了別欲界繫無色界繫不繫法耶曰能了別謂若無常若空若無我若有因若有起若有是處若有是事若如理所引了別有能了別色界繫無色界繫不繫法耶曰能了別謂若無常若空若無我若有因若有起若有是處若有是事若如理所引了別有能了別欲界繫色界繫無色界繫不繫法耶曰能了別謂若無常若空若無我若有因若有起若有是處若有是事若如理所引了別色界繫心有能了別色界繫法耶曰能了別謂或執爲我或

執我所或執爲斷或執爲常或撥無因或撥無作或復損減或執爲尊或執爲勝或執爲上或執第一或執清淨或執解脫或執出離若惑若疑若猶豫若貪若慢若癡若麤若苦若障若靜若妙若離若如病若如癰若如箭若惱害若無常若苦若空若無我若於因謂因謂集謂生謂緣若有因若有起若有是處若有是事若如理所引了別若不如理所引了別若非如理所引非不如理所引了別有能了別欲界繫法耶曰能了別謂若麤若苦若障若如病若如癰若如箭若惱害若無常若苦若空若無我若於因謂因謂集謂生謂緣若有因若有起若有是處若有是事若如理所引了別若非如理所引非不如理所引了別有能了別無色界繫法耶曰能了別謂或撥無因或撥無作或復損減或執爲尊或執爲勝或執爲上或執第一或執清淨或執解脫或執出離若惑若疑若猶豫若無智若冥暗若愚癡若麤若苦若障若靜若妙若離若如病若如癰若如箭若惱害若無常若苦若空若無我若於因謂因謂集謂生謂緣若有因若有起若有是處若有是事若如理所引了別若不如理所引了別有能了別不繫法耶曰能了別謂若於滅謂滅謂靜謂妙謂離若於道謂道謂如謂行謂出若無常若空若無我若損減滅若損減道若猶豫了別若愚癡若有因若有起若有是處若有是事若如理所引了別若不如理所引了別有能了別欲界繫色界繫法耶曰能了別謂若麤若苦若障若如病若如癰若如箭若惱害若無

常若苦若空若無我若於因謂因謂集謂生謂緣若有因若有起若有是處若有是事若如理所引了別有能了別欲界繫無色界繫法耶曰能了別謂若麤若苦若障若如病若如癰若如箭若惱害若無常若苦若空若無我若於因謂因謂集謂生謂緣若有因若有起若有是處若有是事若如理所引了別有能了別欲界繫不繫法耶曰能了別謂若無常若空若無我若有因若有起若有是處若有是事若如理所引了別有能了別色界繫無色界繫法耶曰能了別謂或撥無因或撥無作或復損減或執爲尊或執爲勝或執爲上或執第一或執清淨或執解脫或執出離若惑若疑若猶豫若無智若冥暗若愚癡若麤若苦若障若靜若妙若離若如病若如癰若如箭若惱害若無常若苦若空若無我若於因謂因謂集謂生謂緣若有因若有起若有是處若有是事若如理所引了別若不如理所引了別有能了別色界繫不繫法耶曰能了別謂若無常若空若無我若有因若有起若有是處若有是事若如理所引了別有能了別無色界繫不繫法耶曰能了別謂若無常若空若無我若有因若有起若有是處若有是事若如理所引了別有能了別欲界繫色界繫無色界繫法耶曰能了別謂若麤若苦若障若如病若如癰若如箭若惱害若無常若苦若空若無我若於因謂因謂集謂生謂緣若有因若有起若有是處若有是事若如理所引了別有能了別欲界繫色界繫不繫法耶曰能了別謂若無常若空若無我

若有因若有起若有是處若有是事若如理所引了別有能了別欲界繫無色界繫不繫法耶曰能了別謂若無常若空若無我若有因若有起若有是處若有是事若如理所引了別有能了別色界繫無色界繫不繫法耶曰能了別謂若無常若空若無我若有因若有起若有是處若有是事若如理所引了別有能了別欲界繫色界繫無色界繫不繫法耶曰能了別謂若無常若空若無我若有因若有起若有是處若有是事若如理所引了別無色界繫心有能了別無色界繫法耶曰能了別謂或執爲我或執我所或執爲斷或執爲常或撥無因或撥無作或復損減或執爲尊或執爲勝或執爲上或執第一或執清淨或執解脫或執出離若惑若疑若猶豫若貪若慢若癡若麤若苦若障若靜若妙若離若如病若如癰若如箭若惱害若無常若苦若空若無我若於因謂因謂集謂生謂緣若有因若有起若有是處若有是事若如理所引了別若不如理所引了別若非如理所引非不如理所引了別有能了別不繫法耶曰能了別謂若於滅謂滅謂靜謂妙謂離若於道謂道謂如謂行謂出若無常若空若無我若損減滅若損減道若猶豫了別若愚癡若有因若有起若有是處若有是事若如理所引了別若不如理所引了別有能了別色界繫法耶曰能了別謂若麤若苦若障若如理所引了別有能了別無色界繫不繫法耶曰能了別若無常若空若無我若有因若有起若有是處若有是事若如理所引了別如是

了別餘不了別不繫心有能了別不繫法耶曰能了別謂若於滅謂滅謂靜謂妙謂離若於道謂道謂如謂行謂出若有因若有起若有是處若有是事若如理所引了別有能了別欲界繫法耶曰能了別謂若無常若苦若空若無我若於因謂因謂集謂生謂緣若有因若有起若有是處若有是事若如理所引了別有能了別色界繫法耶曰能了別謂若無常若苦若空若無我若於因謂因謂集謂生謂緣若有因若有起若有是處若有是事若如理所引了別有能了別無色界繫法耶曰能了別謂若無常若苦若空若無我若於因謂因謂集謂生謂緣若有因若有起若有是處若有是事若如理所引了別有能了別色界繫無色界繫法耶曰能了別謂若無常若苦若空若無我若於因謂因謂集謂生謂緣若有因若有起若有是處若有是事若如理所引了別如是了別餘不了別

有四種心謂欲界繫心色界繫心無色界繫心不繫心諸欲界繫心若能了別欲界繫法此中有幾隨眠是所隨增若能了別所餘諸法此中有幾隨眠是所隨增乃至諸不繫心若能了別不繫法此中有幾隨眠是所隨增若能了別所餘諸法此中有幾隨眠是所隨增諸欲界繫心若能了別欲界繫法此中有欲纏有漏緣隨眠是所隨增諸欲界繫心若能了別色界繫法此中有欲纏三部隨眠是所隨增諸欲界繫心若能了別無色界繫法此中有欲纏三部隨眠是所隨增諸欲界繫心若能了別不繫法此中有欲纏三部隨眠

及徧行隨眠是所隨增諸欲界繫心若能了別色界繫無色界繫法此中有欲纏三部隨眠是所隨增若能了別所餘諸法此中有欲纏徧行隨眠及修所斷隨眠是所隨增諸色界繫心若能了別色界繫法此中有色纏有漏緣隨眠是所隨增諸色界繫心若能了別無色界繫法此中有色纏三部隨眠是所隨增諸色界繫心若能了別不繫法此中有色纏三部隨眠及徧行隨眠是所隨增諸色界繫心若能了別色界繫無色界繫法此中有色纏三部隨眠是所隨增若能了別所餘諸法此中有色纏徧行隨眠及修所斷隨眠是所隨增諸無色界繫心若能了別無色界繫法此中有無色纏有漏緣隨眠是所隨增諸無色界繫心若能了別不繫法此中有無色纏三部隨眠及徧行隨眠是所隨增若能了別所餘諸法此中有無色纏徧行隨眠及修所斷隨眠是所隨增諸不繫心若能了別不繫法此中無有隨眠是所隨增若能了別所餘諸法此中亦無有隨眠是所隨增

有十二心謂欲界繫善心不善心有覆無記心無覆無記心色界繫善心有覆無記心無覆無記心無色界繫善心有覆無記心無覆無記心學心無學心欲界繫善心有能了別欲界繫法耶有能了別色界繫法耶有能了別無色界繫法耶有能了別不繫法耶有能了別欲界繫色界繫法耶有能了別欲界繫無色界繫法耶有能了別欲界繫不繫法耶有能了別色界繫無色界繫法耶有能了別色界繫不繫法耶有能了別無色界繫不繫

法耶有能了別欲界繫色界繫無色界繫法耶有能了別欲界繫色界繫不繫法耶有能了別欲界繫無色界繫不繫法耶有能了別色界繫無色界繫不繫法耶有能了別欲界繫色界繫無色界繫不繫法耶如欲界繫善心乃至無學心亦爾

欲界繫善心有能了別欲界繫法耶曰能了別謂若麤若苦若障若如病若如癰若如箭若惱害若無常若苦若空若無我若於因謂因謂集謂生謂緣若有因若有起若有是處若有是事若如理所引了別有能了別色界繫法耶曰能了別謂若麤若苦若障若靜若妙若離若如病若如癰若如箭若惱害若無常若苦若空若無我若於因謂因謂集謂生謂緣若有因若有起若有是處若有是事若如理所引了別有能了別無色界繫法耶曰能了別謂若麤若苦若障若靜若妙若離若如病若如癰若如箭若惱害若無常若苦若空若無我若於因謂因謂集謂生謂緣若有因若有起若有是處若有是事若如理所引了別有能了別不繫法耶曰能了別謂若於滅謂滅謂靜謂妙謂離若於道謂道謂如謂行謂出若無常若空若無我若有因若有起若有是處若有是事若如理所引了別有能了別欲界繫色界繫法耶曰能了別謂若麤若苦若障若如病若如癰若如箭若惱害若無常若苦若空若無我若於因謂因謂集謂生謂緣若有因若有起若有是處若有是事若如理所引了別有能了別欲界繫無色界繫法耶曰能了別謂若麤若苦若障若如病

若如癰若如箭若惱害若無常若苦若空若無我若於因謂因謂集謂生謂緣若有因若有起若有是處若有是事若如理所引了別有能了別欲界繫不繫法耶曰能了別若無常若空若無我若有因若有起若有是處若有是事若如理所引了別有能了別色界繫無色界繫法耶曰能了別謂若麤若苦若障若靜若妙若離若如病若如癰若如箭若惱害若無常若苦若空若無我若於因謂因謂集謂生謂緣若有因若有起若有是處若有是事若如理所引了別有能了別色界繫不繫法耶曰能了別謂若無常若空若無我若有因若有起若有是處若有是事若如理所引了別有能了別無色界繫不繫法耶曰能了別謂若無常若空若無我若有因若有起若有是處若有是事若如理所引了別有能了別欲界繫色界繫無色界繫法耶曰能了別謂若麤若苦若障若如病若如癰若如箭若惱害若無常若苦若空若無我若於因謂因謂集謂生謂緣若有因若有起若有是處若有是事若如理所引了別有能了別欲界繫色界繫不繫法耶曰能了別謂若無常若空若無我若有因若有起若有是處若有是事若如理所引了別有能了別欲界繫無色界繫不繫法耶曰能了別謂若無常若空若無我若有因若有起若有是處若有是事若如理所引了別有能了別色界繫無色界繫不繫法耶曰能了別謂若無常若空若無我若有因若有起若有是處若有是事若如理所引了別有能了別欲界繫色界繫無色界

繫不繫法耶曰能了別謂若無常若空若無我若有因若有起若有是處若有是事若如理所引了別諸不善心有能了別欲界繫法耶曰能了別謂或撥無因或撥無作或復損減或執爲尊或執爲勝或執爲上或執第一或執清淨或執解脫或執出離若惑若疑若猶豫若貪若瞋若慢若癡若不如理所引了別有能了別色界繫法耶曰能了別謂或撥無因或撥無作或復損減或執爲尊或執爲勝或執爲上或執第一或執清淨或執解脫或執出離若惑若疑若猶豫若無智若冥暗若愚癡若不如理所引了別有能了別無色界繫法耶曰能了別謂或撥無因或撥無作或復損減或執爲尊或執爲勝或執爲上或執第一或執清淨或執解脫或執出離若惑若疑若猶豫若無智若冥暗若愚癡若不如理所引了別有能了別不繫法耶曰能了別謂若損減滅若損減道若猶豫了別若愚癡若不如理所引了別有能了別色界繫無色界繫法耶曰能了別謂或撥無因或撥無作或復損減或執爲尊或執爲勝或執爲上或執第一或執清淨或執解脫或執出離若惑若疑若猶豫若無智若冥暗若愚癡若不如理所引了別如是了別餘不了別諸欲界繫有覆無記心有能了別欲界繫法耶曰能了別謂或執爲我或執我所或執爲斷或執爲常若不如理所引了別如是了別餘不了別諸欲界繫無覆無記心有能了別欲界繫法耶曰能了別謂非如理所引非不如理所引了別如是了別餘不了別

阿毗達磨識身足論卷第六　說一切有部

阿毗達磨識身足論卷第七

提婆設摩阿羅漢造
唐三藏法師玄奘奉詔譯

所緣緣藴第四之二

諸色界繫善心有能了別色界繫法耶曰能了別謂若麤若苦若障若靜若妙若離若如病若如癰若如箭若惱害若無常若苦若空若無我若於因謂因謂集謂生謂緣若有因若有起若有是處若有是事若如理所引了別有能了別欲界繫法耶曰能了別謂若麤若苦若障若如病若如癰若如箭若惱害若無常若苦若空若無我若於因謂因謂集謂生謂緣若有因若有起若有是處若有是事若如理所引了別有能了別無色界繫法耶曰能了別謂若麤若苦若障若靜若妙若離若如病若如癰若如箭若惱害若無常若苦若空若無我若於因謂因謂集謂生謂緣若有因若有起若有是處若有是事若如理所引了別有能了別不繫法耶曰能了別謂若於滅謂滅謂靜謂妙謂離若於道謂道謂如謂行謂出若無常若空若無我若有因若有起若有是處若有是事若如理所引了別有能了別欲界繫色界繫法耶曰能了別謂若麤若苦若障若如病若如癰若如箭若惱害若無常若苦若空若無我若於因謂因謂集謂生謂緣若有因若有起若有是處若有是事若如理所引了別有能了別欲界繫無色界繫法耶曰能了別謂若麤若苦若障若如病若如癰若如箭若惱害若無常若苦若空若無我若於因謂因謂集謂生謂緣若有因

若有起若有是處若有是事若如理所引了別有能了別欲界繫不繫法耶曰能了別謂若無常若空若無我若有因若有起若有是處若有是事若如理所引了別有能了別色界繫無色界繫法耶曰能了別謂若麤若苦若障若靜若妙若離若如病若如癰若如箭若惱害若無常若苦若空若無我若於因謂因謂集謂生謂緣若有因若有起若有是處若有是事若如理所引了別有能了別色界繫不繫法耶曰能了別謂若無常若空若無我若有因若有起若有是處若有是事若如理所引了別有能了別無色界繫不繫法耶曰能了別謂若無常若空若無我若有因若有起若有是處若有是事若如理所引了別有能了別欲界繫色界繫無色界繫法耶曰能了別謂若麤若苦若障若如病若如癰若如箭若惱害若無常若苦若空若無我若於因謂因謂集謂生謂緣若有因若有起若有是處若有是事若如理所引了別有能了別欲界繫色界繫不繫法耶曰能了別謂若無常若空若無我若有因若有起若有是處若有是事若如理所引了別有能了別欲界繫無色界繫不繫法耶曰能了別謂若無常若空若無我若有因若有起若有是處若有是事若如理所引了別有能了別色界繫無色界繫不繫法耶曰能了別謂若無常若空若無我若有因若有起若有是處若有是事若如理所引了別有能了別欲界繫色界繫無色界繫不繫法耶曰能了別謂若無常若空若無我若有因若有起若有是處若有是事

若如理所引了別諸色界繫有覆無記心有能了別色界繫法耶曰能了別謂或執爲我或執我所或執爲斷或執爲常或撥無因或撥無作或復損減或執爲尊或執爲勝或執爲上或執第一或執清淨或執解脫或執出離若惑若疑若猶豫若貪若慢若癡若不如理所引了別有能了別無色界繫法耶曰能了別謂或撥無因或撥無作或復損減或執爲尊或執爲勝或執爲上或執第一或執清淨或執解脫或執出離若惑若疑若猶豫若無智若冥暗若愚癡若不如理所引了別有能了別不繫法耶曰能了別謂若損減滅若損滅道若猶豫了別若愚癡若不如理所引了別有能了別色界繫無色界繫法耶曰能了別謂或撥無因或撥無作或復損減或執爲尊或執爲勝或執爲上或執第一或執清淨或執解脫或執出離若惑若疑若猶豫若無智若冥暗若愚癡若不如理所引了別如是了別餘不了別諸色界繫無覆無記心有能了別色界繫法耶曰能了別謂非如理所引非不如理所引了別有能了別欲界繫法耶曰能了別謂非如理所引非不如理所引了別如是了別餘不了別諸無色界繫善心有能了別無色界繫法耶曰能了別謂若麤若苦若障若靜若妙若離若如病若如癰若如箭若惱害若無常若苦若空若無我若於因謂因謂集謂生謂緣若有因若有起若有是處若有是事若如理所引了別有能了別色界繫法耶曰能了別謂若麤若苦若障若如理所引了別有能了別不繫法耶曰能了

別謂若於滅謂滅謂靜謂妙謂離若於道謂道謂如謂行謂出若無常若空若無我若有因若有起若有是處若有是事若如理所引了別有能了別無色界繫不繫法耶曰能了別謂若無常若空若無我若有因若有起若有是處若有是事若如理所引了別如是了別餘不了別諸無色界繫有覆無記心有能了別無色界繫法耶曰能了別謂或執爲我或執我所或執爲斷或執爲常或撥無因或撥無作或復損減或執爲尊或執爲勝或執爲上或執第一或執清淨或執解脫或執出離若惑若疑若猶豫若貪若慢若癡若不如理所引了別有能了別不繫法耶曰能了別謂若損減滅若損減道若猶豫了別若愚癡若不如理所引了別如是了別餘不了別諸無色界繫無覆無記心有能了別無色界繫法耶曰能了別謂非如理所引非不如理所引了別如是了別餘不了別諸學心有能了別不繫法耶曰能了別謂若於滅謂滅謂靜謂妙謂離若於道謂道謂如謂行謂出若有因若有起若有是處若有是事若如理所引了別有能了別欲界繫法耶曰能了別謂若無常若苦若空若無我若於因謂因謂集謂生謂緣若有因若有起若有是處若有是事若如理所引了別有能了別色界繫法耶曰能了別謂若無常若苦若空若無我若於因謂因謂集謂生謂緣若有因若有起若有是處若有是事若如理所引了別有能了別無色界繫法耶曰能了別謂若無常若苦若空若無我若於因謂因謂集謂生謂緣若有因

若有起若有是處若有是事若如理所引了別有能了別色界繫無色界繫法耶曰能了別謂若無常若苦若空若無我若於因謂因謂集謂生謂緣若有因若有起若有是處若有是事若如理所引了別如是了別餘不了別如學心無學心亦爾

有十一心謂欲界繫善心不善心有覆無記心無覆無記心色界繫善心有覆無記心無覆無記心無色界繫善心有覆無記心無覆無記心學心無學心諸欲界繫善心若能了別欲界繫法此中有幾隨眠是所隨增若能了別所餘諸法此中有幾隨眠是所隨增乃至諸無學心若能了別不繫法此中有幾隨眠是所隨增若能了別所餘諸法此中有幾隨眠是所隨增

諸欲界繫善心若能了別欲界繫法此中有欲纏徧行隨眠及修所斷隨眠是所隨增若能了別所餘諸法此中亦有欲纏徧行隨眠及修所斷隨眠是所隨增諸不善心若能了別欲界繫法此中有欲纏有漏緣隨眠是所隨增若能了別色界繫法此中有欲纏二部隨眠是所隨增若能了別無色界繫法此中有欲纏二部隨眠是所隨增若能了別不繫法此中有欲纏二部隨眠及徧行隨眠是所隨增若能了別色界繫無色界繫法此中有欲纏二部隨眠是所隨增諸欲界繫有覆無記心惟能了別欲界繫法此中有欲纏見苦所斷一切隨眠及見集所斷徧行隨眠是所隨增諸欲界繫無覆無記心惟能了別欲界繫法此中有欲纏徧行隨眠及修所斷隨眠

是所隨增諸色界繫善心若能了別色界繫法此中有色纏徧行隨眠及修所斷隨眠是所隨增若能了別所餘諸法此中有色纏徧行隨眠及修所斷隨眠是所隨增諸色界繫有覆無記心若能了別色界繫法此中有色纏有漏縁隨眠是所隨增若能了別無色界繫法此中有色纏二部隨眠是所隨增若能了別不繫法此中有色纏二部隨眠及徧行隨眠是所隨增若能了別色界繫無色界繫法此中有色纏二部隨眠是所隨增諸色界繫無覆無記心若能了別色界繫法此中有色纏徧行隨眠及修所斷隨眠是所隨增若能了別所餘諸法此中有色纏徧行隨眠及修所斷隨眠是所隨增諸無色界繫善心若能了別無色界繫法此中有無色纏徧行隨眠及修所斷隨眠是所隨增若能了別所餘諸法此中有無色纏徧行隨眠及修所斷隨眠是所隨增諸無色界繫有覆無記心若能了別無色界繫法此中有無色纏有漏縁隨眠是所隨增若能了別不繫法此中有無色纏二部隨眠及徧行隨眠是所隨增諸無色界繫無覆無記心惟能了別無色界繫法此中有無色纏徧行隨眠及修所斷隨眠是所隨增諸學心若能了別不繫法此中無有隨眠是所隨增若能了別所餘諸法此中亦無有隨眠是所隨增如學心無學心亦爾

有十種心謂欲界繫善心不善心有覆無記心無覆無記心色界繫善心有覆無記心無覆無記心無色界繫善心有覆無記心無覆無記心諸欲界繫善心若體未斷所緣未斷

耶設所緣未斷體未斷耶乃至諸無色界繫無覆無記心若體未斷所緣未斷耶設所緣未斷體未斷耶

諸欲界繫善心若體未斷所緣未斷耶或體未斷所緣未斷或體未斷所緣已斷或體未斷所緣已斷及所緣未斷或體未斷不可分別此心所緣已斷未斷其體未斷所緣未斷者謂諸具縛補特伽羅諸欲界繫善心緣欲界繫緣色界繫緣無色界繫緣欲界繫色界繫緣欲界繫無色界繫緣色界繫無色界繫緣欲界繫色界繫無色界繫若未離欲界貪苦智已生集智未生諸欲界繫善心緣見集滅道及修所斷集智已生滅智未生諸欲界繫善心緣見滅道及修所斷滅智已生道智未生諸欲界繫善心緣見道及修所斷若見圓滿世尊弟子未離欲界貪諸欲界繫善心緣修所斷是名體未斷所緣未斷其體未斷所緣已斷者謂未離欲界貪苦智已生集智未生諸欲界繫善心緣見苦所斷集智已生滅智未生諸欲界繫善心緣見苦集所斷滅智已生道智未生諸欲界繫善心緣見苦集滅所斷若見圓滿世尊弟子未離欲界貪諸欲界繫善心緣見所斷是名體未斷所緣已斷其體未斷所緣已斷及所緣未斷者謂未離欲界貪苦智已生集智未生諸欲界繫善心緣見苦集滅道及修所斷集智已生滅智未生諸欲界繫善心緣見苦集滅道及修所斷滅智已生道智未生諸欲界繫善心緣見苦集滅道及修所斷若見圓滿世尊弟子未離欲界貪諸欲界繫善心緣見修所斷是名

體未斷所緣已斷及所緣未斷其體未斷不可分別此心所緣已斷未斷者謂諸具縛補特伽羅諸欲界繫善心緣非所斷若未離欲界貪苦智已生集智未生諸欲界繫善心緣非所斷集智已生滅智未生諸欲界繫善心緣非所斷滅智已生道智未生諸欲界繫善心緣非所斷若見圓滿世尊弟子未離欲界貪諸欲界繫善心緣未斷非所斷是名體未斷不可分別此心所緣已斷設所緣未斷其體未斷耶或所緣未斷其體未斷或所緣未斷其體已斷或所緣未斷及所緣已斷其體未斷或所緣未斷及所緣已斷其體已斷所緣未斷其體未斷者謂諸具縛補特伽羅諸欲界繫善心緣欲界繫緣色界繫緣無色界繫緣欲界繫色界繫緣欲界繫無色界繫緣色界繫無色界繫緣欲界繫色界繫無色界繫未離欲界貪苦智已生集智未生諸欲界繫善心緣見集滅道及修所斷集智已生滅智未生諸欲界繫善心緣見滅道及修所斷滅智已生道智未生諸欲界繫善心緣見道及修所斷若見圓滿世尊弟子未離欲界貪諸欲界繫善心緣修所斷是名所緣未斷其體未斷所緣未斷其體已斷者謂已離欲界貪未離色界貪苦類智未生諸欲界繫善心緣色界繫緣無色界繫緣色界繫無色界繫已離色界貪苦類智未生諸欲界繫善心緣無色界繫是名所緣未斷其體已斷所緣未斷及所緣已斷其體未斷者謂未離欲界貪苦智已生集智未生諸欲界繫善心緣見苦集滅道及修所斷集智已生滅智未生諸欲

界繫善心緣見苦集滅道及修所斷滅智已生道智未生諸欲界繫善心緣見苦集滅道及修所斷若見圓滿世尊弟子未離欲界貪諸欲界繫善心緣見修所斷是名所緣未斷及所緣已斷其體未斷所緣未斷及所緣已斷其體已斷者謂已離欲界貪未離色界貪諸欲界繫善心緣欲界繫色界繫緣欲界繫無色界繫緣欲界繫色界繫無色界繫已離色界貪未離無色界貪諸欲界繫善心緣欲界繫無色界繫緣色界繫無色界繫緣欲界繫色界繫無色界繫是名所緣未斷及所緣已斷其體已斷諸不善心若體未斷所緣未斷耶或體未斷所緣未斷或體未斷所緣已斷或體未斷所緣已斷及所緣未斷或體未斷不可分別此心所緣已斷未斷其體未斷所緣未斷者謂諸具縛補特伽羅諸不善心緣欲界繫緣色界繫緣無色界繫緣色界繫無色界繫未離欲界貪苦智已生集智未生諸見集所斷不善心緣見集滅道及修所斷諸見集所斷不善心緣見集所斷諸見滅所斷不善心緣見滅所斷諸見道所斷不善心緣見道所斷諸修所斷不善心緣修所斷集智已生滅智未生諸見滅所斷不善心緣見滅所斷諸見道所斷不善心緣見道所斷諸修所斷不善心緣修所斷滅智已生道智未生諸見道所斷不善心緣見道所斷諸修所斷不善心緣修所斷若見圓滿世尊弟子未離欲界貪諸修所斷不善心緣修所斷是名體未斷所緣未斷其體未斷所緣已斷者謂未離欲界貪苦智已生集智未生諸見集所

斷不善心緣見苦所斷是名體未斷所緣已斷其體未斷所緣已斷及所緣未斷者謂未離欲界貪苦智已生集智未生諸見集所斷不善心緣見苦集滅道及修所斷是名體未斷所緣已斷及所緣未斷其體未斷不可分別此心所緣已斷未斷者謂諸具縛補特伽羅諸不善心緣非所斷未離欲界貪苦智已生集智未生諸不善心緣非所斷集智已生滅智未生諸見滅道所斷不善心緣非所斷滅智已生道智未生諸見道所斷不善心緣非所斷是名體未斷不可分別此心所緣已斷未斷設所緣未斷其體未斷耶或所緣未斷其體未斷或所緣未斷其體已斷或所緣未斷及所緣已斷其體未斷或所緣未斷及所緣已斷其體已斷所緣未斷其體未斷者謂諸具縛補特伽羅諸不善心緣欲界繫緣色界繫緣無色界繫緣色界繫無色界繫未離欲界貪苦智已生集智未生諸見集所斷不善心緣見集滅道及修所斷見集所斷不善心緣見集所斷見滅所斷不善心緣見滅所斷見道所斷不善心緣見道所斷修所斷不善心緣修所斷集智已生滅智未生諸見滅所斷不善心緣見滅所斷見道所斷不善心緣見道所斷修所斷不善心緣修所斷滅智已生道智未生諸見道所斷不善心緣見道所斷諸修所斷不善心緣修所斷若見圓滿世尊弟子未離欲界貪諸修所斷不善心緣修所斷是名所緣未斷其體未斷所緣未斷其體已斷者謂未離欲界貪苦智已生集智未生諸見苦所斷不善心緣見集滅道及

修所斷集智已生滅智未生諸見苦集所斷不善心緣見滅道及修所斷滅智已生道智未生諸見苦集所斷不善心緣見道及修所斷若見圓滿世尊弟子未離欲界貪諸見所斷不善心緣修所斷已離欲界貪未離色界貪苦類智未生諸不善心緣色界繫緣無色界繫緣色界繫無色界繫已離色界貪苦類智未生諸不善心緣無色界繫是名所緣未斷其體已斷所緣未斷及所緣已斷其體未斷者謂未離欲界貪苦智已生集智未生諸見集所斷不善心緣見苦集滅道及修所斷是名所緣未斷及所緣已斷其體未斷所緣未斷及所緣已斷其體已斷者謂未離欲界貪苦智已生集智未生諸見苦所斷不善心緣見苦集滅道及修所斷集智已生滅智未生諸見苦集所斷不善心緣見苦集滅道及修所斷滅智已生道智未生諸見苦集所斷不善心緣見苦集滅道及修所斷若見圓滿世尊弟子未離欲界貪諸見所斷不善心緣見修所斷已離色界貪未離無色界貪諸不善心緣色界繫無色界繫是名所緣未斷及所緣已斷其體已斷諸欲界繫有覆無記心若體未斷所緣未斷耶曰如是設所緣未斷其體未斷耶或所緣未斷其體未斷或所緣未斷其體已斷或所緣未斷及所緣已斷其體已斷所緣未斷其體未斷者謂諸具縛補特伽羅諸欲界繫有覆無記心緣欲界繫是名所緣未斷其體未斷所緣未斷其體已斷者謂未離欲界貪苦智已生集智未生諸欲界繫見苦所斷有覆無記心緣見集滅道及

修所斷集智已生滅智未生諸欲界繫見苦所斷有覆無記心緣見滅道及修所斷滅智已生道智未生諸欲界繫見苦所斷有覆無記心緣見道及修所斷若見圓滿世尊弟子未離欲界貪諸欲界繫有覆無記心緣修所斷是名所緣未斷其體已斷所緣未斷及所緣已斷其體已斷者謂未離欲界貪苦智已生集智未生諸欲界繫有覆無記心緣見苦集滅道及修所斷集智已生滅智未生諸欲界繫有覆無記心緣見苦集滅道及修所斷滅智已生道智未生諸欲界繫有覆無記心緣見苦集滅道及修所斷若見圓滿世尊弟子未離欲界貪諸欲界繫有覆無記心緣見修所斷是名所緣未斷及所緣已斷其體已斷諸欲界繫無覆無記心若體未斷所緣未斷耶或體未斷所緣未斷或體未斷所緣已斷或體未斷所緣已斷及所緣未斷其體未斷所緣未斷者謂諸具縛補特伽羅諸欲界繫無覆無記心緣欲界繫未離欲界貪苦智已生集智未生諸欲界繫無覆無記心緣見集滅道及修所斷集智已生滅智未生諸欲界繫無覆無記心緣見滅道及修所斷滅智已生道智未生諸欲界繫無覆無記心緣見道及修所斷若見圓滿世尊弟子未離欲界貪諸欲界繫無覆無記心緣修所斷是名體未斷所緣未斷其體未斷所緣已斷者謂未離欲界貪苦智已生集智未生諸欲界繫無覆無記心緣見苦所斷集智已生滅智未生諸欲界繫無覆無記心緣見苦集所斷滅智已生道智未生諸欲界繫無覆無記心緣見

苦集滅智所斷若見圓滿世尊弟子未離欲界貪諸欲界繫無覆無記心緣見所斷是名體未斷所緣已斷其體未斷所緣已斷及所緣未斷者謂未離欲界貪苦智已生集智未生諸欲界繫無覆無記心緣見苦集滅道及修所斷集智已生滅智未生諸欲界繫無覆無記心緣見苦集滅道及修所斷滅智已生道智未生諸欲界繫無覆無記心緣見苦集滅道及修所斷若見圓滿世尊弟子未離欲界貪諸欲界繫無覆無記心緣見修所斷是名體未斷所緣已斷及所緣未斷設所緣未斷其體未斷耶曰如是

阿毗達磨識身足論卷第七 說一切有部

阿毗達磨識身足論卷第八

提婆設摩阿羅漢造

唐三藏法師玄奘奉詔譯

所緣緣蘊第四之三

諸色界繫善心若體未斷所緣未斷耶或體未斷所緣未斷或體未斷所緣已斷或體未斷所緣已斷及所緣未斷或體未斷不可分別此心所緣已斷未斷其體未斷所緣未斷者謂諸具縛補特伽羅諸色界繫善心緣欲界繫緣色界繫緣無色界繫緣欲界繫色界繫緣欲界繫無色界繫緣色界繫無色界繫緣欲界繫色界繫無色界繫已離欲界貪未離色界貪苦類智未生諸色界繫善心緣色界繫緣無色界繫緣色界繫無色界繫未離色界貪苦類智已生集類智未生諸色界繫善心緣見集滅道及修所斷集類智已生滅類智未生諸色界繫善心緣見滅道及修所斷滅類智已生道類智未生諸色界繫善心緣見道及修所斷若見圓滿世尊弟子未離色界貪諸色界繫善心緣修所斷是名體未斷所緣未斷其體未斷所緣已斷者謂已離欲界貪未離色界貪苦類智未生諸色界繫善心緣欲界繫未離色界貪苦類智已生集類智未生諸色界繫善心緣見苦所斷集類智已生滅類智未生諸色界繫善心緣見苦集所斷滅類智已生道類智未生諸色界繫善心緣見苦集滅所斷若見圓滿世尊弟子未離色界貪諸色界繫善心緣見所斷是名體未斷所緣已斷其體未斷所緣已斷及所緣未斷者謂已離欲界貪未離色界貪諸色

界繫善心緣欲界繫色界繫緣欲界繫無色界繫緣欲界繫色界繫無色界繫未離色界貪苦類智已生集類智未生諸色界繫善心緣見苦集滅道及修所斷集類智已生滅類智未生諸色界繫善心緣見苦集滅道及修所斷滅類智已生道類智未生諸色界繫善心緣見苦集滅道及修所斷若見圓滿世尊弟子未離色界貪諸色界繫善心緣見修所斷是名體未斷所緣已斷及所緣未斷其體未斷不可分別此心所緣已斷未斷者謂諸具縛補特伽羅諸色界繫善心緣非所斷已離欲界貪未離色界貪苦類智未生諸色界繫善心緣非所斷未離色界貪苦類智已生集類智未生諸色界繫善心緣非所斷集類智已生滅類智未生諸色界繫善心緣非所

斷滅類智已生道類智未生諸色界繫善心緣非所斷若見圓滿世尊弟子未離色界貪諸色界繫善心緣非所斷是名體未斷不可分別此心所緣已斷未斷設所緣未斷其體未斷耶或所緣未斷其體未斷或所緣未斷其體已斷或所緣未斷及所緣已斷其體未斷或所緣未斷及所緣已斷其體已斷所緣未斷其體未斷者謂諸具縛補特伽羅諸色界繫善心緣欲界繫緣色界繫緣無色界繫緣欲界繫色界繫緣欲界繫無色界繫緣色界繫無色界繫緣欲界繫色界繫無色界繫已離欲界貪未離色界貪苦類智未生諸色界繫善心緣色界繫緣無色界繫緣色界繫無色界繫未離色界貪苦類智已生集類智未生諸色界繫善心緣見集滅道及修所斷

集類智已生滅類智未生諸色界繫善心緣見滅道及修所斷滅類智已生道類智未生諸色界繫善心緣見道及修所斷若見圓滿世尊弟子未離色界貪諸色界繫善心緣修所斷是名所緣未斷其體未斷所緣未斷其體已斷者謂已離色界貪苦類智未生諸色界繫善心緣無色界繫是名所緣未斷其體已斷所緣未斷及所緣已斷其體未斷者謂已離欲界貪未離色界貪諸色界繫善心緣欲界繫色界繫緣欲界繫無色界繫緣欲界繫色界繫無色界繫未離色界貪苦類智已生集類智未生諸色界繫善心緣見苦集滅道及修所斷集類智已生滅類智未生諸色界繫善心緣見苦集滅道及修所斷滅類智已生道類智未生諸色界繫善心緣見苦集

滅道及修所斷若見圓滿世尊弟子未離色界貪諸色界繫善心緣見修所斷是名所緣未斷及所緣已斷其體未斷所緣未斷及所緣已斷其體已斷者謂已離色界貪未離無色界貪諸色界繫善心緣欲界繫無色界繫緣色界繫無色界繫緣欲界繫色界繫無色界繫是名所緣未斷及所緣已斷其體已斷諸色界繫有覆無記心若體未斷所緣未斷耶或體未斷所緣未斷或體未斷所緣已斷或體未斷所緣已斷及所緣未斷或體未斷不可分別此心所緣已斷未斷其體未斷所緣未斷者謂諸具縛補特伽羅諸色界繫有覆無記心緣色界繫緣無色界繫緣色界繫無色界繫已離欲界貪未離色界貪苦類智未生諸色界繫有覆無記心緣色界繫緣無

色界繫緣色界繫無色界繫未離色界貪苦類智已生集類智未生諸色界繫見集所斷有覆無記心緣見集滅道及修所斷見集所斷有覆無記心緣見集所斷見滅所斷有覆無記心緣見滅所斷見道所斷有覆無記心緣見道所斷修所斷有覆無記心緣修所斷集類智已生滅類智未生諸色界繫見滅所斷有覆無記心緣見滅所斷見道所斷有覆無記心緣見道所斷修所斷有覆無記心緣修所斷滅類智已生道類智未生諸色界繫見道所斷有覆無記心緣見道所斷修所斷有覆無記心緣修所斷若見圓滿世尊弟子未離色界貪諸色界繫修所斷有覆無記心緣修所斷是名體未斷所緣未斷其體未斷所緣已斷者謂未離色界貪苦類智已生集類智未生諸色界繫見集所斷有覆無記心緣見苦所斷是名體未斷所緣已斷其體未斷所緣已斷及所緣未斷者謂未離色界貪苦類智已生集類智未生諸色界繫見集所斷有覆無記心緣見苦集滅道及修所斷是名體未斷所緣已斷及所緣未斷其體未斷不可分別此心所緣已斷未斷者謂諸具縛補特伽羅諸色界繫有覆無記心緣非所斷已離欲界貪未離色界貪苦類智未生諸色界繫有覆無記心緣非所斷未離色界貪苦類智已生集類智未生諸色界繫有覆無記心緣非所斷集類智已生滅類智未生諸色界繫見滅道所斷有覆無記心緣非所斷滅類智已生道類智未生諸色界繫見道所斷有覆無記心緣非所斷是名體未斷不可分

別此心所緣已斷未斷設所緣未斷其體未斷耶或所緣未斷其體未斷或所緣未斷其體已斷或所緣未斷及所緣已斷其體未斷或所緣未斷及所緣已斷其體已斷所緣未斷其體未斷者謂諸具縛補特伽羅諸色界繫有覆無記心緣色界繫緣無色界繫緣色界繫無色界繫已離欲界貪未離色界貪苦類智未生諸色界繫有覆無記心緣色界繫緣無色界繫緣色界繫無色界繫未離色界貪苦類智已生集類智未生諸色界繫見集所斷有覆無記心緣見集滅道及修所斷見集所斷有覆無記心緣見集所斷見滅所斷有覆無記心緣見滅所斷見道所斷有覆無記心緣見道所斷修所斷有覆無記心緣修所斷集類智已生滅類智未生諸色界繫見滅所斷有覆無記心緣見滅所斷見道所斷有覆無記心緣見道所斷修所斷有覆無記心緣修所斷滅類智已生道類智未生諸色界繫見道所斷有覆無記心緣見道所斷修所斷有覆無記心緣修所斷若見圓滿世尊弟子未離色界貪諸色界繫修所斷有覆無記心緣修所斷是名所緣未斷其體未斷所緣未斷其體已斷者謂未離色界貪苦類智已生集類智未生諸色界繫見苦所斷有覆無記心緣見集滅道及修所斷集類智已生滅類智未生諸色界繫見苦集所斷有覆無記心緣見滅道及修所斷滅類智已生道類智未生諸色界繫見苦集所斷有覆無記心緣見道及修所斷若見圓滿世尊弟子未離色界貪諸色界繫見所斷有覆無記心緣修

所斷已離色界貪未離無色界貪苦類智未生諸色界繫有覆無記心緣無色界繫是名所緣未斷其體已斷所緣未斷及所緣已斷其體未斷者謂未離色界貪苦類智已生集類智未生諸色界繫見集所斷有覆無記心緣見苦集滅道及修所斷是名所緣未斷及所緣已斷其體未斷所緣未斷及所緣已斷其體已斷者謂未離色界貪苦類智已生集類智未生諸色界繫見苦所斷有覆無記心緣見苦集滅道及修所斷集類智已生滅類智未生諸色界繫見苦集所斷有覆無記心緣見苦集滅道及修所斷滅類智已生道類智未生諸色界繫見苦集所斷有覆無記心緣見苦集滅道及修所斷若見圓滿世尊弟子未離色界貪諸色界繫見所斷有覆無記心緣見修所斷已離色界貪未離無色界貪諸色界繫有覆無記心緣色界繫無色界繫是名所緣未斷及所緣已斷其體已斷諸色界繫無覆無記心若體未斷所緣未斷耶或體未斷所緣未斷或體未斷所緣已斷或體未斷所緣已斷及所緣未斷其體未斷所緣未斷者謂諸具縛補特伽羅諸色界繫無覆無記心緣欲界繫緣色界繫已離欲界貪未離色界貪苦類智未生諸色界繫無覆無記心緣色界繫未離色界貪苦類智已生集類智未生諸色界繫無覆無記心緣見集滅道及修所斷集類智已生滅類智未生諸色界繫無覆無記心緣見滅道及修所斷滅類智已生道類智未生諸色界繫無覆無記心緣見道及修所斷若見圓滿世尊弟子未離色

界貪諸色界繫無覆無記心緣修所斷是名體未斷所緣未斷其體未斷所緣已斷者謂已離欲界貪未離色界貪諸色界繫無覆無記心緣欲界繫未離色界貪苦類智已生集類智未生諸色界繫無覆無記心緣見苦所斷集類智已生滅類智未生諸色界繫無覆無記心緣見苦集所斷滅類智已生道類智未生諸色界繫無覆無記心緣見苦集滅所斷若見圓滿世尊弟子未離色界貪諸色界繫無覆無記心緣見所斷是名體未斷所緣已斷其體未斷所緣已斷及所緣未斷者謂未離色界貪苦類智已生集類智未生諸色界繫無覆無記心緣見苦集滅道及修所斷集類智已生滅類智未生諸色界繫無覆無記心緣見苦集滅道及修所斷滅類智已生道類智未生諸色界繫無覆無記心緣見苦集滅道及修所斷若見圓滿世尊弟子未離色界貪諸色界繫無覆無記心緣見修所斷是名體未斷所緣已斷及所緣未斷設所緣未斷其體未斷耶曰如是

諸無色界繫善心若體未斷所緣未斷耶或體未斷所緣未斷或體未斷所緣已斷或體未斷所緣已斷及所緣未斷或體未斷不可分別此心所緣已斷未斷其體未斷所緣未斷者謂諸具縛補特伽羅諸無色界繫善心緣色界繫緣無色界繫已離欲界貪未離色界貪苦類智未生諸無色界繫善心緣色界繫緣無色界繫已離色界貪苦類智未生諸無色界繫善心緣無色界繫苦類智已生集類智未生諸無色界繫善心緣見集滅道及

修所斷集類智已生滅類智未生諸無色界繫善心緣見滅道及修所斷滅類智已生道類智未生諸無色界繫善心緣見道及修所斷若見圓滿世尊弟子未離無色界貪諸無色界繫善心緣修所斷是名體未斷所緣未斷其體未斷所緣已斷者謂已離色界貪苦類智未生諸無色界繫善心緣色界繫苦類智已生集類智未生諸無色界繫善心緣見苦所斷集類智已生滅類智未生諸無色界繫善心緣見苦集所斷滅類智已生道類智未生諸無色界繫善心緣見苦集滅所斷若見圓滿世尊弟子未離無色界貪諸無色界繫善心緣見所斷是名體未斷所緣已斷其體未斷所緣已斷及所緣未斷者謂苦類智已生集類智未生諸無色界繫善心緣見苦集滅道及修所斷集類智已生滅類智未生諸無色界繫善心緣見苦集滅道及修所斷滅類智已生道類智未生諸無色界繫善心緣見苦集滅道及修所斷若見圓滿世尊弟子未離無色界貪諸無色界繫善心緣見修所斷是名體未斷所緣已斷及所緣未斷其體未斷不可分別此心所緣已斷未斷者謂諸具縛補特伽羅諸無色界繫善心緣非所斷已離欲界貪未離色界貪苦類智未生諸無色界繫善心緣非所斷已離色界貪苦類智未生諸無色界繫善心緣非所斷苦類智已生集類智未生諸無色界繫善心緣非所斷集類智已生滅類智未生諸無色界繫善心緣非所斷滅類智已生道類智未生諸無色界繫善心緣非所斷若見圓滿世尊弟子

未離無色界貪諸無色界繫善心緣非所斷是名體未斷不可分別此心所緣已斷未斷設所緣未斷其體未斷耶曰如是諸無色界繫有覆無記心若體未斷所緣未斷耶或體未斷所緣未斷或體未斷所緣已斷或體未斷所緣已斷及所緣未斷或體未斷不可分別此心所緣已斷未斷其體未斷所緣未斷者謂諸具縛補特伽羅諸無色界繫有覆無記心緣無色界繫已離欲界貪未離色界貪苦類智未生諸無色界繫有覆無記心緣無色界繫已離色界貪苦類智未生諸無色界繫有覆無記心緣無色界繫苦類智已生集類智未生諸無色界繫見集所斷有覆無記心緣見集滅道及修所斷見集所斷有覆無記心緣見集所斷見滅所斷有覆無記心緣見滅所斷見道所斷有覆無記心緣見道所斷修所斷有覆無記心緣修所斷集類智已生滅類智未生諸無色界繫見滅所斷有覆無記心緣見滅所斷見道所斷有覆無記心緣見道所斷修所斷有覆無記心緣修所斷滅類智已生道類智未生諸無色界繫見道所斷有覆無記心緣見道所斷修所斷有覆無記心緣修所斷若見圓滿世尊弟子未離無色界貪諸無色界繫修所斷有覆無記心緣修所斷是名體未斷所緣未斷其體未斷所緣已斷者謂苦類智已生集類智未生諸無色界繫見集所斷有覆無記心緣見苦所斷是名體未斷所緣已斷其體未斷所緣已斷及所緣未斷者謂苦類智已生集類智未生諸無色界繫見集所斷有覆無記心緣見

苦集滅道及修所斷是名體未斷所緣已斷及所緣未斷其體未斷不可分別此心所緣已斷未斷者謂諸具縛補特伽羅諸無色界繫有覆無記心緣非所斷已離欲界貪未離色界貪苦類智未生諸無色界繫有覆無記心緣非所斷已離色界貪苦類智未生諸無色界繫有覆無記心緣非所斷苦類智已生集類智未生諸無色界繫有覆無記心緣非所斷集類智已生滅類智未生諸無色界繫見滅道所斷有覆無記心緣非所斷滅類智已生道類智未生諸無色界繫見道所斷有覆無記心緣非所斷是名體未斷不可分別此心所緣已斷未斷設所緣未斷其體未斷耶或所緣未斷其體未斷或所緣未斷其體已斷或所緣未斷及所緣已斷其體未斷或所緣未斷及所緣已斷其體已斷所緣未斷其體未斷者謂諸具縛補特伽羅諸色界繫有覆無記心緣無色界繫已離欲界貪未離色界貪苦類智未生諸無色界繫有覆無記心緣無色界繫已離色界貪苦類智未生諸無色界繫有覆無記心緣無色界繫苦類智已生集類智未生諸無色界繫見集所斷有覆無記心緣見集滅道及修所斷見集所斷有覆無記心緣見集所斷見滅所斷有覆無記心緣見滅所斷見道所斷有覆無記心緣見道所斷修所斷有覆無記心緣修所斷集類智已生滅類智未生諸無色界繫見滅所斷有覆無記心緣見滅所斷見道所斷有覆無記心緣見道所斷修所斷有覆無記心緣修所斷滅類智已生道類智未生諸無色界

繫見道所斷有覆無記心緣見道所斷修所斷有覆無記心緣修所斷若見圓滿世尊弟子未離無色界貪諸無色界繫修所斷有覆無記心緣修所斷是名所緣未斷其體未斷所緣未斷其體已斷者謂苦類智已生集類智未生諸無色界繫見苦所斷有覆無記心緣見集滅道及修所斷集類智已生滅類智未生諸無色界繫見苦集所斷有覆無記心緣見滅道及修所斷滅類智已生道類智未生諸無色界繫見苦集所斷有覆無記心緣見道及修所斷若見圓滿世尊弟子未離無色界貪諸無色界繫見所斷有覆無記心緣修所斷是名所緣未斷其體已斷所緣未斷及所緣已斷其體未斷者謂苦類智已生集類智未生諸無色界繫見集所斷有覆無記心緣見苦集滅道及修所斷是名所緣未斷及所緣已斷其體未斷所緣未斷及所緣已斷其體已斷者謂苦類智已生集類智未生諸無色界繫見苦所斷有覆無記心緣見苦集滅道及修所斷集類智已生滅類智未生諸無色界繫見苦集所斷有覆無記心緣見苦集滅道及修所斷滅類智已生道類智未生諸無色界繫見苦集所斷有覆無記心緣見苦集滅道及修所斷若見圓滿世尊弟子未離無色界貪諸無色界繫見所斷有覆無記心緣見修所斷是名所緣未斷及所緣已斷其體已斷諸無色界繫無覆無記心若體未斷所緣未斷耶或體未斷所緣未斷或體未斷所緣已斷或體未斷所緣已斷及所緣未斷其體未斷所緣未斷者謂諸具縛補特

伽羅諸無色界繫無覆無記心緣無色界繫已離欲界貪未離色界貪苦類智未生諸無色界繫無覆無記心緣無色界繫已離色界貪苦類智未生諸無色界繫無覆無記心緣無色界繫苦類智已生集類智未生諸無色界繫無覆無記心緣見集滅道及修所斷集類智已生滅類智未生諸無色界繫無覆無記心緣見滅道及修所斷滅類智已生道類智未生諸無色界繫無覆無記心緣見道及修所斷若見圓滿世尊弟子未離無色界貪諸無色界繫無覆無記心緣修所斷是名體未斷所緣未斷其體未斷所緣已斷者謂苦類智已生集類智未生諸無色界繫無覆無記心緣見苦所斷集類智已生滅類智未生諸無色界繫無覆無記心緣見苦集所斷滅類智已生道類智未生諸無色界繫無覆無記心緣見苦集滅所斷若見圓滿世尊弟子未離無色界貪諸無色界繫無覆無記心緣見所斷是名體未斷所緣已斷其體未斷所緣已斷及所緣未斷者謂苦類智已生集類智未生諸無色界繫無覆無記心緣見苦集滅道及修所斷集類智已生滅類智未生諸無色界繫無覆無記心緣見苦集滅道及修所斷滅類智已生道類智未生諸無色界繫無覆無記心緣見苦集滅道及修所斷若見圓滿世尊弟子未離無色界貪諸無色界繫無覆無記心緣見修所斷是名體未斷所緣已斷及所緣未斷設所緣未斷其體未斷耶

曰如是

阿毗達磨識身足論卷第八 說一切有部

阿毗達磨識身足論卷第九

提婆設摩阿羅漢造

唐三藏法師玄奘奉詔譯

所緣緣蘊第四之四

有十種心謂欲界繫善心不善心有覆無記心無覆無記心色界繫善心有覆無記心無覆無記心無色界繫善心有覆無記心無覆無記心諸欲界繫善心若體已斷所緣已斷耶設所緣已斷其體已斷耶乃至諸無色界繫無覆無記心若體已斷所緣已斷耶設所緣已斷其體已斷耶

諸欲界繫善心若體已斷所緣已斷耶或體已斷所緣已斷或體已斷所緣未斷或體已斷所緣已斷及所緣未斷或體已斷不可分別此心所緣已斷未斷其體已斷所緣已斷者謂已離欲界貪未離色界貪諸欲界繫善心緣欲界繫已離色界貪未離無色界貪諸欲界繫善心緣欲界繫緣色界繫緣欲界繫色界繫已離無色界貪諸欲界繫善心緣欲界繫緣色界繫緣無色界繫緣欲界繫色界繫緣欲界繫無色界繫緣色界繫無色界繫緣欲界繫色界繫無色界繫是名體已斷所緣已斷其體已斷所緣未斷者謂已離欲界貪未離色界貪苦類智未生諸欲界繫善心緣色界繫緣無色界繫緣色界繫無色界繫已離色界貪苦類智未生諸欲界繫善心緣無色界繫是名體已斷所緣未斷其體已斷所緣已斷及所緣未斷者謂已離欲界貪未離色界貪諸欲界繫善心緣欲界繫色界繫緣欲界繫無色界繫緣欲界繫色界繫無色

界繫已離色界貪未離無色界貪諸欲界繫善心緣欲界繫無色界繫緣色界繫無色界繫緣欲界繫色界繫無色界繫是名體已斷所緣已斷及所緣未斷其體已斷不可分別此心所緣已斷未斷者謂已離欲界貪未離色界貪諸欲界繫善心緣非所斷已離色界貪未離無色界貪諸欲界繫善心緣非所斷已離無色界貪諸欲界繫善心緣非所斷是名體已斷不可分別此心所緣已斷未斷設所緣已斷其體已斷耶或所緣已斷其體已斷或所緣已斷其體未斷或所緣已斷及所緣未斷其體已斷或所緣已斷及所緣未斷其體未斷所緣已斷其體已斷者謂已離欲界貪未離色界貪諸欲界繫善心緣欲界繫已離色界貪未離無色界貪諸欲界繫善心緣欲界繫緣色界繫緣欲界繫色界繫已離無色界貪諸欲界繫善心緣欲界繫緣色界繫緣無色界繫緣欲界繫色界繫緣欲界繫無色界繫緣色界繫無色界繫緣欲界繫色界繫無色界繫是名所緣已斷其體已斷所緣已斷其體未斷者謂未離欲界貪苦智已生集智未生諸欲界繫善心緣見苦所斷集智已生滅智未生諸欲界繫善心緣見苦集所斷滅智已生道智未生諸欲界繫善心緣見苦集滅所斷若見圓滿世尊弟子未離欲界貪諸欲界繫善心緣見所斷是名所緣已斷其體未斷所緣已斷及所緣未斷其體已斷者謂已離欲界貪未離色界貪諸欲界繫善心緣欲界繫色界繫緣欲界繫無色界繫緣欲界繫色界繫無色界繫已離色界貪未

離無色界貪諸欲界繫善心緣欲界繫無色界繫緣色界繫無色界繫緣欲界繫色界繫無色界繫是名所緣已斷及所緣未斷其體已斷所緣已斷及所緣未斷其體未斷者謂未離欲界貪苦智已生集智未生諸欲界繫善心緣見苦集滅道及修所斷集智已生滅智未生諸欲界繫善心緣見苦集滅道及修所斷滅智已生道智未生諸欲界繫善心緣見苦集滅道及修所斷若見圓滿世尊弟子未離欲界貪諸欲界繫善心緣見修所斷是名所緣已斷及所緣未斷其體未斷諸不善心若體已斷所緣已斷耶或體已斷所緣已斷或體已斷所緣未斷或體已斷所緣已斷及所緣未斷或體已斷不可分別此心所緣已斷未斷其體已斷所緣已斷者謂未離欲界貪苦智已生集智未生諸見苦所斷不善心緣見苦所斷集智已生滅智未生諸見苦集所斷不善心緣見苦集所斷見苦所斷不善心緣見苦所斷見集所斷不善心緣見集所斷滅智已生道智未生諸見苦集所斷不善心緣見苦集滅所斷見苦所斷不善心緣見苦所斷見集所斷不善心緣見集所斷見滅所斷不善心緣見滅所斷若見圓滿世尊弟子未離欲界貪諸見所斷不善心緣見所斷已離欲界貪未離色界貪諸不善心緣欲界繫已離色界貪未離無色界貪諸不善心緣欲界繫緣色界繫已離無色界貪諸不善心緣欲界繫緣色界繫緣無色界繫緣色界繫無色界繫是名體已斷所緣已斷其體已斷所緣未斷者謂未離欲界貪苦智已生集

智未生諸見苦所斷不善心緣見集滅道及修所斷集智已生滅智未生諸見苦集所斷不善心緣見滅道及修所斷滅智已生道智未生諸見苦集所斷不善心緣見道及修所斷若見圓滿世尊弟子未離欲界貪諸見所斷不善心緣修所斷已離欲界貪未離色界貪苦類智未生諸不善心緣色界繫緣無色界繫緣色界繫無色界繫已離色界貪苦類智未生諸不善心緣無色界繫是名體已斷所緣未斷其體已斷所緣已斷及所緣未斷者謂未離欲界貪苦智已生集智未生諸見苦所斷不善心緣見苦集滅道及修所斷集智已生滅智未生諸見苦集所斷不善心緣見苦集滅道及修所斷滅智已生道智未生諸見苦集所斷不善心緣見苦集滅道及修所斷若見圓滿世尊弟子未離欲界貪諸見所斷不善心緣見修所斷已離色界貪未離無色界貪諸不善心緣色界繫無色界繫是名體已斷所緣已斷及所緣未斷其體已斷不可分別此心所緣已斷未斷者謂未離欲界貪滅智已生道智未生諸見滅所斷不善心緣非所斷若見圓滿世尊弟子未離欲界貪諸見所斷不善心緣非所斷已離欲界貪未離色界貪諸不善心緣非所斷已離色界貪未離無色界貪諸不善心緣非所斷已離無色界貪諸不善心緣非所斷是名體已斷不可分別此心所緣已斷未斷者謂未離欲界貪滅智已生道智未生諸見滅所斷不善心緣非所斷若見圓滿世尊弟子未離欲界貪諸見所斷不善心緣非所斷已離欲界貪

未離色界貪諸不善心緣非所斷已離色界貪未離無色界貪諸不善心緣非所斷已離無色界貪諸不善心緣非所斷是名體已斷不可分別此心所緣已斷未斷設所緣已斷其體已斷耶或所緣已斷其體已斷或所緣已斷其體未斷或所緣已斷及所緣未斷其體已斷或所緣已斷及所緣未斷其體未斷所緣已斷其體已斷者謂未離欲界貪苦智已生集智未生諸見苦所斷不善心緣見苦所斷集智已生滅智未生諸見苦集所斷不善心緣見苦集所斷見苦所斷不善心緣見苦所斷見集所斷不善心緣見集所斷滅智已生道智未生諸見苦集所斷不善心緣見苦集滅所斷見苦所斷不善心緣見苦所斷見集所斷不善心緣見集所斷見滅所斷不善心緣見滅所斷若見圓滿世尊弟子未離欲界貪諸見所斷不善心緣見所斷已離欲界貪未離色界貪諸不善心緣欲界繫已離色界貪未離無色界貪諸不善心緣欲界繫緣色界繫已離無色界貪諸不善心緣欲界繫緣色界繫緣無色界繫緣色界繫無色界繫是名所緣已斷其體已斷所緣已斷其體未斷者謂未離欲界貪苦智已生集智未生諸見集所斷不善心緣見苦所斷是名所緣已斷其體未斷所緣已斷及所緣未斷其體已斷者謂未離欲界貪苦智已生集智未生諸見苦所斷不善心緣見苦集滅道及修所斷集智已生滅智未生諸見苦集所斷不善心緣見苦集滅道及修所斷滅智已生道智未生諸見苦集所斷不善心緣見苦集滅道

及修所斷若見圓滿世尊弟子未離欲界貪諸見所斷不善心緣見修所斷已離色界貪未離無色界貪諸不善心緣色界繫無色界繫是名所緣已斷及所緣未斷其體已斷所緣已斷及所緣未斷其體未斷者謂未離欲界貪苦智已生集智未生諸見集所斷不善心緣見苦集滅道及修所斷是名所緣已斷及所緣未斷其體未斷諸欲界繫有覆無記心若體已斷所緣已斷耶或體已斷所緣已斷或體已斷所緣未斷或體已斷所緣已斷及所緣未斷其體已斷所緣已斷者謂未離欲界貪苦智已生集智未生諸欲界繫有覆無記心緣見苦所斷集智已生滅智未生諸欲界繫有覆無記心緣見苦集所斷滅智已生道智未生諸欲界繫有覆無記心緣見苦集滅所斷若見圓滿世尊弟子未離欲界貪諸欲界繫有覆無記心緣見所斷已離欲界貪未離色界貪諸欲界繫有覆無記心緣欲界繫已離色界貪未離無色界貪諸欲界繫有覆無記心緣欲界繫已離無色界貪諸欲界繫有覆無記心緣欲界繫是名體已斷所緣已斷其體已斷所緣未斷者謂未離欲界貪苦智已生集智未生諸欲界繫有覆無記心緣見集滅道及修所斷集智已生滅智未生諸欲界繫有覆無記心緣見滅道及修所斷滅智已生道智未生諸欲界繫有覆無記心緣見道及修所斷若見圓滿世尊弟子未離欲界貪諸欲界繫有覆無記心緣修所斷是名體已斷所緣未斷其體已斷所緣已斷及所緣未斷者謂未離欲界貪苦智已生集

智未生諸欲界繫有覆無記心緣見苦集滅道及修所斷集智已生滅智未生諸欲界繫有覆無記心緣見苦集滅道及修所斷滅智已生道智未生諸欲界繫有覆無記心緣見苦集滅道及修所斷若見圓滿世尊弟子未離欲界貪諸欲界繫有覆無記心緣見修所斷是名體已斷所緣已斷及所緣未斷設所緣已斷其體已斷耶曰如是諸欲界繫無覆無記心若體已斷所緣已斷耶曰如是設所緣已斷其體已斷耶或所緣已斷其體已斷或所緣已斷其體未斷或所緣已斷及所緣未斷其體未斷所緣已斷其體已斷者謂已離欲界貪未離色界貪諸欲界繫無覆無記心緣欲界繫已離色界貪未離無色界貪諸欲界繫無覆無記心緣欲界繫已離無色界貪諸欲界繫無覆無記心緣欲界繫是名所緣已斷其體已斷所緣已斷其體未斷者謂未離欲界貪苦智已生集智未生諸欲界繫無覆無記心緣見苦所斷集智已生滅智未生諸欲界繫無覆無記心緣見苦集所斷滅智已生道智未生諸欲界繫無覆無記心緣見苦集滅所斷若見圓滿世尊弟子未離欲界貪諸欲界繫無覆無記心緣見所斷是名所緣已斷其體未斷所緣已斷及所緣未斷其體未斷者謂未離欲界貪苦智已生集智未生諸欲界繫無覆無記心緣見苦集滅道及修所斷集智已生滅智未生諸欲界繫無覆無記心緣見苦集滅道及修所斷滅智已生道智未生諸欲界繫無覆無記心緣見苦集滅道及修所斷若見圓滿世尊弟子未離

欲界貪諸欲界繫無覆無記心緣見修所斷是名所緣已斷及所緣未斷其體未斷諸色界繫善心若體已斷所緣已斷耶或體已斷所緣已斷或體已斷所緣未斷或體已斷所緣已斷及所緣未斷或體已斷不可分別此心所緣已斷未斷其體已斷所緣已斷者謂已離色界貪未離無色界貪諸色界繫善心緣欲界繫緣色界繫緣欲界繫色界繫已離無色界貪諸色界繫善心緣欲界繫緣色界繫緣無色界繫緣欲界繫色界繫緣欲界繫無色界繫緣色界繫無色界繫緣欲界繫色界繫無色界繫是名體已斷所緣已斷其體已斷所緣未斷者謂已離色界貪苦類智未生諸色界繫善心緣無色界繫是名體已斷所緣未斷其體已斷所緣已斷及所緣未斷者謂已離色界貪未離無色界貪諸色界繫善心緣欲界繫無色界繫緣色界繫無色界繫緣欲界繫色界繫無色界繫是名體已斷所緣已斷及所緣未斷其體已斷不可分別此心所緣已斷未斷者謂已離色界貪未離無色界貪諸色界繫善心緣非所斷已離無色界貪諸色界繫善心緣非所斷是名體已斷不可分別此心所緣已斷未斷設所緣已斷其體已斷耶或所緣已斷其體已斷或所緣已斷其體未斷或所緣已斷及所緣未斷其體已斷或所緣已斷及所緣未斷其體未斷所緣已斷其體已斷者謂已離色界貪未離無色界貪諸色界繫善心緣欲界繫緣色界繫緣欲界繫色界繫已離無色界貪諸色界繫善心緣欲界繫緣色界繫緣無色界繫

緣欲界繫色界繫緣欲界繫無色界繫緣色界繫無色界繫緣欲界繫色界繫無色界繫是名所緣已斷其體已斷所緣已斷其體未斷者謂已離欲界貪未離色界貪苦類智未生諸色界繫善心緣欲界繫未離色界貪苦類智已生集類智未生諸色界繫善心緣見苦所斷集類智已生滅類智未生諸色界繫善心緣見苦集所斷滅類智已生道類智未生諸色界繫善心緣見苦集滅所斷若見圓滿世尊弟子未離色界貪諸色界繫善心緣見所斷是名所緣已斷其體未斷所緣已斷及所緣未斷其體已斷者謂已離色界貪未離無色界貪諸色界繫善心緣欲界繫無色界繫緣色界繫無色界繫緣欲界繫色界繫無色界繫是名所緣已斷及所緣未斷其體

已斷所緣已斷及所緣未斷其體未斷者謂已離欲界貪未離色界貪諸色界繫善心緣欲界繫色界繫緣欲界繫無色界繫緣欲界繫色界繫無色界繫未離色界貪苦類智已生集類智未生諸色界繫善心緣見苦集滅道及修所斷集類智已生滅類智未生諸色界繫善心緣見苦集滅道及修所斷滅類智已生道類智未生諸色界繫善心緣見苦集滅道及修所斷若見圓滿世尊弟子未離色界貪諸色界繫善心緣見修所斷是名所緣已斷及所緣未斷其體未斷諸色界繫有覆無記心若體已斷所緣已斷耶或體已斷所緣已斷或體已斷所緣未斷或體已斷所緣已斷及所緣未斷或體已斷不可分別此心所緣已斷未斷其體已斷所緣已斷者謂未

離色界貪苦類智已生集類智未生諸色界繫見苦所斷有覆無記心緣見苦所斷集類智已生滅類智未生諸色界繫見苦集所斷有覆無記心緣見苦集所斷見苦所斷有覆無記心緣見苦所斷見集所斷有覆無記心緣見集所斷滅類智已生道類智未生諸色界繫見苦集所斷有覆無記心緣見苦集滅所斷見苦所斷有覆無記心緣見苦所斷見集所斷有覆無記心緣見集所斷見滅所斷有覆無記心緣見滅所斷見若圓滿世尊弟子未離色界貪諸色界繫見所斷有覆無記心緣見所斷已離色界貪未離無色界貪諸色界繫有覆無記心緣色界繫已離無色界貪諸色界繫有覆無記心緣色界繫緣無色界繫緣色界繫無色界繫是名體已斷所緣

未斷其體已斷所緣未斷者謂未離色界貪苦類智已生集類智未生諸色界繫見苦所斷有覆無記心緣見集滅道及修所斷集類智已生滅類智未生諸色界繫見苦集所斷有覆無記心緣見滅道及修所斷滅類智已生道類智未生諸色界繫見苦集所斷有覆無記心緣見道及修所斷若見圓滿世尊弟子未離色界貪諸色界繫見所斷有覆無記心緣修所斷已離色界貪苦類智未生諸色界繫有覆無記心緣無色界繫是名體已斷所緣未斷其體已斷所緣已斷及所緣未斷者謂未離色界貪苦類智已生集類智未生諸色界繫見苦所斷有覆無記心緣見苦集滅道及修所斷集類智已生滅類智未生諸色界繫見苦集所斷有覆無記心緣見苦集

滅道及修所斷滅類智已生道類智未生諸色界繫見苦集所斷有覆無記心緣見苦集滅道及修所斷若見圓滿世尊弟子未離色界貪諸色界繫見所斷有覆無記心緣見修所斷已離色界貪未離無色界貪諸色界繫有覆無記心緣色界繫無色界繫是名體已斷所緣已斷及所緣未斷其體已斷不可分別此心所緣已斷未斷者謂未離色界貪滅類智已生道類智未生諸色界繫見滅所斷有覆無記心緣非所斷若見圓滿世尊弟子未離色界貪諸色界繫見滅道所斷有覆無記心緣非所斷已離色界貪未離無色界貪諸色界繫有覆無記心緣非所斷已離無色界貪諸色界繫有覆無記心緣非所斷是名體已斷不可分別此心所緣已斷未斷設所緣已斷其體已斷耶或所緣已斷其體已斷或所緣已斷其體未斷或所緣已斷及所緣未斷其體已斷或所緣已斷及所緣未斷其體未斷所緣已斷其體已斷者謂未離色界貪苦類智已生集類智未生諸色界繫見苦所斷有覆無記心緣見苦所斷集類智已生滅類智未生諸色界繫見苦集所斷有覆無記心緣見苦集所斷見苦所斷有覆無記心緣見苦所斷見集所斷有覆無記心緣見集所斷滅類智已生道類智未生諸色界繫見苦集所斷有覆無記心緣見苦集滅所斷見苦所斷有覆無記心緣見苦所斷見集所斷有覆無記心緣見集所斷見滅所斷有覆無記心緣見滅所斷若見圓滿世尊弟子未離色界貪諸色界繫見所斷有覆無記心緣見

所斷已離色界貪未離無色界貪諸色界繫有覆無記心緣色界繫已離無色界貪諸色界繫有覆無記心緣色界繫緣無色界繫緣色界繫無色界繫是名所緣已斷其體已斷所緣已斷其體未斷者謂未離色界貪苦類智已生集類智未生諸色界繫見集所斷有覆無記心緣見苦所斷是名所緣已斷其體未斷所緣已斷及所緣未斷其體已斷者謂未離色界貪苦類智已生集類智未生諸色界繫見苦所斷有覆無記心緣見苦集滅道及修所斷集類智已生滅類智未生諸色界繫見苦集所斷有覆無記心緣見苦集滅道及修所斷滅類智已生道類智未生諸色界繫見苦集所斷有覆無記心緣見苦集滅道及修所斷若見圓滿世尊弟子未離色界貪

諸色界繫見所斷有覆無記心緣見修所斷已離色界貪未離無色界貪諸色界繫有覆無記心緣色界繫無色界繫是名所緣已斷及所緣未斷其體已斷所緣已斷及所緣未斷其體未斷者謂未離色界貪苦類智已生集類智未生諸色界繫見集所斷有覆無記心緣見苦集滅道及修所斷是名所緣已斷及所緣未斷其體未斷諸色界繫無覆無記心若體已斷所緣已斷耶曰如是設所緣已斷其體已斷耶或所緣已斷其體已斷或所緣已斷其體未斷或所緣已斷及所緣未斷其體未斷所緣已斷其體已斷者謂已離色界貪未離無色界貪諸色界繫無覆無記心緣欲界繫、緣色界繫已離無色界貪諸色界繫無覆無記心緣欲界繫緣色界繫是名所

緣已斷其體已斷所緣已斷其體未斷者謂已離欲界貪未離色界貪諸色界繫無覆無記心緣欲界繫未離色界貪苦類智已生集類智未生諸色界繫無覆無記心緣見苦所斷集類智已生滅類智未生諸色界繫無覆無記心緣見苦集所斷滅類智已生道類智未生諸色界繫無覆無記心緣見苦集滅所斷若見圓滿世尊弟子未離色界貪諸色界繫無覆無記心緣見所斷是名所緣已斷其體未斷所緣已斷及所緣未斷其體未斷者謂未離色界貪苦類智已生集類智未生諸色界繫無覆無記心緣見苦集滅道及修所斷集類智已生滅類智未生諸色界繫無覆無記心緣見苦集滅道及修所斷滅類智已生道類智未生諸色界繫無覆無記心緣見苦集滅道及修所斷若見圓滿世尊弟子未離色界貪諸色界繫無覆無記心緣見修所斷是名所緣已斷及所緣未斷其體未斷

阿毗達磨識身足論卷第九說一切有部

阿毗達磨識身足論卷第十

提婆設摩阿羅漢造

唐三藏法師玄奘奉　詔譯

所緣緣蘊第四之五

諸無色界繫善心若體已斷所緣已斷耶曰如是設所緣已斷其體已斷耶或所緣已斷其體已斷或所緣已斷其體未斷或所緣已斷及所緣未斷其體未斷所緣已斷其體已斷者謂已離無色界貪諸無色界繫善心緣色界繫緣無色界繫是名所緣已斷其體已斷所緣已斷其體未斷者謂已離色界貪未離無色界貪諸無色界繫善心緣色界繫苦類智已生集類智未生諸無色界繫善心緣見苦所斷集類智已生滅類智未生諸無色界繫善心緣見苦集所斷滅類智已生道類智未生諸無色界繫善心緣見苦集滅所斷者見圓滿世尊弟子未離無色界貪諸無色界繫善心緣見所斷是名所緣已斷其體未斷所緣已斷及所緣未斷其體未斷者謂苦類智已生集類智未生諸無色界繫善心緣見苦集滅道及修所斷集類智已生滅類智未生諸無色界繫善心緣見苦集滅道及修所斷滅類智已生道類智未生諸無色界繫善心緣見苦集滅道及修所斷若見圓滿世尊弟子未離無色界貪諸無色界繫善心緣見修所斷是名所緣已斷及所緣未斷其體未斷諸無色界繫有覆無記心若體已斷所緣已斷耶或體已斷所緣已斷或體已斷所緣未斷或體已斷所緣已斷及所緣未斷或體已斷不可分別此心所緣已斷未斷其體

已斷所緣已斷者謂苦類智已生集類智未生諸無色界繫見苦所斷有覆無記心緣見苦所斷集類智已生滅類智未生諸無色界繫見苦集所斷有覆無記心緣見苦集所斷見苦所斷有覆無記心緣見苦所斷見集所斷有覆無記心緣見集所斷滅類智已生道類智未生諸無色界繫見苦集所斷有覆無記心緣見苦集滅所斷見苦所斷有覆無記心緣見苦所斷見集所斷有覆無記心緣見集所斷見滅所斷有覆無記心緣見滅所斷若見圓滿世尊弟子未離無色界貪諸無色界繫見所斷有覆無記心緣見所斷已離無色界貪諸無色界繫有覆無記心緣無色界繫是名體已斷所緣已斷其體已斷所緣未斷者謂苦類智已生集類智未生諸無色界繫見苦所斷有覆無記心緣見集滅道及修所斷集類智已生滅類智未生諸無色界繫見苦集所斷有覆無記心緣見滅道及修所斷滅類智已生道類智未生諸無色界繫見苦集所斷有覆無記心緣見道及修所斷若見圓滿世尊弟子未離無色界貪諸無色界繫見所斷有覆無記心緣修所斷是名體已斷所緣未斷其體已斷所緣已斷及所緣未斷者謂苦類智已生集類智未生諸無色界繫見苦所斷有覆無記心緣見苦集滅道及修所斷集類智已生滅類智未生諸無色界繫見苦集所斷有覆無記心緣見苦集滅道及修所斷滅類智已生道類智未生諸無色界繫見苦集所斷有覆無記心緣見苦集滅道及修所斷若見圓滿世尊弟子未離無色

界貪諸無色界繫見所斷有覆無記心緣見修所斷是名體已斷所緣已斷及所緣未斷其體已斷不可分別此心所緣已斷未斷者謂未離無色界貪滅類智已生道類智未生諸無色界繫見滅所斷有覆無記心緣非所斷若見圓滿世尊弟子未離無色界貪諸無色界繫見滅道所斷有覆無記心緣非所斷已離無色界貪諸無色界繫有覆無記心緣非所斷是名體已斷不可分別此心所緣已斷未斷設所緣已斷其體已斷耶或所緣已斷其體已斷或所緣已斷其體未斷或所緣已斷及所緣未斷其體已斷或所緣已斷及所緣未斷其體未斷所緣已斷其體已斷者謂苦類智已生集類智未生諸無色界繫見苦所斷有覆無記心緣見苦所斷集類智已生滅類智未生諸無色界繫見苦集所斷有覆無記心緣見苦集所斷見苦所斷有覆無記心緣見苦所斷見集所斷有覆無記心緣見集所斷滅類智已生道類智未生諸無色界繫見苦集滅所斷見苦所斷有覆無記心緣見苦所斷見集所斷有覆無記心緣見集所斷見滅所斷有覆無記心緣見滅所斷若見圓滿世尊弟子未離無色界貪諸無色界繫見所斷有覆無記心緣見所斷已離無色界貪諸無色界繫有覆無記心緣無色界繫是名所緣已斷其體已斷所緣已斷其體未斷者謂苦類智已生集類智未生諸無色界繫見集所斷有覆無記心緣見苦所斷是名所緣已斷其體未斷所緣已斷及所緣未斷其體已斷者謂

苦類智已生集類智未生諸無色界繫見苦所斷有覆無記心緣見苦集滅道及修所斷集類智已生滅類智未生諸無色界繫見苦集所斷有覆無記心緣見苦集滅道及修所斷滅類智已生道類智未生諸無色界繫見苦集所斷有覆無記心緣見苦集滅道及修所斷若見圓滿世尊弟子未離無色界貪諸無色界繫見所斷有覆無記心緣見修所斷是名所緣已斷及所緣未斷其體已斷所緣已斷及所緣未斷其體未斷者謂苦類智已生集類智未生諸無色界繫見集所斷有覆無記心緣見苦集滅道及修所斷是名所緣已斷及所緣未斷其體未斷諸無色界繫無覆無記心若體已斷所緣已斷耶曰如是設所緣已斷其體已斷耶或所緣已斷其體已

斷或所緣已斷其體未斷或所緣已斷及所緣未斷其體未斷所緣已斷其體已斷者謂已離無色界貪諸無色界繫無覆無記心緣無色界繫是名所緣已斷其體已斷所緣已斷其體未斷者謂苦類智已生集類智未生諸無色界繫無覆無記心緣見苦所斷集類智已生滅類智未生諸無色界繫無覆無記心緣見苦集所斷滅類智已生道類智未生諸無色界繫無覆無記心緣見苦集滅所斷若見圓滿世尊弟子未離無色界貪諸無色界繫無覆無記心緣見所斷是名所緣已斷其體未斷所緣已斷及所緣未斷其體未斷者謂苦類智已生集類智未生諸無色界繫無覆無記心緣見苦集滅道及修所斷集類智已生滅類智未生諸無色界繫無覆無記

心緣見苦集滅道及修所斷滅類智已生道類智未生諸無色界繫無覆無記心緣見苦集滅道及修所斷若見圓滿世尊弟子未離無色界貪諸無色界繫無覆無記心緣見修所斷是名所緣已斷及所緣未斷其體未斷有十五心謂欲界繫有五心色界繫有五心無色界繫有五心云何欲界繫有五心謂欲界繫見苦所斷心見集所斷心見滅所斷心見道所斷心修所斷心如欲界繫五心色界繫無色界繫五心亦爾如是十五心或過去或未來或現在諸過去欲界繫見苦所斷心所有隨眠彼於此心若所隨增是能緣耶設是能緣所隨增耶如過去未來現在亦爾如見苦所斷心見集滅道修所斷心亦爾如欲界繫色界繫無色界繫亦爾

諸過去欲界繫見苦所斷心所有隨眠彼於此心若所隨增是能緣耶或所隨增非是能緣或是能緣非所隨增或所隨增亦是能緣或非所隨增非是能緣是所隨增非是能緣者謂彼隨眠此心相應未斷是其能緣非所隨增者謂彼隨眠能緣此心已斷是所隨增亦是能緣者謂彼隨眠能緣此心未斷非所隨增亦非能緣者謂彼隨眠此心相應已斷若所餘緣若他隨眠若不同界徧行隨眠如過去未來亦爾諸現在欲界繫見苦所斷心所有隨眠彼於此心若所隨增是能緣耶或所隨增非是能緣或是能緣非所隨增或所隨增亦是能緣或非所隨增非是能緣是所隨增非是能緣者謂彼隨眠此心相應是其能緣非所隨增者謂彼隨眠能緣此心已斷

是所隨增亦是能緣者謂彼隨眠能緣此心未斷非所隨增亦非能緣者謂彼隨眠若所餘緣若他隨眠若不同界徧行隨眠如欲界繫見苦所斷心見集滅道及修所斷染污心亦爾諸過去欲界繫修所斷不染污心所有隨眠彼於此心若所隨增是能緣耶若諸隨眠是所隨增亦是能緣或是能緣非所隨增謂諸隨眠緣此心已斷如過去未來現在亦爾如欲界繫色界繫無色界繫亦爾

有十五心謂欲界繫有五心色界繫有五心無色界繫有五心云何欲界繫有五心謂欲界繫見苦所斷心見集滅道修所斷心如欲界繫有五心色界繫無色界繫亦爾如是十五心或過去或未來或現在諸過去欲界繫見苦所斷心所有隨眠彼於此心若非所隨增非是能緣耶設非是能緣非所隨增耶如過去未來現在亦爾如見苦所斷心見集滅道及修所斷心亦爾如欲界繫色界繫無色界繫亦爾

諸過去欲界繫見苦所斷心所有隨眠彼於此心若非所隨增非是能緣耶或非所隨增非不能緣或非能緣非不隨增或非所隨增亦不能緣或非不隨增非不能緣非所隨增非不能緣者謂諸隨眠緣此心已斷非是能緣非不隨增者謂諸隨眠此心相應未斷非所隨增非是能緣者謂諸隨眠此心相應已斷若所餘緣若他隨眠若不同界徧行隨眠非不隨增非不能緣者謂諸隨眠緣此心未斷如過去未來亦爾諸現在欲界繫見苦所斷心所有隨眠彼於此心若非所隨增非是

能緣耶或非所隨增非不能緣或非能緣非不隨增或非所隨增亦非能緣或非不隨增非不能緣非所隨增非不能緣者謂諸隨眠緣此心已斷非是能緣非不隨增者謂諸隨眠此心相應非所隨增非是能緣者謂諸隨眠若所餘緣若他隨眠若不同界徧行隨眠非不隨增非不能緣者謂諸隨眠緣此心未斷如欲界繫見苦所斷心見集滅道及修所斷染汚心亦爾諸過去欲界繫修所斷不染汚心所有隨眠彼於此心若非所隨增非是能緣耶若諸隨眠非是能緣亦非隨增或非隨增非不能緣謂諸隨眠緣此心已斷如過去未來現在亦爾如欲界繫色界繫無色界繫亦爾

有十五心謂欲界繫有五心色界繫有五心無色界繫有五心云何欲界繫五心謂欲界繫見苦所斷心見集滅道修所斷心如欲界繫五心色界繫無色界繫五心亦爾諸欲界繫見苦所斷心能了別欲界繫見苦所斷法耶能了別自地四種所斷法耶能了別色界繫無色界繫五種所斷法耶如欲界繫見苦所斷心見集滅道修所斷心亦爾如欲界繫五心色界繫無色界繫五心亦爾

諸欲界繫見苦所斷心能了別欲界繫見苦所斷法耶曰能了別謂或執爲我或執我所或執爲斷或執爲常或撥無苦或執爲尊或執爲勝或執爲上或執第一或執清淨或執解脫或執出離若惑若疑若猶豫若貪若瞋若慢若癡若不如理所引了別亦能了別自地四種所斷法耶曰能了別謂或執爲我或

執我所或執爲斷或執爲常或撥無苦或執爲尊或執爲勝或執爲上或執第一或執清淨或執解脫或執出離若惑若疑若猶豫若無智若冥暗若愚癡若不如理所引了別亦能了別色界繫無色界繫五種所斷法耶曰能了別謂或撥無苦或執爲尊或執爲勝或執爲上或執第一或執清淨或執解脫或執出離若惑若疑若猶豫若無智若冥暗若愚癡若不如理所引了別諸欲界繫見集所斷心能了別欲界繫見集所斷法耶曰能了別謂或撥無因或執爲尊或執爲勝或執爲上或執第一若惑若疑若猶豫若貪若瞋若慢若癡若不如理所引了別亦能了別自地四種色界繫無色界繫五種所斷法耶曰能了別謂或撥無因或執爲尊或執爲勝或執爲上或執第一若惑若疑若猶豫若無智若冥暗若愚癡若不如理所引已別諸欲界繫見滅所斷心能了別欲界繫見滅所斷法耶曰能了別謂或執爲尊或執爲勝或執爲上或執第一若貪若瞋若慢若癡若不如理所引了別亦能了別不繫法耶曰能了別謂或撥無滅若猶豫了別若愚癡若不如理所引了別如是了別餘不了別諸欲界繫見道所斷心能了別欲界繫見道所斷法耶曰能了別謂或執爲尊或執爲勝或執爲上或執第一或執清淨或執解脫或執出離若貪若瞋若慢若癡若不如理所引了別亦能了別不繫法耶曰能了別謂或撥無道若猶豫了別若愚癡若不如理所引了別如是了別餘不了別諸欲界繫修所斷心能了別欲界繫修所

斷法耶曰能了別謂若貪若瞋若慢若癡若麤若苦若障若如病若如癰若如箭若惱害若無常若苦若空若無我若於因謂因謂集謂生謂緣若有因若有起若有是處若有是事若如理所引了別若不如理所引了別若非如理所引非不如理所引了別亦能了別自地四種所斷法耶曰能了別若麤若苦若障若如病若如癰若如箭若惱害若無常若苦若空若無我若於因謂因謂集謂生謂緣若有因若有起若有是處若有是事若如理所引了別若非如理所引非不如理所引了別亦能了別色界繫無色界繫四種所斷法耶曰能了別謂若麤若苦若障若如病若如癰若如箭若惱害若無常若苦若空若無我若於因謂因謂集謂生謂緣若有因若有起若有是處若有是事若如理所引了別亦能了別色界繫無色界繫修所斷法耶曰能了別謂若麤若苦若障若靜若妙若離若如病若如癰若如箭若惱害若無常若苦若空若無我若於因謂因謂集謂生謂緣若有因若有起若有是處若有是事若如理所引了別亦能了別不繫法耶曰能了別謂若於滅謂滅謂靜謂妙謂離若於道謂道謂如謂行謂出若無常若空若無我若有因若有起若有是處若有是事若如理所引了別諸色界繫見苦所斷心能了別色界繫見苦所斷法耶曰能了別謂或執爲我或執我所或執爲斷或執爲常或撥無若或執爲尊或執爲勝或執爲上或執第一或執清淨或執解脫或執出離若惑若疑若猶豫若貪若慢若癡若不

如理所引了別亦能了別自地四種所斷法耶曰能了別謂或執爲我或執我所或執爲斷或執爲常或撥無若或執爲尊或執爲勝或執爲上或執第一或執清淨或執解脫或執出離若惑若疑若猶豫若無智若冥暗若愚癡若不如理所引了別亦能了別無色界繫五種所斷法耶曰能了別謂或撥無苦或執爲尊或執爲勝或執爲上或執第一或執清淨或執解脫或執出離若惑若疑若猶豫若無智若冥暗若愚癡若不如理所引了別如是了別餘不了別諸色界繫見集所斷心能了別色界繫見集所斷法耶曰能了別謂或撥無因或執爲尊或執爲勝或執爲上或執第一若惑若疑若猶豫若貪若慢若癡若不如理所引了別亦能了別自地四種無色

界繫五種所斷法耶曰能了別謂或撥無因或執爲尊或執爲勝或執爲上或執第一若惑若疑若猶豫若無智若冥暗若愚癡若不如理所引了別如是了別餘不了別諸色界繫見滅所斷心能了別色界繫見滅所斷法耶曰能了別謂或執爲尊或執爲勝或執爲上或執第一若貪若慢若癡若不如理所引了別亦能了別不繫法耶曰能了別謂或撥無滅若猶豫了別若愚癡若不如理所引了別如是了別餘不了別諸色界繫見道所斷心能了別色界繫見道所斷法耶曰能了別謂或執爲尊或執爲勝或執爲上或執第一或執清淨或執解脫或執出離若貪若慢若癡若不如理所引了別亦能了別不繫法耶曰能了別謂或撥無道若猶豫了別若愚癡

若不如理所引了別如是了別餘不了別諸色界繫修所斷心能了別色界繫修所斷法耶曰能了別謂若貪若慢若癡若麤若苦若障若靜若妙若離若如病若如癰若如箭若惱害若無常若苦若空若無我若於因謂因謂集謂生謂緣若有因若有起若有是處若有是事若如理所引了別若不如理所引了別若非如理所引非不如理所引了別亦能了別欲界繫五種自地四種所斷法耶曰能了別謂若麤若苦若障若如病若如癰若如箭若惱害若無常若苦若空若無我若於因謂因謂集謂生謂緣若有因若有起若有是處若有是事若如理所引了別亦能了別無色界繫四種所斷法耶曰能了別謂若麤若苦若障若如病若如癰若如箭若惱害若無常若苦若空若無我若於因謂因謂集謂生謂緣若有因若有起若有是處若有是事若如理所引了別亦能了別無色界繫修所斷法耶曰能了別謂若麤若苦若障若靜若妙若離若如病若如癰若如箭若惱害若無常若苦若空若無我若於因謂因謂集謂生謂緣若有因若有起若有是處若有是事若如理所引了別亦能了別不繫法耶曰能了別謂若於滅謂滅謂靜謂妙謂離若於道謂道謂如謂行謂出若無常若空若無我若有因若有起若有是處若有是事若如理所引了別諸無色界繫見苦所斷心能了別無色界繫見苦所斷法耶曰能了別謂或執爲我或執我所或執爲斷或執爲常或撥無苦或執爲尊或執爲勝或執爲上或執第一或執清

淨或執解脱或執出離若惑若疑若猶豫若貪若慢若癡若不如理所引了別亦能了別自地四種所斷法耶曰能了別謂或執爲我或執我所或執爲斷或執爲常或撥無苦或執爲尊或執爲勝或執爲上或執第一或執清淨或執解脱或執出離若惑若疑若猶豫若不如理所引了別如是了別餘不了別諸無色界繫見集所斷心能了別無色界繫見集所斷法耶曰能了別謂或撥無因或執爲尊或執爲勝或執爲上或執第一若惑若疑若猶豫若貪若慢若癡若不如理所引了別亦能了別自地四種所斷法耶曰能了別謂或撥無因或執爲尊或執爲勝或執爲上或執第一若惑若疑若猶豫若無智若冥暗若愚癡若不如理所引了別如是了別餘不了

別諸無色界繫見滅所斷心能了別無色界繫見滅所斷法耶曰能了別謂或執爲尊或執爲勝或執爲上或執第一若貪若慢若癡若不如理所引了別亦能了別不繫法耶曰能了別謂或撥無滅若猶豫了別若愚癡若不如理所引了別如是了別餘不了別諸無色界繫見道所斷心能了別無色界繫見道所斷法耶曰能了別謂或執爲尊或執爲勝或執爲上或執第一或執清淨或執解脱或執出離若貪若慢若癡若不如理所引了別亦能了別不繫法耶曰能了別謂或撥無道若猶豫了別若愚癡若不如理所引了別如是了別餘不了別諸無色界繫修所斷心能了別無色界繫修所斷法耶曰能了別謂若貪若慢若癡若麤若苦若障若靜若妙若離

若如病若如癰若如箭若惱害若無常若苦若空若無我若於因謂因謂集謂生謂緣若有因若有起若有是處若有是事若如理所引了別若不如理所引了別若非如理所引非不如理所引了別亦能了別自地四種所斷法耶曰能了別謂若麤若苦若障若如病若如癰若如箭若惱害若無常若苦若空若無我若於因謂因謂集謂生謂緣若有因若有起若有是處若有是事若如理所引了別若非如理所引非不如理所引了別亦能了別色界繫五種所斷法耶曰能了別謂若麤若苦若障若如理所引了別亦能了別不繫法耶曰能了別謂若於滅謂滅謂靜謂妙謂離若於道謂道謂如謂行謂出若無常若空若無我若有因若有起若有是處若有是事若如理所引了別如是了別餘不了別

有十五心謂欲界繫有五心色界繫有五心無色界繫有五心云何欲界繫五心謂欲界繫見苦所斷心見集滅道修所斷心如欲界繫五心色界繫無色界繫五心亦爾諸欲界繫見苦所斷心若能了別欲界繫見苦所斷法此中有幾隨眠是所隨增若能了別所餘諸法此中有幾隨眠是所隨增乃至諸無色界繫修所斷心若能了別無色界繫修所斷法此中有幾隨眠是所隨增若能了別所餘諸法此中有幾隨眠是所隨增諸欲界繫見苦所斷心若能了別欲界繫見苦所斷法此中有欲界繫見苦所斷一切隨眠見集所斷徧行隨眠是所隨增若能了別所餘諸法此中亦有欲界繫見苦所斷一切隨眠見集所

斷徧行隨眠是所隨增諸欲界繫見集所斷心若能了别欲界繫見集所斷法此中有欲界繫見集所斷一切隨眠見苦所斷徧行隨眠是所隨增若能了别所餘諸法此中亦有見集所斷一切隨眠見苦所斷徧行隨眠是所隨增諸欲界繫見滅所斷心若能了别欲界繫見滅所斷法此中有欲界繫見滅所斷有漏緣隨眠徧行隨眠是所隨增若能了别不繫諸法此中有欲界繫見滅所斷一切隨眠徧行隨眠是所隨增諸欲界繫見道所斷心若能了别欲界繫見道所斷法此中有欲界繫見道所斷有漏緣隨眠徧行隨眠是所隨增若能了别不繫諸法此中有欲界繫見道所斷一切隨眠徧行隨眠是所隨增諸欲界繫修所斷心若能了别欲界繫修所斷法此中有欲界繫修所斷一切隨眠徧行隨眠是所隨增若能了别所餘諸法此中有欲界繫修所斷一切隨眠徧行隨眠是所隨增如繫修所斷心色界繫無色界繫心亦爾欲界繫心色界繫無色界繫心亦爾

有十五心謂欲界繫有五心色界繫有五心無色界繫有五心云何欲界繫五心謂欲界繫見苦所斷心見集滅道修所斷心如欲界繫五心色界繫無色界繫五心亦爾如是十五心或善或不善或有覆無記或無覆無記諸欲界繫見苦所斷善心此能緣識有幾隨眠是所隨增諸欲界繫見苦所斷不善心有覆無記心無覆無記心此能緣識有幾隨眠是所隨增如見苦所斷心見集滅道修所斷心亦爾如欲界繫色界繫無色界繫亦爾諸欲界繫見苦所斷心無有是善無覆無記亦

無此心能緣之識唯有不善有覆無記此能緣識有欲界繫三部隨眠及色界繫徧行隨眠修所斷隨眠是所隨增諸欲界繫見集所斷心無有是善有覆無記無覆無記亦無此心能緣之識唯有不善此能緣識有欲界繫三部隨眠及色界繫徧行隨眠修所斷隨眠是所隨增諸欲界繫見滅所斷心無有是善有覆無記無覆無記亦無此心能緣之識唯有不善此能緣識有欲界繫三部隨眠及欲界繫見滅所斷有漏緣隨眠色界繫徧行隨眠修所斷隨眠是所隨增諸欲界繫見道所斷心無有是善有覆無記無覆無記亦無此心能緣之識唯有不善此能緣識有欲界繫三部隨眠及欲界繫見道所斷有漏緣隨眠色界繫徧行隨眠修所斷隨眠是所隨增諸

欲界繫修所斷心無有覆無記亦無此心能緣之識有善不善無覆無記此能緣識有欲界繫三部隨眠及色界繫徧行隨眠修所斷隨眠是所隨增諸色界繫見苦所斷心無善不善無覆無記亦無此心能緣之識唯有有覆無記此能緣識有欲界繫及色界繫三部隨眠無色界繫徧行隨眠修所斷隨眠是所隨增諸色界繫見集所斷心無善不善無覆無記亦無此心能緣之識唯有有覆無記此能緣識有欲界繫及色界繫三部隨眠無色界繫徧行隨眠修所斷隨眠是所隨增諸色界繫見滅所斷心無善不善無覆無記亦無此心能緣之識唯有有覆無記此能緣識有欲界繫及色界繫三部隨眠色界繫見滅所斷有漏緣隨眠無色界繫徧行隨眠修所斷

隨眠是所隨增諸色界繫見道所斷心無善不善無覆無記亦無此心能緣之識唯有有覆無記此能緣識有欲界繫及色界繫三部隨眠色界繫見道所斷有漏緣隨眠無色界繫徧行隨眠修所斷隨眠是所隨增諸色界繫修所斷心無有不善亦無此心能緣之識有善有覆無記無覆無記此能緣識有欲界繫及色界繫三部隨眠無色界繫徧行隨眠修所斷隨眠是所隨增諸無色界繫見苦所斷心無善不善無覆無記亦無此心能緣之識唯有有覆無記此能緣識有三界繫三部隨眠是所隨增諸無色界繫見集所斷心無善不善無覆無記亦無此心能緣之識唯有有覆無記此能緣識有三界繫三部隨眠是所隨增諸無色界繫見滅所斷心無善不善無覆無記亦無此心能緣之識唯有有覆無記此能緣識有三界繫三部隨眠及無色界繫見滅所斷有漏緣隨眠是所隨增諸無色界繫見道所斷心無善不善無覆無記亦無此心能緣之識唯有有覆無記此能緣識有三界繫三部隨眠及無色界繫見道所斷有漏緣隨眠是所隨增諸無色界繫修所斷心無有不善亦無此心能緣之識有善有覆無記無覆無記此能緣識有三界繫三部隨眠是所隨增所緣緣蘊竟

阿毗達磨識身足論卷第十說一切有部

阿毗達磨識身足論卷第十一

提婆設摩阿羅漢造

三藏法師玄奘奉 詔譯

雜蘊第五之一

嗢柁南頌

雜蘊初染次所識　色頗有受心世間
無間緣增斷善染　分見緣界後了別

有六識身謂眼識耳鼻舌身意識五識身唯能起染不能離染意識身亦能起染亦能離染那落迦趣傍生趣祖域趣斷善根者邪定性者北拘盧洲無想有情心唯能起染不能離染不定性者正定性者南贍部洲東毗提訶西瞿陀尼諸有情心亦能起染亦能離染四大王衆天三十三天夜摩天覩史多天樂變化天他化自在天梵世間天光音天徧淨天無想有情不攝廣果天及諸中有諸無色處諸有情心亦能起染亦能離染諸隨信行隨法行心唯能離染不能起染諸信勝解見得身證心亦能起染亦能離染諸慧解脫俱分解脫心不能起染不能離染有說此二亦能離染就遠分說

有六識身謂眼識耳鼻舌身意識諸有色法六識所識唯有色法五識所識諸無色法一識所識唯無色法非識所識諸有見法二識所識唯有見法一識所識諸無見法五識所識唯無見法四識所識諸有對法六識所識唯有對法五識所識諸無對法一識所識唯無對法非識所識諸有漏法六識所識唯有漏法五識所識諸無漏法一識所識唯無漏法非識所識諸有爲法六識所識唯有爲法

五識所識諸無爲法一識所識唯無爲法非識所識

有六識身謂眼識耳鼻舌身意識眼色爲緣生於眼識若諸青色可意樂俱了別此青可意樂俱觸受思想此青色轉可意樂俱由此便能長養諸根增益大種眼色爲緣生於眼識若諸青色違意苦俱了別此青違意苦俱觸受思想此青色轉違意苦俱由此便能損減諸根破壞大種眼色爲緣生於眼識若諸青色非是可意亦非違意非苦樂俱了別此青非是可意亦非違意非苦樂俱觸受思想此青色轉非是可意亦非違意非苦樂俱由此諸根非養非損大種亦爾非增非壞如青色黄赤白色亦爾如眼識耳鼻舌身識亦爾意法爲緣生於意識若有諸法可意樂俱了別此法可意樂俱觸受思想此諸法轉可意樂俱由此便能長養諸根增益大種意法爲緣生於意識若有諸法違意苦俱了別此法違意苦俱觸受思想此諸法轉違意苦俱由此便能損減諸根破壞大種意法爲緣生於意識若有諸法非是可意亦非違意非苦樂俱了別此法非是可意亦非違意非苦樂俱觸受思想此諸法轉非是可意亦非違意非苦樂俱由此諸根非養非損大種亦爾非增非壞

或有諸色有顯無形或有諸色有形無顯或有諸色有顯有形或有諸色無顯無形有顯無形者謂青黄赤白影光明闇空一顯色此即如彼青黄赤白有形無顯者謂身表業有顯有形者謂若諸色有顯有形無顯無形者

謂若諸色無顯無形

煩有此繫心此繫業此心此業即此繫果耶曰有如欲界繫心欲界繫業此心此業欲界繫果色無色界繫心色無色界繫業色無色界繫果煩有此繫心此繫業此心此業非此繫果耶曰有如色界道欲界化化作欲界事說欲界語如色無色界道斷結作證

諸受過去此受一切已滅耶曰諸受過去此受一切已滅或受已滅此受非過去謂此生中受生已滅諸受未來此受一切未生耶曰諸受未來此受一切未生或受未生此受非未來謂此生中受定當生諸受現在此受一切現前耶曰諸受現前此受一切現在或受現在此受非現前謂此生中受生已滅及此生中受定當生

有六種心謂欲界繫見所斷心修所斷心色界繫見所斷心修所斷心無色界繫見所斷心修所斷心煩有欲界繫見所斷心決定唯緣善法耶唯緣不善法耶唯緣有覆無記法耶唯緣無覆無記法耶如見所斷心修所斷心亦爾如欲界繫色界繫無色界繫亦爾

頗有欲界繫見所斷心決定唯緣善法耶曰有謂欲界繫見滅道所斷無漏緣隨眠相應諸心頗有欲界繫見所斷心決定唯緣不善法耶曰有謂欲界繫見集所斷不徧行隨眠相應諸心及欲界繫見滅道所斷有漏緣隨眠相應諸心頗有欲界繫見所斷心決定唯緣有覆無記法耶無覆無記法耶曰無頗有欲界繫修所斷心決定唯緣善法耶曰有謂欲界繫空空無願無願相應諸心頗有欲界

繫修所斷心決定唯緣不善法耶有覆無記法耶曰無頗有欲界繫修所斷心決定唯緣無覆無記法耶曰有謂欲界繫三識身及欲界繫無相無相相應諸心頗有色界繫見所斷心決定唯緣善法耶曰有謂色界繫見滅道所斷無漏緣隨眠相應諸心頗有色界繫見所斷心決定唯緣不善法耶曰無頗有色界繫見所斷心決定唯緣有覆無記法耶曰有謂色界繫見苦集所斷不遍行隨眠相應諸心及色界繫見滅道所斷有漏緣隨眠相應諸心頗有色界繫見所斷心決定唯緣無覆無記法耶曰無頗有色界繫修所斷心決定唯緣善法耶曰有謂色界繫空空無願無願相應諸心頗有色界繫修所斷心決定唯緣不善法耶有覆無記法耶曰無頗有色界繫修所斷心決定唯緣無覆無記法耶曰有謂色界繫一識身及色界繫無相無相相應諸心頗有無色界繫見所斷心決定唯緣善法耶曰有謂無色界繫見滅道所斷無漏緣隨眠相應諸心頗有無色界繫見所斷心決定唯緣不善法耶曰無頗有無色界繫見所斷心決定唯緣有覆無記法耶曰有謂無色界繫見苦集所斷不徧行隨眠相應諸心及無色界繫見滅道所斷有漏緣隨眠相應諸心頗有無色界繫見所斷心決定唯緣無覆無記法耶曰無頗有無色界繫修所斷心決定唯緣善法耶曰有謂無色界繫空空無願無願相應諸心頗有無色界繫修所斷心決定唯緣不善法耶有覆無記法耶曰無頗有無色界繫修所斷心決定唯緣無覆無記法

耶曰有謂無色界繫無相無相相應諸心

頗有諸法世間有漏隨順有取取蘊所攝自内等起思擇等生是妙善性欲界所繫唯聖者有不共一切愚夫異生曰有謂欲界繫現觀後邊諸世俗智頗有諸法世間有漏隨順有取取蘊所攝自内等起思擇等生是妙善性色界所繫唯聖者有不共一切愚夫異生曰有謂色界繫現觀後邊諸世俗智頗有諸法世間有漏隨順有取取蘊所攝自内等起思擇等生無色界繫唯聖者有不共一切愚夫異生曰有謂滅盡定

頗有諸法世間有漏隨順有取取蘊所攝自内等起思擇等生是妙善性欲界所繫定無漏法等無間生緣無漏法唯聖者有不共一切愚夫異生曰有謂欲界繫空空無願無願無相無相頗有諸法世間有漏隨順有取取蘊所攝自内等起思擇等生是妙善性色界所繫定無漏法等無間生緣無漏法唯聖者有不共一切愚夫異生曰有謂色界繫空空無願無願無相無相頗有諸法世間有漏隨順有取取蘊所攝自内等起思擇等生是妙善性無色界繫定無漏法等無間生緣無漏法唯聖者有不共一切愚夫異生曰有謂無色界繫空空無願無願無相無相

有十二心謂欲界繫善心不善心有覆無記心無覆無記心色界繫善心有覆無記心無覆無記心無色界繫善心有覆無記心無覆無記心及學心無學心欲界繫善心等無間生幾心乃至無學心等無間生幾心

欲界繫善心等無間生九心不善心欲界繫

有覆無記心等無間生四心無覆無記心等無間生七心色界繫善心等無間生十一心有覆無記心無覆無記心等無間生六心無色界繫善心等無間生九心有覆無記心等無間生七心無覆無記心等無間生六心學心等無間生五心無學心等無間生四心

有十二心謂欲界繫善心不善心有覆無記心無覆無記心色界繫善心有覆無記心無覆無記心無色界繫善心有覆無記心無覆無記心及學心無學心欲界繫善心於欲界繫善心由幾緣故說能爲緣欲界繫善心乃至於無學心由幾緣故說能爲緣乃至無學心於無學心由幾緣故說能爲緣無學心於欲界繫善心乃至學心由幾緣故說能爲緣欲界繫善心於欲界繫善心由因緣等無間緣所緣緣增上緣故說能爲緣於不善心欲界繫有覆無記心由等無間緣所緣緣增上緣故說能爲緣於欲界繫無覆無記心由因緣等無間緣所緣緣增上緣故說能爲緣於色界繫善心由等無間緣所緣緣增上緣故說能爲緣於色界繫有覆無記心由等無間緣增上緣故說能爲緣於色界繫無覆無記心由所緣緣增上緣故說能爲緣於無色界繫善心無覆無記心由一增上緣故說能爲緣於無色界繫有覆無記心由等無間緣增上緣故說能爲緣於學心無學心由等無間緣所緣緣增上緣故說能爲緣不善心於不善心由因緣等無間緣所緣緣增上緣故說能爲緣於欲界繫有覆無記心無覆無記心由因緣等無間緣所緣緣增上緣故說能爲

緣於色界繫善心無覆無記心由所緣緣增上緣故說能爲緣於色界繫有覆無記心及無色界繫一切心由一增上緣故說能爲緣於學心無學心由所緣緣增上緣故說能爲緣於欲界繫善心由等無間緣所緣緣增上緣故說能爲緣欲界繫有覆無記心於欲界繫有覆無記心由因緣等無間緣所緣緣增上緣故說能爲緣於欲界繫無覆無記心由等無間緣所緣緣增上緣故說能爲緣於色界繫善心無覆無記心由所緣緣增上緣故說能爲緣於色界繫有覆無記心及無色界繫一切心由一增上緣故說能爲緣於學心無學心由所緣緣增上緣故說能爲緣於欲界繫善心由等無間緣所緣緣增上緣故說能爲緣於不善心由因緣等無間緣所緣緣增上緣故說能爲緣欲界繫無覆無記心於欲界繫無覆無記心由因緣等無間緣所緣緣增上緣故說能爲緣於色界繫善心由等無間緣所緣緣增上緣故說能爲緣於色界繫有覆無記心由等無間緣增上緣故說能爲緣於色界繫無覆無記心由所緣緣增上緣故說能爲緣於無色界繫善心無覆無記心由一增上緣故說能爲緣於無色界繫有覆無記心由等無間緣增上緣故說能爲緣於學心無學心由所緣緣增上緣故說能爲緣於欲界繫善心不善心有覆無記心由等無間緣所緣緣增上緣故說能爲緣色界繫善心於色界繫善心由因緣等無間緣所緣緣增上緣故說能爲緣於色界繫有覆無記心由等無間緣所緣緣增上緣故說能爲緣

於色界繫無覆無記心由因緣等無間緣所緣緣增上緣故說能爲緣於無色界繫善心由等無間緣所緣緣增上緣故說能爲緣於無色界繫有覆無記心由等無間緣增上緣故說能爲緣於無色界繫無覆無記心由一增上緣故說能爲緣於學心無學心由等無間緣所緣緣增上緣故說能爲緣於欲界繫善心不善心由等無間緣所緣緣增上緣故說能爲緣於欲界繫有覆無記心無覆無記心由等無間緣增上緣故說能爲緣色界繫有覆無記心於色界繫有覆無記心由因緣等無間緣所緣緣增上緣故說能爲緣於色界繫無覆無記心由等無間緣所緣緣增上緣故說能爲緣於無色界繫善心由所緣緣增上緣故說能爲緣於無色界繫有覆無記心無覆無記心由一增上緣故說能爲緣於學心無學心由所緣緣增上緣故說能爲緣於欲界繫善心不善心由等無間緣所緣緣增上緣故說能爲緣於欲界繫有覆無記心由等無間緣增上緣故說能爲緣於欲界繫無覆無記心由一增上緣故說能爲緣於色界繫善心由等無間緣所緣緣增上緣故說能爲緣色界繫無覆無記心於色界繫無覆無記心由因緣等無間緣所緣緣增上緣故說能爲緣於無色界繫善心由所緣緣增上緣故說能爲緣於無色界繫有覆無記心由等無間緣增上緣故說能爲緣於無色界繫無覆無記心由一增上緣故說能爲緣於學心無學心由所緣緣增上緣故說能爲緣於欲界繫善心由所緣緣增上緣故說能爲緣

於不善心由等無間緣所緣緣增上緣故說能爲緣於欲界繫有覆無記心由等無間緣增上緣故說能爲緣於欲界繫無覆無記心由一增上緣故說能爲緣於色界繫善心有覆無記心由等無間緣所緣緣增上緣故說能爲緣無色界繫善心於無色界繫善心由因緣等無間緣所緣緣增上緣故說能爲緣於無色界繫有覆無記心由等無間緣所緣緣增上緣故說能爲緣於無色界繫無覆無記心由因緣等無間緣所緣緣增上緣故說能爲緣於學心無學心由等無間緣所緣緣增上緣故說能爲緣於欲界繫善心由所緣緣增上緣故說能爲緣於不善心由等無間緣所緣緣增上緣故說能爲緣於欲界繫有覆無記心由等無間緣增上緣故說能爲緣於欲界繫無覆無記心由一增上緣故說能爲緣於色界繫善心有覆無記心由等無間緣所緣緣增上緣故說能爲緣於色界繫無覆無記心由一增上緣故說能爲緣無色界繫有覆無記心於無色界繫有覆無記心由因緣等無間緣所緣緣增上緣故說能爲緣於無色界繫無覆無記心由等無間緣所緣緣增上緣故說能爲緣於學心無學心由所緣緣增上緣故說能爲緣於欲界繫善心由所緣緣增上緣故說能爲緣於不善心由等無間緣所緣緣增上緣故說能爲緣於欲界繫有覆無記心由等無間緣增上緣故說能爲緣於欲界繫無覆無記心由一增上緣故說能爲緣於色界繫善心有覆無記心由等無間緣所緣緣增上緣故說能爲緣於色界

繫無覆無記心由一增上緣故說能爲緣於無色界繫善心由等無間緣所緣緣增上緣故說能爲緣無色界繫無覆無記心於無色界繫無覆無記心由因緣等無間緣所緣緣增上緣故說能爲緣於學心無學心由所緣緣增上緣故說能爲緣於欲界繫善心由所緣緣增上緣故說能爲緣於不善心由等無間緣所緣緣增上緣故說能爲緣於欲界繫有覆無記心由等無間緣增上緣故說能爲緣於欲界繫無覆無記心由一增上緣故說能爲緣於色界繫善心由所緣緣增上緣故說能爲緣於色界繫有覆無記心由等無間緣所緣緣增上緣故說能爲緣於色界繫無覆無記心由一增上緣故說能爲緣於無色界繫善心有覆無記心由等無間緣所緣緣增上緣故說能爲緣學心於學心由因緣等無間緣所緣緣增上緣故說能爲緣於無學心亦由因緣等無間緣所緣緣增上緣故說能爲緣於欲界繫善心由等無間緣所緣緣增上緣故說能爲緣於不善心由所緣緣增上緣故說能爲緣於欲界繫有覆無記心無覆無記心由一增上緣故說能爲緣於色界繫善心由等無間緣所緣緣增上緣故說能爲緣於色界繫有覆無記心由所緣緣增上緣故說能爲緣於色界繫無覆無記心由一增上緣故說能爲緣於無色界繫善心由等無間緣所緣緣增上緣故說能爲緣於無色界繫有覆無記心由所緣緣增上緣故說能爲緣於無色界繫無覆無記心由一增上緣故說能爲緣無學心於無學心由因緣等無

間緣所緣緣增上緣故說能爲緣於欲界繫善心由等無間緣所緣緣增上緣故說能爲緣於不善心由所緣緣增上緣故說能爲緣於欲界繫有覆無記心無覆無記心由一增上緣故說能爲緣於色界繫善心由等無間緣所緣緣增上緣故說能爲緣於色界繫有覆無記心由所緣緣增上緣故說能爲緣於色界繫無覆無記心由一增上緣故說能爲緣於無色界繫善心由等無間緣所緣緣增上緣故說能爲緣於無色界繫有覆無記心由所緣緣增上緣故說能爲緣於無色界繫無覆無記心由一增上緣故說能爲緣於學心由所緣緣增上緣故說能爲緣

云何增上緣謂眼色爲緣生眼識此眼識以眼爲增上緣亦以色耳聲及耳識鼻香及鼻識舌味及舌識身觸及身識意法及意識若此相應法若此俱有法若有色無色若有見無見若有對無對若有漏無漏若有爲無爲如是一切法皆爲增上緣唯除自性如是耳鼻舌身意法爲緣生意識此意識以意爲增上緣亦以法眼色及眼識耳聲及耳識鼻香及鼻識舌味及舌識身觸及身識若此相應法若此俱有法若有色無色若有見無見若有對無對若有漏無漏若有爲無爲如是一切法皆爲增上緣唯除自性是名增上緣

諸斷善根彼云何斷何行相斷謂如有一害毋害父害阿羅漢破和合僧以勃惡心出如來血能斷善根諸以故思害毋命者彼云何害何行相害謂如有一具貪瞋癡其性猛利彼由猛利貪瞋癡故樂著博戲嗜酒躭婬好

惡朋友好惡伴侶染習種種諸放逸處其母專志攝録遮制告言子子汝今勿復樂著博戲嗜酒躭婬好惡朋友好惡伴侶染習種種諸放逸處汝今勿應往趣地獄傍生餓鬼汝今勿應隨諸惡處生諸惡趣由母專志攝録遮制便於母所起猛利瞋不忍不信作是怨言苦哉荼毒云何我母制我所愛博戲酒婬朋友伴侶若復於我作如此類不饒益事我當決定害其命根如是能斷彼於異時所發起瞋不忍不信轉復猛利堅固熾盛由所起瞋不忍不信展轉猛利堅固熾盛復於後時發起如是修斷瞋纏由此瞋纏之所纏故便起故思害其母命彼由如是身業語業意思悕求願行種類說名邪性由此棄捨先所成就諸想等想假立言說住不定聚不定種性由此獲得先未成就諸想等想假立言說住邪定聚邪定種性獲得五種補特伽羅和雜種類助伴種類惡衆同分處得事得生長處得謂害母害父害阿羅漢破和合僧以勃惡心出如來血諸以故思害母命者彼如是害此行相害如說害母害父亦爾諸害聲聞阿羅漢命彼云何害何行相害謂如有一於其聲聞阿羅漢人所有衣鉢或隨一一沙門命緣如法衆具極生貪染繫心不捨作是思惟我今要當隨分竊奪若彼因此於我損害縛録退黜呵責毀罵令墮下賤不尊貴處我當決定害其命根如是能斷又如聲聞阿羅漢人處大衆中於自言論顯照施設成立開示於他言論破壞遮止其中所有或諸沙門或婆羅門懷怨害見朋怨害論作是怨言苦哉

荼毒云何如是名類沙門處大衆中於自言論顯照施設成立開示於他言論破壞遮止若復於我作如此類不饒益事我當決定害其命根如是能斷彼於異時所發起瞋不忍不信轉復猛利堅固熾盛由所起瞋不忍不信展轉猛利堅固熾盛復於後時發起如是修斷瞋纏由此瞋纏之所纏故便起故思害彼聲聞阿羅漢命彼由如是身業語業意思悕求願行種類說名邪性由此棄捨先所成就諸想等想假立言說住不定聚不定種性由此獲得先未成就諸想等想假立言說住邪定聚邪定種性獲得五種補特伽羅和雜種類助伴種類惡衆同分處得事得生長處得謂害毋害父害阿羅漢破和合僧以勃惡心出如來血諸害聲聞阿羅漢命彼如是害

此行相害諸破如來聲聞弟子和合僧衆彼云何破何行相破謂如有一於非法法想於非毗柰耶毗柰耶想彼不覆此想不覆此忍不覆如是樂慧觀見於其如來聲聞弟子和合僧衆教示勸誨令其歡悅修學受持言是正法是毗柰耶是大師教具壽汝今於是正法是毗柰耶是大師教應當許可忍受開顯應起受籌若以彼身爲其第五起受籌者下極此數補特伽羅雖言能破如來弟子和合僧衆然不能生一劫住罪復如有一於法非法想於毗柰耶非毗柰耶想彼不覆此想不覆此忍不覆如是樂慧觀見於其如來聲聞弟子和合僧衆教示勸誨令其歡悅修學受持言非正法非毗柰耶非大師教具壽汝今於是非法非毗柰耶非大師教應當許可忍

受開顯應起受籌若以彼身爲其第五起受籌者下極此數補特伽羅雖言能破如來弟子和合僧衆然不能生一刧住罪復如有一於非法非法想於非毗柰耶非毗柰耶想彼隱覆此想隱覆此忍隱覆如是樂慧觀見於其如來聲聞弟子和合僧衆教示勸誨令其歡悅修學受持言是正法是毗柰耶是大師教具壽汝今於是正法是毗柰耶是大師教應當許可忍受開顯應起受籌若以彼身爲其第五起受籌者下極此數補特伽羅應言能破如來弟子和合僧衆亦能生於一刧住罪復如有一於法法想於毗柰耶毗柰耶想彼隱覆此想隱覆此忍隱覆如是樂慧觀見於其如來聲聞弟子和合僧衆教示勸誨令其歡悅修學受持言非正法非毗柰耶非大師教具壽汝今於是非法非毗柰耶非大師教應當許可忍受開顯應起受籌若以彼身爲其第五起受籌者下極此數補特伽羅應言能破如來弟子和合僧衆亦能生於一刧住罪彼由如是身業語業意思悕求願行種類說名邪性由此棄捨先所成就諸想等想假立言說住不定聚不定種性由此獲得先未成就諸想等想假立言說住邪定聚邪定種性獲得五種補特伽羅和雜種類助伴種類惡衆同分處得事得生長處得謂害毋害父害阿羅漢破和合僧以勃惡心出如來血諸破如來聲聞弟子和合僧衆彼如是破此行相破諸勃惡心出如來血彼云何出何行相出謂如如來處大衆中於自言論顯照施設成立開示於他言論破壞遮止其中所有

或諸沙門或婆羅門懷怨害見朋怨害論作是怨言苦哉荼毒云何如是名類沙門處大衆中於自言論顯照施設成立開示於他言論破壞遮止若復於我作如此類不饒益事我當决定害其命根如是能斷彼於異時所發起瞋不忍不信轉復猛利堅固熾盛由所起瞋不忍不信展轉猛利堅固熾盛復於後時發起如是修斷瞋纏由此瞋纏之所纏故便起故思我今决定害如來命然諸如來法爾無有能害命者唯可有能以勃惡心出如來血彼由如是身業語業意思悕求願行種類説名邪性由此棄捨先所成就諸想等想假立言説住不定聚不定種性由此獲得先未成就諸想等想假立言説住邪定聚邪定種性獲得五種補特伽羅和雜種類助伴種類惡衆同分處得事得生長處得謂害毋害父害阿羅漢破和合僧以勃惡心出如來血諸勃惡心出如來血彼如是出此行相出

阿毗達磨識身足論卷第十一

音釋

嗢柁南 梵語正云鄔柁南此云自説嗢烏没切柁待可切　勃 蒲昧切與悖同逆也　嗜 常利切好也　耽婬 耽丁含切樂也婬余針切婬蕩也　荼毒 荼同都切苦也毒徒沃切痛也　悕 香衣切與希同　補特伽羅 梵語此云數取趣伽具牙切　黜 尺律切貶斥也　呵 虎何切怒言也

阿毗達磨識身足論卷第十二

提婆設摩阿羅漢造

三藏法師玄奘奉詔譯

雜蘊第五之二

諸斷善根彼云何斷何行相斷謂如有一故思害母害父命已無隨愧悔復如有一故思害母害父命已有隨愧悔如是二人師諸沙門或婆羅門嗢羯洛迦或彼徒類執無有見立無有論言無有因言無有作施設彼彼善業惡業皆斷壞者數往請問云何爲善云何不善云何有罪云何無罪作何事已成好非惡彼由親近承事供養如是師故於所作罪未生愧悔令其不生已生愧悔令速除遣作如是言殺生愚妄虛無有果無義無起無味無利無有殺生無有殺生所感異熟如是不與取欲邪行妄語離間語麤惡語綺語貪瞋邪見皆是愚妄虛無有果無義無起無味無利無邪見等無邪見等所感異熟彼於此事深生愛樂忍受開顯以於此事深生愛樂忍受開顯便說是人履於左道謂邪見邪思惟邪語邪業邪命邪勤邪念邪定彼由如是履左道故三種善根漸漸損減微薄間缺三不善根漸漸增長猛利熾盛三種妙行漸漸損減微薄間缺三種惡行漸漸增長猛利熾盛十善業道漸漸損減微薄間缺十惡業道漸漸增長猛利熾盛八正右道漸漸損減微薄間缺八邪左道漸漸增長猛利熾盛彼由殺生不與取欲邪行妄語離間語麤惡語綺語貪瞋邪見轉增長故多住不寂靜多住不律儀雖於少時生起微劣善心心法正見俱行

然復種種惡不善法多分現行多居左品如度夏熱入秋涼時夜分垂雲靉靆冥暗振雷掣電暫發光明纔覩衆色速還隱沒如是彼人多住不寂靜多住不律儀雖於少時生起微劣善心心法正見俱行然復種種惡不善法多分現行多居左品又如有人春末夏初熱渴所悶熱風所惱入清涼池濯清冷水沐浴飲已速疾還出其身所有麤滯皆落唯有微滯住毛孔中如是彼人多住不寂靜多住不律儀雖於少時生起微劣善心心法正見俱行然復種種惡不善法多分現行多居左品彼於後時亦能傷害尊勝生命無隨愧悔究竟撥無一切善惡業果異熟由彼傷害尊勝生命無隨愧悔究竟撥無一切善惡業果異熟便說是人已斷三界所有善根謂欲界繫及色界繫無色界繫當知如是補特伽羅於現法中不能更續所有善根決定當於地獄死時或於生時續諸善根問若殺如是補特伽羅若殺蟻卵折脚蟻子何者罪大答若以等纏異熟亦等復有說者若殺蟻卵折脚蟻子所得罪大非殺如是補特伽羅何以故以諸蟻卵折脚蟻子不斷善根如是色類補特伽羅斷善根故彼由如是身業語業意思希求願行種類說名邪性由此棄捨先所成就諸想等想假立言說住不定聚不定種性由此獲得先未成就諸想等想假立言說住邪定聚邪定種性獲得五種補特伽羅和雜種類助伴種類惡衆同分處得事得生長處得謂害毋害父害阿羅漢破和合僧以勃惡心出如來血諸斷善根彼如是斷此行相斷

謂有一類補特伽羅由欲界繫諸染汚心現在前故所有善根或捨而不得或得而不捨或亦捨亦得或不捨不得捨而不得者謂善根斷時及已離色界貪異生由欲界纏退色無色界繫所有善根捨而不得已離欲界貪異生欲界纏退色界繫善根捨而不得已離色界貪有學欲界纏退無色界繫善根捨而不得如是名爲捨而不得得而不捨者謂迷惑心續善根時亦捨亦得者謂無色界没生欲界時捨無色界繫善根得欲界繫善根從色界没生欲界時捨色界繫善根得欲界繫善根諸阿羅漢欲界纏退捨無色界繫及無學善根得學善根退無學心住有學心如是名爲亦捨亦得不捨不得者謂不斷善根從欲界没還生欲界如是名爲不捨不得復有一類補特伽羅由色界繫諸染汚心現在前故所有善根或捨而不得或亦捨亦得或不捨不得捨而不得者謂已離色界貪有學異生色界纏退無色界繫善根捨而不得從欲界没生色界時欲界繫善根捨而不得如是名爲捨而不得亦捨亦得者謂無色界没生色界時捨無色界繫善根得色界繫善根諸阿羅漢色界纏退捨無色界繫及無學善根得學善根退無學心住有學心如是名爲亦捨亦得不捨不得者謂色界没還生色界如是名爲不捨不得復有一類補特伽羅由無色界繫諸染汚心現在前故所有善根或捨而不得或亦捨亦得或不捨不得捨而不得者謂從欲界没生無色界諸欲界繫及色界繫善根捨而不得從色界没生無色界諸色

界繫善根捨而不得如是名爲捨而不得亦捨亦得者謂阿羅漢無色纏退捨無學善根得有學善根退無學心住有學心如是名爲亦捨亦得不捨不得者謂無色界沒還生無色界如是名爲不捨不得

又十二處謂眼處色處耳處聲處鼻處香處舌處味處身處觸處意處法處云何眼處謂諸眼處已見色今見色當見色或復所餘彼同分眼處云何彼同分眼處謂彼同分眼處或過去或未來或現在云何過去彼同分眼處謂諸眼處不見色已滅云何未來彼同分眼處謂諸眼處或在未來定不當生或有當生不見色當滅云何現在彼同分眼處謂諸眼處不見色今滅云何色處謂諸色處眼已見眼今見眼當見或復所餘彼同色處云何彼同分色處謂彼同分色處或過去或未來或現在云何過去彼同分色處謂諸色處眼不見已滅云何未來彼同分色處謂諸色處或在未來定不當生或有當生眼不見當滅云何現在彼同分色處謂諸色處眼不見今滅如眼處色處耳處聲處鼻處香處舌處味處身處觸處亦爾云何意處謂諸意處已了別法今了別法當了別法或復所餘彼同分意處云何彼同分意處謂諸意處在未來世定不當生無有過去現在彼同分意處無有彼同分法處

過去眼於色有二句謂過去眼於色或已見非今見非當見或非已見非今見非當見未來眼於色有三句謂未來眼於色或非已見非今見非當見或非已見非今見是當見或

非已見非今見或當見或不當見現在眼於色有十二句謂現在眼於色或已見非今見非當見或今見非已見非當見或當見非已見非今見或已見今見非當見或已見當見非今見或今見當見非已見或已見非今見或當見或不當見或今見非已見或當見或不當見或非已見非今見或當見或不當見或已見今見或當見或不當見或已見今見當見或非已見非今見非當見

頗眼爲緣中爲緣上此緣何緣即緣下眼曰有謂中與上頗眼爲緣初非此緣何非此緣即業大種曰有謂下中上如眼耳鼻舌身亦爾頗意爲緣中爲緣上此緣何緣即緣下意曰有謂中與上頗意爲緣初非此緣何非此緣謂業煩惱曰有謂下中上

有十八界謂眼界色界眼識界耳界聲界耳識界鼻界香界鼻識界舌界味界舌識界身界觸界身識界意界法界意識界頗眼界已斷已徧知色界亦爾耶設色界已斷已徧知眼界亦爾耶頗眼界已斷已徧知乃至意識界亦爾耶設意識界已斷已徧知眼界亦爾耶頗乃至法界已斷已徧知意識界亦爾耶設意識界已斷已徧知法界亦爾耶頗眼界已斷已徧知色界亦爾耶曰如是設色界已斷已徧知眼界亦爾耶曰如是如眼界望色界望耳界聲界鼻界舌界身界觸界亦爾頗眼界已斷已徧知眼識界亦爾耶曰若眼界已斷已徧知眼識界亦爾或眼識界已斷已徧知非眼界謂已離梵世貪未離上貪如眼界望眼識界望耳識界身識界亦爾頗眼界

已斷已徧知香界亦爾耶曰若眼界已斷已徧知香界亦爾或香界已斷已徧知非眼界謂已離欲界貪未離上貪如眼界望香界望味界鼻識界舌識界亦爾頗眼界已斷已徧知意界亦爾耶曰若意界已斷已徧知眼界亦爾或眼界已斷已徧知非意界謂已離色界貪未離上貪如眼界望意界望法界意識界亦爾如眼界如是廣說色界耳界聲界鼻界舌界身界觸界廣說亦爾頗眼識界已斷已徧知耳識界亦爾耶曰如是設耳識界已斷已徧知眼識界亦爾耶曰如是如眼識界望耳識界望身識界亦爾頗眼識界已斷已徧知香界亦爾耶曰若眼識界已斷已徧知香界亦爾或香界已斷已徧知非眼識界謂已離欲界貪未離梵世貪如眼識界望香界

望味界鼻識界舌識界亦爾頗眼識界已斷已徧知意界亦爾耶曰若意界已斷已徧知眼識界亦爾或眼識界已斷已徧知非意界謂已離梵世貪未離上貪如眼識界望意界望法界意識界亦爾如眼識界如是廣說耳識界身識界廣說亦爾頗香界已斷已徧知味界亦爾耶曰如是設味界已斷已徧知香界亦爾耶曰如是如香界望味界已斷已徧知香界亦爾耶曰如是如香界望味界望鼻識界舌識界亦爾頗香界已斷已徧知意界亦爾耶曰若意界已斷已徧知香界亦爾或香界已斷已徧知非意界謂已離欲界貪未離上貪如香界望意界望法界意識界亦爾如香界如是廣說味界鼻識界舌識界廣說亦爾頗意界已斷已徧知法界亦爾耶曰如

是設法界已斷已徧知意界亦爾耶曰如是如意界望法界望意識界亦爾頗法界已斷已徧知意識界亦爾耶曰如是設意識界已斷已徧知法界亦爾耶曰如是

有十二心謂欲界繫善心不善心有覆無記心無覆無記心色界繫善心有覆無記心無覆無記心無色界繫善心有覆無記心無覆無記心及學心無學心如是十二心或過去或未來或現在過去欲界繫善心有四句謂或已了別非今了別非當了別或已了別當了別非今了別或已了別今了別非當了別或已了別今了別當了別已了別非今了別非當了別者謂色無色界生長諸聖補特伽羅已了別當了別非今了別者謂已斷善根補特伽羅及色無色界生長異生已了別今了別非當了別者謂欲界生長趣色無色界諸不還者住最後善心已了別今了別當了別者謂欲界生長不斷善根住自性位如過去未來亦爾欲界繫未曾得善心有四句或非已了別非今了別非當了別或非已了別非今了別當了別或非已了別非今了別或當了別或不當了別或今了別當了別非已了別非已了別非今了別非當了別者謂先未曾得定不當得非已了別非今了別當了別者謂先未曾得決定當得非已了別非今了別或當了別或不當了別者謂先未曾得或當得或不當得今了別當了別非已了別者謂先未曾得最初現前現在欲界繫善心有三句或已了別今了別非當了別或非已了別今了別當了別或已了別今了別當

别已了别今了别非當了别者謂欲界生長趣色無色界諸不還者住最後善心非已了别今了别當了别者謂先未曾得最初現前已了别今了别當了别者謂先曾得令現在前過去不善心有七句或已了别非今了别非當了别或已了别非今了别當了别或已了别非今了别或當了别或不當了别或已了别今了别非當了别或已了别今了别當了别或已了别今了别或當了别或不當了别或已了别今了别當了别已了别非今了别非當了别者謂已離欲界貪從離欲貪定不當退已了别非今了别當了别者謂已離欲界貪從離欲貪決定當退已了别非今了别或當了别或不當了别者謂已離欲界貪從離欲貪或當退或不當退已了别今了别

非當了别者謂住離欲貪無間道中得離欲貪從離欲貪定不當退已了别非今了别當了别者謂住離欲貪無間道中得離欲貪從離欲貪決定當退已了别今了别或當了别或不當了别者謂住離欲貪無間道中得離欲貪從離欲貪或當退或不當退已了别今了别當了别者謂未離欲界貪住自性位如過去未來亦爾現在不善心有一句即已了别今了别當了别謂不善心正現在前過去欲界繫有覆無記心有七句或已了别非今了别非當了别或已了别非今了别當了别或已了别非今了别或當了别或不當了别或已了别今了别非當了别或已了别今了别當了别或已了别今了别或當了别或不當了别或已了别今了别當了别已了别非

今了別非當了別者謂已離欲界貪異生從離欲貪定不當退及未離欲界貪聖者現觀邊苦法智已生已了別非今了別當了別者謂已離欲界貪異生從離欲貪決定當退已了別非今了別或當了別或不當了別者謂已離欲界貪異生從離欲貪或當退或不當退已了別今了別非當了別者謂諸異生住離欲貪無間道中得離欲貪從離欲貪定不當退及未離欲界貪聖者現觀邊苦法智未生已了別今了別當了別者謂諸異生住離欲貪無間道中得離欲貪從離欲貪決定當退已了別今了別或當了別或不當了別者謂諸異生住離欲貪無間道中得離欲貪從離欲貪或當退或不當退已了別今了別當了別者謂未離欲界貪異生住自性位如過去未來亦爾現在欲界繫有覆無記心有一句即已了別今了別當了別謂諸異生欲界繫有覆無記心正現在前過去欲界繫無覆無記心有四句或已了別非今了別非當了別或已了別非今了別當了別或已了別今了別非當了別或已了別今了別當了別已了別非今了別非當了別者謂無色界生長諸聖補特伽羅已了別非今了別當了別者謂無色界生長異生已了別今了別非當了別者謂欲界色界生長趣無色界諸不還者住最後心已了別今了別當了別者謂欲界色界生長住自性位如過去未來亦爾欲界繫未曾得無覆無記心有四句或非已了別非今了別非當了別或非已了別非今了別當了別或非已了別非今了別或當了別或

不當了別或非已了別今了別當了別非已了別非今了別非當了別者謂先未曾得定不當得非已了別非今了別當了別者謂先未曾得決定當得非已了別非今了別或當了別或不當了別者謂先未曾得或當得或不當得非已了別今了別當了別者謂先未曾得最初現前現在欲界繫無覆無記心有三句或已了別今了別非當了別或非已了別今了別當了別或已了別今了別當了別已了別今了別非當了別者謂欲界色界生長趣無色界諸不還者住最後無覆無記心非已了別今了別當了別者謂先未曾得最初現前已了別今了別當了別者謂先曾得今現在前過去色界繫善心有四句或已了別非今了別非當了別或已了別非今了別當了別或已了別今了別非當了別或已了別今了別當了別已了別非今了別非當了別者謂無色界生長諸聖補特伽羅已了別非今了別當了別者謂欲界生長未得色界善心及無色界生長異生已了別今了別非當了別者謂欲界色界生長趣無色界諸不還者住最後心已了別今了別當了別者謂欲界生長得色界善心住自性位及色界生長住自性位如過去未來亦爾色界繫未曾得善心有四句或非已了別非今了別非當了別或非已了別非今了別當了別或非已了別非今了別或當了別或不當了別或非已了別今了別當了別非已了別非今了別非當了別者謂先未曾得定不當得非已了別非今了別當了別者謂先未曾得決定當

得非已了別非今了別或當了別或不當了別者謂先未曾得或當得或不當得非已了別今了別當了別者謂先未曾得最初現前現在色界繫善心有三句或已了別今了別非當了別或非已了別今了別當了別或已了別今了別當了別已了別今了別非當了別者謂色界生長趣無色界諸不還者住最後善心非已了別今了別當了別者謂先未曾得最初現前已了別今了別當了別者謂先曾得今現在前過去色界繫有覆無記心有七句或已了別非今了別非當了別或已了別非今了別當了別或已了別非今了別或當了別或不當了別或已了別今了別非當了別或已了別今了別當了別或已了別今了別或當了別或不當了別或已了別今了別當了別已了別今了別非當了別者謂已離色界貪從離色貪定不當退已了別非今了別當了別者謂已離色界貪從離色貪決定當退已了別非今了別或當了別或不當了別者謂已離色界貪從離色貪或當退或不當退已了別今了別非當了別者謂住離色貪無間道中得離色貪從離色貪定不當退已了別今了別當了別者謂住離色貪無間道中得離色貪從離色貪決定當退已了別今了別或當了別或不當了別者謂住離色貪無間道中得離色貪從離色貪或當退或不當退已了別今了別當了別者謂未離色界貪住自性位如過去未來亦爾現在色界繫有覆無記心有一句即已了別今了別當了別謂色界繫有覆無記心正現在

前過去色界繫無覆無記心有四句或已了別非今了別非當了別或已了別非今了別當了別或已了別今了別非當了別或已了別今了別當了別已了別非今了別非當了別者謂無色界生長諸聖補特伽羅已了別非今了別當了別者謂欲界生長未離欲界貪及無色界生長異生已了別今了別非當了別者謂欲界色界生長趣無色界諸不還者住最後心已了別今了別當了別者謂欲界生長已離欲界貪及色界生長住自性位如過去未來亦爾色界繫未曾得無覆無記心有四句或非已了別非今了別非當了別或非已了別非今了別當了別或非已了別非今了別或當了別或不當了別或非已了別今了別當了別非已了別非今了別非當了別者謂先未曾得定不當得非已了別非今了別當了別者謂先未曾得決定當得非已了別非今了別或當了別或不當了別者謂先未曾得或當得或不當得非已了別今了別當了別者謂先未曾得最初現前現在色界繫無覆無記心有三句或已了別今了別非當了別或非已了別今了別當了別或已了別今了別當了別已了別今了別非當了別者謂色界生長趣無色界諸不還者住最後無覆無記心非已了別今了別當了別者謂先未曾得最初現前已了別今了別當了別者謂先曾得今現在前過去無色界繫善心有二句或已了別非今了別當了別或已了別今了別當了別已了別非今了別當了別者謂未得無色界善心已了別今了別

當了別者謂已得無色界善心如過去未來亦爾無色界繫未曾得善心有四句或非已了別非今了別非當了別或非已了別非今了別當了別或非已了別非今了別或當了別或不當了別或非已了別今了別當了別非已了別非今了別非當了別者謂先未曾得定不當得非已了別非今了別當了別者謂先未曾得決定當得非已了別非今了別或當了別或不當了別者謂先未曾得或當得或不當得非已了別今了別當了別者謂先未曾得最初現前現在無色界繫善心有二句或非已了別今了別當了別或已了別今了別當了別非已了別今了別當了別者謂先未曾得最初現前已了別今了別當了別者謂先曾得今現在前過去無色界繫有覆無記心有七句或已了別非今了別非當了別或已了別非今了別當了別或已了別非今了別或當了別或不當了別或已了別今了別非當了別或已了別今了別當了別或已了別今了別或當了別或不當了別或已了別今了別當了別已了別非今了別非當了別者謂已離無色界貪從離無色貪定不當退已了別非今了別當了別者謂已離無色界貪從離無色貪決定當退已了別非今了別或當了別或不當了別者謂已離無色界貪從離無色貪或當退或不當退已了別今了別非當了別者謂住離無色貪無間道中得離無色貪從離無色貪定不當退已了別今了別或當了別或不當了別者謂住離無色貪無間道中得離無色貪從離無色

貪或當退或不當退已了別令了別當了別者謂未離無色貪住自性位如過去未來亦爾現在無色界繫有覆無記心有一句即已了別令了別當了別謂無色界繫有覆無記心正現在前過去無色界繫無覆無記心有一句即已了別非令了別非當了別謂異熟心已滅如過去未來亦爾無色界繫未曾得無覆無記心有三句或非已了別非令了別非當了別或非已了別或非令了別當了別或非已了別非令了別或當了別或不當了別非已了別非令了別非當了別者謂先未曾得定不當得非已了別非令了別當了別者謂先未曾得決定當得非已了別非令了別或當了別或不當了別者謂先未曾得或當得或不當得得現在無色界繫無覆無記心有一句即非已了別令了別非當了別謂異熟心正現在前過去學心有七句或已了別非令了別非當了別或已了別非令了別或當了別或不當了別或已了別令了別非當了別或已了別令了別或當了別或已了別令了別當了別或不當了別或已了別令了別當了別或已了別令了別當了別已了別非令了別非當了別者謂阿羅漢從阿羅漢果定不當退已了別非令了別當了別者謂阿羅漢從阿羅漢果決定當退已了別非令了別或當了別或不當了別者謂阿羅漢從阿羅漢果或當退或不當退已了別令了別非當了別者謂住阿羅漢果無間道中得阿羅漢果從阿羅漢果定不當退已了別令了別當了別者謂住阿羅漢果無間道中得阿

羅漢果從阿羅漢果決定當退已了別今了
別或當了別或不當了別者謂住阿羅漢果
無間道中得阿羅漢果從阿羅漢果或當退
或不當退已了別今了別當了別者謂諸有
學住自性位如過去未來亦爾未曾得學心
有四句或非已了別非今了別非當了別或
非已了別非今了別當了別或非已了別非
今了別或當了別或不當了別或非已了別
今了別當了別非已了別非今了別非當了
別者謂先未曾得定不當得非已了別非今
了別當了別者謂先未曾得決定當得非已
了別非今了別或當了別或不當了別者謂
先未曾得或當得或不當得非已了別今了
別當了別者謂先未曾得最初現前現在學
心有八句或非已了別今了別非當了別或
非已了別今了別當了別或非已了別今了
別或當了別或不當了別或已了別今了別
非當了別或已了別今了別當了別或已了
別今了別或當了別或不當了別或非已了
別今了別當了別或已了別今了別當了別
非已了別今了別非當了別者謂先不退阿
羅漢果住阿羅漢果無間道中得阿羅漢果
從阿羅漢果定不當退非已了別今了別當
了別者謂先不退阿羅漢果住阿羅漢果無
間道中得阿羅漢果從阿羅漢果決定當退
非已了別今了別或當了別或不當了別者
謂先不退阿羅漢果住阿羅漢果無間道中
得阿羅漢果從阿羅漢果或當退或不當退
已了別今了別非當了別者謂先已退阿羅
漢果住阿羅漢果無間道中得阿羅漢果從

阿羅漢果定不當退已了別今了別當了別者謂先已退阿羅漢果住阿羅漢果無間道中得阿羅漢果從阿羅漢果決定當退已了別今了別或當了別或不當了別者謂先已退阿羅漢果住阿羅漢果無間道中得阿羅漢果從阿羅漢果或當退或不當退非已了別今了別當了別者謂先未曾得最初現前已了別今了別當了別者謂先已曾得今現在前過去無學心有四句或已了別非今了別非當了別或已了別非今了別當了別或已了別今了別非當了別或已了別今了別當了別已了別非今了別非當了別者謂時解脫阿羅漢果入不動已了別非今了別當了別者謂阿羅漢已退阿羅漢果已了別今了別非當了別者謂時解脫阿羅漢住得不動無間道中已了別今了別當了別者謂諸無學住自性位如過去未來亦爾未曾得無學心有四句或非已了別非今了別非當了別或非已了別非今了別當了別或非已了別非今了別或當了別或不當了別或非已了別今了別當了別非已了別非今了別非當了別者謂先未曾得定不當得非已了別非今了別當了別者謂先未曾得決定當得非已了別非今了別或當了別或不當了別者謂先未曾得或當得或不當得非已了別今了別當了別者謂先未曾得最初現前現在無學心有三句或已了別今了別非當了別或非已了別今了別當了別或已了別今了別當了別已了別今了別非當了別者謂時解脫阿羅漢住得不動無間道中非已了

别今了别當了别者謂先未曾得最初現前已了别今了别當了别者謂先曾得今現在前雜蘊覺

阿毗達磨識身足論卷第十二

音釋

靉靆靉烏亥切靆徒亥切靉靆雲盛貌　掣昌列切　濯直角切浣也

渧丁歷切與滴同

阿毗達磨識身足論卷第十三

提婆設摩阿羅漢造

三藏法師玄奘奉　詔譯

成就蘊第六之一

嗢柁南頌

初成不成與捨得　未斷已斷二種心
補特伽羅二梵世　學無學心二最後

有十二心謂欲界繫善心不善心有覆無記心無覆無記心色界繫善心有覆無記心無覆無記心無色界繫善心有覆無記心無覆無記心及學心無學心若成就欲界繫善心亦成就不善心耶設成就不善心亦成就此善心耶若成就欲界繫善心乃至亦成就無學心耶設成就無學心亦成就此善心耶乃至若成就學心亦成就無學心耶設成就無學心亦成就學心耶

若成就欲界繫善心亦成就不善心耶或成就欲界繫善心非不善心或成就不善心非此善心或成就此善心亦不善心或非成就此善心亦非不善心成就欲界繫善心非不善心者謂欲界生長已離欲界貪補特伽羅成就不善心非此善心者謂已斷善根補特伽羅成就此善心亦不善心者謂欲界生長不斷善根未離欲界貪補特伽羅非成就此善心亦非不善心者謂色無色界生長補特伽羅若成就欲界繫善心亦成就欲界繫有覆無記心耶或成就欲界繫善心非欲界繫有覆無記心或成就欲界繫有覆無記心非欲界繫善心或成就此善心亦此有覆無記心或非成就此善心亦非此有覆無記心成

就欲界繫善心非欲界繫有覆無記心者謂欲界生長已離欲界貪聖者異生及未離欲界貪聖者現觀邊苦法智已生成就欲界繫有覆無記心非欲界繫善心者謂已斷善根補特伽羅成就欲界繫善心亦欲界繫有覆無記心者謂欲界生長異生不斷善根未離欲界貪及未離欲界貪聖者現觀邊苦法智未生非成就欲界繫善心亦非欲界繫有覆無記心者謂色無色界生長補特伽羅若成就欲界繫善心亦成就欲界繫無覆無記心耶若成就欲界繫善心定成就欲界繫無覆無記心或成就欲界繫無覆無記心非欲界繫善心謂已斷善根及色界生長補特伽羅若成就欲界繫善心亦成就色界繫善心耶或成就欲界繫善心非色界繫善心或成就色界繫善心非欲界繫善心或成就欲界繫善心亦色界繫善心或非成就欲界繫善心亦非色界繫善心成就欲界繫善心非色界繫善心者謂欲界生長不斷善根未得色界善心補特伽羅成就色界繫善心非欲界繫善心者謂色界生長補特伽羅成就欲界繫善心亦色界繫善心者謂欲界生長已得色界善心補特伽羅非成就欲界繫善心亦非色界繫善心者謂已斷善根及無色界生長補特伽羅若成就欲界繫善心亦成就色界繫有覆無記心耶或成就欲界繫善心非色界繫有覆無記心或成就色界繫有覆無記心非欲界繫善心或成就欲界繫善心亦色界繫有覆無記心或非成就欲界繫善心亦非色界繫有覆無記心成就欲界繫善心非

色界繫有覆無記心者謂欲界生長已離色界貪補特伽羅成就色界繫有覆無記心非欲界繫善心者謂已斷善根及色界生長未離色界貪補特伽羅成就欲界繫善心亦色界繫有覆無記心者謂欲界生長不斷善根未離色界貪補特伽羅非成就欲界繫善心亦非色界繫有覆無記心者謂色界生長已離色界貪及無色界生長補特伽羅若成就欲界繫善心亦成就色界繫無覆無記心耶或成就欲界繫善心非色界繫無覆無記心或成就色界繫無覆無記心非欲界繫善心或成就欲界繫善心亦色界繫無覆無記心或非成就欲界繫善心亦非色界繫無覆無記心成就欲界繫善心非色界繫無覆無記心者謂欲界生長不斷善根未離色界貪補特伽羅成就色界繫無覆無記心非欲界繫善心者謂色界生長補特伽羅成就欲界繫善心亦色界繫無覆無記心者謂欲界生長已離欲界貪補特伽羅非成就欲界繫善心亦非色界繫無覆無記心者謂已斷善根及無色界生長補特伽羅若成就欲界繫善心亦成就無色界繫善心耶或成就欲界繫善心非無色界繫善心或成就無色界繫善心非欲界繫善心或成就欲界繫善心亦無色界繫善心或非成就欲界繫善心亦非無色界繫善心成就欲界繫善心非無色界繫善心者謂欲界生長不斷善根未得無色界善心補特伽羅成就無色界繫善心非欲界繫善心者謂色界生長已得無色界善心及無色界生長補特伽羅成就欲界繫善心亦無

色界繫善心者謂欲界生長已得無色界善心補特伽羅非成就欲界繫善心亦非無色界繫善心者謂已斷善根及色界生長未得無色界善心補特伽羅若成就欲界繫善心亦成就無色界繫有覆無記心耶或成就欲界繫善心非無色界繫有覆無記心或成就無色界繫有覆無記心非欲界繫善心或成就欲界繫善心亦無色界繫有覆無記心或非成就欲界繫善心亦非無色界繫有覆無記心成就欲界繫善心非無色界繫有覆無記心者謂欲界生長阿羅漢成就無色界繫有覆無記心非欲界繫善心者謂已斷善根及色無色界生長有學異生補特伽羅成就欲界繫善心亦無色界繫有覆無記心者謂欲界生長有學及異生不斷善根補特伽羅非成就欲界繫善心亦非無色界繫有覆無記心者謂色無色界生長阿羅漢若成就欲界繫善心亦成就無色界繫無覆無記心耶若成就欲界繫善心定不成就無色界繫無覆無記心若成就無色界繫無覆無記心定不成就欲界繫善心若成就欲界繫善心亦成就學心耶或成就欲界繫善心非學心或成就學心非欲界繫善心或成就欲界繫善心亦學心或非成就欲界繫善心亦非學心成就欲界繫善心非學心者謂欲界生長阿羅漢及異生不斷善根補特伽羅成就學心非欲界繫善心者謂色無色界生長有學補特伽羅成就欲界繫善心亦學心者謂欲界生長有學補特伽羅非成就欲界繫善心亦非學心者謂已斷善根及色無色界生長阿

羅漢若異生補特伽羅若成就欲界繫善心亦成就無學心耶或成就欲界繫善心非無學心或成就無學心非欲界繫善心或成就欲界繫善心亦無學心或非成就欲界繫善心亦非無學心成就欲界繫善心非無學心者謂欲界生長有學及異生不斷善根補特伽羅成就無學心非欲界繫善心者謂色無色界生長阿羅漢成就欲界繫善心亦無學心者謂欲界生長阿羅漢非成就欲界繫善心亦非無學心者謂已斷善根及色無色界生長有學若異生補特伽羅若成就不善心亦成就欲界繫有覆無記心耶若成就欲界繫有覆無記心定成就不善心或成就不善心非欲界繫有覆無記心謂未離欲界貪聖者現觀邊苦法智已生若成就不善心亦成就欲界繫無覆無記心耶若成就不善心定成就欲界繫無覆無記心或成就欲界繫無覆無記心非不善心謂欲界生長已離欲界貪或色界生長補特伽羅若成就不善心亦成就色界繫善心耶或成就不善心非色界繫善心或成就色界繫善心非不善心或成就不善心亦色界繫善心或非成就不善心亦非色界繫善心成就不善心非色界繫善心者謂欲界生長未得色界善心補特伽羅成就色界繫善心非不善心者謂欲界生長已離欲界貪及色界生長補特伽羅成就不善心亦色界繫善心者謂欲界生長未離欲界貪已得色界善心補特伽羅非成就不善心亦非色界繫善心者謂無色界生長補特伽羅若成就不善心亦成就色界繫有覆無

記心耶若成就不善心定成就色界繫有覆無記心或成就色界繫有覆無記心非不善心謂欲界生長已離欲界貪未離色界貪及色界生長未離色界貪補特伽羅若成就不善心亦成就色界繫無覆無記心耶若成就不善心定不成就色界繫無覆無記心若成就色界繫無覆無記心定不成就不善心若成就不善心亦成就無色界繫善心耶若成就不善心定不成就無色界繫善心若成就無色界繫善心定不成就不善心若成就不善心亦成就無色界繫有覆無記心耶若成就不善心定成就無色界繫有覆無記心或成就無色界繫有覆無記心非不善心謂有學異生已離欲界貪若成就不善心定不成就無色界繫無覆無記心若無學心若成就無色界繫無覆無記心若無學心定不成就不善心若成就不善心亦成就學心耶或成就不善心非學心或成就學心非不善心或成就不善心亦學心或非成就不善心亦非學心成就不善心非學心者謂欲界生長異生未離欲界貪成就學心非不善心者謂諸有學已離欲界貪成就不善心亦學心者謂諸有學未離欲界貪非成就不善心亦非學心者謂阿羅漢及諸異生已離欲界貪若成就欲界繫有覆無記心亦成就欲界繫無覆無記心耶若成就欲界繫有覆無記心定成就欲界繫無覆無記心或成就欲界繫無覆無記心非欲界繫有覆無記心謂欲界生長已離欲界貪及未離欲界貪聖者現觀邊苦法智已生若色界生長補特伽羅若成就欲

界繫有覆無記心亦成就色界繫善心耶或成就欲界繫有覆無記心非色界繫善心或成就色界繫善心非欲界繫有覆無記心或成就欲界繫有覆無記心亦色界繫善心或非成就欲界繫有覆無記心亦非色界繫善心成就欲界繫有覆無記心非色界繫善心者謂欲界生長未得色界善心補特伽羅成就色界繫善心非欲界繫有覆無記心者謂欲界生長異生已離欲界貪及未離欲界貪聖者現觀邊苦法智已生若色界生長補特伽羅成就欲界繫有覆無記心亦色界繫善心者謂欲界生長異生未離欲界貪已得色界善心及未離欲界貪聖者現觀邊苦法智未生非成就欲界繫有覆無記心亦非色界繫善心者謂無色界生長補特伽羅若成就欲界繫有覆無記心亦成就色界繫有覆無記心耶若成就欲界繫有覆無記心定成就色界繫有覆無記心或成就色界繫有覆無記心非欲界繫有覆無記心謂欲界生長有學異生已離欲界貪未離色界貪及未離欲界貪聖者現觀邊苦法智已生若色界生長未離彼貪補特伽羅若成就欲界繫有覆無記心定不成就色界繫無覆無記心若無色界繫善心若成就色界繫無覆無記心若無色界繫善心定不成就欲界繫有覆無記心若成就欲界繫有覆無記心亦成就無色界繫有覆無記心耶若成就欲界繫有覆無記心定成就無色界繫有覆無記心或成就無色界繫有覆無記心非欲界繫有覆無記心謂已離欲界貪有學異生及未離欲界貪聖

者現觀邊苦法智已生若成就欲界繫有覆無記心定不成就無色界繫無覆無記心若無學心若成就無色界繫無覆無記心若無學心定不成就欲界繫有覆無記心若成就欲界繫有覆無記心亦成就學心耶或成就欲界繫有覆無記心非學心或成就學心非欲界繫有覆無記心或成就欲界繫有覆無記心亦學心或非成就欲界繫有覆無記心亦非學心成就欲界繫有覆無記心非學心者謂欲界生長異生未離欲界貪成就學心非欲界繫有覆無記心者謂諸有學現觀邊苦法智已生成就欲界繫有覆無記心亦學心者謂未離欲界貪聖者現觀邊苦法智未生非成就欲界繫有覆無記心亦非學心者謂阿羅漢及諸異生已離欲界貪若成就欲界繫無覆無記心亦成就色界繫善心耶若成就色界繫善心定成就欲界繫無覆無記心或成就欲界繫無覆無記心非色界繫善心謂欲界生長未得色界善心補特伽羅若成就欲界繫無覆無記心亦成就色界繫有覆無記心耶若成就色界繫有覆無記心定成就欲界繫無覆無記心或成就欲界繫無覆無記心非色界繫有覆無記心謂欲界色界生長已離色界貪補特伽羅若成就欲界繫無覆無記心亦成就色界繫無覆無記心耶若成就色界繫無覆無記心定成就欲界繫無覆無記心或成就欲界繫無覆無記心非色界繫無覆無記心謂欲界生長未離欲界貪補特伽羅若成就欲界繫無覆無記心亦成就無色界繫善心耶或成就欲界繫無

覆無記心非無色界繫善心或成就無色界繫善心非欲界繫無覆無記心或成就欲界繫無覆無記心亦無色界繫善心或非成就欲界繫無覆無記心亦非無色界繫善心成就欲界繫無覆無記心非無色界繫善心者謂欲界色界生長未得無色界善心補特伽羅成就無色界繫善心非欲界繫無覆無記心者謂無色界生長補特伽羅成就欲界繫無覆無記心亦無色界繫善心者謂欲界色界生長已得無色界善心補特伽羅非成就欲界繫無覆無記心亦非無色界繫善心者無有此句若成就欲界繫無覆無記心亦成就無色界繫有覆無記心耶或成就欲界繫無覆無記心非無色界繫有覆無記心或成就無色界繫有覆無記心非欲界繫無覆無

記心或成就欲界繫無覆無記心亦無色界繫有覆無記心或非成就欲界繫無覆無記心亦非無色界繫有覆無記心成就欲界繫無覆無記心非無色界繫有覆無記心者謂欲界色界生長諸阿羅漢成就無色界繫有覆無記心非欲界繫無覆無記心者謂無色界生長有學異生成就欲界繫無覆無記心亦無色界繫有覆無記心者謂欲界色界生長有學異生非成就欲界繫無覆無記心亦非無色界繫有覆無記心者謂無色界生長諸阿羅漢若成就欲界繫無覆無記心定不成就無色界繫無覆無記心若成就無色界繫無覆無記心定不成就欲界繫無覆無記心若成就欲界繫無覆無記心亦成就學心耶或成就欲界繫無覆無記心非學心或成

就學心非欲界繫無覆無記心或成就欲界繫無覆無記心亦學心或非成就欲界繫無覆無記心亦非學心成就欲界繫無覆無記心非學心者謂欲界色界生長阿羅漢及諸異生成就學心非欲界繫無覆無記心者謂無色界生長有學補特伽羅成就欲界繫無覆無記心亦學心者謂欲界色界生長有學補特伽羅非成就欲界繫無覆無記心亦非學心者謂無色界生長阿羅漢及諸異生若成就欲界繫無覆無記心亦成就無學心耶或成就欲界繫無覆無記心非無學心廣說四句成就欲界繫無覆無記心非無學心者謂欲界色界生長有學及諸異生成就無學心非欲界繫無覆無記心者謂無色界生長諸阿羅漢成就欲界繫無覆無記心亦無學心者謂欲界色界生長諸阿羅漢非成就欲界繫無覆無記心亦非無學心者謂無色界生長有學及諸異生若成就色界繫善心亦成就色界繫有覆無記心耶或成就色界繫善心非色界繫有覆無記心廣說四句成就色界繫善心非色界繫有覆無記心者謂欲界色界生長已離色界貪補特伽羅成就色界繫有覆無記心非色界繫善心者謂欲界生長未得色界善心補特伽羅成就色界繫善心亦色界繫有覆無記心者謂欲界生長已得色界善心未離色界貪及色界生長未離彼貪補特伽羅非成就色界繫善心亦非色界繫有覆無記心者謂無色界生長補特伽羅若成就色界繫善心亦成就色界繫無覆無記心耶若成就色界繫無覆無記心定

成就色界繫善心或成就色界繫善心非色界繫無覆無記心謂欲界生長未離欲界貪已得色界繫善心補特伽羅若成就色界繫善心亦成就無色界善心耶或成就色界繫善心非無色界繫善心廣說四句成就色界繫善心非無色界繫善心者謂欲界生長已得色界善心未得無色界善心及色界生長未得無色界善心補特伽羅成就無色界繫善心非色界繫善心者謂無色界生長補特伽羅成就色界繫善心亦無色界繫善心者謂欲界色界生長已得無色界善心補特伽羅非成就色界繫善心亦非無色界繫善心者謂欲界生長未得色界善心補特伽羅若成就色界繫善心亦成就無色界繫有覆無記心耶或成就色界繫善心非無色界繫有覆無記心廣說四句成就色界繫善心非無色界繫有覆無記心者謂欲界色界生長諸阿羅漢成就無色界繫有覆無記心非色界繫善心者謂欲界生長未得色界善心及無色界生長有學異生成就色界繫善心亦無色界繫有覆無記心者謂欲界生長有學異生已得色界善心及色界生長有學異生非成就色界繫善心亦非無色界繫有覆無記心者謂無色界生長諸阿羅漢若成就色界繫善心定不成就無色界繫無覆無記心若成就無色界繫無覆無記心定不成就色界繫善心若成就色界繫善心亦成就學心耶或成就色界繫善心非學心廣說四句成就色界繫善心非學心者謂欲界生長阿羅漢及諸異生已得色界善心若色界生長阿羅

漢及諸異生成就學心非色界繫善心者謂無色界生長有學補特伽羅成就色界繫善心亦學心者謂欲界色界生長有學補特伽羅非成就色界繫善心亦非學心者謂欲界生長未得色界善心及無色界生長阿羅漢及諸異生若成就色界繫善心亦成就無學心耶或成就色界繫善心非無學心廣說四句成就色界繫善心非無學心者謂欲界生長有學異生已得色界善心及色界生長有學異生成就無學心非色界繫善心者謂無色界生長諸阿羅漢成就色界繫善心亦無學心者謂欲界色界生長諸阿羅漢非成就色界繫善心亦非無學心者謂欲界生長未得色界善心及無色界生長有學異生若成就色界繫有覆無記心亦成就色界繫無覆無記心耶或成就色界繫有覆無記心非色界繫無覆無記心廣說四句成就色界繫有覆無記心非色界繫無覆無記心者謂欲界生長未離欲界貪補特伽羅成就色界繫無覆無記心非色界繫有覆無記心者謂欲界色界生長已離色界貪補特伽羅成就色界繫有覆無記心亦色界繫無覆無記心者謂欲界生長已離欲界貪未離色界貪及色界生長未離彼貪補特伽羅非成就色界繫有覆無記心亦非色界繫無覆無記心者謂無色界生長補特伽羅若成就色界繫有覆無記心亦成就無色界繫善心耶或成就色界繫有覆無記心非無色界繫善心廣說四句成就色界繫有覆無記心非無色界繫善心者謂欲界色界生長未得無色界善心補特

伽羅成就無色界繫善心非色界繫有覆無記心者謂欲界色界生長已離色界貪及無色界生長補特伽羅成就色界繫有覆無記心亦無色界繫善心者謂欲界色界生長未離色界貪已得無色界善心補特伽羅非成就色界繫有覆無記心亦非無色界繫善心者無有此句若成就色界繫有覆無記心亦成就無色界繫有覆無記心耶若成就色界繫有覆無記心定成就無色界繫有覆無記心或成就無色界繫有覆無記心非色界繫有覆無記心謂有學異生已離色界貪若成就色界繫有覆無記心定不成就無色界繫無覆無記心若無學心若成就無色界繫無覆無記心若無學心定不成就色界繫有覆無記心若成就色界繫有覆無記心亦成就學心耶或成就色界繫有覆無記心非學心廣說四句成就色界繫有覆無記心非學心者謂諸異生未離色界貪成就學心非色界繫有覆無記心者謂諸有學已離色界貪成就色界繫有覆無記心亦學心者謂諸有學未離色界貪非成就色界繫有覆無記心亦非學心者謂阿羅漢及諸異生已離色界貪若成就色界繫無覆無記心亦成就無色界繫善心耶或成就色界繫無覆無記心非無色界繫善心廣說四句成就色界繫無覆無記心非無色界繫善心者謂欲界生長已離欲界貪未得無色界善心及色界生長未得無色界善心補特伽羅成就無色界繫善心非色界繫無覆無記心者謂無色界生長補特伽羅成就色界繫無覆無記心亦無色界

繫善心者謂欲界色界生長已得無色界善心補特伽羅非成就色界繫無覆無記心亦非無色界繫善心者謂欲界生長未離欲界貪補特伽羅若成就色界繫無覆無記心亦成就無色界繫有覆無記心耶或成就色界繫無覆無記心非無色界繫有覆無記心廣說四句成就色界繫無覆無記心非無色界繫有覆無記心者謂欲界色界生長諸阿羅漢成就無色界繫有覆無記心非色界繫無覆無記心者謂欲界生長未離欲界貪及無色界生長有學異生成就色界繫無覆無記心亦無色界繫有覆無記心者謂欲界生長有學異生已離欲界貪及色界生長有學異生非成就色界繫無覆無記心亦非無色界繫有覆無記心者謂無色界生長諸阿羅漢

若成就色界繫無覆無記心定不成就無色界繫無覆無記心若成就無色界繫無覆無記心定不成就色界繫無覆無記心若成就色界繫無覆無記心亦成就學心耶或成就色界繫無覆無記心非學心廣說四句成就色界繫無覆無記心非學心者謂欲界生長諸阿羅漢及諸異生已離欲界貪若色界生長諸阿羅漢及諸異生成就學心非色界繫無覆無記心者謂欲界生長有學未離欲界貪及無色界生長有學補特伽羅成就色界繫無覆無記心亦學心者謂欲界生長有學已離欲界貪及色界生長有學補特伽羅非成就欲界繫無覆無記心亦非學心者謂欲界生長異生未離欲界貪及無色界生長諸阿羅漢及諸異生若成就色界繫無覆無記

心亦成就無學心耶或成就色界繫無覆無記心非無學心廣說四句成就色界繫無覆無記心非無學心者謂欲界生長有學異生已離欲界貪及色界生長有學異生成就無學心非色界繫無覆無記心者謂無色界生長諸阿羅漢成就色界繫無覆無記心亦無學心者謂欲界色界生長諸阿羅漢非成就色界繫無覆無記心亦非無學心者謂欲界生長未離欲界貪及無色界生長有學異生

阿毗達磨識身足論卷第十三

阿毗達磨識身足論卷第十四

提婆設摩阿羅漢造

三藏法師玄奘奉　詔譯

成就蘊第六之二

若成就無色界繫善心亦成就無色界繫有覆無記心耶或成就無色界繫善心非無色界繫有覆無記心廣說四句成就無色界繫善心非無色界繫有覆無記心者謂阿羅漢成就無色界繫有覆無記心非無色界繫善心者謂諸有學異生未得無色界善心成就無色界繫善心亦無色界繫有覆無記心者謂諸有學異生已得無色界善心非成就無色界繫善心亦非無色界繫有覆無記心者無有此句若成就無色界繫善心亦成就無色界繫無覆無記心耶若成就無色界繫無覆無記心定成就無色界繫善心或成就無色界繫善心非無色界繫無覆無記心謂欲界色界生長已得無色界善心及無色界生長異熟果心不現在前若成就無色界繫善心亦成就學心耶或成就無色界繫善心非學心廣說四句成就無色界繫善心非學心者謂阿羅漢及諸異生已得無色界善心成就學心非無色界繫善心者謂諸有學未得無色界善心成就無色界繫善心亦學心者謂諸有學已得無色界善心非成就無色界善心亦非學心者謂諸異生未得無色界善心若成就無色界善心亦成就無學心耶若成就無學心定成就無色界繫善心或成就無色界繫善心非無學心謂諸有學異生已得無色界善心若成就無色界繫有覆無記

心亦成就無色界繫無覆無記心耶或成就無色界繫有覆無記心非無色界繫無覆無記心廣説四句成就無色界繫有覆無記心非無色界繫無覆無記心者謂欲界色界生長有學異生及無色界生長有學異生異熟果心不現在前成就無色界繫無覆無記心非無色界繫有覆無記心者謂無色界生長諸阿羅漢異熟果心正現在前成就無色界繫有覆無記心亦無色界繫無覆無記心者謂無色界生長有學異生異熟果心正現在前非成就無色界繫有覆無記心亦非無色界繫無覆無記心者謂欲界色界生長諸阿羅漢及無色界生長諸阿羅漢異熟果心不現在前若成就無色界繫有覆無記心亦成就學心耶若成就學心定成就無色界繫有覆無記心或成就無色界繫有覆無記心非學心謂諸異生若成就無色界繫有覆無記心定不成就無學心若成就無學心定不成就無色界繫有覆無記心若成就無色界繫無覆無記心亦成就學心耶或成就無色界繫無覆無記心非學心廣説四句成就無色界繫無覆無記心非學心者謂無色界生長阿羅漢異生異熟果心正現在前成就學心非無色界繫無覆無記心者謂欲界色界生長有學及無色界生長有學異熟果心不現在前成就無色界繫無覆無記心亦學心者謂無色界生長有學異熟果心正現在前非成就無色界繫無覆無記心亦非學心者謂欲界色界生長阿羅漢異生及無色界生長阿羅漢異生異熟果心不現在前若成就無

色界繫無覆無記心亦成就無學心耶或成就無色界繫無覆無記心非無學心或成就無學心非無色界繫無覆無記心或成就無色界繫無覆無記心亦無學心或非成就無色界繫無覆無記心亦非無學心成就無色界繫無覆無記心非無學心者謂無色界生長有學異生異熟果心正現在前成就無學心非無色界繫無覆無記心者謂欲界色界生長諸阿羅漢及無色界生長諸阿羅漢異熟果心不現在前成就無色界繫無覆無記心亦無學心者謂無色界生長諸阿羅漢異熟果心正現在前非成就無色界繫無覆無記心亦非無學心者謂欲界色界生長有學異生及無色界生長有學異生異熟果心不現在前若成就學心定不成就無學心若成就無學心定不成就學心

有十二心謂欲界繫善心不善心有覆無記心無覆無記心色界繫善心有覆無記心無覆無記心無色界繫善心有覆無記心無覆無記心及學心無學心若不成就欲界繫善心亦不成就不善心耶設不成就不善心亦不成就欲界繫善心耶若不成就欲界繫善心乃至亦不成就無學心耶設不成就無學心亦不成就欲界繫善心耶乃至若不成就學心亦不成就無學心耶設不成就無學心亦不成就學心耶

若不成就欲界繫善心亦不成就不善心耶或不成就欲界繫善心非不善心或不成就不善心非欲界繫善心或不成就欲界繫善心亦不善心或非不成就欲界繫善心亦非

不善心不成就欲界繫善心非不善心者謂已斷善根補特伽羅不成就不善心非欲界繫善心者謂欲界生長已離欲界貪補特伽羅不成就欲界繫善心亦不善心者謂色無色界生長補特伽羅非不成就欲界繫善心亦非不善心者謂不斷善根未離欲界貪補特伽羅若不成就欲界繫善心亦不成就欲界繫有覆無記心耶或不成就欲界繫善心非欲界繫有覆無記心廣說四句不成就欲界繫善心非欲界繫有覆無記心者謂已斷善根補特伽羅不成就欲界繫有覆無記心非欲界繫善心者謂欲界生長異生已離欲界貪及未離欲界貪聖者現觀邊苦法智已生不成就欲界繫善心亦欲界繫有覆無記心者謂色無色界生長補特伽羅非不成就欲界繫善心亦非欲界繫有覆無記心者謂欲界生長異生不斷善根未離欲界貪及未離欲界貪聖者現觀邊苦法智未生若不成就欲界繫善心亦不成就欲界繫無覆無記心耶若不成就欲界繫無覆無記心定不成就欲界繫善心或不成就欲界繫善心非欲界繫無覆無記心謂已斷善根及色界生長補特伽羅若不成就欲界繫善心亦不成就色界繫善心耶或不成就欲界繫善心非色界繫善心廣說四句不成就欲界繫善心非色界繫善心者謂色界生長補特伽羅不成就色界繫善心非欲界繫善心者謂欲界生長不斷善根未得色界善心補特伽羅不成就欲界繫善心亦色界繫善心者謂已斷善根及無色界生長補特伽羅非不成就欲界

繫善心亦非色界繫善心者謂欲界生長已得色界繫善心補特伽羅若不成就欲界繫善心亦不成就色界繫有覆無記心耶或不成就欲界繫善心非色界繫有覆無記心廣說四句不成就欲界繫善心非色界繫有覆無記心者謂已斷善根及色界生長未離色界貪補特伽羅不成就色界繫有覆無記心非欲界繫善心者謂欲界生長已離色界貪補特伽羅不成就欲界繫善心亦色界繫有覆無記心者謂色界生長已離色界貪及無色界生長補特伽羅非不成就欲界繫善心亦非色界繫有覆無記心者謂欲界生長不斷善根未離色界貪補特伽羅若不成就欲界繫善心亦不成就色界繫無覆無記心耶或不成就欲界繫善心非色界繫無覆無記心廣說四句不成就欲界繫善心非色界繫無覆無記心者謂色界生長補特伽羅不成就色界繫無覆無記心非欲界繫善心者謂欲界生長不斷善根未離欲界貪補特伽羅不成就欲界繫善心亦色界繫無覆無記心者謂已斷善根及無色界生長補特伽羅非不成就欲界繫善心亦非色界繫無覆無記心者謂欲界生長已離欲界貪補特伽羅若不成就欲界繫善心亦不成就無色界繫善心耶或不成就欲界繫善心非無色界繫善心廣說四句不成就欲界繫善心非無色界繫善心者謂色界生長已得無色界善心及無色界生長補特伽羅不成就無色界繫善心非欲界繫善心者謂欲界生長不斷善根未得無色界善心補特伽羅不成就欲界繫

善心亦無色界繫善心者謂已斷善根及色界生長未得無色界善心補特伽羅非不成就欲界善心亦非無色界善心者謂欲界生長已得無色界善心補特伽羅若不成就欲界繫善心亦不成就無色界繫有覆無記心耶或不成就欲界繫善心非無色界繫有覆無記心廣說四句不成就欲界繫善心非無色界繫有覆無記心者謂已斷善根及色無色界生長有學異生不成就無色界繫有覆無記心非欲界善心者謂欲界生長諸阿羅漢不成就欲界繫善心亦無色界繫有覆無記心者謂色無色界生長諸阿羅漢非不成就欲界繫善心亦非無色界繫有覆無記心者謂欲界生長有學及不斷善根異生若不成就欲界繫善心亦不成就無色界繫無覆無記心耶或不成就欲界繫善心非無色界繫無覆無記心廣說四句不成就欲界繫善心非無色界繫無覆無記心者謂無色界生長異熟果心正現在前不成就無色界繫無覆無記心非欲界繫善心者謂欲界生長不斷善根不成就欲界繫善心亦無色界繫無覆無記心者謂已斷善根及色界生長若無色界生長異熟果心不現在前非不成就欲界繫善心亦非無色界繫無覆無記心者無有此句若不成就欲界繫善心亦不成就學心耶或不成就欲界繫善心非學心廣說四句不成就欲界繫善心非學心者謂色無色界生長有學不成就學心非欲界繫善心者謂欲界生長諸阿羅漢及諸異生不斷善根不成就欲界繫善心亦學心者謂已斷善根

及色無色界生長諸阿羅漢及諸異生非不成就欲界繫善心亦非學心者謂欲界生長有學若不成就欲界繫善心亦不成就無學心耶或不成就欲界繫善心非無學心廣說四句不成就欲界繫善心非無學心者謂色無色界生長諸阿羅漢不成就無學心非欲界繫善心者謂欲界生長有學異生不斷善根不成就欲界繫善心亦無學心者謂已斷善根及色無色界生長有學異生非不成就欲界繫善心亦非無學心者謂欲界生長諸阿羅漢若不成就不善心亦不成就欲界繫有覆無記心耶若不成就不善心定不成就欲界繫有覆無記心或不成就欲界繫有覆無記心非不善心謂未離欲界貪聖者現觀邊苦法智已生若不成就不善心亦不成就

欲界繫無覆無記心耶若不成就欲界繫無覆無記心定不成就不善心或不成就不善心非不成就欲界繫無覆無記心謂欲界生長已離欲界貪及色界生長補特伽羅若不成就不善心亦不成就色界繫善心耶或不成就不善心非色界繫善心廣說四句不成就不善心非色界繫善心者謂欲界生長已離欲界貪及色界生長補特伽羅不成就色界繫善心非不善心者謂欲界生長未得色界善心補特伽羅不成就不善心亦色界繫善心者謂無色界生長補特伽羅非不成就不善心亦非色界繫善心者謂欲界生長未離欲界貪已得色界善心補特伽羅若不成就不善心亦不成就色界繫有覆無記心耶若不成就色界繫有覆無記心定不成就不

善心或不成就不善心非色界繫有覆無記心謂欲界生長已離欲界貪未離色界貪及色界生長未離彼貪補特伽羅若不成就不善心亦不成就色界繫無覆無記心耶或不成就不善心非色界繫無覆無記心廣說四句不成就不善心非色界繫無覆無記心者謂欲界生長已離欲界貪及色界生長補特伽羅不成就色界繫無覆無記心非不善心者謂欲界生長未離欲界貪補特伽羅不成就不善心亦色界繫無覆無記心者謂無色界生長補特伽羅非不成就不善心亦非色界繫無覆無記心者無有此句若不成就不善心亦不成就無色界繫善心耶或不成就不善心非無色界繫善心廣說四句不成就不善心非無色界繫善心者謂欲界色界生長已得無色界善心及無色界生長補特伽羅不成就無色界繫善心非不善心者謂欲界生長未離欲界貪補特伽羅不成就不善心亦無色界繫善心者謂欲界生長已離欲界貪未得無色界善心及色界生長未得無色界善心補特伽羅非不成就不善心非無色界繫善心者無有此句若不成就不善心亦不成就無色界繫有覆無記心耶若不成就無色界繫有覆無記心定不成就不善心或不成就不善心非無色界繫有覆無記心謂有學異生已離欲界貪若不成就不善心亦不成就無色界繫無覆無記心耶或不成就不善心非無色界繫無覆無記心廣說四句不成就不善心非無色界繫無覆無記心者謂無色界生長異熟果心正現在前不成

就無色界繫無覆無記心非不善心者謂欲界生長未離欲界貪補特伽羅不成就不善心亦無色界繫無覆無記心者謂欲界生長已離欲界貪及色界生長若無色界生長異熟果心不現在前非不成就不善心亦非無色界繫無覆無記心者無有此句若不成就不善心亦不成就學心耶或不成就不善心非學心廣說四句不成就不善心非學心者謂諸有學已離欲界貪不成就學心非不善心者謂欲界生長異生未離欲界貪不成就不善心亦學心者謂阿羅漢及諸異生已離欲界貪非不成就不善心亦非學心者謂諸有學未離欲界貪若不成就不善心亦不成就無學心耶或不成就不善心非無學心廣說四句不成就不善心非無學心者謂阿羅漢不成就無學心非不善心者謂有學異生未離欲界貪不成就不善心亦無學心者謂有學異生已離欲界貪非不成就不善心亦非無學心者無有此句若不成就欲界繫有覆無記心亦不成就欲界繫無覆無記心耶若不成就欲界繫無覆無記心定不成就欲界繫有覆無記心或不成就欲界繫有覆無記心非欲界繫無覆無記心謂欲界生長異生已離欲界貪及未離欲界貪聖者現觀邊苦法智已生若色界生長補特伽羅若不成就欲界繫有覆無記心亦不成就色界繫善心耶或不成就欲界繫有覆無記心非色界繫善心廣說四句不成就欲界繫有覆無記心非色界繫善心者謂欲界生長異生已離欲界貪及未離欲界貪聖者現觀邊苦法智

已生若色界生長補特伽羅不成就色界繫善心非欲界繫有覆無記心者謂欲界生長未得色界善心補特伽羅不成就欲界繫有覆無記心亦色界繫善心者謂無色界生長補特伽羅非不成就欲界繫有覆無記心亦非色界繫善心者謂欲界生長異生未離欲界貪已得色界善心及未離欲界貪聖者現觀邊苦法智未生若不成就欲界繫有覆無記心亦不成就色界繫有覆無記心耶若不成就色界繫有覆無記心定不成就欲界繫有覆無記心或不成就欲界繫有覆無記心非不成就色界繫有覆無記心謂欲界生長異生已離欲界貪未離色界貪及未離色界貪聖者現觀邊苦法智已生若色界生長未離欲貪補特伽羅若不成就欲界繫有覆無記心亦不成就色界繫無覆無記心耶或不成就欲界繫有覆無記心非色界繫無覆無記心廣說四句不成就欲界繫有覆無記心非色界繫無覆無記心者謂欲界生長已離欲界貪及色界生長補特伽羅不成就色界繫無覆無記心非欲界繫有覆無記心者謂欲界生長異生未離欲界貪及未離欲界貪聖者現觀邊苦法智未生不成就欲界繫有覆無記心亦色界繫無覆無記心者謂無色界生長補特伽羅非不成就欲界繫有覆無記心亦非色界繫無覆無記心者無有此句若不成就欲界繫有覆無記心亦不成就無色界繫善心耶或不成就欲界繫有覆無記心非無色界繫善心廣說四句不成就欲界繫無覆無記心非無色界繫善心者謂欲界

色界生長已得無色界善心及無色界生長補特伽羅不成就無色界繫善心非欲界繫有覆無記心者謂欲界生長異生未離欲界貪及未離欲界貪聖者現觀邊苦法智未生不成就欲界繫有覆無記心亦無色界繫善心者謂欲界生長異生已離欲界貪未得無色界善心及未離欲界貪聖者現觀邊苦法智已生若色界生長未得無色界善心補特伽羅非不成就欲界繫有覆無記心亦非無色界繫善心者無有此句若不成就欲界繫有覆無記心亦不成就無色界繫有覆無記心耶若不成就無色界繫有覆無記心定不成就欲界繫有覆無記心或不成就欲界繫有覆無記心非無色界繫有覆無記心謂已離欲界貪異生及未離欲界貪聖者現觀邊苦法智已生若不成就欲界繫有覆無記心亦不成就無色界繫無覆無記心耶或不成就欲界繫有覆無記心非無色界繫無覆無記心廣說四句不成就欲界繫有覆無記心非無色界繫無覆無記心者謂無色界生長異熟果心正現在前不成就無色界繫無覆無記心非欲界繫有覆無記心者謂欲界生長異生未離欲界貪及未離欲界貪聖者現觀邊苦法智未生不成就欲界繫有覆無記心亦無色界繫無覆無記心者謂欲界生長異生已離欲界貪及未離欲界貪聖者現觀邊苦法智已生若色界生長若無色界生長異熟果心不現在前非不成就欲界繫有覆無記心亦非無色界繫無覆無記心者無有此句若不成就欲界繫有覆無記心亦不成

就學心耶或不成就欲界繫有覆無記心非學心廣説四句不成就欲界繫有覆無記心非學心者謂諸有學現觀邊苦法智已生不成就學心非欲界繫有覆無記心者謂欲界生長異生未離欲界貪不成就欲界繫有覆無記心亦學心者謂阿羅漢及諸異生已離欲界貪非不成就欲界繫有覆無記心亦非學心者謂未離欲界貪聖者現觀邊苦法智未生若不成就欲界繫有覆無記心亦不成就無學心耶或不成就欲界繫有覆無記心非無學心廣説四句不成就欲界繫有覆無記心非無學心者謂阿羅漢不成就無學心非欲界繫有覆無記心者謂欲界生長異生未離欲界貪及未離欲界貪聖者現觀邊苦法智未生不成就欲界繫有覆無記心亦無學心者謂欲界生長異生已離欲界貪及未離欲界貪聖者現觀邊苦法智已生若色界無色界生長有學異生非不成就欲界繫有覆無記心亦非無學心者無有此句若不成就欲界繫無覆無記心亦不成就色界繫善心耶若不成就欲界繫無覆無記心定不成就色界繫善心或不成就色界繫善心非欲界繫無覆無記心謂欲界生長未得色界善心補特伽羅若不成就欲界繫無覆無記心亦不成就色界繫有覆無記心耶若不成就欲界繫無覆無記心定不成就色界繫有覆無記心或不成就色界繫有覆無記心非不成就欲界繫無覆無記心謂欲界色界生長已離色界貪補特伽羅若不成就欲界繫無覆無記心亦不成就色界繫無覆無記心耶

若不成就欲界繫無覆無記心定不成就色界繫無覆無記心或不成就色界繫無覆無記心非欲界繫無覆無記心謂欲界生長未離欲界貪補特伽羅若不成就欲界繫無覆無記心定非不成就無色界繫善心若不成就無色界繫善心定非不成就欲界繫無覆無記心若不成就欲界繫無覆無記心亦不成就無色界繫有覆無記心耶或不成就欲界繫無覆無記心非無色界繫有覆無記心廣說四句不成就欲界繫無覆無記心非無色界繫有覆無記心者謂無色界生長有學異生不成就無色界繫有覆無記心非欲界繫無覆無記心者謂欲界色界生長諸阿羅漢不成就欲界繫無覆無記心亦無色界繫有覆無記心者謂無色界生長諸阿羅漢非不成就欲界繫無覆無記心亦非無色界繫有覆無記心者謂欲界色界生長有學異生若不成就欲界繫無覆無記心亦不成就無色界繫無覆無記心耶或不成就欲界繫無覆無記心非無色界繫無覆無記心廣說四句不成就欲界繫無覆無記心非無色界繫無覆無記心者謂無色界生長異熟果心正現在前不成就無色界繫無覆無記心非欲界繫無覆無記心者謂欲界色界生長補特伽羅不成就欲界繫無覆無記心亦無色界繫無覆無記心者謂無色界生長異熟果心不現在前非不成就欲界繫無覆無記心亦非無色界繫無覆無記心者無有此句若不成就欲界繫無覆無記心亦不成就學心耶或不成就欲界繫無覆無記心非學心廣說

四句不成就欲界繫無覆無記心非學心者謂無色界生長有學補特伽羅不成就學心非欲界繫無覆無記心者謂欲界色界生長阿羅漢異生不成就欲界繫無覆無記心亦學心者謂無色界生長阿羅漢異生非不成就欲界繫無覆無記心亦非學心者謂欲界色界生長有學補特伽羅若不成就欲界繫無覆無記心亦不成就無學心耶或不成就欲界繫無覆無記心非無學心廣說四句不成就欲界繫無覆無記心非無學心者謂無色界生長諸阿羅漢不成就無學心非欲界繫無覆無記心者謂欲界色界生長有學異生不成就欲界繫無覆無記心亦無學心者謂無色界生長有學異生非不成就欲界繫無覆無記心亦非無學心者謂欲界色界生長諸阿羅漢

阿毗達磨識身足論卷第十四

阿毗達磨識身足論卷第十五

提婆設摩阿羅漢造

三藏法師玄奘奉詔譯

成就蘊第六之三

若不成就色界繫善心亦不成就色界繫有覆無記心耶或不成就色界繫善心非色不繫有覆無記心廣說四句不成就色界繫善心非色界繫有覆無記心者謂欲界生長未得色界善心補特伽羅不成就色界繫有覆無記心非色界繫善心者謂欲界色界生長已離色界貪補特伽羅不成就色界繫善心亦色界繫有覆無記心者謂無色界生長補特伽羅非不成就色界繫善心亦非色界繫有覆無記心者謂欲界生長已得色界善心未離色界貪及色界生長未離彼貪補特伽羅若不成就色界繫善心亦不成就色界繫無覆無記心耶若不成就色界繫善心定不成就色界繫無覆無記心或不成就色界繫無覆無記心非色界繫善心謂欲界生長未離欲界貪已得色界善心補特伽羅若不成就色界繫善心亦不成就無色界繫善心耶或不成就色界繫善心非無色界繫善心廣說四句不成就色界繫善心非無色界繫善心者謂無色界生長補特伽羅不成就無色界繫善心非色界繫善心者謂欲界生長已得色界善心未得無色界善心及色界生長未得無色界善心補特伽羅不成就色界繫善心亦無色界繫善心者謂欲界生長未得色界善心補特伽羅非不成就色界繫善心亦非無色界繫善心者謂欲界色界生長已

得無色界善心補特伽羅若不成就色界繫善心亦不成就無色界繫有覆無記心耶或不成就色界繫善心非無色界繫有覆無記心廣說四句不成就色界繫善心非無色界繫有覆無記心者謂欲界生長未得色界善心及無色界生長有學異生不成就無色界繫有覆無記心非色界繫善心者謂欲界色界生長諸阿羅漢不成就色界繫善心亦無色界繫有覆無記心者謂無色界生長諸阿羅漢非不成就色界繫善心亦非無色界繫有覆無記心者謂欲界生長有學異生已得色界善心及色界生長有學異生若不成就色界繫善心亦不成就無色界繫無覆無記心耶或不成就色界繫善心非無色界繫無覆無記心廣說四句不成就色界繫善心非無色界繫無覆無記心者謂無色界生長異熟果心正現在前不成就無色界繫無覆無記心非色界繫善心者謂欲界生長已得色界善心及色界生長補特伽羅不成就色界繫善心亦無色界繫無覆無記心者謂欲界生長未得色界善心及無色界生長異熟果心不現在前非不成就色界繫善心亦非無色界繫無覆無記心者無有此句若不成就色界繫善心亦不成就學心耶或不成就色界繫善心非學心廣說四句不成就色界繫善心非學心者謂無色界生長有學補特伽羅不成就學心非色界繫善心者謂欲界生長阿羅漢異生已得色界善心及色界生長阿羅漢異生不成就色界繫善心亦學心者謂欲界生長未得色界善心及無色界生長

阿羅漢異生非不成就色界繫善心亦非學心者謂欲界色界生長有學補特伽羅若不成就色界繫善心亦不成就無學心耶或不成就色界繫善心非無學心廣說四句不成就色界繫善心非無學心者謂無色界生長諸阿羅漢不成就無學心非色界繫善心者謂欲界生長有學異生已得色界善心及色界生長有學異生不成就色界繫善心亦無學心者謂欲界生長未得色界善心及無色界生長有學異生非不成就色界繫善心亦非無學心者謂欲界色界生長諸阿羅漢若不成就色界繫有覆無記心亦不成就色界繫無覆無記心耶或不成就色界繫有覆無記心非色界繫無覆無記心廣說四句不成就色界繫有覆無記心非色界繫無覆無記心者謂欲界色界生長已離色界貪補特伽羅不成就色界繫無覆無記心非色界繫有覆無記心者謂欲界生長未離欲界貪補特伽羅不成就色界繫有覆無記心亦色界繫無覆無記心者謂無色界生長補特伽羅非不成就色界繫有覆無記心亦非色界繫無覆無記心者謂欲界生長已離欲界貪未離色界貪及色界生長未離彼貪補特伽羅若不成就色界繫有覆無記心定非不成就無色界繫善心若不成就無色界繫善心定非不成就色界繫有覆無記心若不成就色界繫有覆無記心亦不成就無色界繫有覆無記心耶若不成就無色界繫有覆無記心定不成就色界繫有覆無記心或不成就色界繫有覆無記心非無色界繫有覆無記心謂

有學異生已離色界貪若不成就色界繫有覆無記心亦不成就無色界繫無覆無記心耶或不成就色界繫有覆無記心非無色界繫無覆無記心廣說四句不成就色界繫有覆無記心非無色界繫無覆無記心者謂無色界生長異熟果心正現在前不成就無色界繫有覆無記心非色界繫有覆無記心者謂欲界色界生長未離色界貪補特伽羅不成就色界繫有覆無記心亦無色界繫無覆無記心者謂欲界色界生長已離色界貪及無色界生長異熟果心不現在前非不成就色界繫有覆無記心亦非無色界繫無覆無記心者無有此句若不成就色界繫有覆無記心亦不成就學心耶或不成就色界繫有覆無記心非學心廣說四句不成就色界繫

有覆無記心非學心者謂諸有學已離色界貪不成就學心非色界繫有覆無記心者謂諸異生未離色界貪不成就色界繫有覆無記心亦學心者謂阿羅漢及諸異生已離色界貪非不成就色界繫有覆無記心亦非學心者謂諸有學未離色界貪若不成就色界繫有覆無記心亦不成就無學心耶或不成就色界繫有覆無記心非無學心廣說四句不成就色界繫有覆無記心非無學心者謂阿羅漢不成就無學心非色界繫有覆無記心者謂諸有學異生未離色界貪不成就色界繫有覆無記心亦無學心者謂有學異生已離色界貪非不成就色界繫有覆無記心亦非無學心者無有此句若不成就色界繫無覆無記心亦不成就無色界繫善心耶或

不成就色界繫無覆無記心非無色界繫善心廣說四句不成就色界繫無覆無記心非無色界繫善心者謂無色界生長補特伽羅不成就無色界繫善心非色界繫無覆無記心者謂欲界生長已離欲界貪未得無色界善心及色界生長未得無色界善心補特伽羅不成就色界繫無覆無記心亦無色界繫善心者謂欲界生長未離欲界貪補特伽羅非不成就色界繫無覆無記心亦非無色界繫善心者謂欲界色界生長已得無色界善心補特伽羅若成就色界繫無覆無記心亦成就無色界繫有覆無記心耶或不成就色界繫無覆無記心非無色界繫有覆無記心廣說四句不成就色界繫無覆無記心非無色界繫有覆無記心者謂欲界生長未離欲界貪及無色界生長有學異生不成就無色界繫有覆無記心非色界繫無覆無記心者謂欲界色界生長諸阿羅漢不成就色界繫無覆無記心亦無色界繫有覆無記心者謂無色界生長諸阿羅漢非不成就色界繫無覆無記心亦非無色界繫有覆無記心者謂欲界生長有學異生已離欲界貪及色界生長有學異生若不成就色界繫無覆無記心亦不成就無色界繫無覆無記心耶或不成就色界繫無覆無記心非無色界繫無覆無記心廣說四句不成就色界繫無覆無記心非無色界繫無覆無記心者謂無色界生長異熟果心正現在前不成就無色界繫無覆無記心非色界繫無覆無記心者謂欲界生長已離欲界貪及色界生長補特伽羅不成

就色界繫無覆無記心亦無色界繫無覆無記心者謂欲界生長未離欲界貪及無色界生長異熟果心不現在前非不成就色界繫無覆無記心亦非無色界繫無覆無記心者無有此句若不成就色界繫無覆無記心亦不成就學心耶或不成就色界繫無覆無記心非學心廣說四句不成就色界繫無覆無記心非學心者謂欲界生長有學未離欲界貪及無色界生長有學補特伽羅不成就學心非色界繫無覆無記心者謂欲界生長諸阿羅漢及諸異生已離欲界貪及色界生長諸阿羅漢及諸異生不成就色界繫無覆無記心亦學心者謂欲界生長異生未離欲界貪及無色界生長阿羅漢異生非不成就色界繫無覆無記心亦非學心者謂欲界生長有學已離欲界貪及色界生長有學補特伽羅若不成就色界繫無覆無記心亦不成就無學心耶或不成就色界繫無覆無記心非無學心廣說四句不成就色界繫無覆無記心非無學心者謂無色界生長阿羅漢不成就無學心非色界繫無覆無記心者謂欲界生長有學異生已離欲界貪及色界生長有學異生不成就色界繫無覆無記心亦無學心者謂欲界生長未離欲界貪及無色界生長有學異生非不成就色界繫無覆無記心亦非無學心者謂欲界色界生長諸阿羅漢若不成就無色界繫善心定非不成就無色界繫有覆無記心若不成就無色界繫有覆無記心定非不成就無色界繫善心若不成就無色界繫善心亦不成就無色界繫無覆

無記心耶若不成就無色界繫善心定不成就無色界繫無覆無記心或不成就無色界繫無覆無記心非無色界繫善心謂欲界色界生長已得無色界善心及無色界生長異熟果心不現在前補特伽羅若不成就無色界繫善心亦不成就學心耶或不成就無色界繫善心非學心廣説四句不成就無色界繫善心非學心者謂諸有學未得無色界善心不成就學心非無色界繫善心者謂阿羅漢異生已得無色界善心不成就無色界繫善心亦學心者謂諸異生未得無色界善心非不成就無色界繫善心亦非學心者謂欲界色界生長有學已得無色界善心若不成就無色界繫善心亦不成就無學心耶若不成就無色界繫善心定不成就無學心或不成就無學心非無色界繫善心謂有學異生已得無色界善心若不成就無色界繫有覆無記心亦不成就無色界繫無覆無記心耶或不成就無色界繫有覆無記心非無色界繫無覆無記心廣説四句不成就無色界繫有覆無記心非無色界繫無覆無記心者謂無色界生長阿羅漢異熟果心正現在前不成就無色界繫無覆無記心非無色界繫有覆無記心者謂欲界色界生長有學異生及無色界生長有學異生異熟果心不現在前不成就無色界繫有覆無記心亦無色界繫無覆無記心者謂無色界生長阿羅漢異熟果心不現在前非不成就無色界繫有覆無記心亦非無色界繫無覆無記心者謂無色界生長有學異生異熟果心正現在前若不

成就無色界繫有覆無記心亦不成就學心耶若不成就無色界繫有覆無記心定不成就學心或不成就學心非無色界繫有覆無記心謂諸異生若不成就無色界繫有覆無記心定非不成就無學心若不成就無學心定非不成就無色界繫有覆無記心若不成就無色界繫無覆無記心亦不成就學心耶或不成就無色界繫無覆無記心非學心廣說四句不成就無色界繫無覆無記心非學心者謂欲界色界生長有學及無色界生長有學異熟果心不現在前不成就學心非無色界繫無覆無記心者謂無色界生長阿羅漢異生異熟果心正現在前不成就無色界繫無覆無記心亦學心者謂欲界色界生長阿羅漢異生及無色界生長阿羅漢異生異熟果心不現在前非不成就無色界繫無覆無記心亦非學心者謂無色界生長有學異熟果心正現在前若不成就無色界繫無覆無記心亦不成就無學心耶或不成就無色界繫無覆無記心非無學心廣說四句不成就無色界繫無覆無記心非無學心者謂欲界色界生長諸阿羅漢及無色界生長諸阿羅漢異熟果心不現在前不成就無學心非無色界繫無覆無記心者謂無色界生長有學異生異熟果心正現在前不成就無色界繫無覆無記心亦無學心者謂欲界色界生長有學異生及無色界生長有學異生異熟果心不現在前非不成就無色界繫無覆無記心亦非無學心者謂無色界生長阿羅漢異熟果心正現在前若不成就學心亦不成

就無學心耶或不成就學心非無學心或不成就無學心非學心或不成就學心亦無學心或非不成就學心亦非無學心不成就學心非無學心者謂阿羅漢不成就無學心非學心者謂諸有學不成就學心亦無學心者謂諸異生非不成就學心亦非無學心者無有此句

有十二心謂欲界繫善心不善心有覆無記心無覆無記心色界繫善心有覆無記心無覆無記心無色界繫善心有覆無記心無覆無記心及學心無學心若欲界繫善心捨成就得不成就不善心亦爾耶設不善心捨成就得不成就欲界繫善心亦爾耶若欲界繫善心捨成就得不成就乃至無學心亦爾耶設無學心捨成就得不成就欲界繫善心亦爾耶乃至若學心捨成就得不成就無學心亦爾耶設無學心捨成就得不成就學心亦爾耶

若欲界繫善心捨成就得不成就定非不善心及欲界繫有覆無記心若不善心及欲界繫有覆無記心捨成就得不成就定非欲界繫善心若欲界繫善心捨成就得不成就欲界繫無覆無記心亦爾耶或欲界繫善心捨成就得不成就非欲界繫無覆無記心或欲界繫無覆無記心捨成就得不成就非欲界繫善心或欲界繫善心捨成就得不成就亦欲界繫無覆無記心或非欲界繫善心捨成就得不成就亦非欲界繫無覆無記心欲界繫善心捨成就得不成就非欲界繫無覆無記心者謂善根斷時及欲界沒色界生時欲

界繫無覆無記心捨成就得不成就非欲界繫善心者謂從色界沒無色界生時欲界繫善心捨成就得不成就亦欲界繫無覆無記心者謂從欲界沒無色界生時非欲界繫善心捨成就得不成就亦非欲界繫無覆無記心者除上爾所相若欲界繫善心捨成就得不成就色界繫善心亦爾耶或欲界繫善心捨成就得不成就非色界繫善心廣說四句欲界繫善心捨成就得不成就非色界繫善心者謂善根斷時及欲界沒色界生時色界繫善心捨成就得不成就非欲界繫善心者謂欲界生長已得色界善心從色界善心復還退時及色界沒或欲界或無色界生時欲界繫善心捨成就得不成就亦色界繫善心者謂從欲界沒無色界生時非欲界繫善心

捨成就得不成就亦非色界繫善心者除上爾所相若欲界善心捨成就得不成就定非色界繫有覆無記心若色界繫有覆無記心捨成就得不成就定非欲界繫善心若欲界善心捨成就得不成就色界繫無覆無記心亦爾耶或欲界繫善心捨成就得不成就非色界繫無覆無記心廣說四句欲界繫善心捨成就得不成就非色界繫無覆無記心者謂善根斷時及欲界沒色界生時色界繫無覆無記心捨成就得不成就非欲界繫善心者謂已離欲界貪從離欲貪復還退時及色界沒欲界生時若從色界沒無色界生時欲界善心捨成就得不成就亦色界繫無覆無記心者謂從欲界沒無色界生時非欲界繫善心捨成就得不成就亦非色界繫無覆無

記心者除上爾所相若欲界繫善心捨成就得不成就定非無色界繫善心若無色界繫善心捨成就得不成就定非欲界繫善心從此以後亦都無有若不善心捨成就得不成就欲界繫有覆無記心亦爾耶或不善心捨成就得不成就非欲界繫有覆無記心廣說四句不善心捨成就得不成就非欲界繫有覆無記心者謂諸聖者離欲貪時欲界有覆無記心捨成就得不成就非不善心者謂未離欲界貪聖者現觀邊苦法智現在前時不善心捨成就得不成就亦欲界繫有覆無記心者謂諸異生離欲貪時非不善心捨成就得不成就亦非欲界繫有覆無記心者除上爾所相若不善心捨成就得不成就定非欲界繫無覆無記心若欲界繫無覆無記心捨成就得不成就定非不善心從此以後亦都無有若欲界繫有覆無記心捨成就得不成就定非欲界繫無覆無記心若欲界繫無覆無記心捨成就得不成就定非欲界繫有覆無記心從此以後亦都無有若欲界繫無覆無記心捨成就得不成就色界繫善心亦爾耶若欲界繫無覆無記心捨成就得不成就色界繫善心定爾或色界繫善心捨成就得不成就非欲界繫無覆無記心謂欲界生長已得色界善心從色界善心復還退時及色界沒欲界生時若欲界繫無覆無記心捨成就得不成就定非色界繫有覆無記心若色界繫有覆無記心捨成就得不成就定非欲界繫無覆無記心若欲界繫無覆無記心捨成就得不成就色界繫無覆無記心亦爾耶

若欲界繫無覆無記心捨成就得不成就色界繫無覆無記心定爾或色界繫無覆無記心捨成就得不成就非欲界繫無覆無記心謂已離欲界貪從離欲貪復還退時及色界沒欲界生時若欲界繫無覆無記心捨成就得不成就定非無色界繫善心若無色界繫善心捨成就得不成就定非欲界繫無覆無記心從此以後都無所有若色界繫善心捨成就得不成就定非色界繫有覆無記心若色界繫有覆無記心捨成就得不成就定非色界繫善心若色界繫善心捨成就得不成就色界繫無覆無記心亦爾耶或色界繫善心捨成就得不成就非色界繫無覆無記心廣說四句色界繫善心捨成就得不成就非色界繫無覆無記心者謂欲界生長異生未

離欲界貪已得色界善心從色界善心復還退時色界繫無覆無記心捨成就得不成就非色界繫善心者謂已離欲界貪聖者從離欲貪復還退時色界繫善心捨成就得不成就亦色界繫無覆無記心者謂已離欲界貪異生從離欲貪復還退時及欲界色界沒無色界生時若色界沒欲界生時非色界繫善心捨成就得不成就亦非色界繫無覆無記心者除上爾所相若色界繫善心捨成就得不成就無色界繫善心亦爾耶或色界繫善心捨成就得不成就非無色界繫善心廣說四句色界繫善心捨成就得不成就非無色界繫善心者謂欲界生長已得色界善心未得無色界善心從色界善心復還退時及色界沒或欲界或無色界生時若欲界沒無色

界生時無色界繫善心捨成就得不成就非色界繫善心者謂欲界生長已得無色界善心起色界纏復還退時及無色界沒或欲界或色界生時色界繫善心捨成就得不成就亦無色界繫善心者謂欲界生長異生已得無色界善心起欲界纏復還退時非色界繫善心捨成就得不成就亦非無色界繫善心者除上爾所相若色界繫善心捨成就得不成就定非無色界繫有覆無記心若無色界繫有覆無記心捨成就得不成就定非色界繫善心從此以後都無所有若色界繫有覆無記心捨成就得不成就定非色界繫無覆無記心若色界繫無覆無記心捨成就得不成就定非色界繫有覆無記心從此以後都無所有若色界繫無覆無記心捨成就得不

成就無色界繫善心亦爾耶或色界繫無覆無記心捨成就得不成就非無色界繫善心廣說四句色界繫無覆無記心捨成就得不成就非無色界繫善心者謂欲界生長已離欲界貪未得色界善心從離欲貪復還退時及色界沒或欲界或無色界生時無色界繫善心捨成就得不成就非色界繫無覆無記心者謂欲界生長已得無色界善心起色界纏復還退時及無色界沒或欲界或色界生時色界繫無覆無記心捨成就得不成就亦無色界繫善心者謂欲界生長已得無色界善心起欲界纏復還退時非色界繫無覆無記心捨成就得不成就亦非無色界繫善心者除上爾所相若色界繫無覆無記心捨成就得不成就定非無色界繫有覆無記心無

覆無記心學心若無色界繫有覆無記心無覆無記心學心捨成就得不成就定非色界繫無覆無記心若色界繫無覆無記心捨成就得不成就無學心亦爾耶或色界繫無覆無記心捨成就得不成就非無學心廣說四句色界繫無覆無記心捨成就得不成就非無學心者謂已離欲界貪有學異生從離欲貪復還退時及色界沒或欲界或無色界生時若欲界沒無色界生時無學心捨成就得不成就非色界繫無覆無記心者謂阿羅漢起色無色界纏復還退時色界繫無覆無記心捨成就得不成就亦無學心者謂阿羅漢起欲界纏復還退時非色界繫無覆無記心捨成就得不成就亦非無學心者除上爾所相若無色界繫善心捨成就得不成就定非

無色界繫有覆無記心若無色界繫有覆無記心捨成就得不成就定非無色界繫善心若無色界繫善心捨成就得不成就無色界繫無覆無記心亦爾耶或無色界繫善心捨成就得不成就非無色界繫無覆無記心廣說四句無色界繫善心捨成就得不成就非無色界繫無覆無記心者謂欲界色界生長已得無色界善心從無色界善心復還退時及無色界善心染污心沒或欲界或色界生時無色界無覆無記心捨成就得不成就非無色界繫善心者謂無色界異熟果心生已滅時無色界繫善心捨成就得不成就亦無色界繫無覆無記心者謂無色界住異熟果心沒或欲界或色界生時非無色界繫善心捨成就得不成就亦非無色界繫無覆無記

心者除上爾所相若無色界繫善心捨成就得不成就定非學心若學心捨成就得不成就定非無色界繫善心若無色界繫善心捨成就得不成就無學心亦爾耶或無色界繫善心捨成就得不成就非無學心廣說四句無色界繫善心捨成就得不成就非無學心者謂有學異生已得無色界善心從無色界善心復還退時及無色界沒或欲界或色界生時無學心捨成就得不成就非無色界繫善心者謂阿羅漢起無色界纏復還退時無色界繫善心捨成就得不成就亦無學心者謂阿羅漢起欲界色界纏復還退時非無色界繫善心捨成就得不成就亦非無學心者除上爾所相若無色界繫有覆無記心捨成就得不成就定非無色界繫無覆無記心若無色界繫無覆無記心捨成就得不成就定非無色界繫有覆無記心從此以後都無所有若無色界繫無覆無記心捨成就得不成就定非學心及無學心若學心及無學心捨成就得不成就定非無色界繫無覆無記心若學心捨成就得不成就定非無學心若無學心捨成就得不成就定非學心

阿毗達磨識身足論卷第十五

阿毗達磨識身足論卷第十六

提婆設摩阿羅漢造

三藏法師玄奘奉　詔譯

成就蘊第六之四

有十二心謂欲界繫善心不善心有覆無記心無覆無記心色界繫善心有覆無記心無覆無記心無色界繫善心有覆無記心無覆無記心及學心無學心若欲界繫善心捨不成就得成就不善心亦爾耶設不善心捨不成就得成就欲界繫善心亦爾耶若欲界繫善心捨不成就得成就乃至無學心亦爾耶設無學心捨不成就得成就欲界繫善心亦爾耶乃至若學心捨不成就得成就無學心亦爾耶設無學心捨不成就得成就學心亦爾耶

若欲界繫善心捨不成就得成就不善心亦爾耶或欲界繫善心捨不成就得成就非不善心廣說四句欲界繫善心捨不成就得成就非不善心者謂善根續時不善心捨不成就得成就非欲界繫善心者謂已離欲界貪從離欲貪復還退時欲界繫善心捨不成就得成就亦不善心者謂色無色界沒欲界生時非欲界善心捨不成就得成就亦非不善心者除上爾所相若欲界繫善心捨不成就得成就欲界繫有覆無記心亦爾耶或欲界繫善心捨不成就得成就非欲界繫有覆無記心廣說四句欲界善心捨不成就得成就非欲界繫有覆無記心者謂善根續時欲界繫有覆無記心捨不成就得成就非欲界繫善心者謂已離欲界貪異生從離欲貪復還

退時欲界繫善心捨不成就得成就亦欲界繫有覆無記心者謂色無色界没欲界生時非欲界繫善心捨不成就得成就亦非欲界繫有覆無記心者除上爾所相若欲界繫善心捨不成就得成就欲界繫無覆無記心亦爾耶或欲界繫善心捨不成就得成就非欲界繫無覆無記心廣説四句欲界繫善心捨不成就得成就非欲界繫無覆無記心者謂善根續時及色界没欲界生時欲界繫無覆無記心捨不成就得成就非欲界繫善心者謂無色界没色界生時欲界繫善心捨不成就得成就亦欲界繫無覆無記心者謂無色界没欲界生時非欲界繫善心捨不成就得成就亦非欲界繫無覆無記心者除上爾所相若欲界繫善心捨不成就得成就定非色界繫善心若色界繫善心捨不成就得成就定非欲界繫善心若欲界繫善心捨不成就得成就色界繫有覆無記心亦爾耶或欲界繫善心捨不成就得成就非色界繫有覆無記心廣説四句欲界繫善心捨不成就得成就非色界繫有覆無記心者謂善根續時及色界没欲界生時色界繫有覆無記心捨不成就得成就非欲界繫善心者謂已離色界貪從離色貪復還退時及無色界没色界生時欲界繫善心捨不成就得成就亦色界繫有覆無記心者謂無色界没欲界生時非欲界繫善心捨不成就得成就亦非色界繫有覆無記心者除上爾所相若欲界繫善心捨不成就得成就定非色界繫無覆無記心若色界繫無覆無記心捨不成就得成就定非

欲界繫善心從此以後都無所有若不善心捨不成就得成就欲界繫有覆無記心亦爾耶若欲界繫有覆無記心捨不成就得成就不善心定爾或不善心捨不成就得成就非欲界繫有覆無記心謂已離欲界貪聖者從離欲貪復還退時若不善心捨不成就得成就欲界繫無覆無記心亦爾耶或不善心捨不成就得成就非欲界繫無覆無記心廣說四句不善心捨不成就得成就非欲界繫無覆無記心者謂已離欲界貪從離欲貪復還退時及色界沒欲界生時欲界無覆無記心捨不成就得成就非不善心者謂無色界沒色界生時不善心捨不成就得成就亦欲界繫無覆無記心者謂無色界沒欲界生時非不善心捨不成就得成就亦非欲界繫無覆無記心者除上爾所相若不善心捨不成就得成就定非色界繫善心若色界繫善心捨不成就得成就定非不善心若不善心捨不成就得成就色界繫有覆無記心亦爾耶或不善心捨不成就得成就非色界繫有覆無記心廣說四句不善心捨不成就得成就非色界繫有覆無記心者謂已離欲界貪未離色界貪從離欲貪復還退時及色界沒欲界生時色界繫有覆無記心捨不成就得成就非不善心者謂已離色界貪起色界纏復還退時及無色界沒色界生時不善心捨不成就得成就亦色界繫有覆無記心者謂已離色界貪起欲界纏復還退時及無色界沒欲界生時非不善心捨不成就得成就亦非色界繫有覆無記心者除上爾所相若不善心

捨不成就得成就定非色界繫無覆無記心及無色界繫善心若色界繫無覆無記心及無色界繫善心捨不成就得成就定非不善心若不善心捨不成就得成就無色界繫有覆無記心亦爾耶或不善心捨不成就得成就非無色界繫有覆無記心廣說四句不善心捨不成就得成就非無色界繫有覆無記心者謂已離欲界貪有學異生從離欲貪復還退時及色無色界没欲界生時無色界繫有覆無記心捨不成就得成就非不善心者謂阿羅漢起色無色界纏復還退時不善心捨不成就得成就亦無色界繫有覆無記心者謂阿羅漢起欲界纏復還退時非不善心捨不成就得成就亦非無色界繫有覆無記心者除上爾所相若不善心捨不成就得成就定非無色界繫無覆無記心及無學心若無色界繫無覆無記心及無學心捨不成就得成就定非不善心若不善心捨不成就得成就學心亦爾耶或不善心捨不成就得成就非學心廣說四句不善心捨不成就得成就非學心者謂已離欲界貪有學異生從離欲貪復還退時及色無色界没欲界生時學心捨不成就得成就非不善心者謂阿羅漢起色無色界纏復還退時及修加行入見道時不善心捨不成就得成就亦學心者謂阿羅漢起欲界纏復還退時非不善心捨不成就得成就亦非學心者除上爾所相若欲界繫有覆無記心捨不成就得成就欲界繫無覆無記心亦爾耶或欲界繫有覆無記心捨不成就得成就非欲界繫無覆無記心廣說

四句欲界繫有覆無記心捨不成就得成就非欲界繫無覆無記心者謂已離欲界貪異生從離欲貪復還退時及色界没欲界生時欲界繫無覆無記心捨不成就得成就非欲界繫有覆無記心者謂無色界没色界生時欲界繫有覆無記心捨不成就得成就亦欲界繫無覆無記心者謂無色界没欲界生時非欲界繫有覆無記心捨不成就得成就亦非欲界繫無覆無記心者除上爾所相若欲界繫有覆無記心捨不成就得成就定非色界繫善心若色界繫善心捨不成就得成就定非欲界繫有覆無記心若欲界繫有覆無記心捨不成就得成就色界繫有覆無記心亦爾耶或欲界繫有覆無記心捨不成就得成就非色界繫有覆無記心廣說四句欲界繫有覆無記心捨不成就得成就非色界繫有覆無記心者謂已離欲界貪異生未離色界貪從離欲貪復還退時及色界没欲界生時色界繫有覆無記心捨不成就得成就非欲界繫有覆無記心者謂已離色界貪起色界纏復還退時及無色界没色界生時欲界繫有覆無記心捨不成就得成就亦色界繫有覆無記心者謂已離色界貪異生起欲界纏復還退時及無色界没欲界生時非欲界繫有覆無記心捨不成就得成就亦非色界繫有覆無記心者除上爾所相若欲界繫有覆無記心捨不成就得成就定非色界繫無覆無記心若色界繫無覆無記心捨不成就得成就定非欲界繫有覆無記心從此以後都無所有若欲界繫無覆無記心捨不成就

得成就色界繫善心亦爾耶或欲界繫無覆無記心捨不成就得成就非色界繫善心廣說四句欲界繫無覆無記心捨不成就得成就非色界繫善心者謂無色界沒欲界生時色界繫善心捨不成就得成就非欲界繫無覆無記心者謂修加行色界善心初現前時欲界繫無覆無記心捨不成就得成就亦欲界繫善心者謂無色界沒色界生時非欲界繫無覆無記心捨不成就得成就亦非色界繫善心者除上爾所相若欲界繫無覆無記心捨不成就得成就色界繫有覆無記心定爾或色界繫有覆無記心捨不成就得成就非欲界繫無覆無記心謂已離色界貪從離色界貪復還退時若欲界繫無覆無記心捨不成就得成就色界繫無覆無記心亦爾耶

或欲界繫無覆無記心捨不成就得成就非色界繫無覆無記心廣說四句欲界繫無覆無記心捨不成就得成就非色界繫無覆無記心者謂無色界沒欲界生時色界繫無覆無記心捨不成就得成就非欲界繫無覆無記心者謂於欲界得離欲時欲界繫無覆無記心捨不成就得成就亦色界繫無覆無記心者謂無色界沒色界生時非欲界繫無覆無記心捨不成就得成就亦非色界繫無覆無記心者除上爾所相若欲界繫無覆無記心捨不成就得成就定非無色界繫善心若無色界繫善心捨不成就得成就定非欲界繫無覆無記心從此以後都無所有若色界繫善心捨不成就得成就色界繫有覆無記心亦爾耶或色界繫善心捨不成就得成就

非色界繫有覆無記心廣說四句色界繫善心捨不成就得成就非色界繫有覆無記心者謂修加行色界善心初現前時色界繫有覆無記心捨不成就得成就非色界繫善心者謂已離色界貪從離色界貪復還退時及無色界没欲界生時色界繫善心捨不成就得成就亦色界繫有覆無記心者謂無色界没色界生時非色界繫善心捨不成就得成就亦非色界繫有覆無記心者除上爾所相若色界繫善心捨不成就得成就色界繫無覆無記心亦爾耶或色界繫善心捨不成就得成就非色界繫無覆無記心廣說四句色界繫善心捨不成就得成就非色界繫無覆無記心者謂修加行色界善心初現前時色界繫無覆無記心捨不成就得成就非色界繫善心者謂於欲界得離欲時色界繫善心捨不成就得成就亦色界繫無覆無記心者謂無色界没色界生時非色界繫善心捨不成就得成就亦非色界繫無覆無記心者除上爾所相若色界繫善心捨不成就得成就定非無色界繫善心若無色界繫善心捨不成就得成就定非色界繫善心從此以後都無所有若色界繫有覆無記心捨不成就得成就色界繫無覆無記心亦爾耶或色界繫有覆無記心捨不成就得成就非色界繫無覆無記心廣說四句色界繫有覆無記心捨不成就得成就非色界繫無覆無記心者謂已離色界貪從離色界貪復還退時及無色界没欲界生時色界繫無覆無記心捨不成就得成就非色界繫有覆無記心者謂於欲

界得離欲時色界繫有覆無記心捨不成就得成就亦色界繫無覆無記心者謂無色界没色界生時非色界繫有覆無記心捨不成就得成就亦非色界繫無覆無記心者除上爾所相若色界繫有覆無記心捨不成就得成就定非無色界繫善心若無色界繫善心捨不成就得成就定非色界繫有覆無記心若色界繫有覆無記心捨不成就得成就無色界繫有覆無記心亦爾耶或色界繫有覆無記心捨不成就得成就非無色界繫有覆無記心廣説四句色界繫有覆無記心捨不成就得成就非無色界繫有覆無記心者謂已離色界貪有學異生從離色界貪復還退時及無色界没欲界生時無色界繫有覆無記心捨不成就得成就非色界繫有覆無記

心者謂阿羅漢起無色界纏復還退時色界繫有覆無記心捨不成就得成就亦無色界繫有覆無記心者謂阿羅漢起欲界色界纏復還退時非色界繫有覆無記心捨不成就得成就亦非無色界繫有覆無記心者除上爾所相若色界繫有覆無記心捨不成就得成就定非無色界繫無覆無記心及無學心若無色界繫無覆無記心及無學心捨不成就得成就定非色界繫有覆無記心若色界繫有覆無記心捨不成就得成就學心亦爾耶或色界繫有覆無記心捨不成就得成就非學心廣説四句色界繫有覆無記心捨不成就得成就非學心者謂已離色界貪有學異生從離色界貪復還退時及無色界没欲界色界生時學心捨不成就得成就非色界

繫有覆無記心者謂阿羅漢起無色界纏復還退時及修加行入見道時無色界繫有覆無記心捨不成就得成就亦非學心者謂阿羅漢起欲界色界纏復還退時非色界繫有覆無記心捨不成就得成就亦非學心者除上爾所相若色界繫無覆無記心捨不成就得成就定非無色界繫善心若無色界繫善心捨不成就得成就定非色界繫無覆無記心從此以後都無所有若無色界繫善心捨不成就得成就定非無色界繫有覆無記心若無色界繫有覆無記心捨不成就得成就定非無色界繫善心從此以後都無所有若無色界繫有覆無記心捨不成就得成就定非無色界繫無覆無記心及無學心若無色界繫無覆無記心及無學心捨不成就得成就定非無色界繫有覆無記心若無色界繫有覆無記心捨不成就得成就學心定爾或學心捨不成就得成就非無色界繫有覆無記心謂修加行入見道時若無色界繫無覆無記心捨不成就得成就定非學心及無學心若學心及無學心捨不成就得成就定非無色界繫無覆無記心若學心捨不成就得成就定非無學心若無學心捨不成就得成就定非學心有十種心謂欲界繫善心不善心有覆無記心無覆無記心色界繫善心有覆無記心無覆無記心無色界繫善心有覆無記心無覆無記心若欲界繫善心未斷成就此心耶設成就此心此心未斷耶乃至若無色界繫無覆無記心未斷成就此心耶設成就此心此心未斷耶若欲界繫善心未斷

成就此心耶或欲界繫善心未斷非成就此心或成就此心非此心未斷或此心未斷亦成就此心或非此心未斷亦非成就此心此心未斷非成就此心者謂已斷善根成就此心非此心未斷者謂欲界生長已離欲界貪此心未斷亦成就此心者謂欲界生長不斷善根未離欲界貪非此心未斷亦非成就此心者謂色無色界生長若不善心未斷成就此心耶曰如是設成就此心比心未斷耶曰如是若欲界繫有覆無記心未斷成就此心耶曰如是設成就此心此心未斷耶曰如是若欲界繫無覆無記心未斷成就此心耶若此心未斷定成就此心或成就此心非此心未斷謂欲界生長已離欲界貪及色界生長若色界繫善心未斷成就此心耶或色界繫善心未斷非成就此心或成就此心非此心未斷或此心未斷亦成就此心或非此心未斷亦非成就此心色界繫善心未斷非成就此心者謂欲界生長未得色界善心成就此心非此心未斷者謂欲界色界生長已離色界貪此心未斷亦成就此心者謂欲界生長已得色界善心未離色界貪及色界生長未離彼貪非此心未斷亦非成就此心者謂無色界生長若色界繫有覆無記心未斷成就此心耶曰如是設成就此心此心未斷耶曰如是若色界繫無覆無記心未斷成就此心耶或色界繫無覆無記心未斷非成就此心或成就此心非此心未斷或此心未斷亦成就此心或非此心未斷亦非成就此心色界繫無覆無記心未斷非成就此心者謂欲界

生長未離欲界貪成就此心非此心未斷者謂欲界色界生長已離色界貪此心未斷亦成就此心者謂欲界生長已離欲界貪未離色界貪及色界生長未離彼貪非此心未斷亦非成就此心者謂無色界生長若無色界繫善心未斷成就此心耶或無色界善心未斷非成就此心或成就此心非此心未斷或此心未斷亦成就此心或非此心未斷亦非成就此心無色界繫善心未斷非成就此心者謂未得無色界善心成就此心非此心未斷者謂阿羅漢此心未斷亦成就此心者謂有學異生已得無色界善心非此心未斷亦非成就此心者無有此句若無色界繫有覆無記心未斷成就此心耶曰如是設成就此心此心未斷耶曰如是若無色界繫無覆無記心未斷成就此心耶或無色界繫無覆無記心未斷非成就此心或成就此心非此心未斷或此心未斷亦成就此心或非此心未斷亦非成就此心無色界繫無覆無記心未斷非成就此心者謂有學異生無色界繫異熟果心不現在前成就此心非此心未斷者謂阿羅漢無色界繫異熟果心正現在前此心未斷亦成就此心者謂有學異生無色界繫異熟果心正現在前非此心未斷亦非成就此心者謂阿羅漢無色界繫異熟果心不現在前有十種心謂欲界繫善心不善心有覆無記心無覆無記心色界繫善心有覆無記心無覆無記心無色界繫善心有覆無記心無覆無記心若欲界繫善心已斷不成就此心耶設不成就此心此心已斷耶乃至若

無色界繫無覆無記心已斷不成就此心耶設不成就此心此心已斷耶若欲界繫善心已斷不成就此心耶或欲界繫善心已斷非不成就此心或不成就此心非此心已斷或此心已斷亦不成就此心或非此心已斷亦非不成就此心欲界繫善心已斷非不成就此心者謂欲界生長已離欲界貪不成就此心非此心已斷者謂已斷善根此心已斷亦不成就此心者謂色無色界生長非此心已斷亦非不成就此心者謂欲界生長不斷善根未離欲界貪若不善心已斷不成就此心耶曰如是設不成就此心此心已斷耶曰如是若欲界繫有覆無記心已斷不成就此心耶曰如是設不成就此心此心已斷耶曰如是若欲界繫無覆無記心已斷不成就此心

耶若欲界繫無覆無記心不成就此心定已斷或此心已斷非不成就此心謂欲界生長已離欲界貪及色界生長若色界繫善心已斷不成就此心耶或色界繫善心已斷非不成就此心或不成就此心非此心已斷或此心已斷亦不成就此心或非此心已斷亦非不成就此心色界繫善心已斷非不成就此心者謂欲界色界生長已離色界貪不成就此心非此心已斷者謂欲界生長未得色界善心此心已斷亦不成就此心者謂無色界生長非此心已斷亦非不成就此心者謂欲界生長已得色界善心未離色界貪及色界生長未離彼貪若色界繫有覆無記心已斷不成就此心耶曰如是設不成就此心此心已斷耶曰如是若色界繫無覆無記心已斷

不成就此心耶或色界繫無覆無記心已斷非不成就此心或不成就此心非此心已斷或此心已斷亦不成就此心或非此心已斷亦非不成就此心色界繫無覆無記心已斷非不成就此心者謂欲界色界生長已離色界貪不成就此心非此心已斷者謂欲界生長未離欲界貪此心已斷亦不成就此心者謂無色界生長非此心已斷亦非不成就此心者謂欲界生長已離欲界貪未離色界貪及色界生長未離彼貪若無色界繫善心已斷不成就此心耶若無色界繫善心已斷定非不成就此心或不成就此心非此心已斷謂未得無色界善心若無色界繫有覆無記心已斷不成就此心耶曰如是設不成就此心此心已斷耶曰如是若無色界繫無覆無記心已斷不成就此心耶或無色界繫無覆無記心已斷非不成就此心或不成就此心非此心已斷或此心已斷亦不成就此心或非此心已斷亦非不成就此心無色界繫無覆無記心已斷非不成就此心者謂阿羅漢無色界繫異熟果心正現在前不成就此心非此心已斷者謂有學異生無色界繫異熟果心不現在前此心已斷亦不成就此心者謂阿羅漢無色界繫異熟果心不現在前非此心已斷亦非不成就此心者謂有學異生無色界繫異熟果心正現在前有十二心謂欲界繫善心不善心有覆無記心無覆無記心色界繫善心有覆無記心無覆無記心無色界繫善心有覆無記心無覆無記心及學心無學心若成就欲界繫善心如是十二心

幾成就幾不成就乃至若成就無學心如是十二心幾成就幾不成就若成就欲界繫善心二心定成就一心定不成就餘或成就或不成就若成就不善心四心定成就四心定不成就餘或成就或不成就若成就欲界繫有覆無記心五心定成就四心定不成就餘或成就或不成就若成就欲界繫無覆無記心此一心定成就一心定不成就餘或成就或不成就若成就色界繫善心二心定成就一心定不成就餘或成就或不成就若成就色界繫有覆無記心三心定成就二心定不成就餘或成就或不成就若成就色界繫無覆無記心三心定成就三心定不成就餘或成就或不成就若成就無色界繫善心此一心定成就二心定不成就餘或成就或不成就若成就無色界繫有覆無記心此一心定成就一心定不成就餘或成就或不成就若成就無色界繫無覆無記心二心定成就七心定不成就餘或成就或不成就若成就學心二心定成就一心定不成就餘或成就或不成就若成就無學心二心定成就五心定不成就餘或成就或不成就有十二心謂欲界繫善心不善心有覆無記心無覆無記心色界繫善心有覆無記心無覆無記心無色界繫善心有覆無記心無覆無記心及學心無學心若不成就欲界繫善心如是十二心幾不成就幾成就乃至若不成就無學心如是十二心幾不成就幾成就若不成就欲界繫善心此一心定不成就餘或成就或不成就若不成就不善心二心定不成就餘或成

就或不成就若不成就欲界繫有覆無記心此一心定不成就餘或成就或不成就若不成就欲界繫無覆無記心七心定不成就一心定成就餘或成就或不成就若不成就色界繫善心二心定不成就餘或成就或不成就若不成就色界繫有覆無記心三心定不成就一心定成就餘或成就或不成就若不成就色界繫無覆無記心此一心定不成就餘或成就或不成就若不成就無色界繫善心三心定不成就三心定成就餘或成就或不成就若不成就無色界繫有覆無記心五心定不成就二心定成就餘或成就或不成就若不成就無色界繫無覆無記心此一心定不成就餘或成就或不成就若不成就學心此一心定不成就餘或成就或不成就若不成就無學心此一心定不成就一心定成就餘或成就或不成就

有十二心謂欲界繫善心不善心有覆無記心無覆無記心色界繫善心有覆無記心無覆無記心無色界繫善心有覆無記心無覆無記心及學心無學心復有三種補特伽羅一未離欲界貪補特伽羅二未離色界貪補特伽羅三未離無色界貪補特伽羅未離欲界貪補特伽羅如是十二心幾成就幾不成就未離色界貪補特伽羅如是十二心幾成就幾不成就未離無色界貪補特伽羅如是十二心幾成就幾不成就

未離欲界貪補特伽羅四心定成就四心定不成就餘或成就或不成就未離色界貪補特伽羅三心定成就二心定不成就餘或成

就或不成就未離無色界貪補特伽羅一心定成就一心定不成就餘或成就或不成就十二心謂欲界繫善心不善心有覆無記心無覆無記心色界繫善心有覆無記心無覆無記心無色界繫善心有覆無記心無覆無記心及學心無學心復有三種補特伽羅一已離欲界貪補特伽羅二已離色界貪補特伽羅三已離無色界貪補特伽羅已離欲界貪補特伽羅如是十二心幾不成就幾成就已離色界貪補特伽羅如是十二心幾不成就幾成就已離無色界貪補特伽羅如是十二心幾不成就幾成就

已離欲界貪補特伽羅二心定不成就餘或成就或不成就已離色界貪補特伽羅三心定不成就一心定成就餘或成就或不成就已離無色界貪補特伽羅五心定不成就二心定成就餘或成就或不成就

若最初梵世繫善心現在前一切欲界繫善心等無間耶若最初修加行梵世繫善心現在前一切欲界繫善心等無間或最初梵世繫善心現在前非欲界繫善心等無間謂從梵世上沒生梵世中彼最初梵世繫善心現在前乃至若最初無所有處繫善心現在前一切識無偏處繫善心等無間耶若最初修加行無所有處繫善心現在前一切識無偏處繫善心等無間或最初無所有處繫善心現在前非識無偏處繫善心等無間謂從非想非非想處沒生無所有處彼最初無所有處繫善心現在前

有十二心欲界繫善心不善心有覆無記心

無覆無記心色界繫善心有覆無記心無覆無記心無色界繫善心有覆無記心無覆無記心及學心無學心若學心捨成就得不成就如是十二心幾捨成就得不成就幾捨不成就得成就若無學心捨成就得不成就如是十二心幾捨成就得不成就幾捨不成就得成就

若學心捨成就得不成就二心定捨成就得不成就一心定捨不成就得成就餘非捨成就得不成就亦非捨不成就得成就若無學心捨成就得不成就一心定捨成就得不成就二心定捨不成就得成就二心或捨成就得不成就二心或捨不成就得成就五非捨成就得不成就亦非捨不成就得成就

有十二心謂欲界繫善心不善心有覆無記心無覆無記心色界繫善心有覆無記心無覆無記心無色界繫善心有覆無記心無覆無記心及學心無學心若學心捨不成就得成就如是十二心幾捨不成就得成就幾捨成就得不成就若無學心捨不成就得成就如是十二心幾捨不成就得成就幾捨成就得不成就

若學心捨不成就得成就或有二心定捨不成就得成就一心定捨成就得不成就二心或捨不成就得成就二心或捨成就得不成就或有得一都無所捨五心非捨不成就得成就亦非捨成就得不成就若無學心捨不成就得成就一心定捨不成就得成就二心定捨成就得不成就(成就蘊竟)

阿毗達磨識身足論卷第十六

阿毗達磨界身足論

唐三藏法師玄奘奉　詔譯

清刻龍藏佛說法變相圖

阿毗達磨界身足論卷上

尊者世友造

唐三藏法師玄奘奉　詔譯

本事品第一

三地各十種　五煩惱五見　五觸五根法

六六身相應

有十大地法十大煩惱地法十小煩惱地法五煩惱五見五觸五根五法六識身六觸身六受身六想身六思身六愛身十大地法云何一受二想三思四觸五作意六欲七勝解八念九三摩地十慧十大煩惱地法云何一不信二懈怠三失念四心亂五無明六不正知七非理作意八邪勝解九掉舉十放逸十小煩惱地法云何一忿二恨三覆四惱五嫉六慳七誑八諂九憍十害五煩惱云何一欲

貪二色貪三無色貪四瞋五疑五見云何一有身見二邊執見三邪見四見取五戒禁取五觸云何一有對觸二增語觸三明觸四無明觸五非明非無明觸五根云何一樂根二苦根三喜根四憂根五捨根五法云何一尋二伺三識四無慚五無愧六識身云何一眼識二耳識三鼻識四舌識五身識六意識六觸身云何一眼觸二耳觸三鼻觸四舌觸五身觸六意觸六受身云何一眼觸所生受二耳觸所生受三鼻觸所生受四舌觸所生受五身觸所生受六意觸所生受六想身云何一眼觸所生想二耳觸所生想三鼻觸所生想四舌觸所生想五身觸所生想六意觸所生想六思身云何一眼觸所生思二耳觸所生思三鼻觸所生思四舌觸所生思五身觸所生思六意觸所生思六愛身云何一眼觸所生愛二耳觸所生愛三鼻觸所生愛四舌觸所生愛五身觸所生愛六意觸所生愛受云何謂受等受各等受已受當受受所攝是名受想云何謂想等想現想已想當想是名想思云何謂思等思現思已思當思思所攝造心意業是名思觸云何謂觸等觸現觸已觸當觸是名觸作意云何謂心引於隨引等隨引現作意已作意當作意警覺心是名作意欲云何謂欲能欲性現欲性喜樂性趣向性希欲性欣求性欲有所作性是名欲勝解云何謂心勝解性已勝解當勝解是名勝解念云何謂念隨念別念憶念憶念性不忘性不忘法不失性不失去不忘失性心明記是名念三摩地云何謂心住等住現住近住不

亂不散攝持寂止等持心一境性是名三摩地慧云何謂於法簡擇最極簡擇極簡擇法了相近了相等了相聰叡通達審察決擇覺明慧行毗鉢舍那是名慧不信云何謂不信不信性不現信性不印不可不已委信不當委信不現委信令心不淨是名不信懈怠云何謂不精進性劣精進性昧精進性障礙精進止息精進心不勇悍不已勇悍不當勇悍是名懈怠失念云何謂空念性虛念性忘念性失念性心不明記性是名失念心亂云何謂心散性心亂性心異念性心迷亂性心不一境性不住一境性是名心亂無明云何謂三界無智不正知云何謂非理所引慧非理作意云何謂染汚作意耶勝解云何謂染汚作意相應心勝解心印順是名耶勝解掉舉云何謂心不寂靜不極寂靜不寂靜性顚舉等顚舉心顚舉性是名掉舉放逸云何謂於斷不善法引集善法不堅住作不恒常作不親不近不修不習是名放逸忿云何謂忿等忿徧忿極忿已忿當忿是名忿恨云何謂心結恨等徧結恨心怨結性是名恨覆云何謂隱所作罪惱云何謂心憤惱堅執尤蛆心很戾性是名惱嫉云何謂心不忍他之榮利慳云何謂於財法心著不捨誑云何謂矯惑他諂云何謂心曲憍云何謂如有一作如是念我具妙色財位伎藝淨命功德形貌端嚴衆所樂見由此因緣便起憍慠極憍慠醉悶等醉悶瞋眩等瞋眩心倨慠性是名憍害云何謂於有情樂爲捶撻諸損惱事是名害欲貪云何謂於諸欲起貪等貪執藏防護愛樂耽

著是名欲貪色貪云何謂於諸色起貪等貪執藏防護愛樂耽著是名色貪無色貪云何謂於諸無色起貪等貪執藏防護愛樂耽著是名無色貪瞋云何謂於有情欲爲逼害內懷栽蘖極瞋恚徧瞋恚瞋瞋恚瞋極瞋意憤恚現瞋恚已瞋恚當瞋恚是名瞋疑云何謂於諸諦猶豫有身見云何謂於五取蘊等隨觀執我或我所由此起忍樂慧觀見是名有身見邊執見云何謂於五取蘊等隨觀執或斷或常由此起忍樂慧觀見是名邊執見邪見云何謂謗因謗果或謗作用或壞實事由此起忍樂慧觀見是名邪見見取云何謂於五取蘊等隨觀執爲最爲勝爲妙第一由此起忍樂慧觀見是名見取戒禁取云何謂於五取蘊等隨觀執爲清淨爲解脫爲出離由此起忍樂慧觀見是名戒禁取有對觸云何謂五識相應觸增語觸云何謂意識相應觸明觸云何謂無漏觸無明觸云何謂染污觸非明非無明觸云何謂不染有漏觸樂根云何謂觸順樂受觸者所起身心樂平等受受所攝是名樂根苦根云何謂觸順苦受觸者所起身苦不平等受受所攝是名苦根喜根云何謂觸順喜受觸者所起心喜平等受受所攝是名喜根憂根云何謂觸順憂受觸者所起心憂不平等受受所攝是名憂根捨根云何謂觸順不苦不樂受觸者所起身心捨非平等非不平等受受所攝是名捨根尋云何謂心推覓徧推覓顯示極顯示現前顯示尋求徧尋求筭計徧筭計構畫徧構畫分別等分別等分別性是名尋伺云何謂心巡行

徧巡行隨徧巡行伺察徧伺察隨徧伺察隨轉隨流隨屬彼性是名伺識云何謂六識身所謂眼識乃至意識無慚云何謂無慚無所慚無別慚無羞無所羞無別羞無敬無所敬無別敬無自在無所自在無別自在無所畏憚自在而轉是名無慚無愧云何謂無愧無所愧無別愧無恥無所恥無別恥於罪不怖性於罪不畏性於諸罪中不見怖畏是名無愧眼識云何謂眼及色爲緣所生眼識此中眼爲增上色爲所緣於眼所識色所有了別各別了別是名眼識耳鼻舌身意識云何謂意及法爲緣所生意識此中意爲增上法爲所緣於意所識法所有了別各別了別是名意識眼觸云何謂眼及色爲緣生於眼識三和合故觸此中眼爲增上色爲所緣於眼所識色諸觸等觸現觸已觸當觸是名眼觸耳鼻舌身意觸云何謂意及法爲緣生於意識三和合故觸此中意爲增上法爲所緣於意所識法諸觸等觸現觸已觸當觸是名意觸眼觸所生受云何謂眼及色爲緣生於眼識三和合故觸觸爲緣受此中眼爲增上色爲所緣眼觸爲因眼觸爲集眼觸種類眼觸爲緣眼觸所生作意相應於眼所識色諸受等受各別等受已受當受受所攝是名眼觸所生受耳鼻舌身意觸所生受云何謂意及法爲緣生於意識三和合故觸觸爲緣受此中意爲增上法爲所緣意觸爲因意觸爲集意觸種類意觸爲緣意觸所生作意相應於意所識法諸受等受各別等受已受當受受所攝是名意觸所生受眼觸所生想云何謂眼

及色爲緣生於眼識三和合故觸觸爲緣想此中眼爲增上色爲所緣眼觸爲因眼觸爲集眼觸種類眼觸爲緣眼觸所生作意相應於眼所識色諸想等想各别等想現前等想已想當想是名眼觸所生想耳鼻舌身意觸所生想云何謂意及法爲緣生於意識三和合故觸觸爲緣想此中意爲增上法爲所緣意觸爲因意觸爲集意觸種類意觸爲緣意觸所生作意相應於意所識法諸想等想各别等想現前等想已想當想是名意觸所生想眼觸所生思云何謂眼及色爲緣生於眼識三和合故觸觸爲緣思此中眼爲增上色爲所緣眼觸爲因眼觸爲集眼觸種類眼觸爲緣眼觸所生作意相應於眼所識色識思等思各别等思現前等思已思當思思所攝

造心意業是名眼觸所生思耳鼻舌身意觸所生思云何謂意及法爲緣生於意識三和合故觸觸爲緣思此中意爲增上法爲所緣意觸爲因意觸爲集意觸種類意觸爲緣意觸所生作意相應於意所識法諸思等思各别等思現前等思已思當思思所攝造心意業是名意觸所生思眼觸所生愛云何謂眼及色爲緣生於眼識三和合故觸觸爲緣故受受爲緣愛此中眼爲增上色爲所緣於眼所識色諸貪等貪執藏防護愛樂耽著是名眼觸所生愛耳鼻舌身意觸所生愛云何謂意及法爲緣生於意識三和合故觸觸爲緣受受爲緣愛此中意爲增上法爲所緣於意所識法諸貪等貪執藏防護愛樂耽著是名意觸所生愛

分別品第二中初門

門有八十八　初異類三門　謂受并識身
及無慚無愧　餘門八十五　謂受等次第
相應不相應　一行界處蘊

五受根謂樂根苦樂喜根憂根捨根大地法受與五受根幾相應幾不相應乃至意觸所生受與五受根幾相應幾不相應大地法受五受根無相應者皆不相應大地法想五受根一切相應無不相應者如想思觸作意欲勝解念三摩地慧亦爾不信五受根五根相應五根不相應如不信餘大煩惱地法亦爾忿恨惱嫉害二根相應謂憂捨五根不相應覆誑諂三根相應除樂苦五根不相應憍四根相應除苦五根不相應慳二根相應謂喜捨五根不相應欲貪色貪三根相應除苦憂五根不相應無色貪一根相應謂捨五根不相應瞋三根相應除樂喜五根不相應疑四根相應除苦五根不相應五見中邪見四根相應除苦五根不相應餘四見三根相應除苦憂五根不相應有對觸三根相應除喜憂四根不相應除苦增語觸四根相應除苦三根不相應除喜憂明觸三根相應除苦憂五根不相應無明觸及非明非無明觸五根相應五根不相應樂根無相應者皆不相應如樂根苦根喜根憂根捨根亦爾尋伺五根相應三根不相應除苦憂識五根相應無不相應者無慚無愧五根相應五根不相應眼識三根相應除喜憂五根不相應如眼識耳鼻舌身識亦爾意識四根相應除苦三根不相應除喜憂如六識身六觸身六想身六思身

亦爾眼觸所生受五受根無相應者皆不相應如眼觸所生受餘受身亦爾眼觸所生愛二根相應謂樂捨五根不相應如眼觸所生愛耳鼻舌身觸所生愛亦爾意觸所生愛三根相應除苦憂五根不相應

分別品第二中第二門

六識身謂眼識耳識鼻識舌識身識意識大地法受與六識身幾相應幾不相應乃至意觸所生愛與六識身幾相應幾不相應大地法受六識身一切相應無不相應者如大地法受餘大地法亦爾不信六識相應六識不相應如不信餘大煩惱地法亦爾忿一識相應謂意六識不相應如忿餘小煩惱地法亦爾欲貪六識相應六識不相應如欲貪瞋亦爾色貪四識相應除鼻舌六識不相應無色貪疑一識相應謂意六識不相應五見一識相應謂意六識不相應有對觸五識相應除意一識不相應謂意增語觸一識相應謂意五識不相應除意明觸一識相應謂意六識不相應無明觸及非明非無明觸六識相應六識不相應樂根捨根六識相應六識不相應苦根五識相應除意六識不相應喜根憂根一識相應謂意六識不相應尋伺六識相應一識不相應謂意識法六識身無相應者皆不相應無慚無愧六識相應六識不相應眼識六識身無相應者皆不相應如眼識耳鼻舌身意識亦爾眼觸一識相應謂眼五識不相應除眼如眼觸耳鼻舌身意觸隨所應亦爾如六觸身六受身六想身六思身亦爾眼觸所生受一識相應謂眼六識不相應如

眼觸所生受耳鼻舌身意觸所生受隨所應亦爾

分別品第二中第三門

二法謂無慚無愧大地法受與此二法幾相應幾不相應乃至意觸所生受與此二法幾相應幾不相應大地法受諸不善者二法相應無不相應者餘受無相應者皆不相應如大地法受餘大地法亦爾不信諸不善者二法相應無不相應者餘不信無相應者皆不相應如不信餘大煩惱地法亦爾忿恨覆惱嫉慳害皆二法相應無不相應者誑諂憍諸不善者二法相應無不相應者餘誑諂憍無相應者皆不相應欲貪瞋恚俱二法相應無不相應者色貪無色貪無相應者俱不相應疑諸不善者二法相應無不相應者餘疑無相應者定不相應五見中二見無相應者俱不相應三見諸不善者皆二法相應無不相應者餘三見無相應者皆不相應有對增語無明觸諸不善者皆二法相應無不相應者餘三觸無相應者皆不相應明觸非明非無明觸無相應者俱不相應樂根諸不善者二法相應無不相應者餘樂根無相應者定不相應如樂根苦喜憂捨根亦爾尋伺識法諸不善者皆二法相應無不相應者餘尋伺識法無相應者皆不相應無慚與無愧定相應無不相應者與無慚定不相應無相應者無愧與無慚定相應無不相應者與無愧定不相應無相應者眼識諸不善者二法相應無不相應者餘眼識無相應者皆不相應如眼識耳鼻舌身意識亦爾如六識身六觸身六

受身六想身六思身亦爾眼耳身意觸所生受諸不善者皆二法相應無不相應者餘眼耳身意觸所生受無相應者皆不相應鼻舌觸所生受俱二法相應無不相應者

分別品第二中第四門

受相應想不相應十八界十二處五蘊受相應何所攝謂心心所法八界二處三蘊此何爲餘謂受自性色無爲心不相應行十一界十一處三蘊想不相應何所攝謂想自性色無爲心不相應行十一界十一處三蘊此何所問謂除受相應及想不相應法即除一切法十八界十二處五蘊（此下二事雖各除一而文影略顯各除二不爾不應除一切法受等自體不被除故）想相應受不相應十八界十二處五蘊想相應何所攝謂心心所法八界二處三蘊此何爲餘謂想自性色無爲心不相應行十一界十一處三蘊受不相應何所攝謂受自性色無爲心不相應行十一界十一處三蘊此何所問謂除想相應及受不相應法即除一切法十八界十二處五蘊如以受對想乃至以受對慧亦爾受相應不信不相應十八界十二處五蘊受相應何所攝謂心心所法八界二處三蘊此何爲餘謂受自性色無爲心不相應行十一界十一處三蘊不信不相應何所攝謂不信自性色無爲心不相應行十八界十二處五蘊此何所問謂除受相應及不信不相應法即除一切法十八界十二處五蘊不信相應受不相應十八界十二處五蘊不信相應何所攝謂心心所法八界二處四蘊此何爲餘謂不信自性色無爲心不相應行十八界十二處五蘊

受不相應何所攝謂受自性色無爲心不相應行十一界十一處三蘊此何所問謂除不信相應及受不相應法即除一切法十八界十二處五蘊如以受對不信對除大煩惱地法欲貪瞋無明觸非明非無明觸無慚無愧亦爾受相應忿不相應十八界十二處五蘊受相應何所攝謂心心所法八界二處三蘊此何爲餘謂受自性色無爲心不相應行十一界十一處三蘊忿不相應何所攝謂忿自性色無爲心不相應行十八界十二處五蘊此何所問謂除受相應及忿不相應法即除一切法十八界十二處五蘊忿相應受不相應十八界十二處五蘊忿相應何所攝謂心心所法三界二處四蘊此何爲餘謂忿自性色無爲心不相應行十八界十二處五蘊受不相應何所攝謂受自性色無爲心不相應行十一界十一處三蘊此何所問謂除忿相應及受不相應法即除一切法十八界十二處五蘊如以受對忿對餘小煩惱地法無色貪疑五見明觸六愛身亦爾受相應色貪不相應十八界十二處五蘊受相應何所攝謂心心所法八界二處三蘊此何爲餘謂受自性色無爲心不相應行十一界十一處三蘊色貪不相應何所攝謂色貪自性色無爲心不相應行十八界十二處五蘊此何所問謂除受相應及色貪不相應法即除一切法十八界十二處五蘊色貪相應受不相應十八界十二處五蘊色貪相應何所攝謂心心所法六界二處四蘊此何爲餘謂色貪自性色無爲心不相應行十八界十二處五蘊受不

相應何所攝謂受自性色無爲心不相應行十一界十一處三蘊此何所問謂除色貪相應及受不相應法即除一切法十八界十二處五蘊受相應有對觸不相應十八界十二處五蘊受相應何所攝謂心心所法八界二處三蘊此何爲餘謂受自性色無爲心不相應行十一界十一處三蘊有對觸不相應何所攝謂有對觸自性色無爲心不相應行十三界十二處五蘊此何所問謂除受相應及有對觸不相應法即除一切法十八界十二處五蘊有對觸相應受不相應十八界十二處五蘊有對觸相應何所攝謂心心所法七界二處四蘊此何爲餘謂有對觸自性色無爲心不相應行十三界十一處五蘊受不相應何所攝謂受自性色無爲心不相應行十一界十一處三蘊此何所問謂除有對觸相應及受不相應法即除一切法十八界十二處五蘊受相應增語觸不相應十八界十二處五蘊受相應何所攝謂心心所法八界二處三蘊此何爲餘謂受自性色無爲心不相應行十一界十一處三蘊增語觸不相應何所攝謂增語觸自性色無爲心不相應行十七界十二處五蘊此何所問謂除受相應及增語觸不相應法即除一切法十八界十二處五蘊增語觸相應受不相應十八界十二處五蘊增語觸相應何所攝謂心心所法三界二處四蘊此何爲餘謂增語觸自性色無爲心不相應行十七界十二處五蘊受不相應何所攝謂受自性色無爲心不相應行十一界十一處三蘊此何所問謂除增語觸相

應及受不相應法即除一切法十八界十二處五蘊受相應尋不相應十八界十二處五蘊受相應何所攝謂心心所法八界二處三蘊此何爲餘謂受自性色無爲心不相應行十一界十一處三蘊尋不相應何所攝謂尋自性色無爲心不相應行十三界十二處五蘊此何所問謂除受相應及尋不相應法即除一切法十八界十二處五蘊尋相應受不相應十八界十二處五蘊尋相應何所攝謂心心所法八界二處四蘊此何爲餘謂尋自性色無爲心不相應行十三界十二處五蘊受不相應何所攝謂受自性色無爲心不相應行十一界十一處三蘊此何所問謂除尋相應及受不相應法即除一切法十八界十二處五蘊如以受對尋對伺亦爾受相應識不相應十八界十二處五蘊受相應何所攝謂心心所法八界二處三蘊此何爲餘謂受自性色無爲心不相應行十一界十一處三蘊識不相應何所攝謂識自性色無爲心不相應行十八界十二處三蘊此何所問謂除受相應及識不相應法即除一切法十八界十二處五蘊識相應受不相應十八界十二處五蘊識相應何所攝謂心所法一界一處三蘊此何爲餘謂識自性色無爲心不相應行十八界十二處三蘊受不相應何所攝謂受自性色無爲心不相應行十一界十一處三蘊此何所問謂除識相應及受不相應法即除一切法十八界十二處五蘊受相應眼識不相應十八界十二處五蘊受相應何所攝謂心心所法八界二處三蘊此何爲餘謂

受自性色無爲心不相應行十一界十一處三蘊眼識不相應何所攝謂眼識自性色無爲心不相應行十八界十二處五蘊此何所問謂除受相應及眼識不相應法即除一切法十八界十二處五蘊眼識相應受不相應十八界十二處五蘊眼識相應何所攝謂心所法一界一處三蘊此何爲餘謂眼識自性色無爲心不相應行十八界十二處五蘊受不相應何所攝謂受自性色無爲心不相應行十一界十一處三蘊此何所問謂除眼識相應及受不相應法即除一切法十八界十二處五蘊如以受對眼識乃至對意識亦爾受相應眼觸不相應十八界十二處五蘊受相應何所攝謂心心所法八界二處三蘊此何爲餘謂受自性色無爲心不相應行十一界十一處三蘊眼觸不相應何所攝謂眼觸自性色無爲心不相應行十七界十二處五蘊此何所問謂除受相應及眼觸不相應法即除一切法十八界十二處五蘊眼觸相應受不相應十八界十二處五蘊眼觸相應何所攝謂心心所法三界二處四蘊此何爲餘謂眼觸自性色無爲心不相應行十七界十二處五蘊受不相應何所攝謂受自性色無爲心不相應行十一界十一處三蘊此何所問謂除眼觸相應及受不相應法即除一切法十八界十二處五蘊如以受對眼觸乃至對意觸亦爾如以受對六觸身對六想身六思身廣說亦爾

阿毗達磨界身足論卷上

音釋

忿撫吻怒也　諂丑琰切佞言也　敵俞芮切明達也　悍胡旰切性勇急也

顚許嬌切喧也　憤房吻切懣也　蛆知列切與蜇同蟲行毒也

很戾很戶懇切戾郎計切很戾不聽從也　瞑眩瞑莫甸切眩熒絹切瞑眩憒亂也

倨傲倨居御切慢也傲五到切驕也　捶撻捶之累切擊也撻他達切打也

栽蘖栽祖才切蘖魚列切　構畫構古候切合集也畫胡麥切計策也

阿毗達磨界身足論卷下

尊者世友造

唐三藏法師玄奘奉詔譯

分別品第二中第五門

想相應思不相應十八界十二處五蘊想相應何所攝謂心心所法八界二處三蘊此何爲餘謂想自性色無爲心不相應行十一界十一處二蘊思不相應何所攝謂思自性色無爲心不相應行十一界十一處二蘊此何所問謂除想相應及思不相應法即除一切法十八界十二處五蘊思相應想不相應十八界十二處五蘊思相應何所攝謂心心所法八界二處四蘊此何爲餘謂思自性色無爲心不相應行十一界十一處二蘊想不相應何所攝謂想自性色無爲心不相應行十一界十一處三蘊此何所問謂除思相應及想不相應法即除一切法十八界十二處五蘊如以想對思乃至對慧亦爾想相應不信不相應十八界十二處五蘊想相應何所攝謂心心所法八界二處三蘊此何爲餘謂想自性色無爲心不相應行十一界十一處三蘊不信不相應何所攝謂不信自性色無爲心不相應行十八界十二處五蘊此何所問謂除想相應及不信不相應法即除一切法十八界十二處五蘊不信相應想不相應十八界十二處五蘊不信相應何所攝謂心心所法八界二處四蘊此何爲餘謂不信自性色無爲心不相應行十八界十二處五蘊想不相應何所攝謂想自性色無爲心不相應行十一界十一處三蘊此何所問謂除不信

相應及想不相應法即除一切法十八界十二處五蘊如以想對不信對餘大煩惱地法欲貪瞋無明觸非明非無明觸無慚無愧亦爾想相應忿不相應十八界十二處五蘊想相應何所攝謂心心所法八界二處三蘊此何爲餘謂想自性色無爲心不相應行十一界十一處三蘊忿不相應何所攝謂忿自性色無爲心不相應行十八界十二處五蘊此何所問謂除想相應及忿不相應法即除一刀法十八界十二處五蘊忿相應想不相應十八界十二處五蘊忿相應何所攝謂心心所法三界二處四蘊此何爲餘謂忿自性色無爲心不相應行十八界十二處五蘊想不相應何所攝謂想自性色無爲心不相應行十一界十一處三蘊此何所問謂除忿相應

及想不相應法即除一切法十八界十二處五蘊如以想對忿對餘小煩惱地法無色貪疑五見明觸六愛身亦爾想相應色貪不相應十八界十二處五蘊想相應何所攝謂心心所法八界二處三蘊此何爲餘謂想自性色無爲心不相應行十一界十一處三蘊色貪不相應何所攝謂色貪自性色無爲心不相應行十八界十二處五蘊此何所問謂除想相應及色貪不相應法即除一切法十八界十二處五蘊色貪相應想不相應十八界十二處五蘊色貪相應何所攝謂心心所法六界二處四蘊此何爲餘謂色貪自性色無爲心不相應行十八界十二處五蘊想不相應何所攝謂想自性色無爲心不相應行十一界十一處三蘊此何所問謂除色貪相應

想不相應即除一切法十八界十二處五蘊想相應有對觸不相應十八界十二處五蘊想相應何所攝謂心心所法八界二處三蘊此何爲餘謂想自性色無爲心不相應行十一界十一處二蘊有對觸自性色無爲心不相應行十三界十二處五蘊此何所問謂除想相應及有對觸不相應法即除一切法十八界十二處五蘊有對觸相應想不相應十八界十二處五蘊有對觸相應何所攝謂心心所法七界二處四蘊此何爲餘謂有對觸自性色無爲心不相應行十三界十二處五蘊想不相應何所攝謂想自性色無爲心不相應行十一界十一處三蘊此何所問謂除有對觸相應及想不相應法即除一切法十八界十二處五蘊想相應增語觸不相應十八界十二處五蘊想相應何所攝謂心心所法八界二處三蘊此何爲餘謂想自性色無爲心不相應行十一界十一處三蘊增語觸不相應何所攝謂增語觸自性色無爲心不相應行十七界十二處五蘊此何所問謂除想相應及增語觸不相應法即除一切法十八界十二處五蘊增語觸相應想不相應十八界十二處五蘊增語觸相應何所攝謂心心所法三界二處四蘊此何爲餘謂增語觸自性色無爲心不相應行十七界十二處五蘊想不相應何所攝謂想自性色無爲心不相應行十一界十一處三蘊此何所問謂除增語觸相應及想不相應法即除一切法十八界十二處五蘊

想相應樂根不相應十八界十二處五蘊想

相應何所攝謂心心所法八界二處三蘊此何爲餘謂想自性色無爲心不相應行十一界十一處三蘊樂根不相應何所攝謂樂根自性色無爲心不相應行十八界十二處五蘊此何所問謂除想相應及樂根不相應法即除一切法十八界十二處五蘊樂根相應想不相應十八界十三處五蘊樂根相應何所攝謂心心所法八界三處三蘊此何爲餘謂樂根自性色無爲心不相應行十八界十二處五蘊想不相應何所攝謂想自性色無爲心不相應行十一界十一處三蘊此何所問謂除樂根相應及想不相應法即除一切法十八界十二處五蘊如以想對樂根對捨根亦爾想相應苦根不相應十八界十二處五蘊想相應何所攝謂心心所法八界二處

三蘊此何爲餘謂想自性色無爲心不相應行十一界十一處三蘊苦根不相應何所攝謂苦根自性色無爲心不相應行十八界十二處五蘊此何所問謂除想相應及苦根不相應法即除一切法十八界十二處五蘊苦根相應想不相應十八界十二處五蘊苦根相應何所攝謂心心所法七界二處三蘊此何爲餘謂苦根自性色無爲心不相應行十八界十二處五蘊想不相應何所攝謂想自性色無爲心不相應行十一界十一處三蘊此何所問謂除苦根相應及想不相應法即除一切法十八界十二處五蘊想相應喜根不相應十八界十二處五蘊想相應何所攝謂心心所法八界二處三蘊此何爲餘謂想自性色無爲心不相應行十一界十一處三

蘊喜根不相應何所攝謂喜根自性色無爲心不相應行十八界十二處五蘊此何所問謂除想相應及喜根不相應法即除一切法十八界十二處五蘊喜根相應想不相應十八界十二處五蘊喜根相應何所攝謂心心所法三界二處三蘊此何爲餘謂喜根自性色無爲心不相應行十八界十二處五蘊想不相應何所攝謂想自性色無爲心不相應行十一界十一處三蘊此何所問謂除喜根相應及想不相應法即除一切法十八界十二處五蘊如以想對喜根對憂根亦爾以思對尋伺識法六識身六觸身六思身皆如受門中說唯於受處應說其想想相應眼觸所生受不相應十八界十二處五蘊想相應何所攝謂心心所法八界二處三蘊此何爲餘謂想自性色無爲心不相應行十一界十一處三蘊眼觸所生受不相應何所攝謂眼觸所生受自性色無爲心不相應行十七界十二處五蘊此何所問謂除想相應及眼觸所生受不相應法即除一切法十八界十二處五蘊眼觸所生受相應想不相應十八界十二處五蘊眼觸所生受相應何所攝謂心心所法三界二處三蘊此何爲餘謂眼觸所生受自性色無爲心不相應行十七界十二處五蘊想不相應何所攝謂想自性色無爲心不相應行十一界十一處三蘊此何所問謂除眼觸所受相應及想不相應法即除一切法十八界十二處五蘊如以想對眼觸所生受乃至對意觸所生受隨其所應廣說亦爾

分別品第二中第六門

思相應觸不相應十八界十二處五蘊思相應何所攝謂心心所法八界二處四蘊此何爲餘謂思自性色無爲心不相應行十一界十一處二蘊觸不相應何所攝謂觸自性色無爲心不相應行十一界十一處二蘊此何所問謂除思相應及觸不相應法即除一切法十八界十二處五蘊觸相應思不相應十八界十二處五蘊觸相應何所攝謂心心所法八界二處四蘊此何爲餘謂觸自性色無爲心不相應行十一界十一處二蘊思不相應何所攝謂思自性色無爲心不相應行十一界十一處二蘊此何所問謂除觸相應及思不相應法即除一切法十八界十二處五蘊如以思對觸乃至對慧亦爾思相應不信不相應十八界十二處五蘊思相應何所攝謂心心所法八界二處四蘊此何爲餘謂思自性色無爲心不相應行十一界十一處一蘊不信不相應何所攝謂不信自性色無爲心不相應行十八界十二處五蘊此何所問謂除思相應及不信不相應法即除一切法十八界十二處五蘊不信相應思不相應十八界十二處五蘊不信相應何所攝謂心心所攝八界二處四蘊此何爲餘謂不信自性色無爲心不相應行十八界十二處五蘊思不相應何所攝謂思自性色無爲心不相應行十一界十一處二蘊此何所問謂除不信相應及思不相應法即除一切法十八界十二處五蘊如以思對不信對餘大煩惱地法欲貪瞋無明觸非明非無明觸無慚無愧亦爾思相應忿不相應十八界十二處五蘊思

相應何所攝謂心心所法八界二處四蘊此何爲餘謂思自性色無爲心不相應行十一界十一處二蘊忿不相應何所攝忿自性色無爲心不相應行十八界十二處五蘊此何所問謂除思相應及忿不相應法即除一切法十八界十二處五蘊忿相應思不相應十八界十二處五蘊忿相應何所攝謂心心所法三界二處四蘊此何爲餘謂忿自性色無爲心不相應行十八界十二處五蘊思不相應何所攝謂思自性色無爲心不相應行十一界十一處二蘊此何所問謂除忿相應及思不相應法即除一切法十八界十二處五蘊如以思對忿對餘小煩惱地法無色貪疑五見明觸六愛身亦爾思相應色貪不相應十八界十二處五蘊思相應何所攝謂心心所攝八界二處四蘊此何爲餘謂思自性色無爲心不相應行十一界十一處二蘊色貪不相應何所攝謂色貪自性色無爲心不相應行十八界十二處五蘊此何所問謂除思相應及色貪不相應法即除一切法十八界十二處五蘊色貪相應思不相應十八界十二處五蘊色貪相應何所攝謂心心所法六界二處四蘊此何爲餘謂色貪自性色無爲心不相應行十八界十二處五蘊思不相應何所攝謂思自性色無爲心不相應行十一界十一處二蘊此何所問謂除色貪相應及思不相應法即除一切法十八界十二處五蘊思相應有對觸不相應十八界十二處五蘊思相應何所攝謂心心所法八界二處四蘊此何爲餘謂思自性色無爲心不相應行

十一界十一處二蘊有對觸不相應何所攝謂有對觸自性色無爲心不相應行十三界十二處五蘊此何所問謂除思相應及有對觸不相應法即除一切法十八界十二處五蘊有對觸相應思不相應十八界十二處五蘊有對觸相應何所攝謂心心所法七界二處四蘊此何爲餘謂有對觸自性色無爲心不相應行十三界十二處五蘊思不相應何所攝謂思自性色無爲心不相應行十一界十一處二蘊此何所問謂除有對觸相應及思不相應法即除一切法十八界十二處五蘊思相應增語觸不相應十八界十二處五蘊思相應如前乃至二蘊增語觸不相應如前乃至五蘊如思相應增語觸不相應如是增語觸相應思不相應隨所應當廣説思相應樂根不相應樂根相應思不相應隨所應當廣説如以思對樂根對捨根亦爾思相應苦根不相應苦根相應思不相應隨所應當廣説思相應喜根不相應喜根相應思不相應隨所應當廣説如以思對喜根對憂根亦爾以思對尋伺識法六識身六觸身六受身六想身隨所應當廣説

分別品第二中第七門

觸相應作意不相應十八界十二處五蘊觸相應如前乃至二蘊作意不相應何所攝謂作意自性色無爲心不相應行十一界十一處二蘊此何所問謂除觸相應及作意不相應法即除一切法十八界十二處五蘊作意相應觸不相應十八界十二處五蘊作意相應何所攝謂心心所法八界二處四蘊此何

爲餘謂作意自性色無爲心不相應行十一界十一處二蘊觸不相應等如前説如以觸對作意乃至對慧亦爾觸相應不信不相應不信相應觸不相應隨所應當廣説如以觸對不信對餘大煩惱地法欲貪瞋無慚無愧亦爾觸相應忿不相應忿相應觸不相應隨所應當廣説如以觸對忿對餘小煩惱地法無色貪疑五見六愛身亦爾觸相應色貪不相應色貪相應觸不相應隨所應當廣説觸相應樂根不相應樂根相應觸不相應隨所應當廣説如以觸對樂根對捨根亦爾觸相應苦根不相應苦根相應觸不相應隨所應當廣説觸相應喜根不相應喜根相應觸不相應隨所應當廣説如以觸對喜根對憂根亦爾以觸對尋伺識法六識身六受身六想身六思身隨所應當廣説

分別品第二中第八門

作意相應欲不相應十八界十二處五蘊作意相應等如前説欲不相應何所攝謂欲自性色無爲心不相應行十一界十一處二蘊此何所問如前説欲相應作意不相應十八界十二處五蘊欲相應何所攝謂心心所法八界二處四蘊此何爲餘謂欲自性色無爲心不相應行十一界十一處二蘊作意不相應等如前説如以作意對欲乃至對慧亦爾作意相應不信不相應不信相應作意不相應隨所應當廣説如以作意對不信對餘大煩惱地法欲貪瞋無明觸非明非無明觸無慚無愧亦爾作意相應忿不相應忿相應作意不相應隨所應當廣説如以作意對忿對

餘小煩惱地法無色貪疑五見明觸六愛身亦爾作意相應色貪不相應色貪相應作意不相應隨所應當廣說作意相應有對觸不相應有對觸相應作意不相應隨所應當廣說作意相應增語觸不相應增語觸相應作意不相應隨所應當廣說作意相應樂根不相應樂根相應作意不相應隨所應當廣說如以作意對樂根對捨根亦爾作意相應苦根不相應苦根相應作意不相應隨所應當廣說作意相應喜根不相應喜根相應作意不相應隨所應當廣說如以作意對喜根對憂根亦爾以作意對尋伺識法六識身六觸身六受身六想身六思身隨所應當廣說

分別品第二中第九門

欲相應勝解不相應十八界十二處五蘊欲相應等如前說勝解不相應何所攝謂勝解自性色無爲心不相應行十一界十一處二蘊此何所問謂除欲相應及勝解不相應法即除一切法十八界十二處五蘊勝解相應欲不相應十八界十二處五蘊勝解相應何所攝謂心心所法八界二處四蘊此何爲餘謂勝解自性色無爲心不相應行十一界十一處二蘊欲不相應等如前說如以欲對勝解對念三摩地慧亦爾欲相應不信不相應不信相應欲不相應隨所應當廣說如以欲對不信對餘大煩惱地法欲貪瞋無明觸非明非無明觸無慚無愧亦爾欲相應忿不相應忿相應欲不相應隨所應當廣說如以欲對忿對餘小煩惱地法無色貪疑五見明觸六愛身亦爾欲相應色貪不相應色貪相應

欲不相應隨所應當廣說欲相應有對觸不相應有對觸相應欲不相應隨所應當廣說欲相應增語觸不相應增語觸相應欲不相應隨所應當廣說欲相應樂根不相應樂根相應欲不相應隨所應當廣說如以欲對樂根對捨根亦爾欲相應苦根不相應苦根相應欲不相應隨所應當廣說欲相應喜根不相應喜根相應欲不相應隨所應當廣說如以欲對喜根對憂根亦爾以欲對尋伺識法六識身六觸身六受身六想身六思身隨所應當廣說

分別品第二中第十門

勝解相應念不相應十八界十二處五蘊勝解相應等如前說念不相應何所攝謂念自性色無爲心不相應行十一界十一處二蘊此何所問如前說念相應勝解不相應十八界十二處五蘊念相應何所攝謂心心所法八界二處四蘊此何爲餘謂念自性色無爲心不相應行十一界十一處二蘊勝解不相應等如前說如以勝解對念對三摩地慧亦爾勝解相應不信不相應不信相應勝解不相應隨所應當廣說如以勝解對不信對餘大煩惱地法欲貪瞋無明觸非明非無明觸無慚無愧亦爾勝解相應忿不相應忿相應勝解不相應隨所應當廣說如以勝解對忿對餘小煩惱地法無色貪疑五見明觸六愛身亦爾勝解相應色貪不相應色貪相應勝解不相應隨所應當廣說勝解相應有對觸不相應有對觸相應勝解不相應隨所應當廣說勝解相應增語觸不相應增語觸相應

勝解不相應隨所應當廣說勝解相應樂根不相應樂根相應勝解不相應隨所應當廣說如以勝解對樂根對捨根亦爾勝解相應苦根不相應苦根相應勝解不相應隨所應當廣說勝解相應喜根不相應喜根相應勝解不相應隨所應當廣說如以勝解對喜根對憂根亦爾以勝解對尋伺識法六識身六觸身六受身六想身六思身隨所應當廣說

分別品第二中第十一門

念相應三摩地不相應十八界十二處五蘊念相應等如前說三摩地不相應何所攝謂三摩地自性色無爲心不相應行十一界十一處二蘊此何所問如前說三摩地相應念不相應十八界十二處五蘊三摩地相應何所攝謂心心所法八界二處四蘊此何爲餘謂三摩地自性色無爲心不相應行十一界十一處二蘊念不相應等如前說如以念對三摩地對慧亦爾念相應不信不相應不信相應念不相應隨所應當廣說如以念對不信對餘大煩惱地法欲貪瞋無明觸非明非無明觸無慚無愧亦爾念相應忿不相應忿相應念不相應隨所應當廣說如以念對忿對餘小煩惱地法無色貪疑五見明觸六愛身亦爾念相應色貪不相應色貪相應念不相應隨所應當廣說念相應有對觸不相應有對觸相應念不相應隨所應當廣說念相應增語觸不相應增語觸相應念不相應隨所應當廣說念相應樂根不相應樂根相應念不相應隨所應當廣說如以念對樂根對捨根亦爾念相應苦根不相應苦根相應念

不相應隨所應當廣說念相應喜根不相應
喜根相應念不相應隨所應當廣說如以念
對喜根對憂根亦爾以念對尋伺識法六識
身六觸身六受身六想身六思身隨所應當
廣說

分別品第二中第十二門

三摩地相應慧不相應十八界十二處五蘊
三摩地相應等如前說慧不相應何所攝謂
慧自性色無為心不相應行十一界十一處
二蘊此何所問如前說慧相應三摩地不相
應十八界十二處五蘊慧相應何所攝謂心
心所法八界二處四蘊此何為餘謂慧自性
色無為心不相應行十一界十一處二蘊三
摩地不相應等如前說三摩地相應不信不
相應不信相應三摩地不相應隨所應當廣
說如以三摩地對不信對餘大煩惱地法欲
貪瞋無明觸非明非無明觸無慚無愧亦爾
三摩地相應忿不相應忿相應三摩地不相
應隨所應當廣說如以三摩地對忿對餘小
煩惱地法無色貪疑五見明觸六愛身亦爾
三摩地相應色貪不相應色貪相應三摩地
不相應隨所應當廣說三摩地相應有對觸
不相應有對觸相應三摩地不相應隨所應
當廣說三摩地相應增語觸不相應增語觸
相應三摩地不相應隨所應當廣說三摩地
相應樂根不相應樂根相應三摩地不相應
隨所應當廣說如以三摩地對樂根對捨根
亦爾三摩地相應苦根不相應苦根相應三
摩地不相應隨所應當廣說三摩地相應喜
根不相應喜根相應三摩地不相應隨所應

當廣説如以三摩地對喜根對憂根亦爾以
三摩地對尋伺識法六識身六觸身六受身
六想身六思身隨所應當廣説

分別品第二中第十三門

慧相應不信不相應不信相應慧不相應隨
所應當廣説如以慧對不信對餘大煩惱地
法欲貪瞋無明觸非明非無明觸無慚無愧
亦爾慧相應忿不相應忿相應慧不相應隨
所應當廣説如以慧對忿對餘小煩惱地法
無色貪疑五見明觸六愛身亦爾慧相應色
貪不相應色貪相應慧不相應隨所應當廣
説慧相應有對觸不相應有對觸相應慧不
相應隨所應當廣説慧相應增語觸不相應
增語觸相應慧不相應隨所應當廣説慧相
應樂根不相應樂根相應慧不相應隨所應
當廣説如以慧對樂根對捨根亦爾慧相應
苦根不相應苦根相應慧不相應隨所應當
廣説慧相應喜根不相應喜根相應慧不相
應隨所應當廣説如以慧對喜根對憂根亦
爾以慧對尋伺識法六識身六觸身六受身
六想身六思身隨所應當廣説

分別品第二中第十四門

不信相應懈怠不相應十八界十二處五蘊
不信相應等如前説懈怠不相應何所攝謂
懈怠自性色無爲心不相應行十八界十二
處五蘊此何所問如前説懈怠相應不信不
相應十八界十二處五蘊懈怠相應何所攝
謂心心所法八界二處四蘊此何爲餘謂懈
怠自性色無爲心不相應行十八界十二處
五蘊不信不相應等如前説如以不信對懈

怠對餘大煩惱地法欲貪瞋無明觸非明非無明觸無慚無愧亦爾不信相應忿不相應忿相應不信不相應隨所應當廣說如以不信對忿對餘小煩惱地法無色貪疑五見明觸六愛身亦爾不信相應色貪不相應色貪相應不信不相應隨所應當廣說不信相應有對觸不相應有對觸相應不信不相應隨所應當廣說不信相應增語觸不相應增語觸相應不信不相應隨所應當廣說不信相應樂根不相應樂根相應不信不相應隨所應當廣說如以不信對樂根對捨根亦爾不信相應苦根不相應苦根相應不信不相應隨所應當廣說不信相應喜根不相應喜根相應不信不相應隨所應當廣說如以不信對喜根對憂根亦爾以不信對尋伺識法六識身六觸身六受身六想身六思身隨所應當廣說

分別品第二中第十五門

由斯理趣其懈怠等諸差別門應依前說一行方便如理當思此諸門中有差別者相似異位皆不應說乃至眼識相應眼觸不相應十八界十二處五蘊眼識相應何所攝謂心所法一界一處三蘊此何為餘謂眼識自性色無為心不相應行十八界十二處五蘊眼觸不相應何所攝謂眼觸自性色無為心不相應行十七界十二處五蘊此何所問謂除眼識相應及眼觸不相應法即除一切法十八界十二處五蘊眼觸相應眼識不相應十八界十二處五蘊眼觸相應何所攝謂心心所法三界二處四蘊此何為餘謂眼觸自性

色無為心不相應行十七界十二處五蘊眼識不相應何所攝謂眼識自性色無為心不相應行十八界十二處五蘊此何所問謂除眼觸相應及眼識不相應法即除一切法十八界十二處五蘊如以眼識對眼觸乃至對意觸六思身隨所應當廣說眼識相應眼觸所生受不相應十八界十二處五蘊眼識相應何所攝謂心所法一界一處三蘊此何為餘謂眼識自性色無為心不相應行十八界十二處五蘊眼觸所生受不相應何所攝謂眼觸所生受自性色無為心不相應行十七界十二處五蘊此何所問謂除眼識相應及眼觸所生受不相應法即除一切法十八界十二處五蘊眼觸所生受相應眼識不相應十八界十二處五蘊眼觸所生受相應何所攝謂心心所法三界二處三蘊此何為餘謂眼觸所生受自性色無為心不相應行十七界十二處五蘊眼識不相應何所攝謂眼識自性色無為心不相應行十八界十二處五蘊此何所問謂除眼觸所生受相應及眼識不相應法即除一切法十八界十二處五蘊如以眼識對眼觸所生受乃至對意觸所生受六想身隨所應當廣說眼識相應眼觸所生受不相應十八界十二處五蘊眼識相應何所攝謂心所法一界一處二蘊此何為餘謂眼識自性色無為心不相應行十八界十二處五蘊眼觸所生受不相應何所攝謂眼觸所生受自性色無為心不相應行十八界十二處五蘊此何所問謂除眼觸相應及眼觸所生受不相應法即除一切法十八界十

二處五蘊眼觸所生受相應眼識不相應十
八界十二處五蘊眼觸所生受相應何所攝
謂心心所法三界二處四蘊此何爲餘謂眼
觸所生受自性色無爲心不相應行十七界
十二處五蘊眼識不相應何所攝謂眼識自
性色無爲心不相應行十八界十二處五蘊
此何所問謂除眼觸所生受相應及眼識不
相應法即除一切法十八界十二處五蘊如
以眼識對眼觸所生受乃至對意觸所生受
亦爾

分別品第二中第十六門

如眼識門如是乃至意識五門隨所應當廣
說如六識身六門六觸身六門隨所應當廣
說眼觸所生受相應眼識所生想不相應十
八界十二處五蘊眼觸所生受相應何所攝
謂心心所法三界二處三蘊此何爲餘謂眼
觸所生受自性色無爲心不相應何所攝謂
十二處五蘊眼觸所生想不相應行十七界
眼觸所生想自性色無爲心所相應行十七
界十二處五蘊此何所問謂除眼觸所生受
相應及眼觸所生想不相應法即除一切法
十八界十二處五蘊眼觸所生想相應眼觸
所生受不相應十八界十二處五蘊眼觸所
生想相應何所攝謂心心所法三界二處三
蘊此何爲餘謂眼觸所生想自性色無爲心
不相應行十七界十二處五蘊眼觸所生受
不相應何所攝謂眼觸所生受自性色無爲
心不相應行十七界十二處五蘊此何所問
謂除眼觸所生想相應及眼觸所生受不相
應法即除一切法十八界十二處五蘊如以

眼觸所生受對眼觸所生想乃至對意觸所生想亦爾眼觸所生受相應眼觸所生思不相應十八界十二處五蘊眼觸所生受相應何所攝謂心心所法三界二處三蘊此何爲餘謂眼觸所生受自性色無爲心不相應行十七界十二處五蘊眼觸所生思不相應何所攝謂眼觸所生思自性色無爲心不相應行十七界十二處五蘊此何所問謂除眼觸所生受相應及眼觸所生思不相應法即除一切法十八界十二處五蘊眼觸所生思相應眼觸所生受不相應十八界十二處五蘊眼觸所生思相應何所攝謂心心所法三界二處四蘊此何爲餘謂眼觸所生思自性色無爲心不相應行十七界十二處五蘊眼觸所生受不相應何所攝謂眼觸所生受自性色無爲心不相應行十七界十二處五蘊此何所問謂除眼觸所生思相應及眼觸所生受不相應法即除一切法十八界十二處五蘊如以眼觸所生受對眼觸所生思乃至對意觸所生思亦爾眼觸所生受相應眼觸所生受不相應十八界十二處五蘊眼觸所生受相應何所攝謂心心所法三界二處三蘊此何爲餘謂眼觸所生受自性色無爲心不相應行十七界十二處五蘊眼觸所生受不相應何所攝謂眼觸所生受自性色無爲心不相應行十八界十二處五蘊此何所問謂除眼觸所生受相應及眼觸所生受不相應法即除一切法十八界十二處五蘊眼觸所生受相應眼觸所生受不相應十八界十二處五蘊眼觸所生受相應何所攝謂心心所

法三界二處四蘊此何爲餘謂眼觸所生受自性色無爲心不相應行十八界十二處五蘊眼觸所生受不相應何所攝謂眼觸所生受自性色無爲心不相應行十七界十二處五蘊此何所問謂除眼觸所生受相應及眼觸所生受不相應法即除一切法十八界十二處五蘊如以眼觸所生受對眼觸所生受乃至對意觸所生受亦爾如眼觸所生受門如是乃至意觸所生受五門隨所應當廣說如六受身六門六想身六門六思身六門隨所應當廣說如是略說有十六門若廣說有八十八門

阿毗達磨界身足論卷下

界身足論後序

沙門釋基製

界身足論者說一切有部發智六足之一足也詳夫邃旨沖微非大聖無以揚其奧梵言幽秘非上哲何以繹其眞是以夕寢金容晨馳白馬譯經者結轍津義者聯蹤至於婆沙八蘊鈌五蘊之幽趣發智六足無五足之玄文餘旨雖存尚多紕緛故使三秦匠彦穿鑿於異端九土緇英滯惑於眞僞故我親教三藏法師玄奘業該羣籍志隆弘撫欲使有宗俊頡不延頸於五天對法雄傑懷慷慨於四主遂以大

唐龍朔三年六月四日於玉華宮八桂亭終譯此論原其大本頌有六千後以文繁或致刪略爲九百頌五百頌者今此所翻有八百三十頌文遺廣略義離增減詳其論始說起能仁大德流通遂師名稱尊者世友之所作也既而道滿待機因圓佇列神功妙思緊可殫言但基虗簉操觚謬倍函丈承暉彫斵受旨執文惟恐愛海波騰玄源秘洩矚法舟之淪喪故叙其時事云

音釋

後序

紕緛 紕篇夷切 緛古杏切

慷慨 慷苦朗切 慨苦蓋切

緊 於計切 語助辭

殫 多安切 盡也

簉 初救切 倅也

操觚 操七刀切 持也 觚古胡切 竹簡也

彫斵 彫都聊切 琢也 斵竹角切 削也

洩 先結切 漏也

淪喪 淪龍春切 沒也 喪蘇浪切 失也

五事毗婆沙論

唐三藏法師玄奘奉　詔譯

清刻龍藏佛說法變相圖

五事毗婆沙論卷上 下卷同

尊者法救造

唐三藏法師玄奘奉詔譯

分別色品第一

敬禮佛法僧　我今隨自力　欲於對法海
採少真實義　哀愍弟子等　當釋能生慧
滅愚五事論　令彼覺問發

尊者世友為益有情製五事論我今當釋問何用釋此五事論耶答為欲開發深隱義故若未開發此深隱義如有伏藏未開發時世間無能歡喜受用若為開發此深隱義如有伏藏已開發時世間便能歡喜受用又如日月雖具威光雲等翳時不得顯照若除彼翳顯照事成本論文詞應知亦爾雖以略辯種種勝義若不廣釋便不光顯為令光顯故我

當釋問已知須釋五事論因尊者何緣製造斯論答有弟子等怖廣聞持欲令依略覺自共相謂彼尊者常作是思云何當令諸弟子等於一切法自相共相依止略文起明了覺以明了覺喻金剛山諸惡見風不能傾動不明了覺如蘆葦華爲惡見風之所飄鼓旋還飃颻猶豫空中如是欲令諸弟子等起堅固覺故作斯論問何謂諸法自相共相答堅濕煖等是諸法自相無常苦等是諸法共相世間雖於諸法自相有能知者然於共相皆不能知如是欲令諸弟子輩於二相法能如實知故造斯論問已知須造五事論緣此復爲何名五事論答由此論中分別五事是故此論得五事名依處能生事義無異阿毗達磨諸大論師咸作是言事有五種一自性事二所緣事三繫縛事四所因事五攝受事當知此中唯自性事問若爾何故說有五法答事之與法義亦無異問何故此論唯辯五法有作是說此責非理若減若增俱有難故有說此論略顯諸法體類差別不相雜亂攝一切法故唯說五若總於五立一法名雖是略說攝諸法盡而不能顯心等五法體類差別不相雜亂若說有漏無漏等二有學無學非二等三欲色無色不繫等四應知亦爾問豈不列名即知有五何故論首先標五數答如縷繫華易受持故謂如以縷連繫衆華易可受持莊嚴身首如是數縷連繫義華易可受持莊嚴心慧或先標數後列其名是製作者舊儀式故應知法聲義有多種謂或有處所說名法如契經說汝應諦聽吾當爲汝宣說妙

法或復有處功德名法如契經說苾芻當知法謂正見邪見非法或復有處無我名法如契經說諸法無我當知此中無我名法法謂能持或能長養能持於自長養望他

問何故此中先辯色法答一切法中色最麤故是一切識所緣境故與入佛法爲要門故謂入佛法者有二甘露門一不淨觀二持息念依不淨觀入佛法者觀所造色依持息念入佛法者觀能造風問依何義故說之爲色答漸次積集漸次散壞種植生長會遇怨親能壞能成皆是色義佛說變壞故名爲色變壞即是可惱壞義有說變礙故名爲色問過去未來極微無表皆無變礙應不名色答彼亦是色得色相故過去諸色雖無變礙而曾變礙故立色名未來諸色雖無變礙而當變礙故立色名如過去眼雖不能見而曾當見故立眼名得彼相故此亦應爾一一極微雖無變礙而可積集變礙義成諸無表色雖無變礙隨所依故得變礙名所依者何謂四大種由彼變礙無表名色如樹動時影亦隨動或隨多分如名段食或表內心故名爲色或表先業故立色名色云何者問尊者何故復說此言答前所略說今欲廣辯若有見有對色若無見有對色若無見無對色總攝名爲諸所有色言一切者謂此諸色攝色無餘四大種者問何故大種唯有四耶脅尊者曰此責非理若減若增俱有疑故不違法相說四無失有作是說爲遮外道大種有五故唯說四彼執虛空亦是大種問何故虛空不名大種答虛空無有大種相故謂太虛空是大非

種以常住法無造作故大德妙音亦作是說虛空大種其相各異虛空雖大而體非種又諸大種若能成身多是有情業異熟攝虛空無彼業異熟相是故虛空定非大種問所說大種其義云何答亦種亦大故名大種如世間說大地大王問此中所說種是何義答能多積集能大障礙能辦大事故名爲種問此四大種作何事業答此四能造諸所造色謂依四大諸積集色大障礙色皆得生長如是名爲大種事業問造是何義爲因爲緣若是因義此四大種於所造色五因皆無如何可言造是因義若是緣義諸所造色除自餘法皆增上緣是則不應唯四能造有作是說造是因義雖四大種於所造色無相應等五種因義而更別有生等五因即是生依立持養

五復有說者造是緣義雖所造色除其自性餘一切皆增上緣而四大種是所造色近增上緣非所餘法如說眼色爲眼識緣彼說勝緣此亦應爾問頗有是色非四大種亦非大種所造色耶答有謂一或二或三大種此一二三不名四故又諸大種非所造故問何故大種非所造耶答因色果色相各異故或諸大種若所造攝爲四造一三造一耶若諸大種四能造一地等亦應還造地等是則諸法應待自性然一切法不待自性但藉他緣而有作用若諸大種三能造一因數既闕應不能造如所造色因必具四

問已總了知大種所造復欲聞此二種別相何謂大種其相云何答地等界名大種堅等性是其相問若堅性等是地等相所相能相

豈不成一答許此成一亦有何過故毗婆沙作如是說自性我物相本性等名言雖殊而義無別不可說諸法離自性有相如說涅槃寂靜為相非離寂靜別有涅槃此亦應然故無有過此中堅性即堅分堅體約種類說堅性是地界然此堅性差別無邊謂內法中爪髮等異外法中有銅錫等殊又內法中手足等堅異外法亦爾故堅性無邊問若爾堅性應共相攝云何說為地等自相答堅性雖多而總表地如多變礙總表色蘊所表既一故非共相有說堅性通二相攝觀三大種則成自相若觀堅類有內外等無邊差別復成共相如變礙性通二相攝觀餘四蘊則成自相若觀色性有十一種品類差別四復成共相又如苦諦其相逼迫觀三諦時此成自相若觀有漏五蘊差別即此逼迫復成共相堅性亦然故通二種問若如是者云何建立自共相別不相雜亂答以觀彼故無雜亂失謂若觀彼立為自相未嘗觀彼立為共相若復觀此立為共相未嘗觀此立為自相故自共相觀待而立問已知大種相各有異大種作業差別云何答地界能持住行二類令不墜落水界能攝性乖違事令不離散火界能熟不熟物類令不朽敗風界能令諸物增長或復流引是謂大種各別事業問地水火風各有二性謂堅等性及色性攝云何一法得有二相答一法多相斯有何失如契經說一一取蘊有如病等無量種相或堅等性是地界等自相所攝其中色性是地界等共相所攝故於一法有二種相一自二共亦不違理問如

是四界可相離不答此四展轉定不相離云何知然契經說故入胎經說羯剌藍時若有地界無水界者其性乾燥則應分散既不分散故知定有水界能攝若有水界無地界者其性融釋則應流泒既不流泒故知定有地界能持若有水界無火界者其性潤濕則應朽敗既不朽敗故知定有火界能熟若有火界無風界者其性則應無增長義既漸增長故知定有風界動搖問若爾經說當云何通如契經說苾芻當知於此身中火界若發或即令捨命或生近死苦答經依增盛不增盛說不言火體身中本無問地界與地有何差別答地界堅性地謂顯形地界能造地謂所造地界觸處身識所識地謂色處眼識所識是謂地界與地差別水火亦然風或風界

問已具了知堅濕煖動四大種相展轉乖違如四毒虵居一身篋復欲問彼所造色相且何名爲彼所造色答彼所造色謂眼根等眼即根故說名眼根如青蓮華餘眼亦爾問眼等五種亦界處攝何故此中獨標根稱答爲欲揀別色等外境謂若說爲眼等界處則根義差別難知是故此中獨標根稱此則顯示所造色中內者名根外名根義問此中所說根義云何答增上最勝現見光明喜觀妙等皆是根義問若增上義是根義者諸有爲法展轉增上無爲亦是有爲增上則一切法皆應是根答依勝立根故無斯過謂增上緣有勝有劣當知勝者建立爲根問何根於誰有幾增上答五根各於四事增上一莊嚴身二導養身三生識等四不共事先辯眼根莊嚴

身者謂身雖具衆分餘根若闕根便醜陋故導養身者謂眼能見安危諸色避危就安身久住故生識等者謂依眼根一切眼識及相應法皆得生故不共事者謂見色用唯屬眼根二十一根無斯用故次辯耳根莊嚴身者謂耳聾者不可愛故導養身者謂耳能聞好惡聲別避惡就好身久住故生識等者謂依耳根一切耳識及相應法皆得生故不共事者謂聞聲用唯屬耳根二十一根無斯用故鼻舌身根莊嚴身者如眼耳說導養身者謂此三根受用段食身久住故生識等者謂依三根鼻舌身識及相應法皆得生故不共事者謂齅嘗覺香味觸用屬鼻舌身非餘根故問如是五根有何勝德誰爲自性業用云何答眼根德者謂與眼識及相應法爲所依

故眼根自性即是淨色能見諸色是眼業用餘根三事類眼應知此中且說有業用根非一切根識所依故此色澄淨故名淨色或復此中與眼識等爲所依者顯同分根說淨色言顯彼同分問何謂同分彼同分根如是二名所目何别答有業用者名同分根無業用根名彼同分如能見色名同分眼不見色者名彼同分彼同分眼差别有四一有過去彼同分眼謂不能見諸色已滅二有現在彼同分眼謂不能見諸色今滅三有未來彼同分眼謂不能見諸色當滅四有未來定不生眼其同分眼差别唯三謂除未來定不生眼耳根等四如眼應知或復五識各二所依一俱時生謂眼等五二無間滅謂即意根唯說識依濫無間意但言淨色五體應同故淨色言

簡無間意與眼等識爲所依言顯眼等根差別有五由斯故說五識所依與等無間緣差別各四句俱生眼等根爲第一句無間滅心所爲第二句無間滅心爲第三句除前餘法爲第四句問誰能見色爲眼根見爲眼識見爲與眼識相應慧見爲心心所和合見耶汝何所疑一切有過若眼根見餘識行時寧不見色何不俱取一切境耶若眼識見諸識但以了別爲相非見爲相豈能見色若與眼識相應慧見應許耳識相應慧聞彼既非聞此云何見若心心所和合能見諸心心所和合不定謂善眼識與二十二心所相應不善眼識與二十一心所相應有覆無記眼識與十八心所相應無覆無記眼識與十二種心所相應既不決定云何和合答眼根能見然與眼識合位非餘譬如眼識了別色用依眼方有又如受等領納等用必依於心此亦應爾由斯理趣餘識行時眼既識空不能見色亦無俱取一切境失以一相續中無二心轉故問何故具六所依所緣而一相續中無六識俱轉答等無間緣唯有一故復有餘義若眼識見誰復能識若慧見者誰復能知若心心所和合能見諸法一一業用不同於中定無和合見義又應一體有二作用謂許能見及領納等復有餘義若識見者識無對故則應能見被障諸色慧及和合應知亦然是故眼根獨名能見問已知見用唯屬眼根眼見色時爲二爲一答此不決定若開兩眼觀諸色時則二俱見以開一眼按一眼時便於現前見二月等閉一按一此事則無是故有時二

根俱見又發智論說俱見因謂雙開時見分明等兩耳兩鼻應知亦然問何緣二眼二耳二鼻雖各兩處而立一根答二處眼等體類一故二所取境一界攝故二能依識一識攝故又一俱時能取境故雖有兩處而立一根女根男根即身根攝是故於此不別立根眼根極微布眼睛上對境而住如香荾華耳根極微在耳穴內旋環而住如卷樺皮鼻根極微居鼻頞內背上面下如雙爪甲舌根極微布在舌上形如半月然於舌中如毛髮量無舌根微身根極微徧諸身分

五事毗婆沙論卷上

五事毗婆沙論卷下

尊者法救造
唐三藏法師玄奘奉詔譯

分別色品第一之餘

問所造色內根所攝者我已了知今復欲聞非根攝者願說其相答色聲香味所觸無表此中色謂好顯色等若青黃等色不變壞名好顯色此若變壞名惡顯色若平等者名二中間以顯處色問色處有二一顯二形何故此中唯辯顯色答今於此中應作是說色有二種一顯二形顯色謂青黃等形色謂長短等而不說者有何意耶謂顯色麤及易知故如是諸色於六識中二識所識謂眼及意先用眼識唯了自相後用意識了自共相謂彼諸色住現在時眼識唯能了彼自相眼識無間起分別意識重了前色自相或共相然此所起分別意識依前眼識緣前色境如是意識正現在時所依所緣並在過去由斯五境住現在時意識不能了彼自相是故色境二識所識謂諸眼識現在前時唯了現在自相非共若諸意識現在前時通了三世自相共相以諸意識境界徧故有分別故眼識無間非定起意識於六識身容隨起一種若眼識無間定起意識者則苦根不應爲苦等無間苦根唯在五識身故若爾便違根蘊所說如說苦根與苦根爲因等無間增上然依眼識了別色已無間引起分別意識故作是言眼識先識眼識受已意識隨識聲有二種乃至廣說有執受大種者謂諸大種現在剎那有情數攝無執受大種者謂諸大種過去未來

有情數攝及三世非有情數攝此中有執受大種所生聲名有執受大種爲因有執大種與此所生聲爲前生等五種因故無執受大種爲因聲亦爾若從口出手等合生名有執受大種因聲若從林水風等所生名無執受大種因聲餘如前釋諸所有香乃至廣說諸悅意者說名好香不悅意者說名惡香順捨受處名平等香鼻所齅者謂鼻根境餘如前釋諸所有味乃至廣說諸悅意者名可意味不悅意者名不可意味與二相違名順捨處味舌所嘗者謂舌根境餘如前釋問若嘗味時爲先起舌識先起身識耶答若冷煖等增則先起身識若鹹醋等增則先起舌識若觸味平等亦先起舌識味欲勝故所觸一分乃至廣說滑性者謂柔輭澀性者謂麤強輕性

者謂不可稱重性者謂可稱冷者謂彼所逼便起煖欲飢者謂食欲渴者謂飲欲如是十種是觸處攝以所造色而爲自性前四大種雖觸處攝非所造色而爲自性是故觸處有十一種今七所造故名一分身所觸者謂身根境餘如前釋問何大種增故有滑性廣說乃至何大種增故有渴者有作是說無偏增者然四大性種類差別有能造滑性廣說乃至有能造渴復有說者水火界增故能造滑地風界增故能造澀火風界增故能造輕地水界增故能造重水風界增故能造冷唯風界增故能造飢唯火界增故能造渴此言增者謂業用增非事體增如心心所無表云何乃至廣說墮法處色者墮有六種一界墮三趣墮三補特伽羅墮四處墮五有漏墮六自

體墮界墮者如結蘊說諸結墮欲界彼結在欲界等趣墮者謂若攝屬如是趣者名墮是趣補特伽羅墮者如毗柰耶說有二補特伽羅墮僧數中令僧和合處墮者如此中說無表色云何謂墮法處色有漏墮者如此論說云何墮法謂有漏法自體墮者如大種蘊說有執受是何義答此增語所顯墮自體法無表色者謂善惡戒相續不斷此一切時一識所識謂意識者以無對故色等五境於現在時五識所識於三世時意識所識此於恒時意識所識眼等五根亦一切時意識所識此無表色總有二種謂善不善無無記者以強力心能發無表無記心劣不發無表諸善無表總有二種一者律儀所攝二者律儀所不攝不善無表亦有二種一者不律儀所攝二者不律儀所不攝律儀所攝無表復有四種一者別解脫律儀二者靜慮律儀三者無漏律儀四者斷律儀別解脫律儀謂七衆戒靜慮律儀謂色界戒無漏律儀謂學無學戒斷律儀者依二律儀一分建立謂靜慮律儀無漏律儀離欲界染九無間道隨轉攝者名斷律儀以能對治一切惡戒及能對治起惡戒煩惱故名爲斷前八無間道隨轉攝者唯能對治起惡戒煩惱第九無間道隨轉攝者能對治惡戒及能對治起惡戒煩惱問別解脫律儀何緣故得何緣故捨答由他教得四緣故捨何等爲四一捨所學戒二二形生三善根斷四失衆同分問靜慮律儀何緣故得何緣故捨答色界善心若得便得若捨便捨此復二種一由退故二由界地有轉易故問無

漏律儀何縁故得何縁故捨答與道俱得無全捨者若隨分捨則由三縁一由退故二由得果故三由轉根故問斷律儀何縁故得何縁故捨答靜慮律儀所攝者如靜慮律儀說無漏律儀所攝者如無漏律儀說律儀所不攝善無表者若強淨心所發善表得此無表若劣淨心所發善表不得此無表捨此無表由三種縁一意樂息二捨加行三限勢過不律儀所攝不善無表者謂屠羊等諸不律儀此不律儀由二縁得一由作業二由受事此不律儀由四縁捨一由受別解脫戒二由得靜慮律儀三由二形生四由失衆同分

然一切色略有四種一者異熟二者長養三者等流四者剎那此中眼處唯有二種一者異熟二者長養無別等流以離前二更不別有等流性故耳鼻舌身處應知亦爾色處唯有三種一者異熟二者長養三者等流香味觸處應知亦爾聲處唯有二種於前三除異熟墮法處色唯有二種初無漏心俱者剎那所攝餘等流攝

分別心品第二

問已知色相誑惑愚夫不可撮摩猶如聚沫欲聞心法其相云何答謂心意識不應說心是所問故問心意識三有何差別答此無差別如世間事一說爲多多說一故一說多者如說士夫爲人儒童等多說一者如說烏豆等同名再生應知此中同依一事說心意識亦復如是復有說者亦有差別過去名意未來名心現在名識復次界施設心處施設意蘊施設識復次依遠行業說名爲心依前行

業說名爲意依續生業說名爲識復次由採集義說名爲心由依趣義說名爲意由了別義說名爲識此復云何謂六識身者問此何唯六非減非增答所依等故謂識所依唯有六種若減識至五則一所依無識若增識至七則一識無所依等六所緣應知亦爾然說識異唯約所依說識爲身者一識有多故非一眼識名眼識身要多眼識名眼識身如非一象可名象身要有多象乃名象身此亦如是眼識云何謂依眼根者顯眼識所依各了別色者顯眼識所緣復次謂依眼根者說眼識因色者說眼識緣如世尊說苾芻當知因眼緣色眼識得生問眼與眼識爲何等因答此爲依因譬如大種與所造色爲依因義各了別者說眼識相識以了別爲其相故此中

意說依眼緣色有了別相名爲眼識廣說乃至依意緣法有了別相名爲意識問何不但說謂依眼根等或不但說各了別色等答若隨說一義不成故謂若但說依眼根等則彼相應受等諸法亦依眼根等應名眼等識若復但說各了別色等既有意識亦了別色等別應意識名眼等識然此中說依眼根等遮能了別色等意識復說各能了別色等遮眼等識相應受等問眼色明作意爲緣生眼識何故但說眼識非餘答眼根勝故如舞染書眼不共故如其種芽眼所依故如鼓聲等眼隣近故如說覺支眼耳身識各有四種謂善不善有覆無記無覆無記不善者唯欲界有覆無記唯在梵世善無覆無記通欲界梵世非在上地有尋伺故鼻舌二識各有三種除

有覆無記唯在欲界緣叚食故意識有四種通三界不繫問若初靜慮以上諸地無三識身生彼如何有見聞觸答以修力故初靜慮地三識現前令彼三根有見聞觸依如是義故有問言頗有餘地身餘地眼餘地色餘地眼識生耶答有謂生第二靜慮地者用第四靜慮地眼見第三靜慮地色彼第二靜慮地身第四靜慮地眼第三靜慮地色初靜慮地眼識生此中五識身各有二種一者異熟二者等流意識身有三種一者異熟二者等流三者刹那此中刹那謂苦法智忍相應意識問頗有一因道現在前一刹那頃所捨之心或有是同類因自性非有同類因或有有同類因非同類因自性或有是同類因自性亦有同類因或有非同類因自性亦非有同類因答道類智忍時應作四句第一句者謂已生苦法智忍相應心第二句者謂未來見道相應心第三句者謂除已生苦法智忍相應心諸餘已生見道相應心第四句者謂除前說問頗有一因道現在前一刹那頃所捨之心或有是有漏有漏緣或有是有漏無漏緣或有是無漏無漏緣答有道類智忍時或有是無漏有漏緣耶應作四句第一句者謂色無色界繫見道所斷有漏緣隨眠相應心第二句者謂色無色界繫見道所斷無漏緣隨眠相應心第三句者謂滅道忍智相應心第四句者謂苦集忍智相應心問頗有無事煩惱對治道現在前一刹那頃所捨之心或有無漏緣非無漏緣緣或有無漏緣緣非無漏緣或有無漏緣亦無漏緣緣或有非無漏緣

亦非無漏緣緣如是四句准義應思問頗有剎那心現在前所滅之心或有非定非定緣或有非定是定緣或有是定是定緣或有是定非定緣如是四句准義應思問頗有剎那心現在前所滅之心或有已生非已生心為因或有已生心為因非已生或有已生亦已生心為因或有非已生亦非已生心為因如是四句准義應思

分別心所法品第三

問已知非一所依所緣行相流轉猶如幻事極難調伏如惡象馬由有貪等差別之心今復欲聞心所法相何謂心所法如何知別有答所有受等名心所法經爲量故知別有體如世尊說眼色二緣生於眼識三和合故觸與觸俱起有受想思乃至廣說薩他筏底契經中言復有思惟諸心所法依心而起繫屬於心又舍利子問俱胝羅何故想思說名意行俱胝羅言此二心所法依心起屬心乃至廣說由如是等無量契經知心所法定別有體又心所法若無別體則奢摩他毗鉢舍那善根識住諸食念住諸蘊六大覺支道支諸結學法及有支等契經應滅又不應立大地法等然經所說法門無減大地法等實可建立故知別有諸心所法問寧知心所與心相應答經爲量故如世尊說見爲根信證智相應故知心所有相應義問言相應者是何義耶答阿毗達磨諸大論師咸作是說言相應者是平等義問有心起位心所法多有心生時心所法少云何平等是相應義答依體平等作如是說若一心中二受一想可非平等

是相應義然一心中一受一想思等亦爾故說平等是相應義復次等不乖違是相應義等不離散是相應義平等運轉是相應義如車衆分故名相應復次同一時分同一所依同一行相同一所緣同一果同一等流同一異熟是相應義此復云何謂受想思乃至廣說問何故先說受非先說想等答行相麤故受雖無礙不住方所而行相麤如色施設故世問說我今手痛足痛頭痛乃至廣說想思觸等無如是事

受云何謂領納性有領納用名領納性即是領受所緣境義此有三種謂樂受苦受不苦不樂受者若能長養諸根大種平等受性名爲樂受若能損減諸根大種不平等受性名爲苦受與二相違非平等非不平等受性名不苦不樂受復次若於此受令貪隨眠二緣隨增謂所緣故或相應故是名樂受若於此受令瞋隨眠二緣隨增謂所緣故或相應故是名苦受若於此受令癡隨眠二緣隨增謂所緣故或相應故名不苦不樂受雖癡隨眠於一切受二緣隨增而不共癡自依而起自力而轉多與不苦不樂受俱餘明了故不作是說由可意不可意順捨境有差別故建立如是三領納性是故但說有三種受而實受性有無量種有餘欲令無實樂受及不苦不樂受問彼何緣說無實樂受答經爲量故謂契經說諸所有受無非是苦又契經說汝應以苦觀於樂受若樂受性是實有者如何世尊諸弟子觀樂爲苦又契經言於苦謂樂名顛倒故若有樂受應無於苦謂樂想倒心倒

見倒又契經說諸有漏受苦諦攝故此中攝者是自性攝非實樂受是苦自性云何可言是苦諦攝既說苦諦攝故無實樂受又相異故謂逼迫相說名爲苦非實樂受有逼迫相如何可言諸有漏受皆苦諦攝又現觀故謂觀一切有漏皆苦說名現觀若樂受性是實有者觀樂爲苦成顛倒見應非現觀是故定知無實樂受阿毗達磨諸論師言實有樂受經爲量故謂契經說佛告大名若色一向是苦非樂非樂所隨有情不應貪著諸色乃至廣說又契經言并樂并喜於四聖諦我說現觀又契經說有三種受謂樂受苦受不苦不樂受又契經言諸樂受生時樂住時樂由無常有過患諸苦受生時苦住時苦由無常有過患若樂受性非實有者應非如苦作一類說應於樂受作別類說應於苦受作別類說又若樂受非實有性應無輕安以無因故如契經說由有喜故身心輕安若無輕安亦應無樂展轉乃至應無涅槃無漸次因果非有故彼師於此作救義言如上地中雖無有喜而非無有身心輕安故引證言非爲決定彼救非理所以者何以上地中都無喜故應觀此義如健達縛三事和合食名色識如契經言父母交會有健達縛正現在前而見有時無父母會有健達縛亦現在前如受濕生及化生者非受胎卵二生有情離父母合有入胎義又如經言三事和合謂壽煖識然無色界雖無有煖而有壽識非欲色界壽識離煖又如經說身依食住非上二界住由三食欲界亦然非欲界中住由四食上界亦爾又如

經言名色緣識識緣名色非無色界雖無有色而名與識展轉相緣令欲色中亦有此義此中亦爾若有喜處由有喜故得有輕安若處喜無輕安亦有由餘緣故不應爲責何謂餘緣謂先欲界有勝喜受引未至定輕安令起初二靜慮有勝喜受引上地中輕安令起若令無喜則無輕安由此證知定有樂受又如初果在上二界雖不能得而彼能得阿羅漢果先力引故此亦應然不應爲責又如以杖先擊於輪後捨杖時其輪猶轉此亦應爾由先喜力引後輕安是故輕安定由有喜喜即喜受樂受所攝是故定知實有樂受又由樂受有希望故如契經說若有樂者於法希望樂受若無則應於法無希望者是故定知實有樂受又可愛業應無果故若無樂受諸可愛業應空無果諸可愛業定以樂受爲其果故亦不應言諸可愛業以諸樂具爲異熟果樂具但是增上果故謂諸樂具是增上果非異熟果所以者何所有樂具可有與他共受用故自命終已不失壞故謂諸樂具與他有情可共受用諸異熟果定無與他共受用義隨自相續不共他故又諸樂具自命終已如象馬等猶不失壞諸異熟果與身命俱身命若無彼定失壞故可愛業若無樂受應空無果其理決定又攝益故若無樂受諸根大種應無攝益若謂攝益由諸有情分别境界非由樂受理亦不然應知攝益如由苦受有損害故又正加行必有果故若無樂受則正加行應空無果正加行者應以苦受爲異熟果無樂受故如邪加行必以苦受爲異熟果

故正加行應以樂受爲異熟果更相違故如明與闇影與光等又由樂受起惡行故若無樂受惡行應無由諸有情貪著樂受起諸惡行感苦受果惡行若行應無苦受若受既有惡行非無既有惡行定有樂受又法受故如契經說有四法受或有法受現樂後苦或有法受現苦後樂或有法受現樂後樂或有法受現苦後苦若無樂受法受應一不應有四由如是等種種因緣定有樂受問若有樂受世尊所說違樂受經有何理趣答有別理趣且初經說諸所有受無非苦者當知彼經依三苦說何謂三苦一者苦苦二者壞苦三者行苦若諸苦受由苦苦故說名爲苦若諸樂受由壞苦故說名爲苦若諸不苦不樂受由行苦故說名爲苦如契經說無常故苦應知彼經有此理趣

五事毗婆沙論卷下

音釋

颻颺（颻余昭切風動也颺余亮切風飄也）篋（苦協切）荾（宣隨切胡荾也）樺（胡化切木名也）醎醋（醎胡讒切醋倉故切）澀（所立切）撮（七括切取）胝（張尼切）

十八部論　失譯人名

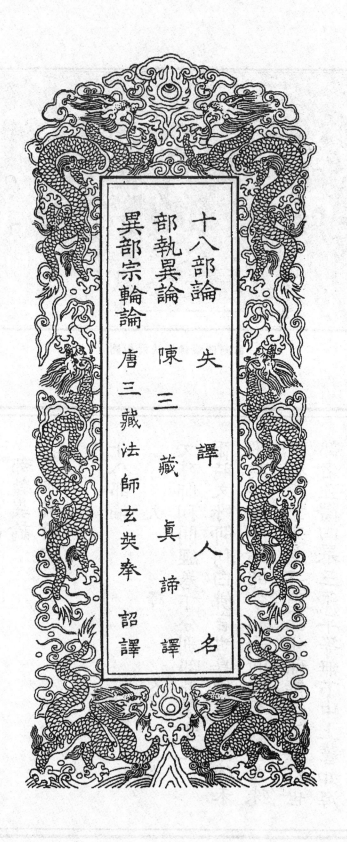

部執異論　陳三藏真諦譯

異部宗輪論　唐三藏法師玄奘奉詔譯

清刻龍藏佛說法變相圖

三論共卷

十八部論

部執異論

異部宗輪論

十八部論

失譯人名

文殊師利問經卷下分別部品第十五

爾時文殊師利白佛言世尊佛入涅槃後未來弟子云何諸部分別云何根本佛告文殊師利未來我弟子有二十部能令諸法住世部者並得四果三藏平等無下中上譬如海水味無有異如人有二十子真實如來所說文殊師利根本二部從大乘出從般若波羅蜜出聲聞緣覺諸佛悉從般若波羅蜜出文

殊師利如地水火風虛空是一切衆生所住處如是般若波羅蜜及大乘是一切聲聞緣覺諸佛出處文殊師利白佛言世尊云何名部佛告文殊師利初二部者一摩訶僧祇（此言大衆老小同會共集律部也）二體毗履（此言老宿唯老宿人同會共出律部也）我入涅槃後一百歲內出一部名執一語言（所執與僧祇同故言一也）於百歲內從執一語言部復出一部名高拘梨部（是出律主姓也）於百歲內從高拘梨出一部名多聞（出律主有多聞智也）於百歲內從多聞出一部名只底舸（此山名出律主居處也）於百歲內從只底舸出一部名東山（亦律主居處也）於百歲內從東山出一部名北山（亦律主居處也）此謂從摩訶僧祇部出於七部及本僧祇是爲八部於百歲內從體毗履部出十一部於百歲內出一部名一切語言（律主執三世有故一切所語言也）於百歲內從一切語言出一部名雪山（亦律主行處也）於百歲內從雪山出一部名犢子（律主姓也）於百歲內從犢子出一部名法勝（律主名也）於百歲內從法勝出一部名賢（律主名也）於百歲內從名賢出一部名一切所貴（律主爲通人所重也）於百歲內從一切所貴出一部名芿山（律主居處也）於百歲內從芿山出一部名大不可棄（律主初生母棄之井父追尋之雖墜不夭故云不棄也又名能射）於百歲內從大不可棄出一部名法護（律主名也）於百歲內從法護出一部名迦葉比（律主姓也）於百歲內從迦葉比出一部名修妬路句（律主執修妬路義也）此謂體毗履部出十一部及體毗履成十二部佛說此祇夜

摩訶僧祇部　分別出有七　體毗履十一
是謂十二部　十八及本二　悉從大乘出
無是亦無非　我說未來起　羅什法師集

正覺涅槃後　始滿百餘歲　於兹異論興
正法漸衰滅　各各生異見　建立於别衆
危險甚可畏　應生猒離心　今於修多羅
觀察佛正教　依於眞諦説　求於堅固義
猶如砂礫中　求得眞金寶　我從先聖聞
如來人中日

佛滅度後百一十六年城名巳達弗時阿育王王閻浮提匡於天下爾時大僧别部異法時有比丘一名能二名因緣三名多聞説有五處以教衆生所謂從他饒益無知疑由觀察言説得道此是佛從始生二部一謂摩訶僧祇二謂他鞞羅（秦言上座部也）即此百餘年中摩訶僧祇部更生異部一名一説二名出世間説三名窟居又於一百餘年中摩訶僧祇部中復生異部名施設論又二百年中摩訶提婆外道出家住支提山於摩訶僧祇部中復建立三部一名支提加二名佛婆羅三名鬱多羅施羅如是摩訶僧祇中分爲九部一名摩訶僧祇二名一説三名出世間説四名窟居五名多聞六名施設七名遊迦八名阿羅説九名鬱多羅施羅部至三百年中上座部中因諍論事立爲異部一名薩婆多亦名因論先上座部二名雪山部即此三百年中於薩婆多部中更生異部名犢子即此三百年中犢子部復生異部一名達摩鬱多梨二名跋陀羅耶尼三名彌離亦言三彌底四名六城部即此三百年中薩婆多中更生異部名彌沙部彌沙部中復生異部因師主因執連名曇無徳即此三百年中薩婆多部中更生異部名優梨沙亦名迦葉惟於四百年中薩

婆多部中更生異部因大師鬱多羅名僧迦蘭多亦名修多羅論如是上座部中分爲十二部一名上座部二名雪山三名薩婆多四名犢子五名達摩鬱多梨六名跋陀羅耶尼七名彌離底八名六城部九名彌沙塞十名曇無德十一名迦葉惟十二名修多羅論部

今當說根本及中間義彼摩訶僧祇一說出世間說窟居此根本皆說佛世尊一切出世間無有如來是世間法如來一切說皆是轉法輪盡說一切事一切相一切義說如來色無邊光明無量壽命無量念信樂生無有猒足佛不睡眠無問思答無所言說常一其心羣生無種種無數皆從如來聞說解如來一心如一切法一念相應慧覺一切法如來一切時盡智無生智常現在前乃至涅槃菩薩不愛母胎白象形降神母胎一切菩薩從右脅生菩薩無有愛想恚害想爲衆生故願生惡趣成就一切煩惱衆生一切聞知觀生聖諦說有欲有離欲色無色界具六識身五根肉段眼不見色乃至身不覺觸禪定中間亦有言說亦調伏心亦攝受思惟一切作法無有處所須陀洹心數心知其自阿羅漢有從他饒益無知有疑由他觀察言說得道智慧方便得離生死亦得安樂從第八退乃至種性法亦說有退須陀洹退法阿羅漢亦有退法無世俗正見有世俗信根無有記法超昇離生不一斷一切結須陀洹能作一切惡行唯除無間罪一切修多羅皆依了義九種無爲法謂數滅非數滅虛空虛空處識處無所有處非想非非想處十二緣起支道支心性

自淨佛爲客煩惱所染諸使非心並心法無緣使異纏纏異使心不相應無有過去未來世法入非智知非無有治須陀洹得禪定如是等名根本所見中間見者隨其別觀察少有自作少有他作少有因緣起一時有二心俱生道即煩惱業想種子即是取諸根四大轉變相續非心心法心滿身中皆可得如是皆攝受欲是名中間所見也

彼多聞根本見者佛說五種出世間法無常苦空無我寂滅涅槃出道餘者世俗阿羅漢有從他饒益有無知有疑由他觀察言說得道諸餘一切薩婆多見同也

彼施設根本見者若說諸陰即非業諸不成諸行展轉施設者無智士夫事無横死由本業所得長養業根生一切苦從業生福德生聖道道不修亦不失餘一切與摩訶僧祇見同也

彼支提羅阿婆鬱多羅施羅根本見者菩薩離惡趣供養偷婆無大果報阿羅漢有他饒益無知有疑由他觀察言說得道餘者一切與摩訶僧祇同見

彼薩婆多根本見者說一切有性二種攝一切法謂名及色有道共未來世有法入知法識明法生住滅有爲相三無爲三諦有爲相一諦無爲相四諦次第無間等空無相無願超昇離生思惟欲界繫超昇超昇離生十五心爲向第十六心名爲住果世間第一法一心前三方便有退世間第一不退須陀洹果是不退法阿羅漢有退法非一切阿羅漢得無生智凡夫得離欲瞋恚外道有五通諸天

亦得修梵行於七正得覺支非餘禪攝念處不依禪得超昇離生得阿羅漢果色界得阿羅漢果而不得超昇離生無有比鬱單越人得離欲彼亦不得聖道無想天亦不必次第得四沙門果超昇離生以世俗得斯陀含阿那含果四念處一切法諸使心相應一切使是有纏而非使緣起支是有爲說阿羅漢有緣超支阿羅漢有功德增長欲界色界有中陰五識身是有欲五識身還自相應非思惟非心數法心心是緣自性自性不相應心不相應有世俗正見有世俗信根有無願阿羅漢無有學法一切阿羅漢得禪而不必現前阿羅漢有宿業受報有凡夫不善心命終正受中無命終菩薩是凡夫有結使未超昇離生未超凡夫地受身衆生數施設一切行磨滅無法從此世至他世世俗數說言有此世至他世命未終諸行取已盡無有法轉變有出世間禪有覺有觀無漏有善是因禪定中無言說八聖道是法輪非如來一切說是轉法輪佛不說一切事非一切說如義非一切契經是了義有如是等無量中聞見也

彼雪山部根本見者菩薩凡夫離無明淨佛國土降神母胎外道無五通諸天不得修梵行有阿羅漢從他饒益無知疑由他觀察言說得道諸餘一切有薩婆多見同

彼犢子部根本見者非即是人亦非離陰界得和合施設故一切陰剎那不住離人無有法從此世至他世當說人至彼外道有五通五識身非有欲亦非離欲欲界繫結使修道斷得離欲非見諦斷忍名相世間第一法超

昇離生十二心起名向第十三心名爲住果與見者多梨羅耶尼三彌底六城有諸有别説偈分别得説而復墮墮已深貪著從業而得業

彼彌沙塞部根本見者無過去未來世唯有現在及無爲於四眞諦一無間等見苦即名見諦苦者即明見眞諦諸使非心心諸非有緣使異纒纒亦異使心不相應纒與心相應凡夫不欲瞋恚外道無五通諸天不得修梵行無中陰阿羅漢無有功德增益五識身有欲亦離欲六識身覺觀相應無有世俗正見無世俗信根無有出世間禪無覺出世間法無有善爲因須陀洹有退法阿羅漢亦有退法道支是念處攝有九無爲事謂數滅非數滅虛空善法也不善法如無記法如道緣起如從胎乃至死諸根四大轉變自滅心心數法亦轉變自滅佛僧中可得施僧得大果報非佛佛與聲聞同一道一解脱一切行刹那無有法從此世至他世如是等根本見同此等諸中間見者有過去未來世有中陰法入知法識法思業無有身業口業覺觀心相應大地住劫供養偷婆少果報法現在前名使陰界入現在前已法種子能生諸苦謂無明渴愛見業是名中間見法也

彼曇無德根本見者佛非僧中可得施佛得大果報非僧佛道異聲聞道外道無有五通羅漢身是無漏餘一切與摩訶僧祇部同見也彼迦葉惟部根本見者有斷法斷知無有不斷法而斷知業熟而受報不熟不受報有過去因果無有未來因果有一切法刹那有

覺法有報餘一切與曇無德部同見
彼相續部根本見者陰從此世至他世非離
聖道得滅陰陰有約根本有第一人餘一切
與薩婆多部見同是略說一切部見

十八部論

部執異論

天　友　菩　薩　造
陳　三　藏　眞　諦　譯

佛滅百年後　弟子部執異　損如來正教
及衆生利益　於不了義經　如言執故失
起衆生猒怖　令依理教說　天友大菩薩
觀苦發弘誓　勝智定悲心　思擇如此義
我見諸衆生　隨種種見流　故說眞實義
如佛言所顯　若知佛正教　聖諦爲根本
故應取實義　猶如沙中金

如是所聞佛世尊滅後滿一百年譬如朗日隱頞悉多山過百年後更六十年有一大國名波吒梨弗多羅王名阿輸柯王閻浮提有大白蓋覆一天下如是時中大衆破散破散大衆凡有四種一大國衆二外邊衆三多聞衆四大德衆此四大衆共說外道所立五種因緣五因緣者如彼偈說

餘人染汙衣　無明疑他度　聖道言所顯
是諸佛正教

思擇此五處分成兩部一大衆部二上座弟子部至第二百年中從大衆部又出三部一一說部二出世說部三灰山住部於此第二百年中從大衆部又出一部名得多聞部於此第二百年中從大衆部又出一部名分別說部此第二百年滿有一外道名曰大天於大衆部中出家獨處山間宣說大衆部五種執異自分成兩部一支提山部二北山部如是大衆部四破五破合成七部一大衆部二一說部三出世說部四灰山住部五得多聞部六分別說部七支提山部北山部上座弟

子部住世若干年至第三百年中有小因緣分成兩部一說一切有部亦名說因部二雪山住部亦名上座弟子部於此第三百年中從說一切有部又出一部名可住子弟子部於此第三百年中從可住子弟子部又出四部一法上部二賢乘部三正量弟子部四密林住部於此第三百年中從說一切有部又出一部名正坐部於此第三百年中從正地部又出一部名法護部此部自說勿伽羅是我大師於此第五百年中從說一切有部又出一部名善歲部亦名飲光第子部坐第四百年中從說一切有部又出一部名說度部亦名說經部如是上座弟子部合分成十一部一說一切有部二雪山住部三可住子弟子部四法上部五賢乘部六正量弟子部七密林住部八正地部九法護部十善歲部十一說度部此諸部是執義本執義有異我今當說是執義本者大衆部一說部出世說部灰山住部此四部是執義本此諸部說一切佛世尊出世無有如來一法而是有漏如來所出語皆爲轉法輪如來一音能說一切法如來語無不如義如來色身無邊如來威德勢力無減如來壽量無邊如來教化衆生令生樂信無猒足心如來常無睡眠如來答問無思惟如來所出語皆令衆生生愛樂心如來心恒在觀寂靜不動如來一心能通一切境界如來一刹那相應般若能解一切法如來盡智無生智恒平等隨心而行乃至無餘涅槃一切菩薩入胎中無有柯羅邏頞浮陀卑尸伽訶那捨佉波羅捨伽雞捨盧摩那住

等菩薩欲入胎時皆作白象相貌菩薩出胎皆從母右脅而生一切菩薩無貪欲想無瞋恚想無逼惱他想若菩薩有願欲生惡道以願力故即得往生菩薩爲教化成就衆生故入惡道不爲煩惱業繫縛故受此生一心正對觀四聖諦一智通四聖諦及四聖諦相五識中有染淨色無色界亦有六識聚五根即是肉團眼不見色乃至身不覺觸若心在定亦得有語折伏心恒有相壞心恒有是故凡夫有上下已成就法無處所須甦多阿半方晏切那心及心法知自性有阿羅漢多他以不淨染汙其衣阿羅漢多有無知有疑惑有他度聖道亦爲言所顯說苦亦是道說苦亦是因般若相應滅苦苦受亦是食第八亦久住乃至性法退須甦多阿半那退法阿羅漢多

不退法世間無正見世間無信根無無記法若人入正定一切結滅須甦多阿半那能作一切惡唯不作五逆一切諸經無不了義無爲法有九種一思擇滅二非思擇滅三虚空四空處五識處六無所有處七非想非非想處八十二因緣生分九八聖道分心者自性清淨客塵所汙一隨眠煩惱二倒起煩惱隨眠煩惱非心非心法無所緣隨眠煩惱異倒起煩惱異隨眠煩惱與心相離倒起煩惱與心相應過去未來是無現在是有法入非所知非所識中陰是無須甦多阿半那得定此四部是執義本執義異者大衆部執義異餘三部四聖諦悉眞實有如如對可讃行有苦是自所作有苦是他所作有苦是兩所作有苦非兩所作有苦依因緣生有不依因緣生

一時中有多心和合道與煩惱並起業與果並起種子即是芽六根四大轉異心心法不轉異心遍滿身心增長應知有如是諸義諸部信樂不同各有所執是名執義異多聞部是執義本如來五鳴應説出世五鳴者謂無常苦空無我寂靜涅槃此五鳴是正出世道如來餘鳴是世間道有阿羅漢多他以不淨染汙其衣阿羅漢多有無知有疑惑有他度聖道亦爲言所顯餘所執與説一切有部所執相似分別説部是執義本苦非是陰一切入不成就一切有爲法相待假故立名苦無人功力無非時節死一切所得先業造增長因果能生業一切諸苦從業生聖道由福德得聖道非修得餘所執與大衆部所執相似支提山部北山部此二部是執義本菩薩不脱惡道斗藪波中恭敬事得報少有阿羅漢多他以不淨染汙其衣阿羅漢多有無知有疑惑有他度聖道亦爲言所顯餘所執與大衆部所執相似説一切有部是執義本一切有如有如是兩法攝一切過去現在未來是有一依正説二依二法三依有境界四依有果法入有三所識所知所通達生老住無常是行與心不相應行陰所攝有爲種類三無爲種類三有爲相三無爲相三四諦中三諦有爲一諦無爲四諦次第觀若人欲入正定必緣空解脱門無願解脱門得入正定若觀欲界相應諸行得入正定若人已入正定在十五心中名須氀多阿半那向若至第十六心名須氀多阿半那世第一法一刹那心三方便有退義世第一法無退義須氀多阿半

那無退義阿羅漢多有退義一切阿羅漢多不盡得無生智凡夫亦能捨欲及瞋外道得五通天亦有夫嵐摩於七定有覺分餘定則無一切諸定無不是四念處所攝若不依禪定得入正定亦得阿羅漢多依色界無色界心得阿羅漢多不得入正定欲界中得入正定亦得阿羅漢多鬱多羅鳩婁無離欲人聖人不生彼處聖人亦不生無想天不必次第定得聖道四果若人已入正定依世道得至婆凡里陀如寐阿那伽寐四念處可說一切法隨眠煩惱是心法不與心相應一切隨眠煩惱可立倒起名一切倒起煩惱可立倒起名不可立隨眠名十二緣生是有爲十二緣生分亦有隨阿羅漢多行阿羅漢多亦有福德增長欲色界中有中隨五識現起時得生欲不得離欲五識執别相無分别有心及助心法心及助心法定有境界自性與自性不相應心與心不相應世間有正見世間有信根有無說法阿羅漢多無有學法一切阿羅漢多皆得定一切阿羅漢多不皆證定阿羅漢多有宿業猶得報一切凡夫亦有在善心死若人正在定必定不死如來與弟子惑滅無異如來慈悲不取衆生作境界若人執衆生相解脱意不得成就一切菩薩定是凡夫具九結若菩薩已入正定者未度凡夫是地是所取相續假名衆生一切行刹尼柯無有法從此世至後世依世假名說弗伽羅度人正法時行聚滅無餘諸陰無變異有出定定有諸學是無漏有善是有因若人正在定則無語言八分聖道是名法輪世尊一切語不

皆是轉法輪一音不具說一切法一切語不皆如義一切經不盡是了義有經不了義說一切有部是執此義本更有執異則無窮雪山部是執義本說菩薩是凡夫無有貪受生不爲胎等所裹外道無五通天無夫嵐摩有阿羅漢多他以不淨染汙其衣阿羅漢多有無知有疑惑有他度聖道亦爲言所顯餘所執與說一切有部所執相似可住子部是執義本非即五陰是人非異五陰是人攝陰界入故立人等假名有三種假一攝一切假二攝一分假三攝滅度假一切有爲法刹那刹那滅離色無有一法從此世至後世可說人有移外道有五通若人正生五識無欲無離欲欲界相應諸結修道所破若人能斷則得離欲欲界見道所破則不如是忍名相世第一法此四住名正定若人已入正定在十二心中是名須甦多阿半那向至第十三心名須甦多阿半那一切衆生有二種失一意失二事失生死有二種因最上一煩惱一業二種法是解脫最上因謂毗鉢舍那奢摩他若不依自體增上緣慙羞正法則不屬此人煩惱根本有二種恒隨一切衆生行謂無明有愛有七種清淨處佛智於戒等不相應諸境以依正所了緣悉能通達一切法若以滅攝之凡有六種色無色界無入正定菩薩於中恒生若已生盡智無生智得名爲佛如來說經有三義一顯生死過失二顯解脫功德三無所顯可住子部是執此義本從本因一偈故此部分成四部謂法上部賢乘部正量弟子部密林住部偈言

已得解脱更退墮　墮由貪著而復還
已至安處遊可愛　隨樂行故至樂所
正地部是執義本過去未來是無現在及無爲是有四聖諦一時觀若見苦諦即見一切諦見已曾見諸諦隨眠煩惱非心非助心法無有境界隨眠煩惱異倒起煩惱異隨眠煩惱與心不相應倒起煩惱與心相應凡夫不捨欲界欲及瞋外道無五通天無夫嵐摩無中陰阿羅漢多福德無增長五識聚有染離六識聚與覺觀相應有時顯聚生世間無正見世間無信根無出世定覺觀無無漏有因無善須𣯶多阿半那有退法阿羅漢多無退法道分是四念處所攝無爲法有九種一思擇滅二非思擇滅三虛空四無我五善如六惡如七無記如八道如九緣生如受生是始死墮爲終四大五根心及助心法皆有變異大衆中有佛若施大衆得報則大若別施佛功德則不及一切佛及一切聲聞同一道同一解脱一切行刹尼柯無有一法從此世度後世正地部是執此義本此部復執異義過去未來是有中陰法入有二種所知及所識作意是正業無身口二業覺觀是相應法大地則劫住依斗藪波恭敬事無有執一切隨眠煩惱恒在現世陰界入三法恒在現世離法偈言

五法是決定　諸苦從之生　無明心貪愛
五見及諸業

諸部義本皆同爲執有異故成別部法護部是執義本僧中有佛世尊依斗藪波起恭敬有勝報恭敬大衆則不及佛道異聲聞道異

外道無五通阿羅漢多身無漏餘所執與大衆部所執相似善歲部是執義本法已是所滅已是所離則無未滅未離則有若業果已熟則無未熟則有有爲法不以過去法爲因以現在及未來法爲用一切諸行剎尼柯有學法有果報餘所執與法護部所執相似說度部是執義本陰從前世至後世若離聖道本陰不滅陰有本末凡夫位中有聖法有眞實人餘所執與說一切有部所執相似舊所出經論中亦有十八部名但音多訛異不復如本今謹別存天竺本名仍以論初大衆等名次第相對翻之翻殊難具如義疏中釋也

初分成兩部（天竺呼部爲尼相與）一摩訶僧耆柯部二他毗梨與部次從摩訶僧耆柯部又出三部一猗柯毗與婆訶利柯部二盧俱多羅婆拖部三高俱梨柯部亦言高俱胝柯部次從摩訶僧耆柯部又出一部名婆吼輸底（音止）柯部次從摩訶僧耆柯部又出一部名彼羅若底婆拖部次有外道名摩訶提婆於摩訶僧耆柯部中出家自分成兩部一支底與世羅（上聲）部二欝多羅世羅（同上）部次從他毗梨與部又分成兩部一薩婆阿私底（音支下同）婆拖部亦名醯兜婆拖部二醯摩跋多部亦名他毗梨與部次從薩婆阿私底婆拖部又出一部名跋私弗底梨與部次從跋私弗底梨與部又出四部一達摩多梨與部二跋陀與尼與部三三眉底與部四山拖伽梨柯部次從薩婆阿私底婆拖部又出一部名彌嬉捨婆柯部次從彌嬉捨婆柯部又出一部名達摩及多部次從薩婆阿私底婆陀部又出一部名蘇跋

梨沙柯部亦名柯尸悲與部次從薩婆阿私底婆拖部又出一部名僧千蘭底（音止）婆拖部亦名修丹蘭多婆拖部

部執異論

異部宗輪論

世友菩薩造

唐三藏法師玄奘奉詔譯

佛般涅槃後　適滿百餘年　聖教異部興
便引不饒益　展轉執異故　隨有諸部起
依自阿笈摩　說彼執令猒　世友大菩薩
具大智覺慧　釋種眞苾芻　觀彼時思擇
等觀諸世間　種種見漂轉　分破牟尼語
彼彼宗當說　應審觀佛教　聖諦說爲依
如采沙中金　擇取其眞實

如是傳聞佛薄伽梵般涅槃後百有餘年去聖時淹如日久沒摩竭陀國俱蘇摩城王號無憂統攝贍部感一白蓋化洽人神是時佛法大衆初破謂因四衆共議大天五事不同分爲兩部一大衆部二上座部四衆者何一龍象衆二邊鄙衆三多聞衆四大德衆其五事者如彼頌言

餘所誘無知　猶豫他令入　道因聲故起
是名眞佛教

後即於此第二百年大衆部中流出三部一一說部二說出世部三雞胤部次後於此第二百年大衆部中復出一部名多聞部次後於此第二百年大衆部中更出一部名說假部第二百年滿時有一出家外道捨邪歸正亦名大天大衆部中出家受具多聞精進居制多山與彼部僧重詳五事因茲乖諍分爲三部一制多山部二西山住部三北山住部如是大衆部四破或五破本末別說合成九部一大衆部二一說部三說出世部四雞胤部五多聞部六說假部七制多山部八西山

住部九北山住部其上座部經爾所時一味和合三百年初有少乖諍分爲兩部一說一切有部亦名說因部二即本上座部轉名雪山部後即於此第三百年中從說一切有部流出一部名犢子部次後於此第三百年從犢子部流出四部一法上部二賢胄部三正量部四密林山部次後於此第三百年從說一切有部復出一部名化地部次後於此第三百年從化地部流出一部名法藏部自稱我襲采菽氏師至三百年末從說一切有部復出一部名飲光部亦名善歲部至第四百年初從說一切有部復出一部名經量部亦名說轉部自稱我以慶喜爲師如是上座部七破或八破本末別說成十一部一說一切有部二雪山部三犢子部四法上部五賢胄部六正量部七密林山部八化地部九法藏部十飲光部十一經量部

如是諸部本宗末宗同義異義我今當說此中大衆部一說部說出世部雞胤部本宗同義者謂四部同說諸佛世尊皆是出世一切如來無有漏法諸如來語皆轉法輪佛以一音說一切法世尊所說無不如義如來色身實無邊際如來威力亦無邊際諸佛壽量亦無邊際佛化有情令生淨信無猒足心佛無睡夢如來答問不待思惟佛一切時不說名等常在定故然諸有情謂說名等歡喜踊躍一刹那心了一切法一刹那心相應般若知一切法諸佛世尊盡智無生智恒常隨轉乃至般涅槃一切菩薩入母胎中皆不執受羯刺藍頞部曇閉尸鍵南爲自體一切菩薩入

毋胎時作白象形一切菩薩出毋胎時皆從右脅生一切菩薩不起欲想恚想害想菩薩爲欲饒益有情願生惡趣隨意能往以一剎那現觀邊智遍知四諦諸相差別眼等五識身有染有離染色無色界具六識身五種色根肉團爲體眼不見色耳不聞聲鼻不齅香舌不嘗味身不覺觸在等引位有發語言亦有調伏心亦有諍作意所作已辦無容受法諸預流者心心所法能了自性有阿羅漢爲餘所誘猶有無知亦有猶豫他令悟入道因聲起苦能引道苦言能助慧爲加行能滅衆苦亦能引樂苦亦是食第八地中亦得久住乃至性地法皆可說有退預流者有退義阿羅漢無退義無世間正見無世間信根無無記法入正性離生時可說斷一切結諸預流者造一切惡唯除無間佛所說經皆是了義無爲法有九種一擇滅二非擇滅三虛空四空無邊處五識無邊處六無所有處七非想非非想處八緣起支性九聖道支性心性本淨客塵隨煩惱之所雜染說爲不淨隨眠非心非心所法亦無所緣隨眠異纏纏異隨眠應說隨眠與心不相應纏與心相應過去未來非實有體一切法處非所知非所識是所通達都無中有諸預流者亦得靜慮如是等是本宗同義此四部末宗異義者如如聖諦諸相差別如是如是有別現觀有少法是自所作有少法是他所作有少法是俱所作有少法從衆緣生有於一時二心俱起遂與煩惱客俱現前業與異熟有俱時轉種即爲芽色根大種有轉變義心心所法無轉變義心

遍於身心隨依境卷舒可得諸如是等末宗所執展轉差別有無量門

其多聞部本宗同義謂佛五音是出世教一無常二苦三空四無我五涅槃寂靜此五能引出離道故如來餘音是世間教有阿羅漢爲餘所誘猶有無知亦有猶豫他令悟入道因聲起餘所執多說同一切有部

其說假部本宗同義謂苦非蘊十二處非真實諸行相待展轉和合假名爲苦無士夫用無非時死先業所得業增長爲因有異熟果轉由福故得聖道道不可修道不可壞餘義多同大衆部執

其制多山部西山住部北山住部如是三部本宗同義謂諸菩薩不脫惡趣於窣堵波興供養業不得大果有阿羅漢爲餘所誘此等五事及餘義門所執多同大衆部說

其說一切有部本宗同義者謂一切有部諸是有者皆二所攝一名二色過去未來體亦實有一切法處皆是所知亦是所識及所通達生老住無常想心不相應行蘊所攝有爲事有三種無爲事亦有三種三有爲相別有實體三諦是有爲一諦是無爲四聖諦漸現觀依空無願二三摩地俱容得入正性離生思惟欲得入正性離生若已得入正性離生十五心頃說名行向第十六心說名住果世第一法一心三品世第一法定不可退預流者無退義阿羅漢有退義非諸阿羅漢皆得無生智異生能斷欲貪瞋恚有諸外道能得五通亦有天中住梵行者七等至中覺支可得非餘等至一切靜慮皆念住攝不依靜慮

得入正性離生亦得阿羅漢果若依色界無色界身離能證得阿羅漢果而不能入正性離生亦得阿羅漢果若依色界無色界身雖能證得阿羅漢果而不能入正性離生依欲界身非但能入正性離生亦能證得阿羅漢果北俱盧洲無離染者聖不生彼及無想天四沙門果非定漸得若先已入正性離生依世俗道有證一來及不還果可說四念住能攝一切法一切隨眠皆是心所與心相應有所緣境一切隨眠皆纏所攝非一切纏皆隨眠攝緣起支性定是有爲亦有緣起支隨阿羅漢轉有阿羅漢增長福業唯欲色界定有中有眼等五識身有染無雜染但取自相唯無分別心心所法體各實有心及心所定有所緣自性不與自性相應心不與心相應有世間正見有世間信根有無記法諸阿羅漢亦有非學非無學法諸阿羅漢皆得靜慮非皆能起靜慮現前有阿羅漢猶受故業有諸異生住善心死在等引位必不命終佛與二乘解脫無異三乘聖道各有差別佛慈悲等不緣有情執有有情不得解脫應言菩薩猶是異生諸結未斷若未已入正性離生於異生地未名超越有情但依現有執受相續假立說一切行皆剎那滅定無少法能從前世轉至後世但有世俗補特伽羅說有移轉活時行攝即無餘滅無轉變諸蘊有出世靜慮尋亦有無漏有善是有因等引位中無發語者八支聖道是正法轉非如來語皆爲轉法輪非佛一音能說一切法世尊亦有不如義言佛所說經非皆了義佛自說有不了義經

此等皆爲本宗同義末宗異義其類無邊
其雪山部本宗同義謂諸菩薩猶是異生菩
薩入胎不起貪愛無諸外道能得五通亦無
天中住梵行者有阿羅漢爲餘所引猶有無
知亦有猶豫他令悟入道因聲起餘所執多
同說一切有部
其犢子部本宗同義謂補特伽羅非即蘊離
蘊依蘊處界假施設名諸行有暫住亦有剎
那滅諸法若離補特伽羅無從前世轉至後
世依補特伽羅可說有移轉亦有外道能得
五通五識無染亦非離染若斷欲界修所斷
結名爲離欲非見所斷即忍名相世第一法
名能趣入正性離生若已得入正性離生十
二心頃說名行向第十三心說名住果有如
是等多差別義因釋一頌執義不同從此部
中流出四部謂法上部賢胄部正量部密林
山部所釋頌言
已解脫更墮　墮由貪復還　獲安喜所樂
隨樂行至樂
其化地部本宗同義謂過去未來是無現在
無爲是有於四聖諦一時現觀見苦諦時能
見諸諦要已見者能如是見隨眠非心亦非
心所一無所緣與纏異隨眠自性心不相應
纏自性心相應異生不斷欲貪瞋恚無諸外
道能得五通亦無天中住梵行者定無中有
無阿羅漢增長福業五識有染亦有離染六
識皆與尋伺相應亦有齊首補特伽羅有世
間正見無世間信根無出世靜慮亦無無漏
尋若非有因預流有退諸阿羅漢定無退者
道支皆是念住所攝無爲法有九種一擇滅

二非擇滅三虚空四不動五善法眞如六不善法眞如七無記法眞如八道支眞如九緣起眞如入胎爲初命終後爲色根大種皆有轉變心心所法亦有轉變僧中有佛故施僧者便獲大果非別施佛佛與二乘皆同一道同一解脱説一切行皆刹那滅定無少法能從前世轉至後世此等是彼本宗同義其末宗異義者謂説實有過去未來亦有中有一切法處皆是所知亦是所識業實是思無身語業尋伺相應大地劫住於窣堵波興供養業所獲果少隨眠自性恒居現在諸蘊處界亦恒現在此部末宗因釋一頌執義有異如彼頌言

五法定能縛　諸苦從之生　謂無明貪愛
五見及諸業

其法藏部本宗同義謂佛雖在僧中所攝然別施佛果大非僧於窣堵波興供養業獲廣大果佛與二乘解脱雖一而聖道異無諸外道能得五通阿羅漢身皆是無漏餘義多同大衆部執

其飲光部本宗同義謂若法已斷已遍知則無未斷未遍知則有若業果已熟則無果未熟則有有諸行以過去爲因無諸行以未來爲因一切行皆刹那滅諸有學法有異熟果餘義多同法藏部執

其經量部本宗同義謂説諸蘊有從前世轉至後世立説轉名非離聖道有蘊永滅有根邊蘊有一味蘊異生位中亦有聖法執有勝義補特伽羅餘所執多同説一切有部三藏法師翻此論竟述重譯意乃説頌言

備詳衆梵本　再譯宗輪論　文愜義無謬
智者應勤學

異部宗輪論

音釋

舸（各可切）葯（而證切）礫（郎擊切小石也）鞞（駢迷切）頞（烏葛切）佉（丘伽切）氀（力朱切）阿笈摩（梵語也此云教法笈極曄切）羯剌藍（梵語也此云凝滑羯居竭切剌郎達切）鍵南（梵語也此云凝厚鍵巨展切）窣堵波（梵語也此云高顯窣蘇骨切）愜（苦協切快也）

雜阿毗曇心論

宋天竺三藏僧伽跋摩等譯

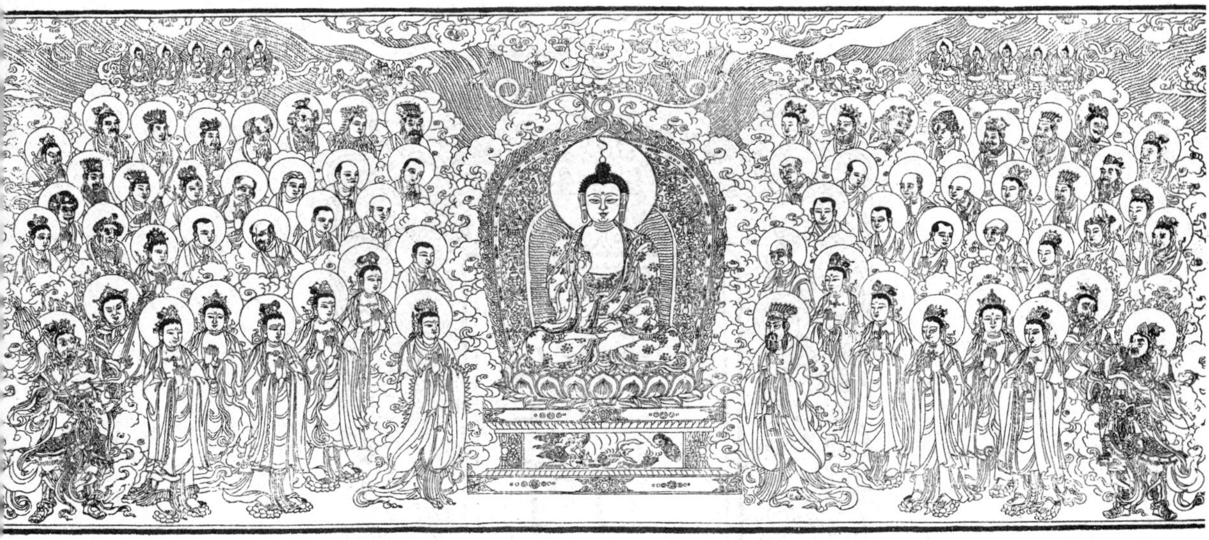

清刻龍藏佛說法變相圖

雜阿毗曇心論卷第一上

尊者法救造

宋天竺三藏僧伽跋摩等譯

序品第一

古昔諸大師　於諸甚深法　多聞見聖跡
已說一切義　精勤方便求　未曾得異分
阿毗曇心論　多聞者已說　或有極總略
或復廣無量　如是種種說　不順脩多羅
光顯善隨順　唯此論爲最　無依虛空論
智者尚不了　極略難解知　極廣令智退
我今處中說　廣說義莊嚴

廣說梵音云毗婆沙以毗婆沙中義莊嚴處中之說諸師釋法勝阿毗曇心義廣略不同法勝所釋最爲略也優婆扇多有八千偈釋又有一師萬二千偈釋此二論名爲廣也和修槃頭以六千偈釋法密遠玄曠無所執著於三藏者爲無依虛空論也

敬禮尊法勝　所說我頂受　我達磨多羅

說彼未曾說　弟子咸勸請　毗曇毗婆沙
專精思惟義　賢衆所應學　正要易解了
離惱濟群生

復次爲顯現清淨煩惱對治依阿毗曇毗婆沙所應故大德法勝及我達磨多羅共莊嚴雜阿毗曇心離諸廣略說真實義問且置真實義云何名阿毗曇云何名毗婆沙答於牟尼所說等諦第一義諦甚深義味宣揚顯說真實性義名阿毗曇又能顯現修多羅義如燈照明是慧根性若取自相則覺法是阿毗曇若取衆具是五陰性名者諸論中勝趣向解脫是名阿毗曇復次毗婆沙者於牟尼所說性真實義問荅分別究暢真要隨順修多羅開悅衆心所謂性相名字地依行緣念智根定世善及界學見諦斷義緣方便得亦離欲得何處初起攝相應因緣果有果等無量諸法種種義生說種種類種種說是名毗婆沙論如佛世尊略說二智法智比智毗婆沙論無量分別所謂彼法智者是無漏慧性是智相名者初知法故是名法智在六地依欲界十六行境界四諦四念處智即智相三根三三昧相應（三根者喜樂捨也三三昧謂有覺有觀無覺有觀無覺無觀也）墮三世緣三世及離世是善緣三種（謂善不善無記）是不繫緣欲界及不繫是學無學緣三種（謂學無學非學非無學也）是不斷緣三種（謂見諦斷修道斷不斷也）名緣及義緣方便得離欲得欲界起法界法入行陰所攝意界法界意識界相應三因自性三因所生四緣自性四緣所生是初生無漏依果及功用果俱生者唯功用果有果者三果謂前二及解脫果不說增上果如是一切法

應當知問已知久遠緣起根本阿毗曇毗婆沙說彼對治何故說眞實義荅爲知眞實義故若不分別諸論難可了知以不知故實智不生實智不生故不知眞實不知眞實故不見煩惱諸行過惡以不見過故墮於惡趣與彼相違則生解脫問已說所以說當說眞實義答是論於諸論中最爲殊勝具足顯示一切境界於阿毗曇論增廣智慧五濁世增時命智慧念皆悉損減觀察是等於廣大論聞持恐怖爲利自他略說眞實三時善說哀愍外道邪論諸師遠慕前勝正論法主及諸聖衆普於是中生大敬信開發衆生佛法僧念故顯示三寶眞實功德爲造論端故說是偈

心界品第二

頂禮前最勝　離惱安教尊　所說悉具足　羅漢見眞諦

頂禮者起善心轉愛果舉體敬禮也前者先也何者爲先謂最勝也亦供養處故最勝者有何義伏諸煩惱故名最勝如偈所說憂波伽當知如我等諸佛悉已離諸漏是故名最勝離惱者煩惱諸纏燒其身心世尊曠劫悉安衆生熾然永盡故名離惱安樂說故當知離惱是故次說安教安者謂安隱也教謂言說也教有所安故曰安教略說自安安他離惱者自安也安教者安他也不顛倒故故知安教是故次說所說悉具足說者言說也即是安教具足者辯正深妙顯現決斷說不顛倒到眞實義不違二諦故曰具足是故禮彼名供養法阿羅漢者到究竟處法相滿足是故次說阿羅漢眞實福田應彼供養故曰阿

羅漢此一向說無學也說無學已次說學見真實真實者四聖諦不顛倒謂已學八忍八智見彼真諦故名見真實雖住見道未周四諦必當見故亦名見真實問何故敬禮答牟尼尊悉知　法聚二種相　亦爲他顯現我今說少分

牟尼者身口意滿故曰牟尼悉者凡一切智所說修多羅毗尼阿毗曇流布至今知者知見覺義也法者持也持自性故名法法有積聚故名法聚彼善法善法聚不善無記法亦如是二者數名相者相貌也問云何二相答自相及共相自相者不共即此非餘如礙相是色如是比共相者共此及餘如色無常如是比問若礙相是色自相者亦是共相觀四陰故是自相觀十種色故是共相如是自相即共相觀故二種自相共相則爲不成答一自故礙者色相故名色自相衆色差別故說十種汝言觀故自相共相不成者不然何以故不壞故如父子如果種如苦集諦如聽制若觀自相則非共相若觀共相則非自相如一人亦名父亦名子以父故名子以子故名父若觀父則不觀子若觀子則不觀父若言不成者不然何以故已成故是爲父子義成若善若惡正見邪見於中廣說起無間業若無父義亦無無父邪見及有父正見此若無者淨穢亦無淨穢無者解脫亦無若無無間業者亦無因果因果無者一切法亦無莫言非過是故父子義成不可已成更成若已成更成此則無窮是故自相共相義成問佛所知法一切當說耶答不也問何所說答亦爲

他顯現我今說少分顯現者開示義也他者受化人也若義饒益隨順梵行如申恕林契經說於彼爲他說法中我今說少分如來所知深廣無量如舍利弗等尚不能盡說況復餘人問世尊說何法答有漏無漏如是一切

一切有漏行　離我樂常淨　不見有漏故

計我等妄受

此諸有漏行不自在故離我三苦成故離樂緣力故離常煩惱處故離淨問何等是有漏行答諸煩惱所生五陰問若有漏行離我樂常淨者云何衆生而於中受答

不見有漏故　計我等妄受

衆生於有漏行不知相已便受我樂常淨作業所覆故不知非我威儀所覆故不知是苦相似相續覆故不知非常爲薄皮覆故不知不淨如是不知故受我樂常淨問何相爲有漏行答

若增諸煩惱　是聖說有漏　以彼漏名故

慧者說煩惱

若依若緣增長身見等諸煩惱如使品說彼諸行從漏生故生漏故漏處故是故說有漏無漏緣不增長輭中上者不然增依故非不增增依不增緣問何故答

以彼漏名故　慧者說煩惱

煩惱者說名漏一切入處常漏故心漏連注故是故增煩惱諸行當知是有漏問彼更有名耶答

亦名爲煩惱　受陰及與諍　煩受諍起故

是諸賢聖說

即此有漏行名爲煩惱受陰諍何以故

煩受諍起故　是諸賢聖說

身見等諸煩惱惱衆生故名煩惱受自身故名受擾亂心故名諍諍有三種煩惱諍陰諍鬬諍煩惱諍者百八煩惱陰諍者死鬬諍者各各相違當知此中說煩惱諍身見等諸煩惱生諸有漏行從煩惱生故說煩惱從受生故說受陰從諍生故說諍已說受陰想陰相今當說

若行離煩惱　亦解脫諸漏　此及前受陰
是陰聖所說

若行離身見等諸煩惱及諸漏故當知是無漏行此諸無漏行及前說受陰是名爲陰想陰受陰差別者轉不轉合是陰轉者是受陰問何者是答

所謂色受陰　想行及與識　是五陰次第
麤細隨順說

是五陰謂色陰受想行識陰云何色陰一切諸色過去未來現在如是廣說彼已起已滅是說過去未起未滅是說未來已起未滅是說現在在自身名爲內在他身及非衆生數名爲外復次內外義如入處說麤者名有對細者名無對若言不成是則不然觀故觀故不成者不然若觀麤則非細染汙名惡色不染汙名好色過去未來名爲遠現在名爲近遠義四種如行品說彼一切一向略說色陰此名略非事略如色陰受想行識亦如是於中差別者自身受名爲內他身受名爲外內緣外緣方便力起境界力起麤者五識身細者意地染汙不染汙界地亦如是乃至識陰亦如是行是行陰外者衆生非衆生數當知

問色乃至識有何相答礙相是色相隨覺是受相順知是想相造作是行相分別是識相彼過去色雖不礙曾礙故當來色雖未礙當礙故極微一一雖不礙衆微集則礙無作雖不礙以作色是礙故彼亦礙如樹動影亦動如色陰過去未來餘四陰亦如是問何故前說色陰乃至識陰答是五陰次第麤細隨順說彼五陰中色陰最麤五識依故六識境界故是故前說受陰雖非色行麤故如色說如我首足等受隨轉如是乃至識陰最細是故後說復次從不可知本際已來男爲女色女爲男色染著處故是故前說樂受貪故起色欲想顚倒故起樂受貪煩惱故起想顚倒依意故起煩惱復次二種色觀故入佛法中爲甘露門謂不淨觀及安般念彼不淨觀者觀造色安般念者觀四大是故前說色陰觀色已見受過見受過已想不顚倒想不顚倒已煩惱不行煩惱不行已心則堪忍此則順說五陰今當逆說淨穢之生以心爲本是故前觀識陰觀識陰已煩惱薄煩惱薄已起法想起法想已則貪受不生貪受不生故觀察色是故先說色陰乃至識陰問云何分別說陰

答

十種謂色入　及無作假色　是分別色陰

牟尼之所說

十種謂色入者眼色耳聲鼻香舌味身觸無作假色者如業品說是諸色一一說色陰所名爲識陰　此即是意入　於十八界中

亦復說七種

謂識陰即是意入十八界中說七心界

餘則有三陰　無作三無為　是則說法入
亦復說法界

餘則有三陰者受陰想陰行陰無作三無為者虛空數滅非數滅此七法說法入亦說法界問以何等故受想別立陰餘心法立一行陰答

輪轉於生死　當知二諍根　是故別受想
建立一種陰

二事故衆生輪轉生死謂樂受貪及顛倒想樂受貪故行愛倒想計著故行見二諍根者習欲愛貪欲縛從受生見欲縛從想生受修諸禪想修無色復次心法或根或非根根法是受非根法是想是故隨義說問五陰一切是行何故說一行陰答

五陰雖是行　而一受行名　有為法多故
說行陰非餘

以行陰中有相應不相應等有為行多相應者思願等不相應者諸得等問一切悉是行陰何故契經說一思為行陰非餘答勝故增上故前故作想是行想彼思是作性若有餘陰悉入五陰中今當如實說

廣說諸法陰　其數有八萬　戒等及餘陰
悉是五陰攝

八萬法陰皆色陰攝以佛說語性故有說名性者行陰攝餘戒等五陰彼戒陰色陰攝定慧解脫解脫知見陰皆行陰攝若有餘陰名悉入五陰中問齊何當言法陰數答

法陰謂經論　如是一一說　及諸對治行
悉名法陰數

有說一一經論名為法陰如是經論其數有

六千復有說一一陰處是法陰處又說陰處界處等爲法陰數如是說者謂衆生有八萬行是故世尊隨彼所行爲說對治悉是法陰數問前說十種謂色入亦無作假色是名爲色陰何等爲入答

所謂眼耳鼻　舌身及與意　色聲香味觸
餘則說法入

彼眼入者眼識所依四大所造淨色不可見有對耳鼻舌身亦如是差別者隨識所依意入者是心意識名義業世施設彼名等所作差別應當知名者名爲心名爲意名爲識義者集起是心義思量是意義別知是識義業者遠知是心前知是意續生是識世者過去世是意當來世是心現在世是識施設者界施設心入施設意陰施設識復次貪恚癡等分別則無量境界定心名不亂此相違染汙心名爲亂懈怠相應心名爲下精進相應心名爲舉少習淨心及染汙心名爲少多習淨心名爲多少根易得少對治少隨轉諸染汙心名爲小此相違善心名爲大於彼得修習修不修習如是染汙心名不修此相違善心名爲修自性解脫及在解脫於彼染汙心名不解脫此相違善心名解脫或有心自性解脫非在解脫或有心在解脫非自性解脫或有心自性解脫亦在解脫或有心非自性解脫亦非在解脫自性解脫非在解脫者是學無漏心在解脫非自性解脫者是無學有漏心自性解脫亦在解脫者是無學無漏心非自性解脫亦非在解脫者是學有漏心及凡夫心色入者三種謂色處俱色者青黃赤白

如是廣說處者身作色俱者如造畫等聲入者三種謂因受四大聲因不受四大聲因俱聲因受四大者謂咽喉脣舌因緣發聲因不受四大者謂風鈴樹等因緣發聲因俱聲者謂擊鼓吹貝等因緣發聲彼聲一一有二種謂可意不可意香入者三種謂好香惡香非好惡香味入者六種謂辛酸甜苦鹹淡問若嘗味時别味者爲舌識先覺爲身識耶答若先覺冷煖等則先身識後舌識若先别辛等味者則先舌識後身識觸入者十一種謂四大及七種造色七種造色者謂澀滑輕重冷煖饑渴澀者麤強滑者細軟輕者不可稱重者淳厚冷者求煖饑者欲食渴者欲飲問何大增故澀滑乃至饑渴答或有說無徧增者彼業報先得澀四大果乃至饑渴復有說水火增故滑地風增故澀地水增故重風火增故輕水風增故冷風增故饑火增故渴問幾觸能起身識答有說從澀至渴一一能起又說五觸能起四大與澀如是乃至饑渴復有說者十一種起身識等是身識境界故無過有二種自相事自相及入處自相事自相者等境界入處自相者自相境界故此十一種二種欲界繫饑及渴非色界繫九種欲界色界繫色界衣雖不可稱餘亦可稱亦可積聚雖無冷煖之患而有長養調適饑渴者或說依果以飲食能斷故阿毗曇者說報色不可斷已更續罽賓者說饑渴是善不善報障故不可知食消已還復可知是故富者饑渴是善報貧者饑渴是不善報法入者四種無作色如業品說心法如行品說心不相應行如

雜品說無爲此品後當說內入中眼入境界麤故前說外入中色入自性麤故前說苦樂所入問故說入處又殺義是入處義心心法於此中滅問入處觸入處何差別答觸入處即是入處或入處非觸入處外入是也若內入處非分者是入處非觸入處（緣差不起觸者名非分也）觸所住故名觸入處觸空者唯是入處觸所入門故如窻牖（天竺謂窻牖爲風入也）觸所住故如聖住亦應說受入處觸長養心心法觸所持來觸所轉故觸力故現在前是故說觸入處（聖住者中國名聖住邊地名彌離車住也）問云何一身具十二入答

雖於一身中　所作事各異　依緣自性故
十二種分別

於一身中具十二入但事各異若事是眼入此事乃至非法入若事是法入此事乃至非眼入問何等爲眼入事乃至法入事答眼以見色爲事色以眼所行爲事如是乃至法入譬如一室十二人止事業各異彼亦如是又依緣差別說十二謂六識身有六依六緣又有自性分別說十二若眼自性乃至非法自性若法自性乃至非眼自性問十入處及一入少分是色何故獨說一入處爲色入答

雖有衆多色　但說一色入　當知一色入
三眼境界故

於彼入中三眼境界者名爲色入肉眼天眼聖慧眼以色麤故說二十種所謂青黃赤白長短正不正方圓高下雲烟塵霧光影明闇彼長等八事三種分別餘悉無記問一切十二入盡是法性何故但說一法入答

彼一切諸法　雖盡是法入　法中衆多故

一法入非餘

彼一切雖盡是法入但一入中衆多法故謂色法無色法相應不相應法有爲無爲法是故但說一法入復次三有爲相彼法相不相違彼相入法入中是故但說一法入又一切諸法以名顯現彼名入法入中法者真實相謂空解脫門以前法覺法故是空入法入中身見能自覺者不然顛倒轉故法者第一義謂寂滅涅槃是法入法入中問世尊契經說無量入何故但說十二入答

彼十一切入　八入二四入　及五解脫入

皆悉十二攝

十一切入中前八入及八勝處是無貪善根性悉入法入中若取眷屬則五陰性悉入意入法入中十一切入中後二入及四無色入是四陰性悉入意入法入中二入者謂無想衆生入及非想衆生入無想衆生入十入性除香味入說四無色則已說非想入五解脫入是慧性眷屬是五陰性悉入三入中聲入意入法入五解脫入者一者佛說即得解脫二者聞已思惟得三者因自誦經得四者因他說法得五者觀因緣得也問所說十八界爲種有十八爲名有十八答

界種說十七　或說爲十二　境界依者依

分別十八種

十八界或十七種或十二種若取意界則失六識若取六識則失意界譬如別取樹則失林若取林則失樹指拳等譬亦如是若取意界則失六識若取六識則失意界問若然者云何說十八界答境界依者依分別十八種三事故說十八界依故依者故境界故依謂

六依眼界乃至意界依者謂六識界眼識界乃至意識界境界謂六外界若言阿羅漢最後心不生後識非意界者此則不然以餘緣故後識不續如地無種復次因觸故立十八界眼觸三因緣生謂眼色識如是乃至意器故食故食者故器謂眼界食謂色界食者謂眼識界問應說二十一界二眼二耳二鼻爲六舌界身界七心界六外界答

二眼說一界　以二一自故　耳鼻亦如是
二共說一界　爲令身端嚴　彼皆不一一

雖有二眼而說一界以一自故共一四大造故一自見故非一自有二根一識所依故二眼眼識依亦不應二根一識依一入處故一入境界亦俱受一入境界故二眼共取一色以一眼見色則不明了二眼見色則明了二耳二鼻成一界亦如眼說爲莊嚴身故生三眼二耳二鼻以一眼者人不愛敬故是故眼等生二身舌生一如佛世尊雖說種種界悉入十八界中今當次第說

若有諸餘界　世尊契經說　各隨其自性
悉入十八界

若世尊說餘界悉入十八界中以三事故依故依者故緣故如世尊說憍尸迦世有種種界謂諸見以界名說彼悉入法界中若彼說六十二界如多界經說及餘契經以界名說者各隨其義悉入十八界中問界入陰何差別答

界說一切法　彼即十二入　除三無爲法
餘則說五陰

一切法說十八界以不離依故依者故緣緣

故彼一切法即說十二入七心界爲意入此即義差別除三無爲餘法說五陰積聚勢故問若一切法說界界即是入除三無爲說陰何故世尊三種說答

牟尼觀衆生　欲解根不同　性行愚差別　故說陰入界

衆生三種欲解廣略中廣者爲說界中者爲說入略者爲說陰輭中上根亦如是恃性憍逸爲說界性義是界義恃財憍逸爲說入輸門義是入義恃命憍逸爲說陰以陰死法故始行者爲說界少行者爲說入已行者爲說陰愚於色心爲說界愚於色爲說入愚於心法爲說陰問陰入界有何義答

聚積是陰義　輸門義說入　種性義說界　是三種差別

雜阿毗曇心論卷第一上

雜阿毗曇心論卷第一下

尊　者　法　救　造

宋天竺三藏僧伽跋摩等譯

心界品第二之餘

十一種無量色等總說色陰如庫藏如軍衆譬如四種軍其類各别名爲軍衆色亦如是雖有十一同一色相名爲色陰如阿毗曇說善觀色陰者一極微攝一界一入一陰少分不善觀者言一極微攝一界一入一陰如色陰受想行識陰亦如是輸門義說入者通若樂故種性義說界者如一山中多有諸性金性銀性等如是一身中種種性各異故說十八界問以何等故說十八界十二入五陰不增不減答

境界依者依　度量法所應　是故界入陰
不增亦不減

界度量所應者六依六依者六緣彼依若增則非依以無依者故若減則依者無所依故如是一切入亦以依緣爲量陰者何故染著色樂受著故何故樂受著想顛倒故何故想顛倒煩惱相應故煩惱依意意即依意如所說意緣法生意識離是依更無餘依故已說界入陰自性及因緣今當廣說界

界中一可見　又說一切界　無記謂八種
餘則善不善

界中一可見者十八界中色界可見可視在此在彼是故可見復次示人心行是故可見復次自現故謂眼所行當知十七不可見無彼相故又說一切界皆可見慧眼境界故如所說偈彼一切諸法慧者見無我如阿毗曇

說學見迹見四真諦迹故是故十八界一切皆可見無記謂八種者八界無記謂五情香味觸無愛不愛果可記故說無記餘十界可記善及不善故謂色聲法界七心界善身動是善色不善身動是不善色餘色無記如是聲口動淨心七識界是善無慚無愧相應心是不善餘則無記法界若心相應如心說若不相應如雜品說善有四種自性相應共起第一義自性善者慙愧及三善根相應者即彼相應心心法共起者即彼所起身口業及心不相應行第一義者謂涅槃是爲四種善自性不善者無慙無愧三不善根相應者即彼相應心心法共起者即彼所起身口業及心不相應行第一義者輪轉危嶮俱相違者是無記問一切法者十二入即是世尊所記何故說無記答不以一向不說故名無記善者記爲善不善者記爲不善不記善不善故說無記若因果時則記因果異則無記或有不說名無記如記論契經說

一切皆當死　是論一向記　一切死復生
是名分別論　若問生殊勝　是名詰問論
衆生五陰異　是名止記論

一向記論者若有問一切衆生悉當死耶應一向答一切衆生皆悉當死分別論者若有問一切皆當死死復生耶應分別答有煩惱者死而復生無煩惱者死已不生詰問記論者若有問人生殊勝不應反問汝方何趣故問若言方天趣應答言劣若言方惡趣應答言勝止記論者若有問陰與衆生爲異爲同耶應當止何以故以不應故譬如有問石女

兒善恭敬不石女無兒何得答言恭敬不恭敬如是有陰而無衆生何得有同異耶以不應故不答阿毗曇者說一向記論者若有問如來無所著等正覺耶善說教法耶世尊弟子善向耶色無常受想行識無常耶善分別苦集滅道耶應一向答義饒益故分別論者若言爲我說法應問言法有衆多若過去若未來若現在欲說何法若言爲我說過去法應問過去法亦多或色陰或受想行識陰爲說何者若言色陰應問色陰亦多或善不善無記爲說何者若言善色應問善色有七種不殺生乃至不綺語爲說何者若言不殺應問不殺有三種不貪不恚不癡爲說何者若言不貪應問言不貪有二種作及無作爲說何者如是等論名爲分別記論詰問論者若有問法應反詰法有衆多汝問何者不爲分別若過去未來現在乃至作無作若輭心者爲分別說若諂曲者則還反問令彼自答是名詰問論止記論者若有問言世有邊耶世無邊耶如是等如虛空華鬘不可記言香與不香是名止記論已說記無記十二有對今當說

十二界有對　一界說少分　十界七有對
一少分亦然　說境界有對　障礙及與緣

眼耳鼻舌身界及七心界此十二界說有對法界中少分亦說有對謂心法又十色界說有對七心界及法界少分亦說有對問此中說何等有對答

說境界有對　障礙及與緣

三種有對境界有對障礙有對緣有對境界

有對者如施設經所說眼與色對乃至意與法對已說意界當知已說七心界及法界少分是故當知十二界一界少分是有對五外界法界少分是無對如彼經等說若觀陸則不觀水如是廣說障礙有對者謂各各相對各各處障礙若彼有一則無第二住極微聚故障礙故可分故據處所故當知八無對此中應廣說緣有對者心心法於境界轉應如是言若法境界有對彼法障礙有對耶應作四句或境界有對非障礙有對者七心界及心相應法界或障礙有對非境界有對者五外界或境界亦障礙有對者五內界或非境界亦非障礙有對者法入所攝色無爲心不相應行若法境界有對彼緣有對耶謂緣有對是境界有對或境界有對非緣有對謂五內界

有漏有十五　餘二三三有　欲界中有四
十一在二有

十五界一向有漏五內界五外界五識界漏所生故生漏故漏處故漏於中起故說有漏如道有怖畏與漏俱故說有漏如雜毒食餘二者意界法界意識界此三界二種或有漏或無漏若漏所生是有漏相違則無漏三三有者意界法界意識界三有中可得欲有色有無色有無漏者是不繫雜三界身中得非自性得欲界中有四者香界味界及此境界識非色無色界離摶食欲故三入是摶食性彼亦應無觸者此則不然觸入性有二種或是摶食性或非摶食性者在色界彼無摶食性以身微妙故香味一向摶食性是故彼無

境界無故彼識亦無問彼無香味亦無彼識者鼻界舌界亦應無答具諸根故諸根展轉相持故十一在二有者欲有色有五内界色聲觸界及此境界識此十二非無色界離色性故

有覺有觀五　三行三餘無　有緣當知七法入說少分

有覺有觀五者五識界有覺有觀麤故乃至梵世非上地三行三者三界三種意界意識界心相應法界欲界及初禪有覺有觀禪中間無覺有觀上地及一切不相應法界無覺無觀問有覺有觀地法有四種或有覺有觀無覺有觀無覺無觀非有覺有觀非無覺有觀非無覺無觀云何有覺有觀答曰欲界及初禪除覺觀諸餘心心法云何無覺有觀答曰覺云何無覺無觀答色心不相應行云何非有覺有觀非無覺有觀非無覺無觀答曰觀餘無者謂餘非有覺非有觀無緣故有緣當知七法入說少分者七心界說有緣有此緣故故曰有緣如人有子謂之有子法界少分有緣者心法少分無緣者非心法謂眼識及相應法緣色乃至身識及相應法緣觸意識及相應法緣一切法（謂以一切法爲境界耳非攀緣義上眼身識亦同此）

九不受餘二　爲無爲共一　一向是有爲當知十七界

九不受者九界不受受名若色現在根數及不離根若此斷壞破裂逼迫心心法受於彼止住故異則不受謂九界不受七心界聲界法界無斷壞故餘二者五内界現在是受起

斷等知故過去未來是不受心心法不住故色香味觸若現在及不離根是受如心心法根中止住彼中亦爾不離根故爲無爲共一者一法界有爲無爲於中三種常故無爲餘法無常故有爲是故爲無爲共一一向是有爲當知十七界者十七界無常故一向有爲生滅故三有爲相所成故有因故墮陰故墮世故輭中上故與上相違是無爲

有罪及有報　染汙及隱沒　修習則有十
一界中有見　亦說有心法　一界是見性

七心界色聲法界二種或有罪或無罪穢汙是有罪不穢汙是無罪如有罪如無罪如是染汙隱沒亦如是五識界色界聲界若善不善是有報若無記是無報意界意識界法界若不善善有漏是有報若無記無漏是無報

問以何等故不善善有漏是有報無記無漏是無報答譬如外種三事和合生有種堅實溉之以水覆以草土自性衆具力故芽葉得生有種雖堅實不以水溉不草土覆衆緣不具故芽葉不生有種不實雖溉以水覆以草土自性不實故芽葉不生如外種三事差別如是內因緣起亦三事差別如初種如是不善善有漏法堅固溉以愛水覆以餘結以自性衆緣力故有芽得生如第二種如是無漏法堅固無愛水溉及餘結覆因緣不具故有芽不生如第三種如是無記法雖溉以愛水覆以餘結自性不實有芽不生修習則有十者七心界色聲界善者修不善無記者不修法界善有爲修不善無記及數滅不修問以何等故不善無記及數滅是不修答爲愛果

故修不善無記無愛果故不修數滅性是果不相續生故不修當知八界無罪無報無染汙無隱沒不修一界中有見者法界中有八種見身見等五見世俗等見學見無學見見者觀視故決定故堅受故緣深入故如陰夜見色穢汙慧見法亦如是如晴夜見色世俗等見亦如是如陰晝見色學見亦如是如晴晝見色無學見亦如是亦說有心法者即此法界有心法謂受想等有此心法故說有心法當知十七界及一界少分非心法一界是見性者一界是見性謂眼界能視故當知十六界及一界少分非見問云何見爲眼見爲眼識見爲眼識相應慧見爲和合見彼何所疑一切有過若言眼見者餘識俱時何故不見何故不俱得一切境界若言眼識見者識相非見相無眼者亦應見若言眼識相應慧見者復以耳識相應慧聞耶若言和合見者此則不定或時眼識二十二法或二十一法或十二答

自分眼見色　非彼眼識見　非慧非和合
不見障色故

自分眼見色是故餘識俱時則不見以餘識俱空眼現在前非自分故以是因故不俱得一切境界自分諸根不俱識住根故名自分無有二識俱行無第二次第緣故問若眼離識不見色者是則識見非眼見眼復何用答識成彼則成彼非分則因非分故如受不離想想不離受彼亦如是若眼識見者誰復識耶若慧見者誰復知耶若和合見者此等諸法事業各異其義有間則無和合若和合見

者則應有二決定自法是義不然若眼識見者應見障色以無對故慧及和合亦復如是以眼識無對不識障色謂不見者不然應分別故分別者應言何故眼識不識障色應說眼一境界轉故是故眼識不識障色眼有對故眼有對故不見障色是故眼識不識識應有二自性若識若見餘亦如是又復眼識見者何故不識已知眼識不識障色復應知眼一境界轉故當復說礙有對依故不識障色者不然有無對依故眼識二種依眼及次第滅意若有對依故不見障色無對依應見障色異說有過眼是不共依意是共依不見障色者不然依者於色等相非分亦非眼是色故眼識是色亦非眼無緣故無緣亦非眼不相應故不相應如是等皆有過復次意亦是不共依若依意眼識生未曾依彼餘識生心一一相續轉故是故意亦是不共依見識無間識即見者不然四種不壞故世尊說見聞覺識四種不壞若識即見者唯聞覺識三種見即識故不如是是故當知眼見識用分別建立四種者不然不見障色先已說過識見有開名義各異眼光照名爲見心隨分別名爲識若復言眼見彼應稱眼量者彼自生過識無限量故識無限量世尊所說如世尊說眼有見而謂識見者不然如言意識法復有餘法於中識耶若言即意識法者當知眼亦如是如所說梵志眼是門爲見色者此見之異名汝於所說妄解心心法無方處而言出入者不然即彼契經說意是門爲識法故更無異法於中識法是故眼中即見從眼識非見至此凡

七章初詰問辯非餘六章辯析釋識等非見抑異人敘其所執終則檢實罰違以成已義也

極微數有十　九界四大造　二界說少分
內界說十二　此即是根性　一界中有根

極微數有十者十色界是極微聚有分故覆障故大礙故據處所故當知八界非極微聚九界四大造者除觸界餘九色界四大造四大所生故四大因故四大與此諸界五因生生因依因建立因養因長因二界說少分者二界當分別觸界法界或四大造或非四大造觸界中四大性非四大造七種造色四大造法界中身業口業四大造餘法界非四大造七心界非四大造十一種四大眼入所依乃至法入所依非意入造色亦十一種眼入乃至法入非意入或有說眼入所依四大生眼入餘亦如是復有說者眼入所依四大生三入眼入身入觸入如是乃至舌入所依是中差別者說自根身入所依生二入身入觸入色聲香味入所依亦如是觸入所依唯生觸入又復作是說一切四大生色聲一切欲界色不離香味法入所依亦如是眼入所依生七入眼入身入及五境界如是乃至舌入所依身入所依生六入除眼等四根法入所依亦如是色入所依生五入乃至觸入所依亦如是復有說者眼入所依生十一入乃至法入所依亦如是於此四大因緣分別異相四大起異相造色應作四句有同相四大起異相造色有異相四大起同相造色有異相四大起異相造色有同相四大起同相造色云何同相四大起異相造色謂觸相四大起

十一種造色云何異相四大起同相造色謂堅濕煖動相四大起觸相造色云何異相四大起異相造色謂堅濕煖動相四大起十一種造色云何同相四大起同相造色謂觸相四大起觸相造色問四大造色何差別答四大是因造色是果堅濕煖動相是四大若色因四大生而無四大相彼是造色復次不可見者四大可見不可見者造色如是等說內界說十二者內五色界及七心界此十二是內界當知六界是外問法故說內人故說內耶若法故說內者一切法無自若人故說內者法無有人答法故說內但非一切法心心法所依故說內彼意界亦依亦依者彼五色界是依非依者心法雖是依者而非依餘非依亦非依者此即是根性者即此十二說根一界中有根者法界中十一法是根餘者非根當知五外界及一界少分非根

分餘分十七　一界說有分　十七界墮世一少分三業

分餘分十七者除法界餘界說有分及餘有分彼眼界有分者三種世分別故過去已見色現在今見色未來當見色餘有分者四種過去不見色已滅現在不見色而滅未來世二種謂不生法及生法生法者不見色當滅餘色界亦如是七心界若未來不生法彼餘有分餘者是有分一界說有分者法界一向是有分非餘有分以一切法界意識境界故若言餘界亦應非餘有分者此則不然彼不以意識故立有分餘有分謂眼見色是有分不見色是餘有分謂色眼所見是有分所不

見是餘有分差別者若眼是一有分餘一切亦有分若一餘有分餘一切亦餘有分色若見者是有分非餘耳鼻舌身聲香味觸亦如是第一義如眼說俗數如色說問頗共有法或有分或餘有分耶答有十色入或餘有分彼生等相是有分法界攝故若不生法意是餘有分彼相應共有法是有分法界攝故問有分餘有分有何義答有分時說有分問眼界有二種有業及無業分彼有業分爲無業分所分故說有分彼無業分亦爲有業分所分故亦說有分二分俱得有分相問何等分數名分答無業分爲有業分所分故說餘有分何以故得有業分力故如人有子彼亦如是十七界墮世者十七界墮三世事故說三世或過去或未來或現在若起已滅是過去若未起是未來已起未滅是現在復次若未作是說未來若作是說現在若作已滅是說過去一界當分別法界若有爲墮三世若無爲則不墮世三業者三界有業謂色聲法界色界身作是業餘色界非業聲界口作是業餘聲非業法界身口業及思是業餘法界非業業相業品當廣說

非學非無學　當知十五界　彼悉修道斷
餘界俱三種　於彼三界中　說持戒犯戒

非學非無學當知十五界者十色界五識界是非學非無學有漏故即此諸界修道斷智對治故餘界俱三種者餘三界意界法界意識界俱三種或學或無學或非學非無學或見斷或修斷或無學斷相應意是學謂苦法忍乃至金剛三昧相應意是學無學相應意

是無學謂盡智無生智及無學等見相應意是無學非學非無學相應意是非學非無學謂善染汙無記善有三種方便得離欲得生得染汙有二種不善及隱沒無記無記有四種威儀工巧報生變化如意界意識界亦如是法界或學或無學或非學非無學謂學身口業受想行陰是學此即無學法界所攝有漏身口業受想行陰及無為是非學非無學學無學義業品當廣說此三界忍對治是見斷智對治是修斷無漏是無斷見斷修斷義使品當廣說於彼三界中說持戒犯戒者謂色界善身作是持戒不善身作是犯戒聲界是口作法界唯無作持戒犯戒相業品當廣說

十七說有上　一界說二種　果有果十七

一三覺所說

十七說有上者除法界彼十七界有上有為故一界說二種者法界或有上或無上有為法界及虛空非數滅是有上數滅善故常故說無上果有果十七者除法界餘十七界是果有果以有為法性劣展轉相因生故一三覺所說者法界有三種或果非有果或果有果或非果非有果果非有果者數滅果有果者有為法界非果非有果者虛空非數滅

三界三種緣　一依亦復然　五一或分別餘緣唯說一

三界三種緣者眼耳意識界三種緣善不善無記一依亦復然者意識界所依亦三種善不善無記五一者五識依一種或分別者謂俱起五根及次第滅意若取俱起依則一無

記以五根唯無記故若取次第滅意則三種以意界善不善無記故復次眼識依分次第緣分應作四句或依分非次第緣分或次第緣分非依分或依分亦次第緣分或非依分非次第緣分依分非次第緣分者眼識俱起眼根次第緣分非依分者彼次第滅心法依分亦次第緣分者次第滅意非依分非次第緣分者除上爾所事乃至身識依亦如是問意識依是次第緣耶答曰如是意識依是次第緣頗次第緣非意識依耶答意識依相應心法問若眼識以意界爲依者何故名眼識不名意識耶答眼是不共依故如種芽如鼓聲眼是眼識不共依意是共依以六識身展轉次第緣生故餘緣唯說一者鼻舌身識界此三界唯緣無記以香味觸一向無記故意界即六識身離是無餘故不記法界若心相應如心說

若眼隨生見　耳界隨生聞　三界隨生覺
意界隨生識

若眼隨生名爲見耳隨生名爲聞三事隨生名爲覺意隨生名爲識彼三界以方便得離欲得修得神通性四支五支定果是故彼隨生各別建立餘三隨生無彼相分故共建立一問覺有何義答

境界唯無記　覺心於中轉　隨生三種識
是則名爲覺

香味觸一向無記無記故說覺是故隨生三識名爲覺

二境不近受　遠近境界一　餘一向近受
依及境界等

二境不近受者眼識耳識不近受境界如逼眼色不見故耳亦如是逼則不聞雖深在内而遠聞外聲若言遠亦不見聞者此則不論意識者遠近境界悉受除自已及相應共有餘一切法悉受餘一向近受者鼻舌身識近境界依緣無間故依及境界等者謂鼻識舌識身識此三識依取等境界鼻根香微均而生識舌身根微亦如是謂根塵合處乃生識

二界說不定　一界境亦然　五界依或俱
一界依說遠

二界說不定者眼識耳識依緣俱不定眼識界或依大而緣小如見毛端或依小而緣大如見山或依緣等如見蒲萄果耳識亦如是一界境亦然者意識境界不定境界或大或小一切法境界故依無形故大小不可說離意界六識無別體故不說心法如心說五界依或俱者五識身或與依俱俱者謂五根遠者次第滅意一界依說遠者意識界依說遠謂彼次第滅意

十一界有二　六三一四種　事及長養報
剎那與依種

十一界有二者五内界聲界五識界二種六三者色香味觸意界意識界此六界三種一四種者法界四種問云何種說二三四答事及長養報剎那與依種彼眼界二種報及長養彼報生者善不善業報果三惡道是不善業果人天是善業果眼及衆具梵行正受所長養故是長養無別依性故不說依剎那事亦爾如眼耳鼻舌身界亦如是聲界亦二種長養及依問何故聲非報答現在方便生故

聲者現在方便生報者前業所起聲者隨欲生報非隨欲生復次聲聲有間報報無間若聲是報者應如色一切時不斷而聲有斷是故非報五識界報生及依色香味觸界三種報依長養意界三種報依剎那剎那者苦法忍俱生意界意識界亦如是法界四種報剎那依事彼報者善不善業報果剎那者苦法忍眷屬依者除苦法忍眷屬餘善有爲法界除報餘不隱没無記有爲法界染汙法界無爲法界唯有事

生身眼色界　自地及他地　若彼眼識生
自他地亦然

生欲界欲界身欲界眼欲界色欲界眼識生如是生初禪地初禪地身初禪地眼初禪地色初禪地眼識生是名自地他地者生欲界初禪地眼見欲界色彼欲界身初禪地眼欲界色初禪地眼識生見初禪者彼欲界身初禪地眼色初禪地眼識生生欲界二禪地眼見欲界色彼欲界身二禪地眼欲界色初禪地眼識生見初禪地者彼欲界身二禪地眼初禪地色初禪地眼識生見二禪者彼欲界身二禪地眼色初禪地眼識生生欲界三禪地眼見欲界色彼欲界身三禪地眼見欲界色初禪地眼識生見初禪者彼欲界身三禪地眼初禪地色初禪地眼識生見二禪者彼欲界身三禪地眼二禪地色初禪地眼識生見三禪者彼欲界身三禪地眼色初禪地眼識生生欲界四禪地眼見欲界色彼欲界身四禪地眼見欲界色初禪地眼識生見初禪者彼欲界身四禪地眼　初禪地色初禪地眼

識生見二禪者彼欲界身四禪地眼二禪地色初禪地眼識生見三禪者彼欲界身四禪地眼三禪地色初禪地眼識生見四禪者彼欲界身四禪地眼色初禪地眼識生如說生欲界乃至生第四禪亦如是有差別者謂下地眼不見上地色生上地下地眼不現在前

耳界如前說　鼻舌界自地　身觸即地說
意識則衆多

耳界如前說者如前說眼識耳識亦如是鼻界說自地者生欲界欲界身欲界鼻欲界香欲界鼻識生舌界亦如是身觸即地說者身識有差別故生欲界欲界身欲界觸欲界身識生初禪亦如是生二禪二禪身觸初禪地身識生以覺自地觸故非他地生第三第四禪亦如是意識則衆多者或自地意自地法自地意識生或他地彼自地者生欲界欲界意欲界法欲界意識生乃至生有想無想處亦如是他地者生欲界正受時欲界善心次第初禪正受起彼欲界意初禪地意識生法或三界繫或不繫初禪次第欲界善心現在前彼初禪意欲界意識生法或三界繫或不繫初禪次第二禪正受彼初禪意二禪意識生法或三界繫或不繫如是第二禪初禪初禪第二禪初禪第三禪第三禪初禪乃至有想無想處逆順次第超越應廣說有差別者此正受爲意界彼正受爲意識若禪爲意識者法或三界繫或不繫若無色爲意識者彼法自地上地及不繫又復正受淨初禪次第欲界初禪果變化心現在前彼初禪意欲界意識生法者欲界化即彼欲界初禪果次第

淨初禪現在前彼欲界意初禪意識生法或三界繫或不繫乃至第四禪亦如是生者彼欲界没生初禪地彼欲界意初禪地意識生法或色無色界繫或不繫初禪地没生欲界彼初禪地意欲界意識生法或三界繫或不繫乃至有想無想處亦如是彼没者是意受生者是意識但彼法自地上地及不繫

若彼得眼界　或彼所依識　二俱得不得
亦色及與捨

若彼得眼界者或眼界不成就得成就非眼識界謂無色界没生第二第三第四禪生欲界漸得眼根或彼所依識者或眼識界不成就得成就非眼界謂上三禪地没生欲界及初禪若即住彼眼識現在前二俱得者或眼及眼識界俱得謂無色界没生欲界及初禪俱不可得者非眼界不成就得成就亦非眼識界不成就得成就謂生欲界不失眼根及梵天上若命終生梵天及欲界第二第三第四禪没生第二第三第四禪無色没生無色界亦色者若色界不成就得成就彼即眼界不成就得成就或眼界非色界者生欲界漸得眼根若色界不成就得成就彼眼識界耶應作四句色界不成就得成就非眼識界者無色界没生上三禪中眼識界不成就得成就非色者即彼三禪没生欲界及初禪若即住彼眼識現在前色界不成就得成就亦眼識界者無色界没生欲界及初禪非色界亦非眼識界者除上爾所事及與捨者如說得捨亦如是廣說

色界二識識　乃至觸亦然　諸餘十三界

一向意識緣

色界二識識者謂色界二識識眼識及意識眼識界自相意識界自相及共相乃至觸亦然者聲界二識識耳識及意識耳識界自相意識界自相及共相乃至觸界二識識身識及意識身識自相意識自相及共相以五識身自相境界故不思惟故現在境界故一念故諸餘十三界一向意識緣者五色根七心界及法界此十三界一向意識識自相及共相此意識二種壞緣又不壞緣不壞緣者即此十三界緣壞緣者十三與五境界一一合緣乃至十八界總緣

思惟識三種　是意欲有中　色無色分別
一種謂餘界

思惟識三種是意欲有中者欲界意識有三種思惟自性思惟隨憶思惟分別思惟彼自性思惟者謂覺也隨憶思惟者意地念也分別思惟者意地不定慧也此三思惟欲界意識思惟也色無色分別者色無色界意識或三種謂初禪地不定入定者二不定者三三禪意識不定者二除自性思惟若定者一隨憶思惟有說無色界無不定者彼唯一種隨憶思惟若說有不定者定者一不定者二一種謂餘界者五識身說餘唯有自性思惟不利故問如是分別法相已云何攝法爲自性爲他性各自性何以故

諸法離他性　各自住已性　故說一切法
自性之所攝

諸法離他性者眼界離十七界異性故餘界亦如是不應說若離性是攝以異相故故說

自性之所攝非他性各自住已性者一切性各住自相此性非他相故應說若住者是攝非餘故說一切法自性之所攝攝義謂自性自性不空非餘如色色不空又復說相持義是攝如契經說如樓觀中心衆材所依爲樓觀之最如所說如綫持衣如戶樞持扇如斧持薪或說方便攝如所說此五根慧爲首謂攝故或說和合攝謂四攝事能攝衆或說隨順攝如所說等見等志等方便是慧身或說攝取故名攝謂和上以財法攝此等世俗言說非究竟攝自性自性攝者是究竟第一義三段攝此中說者是自性攝如是自性攝不捨第一義故已說自性攝眼界攝一界一入一陰不攝十七界十一入五陰復次右眼攝右眼左眼攝左眼右眼二種長養及報長養攝長養報攝報報復二種善業報不善業報善業報攝善業報不善業報攝不善業報不善業報三種謂三惡趣畜生攝畜生餓鬼地獄亦如是善業報二種謂人天人攝人天攝天過去攝過去未來現在乃至刹那攝刹那界中說一界　陰入亦復然　如是陰入界則攝一切法

一界者法界一入者意入一陰者色陰也

雜阿毗曇心論卷第一下

音釋

嶮（虛儉切與險同）　詰（去吉切問也）　摶（度官切以手圜之也）　漑（古代切灌漑也）　萄（徒刀切）

雜阿毗曇心論卷第二

尊　者　法　救　造

宋天竺三藏僧伽跋摩等譯

行品第三

已說諸法相住法生今當說若以諸法攝自性謂以自力生者不然何以故

至竟無能生　用離等侶故　一切衆緣力

諸法乃得生

至竟無能生用離等侶故者諸行自性羸劣不能自生問若不自生當云何生答一切衆緣力諸法乃得生如人船相假得渡彼岸彼心心法展轉力生攝受境界亦如是先當說心心法由伴生

若彼心起時　是心必有俱　諸心法等聚

及不相應行

諸行展轉相因生彼心若依若緣若刹那生彼心法等聚生問云何心法等聚答

想欲及觸慧　念思與解脫　憶定及與受

此說心等聚

想者於境界取像貌欲者於緣欲受觸者於依緣心和合生觸境界慧者於緣決定審諦念者於緣記不忘思者功德惡俱相違造作轉心解脫者於緣作想受彼限量是事必爾憶者於緣發悟定者受緣不亂受者可樂不可樂俱相違於境界受

一切心生時　是生聖所說　同共一緣行

亦復常相應

此十法一切善不善無記心俱生大地可得故說大地同共一緣行者一切心同一緣轉不相離無二決定亦復常相應者展轉共俱

及與心俱常相應辨一事故問相應有何義答等義是相應義問心法或多或少云何等義是相應義答事等故若一心中一想二受者非相應義以一心一想生餘心法亦爾以是故等義是相應義復次時依行緣等義是相應義時等者一刹那時生故依等者若心依眼生心法亦爾行等者若心行青生心法亦爾緣等者若心緣色生彼亦緣色是故說常相應已說心法通一切不通今當說

諸根有慚愧　信猗不放逸　不害精進捨
一切善心俱

諸根者二善根不貪不恚心於生及資生具壞貪著名不貪於衆生數及非衆生數壞瞋恚名不瞋恚於諸過惡自厭名爲慚於諸過惡羞他名爲愧於三寶四諦淨心名爲信身心離惡名猗息作善方便離惡不作名不放逸不逼迫他名不害斷起未起惡生起未起善欲方便懃修不息名精進心平等名爲捨此善十法通一切善心中若有漏無漏五識相應意識相應故說善大地已說善大地煩惱大地今當說

邪解不正憶　不順智失念　不信懈怠亂
無明掉放逸

顛倒解名邪解邪受境界名不正憶顛倒決定名不順智邪記忘受名失念於三寶四諦不淨心名不信不斷起未起惡不生起未起善不勤方便名懈怠境界所牽散隨諸緣名爲亂前際等不知名無明躁動不息名爲掉離作善方便名放逸

煩惱大地十　一切穢汙心　無慚及無愧

說不善大地

煩惱大地十一切穢汙心者此邪解脫等十法一切染汙心俱謂欲界色界無色界五識身意識地是故說煩惱大地問睡亦一切穢汙心俱何故不立煩惱大地答順正受故謂衆生睡速發定是故不立若大地彼煩惱大地應作四句或有大地非煩惱大地謂受想思觸欲或煩惱大地非大地謂不信懈怠無明掉放逸或大地亦煩惱大地謂憶解脫念定慧或非大地非煩惱大地除上爾所事已說煩惱大地不善大地今當說無慚及無愧說不善大地謂於諸過惡不自厭名無慚於諸過惡不羞他名無愧此二法一向不善一切不善心相應故是故立不善大地中已說不善大地小煩惱大地今當說

忿恨誑慳嫉　惱諂覆高害　如此諸煩惱說爲小大地

於饒益不饒益應作不作非作反作瞋相續生名爲忿於可欲不可欲應作不作非作反作忿相續生名爲恨爲欺彼故現承事相名爲誑於財法惜著名爲慳於他利恭敬名譽功德不忍心恚名爲嫉不欲事會所欲事乖思惟心熱名爲惱覆藏自性曲順時宜名爲諂爲名利故自隱過惡名爲覆妨他姓族財富色力梵行持戒智慧正業心自舉恃名爲高欲逼迫他名爲害此十法說小煩惱大地不通有故修道斷非見道斷在意地非五識非一心俱生行各異故有一則無二問大地善大地煩惱大地不善大地小煩惱大地何差別答大地四種善不善隱沒無記不隱沒

無記善大地唯善煩惱大地二種不善及隱没無記不善大地唯不善小煩惱大地中誑諂高二種不善及隱没無記餘一向不善

不善心品中　心法二十一　欲三見一滅
二見除三種

不善心品中心法二十一者不善謂欲界煩惱相應除身見邊見轉成不愛果故名不善不善有八種貪恚慢疑邪見見取戒取不共及彼相應無明彼貪恚慢疑心二十一法共生十大地及懈怠等十法謂懈怠無明不信放逸掉睡覺觀無慙無愧欲三見一滅者欲界邪見見取戒取彼相應心二十法共生除慧二見除三種者欲界身見邊見彼相應心十八法共生除慧及無慚無愧餘如前說除無慙無愧一向不善故無兩慧使見即慧故

欲善二十二　不共有二十　無記說十二
悔眠俱即增

欲善者謂欲界淨心轉成愛果有三種生得及聞思彼心二十二法共生十大地十善大地覺觀不共有二十者不共名彼心獨一無明煩惱二十心法共生除一煩惱無記說十二者欲界不隱没無記心四種報生威儀工巧變化心彼四種無記心十二心法共生十大地覺觀悔眠俱即增者心追變名為悔是善不善無記心品中增悔餘如前說當知悔三種善不善及不隱没無記非餘自力故毗婆沙者不欲令悔有無記以悔捷利故眠名身心惛昧略緣境界名為眠彼一切五品心俱生即彼心品增眠若悔眠俱生於三品中增二問此說欲界心色界復云何答

初禪離不善　餘知如欲有　禪中間除覺
於上觀亦然

初禪無不善彼有四品心善不共隱没無記不隱没無記此諸心品除無慚無愧餘如欲界說彼善品二十二愛慢疑俱生十九五見及不共俱生有十八不隱没無記十二無慚無愧一向不善故彼色無色界無悔眠亦爾禪中間除覺餘如初禪說於上觀亦然者第二第三第四禪及無色界無觀已說心心法伴力生色今當說

極微在四根　十種應當知　身根九餘八
謂是有香地

極微在四根十種應當知者四根十種極微共生四大色香味觸眼根身根耳鼻舌根亦爾身根九者謂餘身根有九種彼唯有身根種餘如前說餘八者離根色香味觸極微八種問此諸極微何界說答謂是有香地欲界中極微與香合香味不相離有香則有味色界極微非摶食性故離香味色界四根極微八種餘身根極微七種外極微六種問若眼根極微十種者云何不眼即是色即是餘種如是則法性雜亂與阿毗曇相違阿毗曇說眼根一界一入一陰攝答二種極微事極微聚極微事極微者謂眼根極微即眼根極微餘極微皆說自事極微故阿毗曇說眼根一界一入一陰攝聚極微者衆多事此中說聚極微住自相故法相不雜亂如心相應法其相各異非爲雜亂彼亦如是四種遠義比品後當說問前說若心生必心法共生及不相應行於中已說心法心不相應行云何答

一切有爲法　生住及異滅　此亦有四相
展轉更相爲

一切有爲法生住及異滅者一切有爲法有四相生住異滅世中起故生已起自事立故住已住勢衰故異已異勢壞故滅此相說心不相應行問若一切有爲法有四相者應相復有相答此亦有四相即此相俱生生生住住異異滅滅問若爾者便無窮答展轉更相爲相隨相展轉相生非無窮前生生生生生生生前生如是住住住各各相住異異異各各相異滅滅滅各各相滅問相隨相展轉相爲前相爲幾法答

當知前四相　相各爲八法　隨相亦應知
相相唯一相

前四相一一爲八法前生除自已生八法三相四隨相及彼法住者除自已住八法異者除自已異八法滅者除自已滅八法三相四隨相及彼法自性不自爲故自性不自滅如指端不自觸問隨相爲幾法答隨相亦應知相相唯相一此四隨相各爲一法隨生生前生隨住住前住隨異異前異隨滅滅前滅已說諸行展轉相生如一時生不亂今當說

異性相說遠　處所時亦然　戒種及大地
諸識性分別

異性相說遠處所時亦然者遠有四種所謂異性遠相遠處所遠時遠問何等遠法答所謂戒種及大地諸識性分別彼異性遠者謂如一身中善戒惡戒無作相續生雖於一身中一時起同無作性而性各異故說遠相遠者如四大種展轉相養共一處住合爲一體

其相各異故說遠處所遠者如天竺震旦地雖一時生合成一體然彼處異故說遠時遠者如眼生眼識彼後生前生時聞遠故說遠巳說諸行一時生不亂諸行從因生彼因今當說

所作共自分　一切相應報　從是六種因
轉生有爲法

謂所作因共有因自分因一切徧因相應因報因此六因攝一切因此六因生一切有爲行巳說因名一一相今當說

相似不相似　各除其自性　一切是作因
生時無障故

相似不相似各除其自性一切是作因者若相似不相似法除自性展轉爲因說所作因何以故生時無障故法生時除自性一切性各自住異分等生不障礙如因地故作淨不淨業因空故得往來如眼識生時十七界不障礙故生如是一切界問何以故自性於自性非所作因答自性不自爲故不自依故自性於自性不養不損不受不害不持不壞不增不減不成不敗不障礙名所作因自性於自性無不障礙故不立所作因問若不障礙是所作因者以何等故不一切法一時生耶一時滅耶生時滅耶滅時生耶答不和合故雖有所作因要須和合生亦非一切法一時和合生和合滅亦非一和合二果問若如是者有一殺衆生餘衆生不爲障礙何故殺者有罪非餘衆生耶答無惡心分又不作業故盜等亦如是問若外物是一切衆生增上所生者何以故不與取不於一切衆生邊得盜

罪答無受分故無人功果故若一切衆生於彼悉有受分及人功果者取者於彼則得盜罪亦非一物一切衆生受及人功果三種增上自增上法增上世增上自增上者彼起煩惱境界現在前能自守護不爲罪業莫令我受苦法增上者如有多聞者彼起煩惱境界現在前爲護法故而不爲罪世增上者如有一名聞大德彼起煩惱境界現在前護世間故而不爲罪已說所作因共有因今當說

一起性有依　亦復說無依　當知共有因
展轉爲因果

一起性有依亦復說無依當知共有因者一時生心心法隨心轉心不相應行道共定共戒及共生四大此諸法說共有因展轉爲因果者若一時起展轉爲果是共有因十一入雖一時生彼不展轉爲果自分因者異時共一果共有因者諸行展轉力一時生如心於心法隨心轉心不相應行隨心轉色此亦於心也眼於生等生等於眼及四大種展轉共有因有對造色非展轉果故非共有因問隨轉有何義答若有心則有彼法如下則下中則中上則上如是比彼有十隨轉所謂一起一住一滅一果一依一報善則善不善則不善無記則無記墮一世生已說十種隨轉於中有漏斷結道八種隨轉除不善無記世俗方便道解脫道勝進道及餘善有漏心七種隨轉除不善無記及解脫果無漏斷結道七種隨轉除不善無記及報無漏方便道解脫道勝進道六種隨轉除不善無記解脫果及報不善心七種隨轉除善無記及解脫果無

記心六種隨轉除善不善解脫果及報有共
有亦共有因有共有非共有因彼眼於八法
共有亦共有因謂四相四隨相相於眼共有
共有因隨相於眼共有非共有因生於八法
共有共有因除生自性眼及餘相隨相生此
五法於生共有共有因餘隨相共有非共有
因如是餘相隨相亦如是乃至觸入亦如是
意入於五十八法共有共有因謂十大地大
地相四十意入相隨相八法於餘共有非共
有因有五十四法於意入共有共有因除四
隨相又說十四法於意入共有共有因謂十
大地心相四餘八十四法共有非共有因大
地亦如是說五十四法於心共有共有因除
心隨相是說為善若異此者與衆事分阿毗
曇相違故如彼說除身見等法生住異滅諸

餘穢汙苦諦如是一切法盡當知已說共有
因自分因今當說
前生與後生　亦說彼未生　自地相似因
或說於他地
前生與後生者謂過去前生於過去後生及
現在自分因問為已生已生因復未生因耶
答亦說彼未生未生者謂未來如是前生後
生因當知過去現在於未來自分因未來於
未來無自分因無前後故問云何一切前生
於後生未生自分因為不答自地欲界欲界
因非他地乃至非想非非想非想非非想地
因非他地何以故因果斷地故問云何一切
自地一切自地因為不答相似自分因自地
亦相似相似自分因非不相似如善善因穢
汙穢汙因無記無記因以相似相似法相續

如習善生善習不善生不善習工巧生工巧習威儀生威儀是說內分外分隨種生亦如是問一向自地自分因復爲他地耶答或說於他地他地當分別若無漏法一切九地展轉因離愛故不墮界故下與勝因非勝下因有漏者愛縛故墮界故唯自地已說種種自分因謂善法非一切善法因今當說

穢汙有九種　展轉更相因　謂受生所得
方便生非下

穢汙有九種者此染汙九種下下乃至上上展轉更相因以展轉相續現在前故及彼彼受生一切頓得故問穢汙九種展轉相因餘者復云何答謂受生所得若受生得善彼亦九種展轉相因問方便生者復云何答方便生非下若方便生謂聞思修生彼於等及增因非下如下下因乃至上上因上上唯上上因乃至非下因復次聞聞因思因修因復次思思因及修因非聞因以下故修唯修因非餘以下故復次修慧四種煖頂忍世間第一法彼煖法四種因頂三忍二世間第一法唯世間第一法因非餘此說善有漏法不隱沒無記四種報生威儀工巧變化心彼報生四種因威儀三工巧二化心唯化因是說有漏無漏法者苦法忍苦法忍因乃至無生智因無生智唯無生智因非餘已說自分因如此自分因受果與果今當說

善等自分因　受果而不與　或與而不受
或俱不俱說

有善自分因受果而不與應作四句受而不與者謂善根斷時最後捨得或與而不受者

謂善根續生時最初生得或俱者不斷善根餘自性住俱非者除上爾所事復次穢汙受而不與者謂當得阿羅漢果時穢汙得最後捨與而不受者阿羅漢果退時最初得俱得者未離欲餘自性住俱非者除上爾所事已說無緣有緣法受而不與者善心次第穢汙及無記心現在前與而不受者穢汙及無記心次第善心現在前俱者善心次第善心現在前俱非者除上爾所事穢汙及無記心亦如是說已說自分因一切徧因今當說

苦集於自地　疑見及無明　說一切徧因
諸煩惱前起

苦集於自地疑見及無明說一切徧因者長養境界故一向決定故二種使故一切煩惱苦集諦攝故見苦集所斷煩惱種見疑即彼相應無明及不共無明此諸使不懃方便亦熾然故及徧煩惱故說一切徧因斷知分別故界分別故自地非他地問爲誰徧因爲何分是徧因答諸煩惱前起過去過去現在未來一切徧因現在未來一切徧因又復諸煩惱心相續生如我見審爾計著以見力故起常審爾計著謗真諦相受第一及清淨於諦猶豫貪恚癡慢等諸過差別生如是一切一切徧應當知一切徧使品當說已說一切徧因相應因今當說

謂同一行法　一依亦一時　及一境界轉
是說相應因

若行若依若時若境界心轉即彼行彼依彼時彼境界受等心法轉若彼心法轉即彼心轉性羸劣故展轉力生如束蘆是故說心於

心法相應因心法於心法及心因非心於心因何以故三事故無一刹那二心俱生前心不待後心一切諸法自性不自顧色心不相應行無相應因無緣故已說相應因報因今當說

不善善有漏　三世之所攝　以彼有報故

說名爲報因

若善有漏及不善墮三世行於生死中生生相續果報生謂善愛果不善不愛果有業一入果報生謂命根若得意入則二入謂意入法入觸入亦如是若得身入則三入謂身入觸入法入色香味入亦如是若得眼入則四入謂眼入身入觸入法入耳鼻舌入亦如是有業或五六七八九十十一入報以業種種故當知果報亦種種如外種種種果亦種種如稻甘蔗蒲萄等非種種者如麵麥等當知內緣起亦如是有一世業二世報無三世業一世報果不減因故如是一刹那業多刹那果非多刹那業一刹那果欲界一陰報因得一果謂得也二陰報因得一果謂身業口業四陰報因得一果謂善不善心心法色界一陰報因得一果謂得及無想正受二陰報因得一果謂初禪作色四陰報因得一果謂無隨轉業善心心法五陰報因得一果謂有隨轉業善心心法無色界一陰報因得一果謂得及滅盡正受四陰報因得一果謂善心心法一業種一身種類非多謂現報業等各別故與阿那律陀契經相違者不然彼說初故如是說一施報故生大姓家生識宿命自見施果已更增淨業果報增廣乃至漏盡說彼

根本如一粒種子又復說彼一施時有衆多行於一緣中發願或願天上或願人中已說因自性如此因受果與果今當說

五中世受果　亦說二與果　已盡與果一
二因當分別

五中世受果者現在名中世五因住現在世受果亦說二與果者若相應因共有因住現在世與果於此時受果即於此時與果故說二與果已盡與果一者已盡名過去報因於過去世住與果二因當分別者謂自分因及徧因或住現在世與果或過去世所作因不說以亂故已說因受果與果世建立今當說

作因一切法　二因說二世　餘三說三世
增依報功果

作因一切法二因說二世餘三說三世者有爲無爲一切法說作因自分因一切徧因說過去現在餘三因說三世已分別三世諸因若果因有果今當說增依報功果作因有增上果自分因徧因有依果報因有報果相應因共有因有功用果已分別諸因諸法從因生今當說

報生心心法　及與諸煩惱　悉從五因生
是義應當知

報生心心法及與諸煩惱悉從五因生者彼報生心心法及煩惱心心法從五因生報生心心法五因所作共有自分相應報因所作因者彼法生時相似不相似法住不障礙共有因者展轉力生展轉爲伴及心不相應行伴生自分因者彼前生自分法相應因者彼俱一緣中轉報因者彼善不善此則彼果除

徧因報無記故煩惱心心法除報因染汙故從徧因生餘四因如前說

若彼不相應　諸餘相應法　除其初無漏

是從四因生

報色及心不相應行從四因生除徧因無記故除相應因無緣故穢汙色及心不相應行從四因生除相應因無緣故除報因染汙故諸餘相應法除其初無漏者謂善有漏心心法威儀工巧變化心心法除苦法忍相應諸餘無漏心心法從四因生除徧因報因

謂餘不相應　自分當知三　及諸餘相應

初生無漏法

謂報生穢汙餘若有自分因除初無漏從三因生所作因共有因自分因非相應因無緣故二因前已除及諸餘相應初生無漏法者如苦法忍相應法亦三因生所作因共有因相應因無前生無漏故無自分因亦無徧因報因

於中不相應　是從於二因　若從一因生

當知必無有

於中不相應是從於二因者初無漏品中色心不相應行從二因生所作因共有因已說一切有爲法於彼廣說中從一因生者必無有何以故自性羸劣故乃至一極微生亦除自已諸餘一切法所作因及共生生住異滅亦共有因此總說義略說四種法報生穢汙除報及初無漏諸餘不穢汙彼初無漏彼報生相應不相應乃至初無漏法彼報生相應從五因生除徧因報生不相應四因生除徧因相應因如是穢汙相應不相應差別者唯

除報因從一切徧因生除報及初無漏諸餘不染汙相應四因生除徧因報因不相應三因生除徧因相應因報因初無漏相應三因生相應因共有因所作因不相應二因生所作因共有因已說諸因如此因世尊教化力及覺真實相力故說緣今當說

次第亦緣緣　增上及與因　法從四緣生
世尊之所說

一切法性緣力境界力攝受生性羸劣故一切緣皆四緣攝彼與開導方便是次第緣任持方便是緣緣不障礙分是增上緣種子法方便是因緣

除羅漢後心　諸餘心心法　常有行已生
是說次第緣

除阿羅漢最後心相應諸餘過去現在心心法一一相續生彼諸心一一生相續無間故名次第緣彼阿羅漢最後心相應非次第緣無餘心相續故未來心心法未起故無餘心相續亦無次第緣亦非未來先後次第方便立若未來先後次第方便立者壞正方便修義正方便修邪方便修應隨分次第生若言一心次第建立二心善及穢汙若正思惟時善心生穢汙心非數滅若邪方便思惟時穢汙心生善心非數滅如種子亦爲芽亦爲糵若芽具和合芽則生糵則不生若糵具和合糵則生芽則不生此則不然何以故前已說先後非分故以阿羅漢最後心是意界故應是次第緣者不然緣分異故若言阿羅漢最後心不爲意識依亦名意界者得依相故如是阿羅漢最後心無間相續亦名次第緣此

亦不然何以故緣分異故相故立界如無分眼不見色以眼識空故亦名眼界亦得依相故阿羅漢最後心如前說緣生者業故建立阿羅漢最後心作次第緣業無間相續生非分心法亦如是說常者非如自分因徧因問以何等故色心不相應行非次第緣答以亂故不亂者說次第緣色心不相應行亂故非次第緣以一時善不善無記漏無漏異界行現在前故欲界三種思惟聞慧思慧生慧非修慧不定故彼欲界聞慧思慧次第聖道現在前聖道次第三種思惟現在前色界三種思惟聞慧修慧生慧非思慧色界定故彼聞慧修慧次第聖道現在前聖道次第聞慧修慧現在前無色界二種思惟修慧生慧彼修慧次第聖道現在前聖道次第修慧現在前此義擇品當廣說

或法心次第　非彼心無間　無間非次第
俱不俱當知

或法心次第非彼心無間者除初正受剎那諸餘正受剎那相續及起定心無間非次第者初正受剎那彼生住異無常及諸常續心彼生住異無常俱者初正受剎那除起定心諸餘常續心不俱者除初正受剎那彼生住異無常諸餘相續正受剎那等彼生住異無常若法心次第彼正受無間應作四句或法心次第非正受無間者初正受剎那除起定心諸餘常續心正受無間非心次第者除初正受剎那彼生住異無常諸餘相續正受等彼生住異無常俱者除初正受剎那諸餘相續正受及起定心不俱者初正受剎那彼生

住異無常除起定心生住異無常諸餘常續心彼生住異無常滅盡正受心所牽心所作故心次第心相違故非心次第緣起定心前雖有定無間相續以非心故還以心爲次第緣已說次第緣緣緣今當說

境界於一切　心及諸心法　是故一切法
說名爲緣緣

一切法是心心法緣隨其事謂眼識及相應以色爲緣乃至意識及相應以一切法爲緣於一色眼識生一決定知言並見衆色者此則不然以速故非俱言俱者增上慢如旋火輪非輪輪想增上慢若不了了見色差別者則可總受如觀叢林聲香味觸亦應如是知已說緣緣增上緣今當說

若彼所作因　此即增上緣　所謂因緣者
當知餘因說

前說所作因當知即是增上緣除自性一切性不障礙故法生時自作已事以勝故名增上緣已說增上緣因緣今當說所謂因緣者當知餘因說除所作因餘因說因緣已說緣諸法隨緣生今當說

心及諸心法　是從四緣生　二正受從三
謂餘說於二

心及諸心法是從四緣生者心心法從四緣生前開導故生是彼次第緣境界是彼緣緣除自已餘一切法是彼增上緣餘因隨其所應說因緣二正受從三者無想正受滅盡正受從三緣生二正受前心心法是彼次第緣自地前生善法及彼共起四相是彼因緣增上緣如前說謂餘說於二者除無想定滅盡

定餘心不相應行及色此諸法二緣生謂因緣增上緣已說諸法從緣生有為法分齊今當說

分齊有三種　名色及與時　初分說一字
極微剎那餘

分齊有三種名色及與時者一切有為法立三種分齊隨其事名分齊色分齊時分齊問此云何答初分說一字極微剎那餘少名者謂一字名之至少極於一字故說一字為名分齊少色者謂一極微若真實行智分析色相色之至細極於一微故說一微為色分齊少時者謂一剎那時之至少極於一念故說剎那為時分齊剎那量者有說如壯夫疾迴歷觀衆星隨其所歷一星一剎那如是一切又說如壯夫彈指頃經六十四剎那又說如壯夫以極利刀斷迦尸細縷斷一縷一剎那如是一切又說世尊不說剎那如所說比丘當知四善射夫執弓俱射如彼廣說已說時極微如是色增長今當說

七微成阿耨　七耨成銅塵　水兔羊毛塵
當知從七起

七極微成一阿耨彼是最細色天眼能見及菩薩轉輪王見七阿耨為銅上塵七銅上塵為水上塵七水上塵為兔毫上塵七兔毫上塵為一羊毛上塵

牛毛及向塵　蟣蝨穬麥等　小大是轉增
皆從七數起

七羊毛塵成一牛毛塵七牛毛塵成一向遊塵七向遊塵成一蟣七蟣成一蝨七蝨成一穬麥

如是七穬麥　轉增為一指　二十四指量
名之為一肘
七穬麥為一指二十四指為一肘
四肘為一弓　五百拘屢舍　去村拘屢舍
是名為空處
如是應當知彼數即身量四肘為一弓去村五百弓名空處是摩竭提一拘屢舍北方名拘屢舍半問已知刹那乃至拘屢舍八拘屢舍名一由旬當說身量以何為身量答彼數即身量前所說肘量及拘屢舍當知即是身量彼人間肘作身量閻浮提人長三肘半或四肘弗婆提人長八肘瞿陀尼人十六肘欝單越人三十二肘以前說拘屢舍為天身量四天王身拘屢舍四分之一三十三天半拘屢舍帝釋身一拘屢舍炎摩天身拘屢舍四分之三兜率陀天身一拘屢舍化自在天身一拘屢舍及拘屢舍四分之一他化自在天身一拘屢舍半此是欲界天身量色界梵天身半由延梵福樓天身一由延大梵天身一由延半少光天身二由延無量光天身四由延光音天身八由延少淨天身十六由延無量淨天身三十二由延徧淨天身六十四由延福愛天身百二十五由延福生天身二百五十由延廣果天身五百由延無想天身亦爾無悕望天身千由延無熱天身二千由延善見天身四千由延善現天身八千由延色究竟天身萬六千由延此說色界天身量此名色分齊問如前說時分齊一刹那餘時今當說答
刹那百二十　說名怛刹那　六十名羅婆

三十摩睺羅
百二十刹那名一怛刹那六十怛刹那名一羅婆七千二百刹那也三十羅婆名一摩睺羅多二十一萬六千刹那也

三十摩睺羅　說名一日夜　欲界或晝夜
於上以劫數

三十摩睺羅多爲一日一夜有六百四十八萬刹那也巳知日夜刹那數壽命今當說欲界或晝夜於上以劫數者欲界衆生壽即以上晝夜數爲欲界壽量或劫數閻浮提人壽或無量或十歲弗婆提人二百五十歲瞿陀尼人五百歲鬱單越人千歲人間五十歲爲四天王天上一日一夜即以是日三十日爲一月十二月爲一歲如是日月歲數四天王天壽五百歲人間九百萬歲是等活地獄一日一夜即以是日三十日爲一月十二月爲一歲如是日月歲數等活地獄壽五百歲人間百歲爲三十三天一日一夜如是日月歲數二十三天壽千歲人間三億六百萬歲是黒繩大地獄一日一夜如是日月歲數黒繩大地獄壽千歲人間二百歲爲炎摩天上一日一夜如是日月歲數炎摩天壽二千歲人間十四億四百萬歲是衆合大地獄一日一夜如是日月歲數衆合大地獄壽二千歲人間四百歲爲兜率陀天上一日一夜如是日月歲數兜率陀天壽四千歲人間五十七億六百萬歲是呼地獄一日一夜如是日月歲數呼地獄壽四千歲人間八百歲爲化樂天上一日一夜如是日月歲數化樂天壽八千歲人間二百三十億四百萬歲是大呼地獄

一日一夜如是日月歲數大呼地獄壽八千歲人間千六百歲爲他化自在天上一日一夜如是日月歲數他化自在天壽一萬六千歲人間九百二十一億六百萬歲是熱大地獄一日一夜如是日月歲數熱大地獄壽一萬六千歲衆熱大地獄壽半劫無擇大地獄壽一劫畜生趣極長壽亦一劫如持地龍王餓鬼極長壽五百歲問已說欲界壽上界復云何答於上以劫數彼色界梵身天壽半劫梵福樓天壽一劫大梵天壽一劫半少光天二劫無量光天四劫光音天八劫少淨天十六劫無量淨天三十二劫徧淨天六十四劫福愛天一百二十五劫福光天二百五十劫廣果天五百劫無想天亦如是無熱天千劫無熱天二千劫善見天四千劫善現天八千劫色究竟天萬六千劫無色界空處二萬劫識處四萬劫無所有處六萬劫非想非非想處八萬劫一切三界皆有中夭唯除鬱單越及兜率天最後身菩薩及無想天問以何等故此諸法說行答

多法生一法　一亦能生多　緣行所作行

是行應當知

無有法自力生一法以多法力故生多法亦以一法力故生如是一切有爲法是故說緣行所作行是行應當知緣彼行故有所作故說緣行行所作故作彼行故說作行

雜阿毗曇心論卷第二

音釋

羸劣 羸力追切 劣力輟切 **躁** 則到切不安靜也 **誑諂** 誑古況切欺也 諂丑琰切諂諛也 **蔗** 之夜切 **𪎊** 古猛切與𪎊同 **蟣蝨** 蟣居豈切蝨音瑟

雜阿毗曇心論卷第三上

尊者法救造

宋天竺三藏僧伽跋摩等譯

業品第四

已說諸行展轉因緣力生彼諸行所起種種生生差別勝者唯業彼業今當說

業能莊飾世　趣趣各處處　是以當思業
求離世解脫

業能莊飾世趣趣各處處者如是一切五趣種種性生種種業莊飾以業爲種彼有芽生業差別故生差別如種差別故芽差別是以當思業求離世解脫業於受生勝故是故欲背生死者當善觀察問誰業答

身口意集業　在於有有中　彼業爲諸行
嚴飾種種身

身口意集業在於有有中者身業口業意業此三業生種種果衆生住於本有死有中有生有中修集諸業問云何立三業爲自性故爲依故爲等起故若自性者應一業謂語業若依者一切依身亦應一業謂身業若等起者一切從意起亦應一業謂意業答此亦如是三事故彼自性者語業以語即業故依者身業以業依身故身作故身合故身運故等起者意業雖身業口業意業所起然不共受名如眼識問如所說業何所爲答彼業爲諸行及受種種身此說一切衆生增上果謂外衆具名爲行若衆生形相壽命等是彼業果問若彼內外分種種相者此云何爲四大種種相爲造色種種相爲業種種相答三種悉有生因依因建立因養因長因故是四大種

種相自分因故是造色種種相報因故是業種種相雖外分無報因然衆生作善行彼得好色好處若作惡行得惡色惡處以業種種故内外分亦種種是業相今當略說

身業當知二　謂作及無作　口業亦如是
意業當知思

身業當知二謂作及無作者身業二種作性及無作性作者身動身方便身作無作者身動滅已與餘識俱彼性隨生如善受戒識汙無記心現在前善戒隨生如惡戒人善無記心現在前惡戒隨生口業亦如是者口業二種作無作性如前說意業當知思者意業是思自性有欲令意業是無作性此則不然意非作性非色故及三種故無作亦名不樂亦名離亦名捨亦名不作以不作之名是無作言非業者不然何以故作故若善不作不善若不善不作善亦名作如捨覺支不以名捨故捨修道止餘事故名爲捨彼亦如是又復作因故作果故見因說果如世尊說形質故是色無作亦非色以作是色故彼亦名色彼亦如是已說五業如此業種種差別今當說

作當知三種　善不善無記　意業亦如是
餘不說無記

作當知三種善不善無記者身作及口作三種善不善無記彼善者淨心身口動如施戒等不善者不善心身口動如殺生等無記者無記心身口動意業亦如是者意業亦三種善心相應是善不善心相應是不善無記心相應是無記餘不說無記者餘二業身無作及口無作彼二種善不善無無記何以故無

記心羸劣故強力心能起身口業餘心俱行相續生如手執香華雖復捨之餘氣續生非如執木石等問已知五業思非色性大地中已說故餘業有何性答

色性染不染　不染汙五地　隱沒繫在色
不善在欲界

色者一切身業口業是色性因四大故彼身作可見有對口作不可見有對無作俱不可見無對問身口業幾種答染汙不染汙彼色二種染汙不染汙染汙者煩惱所起彼有二種隱沒無記及不善隱沒無記者無報無慚無愧不相應一果煩惱等起不善者有報無慚無愧相應二果煩惱等起不染汙亦二種善及不隱沒無記善者得愛果彼亦二種有漏及無漏此品後當廣說不隱沒無記者不隱沒無記心等起謂威儀工巧非報生強力心能起身口業報生心羸劣故不起是故身口業非報性若報生心能起身口業者彼身口業亦應是報但不爾現在方便生故若報心生不應名威儀工巧是故身口業非報問幾地所攝答不染汙五地欲界及四禪此則總說若善作唯至初禪非上地問何故善身口作至初禪非上地答麤心起身口作業彼心細故外向心起作業彼心內向故覺觀起作業彼地無故善無作者五地欲界及四禪禪有無作禪律儀無漏律儀不隱沒無記身作亦五地如前說差別者欲界作威儀工巧心等起色界作威儀心等起彼無工巧心問已說上地無起作心云何有作答彼初禪力起作心現在前故起若說善亦應爾者不然

以生上地下地善心不現在前以彼劣故隱沒繫在色者若隱沒無記身口業在色界初禪非上地無起作心故非生上地下地染汙心現在前離欲故亦不在欲界修道斷煩惱等起身口業而欲界修道斷煩惱一向不善故見道斷心不起身口業此品後當說不善在欲界者若染汙中不善者在欲界非色界何以故彼善心易得故正受長養故無無慚無愧故無苦受故不善者受苦受眷屬報色無色界無無有色界業受欲界報界異故因果斷界故已說身口業自性種地謂無作律儀差別今當說

若作無作戒　略說有三種　無漏及禪生
依別解脫戒

若作無作戒略說有三種者無作戒若律儀所攝略說當知三種問何者是答無漏及禪生依別解脫戒彼無漏戒與道一果道俱行謂學無學禪生者彼禪戒與禪一果禪俱行正語正業正命正命者建立身業口業無別體故身業口業從無貪無恚無癡生無恚無癡生者名正語正業無貪生者名正命雖一心中有三善根以增上故說如貪等行如動風藥如字音依別解脫戒謂受戒式叉尸羅隨轉亦有斷律儀契經品當廣說問是身業口業何等不隨心轉何等隨心轉答

無作在欲界　作依於二有　當知非心俱
謂餘心俱說

欲界無作不隨心轉謂受戒已不善無記心亦隨轉亦不與善不善無記心隨轉異相故又復覆惡戒故由作故不定故作者欲色界

亦不隨心轉由身故非心一果故謂餘心俱說者禪律儀無漏律儀是餘彼隨心轉心一果故由心故已說建立業成就戒今當說

無漏戒律儀　得道則成就　禪生若得禪　持戒生欲界

無漏戒律儀得道則成就者得道謂一切聖道從苦法忍乃至無生智成就無漏律儀此無漏律儀在六地未來中間根本四禪彼須陀洹斯陀含向及果成就一地無漏戒阿那含向或成就一地或六地阿那含果或三地乃至六地阿羅漢六地禪生若得禪者若得禪成就禪律儀謂得不失此亦六地持戒生欲界者若受戒則成就別解脫律儀此律儀謂欲界人非餘無受分故已略說成就戒世分別今當說

謂住別解脫　無作於轉時　當知恒成就　盡不捨過去

謂住別解脫無作於轉時當知恒成就者別解脫律儀現在無作戒常成就念念得未曾得盡不捨過去者住別解脫律儀無作若滅而不捨則成就過去捨事此品後當說

若有作於作　即時立中世　已盡而不捨　當知成過去

若有作於作即時立中世者中世謂現在住身口求受戒爾時成就現在身口作已盡而不捨當知成過去者若作盡不捨爾時成就過去作非現在以作不念念相續生故

若得禪無作　成就滅未至　中若入正受　作亦如前說

若得禪無作成就滅未至者若得禪彼則成

就過去未來禪律儀若初得禪彼無始生死滅過去者今悉得之中若入正受者如禪正受現在彼無作亦爾隨心生故作亦如前説者如前別解脱作求時成就現在若滅已不捨爾時成就過去非現在住禪者作亦如是問若生色界云何成就作答世尊到色界色界諸天禮敬右繞乃至未竟爾時成就過去作

悉成就當知　得道若未生　中間道在心
盡不捨前世

悉成就當知得道若未生者一切聖人一切時成就未來無漏律儀中間道在心者若道現在爾時成就無漏無作律儀盡不捨前世者前世是過去若彼無作滅已不捨是成就過去

若作不善業　立戒成就二　至彼纏所纏
盡已盡當知

若作不善業立戒成就二者謂住別解脱禪生無漏律儀若以不善極惱纏起加拳等不善作無作此則成就作無作此説未離欲行不善故問幾時成就答至彼纏所纏乃至纏未捨住非律儀盡已盡當知者若彼纏盡作無作亦盡

若住不律儀　無作成就中　能受不愛果
或復盡不捨

若住不律儀無作成就中能受不愛果者住不律儀謂屠膾等彼一切時現在成就不善無作念念不善無作生故或復盡不捨者彼無作滅不捨則成就過去

若刹那住作　即時説中世　已盡而不捨

善於上相違

若刹那住作即時說中世者彼住不律儀者受不律儀時成就現在作已盡而不捨者彼作滅而不失則成就過去非現在不相續故善於上相違者如住律儀說不善住不律儀說善

若處中所作　是則立中世　若盡而不捨
或二亦復一

若處中所作是則立中世者處中謂非律儀非不律儀若受善時心不淳淨成就現在善作若住不善時不極惱纏成就現在不善作若盡而不捨者滅已不捨彼成就過去作非現在不相續生故或二者若言淳淨心不善極惱纏受彼現在成就作及無作亦復一者謂第二刹那起唯無作現在若過去現在分別若善不善分別亦爾

隱沒不隱沒　二作俱非盡　及淨不淨等
一切無生說

隱沒不隱沒二作俱非盡者若隱沒無記及不隱沒無記作不成就過去羸劣心等起故餘勢不強故若現在受作時則成就現在刹那成就故亦不說無作以無記無俱故及淨不淨等一切無生說者若善不善隱沒無記及不隱沒無記作悉不成就未來以無住未來世受作故問何等爲律儀不律儀答

流注相續成　善及不善戒　於一切衆生
律儀不律儀

彼別解脫律儀者謂受戒於一切衆生一切時戒不斷或十二種或二十一種隨轉不律儀者謂住不律儀於一切衆生一切時惡戒

不斷問何等住不律儀答十二種住不律儀所謂屠羊養雞養猪捕鳥捕魚獵師作賊魁膾守獄呪龍屠犬伺獵屠羊者謂殺羊以殺心若養若賣若殺悉名屠羊養雞養猪亦如是捕鳥者若殺鳥自活捕魚獵師亦如是作賊者常行刼害魁膾者主殺人自活守獄者以守獄自活呪龍者習呪龍蛇戲樂自活屠犬者旃陀羅伺獵者王家獵主若屠羊者雖不殺餘衆生而於一切衆生所得不律儀何以故若一切衆生爲羊像在前者於彼一切悉起害心一切衆生有作羊理故若復無作羊理者於彼亦有害心故得不律儀如住慈心仁想普周當知住餘不律儀亦如是若王若典刑若聽訟官有害心者悉墮不律儀義問得不律儀齊何時答

謂受律儀戒　盡壽或日夜　不律儀盡壽二俱無增受

謂受律儀戒盡壽或日夜者受別解脫律儀有二種或盡壽者謂七衆七衆者比丘比丘尼式叉摩尼沙彌沙彌尼優婆塞優婆夷日夜者謂受齋有二種時分齋日夜及盡壽問不律儀復云何答不律儀盡壽謂不律儀盡形壽非日夜問以何等故律儀得日夜非不律儀答彼無受性故無有言我日夜受不律儀者以可羞厭故善律儀有受性可欣慶故二俱無增受者律儀不律儀俱無增受半月一月六月善惡悕望不究竟捨日夜戒亦如是過者不然無分齋性故二種分齋前已說問別解脫律儀云何得答

受別解脫戒　當知從他教　隨心下中上

得三品律儀
受別解脫戒當知從他教者別解脫律儀從他教得若衆若人若法衆者謂白四羯磨受具足人者謂善來法者謂佛及五比丘等又問樂謂須陀耶律毗婆沙說十種受具足所謂自起謂佛超昇離生謂五比丘善來謂耶舍等師受謂摩訶迦葉問樂者謂須陀耶受重法謂摩訶波闍波提遣使謂法與律師第五人謂邊地十衆謂中國三歸三說問何等得律儀答隨心下中上得三品律儀若下心受別解脫戒彼得下戒下心果故若極方便行善乃至離色無色界欲種三乘種子衆生種類相續彼猶下品隨轉若中心受戒得中律儀若極方便行善若不捨戒作諸惡行彼猶中品隨轉若增上律儀心受戒得上律儀乃至種類相續猶增上隨轉或有年少比丘得增上律儀雖復阿羅漢猶成就下心戒有別解脫戒從下中從中上謂先以下心受優婆塞律儀次以中心受沙彌律儀後以上心受比丘律儀從中下上從上下中謂住律儀有於一切衆生起非一切支非一切因有於一切衆生起一切支非一切因有於一切衆生起一切支一切因有於一切衆生起一切因非一切支者無也彼衆生者謂蠕動類支者不殺生乃至不綺語因者下中上心又說無貪無恚無癡有於一切衆生起非一切支非一切因者謂下心受優婆塞戒下心受沙彌戒有於一切衆生起一切支非一切因者謂下心受三種戒或中或上或二有於一切衆生起一切支一切因者謂三種心受三種

戒是故於一切衆生起一切因非一切支者無有也若以初下心受日夜戒次中心受優婆塞戒後上心受沙彌戒謂言應說於一切衆生起一切因非一切支者此義不然彼爲盡壽故說問住何等心得別解脱律儀答於一切衆生起慈心若言我於此受不於彼受不得律儀惡心隨故如言我受不獵獸以少分故是善業不得律儀以別解脱戒普於一切能不能所得律儀故若異此者律儀應有增減以能者生不能處不能者生能處故如是有何過謂非捨時應捨別解脱律儀應頓得別捨應不受而得別解脱律儀於現在陰界入得衆生處所得故非過去未來墮法數故以是故應作四句有陰界入得別解脱律儀非禪無漏律儀者謂於現在起前後眷屬及制罪有陰界入得禪無漏律儀非別解脱律儀者謂於過去未來起根本業道有陰界入得別解脱律儀亦禪無漏律儀者謂於現在起根本業道有陰界入不得別解脱律儀及禪無漏律儀者謂於過去未來起前後眷屬於生草等得乾時捨者不然生草處起故謂能不能如是說者不然衆生前後同性生草等後非性於此論阿羅漢般涅槃同此說後非性故此義擇品當廣說問已說別解脱律儀禪律儀云何得答

得色界善心　得禪律儀戒　是捨彼亦捨
無漏有六心

得色界善心得禪律儀戒者若有得色界善心彼得禪律儀以色界善心戒常隨故除六心初禪三識身心聞慧心起作業心命終心

以不定故定心戒常隨轉以三識身心外向起故起作業心亦如是聞慧心名處起故死時心羸劣故第二禪第三禪第四禪有二不定心謂聞慧心命終心問無色界何故無戒耶答彼無色性故戒者是色彼中無色無四大性故若彼有四大者應有戒無色界無四大戒者惡戒對治非無色界惡界對治惡戒者在欲界無色界四遠遠故所謂依遠行遠緣遠對治遠根本禪一切比智品雖非斷對治然有持對治及遠分對治若苦法智集法智有壞對治根本禪攝故未來禪有斷對治若滅道法智根本禪攝者非壞對治無漏緣故問云何捨答是捨彼亦捨若失色界心彼律儀亦失由心故問無漏律儀云何得答無漏有六心無漏律儀六地心共得禪未來乃至第四禪以六地有見道非上地上地不廣境界故若依未來超昇離生修一地見道無間等邊修二地等智謂禪未來所攝及欲界乃至依第四禪超昇離生修六地見道無間等邊修七地等智問何故無色界無見道耶答無忍及法智性故無拘舍羅善根故(拘舍羅者言業行也)無戒故不緣欲界故問禪律儀無漏律儀有何差別答禪律儀有垢無漏律儀離垢又說禪律儀是根本禪戒無漏律儀一切無漏戒此應作四句或禪律儀非無漏者謂根本禪世俗戒無漏律儀非禪者謂未來中間無漏戒亦禪無漏律儀者謂根本禪無漏戒非禪無漏律儀者謂未來中間世俗戒得四句亦如是問不律儀云何得答

若作及受事　而得不律儀　隨心下中上

三品惡戒生

若作及受事而得不律儀者有二因緣得不律儀謂作及受事作者謂不律儀家生乃至未殺生未得不律儀若殺生彼得不律儀受事者若生餘家作是言我當作此業以自活彼即得不律儀問以何名住不律儀爲具耶不具耶答有說不具亦名住不律儀謂不律儀家生彼性不能語而殺生得身業性非口業毗婆沙者說如律儀不具足不名住律儀不律儀亦如是但以惡悕望具故生不律儀家雖性不能語而以身表語義故從彼得不律儀問若住不律儀而受日夜律儀法爾時得律儀捨不律儀至明相出彼復捨律儀還得不律儀耶答有說得捨不律儀得律儀捨律儀得不律儀有說不得若一身種類不殺生乃至身種類盡不得不律儀無作無受故捨不律儀得律儀捨律儀得不律儀亦非不律儀問云何得不律儀答隨心下中上三品惡戒生若初以下心殺衆生若受事彼得下殺生無作及下不律儀謂於餘一切衆生得不律儀所攝彼後若以中上心殺生彼得中上殺生無作不律儀先已得從中上起亦如是有住不律儀於一切衆生起非一切支非一切因有於一切衆生起一切支非一切因有於一切衆生起非一切支一切因有於一切衆生起一切因一切支有於一切衆生起非一切支非一切因者謂以下纏殺衆生若中若上而不作餘業道有於一切衆生起一切支非一切因者謂以下纏殺衆生乃至綺語非中上有於一切衆生起一切因非一切

支者謂以下中上纏殺衆生非餘業道有於一切衆生起一切因一切支者謂以下中上纏殺衆生乃至綺語彼説不具足不律儀不名住不律儀者彼説於一切衆生起及一切支而因不定問諸律儀幾時捨答

別解脱調伏　是捨於四時　若捨及命終
斷善二根生

別解脱調伏是捨於四時者別解脱調伏當知四時捨問何時答若捨及命終斷善二根生謂捨戒身種類滅善根斷二形生持律者云法没盡時彼説戒結界羯磨一切息阿毗曇者説法没盡時先所受律儀相續生不捨未曾得律儀不得是故説一切息有説犯初衆罪名捨律儀此則不然若捨律儀者犯根本罪名還俗應得更出家已捨律儀故佛言非比丘者以非第一義比丘故此説無過也犯初衆罪於別解脱律儀是比丘於無漏律儀非比丘盡壽律儀有四時捨齋律儀至明相起時捨謂住律儀而犯律儀者是犯戒非捨戒當知彼人住持戒犯戒也彼若悔者即捨犯戒住持戒也如富人負債名富者亦名負債者若還債已唯名富者彼亦如是

謂禪生律儀　當知二時捨　若起煩惱退
生上及下地

禪律儀二時捨問何時答若起煩惱退生上及下地謂禪退時捨彼律儀由禪故及生上生下時

無漏戒律儀　是説三時捨　退及得聖果
增益根當知

無漏律儀三時捨問何時答退及得聖果增

益根當知退者失勝功德得果者謂得須陀洹果乃至阿羅漢果增益根者謂信解脫得見到時解脫得不動問不律儀云何捨答

不律儀四時　受戒及命終　逮得諸禪定
二根生亦然

不律儀四時捨受戒時捨身種類時得禪律儀時二根生時問住不律儀若捨殺具名捨不律儀不答名爲止業若不受律儀不名捨不律儀非對治故如不服藥而捨病因病則隨生問已知律儀不律儀捨時彼具離者作善戒惡戒捨時云何答

彼謂限勢過　及與悕望止　亦捨於方便
是說善惡捨

彼俱離者若善戒惡戒三時捨謂限勢過悕望止捨方便限勢過者若欲作善戒惡戒事時先作齊限限過則止如陶家輪勢極則住悕望止者彼發心念言後更不作捨方便者息身口行彼俱離者作善行惡行盡身種類無作隨生謂作是誓言不供養佛終不先食若以香華讚歎敬禮及餘種種日日供養盡身種類無作隨生有作是誓言不施他乃至一摶終不先食彼亦盡身種類無作隨生若作定期施若日若月若歲作是誓言我盡壽作即出少物以供彼用彼盡身種類無作隨生若起塔若四方僧舍若僧舍若別房若園觀浴池若橋船如是等有三因緣無作不斷若悕望若身若事惡戒者彼亦作是誓言我當日日於彼怨家常作不饒益事若一打若一惡言彼盡壽不善無作隨生已說捨色業無色今當說

善無色捨時　斷退生諸地　穢汙唯離欲
當知是意業

善無色捨時斷退生諸地者若善有漏無色法三時捨謂斷善根時退時生諸地時穢汙唯離欲者穢汙無色法離欲時捨若此品對治生即捨此品已說諸業自性及成就如此業世尊種種分別今當說

若業與苦果　當知是惡行　復有意惡行
貪瞋恚邪見

若業與苦果當知是惡行者若身口業及思不愛報果生故當知是惡行問唯此惡行耶答復有意惡行謂貪瞋恚邪見不善思是意惡行如前說復有貪恚邪見

是相違妙行　最勝之所說　若於中增上
說名十業道

是相違妙行最勝之所說者惡行相違悉是妙行若身善業悉是身妙行若口善業悉是口妙行若意善業無貪無恚正見悉是意妙行隱沒不隱沒無記業無報故非惡行非妙行若彼不隱沒無記巧便者如行行如說說與此相違不隱沒無記及隱沒名不巧便問一切善行惡行皆業道所攝耶答若於中增上說名十業道此諸善行惡行中增上業勝者是業道彼妙行增者說善業道惡行增者說不善業道若言不定者不然以根本業道多增上極逼迫故極恐怖故事究竟故是故說增上者是根本業道問何等爲業道答殺生乃至邪見彼殺生今當說

有欲殺生心　衆生想殺生　是名爲殺生
盜婬亦如是

有欲殺生心衆生殺想生者謂欲殺他衆生定不定衆生起衆生想殺彼衆生名作無作或復一向名無作是身業殺生非餘不具自在者口語及仙人意所嫌而殺謂是口意業自性者不然業自性異故事不究竟故若謂有心無心殺彼衆生俱應得殺罪如觸火食毒者不然非譬故若手執刀若手擲刀若有心若無心觸火不燒若呪毒若藥雜毒服者若有心若無心不死殺生不如是是故非譬若復謂於火毒得不燒不死因緣而殺生不得不殺因緣者不然得不惡心故如彼刀呪衆藥等是不燒不死因緣不惡心是不殺因緣亦如是以不惡心殺生則非殺生如執刀觸火不燒問無心害衆生不死耶答死雖殺生不得殺罪無惡心故逼迫他不得殺罪謂此非說者不然如不逼迫不攝他而罪福長養故謂斷善根得慈心是故不非說盜者物他所有他物想知不與欲取作已有想名作無作或一向名無作是身業盜邪婬者父母等護起護想道非道行無護者非處非時是不應行而行名作無作是身業邪婬

謂彼異想說　別離不軟語　無義不誠說
是則口業道

見聞等事顛倒不顛倒覆藏想起名作無作或一向名無作是口業妄語或身動或默然謂布薩事是亦名妄語若言身意業性者不然業性異故著身口業故譬如著身若身放作者是身業譬如曾眼更後身觸得長等譬如受戒時口作得身業譬如受具足時若默然若無心得身業別離者若壞若不壞欲壞

想若已壞不令和合名作無作或一向名無作是口業兩舌不軟語者惱亂心若惱不惱名作無作或一向名無作是口業惡口無義不誠說者不善心非義非時不應法言隨入一切口惡行如無明隨煩惱如音聲隨字

雜阿毘曇心論卷第三上

音釋

捕 薄故切擒捉也 膾 古外切 伺 息利切偵候也 旃陀羅 梵語也此云屠者旃諸延切 蠕 乳兖切蟲動貌

雜阿毘曇心論卷第三下

尊者法救造

宋天竺三藏僧伽跋摩等譯

業品第四之餘

衆生相違害　是名爲瞋恚　他物已想貪
邪見謂何見

衆生相違害是名爲瞋恚者於他衆生惡心欲殺欲打與慈悲相違是名瞋恚他物已想貪者愛他物欲爲已有想名爲貪是一切欲界貪邪見謂何見者於施等作無見名爲邪見問何業道誰究竟答

殺生與惡口　及瞋恚業道　皆由瞋恚成
衆生處所起

殺生與惡口及瞋恚業道皆由瞋恚成者殺生惡口瞋恚當知從瞋恚成究竟時惡與瞋恚俱問從何處生答衆生處所起此三業道當知從衆生處所起

身二業及貪　貪欲所究竟　皆由貪欲成
衆具處所起

身二業及貪貪欲所究竟皆由貪欲成者偷盜邪婬及貪是三業道當知貪究竟問此復何處起答衆具處所起此三業道當知從衆具處所起

謂有餘口業　是皆三所成　從名處所起
明智之所說

謂有餘口業是皆三所成者妄語兩舌綺語當知從貪欲瞋恚愚癡究竟問彼復從何處起答從名處所起明智之所說此三口業道當知從名起

邪見名色起　亦從愚癡成　一切諸業道

三種爲方便

邪見名色起亦從愚癡成者謂邪見從名色處所起問此誰究竟答亦從愚癡成此邪見當知從愚癡究竟問一切業道方便如根本究竟爲有異耶答一切諸業道三種爲方便一切十不善業道貪欲瞋恚愚癡悉爲作方便貪殺者爲皮肉筋骨等故殺爲巳故或爲親友故瞋恚殺者殺怨家及怨親友令其憂惱愚癡殺者言殺諸毒蟲等因緣無罪以害人故殺諸禽獸等因緣無罪爲人食故波私國説如父母老若惡病應殺因緣無罪貪盜者盜所須物爲巳他故瞋盜者若盜怨若怨親物令其憂惱癡盜者如婆羅門説一切地所生物悉施婆羅門婆羅門弱劣故刹利等受用是故婆羅門言自取巳物無罪而彼取時作他物想故名盜貪邪婬者於衆生所貪心方便若他所受及自所受若爲財利非貪方便則瞋恚起謂於怨家及怨親所受癡邪婬者如説橋船野田華果道路女人一切衆生悉共受用如婆羅門説婆羅門應有四婦刹利應三鞞舍應二首陀羅唯一口業若貪起當知從貪生若恚起當知從恚生若癡起當知從癡生貪者若貪次第起是即從貪生若瞋所起是從瞋恚生愚癡所起是從愚癡生瞋恚邪見亦如是問云何業道定是作無作非耶答

根本業無作　或復説有作　方便終則異
貪不貪等起

根本業無作或復説有作者色自性七業道定無作或復作邪婬定有作以自究竟故非

他餘業道不定若自作則有作若使他作者一向無作問頗非身作而得殺生耶答有謂口作頗非口作而得妄語耶答有謂身作頗非身口作而得二罪耶答有謂仙人起惡心謂布薩事若欲界色性善業道定有作及無作禪無漏律儀唯無作非作由心故方便者有作若淳淨心及極利纏作有無作若不淳淨心及不極利纏作者唯有作無無作終則異者業道終唯無作作業已息故問何等爲業道方便何等爲終答殺方便謂屠羊者若捉若買若牽來一打二打乃至命未盡悉名方便斷命時刹那頃作及無作是根本業道後乃至於是處不善身所作及無作是殺生後乃至綺語亦如是是名爲終貪恚邪見無方便現在前則是根本起有說身口業道一切十業爲方便及終此云何如欲殺彼衆生殺此衆生爲因然後殺彼謂殺生祈請助力殺彼或劫他財以資殺事或婬彼所愛令殺其主或於彼知友妄語惡口兩舌綺語以離其親或貪彼財或復瞋彼或起邪見長養殺法後殺彼子復婬彼婦次第乃至十不善業道當知是終如是一切盡當知貪不貪等起者不善業道貪恚癡爲方便亦爲終善業道以不貪不恚不癡起捨不善業道方便即是善業道方便捨根本即是根本捨終即是終問此云何答如沙彌受具足入戒場周匝禮僧求和尚受衣鉢白一羯磨乃至二羯磨皆是方便第三羯磨彼刹那頃作及無作是根本業道次說四依如是乃至於是處身口所作及無作是名爲終問何處有幾業道答

地獄五業道　鬱單越後四　餘方具有十
及餘惡趣天

地獄五業道者地獄衆生有五不善業道惡口綺語貪恚邪見無相殺故無殺業道無受財故無盜無執受女人故無邪婬異相説故名妄語彼無異想故無妄語常離故無兩舌爲苦所逼故有惡口不時説故有綺語貪及邪見成就而不行瞋恚者俱有鬱單越後四者有後四不善業道壽分定故無殺生無受財故無盜無執受女人故無邪婬欲行欲時将彼女人往詣樹下樹自曲枝而覆其上然後行欲去已還復若樹不覆並愧而離無欺他故無妄語常和故無兩舌柔輭故無麤言有歌歎故有綺語意業道雖成就而不行餘方具有十者除鬱單越餘三方有十業道或不律儀所攝或離不律儀所攝及餘惡趣天者畜生餓鬼及欲界天有十業道離不律儀雖天不害天而害餘趣又説天亦有截手足斷而還生若斬首若中截則死展轉相奪等乃至十業道一切悉有色無色天無有不善業道問何處有幾善業道答

地獄鬱單越　有三善業道　等現於無色
彼聖成就十

地獄鬱單越有三善業道者地獄有無貪無恚正見鬱單越亦爾等現於無色者無色界即此三現在前行彼聖成就十者無色界聖人成就無漏十善業道

如此亦復異　謂色界律儀　畜生餓鬼異
餘如是亦異

如此亦復異謂色界律儀者色界禪律儀所

攝具十善業道亦成就亦現在前聖人生彼則有無漏業道畜生餓鬼異者畜生餓鬼亦有十善業道離律儀亦不不律儀餘如是亦異者閻浮提弗婆提瞿陀尼及欲界天說餘彼有十善業道是律儀所攝或離律儀謂欲界天唯有禪無漏律儀問幾不善業道一時與思俱轉答

不善業道起　一與思俱轉　二三乃至八
當知次第增

此身自性三不善業道彼一一與思俱轉謂殺生偷盜邪婬二俱轉者殺他衆生而盜取三俱轉者遣二使已自行邪婬以此行自究竟非他故若彼種類和合者則一切俱究竟口業道一俱轉者謂綺語二俱轉者攝妄語非時說綺語攝欲別離說非時說綺語攝惡口說非時說綺語三俱轉者攝欲別離說妄語非時說綺語攝惡口妄語非時說綺語攝惡口欲別離說非時說綺語四俱轉者攝欲別離妄語惡口非時說綺語意業道者一一俱轉行別故不二如是五六七八俱轉遣六使自行邪婬不由他故若彼種類和合者則一時俱究竟及貪現在前如是八不善業道與思俱轉問幾善業道一時與思俱轉答

所謂善業道　二三及與四　六七九與十
一時思俱轉

欲界善五識身現在前初禪地三識及依無色盡智無生智此二善業道與思俱轉謂無貪無恚欲界善意識現在前色界不定心及無色界又依無色無漏正見三事與思俱轉優婆塞及沙彌染汙及無記心受律儀四即

此善五識住六即此善意識住及比丘染汙無記心非心七比丘善五識住若依禪盡智無生智俱心九即此比丘善意識住及色界定心依禪無漏正見現在前十善業道與思俱轉問何業道有幾果答

一一果有三　所謂爲報果　依果及增上
是名業道果

一一業道皆有三果謂報果依果增上果彼業道修習多修習生地獄中是報果從地獄出來生人中受相似果謂殺生者短壽盜者失財邪婬者妻不貞良妄語者惡名譏謗兩舌者親友乖離惡口者常聞惡聲綺語者言語不正貪者增貪瞋者增瞋邪見者增癡是爲依果此諸業道增上果者謂衆具麤惡無有光澤多遭霜雹塵垢汙濁臭穢不淨居處嶮曲荊棘惡刺果實零落尠少微細極大苦澀無有華果問云何果相似答

苦他惡道苦　傷壽則短命　外具不光澤
壞彼光澤故

苦他惡道苦者謂殺生令彼受苦得惡道苦此是相似問殺何等陰爲色陰耶爲五陰耶答有說色陰以色可斷壞故四陰非觸有說五陰四陰雖非觸彼依色陰轉殺色陰亦殺彼如瓶破則失乳問爲殺無記爲三種耶答有說無記以無記受刀杖故餘三非觸又說一切三種如前說問殺何陰過去耶未來現在耶若過去者彼已滅若未來者不可得若現在者彼刹那頃不住答有說未來現在世住壞未來和合又說未來現在以現在受刀杖不相續陰滅傷壽則短命者謂彼殺者斷

彼命故而得短壽外具不光澤壞彼光澤故者謂彼殺者壞彼光澤故所得衆具悉不光澤一切業隨其所應當知盜及邪婬雖不令彼苦以壞悕望故如不別離亦名兩舌彼雖不惱亦名惡口已說業道分差別今當說

謂現法果業　次受於生果　後果亦復然

當知分各定

三業現受生受後受現法受業者若業此生作即此生熟名爲現受若第二生熟者名爲生受第二生後熟者名爲後受或有欲令四業前三及不定受前三者不轉不定者轉轉者謂持戒等護故譬喻者說一切業轉乃至無間彼說若無間不轉者亦無有越第一有若越第一有者故知無間業亦轉彼有說現法業不必現報熟若熟者現法受非餘如是說者說八業現法報或定不定乃至不定受業亦如是是故彼說分定熟不定應作四句或分定熟不定或熟定分不定或分定熟亦定或非分定亦非熟定問此四業幾一身種類種答三除現法受欲界四種業種色無色界亦如是地獄趣四種不善業種善者三種除現受業餘趣俱四種生欲界凡未欲愛未盡欲界四種種若欲愛盡梵天愛未盡若不退種性法者欲界三種種除生受梵天亦三種除現受若退種性法者梵天如前說欲界四種善業種如是隨其義一切地生凡夫聖人亦如是說已說現受等樂受今當說

欲界中善業　及色界三地　說名爲樂受

此亦定不定

欲界中善業及色界三地說名爲樂受者欲

界善業得樂受及衆具報色界乃至第三禪業皆得樂報問禪中間業得何等報答有說初禪樂根此非說以阿毗曇說或業得心受非身耶答有善無覺業又說禪中間業不得受報唯有色心不相應行問此分亦定耶答此亦定不定若定若不定此四地中善皆有樂報

得不苦不樂　是說爲上善　若受於苦報是說不善業

得不苦不樂是說爲上善者第四禪地善業及無色地善業說不苦不樂報以彼得不苦不樂受及衆具故問下地何故無不苦不樂報耶答有說下地麤而彼受細故下地不寂靜而彼受寂靜故若下地作善業皆爲樂受故無有求不苦不樂受者雖不求苦報以求樂故作惡行是故雖不求而受苦報若受於苦報是說不善業者不善業說苦報苦受果故非獨業受報四陰五陰亦受報但業勝故說業受報當知此亦定不定問幾種受答

所謂自性受　相應與報受　現在及境界是說五種受

五種受謂自性受相應受報受現前受境界受自性受者受也相應受者受相應法報受者樂受等業現前受者現在受如大因經說若樂受現在前時二受則滅境界受者眼觸生覺受色是攀緣義此五種受中當知說報受非餘問世尊說黑報等四業云何建立答

色中有善業　是白有白報　黑白在欲中俱黑說不淨

色中有善業是白有白報者色界善業一向

無瞋恚離黑問無色界業勝非色界何故不說答二報故色界受中陰及生陰無色界唯有生陰如是色無色可見不可見有對無對受報又彼有三業五陰十善業道受報故說黑白在欲中者欲界善業雜不善業故是故說黑白又一身中二種業可得亦二種報是故如是說非黑即是白黑異相故俱黑說不淨者不善業說黑彼有黑報彼因穢汙穢汙故說黑及鄙賤可惡故說黑報唯鄙賤黑非穢汙黑不染汙故

若有思能壞　彼諸業無餘　此說無礙道
謂是第四業

若道能滅彼三業彼道相應思是第四業此業不染汙故不黑不可樂故不白不墮界故無報問何業幾思斷答

說有十二思　斷於黑報業　四思能斷白
一思二俱離

說有十二思斷於黑報業者黑業十二思斷見道四法忍相應思及離欲界欲八無礙道相應思四思能斷白者四思斷白業初禪離欲第九無礙道相應思乃至第四禪離欲亦爾以善有漏法最後無礙道斷故一思二俱離者欲界離欲第九無礙道相應思滅黑業及黑白業問世尊說曲穢濁此云何答

曲者從諂起　穢從瞋恚生　欲生謂為濁
世尊之所說

曲者從諂起者諂者說曲於曲相法所起業名為曲彼曲果故諂者以不直故名為曲以諂所礙難出生死難入涅槃譬如曲木穢從瞋恚生者二種穢穢自身及他身故瞋恚者

名爲穢於穢相法所起業名爲穢彼果故欲生謂爲濁世尊之所說者欲者染性故名爲濁若業欲所起名爲濁彼果故似果因說問幾種等起答

等起有二種　因及彼刹那　如前所廻轉
此亦隨廻轉

等起有二種因及彼刹那者有二種等起因等起者我當作所作彼刹那等起者若心住作彼業問此二等起何等轉何等爲隨轉答轉者謂彼前若彼因等起者名轉後者說隨轉彼刹那等起說隨轉問六識身何等爲轉何等爲隨轉答

若識修道斷　在意有二種　五種心說一
餘者說有漏

若識修道斷在意有二種者修道所斷意識亦轉亦隨轉以彼俱能起業故彼亦善不善無記彼善轉即善隨轉不善無記亦如是無記者威儀工巧彼威儀心轉即彼隨轉善穢汙心現在前去者不然以速起故如旋火輪工巧心亦如是前已說報生心不起身口業五種心說一者五識身說隨轉受自作故非轉無思惟故餘則說有漏者見道斷心說餘彼是轉能爲因等起故非隨轉不以見道斷心等起身口業以微細故內向故若復見道斷心等起身口業者彼業爲見道斷爲修道斷爲俱道斷若言見道斷者無有色見道斷明無明相違故若言修道斷者修道斷法而見道斷心等起者此則不應若言俱斷者則有可分此亦不然如契經說邪見人身口業說是見彼亦說因等起問何等爲淨答

一切妙行淨　無學身口滿　所謂意滿者
即是無學心

一切妙行淨者若所有妙行一切說淨若身妙行是說身淨如是比問有漏法有垢云何說淨答煩惱相違故引導第一義淨故問云何滿答無學身口滿無學身口妙行說滿所謂意滿者即是無學心無學心說意滿牟尼相故問以何等故色陰識陰說滿非餘答麤細故心者第一義滿以身口業比知止息增廣故煩惱熱不損故意語不壞故是故說阿羅漢滿非餘問妙行淨滿何差別答所作是故說妙行清淨故說淨牟尼故說滿復次愛果故說妙行離煩惱故說淨離癡故說滿已說業業果今當說

相似說依果　報則不相似　淨以不淨果
是則說為報

依果者謂善生善如是比當知說自分因報果者謂淨不淨果如前說報因與果相似者謂依果不相似者善不善因無記果

所謂解脫果　離欲見真說　以功力所得
是說功用果

所謂解脫果離欲見真說者解脫果謂斷也以功力所得是說功用果者若果以功力所招及斷是說功用果

種種相諸法　其果唯一相　是說增上果
除前所起法

若多相諸法相似不相似唯一果謂增上果謂所作因除前所起法者除前生於後生非果問增上果功用果何差別答所作事成為功用果受用為增上果謂種植者有二果受

用者有增上果已總說果若彼果是業有今
當說
有漏斷結業　五果是有果　無漏斷結道
彼則有四果
有漏斷結業五果是有果者世俗斷結道彼
業有五果彼後相似及增上是依果彼業報
是報果彼結斷是解脫果彼所招及斷是功
用果除自已餘一切法是增上果無漏斷結
道彼則有四果者無漏斷結道彼業有四果
除報果餘果如前說
不善業四果　亦餘善有漏　餘無漏有三
無記業亦然
不善業四果亦餘善有漏者不善業四果除
斷結道諸餘善有漏業謂方便道解脫道勝
進道及聞等慧此諸業亦有四果除解脫果

餘無漏有三無記業亦然者除斷結無漏諸
餘無漏業及無記業有三果除報及果解脫
果
四二及三果　三四亦復二　三二三淨等
是說爲業果
善業者以善法爲四果除報果以不善爲二
果功用及增上果以無記爲三果除依果及
解脫果不善業者以善法爲三果除報果解
脫果以無記法爲四果除解脫果自分因徧
因以欲界身見邊見無記法爲依果以善爲
二果功用及增上果無記業者以無記法爲
三果依果功用果增上果以善爲二果功用
果及增上果以不善爲三果除報果解脫果
過去一切四　中未來亦然　中於中說二
未生未生三

過去一切四者過去業以一切三世法爲四果除解脫果不墮世故中未來亦然者現在業以未來法爲四果如前說中於中說二者現在業以現在法爲二果功用果及增上果未生未生三者未來業以未來法爲三果報果功用果增上果

自地自地四　或以他地二　若正思惟地亦有解脫果

自地自地四者自地業以自地法爲四果除解脫果如欲界繫以欲界繫乃至非想非非想亦如是或以他地二者他地業以他地法爲二果功用果增上果若無漏業以他地無漏爲依果若正思惟地亦有解脫果者定地或有解脫果謂無礙道所攝

皆以一切三　三二一復五　三二次第說謂是學等業

學業以學爲三果依果功用果增上果以無學爲三果亦如是以非學非無學爲三果解脫果功用果增上果無學業以無學爲三果依果功用果增上果以非學非無學爲二果功用果增上果以學爲一果增上果非學非無學業以非學非無學爲五果以學爲二果功用果增上果以無學爲二果亦如是

謂說三四一　四三及與二　四復一亦二是說見等業

見道斷業以見道斷法爲三果依果功用果增上果以修道斷法爲四果除解脫果以無斷法爲一果增上果修道斷業以修道斷法爲四果除解脫果以無斷法爲三果解脫果功用果增上果以見斷法爲二果功用果增

上果無斷業以無斷法爲四果除報果以見斷法爲一果增上果以修道斷法爲二果功用果增上果已說業有果身業口業四大造今當說

自地若有大　身口業所依　無漏隨力得此即是彼果

自地若有大身口業所依者若欲界身口業即欲界四大造色界初禪地身口業即初禪四大造乃至第四禪亦如是以墮界故煩惱合故無漏隨力得此即是彼果者無漏身口業隨所依力得即彼地四大造若生欲界無漏初禪正受乃至第四禪彼身口業即欲界四大造一切地生亦如是不墮界故非煩惱合故若須陀洹斯陀含阿那含果及向佛辟支佛聲聞波羅蜜道法智比智品依欲界身現在前彼一切業欲界四大造若依色界身現在前彼一切業色界四大造學生無色界依五地未來戒成就若先彼地起無漏道即依彼地過去若彼得阿羅漢果彼捨學戒得無學未來依五地戒問世尊說三障此云何答

無間無救業　廣生諸煩惱　惡道受惡報障礙應當知

三障業障煩惱障報障謂障礙聖道及聖道方便故說障除此三障餘法雖爲障然此三障五因緣易見易知所謂處趣生果人彼業障者五無間業所謂害父害母害阿羅漢壞僧出佛身血此業報無間必生地獄中是故說無間有二因緣故得無間背恩義及壞福田彼害父母是背恩無間餘者壞福田無間

罪最大者所謂壞僧次出佛身血次害阿羅漢次害母次害父此義雜品當廣說煩惱障者謂勤及利煩惱有衆生煩惱勤而不利應作四句勤而不利者數行輭煩惱利而不勤者增上煩惱不數行亦勤亦利者數行增上煩惱不勤不利者不數行輭煩惱彼輭煩惱勤而不利者此說煩惱障以依輭結便有中依中便增故若利煩惱不勤者非障以不數行故若俱者一切惡不俱者一切勝當知善根亦如是以行煩惱故建立障非成就者以一切衆生等成就煩惱故隨其所應彼煩惱障者當知黃門氣噓富蘭那等又復說難陀央掘魔鬱鞞羅迦葉如是比以說力故彼得見諦舍利弗等非其境界報障者惡道處鬱單越無想天處問此障何者最大惡答

所謂煩惱障　是說最大惡　無間業爲中
報障則爲輭

三障中煩惱障最大惡次業障次報障以煩惱障能轉業障業障轉報障故又說報障最大惡以一切因時可轉果時不可轉故此則不然彼或有煩惱障成就或業障或報障或煩惱障業障或煩惱障報障無業障報障俱成就以因果不俱故彼業障者三方煩惱障報障者五趣問如所說無間業其罪最大謂壞僧僧壞有何性答

謂不和合性　當知是僧壞　不隱沒無記
是不相應行

僧壞者是不和合性不隱沒無記不相應行陰攝壞僧罪是妄語問何等誰成就答

壞者則是僧　罪則壞僧人　彼受一劫報

無擇地獄中
壞者則是僧罪則壞僧人者僧成就壞壞僧人成就罪彼受一劫報無擇地獄中者壞僧罪無擇地獄中受一劫報若作餘惡行種餘地獄報彼或無擇彼後不能壞僧壞僧後作餘惡行彼一切皆無擇地獄果若多行惡行者所受身廣大而柔輭多受衆苦餘無間業後不能壞僧者要族姓端正戒聞才辯如是之人乃能壞僧以彼自立爲大師故犯戒者非增上問云何壞僧答

大師及是道　諸比丘異忍　破壞和合僧
所謂見行者

大師及是道諸比丘異忍破壞和合僧者謂比丘起如是悕望提婆達多是我大師非瞿曇彼所制五法是道非八正當知是壞僧又說受籌見聞俱增問何等人破僧答謂見行增上者行見人壞僧惡悕望故非行愛人輕動故問爲在家人壞僧爲出家答比丘受具足比丘壞僧非在家非沙彌非比丘尼若彼心住壞僧即彼心是果六識身一一現在前壞僧覺亦如是問何處壞僧爲幾人答

三方極少八　是則羯磨壞　閻浮提至九
是則法輪壞

三方極少八是則羯磨壞者三天下羯磨僧壞極少者至八以四人名僧非三故若於一住處界內二部僧各別作布薩羯磨當知是僧壞問何處壞法輪爲幾人答閻浮提至九是則法輪壞閻浮提法輪壞非餘處以此有道則有異道若此有大師則有異師極少至九人乃至二部各別有一人僧所同者教僧

者僧隨順者教無慚無愧部謂提婆達也問爲壞聖僧爲凡夫僧答凡夫壞非聖人以正定聚故不壞淨故又說得忍凡大亦不壞已入法定聖僧世尊不壞眷屬故問住何分僧不壞答

不結界前後　牟尼已涅槃　息肉未起時及無第一雙　於此六時中　則無壞法輪

有六時僧不壞謂不結界結界因緣前已說亦非前亦非後以此二分中僧一味故亦非大師般涅槃後無異師故亦非未起惡戒惡見息肉亦非未建立第一雙以僧壞不經一宿別住第一雙還和合故或有欲令七因緣不壞謂大師在衆彼無威光故非一切諸佛悉有壞僧由行故問此五無間業何等最大惡答

妄語破壞僧　於諸法最惡　第一有中思是說最大果

妄語破壞僧於諸法最惡者壞僧妄語是爲最惡以轉法身故法者佛所重以彼廣方便轉故壞僧者惱亂大衆故若僧壞未超昇離生者不超昇離生亦無得果亦無坐禪學問思惟業生大千世界法輪不轉若僧還和合者未超是離生者超昇離生及得果離欲漏盡坐禪學問思惟業生大千世界法輪復轉問此說妄語最大罪又餘處說意業及邪見是諸大罪有何差別答五無間罪中妄語爲最大三業中意業爲最大五見中邪見最大大罪斷善根故邪見最大罪問何等業最大果答第一有中思是說最大果以彼思於非

想非非想處八萬劫壽以報果故說解脫果者金剛三昧相應思最大以彼思永斷一切煩惱得果故又說一思種八萬劫然後多思成滿如畫師先以一色作模後布衆彩又說一時正受一行一緣衆多思現在前於中或有思受十千劫壽有三十千劫四十千劫壽者此說大劫數

雜阿毗曇心論卷第三下

音釋

鞞駢迷切 鬱於物切 譏居衣切誹也 雹步角切雨氷也 棘紀切荊棘也 尠息淺切少也

雜阿毗曇心論卷第四

尊者法救造

宋天竺三藏僧伽跋摩等譯

使品第五

已廣說業彼業伴煩惱受種種生非離煩惱煩惱今當說

一切有根本　業侶生百苦　謂彼有七使
牟尼說當思

謂欲有色有無色有此有貪欲等七使爲種以煩惱故業業故受生彼煩惱業伴生百苦不離於業煩惱轉時作十事所謂根堅固分相續起於田生依果種業者執自具愚於緣引識流越善業急縛義不令作越界方便彼智者當知此義如此七使爲九十八今當說

界行種分別　說有九十八　十種修道滅
餘則見道斷

此七使界行種分別爲九十八使彼七使中貪欲使於九十八使中以種分別爲五恚使亦如是有愛使界種分別爲十慢使界種分別爲十五無明使亦如是見使行分別爲五行種分別爲十二界行種分別爲三十六疑使界種分別爲十二是爲七使分別爲九十八問此九十八使幾見斷幾修斷答十種修道滅餘則見道斷愛慢無明界分別爲九瞋恚爲十餘八十八使見道斷彼於諦暫見則斷故曰見道若數習道而斷故曰修道若見道所斷是說見斷若修道所斷是說修斷如是不覺心覺心九種一種九種九種破石方便斷藕絲方便未見爾炎觀巳見爾炎觀彼斷時修四行道是見道斷斷時修十六行道

是修道斷對無事對有事亦如是巳說使對治差別謂種差別今當說

使有二十八　是障於見苦　彼當見苦時
永盡無有餘

見斷八十八使中二十八障見苦故見苦斷斷義此品後當說

見集斷十九　當知滅亦然　增三見道斷
十說修道滅

見集斷十九使障見集故見集斷當知滅亦然者見滅斷十九使亦如是增三見道斷者二十二使見道斷十說修道滅者十使修道斷如前說巳說差別今當說使種差別界

第一煩惱種　在欲當知十　二種種有七
餘八見道斷

第一煩惱種在欲當知十者如前說初見苦斷煩惱種彼十使欲界繫二種種有七者見集見滅斷各七使欲界繫餘八見道斷者見道斷八使欲界繫

欲界應當知　四是修道斷　謂餘上二界
當知同可得

欲界應當知四是修道斷者若修道斷煩惱四是欲界繫如是說欲界三十六使謂餘上二界者餘六十二使在色無色界問幾色界繫幾無色界繫答當知同可得彼三十一使色界繫三十一使無色界繫巳說界種差別使自相今當說

所謂有身見　受邊見邪見　二取應當知
是五說名見

諸行從緣起而無知亂心愚夫於五受陰若自若共起我我所審爾計著是名有身見於

諸行受斷常審爾計著是名受邊見無施等審爾計著是名邪見於有漏法受第一審爾計著取見等除等故是名取見見於有漏行受淨等審爾計著取戒等除等故是名取戒見此五煩惱決斷故說見此一邪見邪決斷故以行差別故說五見二取梵音中亦可言摩亦可言翫並有竊取義選擇義雖實與理乖而意存求宗故言選擇所受非道故言竊取

貪欲疑瞋恚　慢癡說非見　境界差別轉
建立種種名

貪欲疑瞋恚慢癡說非見者於彼境界樂著名貪欲於諦或名爲疑衆生非衆生數忿怒名瞋恚族姓色力富勢伎術等方他卑等上起意自高名爲慢於諦愚名爲癡此五煩惱非慧性故非見是爲十使境界差別轉建立種種名者此十使境界差別轉故建立種種名此諸使若障見苦說見苦斷如是障見集滅道說見道斷

下苦說一切　二行離三見　道除於二見
上界不行恚

下苦說一切者下苦謂欲界苦彼一切十使與見苦相違故見苦斷二行離三見者除身見邊見戒取餘七使與見集滅相違故見集滅斷道除於二見者除身見邊見餘八使與見道相違故見道斷問何故身見邊見見苦斷非餘耶答苦處轉故果處轉故見彼則斷不遠隨至根此見不隨根故初見諦則斷問何故戒取見苦見道斷非集滅耶答彼處起故異學於彼二諦相違非集滅彼垢處故於集諦欲洗浴處故於滅諦欲若內法者見苦斷外法者見道斷問疑使何故不修道斷答

於事不見故疑於事見故斷彼力起見故無有見修道斷上界不行恚者色無色界除恚餘如欲界說彼色界見苦斷九見集滅斷六見道斷七修道斷三無色界亦如是問上二界何故無恚耶答彼無有無慚無愧慳嫉憂苦性故寂止養身故得慈心故無九惱性故離不饒益相故一向不善故二果故是瞋恚

已說使界建立一切徧今當說

普徧在苦因　疑見及無明　是使一切種
謂在於一地

見苦集所斷疑見彼相應無明及不共此十一使當知他地一切徧廣境界故自地如是緣使五種上不使下非境界故離欲故斷知故下不使上劣故非所使事故依果不可得故當知見諦所斷是一切穢汙法因彼應如是何以故聖人不起無有愛瞋恚纏慢種現在前者應說轉非分故無有愛者斷見所長養隨斷見起彼斷見滅故瞋纏者邪見所長養隨邪見起彼邪見滅故慢種者身見所長養隨身見起彼身見滅故已說自地一切徧他境界地今當說

他地爲境界　除二見如前　地地九徧使
非想則不然

前說十一切徧除身見邊見餘九一切徧從欲界乃至無所有處是他地一切徧彼欲界見苦斷邪見若自若共謗色無色界果見取受第一戒取受淨起疑或無明不了欲界見集斷邪見若自若共謗色無色界陰因見取於因受第一疑或無明不了如是初禪見苦集所斷邪見若自若共謗七地苦集如是

廣說乃至無所有處見苦集所斷邪見若自若共謗一地苦集如是廣說非想非非想處地無地地一切徧無上地故界亦如是說無色界無他界一切徧無上界故問一切徧有何義答一切有漏種普緣義是一切徧義緣力持義是一切徧義一切起一切衆生一切事故名一切徧無有凡夫於有漏法本來不取我等行問何故身見邊見說自地一切徧非他地耶答見現境界故此見見現境界非下地生見上地雖上地生見下地前已說上地使不緣下地愛恚慢自相起故不緣他種況緣他未離欲者雖樂上地是欲非貪

若緣苦邪見　是違於見苦　一地緣九地
緣集亦復然

若緣苦邪見是違於見苦一地緣九地者欲界見苦斷邪見緣九地苦從欲界乃至非想非非想處非一時謂欲界非色界無色界若異者則斷知壞及界壞初禪緣八地二禪七地乃至非想非非想緣非想非非想緣集亦復然者如說見苦斷邪見見集斷邪見亦如是問云何唯使是一切徧復餘法耶答

若一切徧使　同一果諸行　當知一切徧
非爲諸得等

若一切徧使相應受等法及共有生等彼亦一切徧同一果故和合故相隨行故前後無不合故是名一切徧一果等非性故得非一切徧一切徧使三事故五種因緣五種使五種彼相應法五種因緣五種不使五種非使性故彼共有法五種因不緣五種不使五種是故說若一切徧使一切徧因作四句一切

徧使非一切徧因者未來一切徧使也一切徧因非一切徧使者過去現在一切徧使相應共有法也一切徧使一切徧因者過去現在一切徧使也非一切徧因非一切徧使者

除上說

邪見疑相應　及不共無明　滅道之所斷

當知無漏緣

見滅見道斷邪見疑相應無明及不共無明此六使當知界界無漏緣彼見滅斷邪見謗於滅疑惑無明不了於滅處轉如是見道斷於道處轉問見滅斷邪見爲見滅謗耶不見耶若見者不應謗以見故若不見者不應無漏緣答見謗但邪見如有處人想謗處彼亦如是問如欲界見苦斷邪見緣九地苦乃至非想非非想處緣一地見滅斷亦然耶答不然問云何答

若滅境界見　自地諸行滅　是境界非餘

滅盡非因故

若滅境界見自地諸行滅是境界非餘者欲界見滅斷邪見緣欲界諸行滅非餘初禪初禪乃至非想非非想處亦如是問何故非他地答滅盡非因故滅盡者無爲故非展轉因非展轉因故自地諸行滅爲邪見境界故非餘謂善智亦如是者不然何以故轉生相違故善智者行諦與轉生相違是故彼轉異穢汙亦異以有漏地因果斷故謂見苦斷邪見亦自地苦爲境界者不然展轉相牽故若生若依若立若因展轉因故問見道斷邪見云何轉如見苦集斷耶如見滅斷耶答異轉問云何答

若道境界見　彼見則緣道　展轉相因故
六地及九地
道者展轉相因故欲界見道斷邪見緣六地法智品色界無色界八地見道斷邪見緣九地未知品雖法智未知展轉相因若彼法欲界愛所潤見我我所受彼諸對治應欲界見道斷邪見緣非此煩惱他地緣如此論未知亦如是說問滅道法智非色無色界法對治耶是故彼智應爲色無色界見道斷邪見境界若非境界者亦不應說若法色無色界愛所潤見我我所受彼諸對治應色無色界見道斷邪見緣答俱不全故無過非全法智爲彼界對治雖滅道法智非苦集法智亦非滅道法智全爲色無色界對治唯修道法智對治非見道彼初非分故是故汝所說不然譬如樂根意行（憂喜捨在意地因六識故立十八意行欲界樂根不在意地故不立意行也）問何故貪恚慢見取戒取非無漏緣耶答
貪緣不應責　不爲不饒益　寂靜第一淨
彼非無漏緣
智者見貪過若無漏緣者不應見過若不見過亦不應斷若欲涅槃者是善法欲則非貪愛不饒益故起瞋彼非不饒益不寂靜故起慢而彼寂靜見取者第一行轉無漏法第一若彼無漏緣者應是正見非煩惱不顚倒故戒取亦如是問諸使何所使答
欲界一切種　一切徧使使　緣縛於自地
上地亦復然
欲界一切種一切徧使使緣縛於自地者欲界一切徧使緣使欲界五種問色無色界云

何答上地亦復然如是色無色界自地一切
徧使緣使自地五種
謂彼諸餘使　當知緣自種　緣使自境界
一切所依品
謂彼諸餘使當知緣自種緣使自境界者餘
不一切徧及一切徧使自相境界故緣使自
種法一切所依品者若一切徧及不一切徧
若有漏緣若無漏緣彼各使自品相應法
若使無漏緣　他地緣煩惱　自品相應使
境界解脫故
若使無漏緣他地緣煩惱自品相應使者若
使無漏緣及他地緣自品相應使非緣使何
以故境界解脫故此使境界解脫以無漏法
解脫一切煩惱上地諸法解脫下地煩惱故
問一一使幾使使答

彼使身見者　見苦所斷種　見集一切徧
見苦餘亦然
彼使身見者見苦所斷種見集一切徧者謂
身見爲見苦斷一切使所使以自種故及見
集斷一切徧所使廣境界故問見苦斷餘使
云何答見苦餘亦然如說身見當知見苦斷
餘使亦如是
如苦集亦爾　滅道有漏緣　盡使於自種
修道斷亦然
如苦集亦爾者如說見苦斷見集斷亦如是
滅道有漏緣盡使於自種修道斷亦然者如
是見滅見道修道斷亦如是差別者見滅見
道斷使自種有漏緣使盡使自種及一切徧
使使亦無漏緣相應使使問已知使諸使所
使諸使使誰爲緣使使非根應使使乃至誰

非緣使使亦非相應使使答

見苦使自品　緣使及相應　見相應無明

緣使餘亦然

彼身見身見相應無明二種使使緣及相應餘見苦斷使及見集斷一切徧緣使非相應使不同品故餘使亦非緣使亦非相應使身見相應非使法身見及相應無明相應使亦緣使餘見苦斷使及見集斷一切徧使緣使非相應使餘使亦非相應亦非緣如身見如是邊見見苦斷邪見見取戒取疑貪恚慢亦如是見苦斷無明於見苦斷無明及見集斷一切徧緣使非相應使餘見苦斷使亦緣亦相應使餘亦非緣亦非相應使如見苦斷見集斷亦如是見滅見道斷有漏緣及修道斷亦如是差別者若使相應可得即彼使相應使使及緣使

若滅境界見　彼俱生無明　諸一切徧使

有漏緣相違

若滅境界見彼俱生無明者見滅斷邪見彼相應無明相應使彼無明邪見相應使彼相應法二俱相應使問餘使復云何答諸一切徧使有漏緣相違若一切徧及見滅斷種有漏緣使緣使餘非相應使亦非緣使以是義故當知餘無漏緣使亦如是不共無明差別者彼無相應使使

彼使與微入　隨入亦隨逐　是從三事起

當知不斷等

彼使與微入隨入亦隨逐者彼使者作也微入者性也隨入者相應也隨逐者得也復次使者如乳嬰兒微入者微細行也隨入者如

麻中油隨逐者如空行影水行隨問云何起彼使答是從三事起當知不斷等三事故起貪使因力境界力方便力彼貪欲使不斷不知是因力貪欲纏所緣是境界力彼不正思惟是方便力此說煩惱具足因緣不必要具三事若必具三事起者不應退當知一切使亦如是問諸使爲不善無記耶答

身見受邊見　彼相應無明　欲界中無記

色無色一切

身見受邊見彼相應無明欲界中無記者欲界身見邊見及相應無明是無記何以故於施戒修不相違故若計我者行施令我後世得樂亦持戒令我生天亦修道令我得解脫斷滅見者順解脫復次此見於自事中愚故起不爲逼迫他起故計我者眼見色言我見非眼見不以我見色逼迫他是故非不善餘欲界煩惱是不善色無色一切者色界無色界使一切無記正受壞故無苦受性故不善者苦受報彼色無色界無非色無色界有欲界報果報斷地故問何使何處轉答

貪欲瞋恚慢　過去或緣起　未來說一切

餘二世盡縛

貪欲瞋恚慢過去或緣起者過去貪恚慢是自相煩惱故不能於一切有漏法起貪者不能不見不聞不思惟境界起由方便故熾然或時有人於眼起愛非餘身分恚慢亦如是未來說一切者未來貪恚慢緣縛三世一切有漏法以三世緣故餘二世盡縛者見疑無明是餘彼共相起故若過去未來縛三世有漏法現在使不定故不說若有者若自相煩

惱現在前即彼現在未來縛過去若於彼起已滅不斷問非爲過去使斷即彼未來斷耶何故說過去起已滅不斷耶答不以等種故說有時增上中種先起彼若過去斷即彼未來斷於彼事中未來輙煩惱縛是故無過若六相煩惱現在前縛三世一切有漏法此則總說若五識身煩惱過去縛過去現在縛現在未來若生法縛未來若不生法縛三世事若意地者過去未來現在盡縛三世事問云何縛答若眼識身煩惱縛所緣色彼相應法相應縛彼相應法意入及法入如是乃至身識身煩惱縛所緣觸彼相應法相應縛若意地煩惱縛所緣十二入彼相應法相應縛彼相應法意入及法入彼婆蹉部說人成結成事成阿毗曇者說人不成結成事成譬喻者說結成人不成事不成境界不定有欲無欲故有時於彼起欲起恚起慢起嫉起厭起悲起捨已說使世建立次第今當說

煩惱次第起　自地於自地　上地亦生下
當知隨次生

煩惱次第起自地於自地者自地一切使於自地一切煩惱次第轉一一次第生一切上地亦生下當知隨次生者上地煩惱次第生下地煩惱彼染汙心命終起下地中陰生陰彼非想非非想地次第生八地乃至梵世次第生欲界問此諸煩惱世尊說軛流取受漏縛彼云何答

有軛漂流取　泄漏與結縛　以是義故說
軛流取漏縛

若所軛故說軛彼四種欲軛有軛見軛無明

軛問何故五見說見軛一無明立一軛耶答等擔故問何故色無色界結除見無明餘立一有軛耶答等正定地故及隱沒無記故漂衆生故說流彼亦四種如軛說取有故說取極執故彼亦四種欲取見取戒取說我取問何故無明說軛流而不說取耶答非捷疾行故執受義是取義捷疾行彼無明非捷疾行以愚故不說取問何故四見說見取一取說戒取耶答等擔故謂彼能熾然業及違道故內外可得故外道不食等苦作道想內道糞掃衣等作道想問何故色無色界結說我取非欲界耶答內處起故色無色界結內向起自巳緣故欲界結外向起故是故說欲取一切入處當漏故心漏連注故說漏彼三種欲漏有漏無明漏問何故說見流見軛不說見漏耶答注義是漏義此見捷疾於注不順是故餘不捷疾煩惱雜巳說漏漂義是流義見於漂順是故建立流苦繫義是縛義問軛流取漏縛有何性答

數有二十九　亦說二十八　三十六十五
欲等軛流性

彼欲軛性二十九貪五恚五慢五疑四十纏纏此品後當說有軛二十八愛十慢十疑八見軛三十六五見界行種分別三十六無明軛界種分別有十五流亦如是

謂前三十四　次種說三十　第三者說六
第四三十八

欲取性三十四貪五恚五慢五無明五疑四十纏見取三十除戒取戒取性六戒取界種分別有六說我取性三十八愛十慢十無明

十疑八色無色界有二纏睡及掉纏非界種分別前已說故此中不說

說彼欲漏性　當知四十一　有漏五十二
無明漏十五

欲漏性四十一貪五恚五慢五疑四見十二十纏有漏性五十二愛十慢十疑八見二十四無明漏性十五此百八煩惱軛義故說軛漂義故說流取義故說取漏義故說漏問諸煩惱種云何起答

無知故猶豫　猶豫故邪見　因此邪見故
轉生諸身見

初以無知故苦不欲乃至道不欲是名無明無明故猶豫苦非苦耶乃至道非道耶是無明轉生疑疑故求決定若得正方便生正決定則有苦集滅道若邪方便生邪決定則無苦集滅道是疑轉生邪見若此非苦者則是我是邪見轉生身見

從是起邊見　戒取戒想取　於彼決定已
次第生見取

彼於我見變壞便見斷若見相似相續便見常是身見轉生邊見若見一邊淨是邊見轉生戒取若淨者是為第一是戒取轉生見取

自見則生欲　他見則起恚　自見舉名慢
從使轉生纏

彼自見生染他見起恚自見舉慢是從見起貪恚慢從使生上煩惱纏問何者是答

無慚與無愧　睡悔慳嫉掉　眠忿及與覆
是上煩惱纏

十纏所謂無慚無愧睡悔慳嫉掉眠忿覆此相行品已說謂此是使依依者梵音膩山地膩山地義言津液

謂纏是使之津液如酥蜜瓶津液流出問何纏何使依答無愧睡與眠此三無明依　掉慳及無慚是從貪欲生

無愧睡與眠此三無明依者無愧睡眠當知無明依問若彼纏是無明依者與無明相應耶答若無明依即無明相應或無明相應非無明依者餘七纏是掉慳及無慚是從貪欲生者掉慳無慚纏是貪欲依問若纏是貪欲依即彼相應耶答作四句依不相應者慳纏是相應不依者無愧睡眠是亦依亦相應者掉及無慚是非依非相應者除上說

覆纏二使依　悔則因猶豫　忿嫉瞋恚依明智之所說

覆纏二使依者或說覆纏是愛依以愛力故覆藏有說是無明依以無知力故覆藏悔則因猶豫者悔纏是疑依忿嫉瞋恚依明智之所說者忿纏嫉纏是瞋恚依問此煩惱垢有六爲何依答急縛是纏義輕繫是垢義是十纏六垢差別義也

所謂煩惱垢　害恨瞋恚依　誑高依貪欲是義應當知

所謂煩惱垢害恨瞋恚依者害及恨是瞋恚依誑高依貪欲是義應當知者誑高垢是貪欲依

所謂五邪見　諂依由是生　說依見取果是惱應當知

所謂五邪見諂依由是生者五見起諂依捷疾故說依見取果是惱應當知者惱垢是見取依問何纏與何煩惱相應答

一切煩惱俱　說睡及與掉　無慚不善俱無愧亦復然

一切煩惱俱說睡及與掉者此二纏一切煩惱相應一切穢汙心不寂靜故當知掉煩惱現在前心無所堪故當知睡雖掉掉不相應及睡睡不相應自性故以少故不說當知使即煩惱彼纏一切煩惱俱故五種六識身三界不善及無記無慚不善俱無愧亦復然者此二纏一切不善使相應一切不善心現在前壞恭敬不畏罪是故彼纏說五種六識身不善故欲界繫

悔在於意苦　修道之所斷　眠唯在欲意
餘各自建立

悔在於意苦者悔在意地捷疾故以愁慼起故憂相應故苦受所攝故在欲界問此何斷答修道之所斷善行惡行中生故修道斷眠唯在欲意者眠在欲界意地眠時一切煩惱共行是故欲界一切煩惱相應餘各自建立者餘纏上煩惱各自建立所謂忿覆慳嫉不與餘使相應除無明當知悔亦自建立餘煩惱行非性故問何故慳嫉立九結中非餘耶

答

所謂慳與嫉　獨立離於二　是故此二纏
立於九結中

慳嫉二纏自力起故獨立一向不善故離於二以是故立於九結中睡掉者一切煩惱俱故不獨立不善及無記故不離二眠亦與餘使相應故不獨立善不善無記故不離二無慚無慚雖離二而不獨立悔雖獨立而不離二善不善故忿及覆雖獨立亦離二或有欲令是使性彼記有八纏悔眠若善者當知非纏纏一向穢汙故問愛何故立一結而二使

或三或六耶答得一縛相故立一結正定地不定地故說二使界別故說三依別故說六問何故三見立見結二見立他取結耶答名等故事等故身見邊見邪見是女名十八使自性是故立一結他取結是男名彼亦十八使自性是故立一結是故如是說若見相應法愛結繫非見結亦非不見使使若集智生滅智未生見滅見道斷見取戒取相應法愛結繫以愛結有漏緣故非見結以彼一切徧見結斷故雖自種見結不斷而不緣彼無漏緣故非相應異品故非見使不使以五見為見使三見為見結故已說煩惱自性根相應今當說

諸使在三界　盡捨根相應　隨地諸根使

相應至色有

諸使在三界盡捨根相應者三界一切使捨根相應何以故隨順一切煩惱故與欣感及俱煩惱轉行故以一切煩惱皆處中而息故若異者無離煩惱是故捨根得五種六識身三界隨地諸根使相應至色有者謂喜根樂根乃至梵世彼諸使喜根樂根相應光音天亦有喜根彼地使喜根相應徧淨天有樂根彼地使樂根相應果實天有一捨根彼諸使捨根相應非餘愛等是欣煩惱恚疑是感煩惱邪見是俱煩惱捨根悉與彼相應同共一緣行

邪見及無明　欲界中樂苦　瞋恚疑唯苦

謂餘一向樂

邪見及無明欲界中樂苦者邪見起惡業則喜淨業則憂無明一切根相應瞋恚疑唯苦者欲界疑不決定故不喜是故苦受相應初

禪二禪無餘根性與喜根相應欲界喜根麤故衆生不應起而起如貧賤人常戲笑隨彼事不應起而起欲界疑微細故不與喜根相應瞋恚憂慼行起故苦受相應謂餘一向樂者欲界餘煩惱樂行起故樂受相應

謂熏二相應　見斷唯應意　欲界諸煩惱說諸根相應

謂熏二相應者修道斷煩惱名爲熏身受相應及心受若六識身彼五根相應如所起隨其義說彼苦根欲界樂根五識身喜根憂根意地捨根六識身一切身受修道斷意俱有見斷唯應意者見道斷煩惱在意地意識諸根相應非隨事起故欲界諸煩惱說諸根相應者此說欲界諸煩惱上地隨地根相應亦如是說問諸纏何根相應答睡掉無慙無愧五根相應眠三根除樂根苦根忿悔嫉恨害惱憂根及捨根覆誑諂三根除樂根苦根慳喜根及捨根高三根除苦根憂根以高意地故三界喜行轉故問諸使幾識相應答

貪欲瞋恚癡　當知六識俱　謂欲隨道斷上地隨所得

貪欲瞋恚癡當知六識俱謂欲修道斷者欲界修道斷欲恚無明六識相應上地隨所得者色無色界無瞋恚愛無明隨有識身即彼相應謂梵世四識身可得即彼地二使四識相應

無色界一切　非事慢意也　當知彼七使自性果及人

無色界一切者謂使無色界見道斷及修道斷非事慢意地者欲色界見道斷及慢此諸

使在意地雖上三禪亦意地以界分別故不說地問云何知使答當知彼七使自性果及人三事故知使謂自性果及人彼自性者貪欲使如輿渠熏瞋恚使如苦種子有愛使如嬰兒衣慢使如憍人無明使如愚癡人見使如迷失道疑使如惑二道果者貪欲使修習多修習生鴛鴦雀等衆鳥中瞋恚使修習多修習生虺蛇中有愛使修習多修習生色無色界慢使修習多修習生卑賤中無明使生闇冥中謂世界中間見使生邪見家疑使生邊地及人者貪欲使當觀如難陀等瞋恚使如央掘魔等有愛使如阿私多阿羅蘭鬱投藍子等慢使如慢高兒等無明使如鬱鞞羅迦葉等見使如須那剎多羅等疑使如摩訶迦葉等以此三事知使者則能遠離如知嶮道滿煩惱爲使不滿煩惱爲纏是故纏不立使煩惱垢亦如是以是五事具故名滿煩惱五事者謂諸結縛使上煩惱纏若一一不具名不滿煩惱已說煩惱建立斷煩惱今當說

一時斷煩惱　正智之所說　如此諸解脫
亦非一時得

一時斷煩惱正智之所說者此諸煩惱頓斷不漸漸謂自分對治起時而苦法忍起欲界見苦所斷十使頓斷苦未知忍色無色界十八使頓斷如是乃至道未知忍十四使頓斷修道輭輭聖道起上上四使頓斷乃至上上聖道起輭輭四使頓斷如是一切地問見道一時斷應爾以一種道斷九種結故修道斷者以九種道斷九種結云何一時斷答修道斷者若此種對治起即此種頓斷不漸漸初

已斷故如此諸解脫亦非一時得者彼諸解脫數數得謂欲界見苦諦斷及色無色界見苦集滅斷六時得謂自分對治時及四沙門果時及增益根時色無色界見道斷五時得除自分對治以道未知智初得故欲界修道斷五種五時除須陀洹果三種四種時輙輙種三時色無色界七地及非想非非想地八種三時除前三沙門果輙輙種二時阿羅漢果及增益根問諸煩惱云何斷答

謂彼緣中覺　及說彼緣斷　亦說得對治
又復彼緣滅

四事斷煩惱謂知緣緣斷得對治彼緣滅知緣者見苦見集斷自界緣及無漏緣緣斷者見滅見道斷有漏緣得對治者修道斷彼緣滅者他界緣復次五事斷煩惱謂因永滅得斷轉依知緣得對治已說斷煩惱因緣建立斷知今當說

欲界中解脫　聖說四斷知　離色無色界
當知五斷知

九斷知欲界煩惱斷立四斷知色無色界煩惱斷立五斷知雖智知而斷是智果故說斷知如業果亦名業

苦集煩惱盡　總說一斷知　滅道斷各一
如欲上亦三

彼欲界見苦見集斷煩惱盡立一斷知見滅斷二見道斷三如欲界色無色界見苦見集斷亦立一見滅斷二見道斷三此品後當廣說

修道斷當知　界界斷說一　三斷是智果
餘則說忍果

欲界修道斷一斷知色界斷二無色界斷此三當知是智果問以何等故色無色界見道立一斷知修道斷立二耶答見道斷同對治故修道斷不同故問餘斷知何果答餘則說忍果見道斷盡六斷知說忍果忍對治故見道斷盡若言忍果五斷知者不然謂忍智眷屬故與智同一果故若故見道修道斷俱得名智果已說斷知是智果謂若地若道若法智未知智若彼同品果今當說

初地說一切　禪五亦復八　無色說一果
眷屬果亦然

初地說一切未至依具九斷知果彼三界對治故禪五亦復八者阿毗曇者說根本禪五斷知果謂色無色界煩惱斷如前說尊者瞿沙說有八除五下分結盡斷知是未至依果故彼欲令欲界見諦斷盡是禪果禪中間如禪說無色說一果者三無色定說一斷知果一切結盡是眷屬果亦然者空處眷屬亦說一斷知果色愛盡是雖四修地修道斷盡建立斷知但第四禪輭輭種盡得斷知名是故說是空處眷屬果

世俗道果二　聖九法智三　未知智說二
彼品果六五

世俗道果二者五下分結盡及色愛盡是世俗道果謂聖人以世俗道斷二界結故聖九者一切九斷知是聖道果以聖道對治一切煩惱故法智三者三斷知是法智果五下分結盡色愛盡及一切結盡是以修道法智斷三界結故未知智說二者二斷知是未知智果色愛盡及一切結盡是以色無色界修道

果故彼品果六五者法智品果有六斷知欲界見道斷三及前說法智果三未知智品五斷知果色無色見道斷三及前說未知智果

二問誰成就幾斷知答

或有諸聖人　未成就斷知　或成一二三
四五及與六

見道五心頃不成就斷知集法智集未知忍一集未知智滅法忍二滅法智滅未知忍三滅未知智道法忍四道法智道未知忍五須陀洹六向斯陀含果者若倍欲盡超昇離生如前說若次第向成就六斯陀含果亦六向阿那含果若欲愛盡超昇離生如前說若次第向成就六得阿那含果一下分結盡是向阿羅漢果者若色愛未盡一色愛盡二阿羅漢果一一切結盡斷知是問誰捨幾斷知答

捨一二五六　如捨得亦然　得果及度界
二處斷知集

捨一二五六者羅漢果退捨一斷知色愛盡阿那含色界纏退捨一若色愛未盡欲界纏退捨一色愛盡阿那含果欲界纏退捨二得阿羅漢果捨二若欲愛盡超越阿那含捨五次第捨六問誰得幾斷知答如捨得亦然或有得一斷知見道第六第八第十第十二第十四乃至道未知智心一一得一次第阿那含果得一五下分結盡是聖人色愛盡一色愛盡是阿羅漢果一一切結盡是得二者阿羅漢無色界纏退得六者若阿羅漢若阿那含欲界纏退無有得五者是故經中無問此斷知何處集答得果及度界二處斷知集此斷知二處集阿那含果阿羅漢果以彼處得

果即彼度界是故下分結上分結斷時得道
未知智生六種斷雖得果非度界色愛盡雖
度界非得果餘非度界亦非得果是故此諸
斷知處不名爲集已說建立自性果成就捨
得集若因緣彼斷得斷知名今當說
謂彼二因滅　離繫及度界　得於無漏得
及缺第一有
以四因緣故或五彼斷得斷知名見道四因
緣謂俱因滅俱繫離得無漏解脫得及缺第
一有彼苦法忍苦法智苦未知忍生非俱因
滅雖見苦斷因滅非見集斷以是義故非俱
繫離雖得無漏解脫得未缺第一有故如是
一因緣合三因緣不合苦未知智集法忍生
雖得無漏解脫得及缺第一有餘二因不具
是故此處不立斷知集法智生俱因滅謂先
見苦斷因滅今見集斷因滅當知亦是俱繫
離得無漏解脫得苦未知智生時已缺第一
有是故此處建立斷知集未知智生一切因
緣具是故此處建立斷知如是滅法智第三
滅未知智第四道法智第五道未知智第六
此說見道也修道斷五因緣前四及界永斷
是爲五欲界修道斷煩惱九種展轉相縛乃
至非想非非想地亦如是彼欲界一種斷乃
至八種具二因緣謂得無漏解脫得及缺第
一有三因緣不具第九種滅具五因緣是故
此處建立斷知初禪一種斷乃至八種具三
因緣非餘如前說第九種斷具四因緣一因
緣不具謂度界第二第三禪及三無色亦如
是第四禪地乃至八種斷具二因緣非餘第
九種斷具五因緣是故此處建立斷知非想

非非想亦如是以是義故凡夫離欲不立斷知以彼不得無漏解脫得亦不鈌第一有故已說斷知三種境界五種愛生今當說

好境俱不俱　彼二種愛生　惡境二亦然
一則謂爲捨

好境俱不俱彼二種愛生者好名可愛樂境界若得彼境界不離愛生云何令我於此事不離若未得者想得愛生云何當得惡境二亦然者惡名不可愛樂境界彼亦二種愛生俱者離想愛生不俱者不得想愛生一則謂爲捨者捨名境界非可愛樂非不可愛樂一向愚愛生問彼使爲心相應爲不相應此何所疑二師異說故毗婆闍婆提欲令不相應育多婆提欲令相應於此有疑答相應何者

謂使煩惱心　障礙不違淨　妙善心可得
非不相應使

使有二事故惱心緣及相應若使心不相應者不應於緣中惱心以彼無緣故一切心不相應法無緣亦不相應非相應法故心爲使所惱如所說貪欲惱心故心不解脫以此說故知使心相應障礙者若使心不相應者道生時不應障礙不違心相續故以障礙故非不相應不違淨者若使心不相應不應與善心相違與善心一時俱生不應作過作過故是故非不相應復次妙善心可得功德相違故名使若使心不相應者彼常行故善心應無生處善心生故當知非不相應復次說著相等故云何貪使謂染著相云何瞋使謂心法惱云何慢使謂心法舉如是比是故使心非不相應若纏善心相違非使者不然何以

故得使相故貪欲纏故名貪欲纏如是比不說差別因俱是貪欲而言纏相應使不相應者但有言說竟不說差別因緣若言纏以使爲種子者所說不成因不相應果相應故有過是故使非不相應

雜阿毗曇心論卷第四

音釋

疵（疾之切）蹉（七何切）軛（於革切）掉（徒弔切搖也）忿（撫吻切怒也）慢（莫晏切倨也）虺（許偉切蝮也）數數（並所角切數數頻頻也）

雜阿毗曇心論卷第五上

尊　者　法　救　造

宋天竺三藏僧伽跋摩等譯

賢聖品第六

已說諸煩惱修行今當說

初則名始業　次則已習行　思惟已度者
當知第三種

三種修行謂始業已習行思惟已度始業者不淨轉未曾得境界意解思惟分已習行者受自相念處轉未曾得決定分善根此上當知思惟已度以此上一乘道故復次不淨觀亦三種修行謂從足指起乃至頂際去皮血肉意解思惟是名始業於此骨鎖不作想生周徧大地又觀骨鎖不作想彼骨鎖展轉相對大風飄搏消爲雪聚是名已習行略觀骨鎖還至自身於其所緣清淨寂靜唯觀一色是名思惟已度如是乃至略境界當知善根漸增當知一切餘方便善根亦如是已說修行餘今當說

若此煩惱怖　遠離諸賢聖　如實正具足
方便應善聽

若者若種若方便若分別此者次第說示煩惱煩惱者熱惱故亦離一切有漏但煩惱過如毒飯是故說離煩惱衆恐怖本者起種種業種種生遠離者數滅滅賢聖者正定聚謂七人及真實凡夫如實正具足者謂住真實道方便應善聽者彼方便道當一心聽方便者一切善法方便向解脫行施等起非唯道

三苦所逼迫世間不能覺欲令修定故

始於自身分　繫縛心令定　欲縛於識足

爲盡智慧怨

始者先也自身分者自身中一處也若眉間鼻端及足指繫縛者安立緣中令不散何所安立謂自心定力故起智慧問何故答欲縛於識足心流轉不住故縛一緣中一心故知真實不亂問何故縛一緣中答爲盡智慧怨智慧怨者謂諸煩惱彼應斷雖觀他身如觀死屍契經說以彼遠因故此說近因觀又隨順一切度門故謂觀白骨身分隨順三度門觀死屍唯隨順一不淨度門三度門者謂不淨觀安般念界方便觀彼貪欲者以不淨觀度覺觀者以安般念度見行者以界方便觀度如師所授隨樂修行不淨觀安般念契經品當廣說界方便觀今當說此以愚夫不正思惟障蔽慧眼不觀真實緣起之法宿業煩惱種無量法積聚五陰起積聚想以愚惑故於緣起所作中計我作等諸邪見縛或時修行近善知識得聞正法起正思惟已能於此身界方便觀此身種種自性種種業種種相謂地等六界彼地界爲水界潤故不相離水界爲地界持故不流散火界成熟故不淤壞風界動揺故得增長空界空故食等入出識界合故有所造作又觀此身從足至頂種種不淨穢惡充滿觀察此色猶如猛風飄散積沙於無色法先後相續異分觀察如是觀者得空解脫門種子於彼生死厭離不樂得無願解脫門種子於生死不樂已正向涅槃得無相解脫門種子若於此得不作想覺已觀一切有爲皆悉散壞是名界方便滿問如是觀已復云何答

是方便於身　真實相決定　諸受及自心
法亦如是觀

彼修行者不淨觀安般念界方便觀一一住已身受心法各觀真實真實者不顛倒相者二種謂自相及共相色相是身自相四種及所造隨覺相是受自相識相是心自相法念處有種種法種種各異相隨知是想相爲作是思相如是比共相後當說問此念處如大地建立應說一有漏無漏分別應說二輭中上分別應說三即此有漏無漏分別應說六身等有漏無漏分別應說八九品分別應說九身等若内若外若内外分別應說十二九品有漏無漏分別應說十八身等輭中上有漏無漏分別應說二十四身等若内若外若内外若厭離若不樂若觀察分別應說三十六身等九品有漏無漏分別應說七十二若念念分別應說無量何故說四念處耶答四倒四食四識住及陰以四種修所治故說四種隨修法彼治不淨淨想顛倒故說身念處治苦樂想顛倒故說受念處治無常常想顛倒故說心念處治無我我想顛倒故說法念處如是餘種隨所應說問此念處云何滿答以二因緣滿謂壞境界及善根增壞境界者以極微刹那壞境界隨其義善根增者謂依輭善根中依中增是名爲滿問何故前說身念處後乃至法念處耶答起隨順故世尊說三種隨順起隨順說隨順無間等隨順起隨順者謂念處及禪無色修行者前起身念處乃至後起法念處是故世尊前說身念處乃至法念處當知禪無色亦如是說隨順者正

斷如意足根力覺道支乘一刹那起精進具四正斷說易故巳生惡不善法方便令斷乃至巳生善法方便令住如是廣說如是正斷以所作故說四正斷非性故無間等隨順者說真諦修行者先入苦無間等故是故前說如是廣說問何故修行者先起身念處乃至法念處耶答麤故五陰何者麤謂四種及所造是故先觀受雖非色以行麤故次說謂手足等痛受則隨轉雖想行陰麤非識而與涅槃合施設法念處故彼最細是故先觀心後觀法雖一切悉是法此於法想滿故建立是故說一法念處非餘如界品中說法入此中亦爾想滿者於聲是想於義是名名滿也問幾種念處答

三種說念處　自性及與共　亦說名爲緣
聞等慧亦然

三種說念處自性及與共亦說名爲緣者三種念處謂自性念處共念處緣念處自性念處者說不顛倒慧何以故如說順身身觀觀者是慧念者所作事不忘授緣故除自性過故說念處共念處者與正慧一果法如世尊說比丘善法積聚謂四念處是爲正說緣念處者一切法如所說比丘一切法說四念處是爲正說也攝受具故及略緣故共念處斷煩惱非餘自性念處雖有略境界彼具不足故攝受具道斷煩惱緣念處雖攝衆具然境界普散故略境界道斷煩惱問唯此念處三種餘亦然耶答聞等慧亦然餘亦三種謂聞思修聞者常於名處起從師受契經律阿毗曇思者或思處起或離思修者一向離名起如三人學浮一始學二半學三善學始學者

近岸半學者或近或離善學者離岸初人者譬聞慧第二者譬思慧第三者譬修慧修慧能斷煩惱永離名故及正定故謂二種無義者不然何以故趣修慧故修慧者具四念處身受心法彼法念處斷煩惱非餘總境界故非餘事境界故趣法念處故亦非無義法念處二種壞緣不壞緣若慧緣色是身念處若緣受是受念處若緣心是心念處若緣想行及無爲是不壞緣法念處餘今當說

入法中總觀　得法眞實相　此四是無常
空無我非樂

入法中總觀得法眞實相者修行者入不壞緣法念處修一一念處徧觀一切法自相共相已入壞緣法念處色受緣念處色想緣色行緣色識緣如是三四五陰緣是法念處成一切身受心法念處一覺總觀度此云何此四是無常空無我非樂以無常等行總觀一切有漏法彼念念滅故無常離常等故空不自在故無我實逼迫故苦

從是名爲煖　於法覺而生　十六行等起
觀察四聖諦

從是名爲煖於法覺而生者彼修行者於壞緣法念處次第生善根名爲煖問幾行何境界答十六行等起觀察四聖諦彼煖法行苦諦等十六行苦聖諦四行乃至道聖諦四行行義智品當廣說彼煖法生緣三諦法念處現在修未來四一行現在修未來四自分非不自分緣滅諦法念處現在修即此未來修非初離陰觀得修緣陰道一行現在修未來四緣三諦增進四念處一一念處現在修未

來四一行現在修未來十六緣滅諦增進法念處現在修未來四一行現在修未來十六修未增善根修自分行增善根現在修修自分不自分行煖法是慧性隨轉法則五陰性煖者生聖智火故煖爲種故說煖法

是法增長已　生頂及於忍　得世第一法

依於一刹那

是法增長已生頂及於忍者修行者正方便正憶念增長得隨順善業衆具故煖法得增長次生善根名爲頂緣四聖諦行十六行彼頂法緣四諦緣滅諦增進法念處現在修未來四一行現在修未來十六緣三諦增進四念處一一現在修未來四一行現在修未來十六此善根亦慧性隨轉法五陰性頂法者在煖上故曰頂劣於忍名爲下或時世尊說信如爲波羅延說或說慧如爲諸年少比丘說受事於此頂退名頂墮煖亦應有墮但不說頂墮者以多憂惱故有三處起大憂惱如失大寶謂非想非非想離欲退離欲界欲及頂法退退者名不成就性彼修行者於此正方便成就頂善根增進生諦順忍緣四諦行十六行初忍及增進法念處現在修未來四一行現在修未來十六忍者於四聖諦堪忍欲樂煖頂亦堪忍者不然忍不退故違惡趣故近聖道故是故說諦順忍非煖頂間忍增長生何善根答得世第一法依於一刹那謂增上忍次第緣生凡夫所得最勝善根名世間第一法此亦五陰性彼有漏故名世間勝煖等故說第一此亦凡夫所修最上功德一刹那不住故似見道故煖頂忍相續故有說

彼修慧一切總觀法念處次第生決定分世間行善根彼建立九品彼輭輭輭中輭上名煖法中輭中中中名頂法中上上輭上中名忍法上上名世間第一法若觀陰無常等善根名煖法觀三寶功德名頂法觀察聖諦名忍法觀苦聖諦次第聖道名世間第一法彼得煖法已若退捨若命終捨若度界地捨亦起無間業斷善根生惡趣中緣此福故要得涅槃頂法退亦如是唯除斷善根忍則不退有命終捨及度界地捨不作無間業不斷善根不墮惡趣以忍大力故如師子王群獸遠避忍力如是一切惡心非數滅亦如大王之所住處人天惡行心皆柔輭問世間第一法何緣幾行答

下苦有四行　說攝依六地　忍法亦如是
謂餘或依七

下苦有四行者欲界苦說下彼世間第一法所緣無常苦空無我行轉非餘似見道故有二種修行者愛行及見行愛行有二種我慢行及懈怠增見行亦二種我及我所計著我慢者修無常行世間第一法懈怠增者修苦行我行計著者修非我行我所計著者修空行問幾地所攝答謂攝依六地未來中間根本四禪非欲界無定故非無色界無見道故問餘決定分善根幾地攝答忍法亦如是謂忍六地攝如世間第一法謂餘或依七煖頂亦六地尊者瞿沙欲令欲界亦有問已說決定分次第起聖道次第起復云何答

世間第一法　次生苦法忍　忍次生於智
俱觀於下苦

世間第一法次生苦法忍者世間第一法次第生苦法忍欲界見苦斷十使對治是則初無漏無礙道復次世間第一法次第不作不向不行捨邪業邪趣邪見邪業者五無間業邪趣者惡趣邪見者五見又世間第一法分苦法忍作五種定謂地定行定緣定刹那定次第緣定地定者若此地世間第一法即此地苦法忍行定者若此行世間第一法即此行苦法忍緣定者必同緣故刹那定者若此刹那背即此刹那生次第緣定者世間第一法次第必生苦法忍增上忍分作三種定除刹那及次第緣以是故緣苦忍後得超昇離生彼思惟欲界苦及色無色界苦乃至色無色界行對治是名下忍彼復思惟欲界苦乃至欲界行對治捨色無色界行對治是中忍彼一一諦觀察捨還乃至欲界苦相續修然後復捨相續乃至欲界苦一刹那思惟是增上忍然後生世間第一法忍次生於智者苦法忍次第生苦法智解脫道自性問此忍智何緣答俱觀於下苦下苦是欲界苦彼俱觀

謂色無色苦　集滅道亦然　此法無間等
是說十六心

謂色無色苦者色無色界苦亦如是苦比忍無礙道苦比智解脫道集滅道亦然者集滅道諦亦以二忍爲無礙道二智爲解脫道此法無間等是說十六心者此十六心頃爲法無間等無間等是見義此十五心頃是見道最後一心是修道問何故三諦忍及智見道攝道諦最後心修道攝耶答修十六行道故道比智相應修十六行非見道修十六行道

比智相續故果道所攝謂不應者不然如盡智成者此則成若此非分者無學道亦非分略說三地見地修地無學地於此諸地建立人如其義今當說

隨法行利根　此在十五意　隨信行鈍見
當知亦在中

隨法行利根此在十五意者見道十五心人若利根說隨法行隨法行故說隨法行不從他信故隨信行鈍見當知亦在中者即此十五心人若鈍根者說隨信行信他得度故隨信行者必觀察隨法行者多觀察

隨信隨法行　若具煩惱縛　乃至五種斷
當知向始果

此隨信隨法行人若具煩惱縛若一二三四五種斷名向須陀洹果煩惱上上等分別故立九品彼若凡夫時未曾斷一品名具縛若斷一品名不具縛若斷五品超昇離生欲斷見苦斷五品斷苦法智得解脫證乃至見道斷五品斷道法智得解脫證欲界修道斷五品斷斯陀含果得解脫證

六斷乃至八　是向第二果　離欲至八地
是則第三向

六盡乃至八是向第二果者此隨信行隨法行者若已六七八品斷此說向斯陀含果離欲至八地是則第三向者此隨信行隨法行者若離欲乃至無所有處盡彼俱向阿那含果

若至十六心　是名住於果　輭見信解脫
利見名見到

若至十六心是名住於果者第十六心名道

比智相應彼起俱說住果若須陀洹若斯陀含若阿那含輭見信解脫者若輭見入見道名隨信行彼住三果時名信解脫利見名見到者若利根入見道名隨法行彼住三果時名見到見到信根勝信解脫但以慧所勳故說見到

非事諸煩惱　謂彼一切盡　乃至未進行
是名須陀洹

若見道斷八十八結盡是須陀洹果乃至未進行是名住須陀洹果若方便斷上上種是名向斯陀含果即此種乃至五品斷超昇離生道比智起名須陀洹非向斯陀含以向彼果道未一念現在前故問斷衆多煩惱何故世尊說三結盡耶答十使是根本五見疑愛恚慢無明彼見道斷六五見及疑彼見道斷六使永盡彼三轉三隨轉彼身見是轉邊見是隨轉戒取是轉見取是隨轉疑是轉邪見是隨轉已說轉當知已說隨轉是故世尊說三結盡是須陀洹復次此諸煩惱或一種二種四種已說身見當知已說一種已說戒取當知已說二種已說疑當知已說四種如是一切徧不一切徧有漏緣無漏緣盡當知此結已盡已知乃至阿羅漢猶有相似隨轉故

未盡修道種　受生生死七　當知彼所說
極滿須陀洹

彼須陀洹修道種未盡彼極滿當知七有七生人間中陰生陰及欲界天此總說七有不過七故如七葉樹問何故說七有不增不減耶答如七步蛇所螫四大力故至七步毒力故不至八如是業力故七生道力故不至八

彼住增上忍時除欲界七生餘一切生得非數滅至竟不現在前若人間超昇離生人間滿七天上者還天上滿中間聖道雖現在前業力持故不般涅槃問若滿七生佛不出世彼云何得阿羅漢果答有說在家得阿羅漢果得果已不住家又說即彼形自出家成就不壞淨故悕望具足故見惡行過故是故須陀洹法不墮惡趣又佛種性中生故智火明淨故見境界過故止觀具足故聖道藥所勳故如王太子如內火增人如巧便魚是故須陀洹不墮惡趣凡夫雖不墮惡趣以少反不定故不說住正定聚故說定必得涅槃故說趣正覺七有者如前說住者中陰生者生陰故說住生更不受餘生故名住苦邊不必一切須陀洹滿七有也

若斷三四種　成就彼對治　餘二生三生
是說名家家

三因緣故建立家家謂煩惱斷成就根及受生煩惱斷者欲界修道斷煩惱三品四品斷無有五品斷名家家若能斷五品者勢力故必斷六品成斯陀含非第六品力能障令不至果成就根者得彼對治無漏諸根受生者或更受欲界餘二生三生若三因緣一一不具非家家有二種家家若天若人天家家者謂欲界天或受二生三生或受一天處種類身或二或三人家家者謂人間身或一天下或二或三或一家或二或三問家家有何義答從家至家而般涅槃故曰家家須陀洹勝者名家家

六品煩惱斷　見道斷一切　是說斯陀含

謂彼未進行
若欲界修道斷上三品中三品及見道斷一切盡住果未進行名斯陀舍問斯陀舍有何義答於此終生欲界天一來人間而般涅槃
若七八品斷　成就對治根　餘則受一生
是名一種子
若欲界修道斷斷七品八品及見道斷一切盡得彼對治無漏根欲界餘一生名一種子三因緣一一不具非一種子若天一種子受天一身而般涅槃人間亦爾餘一生種子故說一種子問何故八品斷名一種子五品斷不名家家耶答正使六品斷爲家家者猶生欲界是故欲界業煩惱不爲障礙一種子九品盡生色界是故欲界業煩惱極作障礙以是故說三處衆生業極作惱亂三處後當說一種子皆是上斯陀舍
九品盡不還　當知有多種　或五及七八
或復說衆多
九品盡不還者見道斷一切及欲界修道斷九品結盡當知阿那舍問有爾所煩惱斷何故世尊說五下分結盡爲阿那舍耶答一二四五種如是一切五下分悉攝故可惡卑下同義復次二種下界下及衆生下界下者欲界衆生下者凡夫貪恚繫故下界者難度故身見戒取疑繫故衆生下如守門防邏故聖人或先斷二結或三結集斷故說五不還欲界名阿那舍此亦多種或五及七八或復說衆多是說阿那舍五種者謂中般涅槃生般涅槃行般涅槃無行般涅槃上流般涅槃七者中般涅槃有三種如契經中般涅槃三種者一如小迸大

火二如少小逆熱鐵三如逆燒鐵丸此即契經說四如前說八者五種如前說又現法般涅槃無色界阿那含及不定又色界五種根建立則十五中般涅槃上中下根乃至上流亦如是地建立則二十初禪有五乃至第四禪亦五種性建立則三十中般涅槃有六種謂退法種性思法護法住法昇進法不動法種性如是乃至上流亦如是處所建立則八十梵身天五如是乃至阿迦膩吒天種性根建立則九十地種性建立則百二十地種性根建立則三百六十種性處建立則四百八十種性處根建立則一千四百四十記曰

十五有二十　三十與八十　九十百二十
及三百六十　四百八十種　千四百四十
如是廣略說　攝受阿那含　根地及種性
處所廣建立　隨彼煩惱斷　今當次第說

雜阿毗曇心論卷第五上

音釋

逼迫（逼筆力切迫博陌切逼迫窘急也）　淤（依倨切）　螫（施隻切蟲行毒也）

雜阿毘曇心論卷第五下

尊　者　法　救　造

宋天竺三藏僧伽跋摩等譯

賢聖品第六之餘

復次一阿那含謂中般涅槃根建立三地四種性六處所十六種性根十八地種性二十四地離欲三十六地種性根七十二處種性九十六地種性離欲二百一十六處種性根二百八十八地種性根離欲六百四十八處種性離欲八百六十四處種性根離欲建立二千五百九十二當知是中般涅槃數乃至上流亦如是此一切攝受萬二千九百六十

記曰

一三四與六　十六及十八　謂說二十四
復說三十六　七十有二種　九十有六種
二百一十六　二百八十八　六百四十八
八百六十四　又復說二千　五百九十二
如是阿那含其數有五倍（即上二千五百九十二五倍為一萬二千九百六十）

已說一切阿那含五阿那含相今當說

利根軟煩惱　住於一種業　是中般涅槃
分別六種性

利根輭煩惱住於一種業是中般涅槃者此人利根及輭煩惱作中陰業增長不作生陰業彼於欲界沒住色界中陰得無漏道以此道捨餘結而般涅槃是名中般涅槃度欲界難故非欲界中陰般涅槃若欲令般涅槃者彼應斷不善無記二種結得若二若三沙門果越度三界而欲界中陰於此無能若色界沒者上流品所攝問此人幾種性答分別六

種性中般涅槃當知六種性退法乃至不動若說利根不應退種性者不然彼亦建立九品根故

精進勤方便　修習速進道　是生般涅槃

彼亦有二說

精進勤方便修習速進道是生般涅槃者生般涅槃人作中陰生陰業命終受色界天中陰及生陰彼初生起有行道謂勤方便及速進道疾斷餘結初生便般涅槃故說生般涅槃彼亦有二說者有說若初生斷煩惱般涅槃者不然無捨壽行分故無有捨壽行者乃至盡壽住此義爲勝

第二勤方便　離於速進道　第四不勤求

三俱說六種

第三勤方便離於速進道者彼行般涅槃若差別者不行速進道餘如前說名者起有行道斷餘煩惱而般涅槃是有行般涅槃復次依有爲緣三昧斷煩惱而般涅槃亦是有行般涅槃第四不勤求者此無行般涅槃亦不勤求亦不行速進道餘如前說名者起無行道斷餘煩惱而般涅槃是無行般涅槃復次依無爲緣三昧斷煩惱而般涅槃亦是無行般涅槃三俱說六種者行與無行及生般涅槃當知俱說六種性此三種雖皆是生般涅槃義差別故說三無過

超半超處處　是名爲上流　此亦六種性

當知進不進

超半超處處是名爲上流者上流有二種或先得熏禪或不得彼先得者先熏修三禪而後退住初禪初禪味相應命終生梵天中彼

亦三種超半超及一切處没彼超者生初禪乃至離第三禪欲熏修滿超第四禪彼命終生阿迦膩吒天半超者從梵天没或生一二三處然後生阿迦膩吒天一切處没者生一一處乃至阿迦膩吒天先不得熏者不生淨居天生無色界餘如前說問此義幾種性荅此亦六種性上流亦六種性退法乃至不動此非初住不動種性根謂退法種性於熏修禪退後得見到當知進不進者上流者當知有進不進應作四句當進修非不進者謂住欲界梵天不進非當進者謂住阿迦膩吒天亦進亦不進者謂住餘天非進非不進者無也若向無色界者非熏修是故說生無色界問世尊說七士夫趣彼云何建立七士夫趣答

謂生根煩惱　是說有三種　不生亦復然
及二上流一

一阿那含四因緣故七種建立所謂根建立煩惱建立生不生建立及上進建立彼生者初利根輭煩惱第二中根中煩惱第三輭根上煩惱如生三不生亦三上流者說上進凡夫轉還故非上流無色界上流有五事勝謂界勝地勝正受勝陰滅煩惱斷雖有五事勝不得熏修故不建立士夫趣

如是九煩惱　在於上八地　謂彼雙道滅
世尊之所說

如是九煩惱在於上八地者如欲界修道斷煩惱有九品從輭輭至上上八地亦如是謂四禪四無色彼初見道起以一種道斷九種煩惱問若色無色界煩惱亦九種彼何故

不建立離欲人耶答一處中二生非分故欲界有如是天如是方如是家聖人二生非色無色界聖人二生若二生者無生般涅槃乃至上流謂彼雙道滅世尊之所說者此三界煩惱當知無礙解脱道滅無礙道能斷煩惱得解脱道得解脱證無礙道斷煩惱解脱道不失所作故說雙道滅若言解脱道斷煩惱者云何為起耶未起耶若起者彼初盡智生時應有煩惱此則非究竟若未起者不應未來道斷煩惱耶問為何道斷煩惱耶答

有垢無垢道　俱能離八地　住彼說身證
謂得滅正受

有垢無垢道俱能離八地者有垢者世俗道無垢者聖道除第一有餘地離欲時當知有漏無漏道離第一有唯無漏有漏於彼非分故世俗道攀上地故離下地煩惱如折樓臿非想非非想處無有上地可攀能離彼結自地繫縛故不能離自地結如人被縛不能自解彼世俗無礙道三行若麤若苦若麤障彼現故說麤三苦成故說苦易觀故說麤障解脱道亦三行謂止妙出一一行無礙道下緣解脱道上緣聖行後當說住彼說身證謂得滅正受者住八地見道修道斷一地見道斷中住得滅正受說名身證是故學人於第一有一一離欲中起滅正受彼或具結所縛得滅正受或八品盡得世尊以度諸正受故說言度一切非想非非想想知滅身作證具足住法似涅槃與身合故說身證滅正受定品當廣說

金剛喻定次　必生於盡智　生意我生盡

應供離諸漏
金剛喻定次必生於盡智者非想非非想地離欲第九無礙道名金剛三摩提無一不壞故名金剛此義擇品當廣說金剛定次第必生盡智此初二智或苦比智或集比智謂彼盡智起已起自已行生意我生盡彼非想非非想處四陰緣有根本故應供離諸漏者彼盡智生一切有漏盡名爲應供應一切供養故害一切煩惱故更不於有田種識種子故不動阿羅漢盡智次第無生智起彼盡智一刹那無生智或一刹那若次第等見現在前一刹那若無生智現在前則相續時意解脫盡智或一刹那若次第等見現在前一刹那若復盡智現在前相續問阿羅漢幾種答

阿羅漢六種　隨信行生五　彼得於二智
當知時解脫

阿羅漢六種者謂退法思法護法住法必昇進法不動法若初學地不常方便不頓方便是名退法思法亦如是堪能思願護法者常方便不頓方便以隨護故不退住法者頓方便不常方便不退亦不進必昇進者常方便是鈍根能得不動不動法者常頓方便是利根有說若退法者必退乃至得必昇進必昇進者彼說六種是欲界阿羅漢色無色界有二種住法及不動法有說退法不必退若退者唯此種性非餘彼說三界悉有六種阿羅漢隨信行生五者此六種阿羅漢中前五種是信種性彼成就二智謂盡智及無學等見彼或時退故不說無生智世尊以更不受生故一切契經說更不受後有知如真當知時

解脫者當知此是時解說衣食牀卧具處所說法及人隨順故善根增進不能一切時隨所欲進故說時解脫

不動法利根　是不時解脫　彼得於三智自解脫成就

不動法利根是不時解脫者若不動法一向利根能一切時隨所欲進修善業不待衆具是不時解脫彼得於三智者彼成就三智盡智無生智及無學等見是不退法自解脫成就者當知彼自已相似名解脫成就時意解脫者待時故時意解脫成就不動法者不動故不爲煩惱所動故說不動是不退義問何故時意解脫名爲愛非不動耶答彼極自護故猶如一目不自在故畏退故如借他物彼相繫善根非分故不動解脫有相繫善根謂彼有餘三摩提故是故不名愛（謂空空無願無願無作無作以定捨定名相繫）

慧解脫當知　不得滅盡定　若得滅盡定當知俱解脫

慧解脫當知不得滅盡定者此六種阿羅漢不得滅盡定者說慧解脫以慧力解脫煩惱障故名慧解脫若得滅盡定當知俱解脫者此六種阿羅漢得滅盡定者說俱解脫彼慧力離煩惱障心得解脫滅正受力離解脫障得解脫是故名俱解脫若復退法一切俱解脫作四句退法非俱解脫者謂退法不得滅盡定俱解脫非退法者謂五種羅漢得滅盡定亦退法亦俱解脫者謂退法得滅盡定亦非退法亦非俱解脫者謂五種羅漢不得滅盡定乃至不動解脫亦如是

諸根說九種　亦說九種人　七種諸聲聞
緣覺及如來

此說九種根謂輭輭乃至上上阿羅漢人亦九種謂前五種及二不動解脫或因時解脫得不動或始得不動此七種聲聞及緣覺如來是名九種人已說根建立人若人成就根今當說

輭中最輭根　是爲初種人　乃至增上上
第九人當知

彼退法成就輭輭根思法輭中護法輭上住法中輭昇進中中因時解脫種性不動法中上初不動解脫上輭緣覺上中如來上上

謂以學種性　得彼無學果　或即彼種性
或進不退轉

六種阿羅漢或以學地如是種性得阿羅漢即彼種性阿羅漢或增益根得不退轉彼種性修習根故彼退法有三事後當說不動法唯一事即彼住般涅槃餘阿羅漢有二事已說根本種性阿羅漢增進根今當說

所謂三四五　六七次第增　是諸退法等
說五羅漢事

彼退法有三事謂退住學法退法根若住彼般涅槃若上增進根思法有四事謂退住學根退即住退法根若異者應進不退前說彼種性不退故住退法根即住彼般涅槃上增進根護法有五事謂護法退住學根住退法根住思法根即住彼般涅槃上增進根住法六種必昇進七隨其義說已說建立賢聖人相建立法今當說

謂隨信行法　若隨法行法　及與見諦道

是盡同一相
隨信行法隨法行法及見諦道此三種法盡同一相差別者隨信行者鈍根隨法行者利根

於中諸根法　是名未知根　謂餘有學法
佛說已知根

於中諸根法是名未知根者彼見諦道所攝根數有九法謂意根樂根喜根捨根信等五根是名未知根此諸根隨信行隨法行所成就名者未知當知故說未知根問苦法忍生觀欲界五陰後苦法智生非於五陰已知當知耶若言未知當知此則不然荅忍非智非智性故無過忍是見非智性故以智知故非不然謂餘有學法佛說已知根者除見道學法餘學法即此根數九法說已知根此根信解脫見到身證所成就雖道比智生觀道比忍是未知當知已少故不說如大海一滴須彌一塵虛空蚊處

當知無學法　是說無知根　得果捨前道
無礙智所說

當知無學法是說無知根者當知無學法即此根數九法說無知根此根慧解脫俱解脫所成就彼見道六地四禪未來中間非上地方便善根非分及非廣境界故修道學法九地此六地及三無色五陰性得果捨前道無礙智所說者得果時當知捨前無漏道得須陀洹果捨見道得斯陀含果若先倍欲盡亦捨見道若次第者捨須陀洹果及須陀洹進向道得阿那含果若先欲愛盡亦捨見道若次第者捨斯陀含果及斯陀含進向道得阿

羅漢果捨阿那含果及阿那含進向道問世
尊說隨信行等七人云何建立耶答
方便及諸根　正受解脫俱　當知賢聖七
事則說有六
方便及諸根正受解脫俱當知賢聖七者五
因緣故說七人名七非事七五因緣者謂方
便根正受解脫正受解脫方便者隨信行隨
法行隨信行者信多故說隨信行先種諸業
信他故作後得道已以本名說隨法行者先
自思惟興造諸業後得道已以本名說根者
信解脫見到鈍根說信解脫利根說見到正
受者是身證解脫者是慧解脫正受解脫者
是俱解脫事則說有六者此諸聖人有六見
道有二謂隨信行隨法行修道有二謂信解
脫見到無學道有二謂時解脫不時解脫隨
信行人應說一謂七人根故應說三謂輭中
上種性故應說五謂退法乃至必昇進道故
應說十五住苦法忍乃至道比忍離欲者應
說七十三欲界離欲十謂具縛乃至九品盡
初禪九乃至無所有處復次根種性道依建
立增亦應廣說如是隨信行人有十四萬七
千八百二十五彼所攝受

一三五十五　及與七十三　謂根種性道
離煩惱當知　三倍次五倍　十五及九倍
如是衆多種　唯說隨信行

當知餘聖人隨其義亦應如是說問如契經
說向須陀洹等八人此云何答

以有五事故　說有八人名　先後事各一
中間則有三

此四向四果說八人名事有五向須陀洹及

阿羅漢此名一事亦一須陀洹及向斯陀含此名二事一斯陀含及向阿那含阿那含及向阿羅漢亦如是彼前四人成就一地聖道即此亦說家家及一種子向阿那含果或一地乃至六地阿那含果或三地乃至六地向阿羅漢或二地乃至九地阿羅漢成就九地彼沙門果道壞地壞應作四句道壞非地壞者斯陀含果地壞非道壞者阿羅漢果道壞地壞者阿那含果道不壞地不壞者須陀洹果（離有漏無漏名道壞離依諸禪名地壞也）

已盡爲解脫　得依於一果　不穢汙第九
滅盡應當說

已盡爲解脫得依於一果者向道中諸解脫道得果解脫得果時法智品所斷盡得一解脫得比智品所斷盡得二解脫得道不壞故說一得果時說五因緣得未曾道捨曾道頓得八智一時修十六行得一味解脫果問穢汙斷前已說不穢汙云何斷荅不穢汙第九滅盡應當說前已說煩惱眷屬九品斷不穢汙者住第九無礙頓斷非漸漸不穢汙者世俗善及不隱沒無記五陰穢汙色亦第九無礙斷以少故不說問何故煩惱九品斷不穢汙第九無礙斷耶荅煩惱聖道相違故聖道與煩惱相違不穢汙不相違是故彼如是如是道起隨所應斷煩惱斷輭輭道起上上煩惱斷乃至上上道起輭輭煩惱斷如小明滅麤闇大明滅微闇彼亦如是以穢汙者自性斷不成就不穢汙者捨煩惱過如雜毒

無著相似名　彼能獲不動　信解脫種性
昇進亦增道

無著相似名彼能獲不動者非彼一切阿羅漢能得不動唯功德名相似者得謂必昇進於彼五種中增進根者得謂退法進至思法如是次第盡當知又得不動有九無礙及九解脫道如得阿羅漢也九無礙道八解脫道時解脫攝第九解脫道不時解脫攝彼一切果道所攝彼方便道若無漏者果道所攝有漏者不攝信解脫種性昇進亦增道者彼信解脫若必昇進種性能得見到非餘性是故學地五種亦增進根增進道者謂燋然根增進根者人中增非餘趣聖道增非世俗道學者依禪無學者依禪及無色須陀洹斯陀含依未來增進根即彼捨一地得一地阿那含若先依初禪及眷屬超升離生及次第未得第二禪彼增進根者捨三地果得三地果若得第二禪非第三禪後依初禪增進根者捨三地果及四地勝果道即得三地果如是乃至得無漏無所有處捨三地果及捨九地勝果道得三地果若謂捨多道得少道應退者不然何以故得勝道故彼人意解故問捨道亦捨斷耶答世俗道斷者不捨若非想非非想處煩惱一一種斷得見到時彼非想非非想修道斷捨斷及對治而不成就煩惱得如凡夫生上地時又復若先依初禪超昇離生後依第二禪增進根者彼捨三地果及四地勝果道得四地果如是一切地應廣說若住果而增進根者彼方便無礙及解脫道果所攝若住勝果道增進根者若彼方便無礙道勝果道所攝若解脫道果所攝一方便道一無礙道亦一解脫道如是見道亦六種性而

無增進根以速道故如是決定分善根亦六種性修行者次第增進根唯世間第一法無增進根以一念故已說諸根滿謂學滿非滿今當說

或有學果滿　或根或正受　或復三俱滿無學二亦然

彼學有三事滿或果滿或根滿或正受滿若信解脫阿那含不得滅盡定者唯果滿非根滿輭根故非正受滿不得滅盡定故見到須陀洹斯陀含唯根滿非果滿非正受滿信解脫阿那含得滅盡定果滿及正受滿非根滿見到阿那含不得滅盡定者果滿及根滿非正受滿見到得滅盡定者三事滿無學二亦然者一切無學果滿無二果性故慧解脫輭根者果滿非根滿利根者果滿及根滿俱非正受滿俱解脫輭根者果滿及正受滿非根滿利根者三事滿問三種滿謂善觀諦云何觀諦爲頓耶爲漸耶荅

建立功德惡　漸漸見真諦　無礙道力得有爲無爲果

建立功德惡漸漸見真諦者於此真諦見過惡故立苦集諦見功德故立滅道諦是故非見過惡時見功德亦非見功德時見過惡體異故亦非不如實見諦名諦無間等亦非一智總觀諦諦衆多性故是故漸漸見真諦有說無我行頓無間等彼如是說無我行緣一切法應頓無間等者不然何以故顛倒衆多故自性相應共有法非境界故諦異相故無我等於此諦衆多性顛倒非一無我起斷衆多自性惑是故非一無間等漸漸無間等擇

品當廣說問諦無間等得沙門果云何爲有爲果耶無爲果耶荅無礙道力得有爲無爲果煩惱數滅及解脫道俱無礙道力得是故俱說沙門果煩惱滅是解脫果及功用果解脫道是功用果及依果問此無間等有幾種

卷

謂三無間等　緣事見無間　當知有三種

或二亦復一

三種無間等謂緣無間等事無間等見無間等彼慧三種無間等緣無間等者有緣故事無間等者能成事故見無間等者見性故慧相應法二種無間等緣無間等及事無間等彼共有法唯一事無間等彼苦忍苦智於苦諦三種無間等於滅諦道諦事無間等當知集忍集智於集諦亦如是滅忍滅智於滅諦三無間等於苦集道諦事無間等道忍道智於道諦三無間等於苦集滅諦事無間等修道隨其義當知如是見諦無間等以是因緣當知漸次無間等

雜阿毗曇心論卷第五下

雜阿毗曇心論卷第六

尊者法救造

宋天竺三藏僧伽跋摩等譯

智品第七

已說建立賢聖人智今當說

若智性能了　明照一切有　有無有涅槃
彼諸相今說

若者若其事智者決定義了者分別也明照者觀察也一切有者極三有際謂苦集諦有者有性也有無有者有盡也涅槃者諸煩惱滅此說滅諦彼諸中亦示道諦相者自性自然性今說者顯示自性也問何等爲智荅

三智佛所說　最上第一覺　法智及比智
亦世俗等智

此三智攝一切智法智者若智境界欲界苦集滅道無漏智也此初受法相故說法智比智者若智境界色無色界苦集滅道無漏智也若此行法智轉即此行隨轉是比智以比類知故說比智等智者若智境界一切法有漏智也等者多受俗數謂男女長短等故說等智（等者衆事聚會義也）

苦集及滅道　二智從諦生　入是名與四智
牟尼隨諦說

此法智比智隨諦轉世尊隨彼諦聲說境界苦諦說苦智境界集滅道諦說道智

若智觀他心　是從三中說　盡無生智二
境界在四門

若智觀他心是從三中說者三智觀他心以法智品爲境界說法智以比智品爲境界說比智以有漏心心法爲境界說等智盡無生

智二者盡智無生智是二智謂法智比智彼所作境界究竟決定轉是盡智不復當作決定轉是無生智問何諦境界荅境界在四門謂彼緣四諦問若世尊說三智云何說十荅

對治及方便　自性行行緣　已作因長養
是故說十智

七因緣故說十智謂對治方便自性行行緣已作因長養彼對治者法智比智是無漏智欲界對治說法智色無色界對治說比智法智雖色無色界對治而非一切亦非全種是故不說方便者他心智亦知心法但彼方便欲知彼心故自性者等智多取俗數如前說行者苦智集智此二智行不壞緣壞一緣故此二智共一緣是故於彼緣無常行轉是苦智亦應說無常智以苦極增厭故名苦智次復不共故苦行一向有漏緣無常行者若有漏三諦緣若無漏有漏緣空無我行者若有漏一切法緣若無漏有漏緣是故苦智苦行應作四句或苦智非苦行者謂苦智行餘行或苦行非苦智者謂苦智相應法或苦智亦苦行者謂苦智行苦行或非苦智亦非苦行者謂苦智行餘行諸相應法如行已行當行亦如是如苦行無常空無我亦如是如苦智十二乃至道智亦如是行緣者諸滅智道智以彼智緣不壞行亦不壞已作者謂盡智彼所作已作故因長養者謂無生智因一切無漏智故住不動身故已說因緣建立十智善等分別今當說

九智唯說善　一智三分別　一見二非見
餘則有二種

九智唯説善者除等智餘九智説善愛果故一智三分別者等智或善或不善或無記一見者他心智是見分別性故二非見者盡智無生智非見非分別性故餘則有二種者餘七智或見或非見若法智比智苦集滅道智盡智無生智所不攝者是見攝者非見等智或見或非見五見世俗正見是見以捷疾故疑愛恚慢無明相應慧非見何以故二使覆故無明相應慧雖無二使一能極覆非餘煩惱何以故非觀察方便故不隱沒無記慧非見不捷疾故五識相應慧非見非思量性故

學與無學六　二智説無學　非學無學一
當知一三種

學與無學六者謂法智比智苦集滅道智或學或無學若學人所得是學若無學人所得是無學二智説無學者謂盡智無生智是無學離煩惱住故非學非無學一者謂等智是非學非無學有漏故當知一三種者謂他心智或學或無學或非學非無學若唯以學心心法爲境界是學若以無學心心法爲境界是無學若唯以有漏心心法爲境界是非學非無學

八智性不斷　二智二種説　有漏無漏一
一則説有漏

八智性不斷者除他心智及等智餘八智不斷離垢故二智二種説者他心智若有漏是修道斷若無漏是不斷等智若忍對治是見斷若智對治是修斷有漏無漏一者他心智或有漏或無漏以有漏心心法爲境界是有漏以無漏心心法爲境界是無漏一則説有

漏者等智一向有漏煩惱住處故當知八智不斷說無漏
四智有爲緣　有常緣則一　五智二境界明智之所說
四智有爲緣者謂他心智苦集道智有爲緣以陰爲境界故有常緣則一者謂滅智無爲緣以涅槃爲境界故五智二境界者謂法智比智盡智無生智以三諦爲境界是有爲緣以滅諦爲境界是無爲緣等智亦以三諦爲境界是有爲緣以數滅及虛空爲境界是無爲緣
法智應當知　是從六地起　比智則九地他心智在禪
法智應當知是從六地起者法智六地可得自性得也謂四禪未來中間非無色無色不緣欲界故比智則九地者比智九地可得謂未來中間四禪三無色他心智在禪者謂根本禪有他心智是四支五支定果故
等智應當知　在於十一地　彼謂諸餘智品品如前說
等智應當知在於十一地者等智在十一地謂欲界未來中間四禪四無色謂彼諸餘智品品如前說者謂苦集滅道智盡智無生智若法智品在六地如法智若比智品在九地如比智
若說諸念處　一智當知後　三則說一智餘四明智說
若說諸念處一智當知後者謂滅智是法念處無爲緣故三則說一智者謂他心智他心心法緣故是三念處除身念處餘四明智說

者謂餘八智是四念處五陰緣故

一智欲界依　二界依有一　二智三界依

餘六一或三

一智欲界依者法智唯欲界依以法智隨生或欲界四大造故二界依有一者他心智欲色界依依色故二智三界依者比智等智三界依餘六一或三者苦智等六智若法智品欲界依比智品三界依依者身之別名

名則十六行　事或說十六　離於十六行

除闇非無漏

名則十六行者謂無常苦空非我因集有緣滅止妙出道正迹乘衆緣所持故無常逼迫故苦我所見對治故空我見所對治故非我種子法故因等起故集相續故有相成熟故緣諸陰盡故滅三火息故止離內惱故妙離外惱故出趣向故道巧便故正等趣故迹至究竟故乘復次非究竟故無常重擔故苦內離人故空不自在故非我來方便故因出生方便故集增長故有與依故緣不相續離相續故滅離三有爲相故止善故常故妙第一休息故離邪徑對治故道不正對治故正登涅槃城故迹一切有對治故乘問事有幾行荅事或說十六此名十六行有說事有七謂苦行名四事亦四顛倒對治故集行名四事一滅道亦如是如是說者名十六事亦十六者善問離十六行更有無漏慧耶荅離於十六行除闇非無漏離十六行無有無漏慧如契經說我生已盡此亦是苦等行生盡如言我斫木爲誰斫謂斧斫此亦如是問此諸智各有幾行荅

二智十六行　法智及比智　如是行或非
是說爲等智
二智十六行法智及比智者如所說十六行一切法智比智轉如是行或非是說爲等智者等智行十六行亦非十六行十六行者謂煖等善根是十六行及餘不定聞思慧亦非者如病如癰等行是名爲非問若等智是十六行者何故不說名若智乃至道智荅壞境界故無漏行不壞境界別諦緣故有漏行壞境界有漏無常行三諦緣空非我行一切法緣

四智有四行　決定行所說　若智知他心
如是行或非

四智有四行決定行所說者苦智有四行乃至道智亦如是若智知他心如是行或非者若無漏他心智是道四行有漏智非自相境界故

盡智無生智　離空無我行　說有十四行
謂近於等故

盡智無生智離空無我行說有十四行者盡智無生智十四行除空無我行問何故非空無我行耶荅謂近於等故盡智無生智第一義而近等空無我行第一義近第一問彼諸行爲誰能行亦爲他所行耶爲何等性荅

謂慧行能行　亦爲他所行　餘有依二種
無依他所行

謂慧行能行亦爲他所行者慧自性是行能於彼爾炎中行無常等行彼亦爲無常等行所行餘有依二種者除慧餘相應法是亦能行有緣故亦爲他所行他所緣故非行非慧

性故無依他所行者若彼不相應法謂色無爲心不相應行是他所行非行非慧性故非能行無緣故已說建立行建立得今當說

謂初無漏心　或有成就一　二或成就三
四時各增一

謂初無漏心或有成就一者謂初苦法忍相應心若未離欲成就一等智若離欲成就他心智二或成就三者第二苦法智相應心若未離欲成就三智苦智法智等智若離欲成就他心智四時各增一者於上四時　一一增苦比智若未離欲四智法智比智苦智等智若離欲得他心智集法智增集智滅法智增滅智道法智增道智忍中不得智非智性故集滅道比智不增智以苦比智得名故已說成就智修今當說

若得修於智　謂在聖見道　即彼當來修
諸忍亦如是

若得修於智謂在聖見道即彼當來修者見道諸智現在修即彼未來修謂苦法智現在修未來修苦法智非忍非餘智如是乃至道法智諸忍亦如是者苦法忍現在修即彼未來修非智非餘忍一切忍亦如是問何故見道唯修自分修道修自分及非自分耶荅彼初得種性故見道初見諦故唯修自分非餘又不雜道故捷疾故不覺道故

於彼三心中　得修於等智　當知最後心
或修七或六

於彼三心中得修於等智者見道三心無間等邊修等智謂苦集滅比智若依禪未來超昇離生彼修一地見道二地等智謂禪未來

及欲界若依初禪超昇離生修二地見道三地等智乃至第四禪修六地見道七地等智問道比智邊何故不修等智耶荅邊非分故諦無間等邊修故名無間等邊無能修一切道及佛邊際而知一切苦集滅復次世俗智於彼諦曾無間等故修見道眷屬故無間等邊等智是見道眷屬道比智是修道所以無色界不修以無見道故問法智何故不修荅諦無間不究竟故若修者應說無間等中若欲界者則四陰性以不定故若色界者五陰性以定故有定則有定共色故有色陰是以有五陰智增故說修等智若苦無間等邊有四事欲界緣欲界苦色界緣色無色界苦集滅無間等邊亦如是是不生法依隨信行隨法行故彼隨信行隨法行成就而不現在前或修七或六當知是後心者若離欲得道比智未來修七智除等智盡智無生智若未離欲修六智除他心智修非想非非想處對治道等智非彼對治故不修

於彼上修道　十七無漏心　當知修於七
增益根或六

於彼上修道十七無漏心當知修於七者若未離六種欲從須陀洹果進九無礙道八解脫道修七智此道禪未來攝故無他心智盡智無生智是無學故不修餘七智必修若世俗智離欲彼現在修一等智未來修七若無漏者四法智一一現在修未來七增益根或六者謂信解脫求見到彼無礙道修六智非他心智無礙道相違故非等智以見道故非盡智無生智無學故若未離欲解脫道亦修

此六若離欲修七智是故說或昇進得不動者九無礙道修七智非他心智無礙道相違故非等智非第一有對治故非無生智未得故八解脫道修八智亦得他心智故第九解脫道修十智是故說或

得不還果時　及離上七地　熏修諸神通
解脫修習八

得阿那含果必得根本禪故修八智除盡智及無生智及四禪三無色此七地離欲時九解脫道修八智若世俗道離欲時等智現在修未來八若無漏道離欲者是苦等六智一一現在修未來八六智者謂苦比智集滅道比智及滅道法智也熏修禪一解脫道學修八智無學修十智神足他心智宿命通一解脫道亦修八智根本禪攝故天眼天耳解脫道無記故不修（上三通得時及後用時悉是解脫道解脫道悉是善神足降伏衆生故餘二所見微遠故眼耳無此故無記也）

此諸無礙道　及滅第一有　即彼八解脫
當知修於七

七地離欲無礙道及熏修禪二無礙道學諸通五無礙道（七地離欲及熏修以一等智一無漏智爲無礙道二念故言二一也五通各有無礙故言五）修七智除他心智無礙道相違故第一有離欲八解脫道修七智除等智非對治故

第一有離欲　無礙道修六　上乘應當知
修習於下地

第一有離欲無礙道修六者第一有離欲九無礙道修六智除他心智及等智一切方便道有漏無漏修八智上乘應當知修習於下地者若此地離欲即修此地無漏智及下地

謂初禪離欲即修初禪功德及未來如是乃至第一有離欲修一切地無漏功德上對治名爲上乘

無學初心中　修於一切地　無學相似修
或苦集比智

無學初心中修於一切地者無學初盡智相應心修九地功德問修何等種無學功德答謂無學相似修若退法者修九地輭輭功德乃至如來地修上上功德問無學初心何智答或苦集比智或苦比智或集比智生緣故作如是念我生已盡此非想非非想處四陰生緣最後盡故已說修無漏功德有漏今當說

盡智心俱修　善有漏功德　九地至一地
次第修亦滅

得阿羅漢果時或修九地善有漏功德乃至或一地問何故九地乃至一地耶答

謂生於欲界　修九地有漏　若生第一有
則修於一地

若生欲界得阿羅漢果得盡智所修九地善根若生初禪修八地除欲界如是乃至非想非非想處即修彼地善根問何故於此處修三界善根答一切縛解永甦息故如三等縛解如降伏煩惱力士衆咸稱善如王登祚解脱灌頂一切皆獻珎奇寶物先雖得下地功德以上地煩惱故智光不明得阿羅漢果一切功德增修照明修義擇品當廣說問世尊說見智慧爲一爲異耶答

諸忍則非智　盡無生非見　餘一切聖慧
當知三種性

諸忍則非智者八無間等忍非智不決定故自品對治疑得縛故決定義是智義故復次忍者悕望求智者悕望息復次忍是見非智性智性盡無生非見者盡智無生智非見息求故中平故背生死故餘一切聖慧當知三種性者除忍及盡智無生智餘慧種能求故見決定智故問何者是答學八智及無學等見

若善有漏智　在意則是見　煩惱見是智
此及餘說慧

善有漏意地智能求故見有說非一切意識相應善有漏智是見性謂從不思量識身所起故非見五識次生意識此非見也命終心非見羸劣故起作心非見外向故如是好謂初說凡說得理者名如是說也煩惱見是智者若見自性謂身見等從思量生故說見亦說智決定故此及餘說慧者此說若智若見及餘未說者謂意識相應無記除五見諸餘意地染汙及一切五識相應當知一切是慧謂彼說未說者若無記慧非見不捷疾故工巧慧雖捷疾而非見求生所障故染汙前已說五識相應慧非見不分別故不捷疾故一往故問一一智幾智緣答

法智及比智　觀察於九智　因智及果智
境界於二智

法智及比智觀察於九智者法智緣九智除比智比智亦緣九智除法智問何故不展轉相緣答下上境界故法智緣下比智緣上是故不展轉相緣如二人同止一人觀下一人觀上地空異觀故不相見面若言不自緣如不自見面者不然續觀故因智及果智境界

於二智者苦集智緣有漏他心智及等智苦集諦所攝故

道智緣九智　解脫智無緣　餘一切境界決定智所說

道智緣九智者道智緣九智除等智餘九智緣道諦所攝故解脫智無緣者滅智不緣智緣無爲故餘一切境界決定智所說者餘四智他心智等智盡智無生智緣十智問如前說若欲界對治是法智雖色無色界對治非一切亦非全何等法智爲色無色界對治耶荅

謂彼滅及道　法智之所行　是三界對治非欲界比智

謂彼滅及道法智之所行是三界對治者有修道滅法智道法智是三界修道所斷對治彼於欲界極見過患思惟欲界行滅及對治得離三界欲問何故非苦集法智荅下劣上勝故非觀劣能離勝處欲滅道俱勝是故觀此滅三界欲復次若緣欲界離色無色界者是爲異厭異不樂異解脫此則不然問頗比智離欲界耶荅非欲界比智無比智欲界對治自事未究竟故如王降伏自界怨巳然後伏他法智亦如是無有比智先滅色無色界後滅欲界也又法智極利智尚滅不善況無記也問神通幾智性荅

神足天眼耳　是說一等智　或六智宿命五說他心智

神足天眼耳是說一等智者神足天眼天耳一等智無漏智不以此行神足者種種示現天耳通是天耳識相應慧生死通是天眼識

相應慧神足餘品當說天耳方便思惟大聲彼方便漸增得色界四大所造清淨天耳隨聲遠近一切悉聞天眼方便思惟明相彼方便漸增於眼周圓得色界四大所造清淨天眼處於一方徧觀十方一切悉見而非一時或六智宿命者尊者瞿沙說六智非他心智緣現在故非滅智緣無爲故非盡智無生智非見性故阿毗曇者說一等智緣衆生名姓等故方便者或於自身或於他身於是處方便即於是處究竟或復餘也聲聞緣覺從前身起乃至究竟隨其所欲唯有如來隨意自在若前若後隨所聞見皆悉憶念五說他心智者五智知他心謂法智知他法智品心心法自分境界故比智亦如是道智知他無漏心心法等智知他世俗心心法他心智五也

方便者或從自身或從自心取其相貌如是相身有如是相心以是方便善根漸增乃至知他心心法是名成就於色方便及自心起至成就時不緣色及自心離於行緣知他心智根地人度不知根度者輭不知中上根謂乃至第四禪地輭知下地輭無漏非餘有漏者知有漏不知無漏地度者初禪不知二禪人度者學人不知無學人是故佛心心法非一切他心智境界一切他心智事境界自相境界心心法境界現在境界他心境界除見道是修道得空無相不相應盡智無生智不攝離無礙道問神通云何如說而生爲異耶荅或有說如說而生如世尊先說神足是故前生乃至後說生死智是故後生尊者瞿沙說謂欲界處起神通如說而生若色界則異

此修行者聞說色界天而不見欲見故起天眼見而不能往故起神足往而不聞說故起天耳雖聞而不知心云何住故起他心智知他心而不自知先所從來故起宿命智如是說者神通無有次第正受亦無超越正受亦無順正受亦無逆正受當知神通解脫道所攝非無礙道問力無所畏一一幾智性荅

處非處智力　及第一無畏　此是佛十智

餘此中差別

處非處智力及第一無畏此是佛十智者處非處力及初無畏此十智性普境界故問餘力無畏何智性耶荅餘此中差別處非處力差別有餘力初無畏差別有餘無畏世尊觀受化者悕望故建立多種問何故世尊自說功德耶荅爲求佛道者修念佛三昧故復次於等解脫現差別故樂說辯才故無盡無滯無缺乃至降伏醉象等中有疑者不知誰力爲彼故顯示自力故復次爲受化者說實功德不過量故離非大人法故

淨業有愛果　不淨果不愛　此說爲是處

異則說非處　應當如是知　是處非處力

淨業有愛果不淨果不愛此說爲是處者因果決定彼無障礙智知此是彼決定因謂淨業有愛果不淨業不愛果猶如外種因果隨類異則說非處者與是相違名非處應當如是知處非處力者等起容受義是處義也與是相違名非處義也不伏不屈故無勝無動故說力

彼十智自性　在於十一地　決定說如來

謂閻浮提依

彼十智自性者如前說普境界故十智自性緣一切法是十六行或離行四念處三正受三根相應在於十一地者謂欲界四禪未來中間四無色決定說如來者說建立如來力非聲聞緣覺以如來除二種無知故謂染汙不染汙是故佛智不爲非智所屈是無學及非學非無學非是學聲聞緣覺唯除染汙不除不染汙如來除二種疑使處疑非處疑謂閻浮提依者謂閻浮提身現在前非餘餘方無佛出世故閻浮提人利根易覺是故佛閻浮提出世非餘

第二力八智　於彼事業轉　及法受煩惱餘則如前說

第二力八智者自業智力八智除滅智道智無漏緣故是故說八行或離行空無願相應問何緣荅於彼事業轉及法受煩惱彼事者是業果身業口業及思是業法受者有四法受有法受現世樂後世樂如是比煩惱者是業因於此轉緣此起餘則如前說者餘如處非處力說

諸禪及背捨　正受三摩提　第三力迴轉九智餘如前

諸禪及背捨正受三摩提第三力迴轉者禪者四禪背捨者八背捨正受者無想定滅盡定及四無色三摩提者空無相無願第三力者於此禪背捨正受三摩提中轉緣此起問此力何性荅九智性除滅智及滅四行無相三昧無爲緣故餘如前者餘如自業智力說

於上下諸根　第四力迴轉　第五說解力第六於界緣

於上下諸根者上者勝下者劣根者主第四力者上下諸根力也迴轉者緣也謂緣三諦從緣根方便起故說上下諸根力如他心智第五說解力者解者欲也彼亦二種有勝有劣勝者善欲劣者惡欲復次欲道及道果者勝欲生死者劣此亦緣三諦從欲方便起故說欲力第六於界緣者界者自性也有二種如前說

於彼種種趣　第七力迴轉　當知已說四
餘皆如前說

於彼種種趣第七力迴轉者趣者道也彼亦種種向地獄乃至涅槃彼緣起及衆具故名趣力當知已說四餘皆如前說者已說根解界趣力餘因緣當知如禪背捨正受三昧說或有說趣智力是十智性

知宿命有行　是說第八力　謂禪有煩惱
餘則如前說

知宿命有行是說第八力者宿命力於宿命所受若所行所受種種悉知彼所行者謂中陰所受者謂本有以本有有所受若刹利若婆羅門如是輩悉知是宿命力說一智謂宿命智有二種謂曾得今得上中下說三地建立說四輭中上曾得今得說六地曾得今得說八下下至上上說九地及下中上分別說十二下下等曾得今得說十八地下中上曾得今得說二十四地下下等分別說三十六地下下等曾得今得說七十二此總說一宿命智謂禪者根本禪非眷屬非無色無神通所依三摩提故四支五支所攝三摩提神通所依唯禪非餘若依彼禪得宿命通即知彼

禪及下地若依初禪得神通知初禪及中間同一地故有煩惱者前已說是等智是故無無漏事是法念處餘則如前說者如趣智力說

第九力當知　遠離於所緣　命緣及受生
行於衆生數

第九力當知遠離於所緣者生死智力除緣餘如宿命智說聲聞不方便見千世界方便者見二千世界緣覺不方便見二千世界方便見三千世界佛不方便見三千世界方便見無量無邊億百千三千世界問何緣荅命終及受生行於衆生數彼緣色入如所說隨業法受如實智當知彼說眷屬生死智此則内法

第十力十智　或六一切地　示現力明通
餘皆如前說

第十力十智或六者若說漏盡人所得爲漏盡智者彼說十智性若以漏盡緣故爲漏盡智者彼說六智除他心智苦集道智一切地者漏盡智在十一地攝受生故示現力明通者彼漏盡智說名示現謂教誡示現令彼歡喜不傾動故說力永離無明故說明通種性故說通宿命智力生死智力是說通明力非示現問此非學非無學耶何故契經說三明一向無學荅無學身中得故導第一義明故問六通何故三通建立明非餘耶荅三種愚對治故彼初明滅前際愚第二滅後際愚第三滅真諦愚導三解脫門故六通中二通是示現非明謂神足他心智二是明非示現謂宿命智及生死智漏盡通俱有天耳通俱無

餘皆如前說者餘所未說者因緣如前說已說力無畏今當說

初則如初力　第二如第十　餘二如二七

是名無畏安

初則如初力者言我等正覺此初無畏即處非處力第二如第十者言我諸漏已盡此即漏盡力餘二如二七是名無畏安者言我爲諸弟子說障道法彼言不障道者無此畏也此即自業智力言我爲諸弟子說道是賢聖出離言不出離者無此畏也當知此即趣力問世尊何故說此契經荅制善星及婆羅婆誹謗故說此契經善星言沙門瞿曇無過人法爲制彼故說前二無畏婆羅婆言沙門釋種子法我悉知見爲制彼故說後二無畏復次前一無畏是說自安後二無畏是說安他不屈伏義是無畏義離恐怖故問力無畏何差別荅有說無差別又說智是力智光普照是無畏安住是力勇猛是無畏智無盡是力辯無盡是無畏如是等復次一一力攝四無畏一一無畏攝十力此十四法又三不共念處及大悲是佛十八不共法不共一切聲聞緣覺故名不共念處及大悲是慧性問無諍何地云何行何處現在前何緣何等人起何等自性耶荅

第四禪有垢　無諍三方依　緣欲未生惱

依不動智慧

第四禪者無諍在第四禪非餘普境界故於一切依最勝故是有垢離聖行故無諍者煩惱相違故三方依者三方現在前非餘說力所起故緣欲未生惱者緣欲界未來煩惱謂

貪恚癡慢自相煩惱非總相總相是普境界是故得四念處捨根相應依不動者依離煩惱身得三昧力故唯不動法者所能起非餘智慧者是智慧自性也彼阿羅漢不行五因緣故則能令彼不起煩惱謂正威儀及正說分別應受不應受觀察住處及觀察人正威儀者於一方正身坐若有人來即觀其心觀察彼心何等威儀令不起結若此威儀令彼不起即時便住如是威儀正說者若有人來即觀其心若說而起結者則不爲說若不共說而起結者則便爲說分別應受不應受者他施衆具即觀察之若受其施而起彼結雖須不受不受而起雖不須而受觀察住處者若住此處而起彼結雖衆具豐足則便捨去觀察人者先觀察人然後入里若舍若巷有起結者則便不入云何於彼復作惡緣爲攝他故作是思惟我於往昔煩惱身時彼等於我起煩惱故受不愛果況今離欲當作方便令彼於我必不起惱佛及波羅蜜諸聲聞等得無諍滿而不數入爲令衆生因惱得度故有時不入無諍三昧也

所謂妙願智　遠離彼境界　於彼最後得
六智自在性

所謂妙願智遠離彼境界者妙願智亦在第四禪是有漏依三方不動者所得是智慧性緣一切法普境界故無色依者云無色依者此依是津賦義謂欲色界是無色界氣分故名爲賦依此釋願智因依果如無色界也觀行差別如田夫是故說四念處如願智而知故說願智欲知是其義於彼最後得者若起彼智時謂欲界善心次第初禪現在前如是次第乃至非想非非想處如是逆次第乃至欲界

善心復順次第乃至第四禪現在前後復於第四禪從輭至中從中至增於彼增上第四禪後起願智六智自在性者此智六種自性謂三無礙智除辭無礙又無諍智後邊智及妙願智此智三因緣故起攝他故攝教法故覺世間安不安故

義辯漏無漏　在於一切地　佛說爲方便餘則如前說

義辯漏無漏者此辯十智性以一切法第一義故有說六智性除他心智苦集道智以滅諦最第一義故是故說行念處三昧緣在於一切地者此辯在十一地自性得故佛說爲方便者義辯以佛所說爲方便若先無佛說則無能起者不知義故餘則如前說者餘所未說者如願智說

所謂爲應辯　境界道及說　因明論方便或三餘如前

所謂爲應辯境界道及說者應辯緣道及言說是故九智自性除滅智有十二行因明論方便者此辯不以因明論爲方便則無能起者不知應不應故是故說阿毗曇爲方便以因明論無如阿毗曇者以智具足故或三者此辯三智性謂辯及願智最後智有說知一切法第一義彼亦義辯餘如前者餘所未說者如義辯說

法辯緣施設　在於五地中　以數爲方便餘如無諍說

法辯緣施設者法辯緣名分齊在於五地中者謂欲界及四禪非上地以無色界不緣名及下地非分故以數爲方便者法辯以數論

爲方便餘如無諍説者餘所未説者如前無
諍説
聲明論方便　是則爲辭辯　境界於言説
二地餘如前
聲明論方便是則爲辭辯者辭辯以聲明論爲方便若先不習聲明論則不能起離種子故境界於言説者此辯縁言説是故是身念處二地者欲界及初禪非上地離覺觀故餘如前説者餘如法辯説問辯云何如説生耶爲與耶荅有説如説生謂先於法起名巧便知名未知義故次第起義辯雖知義不知辭故次起辭辯知辭已不能連注説故次起應辯又説先起義辯知義不知名故次起法辯知名不知辭故次起辭辯知辭不能連注説故次起應辯應辯如前説又説名隨説轉是故先起辭辯後起法辯義依名轉是故次起義辯此三辯導應辯問此辯云何爲一一得耶荅不然若得一則具四如四聖種一時得此亦如是

雜阿毗曇心論卷第六

雜阿毗曇心論卷第七

尊者法救造

宋天竺三藏僧伽跋摩等譯

定品第八

已說智定今當說

智依於諸定　安不動而轉　是故當思定
勤求見真實

決定義名智彼善心正性相續名定建立義名依依有二種共起及次第緣彼二說名依依定而立故說依諸定智有八種四法智四比智安不動者不動搖故說不動轉者取緣義如燈依淨油炷離風處光燄甚明如是智依諸定離於亂風則不動而轉是故者說因緣也定者智所依後當說思者知見義勤求者求欲時也真實者不顛倒謂四真諦見者謂無間等是說真實見以不離定而起實智故問有幾種三昧答

決定說四禪　及與無色定　是中一一說
味淨及無漏

決定說四禪及與無色定者謂決定智者略說八種三昧攝一切三昧謂世尊智差別三昧正受一切聲聞緣覺不知其名如修多羅廣說是中一一說味淨及無漏者一一三昧說三種味淨無漏

善有漏是淨　無漏離熾然　味則愛相應
最上無無漏

善有漏是淨者若善有漏當知是淨問善有漏有垢云何說淨耶答煩惱相違故煩惱不離故引導無漏故無漏離熾然者離煩惱熾然當知是無漏彼雖永離煩惱第一義淨當

知爲差別故立名味則愛相應者若愛相應定者當知是味相應問何故愛相應說禪非餘煩惱耶答相似故一向熏著緣是三昧餘煩惱無有著緣如彼愛者復次已說愛當知已說餘煩惱是煩惱足故最上無無漏者彼總說故言一一三種當知第一有唯二種無無漏不捷疾故有二邊謂欲界及第一有聖道離二邊名爲中道離二有根本亦如是若味相應著者名味正受若不味著者名淨正受若無漏思惟五陰無常等行當知是無漏正受問淨有幾種答

淨者有四分　退分及住分　勝進決定分
隨順諸功德

退分者順煩惱住分者順自地勝分者順上地決定分者順聖道復次退分者若住彼則退住分者若住彼不進亦不退勝分者若住彼能勝進決定分者若住彼則能次第超昇離生復次退分者爲煩惱所陵所離從禪次第煩惱現在前煩惱次第禪現在前住分者彼能厭下地麤等行受自地寂靜等行勝分者能厭自地過受上地功德決定分者煖頂忍世間第一法如禪無色亦如是唯除煖等功德問禪何等性答

五支有覺觀　亦復有三受　種種及四心
是說爲初禪

五支者五支所成分義是支義如車有衆分衆具義是支義如王有將士支者若異若即若異者如毗陀六支四毗陀經一者億力毗陀二者阿陀毗陀三者耶訓毗陀四者三摩毗陀毗陀者智也有六支所成一學二欲三想四辭五說六星歷也比丘五勝支比丘五勝支所成一信二不諂三不病四精進五智若即

者如十六支散八支聖道彼支者謂覺觀喜樂一心正受時先麤心法作想名爲覺麤心法相續隨轉名爲觀正受時心悅名爲喜身心離惡故快樂名爲樂是猗息樂非受樂於緣心心法不散名一心有覺有觀者初禪有覺有觀問已說五支何故別說有覺有觀耶答支者謂善穢汙亦有覺觀故別說亦復有三受者彼有三受謂三識身有樂根意地有喜根四識身有捨根種種者謂梵天有種種身有勝有劣以覺觀力生故有尊長眷屬處及四心者彼有四心眼識耳識身識意識是說爲初禪者此諸法說初禪勝一切煩惱故正觀一切境界故說禪

第二有四支　種種及二受　第三說五支
此禪亦二受

第二有四支者内淨喜樂一心種種者彼無種種身覺觀非分故有種種心謂根本有喜根喜息已眷屬捨根現在前捨息已復入喜根及二受者謂喜根及捨根此諸法說第二禪第三說五支者謂念正知樂行捨（行捨此行如常行等行也此是行捨非根捨也）一心念者於緣不忘記正知者止舉捨時分別知樂者於緣隨順受行捨者樂著樂故不受餘求一心者於緣不散此禪亦二受者彼亦二受樂根及捨根此諸法說第三禪

離息入息出　第四有四支　支者謂說善
隨事如先說

離息入息出第四有四支者第四禪無入息出息彼正受身毛孔合四大極密故四支者不苦不樂行捨淨念一心不苦不樂者已離

苦樂故行捨者不求餘事故淨念者護善根故念離八上煩惱故淨八上煩惱者謂四根覺觀出入息離內外亂故亂義擇品當廣說一心者於緣心不散問初禪二禪何故不立正知耶答喜及覺觀亂故不立支種以是故亦不立念又不立行捨猗樂與行捨相違故樂動捨沉靜也問第三禪何故不立不苦不樂耶答隨順無明品故明無明相違以是義故第四禪不立正知問味相應等三種禪悉成就支耶答支者唯說善當知善禪與支相應非穢汙問穢汙無何等答初禪無離生喜樂煩惱相應故第二禪無內淨煩惱濁亂故第三禪無念及正知煩惱樂所迷故第四禪無淨念及行捨煩惱相違故復次初禪二禪無猗樂一句善故三禪四禪亦無行捨隨事如先說者若事彼禪先已說餘禪復說者非未曾事增益如初禪二禪說喜樂當知此二支非四如是一切地問此禪支有幾答

禪支名十八　事則有十一　無色無有支
禪眷屬亦然

禪支名十八者禪支名有十八初禪有五支第三禪亦爾第二禪四支第四禪亦爾支前已說事則有十一者初禪五支名五事亦五第二增內淨第三增行捨念樂正智第四增不苦不樂初禪支非二禪支作四句初禪支非二禪者謂覺觀第二非初者謂內淨亦初亦第二者謂喜樂一心非初非第二者除上說如是乃至第四禪展轉說無色無有支禪眷屬亦然者四無色及禪眷屬不立支以苦行故支所攝禪是樂行是故說彼地為苦道

若彼立支者應一切地名樂道

有覺亦有觀　是說未來禪　禪中間有觀
明智之所說

有覺亦有觀是說未來禪者未至依有覺有觀未至者是初禪眷屬禪中間有觀明智之所說者禪中間有觀而無覺修行者轉寂靜故問何故初禪二禪立中間依非上地耶答彼昇降可得故初禪有覺有觀第二禪無彼中間有觀無覺故別立依上地無此昇降故不立

未來或二種　謂離味相應　禪中間三種
亦俱說一受

未來或二種謂離味相應者有說禪未來二種性淨及無漏非味相應彼雖有連鎖縛以愛力令未來禪受梵天生生死相連由初禪愛鎖除此則二取此則三彼無正受愛不除受生愛無過如是說者有味相應禪中間三種者禪中間有三種性味相應淨無漏亦有味相應如餘地亦俱說一受者未來及中間俱有一受謂捨受未來者有畏故無樂受近欲界故修行者有畏故樂受不起事未究竟故修行者向離欲而未得故樂受不起憂隨生故欲界縛有餘故如人被縛有解有餘猶生疑畏不起樂受彼亦如是寂靜劣故如未來中間亦如是隨其義說已說地所起功德今當說

三摩提與通　無量一切處　勝處及諸智
背捨於中起

彼三摩提者三三摩提空無願無願應言無實無相彼善心平正故說三摩提彼空者二種謂有漏無漏若有漏者一切法緣無漏者有漏緣

此復九種謂內空外空內外空有爲空無爲空有爲無爲空無事空第一義空空空內空者謂內入空作無我思惟外空內外空有爲空無爲空有爲無爲空亦如是無事空者謂無彼彼物第一義空者謂眼起時無所從來滅時無所至如是比說空空者謂有漏空於無漏空作空空思惟無願亦二種謂有漏無漏俱二種緣隨其義說彼復五種謂內等三種及有爲無願無相無願有爲無願者於有爲法以有漏無願作無常等行思惟餘如空說無相者無相有二種謂有漏無漏彼復四種謂於內入數滅以有漏無漏作滅止妙出無相思惟如是外及內外無相亦無相三摩提修多羅品當廣說重三昧雜品當廣說通者六通智品已說問若修神通作證證者顯現義也謂不失所作則所作願也出定名爲起若解脫是無記者則出三昧也若是善即三昧也道彼成神通時爲起耶不起耶答若解脫是無記者彼則起若善者不起無量者

二無量無恚　最後說無貪　第三說喜根
謂彼欲界依

二無量無恚者謂慈及悲是無恚善根性瞋恚對治故是處恚者以慈對治非處恚者以悲對治復次爲捨衆生命起恚以慈對治爲楚罰衆生起恚以悲對治是故求功德者能起無量非求過惡彼乃至斷善根所亦求功德謂見本淨業求過惡者乃至阿羅漢所亦求過惡謂見本不淨業最後說無貪者捨無量是無貪善根性謂無貪非欲愛瞋恚對治者不然何以故不然無恚故問捨是貪欲對治不淨觀亦貪欲對治何貪以捨對治何貪

以不淨觀對治耶答色貪以不淨觀對治婬貪以捨對治第三說喜根者喜無量是喜根性隨生法是五陰性相者以安饒益是慈相除不安是悲相隨喜是喜相任放是捨相謂彼欲界依者（依者身也）欲界現在前非餘何以故樂饒益轉故謂見欲界衆生苦欲令得樂饒益以除苦故色無色界無苦復次瞋恚對治故慈無量者瞋恚過對治如所說慈修習多修習除瞋恚悲除害喜除不樂捨除欲愛瞋恚色無色界無此諸過又欲界有三方除鬱單越問無量正受何等思惟答

樂苦喜衆生　衆生無餘想　隨其所應轉
無量衆生緣

於彼衆生欲令得樂如是思惟入慈正受於苦衆生歎言苦哉欲令脫苦如是思惟入悲正受欣彼衆生如是思惟入喜正受惟彼衆生無有餘想如是思惟入捨正受問慈力不能令苦衆生得樂何故非顛倒耶答善故安悕望所起故正思惟相應故瞋恚相違故衆生緣者緣欲界衆生如所說若思惟滿一方成就住者此說器及器中以是義故當知無量是有漏衆生緣故周徧總緣一切衆生謂四生離此更無有餘衆生離欲得方便得離欲得者離欲時得後方便現在前問云何方便答慈者從親起謂欲起慈心時於一切衆生立爲三品謂親怨中親復分別下中上品先於上親品起真實悕望謂父母及餘尊重者謂彼久習惡悕望故饒益心不至還復攝心作饒益想如是上親乃至上怨得平等住是名成就慈心正受悲喜亦如是捨從中品

起如是廣說名者緣無量衆生故說無量

勝處說有八　前三色背捨　及八一切處

無貪善根性

此諸善根當知無貪性貪對治故是有漏意解思惟故問此非無貪善根性何以故說觀說想故如契經說內色想外觀色如是廣說觀者是慧是故勝處是慧性阿毗曇解脫處云勝知勝見見即也慧背捨亦說色觀色是初背捨是故前三背捨是慧性如是一切處說地普一想是故一切處是想性而說無貪性者不然答此諸善根無貪性慧想增故彼說見及想如宿命念及勝色想是故無過如曾滅處隨念智念增故言彼憶念曾所更無量事彼亦是智如勝色想是慧性以想增故說勝色想復次相近故說是故說想無過無貪慧想不相離一依一行一緣一果一依果依果此依亦是津膩義也津膩果凡三種一從徧因生二從自分因生三從報因餘勢生謂殺生得短壽是故說一當知說餘云何知無貪性貪對治故此善根當知貪對治若是無癡性者應說癡對治慧雖一切煩惱對治癡最近故非貪若一切處是根自性者非煩惱對治不決定故是故當知此善根是無貪性

若說彼眷屬　是則五陰性　此說三方依

境界欲界色

若說彼眷屬是則五陰性者當知此諸善根及眷屬是五陰性此說三方依者此諸善根於三方身起除鬱單越亦非餘何以故此諸善根貪欲對治故非色無色界有貪欲鬱單越雖有貪欲慧力劣故是故不能起此善根欲界諸天雖有貪欲以著樂故亦不能起此

諸善根境界欲界色者此諸善根緣欲界色初二背捨前四勝處作青瘀等行於色入處轉不淨行轉故餘者淨行轉是故得爲身念處問何故彼修行者於緣受淨相耶答爲識不淨故爲成不成耶觀不淨者懈怠心生欲令攝持故又欲自觀知所堪能作是念以不淨觀不起煩惱未是爲奇淨觀不起乃爲奇特又現善根有所堪能故

背捨中最後　心不相應行　是說二界依
先從欲界起

背捨中最後心不相應行者想受滅背捨是心不相應行性問一切心心法滅何故說想受滅耶答以此二力故令修行者於二界極生疲勞受力故於禪疲勞想力故於無色疲勞受想義如陰中說是說二界依者欲界色界身現在前非無色何以故非心故欲色界有色是故彼心心法滅命根依色轉無色中無色若彼正受時心心法滅命根應斷無所依故應死非正受是事不然先從欲界起者滅盡正受先從欲界起於彼退生色界復離彼欲而現在前問何故色無色界得初起禪無色非滅盡正受耶答禪以三事故起謂因力業力法方便力因力者謂彼於禪曾已近起業力者謂已作受業長養有四法受業已作而長養法方便力者如劫成敗時無色界二事起因力及業力無法方便力以彼無成敗故滅盡正受從說力起說者欲界謂佛及波羅蜜聲聞說是故彼欲界身能初起非餘欲界一入正受不過七日摶食身故若過者出則融消色界一入正受經劫住

餘則四陰性　說彼三界依　或無色境界
及以無漏緣

餘則四陰性者餘功德謂四背捨二一切處四陰性除色陰彼無色故說彼三界依者此功德三界現在前空處背捨空處一切處初從欲色界起爲捨色故修空故初從色處起也或無色境界及以無漏緣者空處一切處空處地四陰緣識處一切處識處地四陰緣空處背捨緣四無色及彼因彼滅一切比智品識處背捨緣三無色餘如上說無所有處背捨緣二無色餘如上說非想非非想處背捨即緣彼地及彼因彼滅一切比智品已說善根自性謂成就功德今當說

當知或有說　成就四無量　或復成就三
滅者則不然

若生欲界離欲界欲及生初禪二禪成就四無量若生第三第四禪成就三無量除喜喜根性在初二禪非上地故滅此者無有

或一乃至八　成就於背捨　或四亦復八
成就於勝處

或一乃至八成就於背捨者或有成就一背捨或有成就乃至八成就一者若生徧淨天於彼愛盡果實愛未盡若生果實於彼愛未盡若生空處於彼愛未盡成就二者若生欲界及生初禪二禪於彼愛盡徧淨愛未盡若生三禪四禪色愛盡空處愛未盡若生空處空處愛盡識處愛未盡若生識處即彼愛未盡成就三者若生欲界及初禪二禪徧淨愛盡果實愛未盡若生徧淨及果實空處愛盡上愛未盡若生空處識處無漏生上不失下故生識成就空處

背捨如是一切也識處愛盡上愛未盡若生無所有處即彼愛未盡成就四者若生欲界及初禪二禪色愛盡空處愛未盡若生三禪四禪識處愛盡上愛未盡若生空處識處無所有處無所有處愛盡若生非想非非想處不得滅盡三昧成就五者若生欲界及初禪二禪空處愛盡識處愛未盡若生徧淨及果實無所有處愛盡不得滅盡三昧若生非想非非想處得滅盡三昧成就六者若生欲界及初禪二禪識處愛盡上愛未盡若生徧淨及果實得滅盡三昧成就七者若生欲界及初禪二禪無所有處愛盡不得滅盡三昧成就八者若生欲界及初禪二禪得滅盡三昧此是總說若有漏背捨者下地離欲未生上地則皆成就若無漏者生上地亦成就或四亦復八

成就於勝處者或有成就四勝處或八成就四者若生欲界及初禪二禪於彼愛盡徧淨愛未盡若生徧淨於彼愛盡及生果實成就八者若生欲界及初禪二禪徧淨愛盡

或一亦復二　八九及與十　當知彼修行
成就一切處

或有成就一一切處或二或八或九或十成就一者若生空處即彼愛未盡及生識處成就二者若生空處於彼愛盡成就八者若生欲色界徧淨愛盡果實愛未盡成就九者若生欲色界果實愛盡空處愛未盡成就十者若生欲色界空處愛盡已說成就謂隨地功德今當說

五通在四禪　根本非餘地　諸智如前說
三無量或六

五通在四禪根本非餘地者四根本禪成就五通非餘地除漏盡通何以故攝受支三摩提故諸智如前說者如前智品說隨地所得三無量或六者除喜餘無量在六地未來中間根本四禪或有不欲令在未來或復說初禪二禪不起悲喜根相違故喜根者是自性受喜行轉悲者憂行轉是故彼不相應如苦集忍智者不然何以故真實行轉故若言苦集忍智極厭而與喜根相應悲行亦如是者彼說有過彼真實思惟故歡喜生悲者意解思惟是故有過如是說者導真實思惟故無過悲雖非真實思惟而能導真實思惟是故無過欣於除苦故悲與喜俱也問悲大悲何差別答悲者無恚性大悲者無癡性復次悲者共聲聞緣覺大悲者不共復次悲者能悲不能度大悲者能悲能度復次悲者緣苦苦衆生大悲者緣三苦衆生悲者緣身苦大悲者緣身心苦問何故名大悲答度大苦衆生故名大悲大貫得故名大悲攝受大聚衆生故名大悲大士入大嶮難故名大悲

彼前四勝處　及與喜無量　亦初二背捨
在於初二禪

前四勝處及喜等初二背捨在初禪二禪中非餘也第三第四禪雖有初二背捨相似善根而不建立是故亦有初四勝處相似善根如修多羅說慈極至徧淨悲極至空處喜極至識處捨極至無所有處有說此經以無量名說聖道彼受化者以無量名入聖道故復次彼對治覺支以無量名說謂第三禪對治覺支以慈名說如是乃至無所有處對治覺

支以捨名説復次以相似名説者謂慈者樂
行樂受乃至第三禪悲者苦行空處呵責色
轉喜者欣悦行識處者悦識住捨者捨行無
所有處説捨
餘有四勝處　及與一背捨　亦入一切處
謂在最上禪
後四勝處淨背捨前八一切處在第四禪非
餘下地亦有淨背捨相似善根而不建立不
淨所壞故是故亦有後四勝處相似善根説
地正受及地一切處彼地正受在欲界及四
禪地一切處在第四禪非餘何以故離八事
惱亂故欲界色欲有二種身欲心欲對治彼故初
禪立二背捨四勝處初禪色欲亦有二種故
二禪立二背捨二禪無二種色欲故三禪不
立背捨樂勝樂故不能起此等善根及一切

處以彼背捨入勝處以勝處入一切處以初
背捨入初二勝處以第二背捨入第三第四
勝處以淨背捨入後四勝處以後四勝處復
入一切處
餘即名背捨　二一切亦然　滅盡最在後
餘無漏九地
餘即名背捨者除空處九無礙道及命終心
餘善盡説空處背捨無礙道向第四禪命終
心向生是故不立背捨當知餘無色亦如是
二一切亦然者空處識處一切處亦即名説
問識處上何故不立一切處耶答修行者先
入背捨觀而不能勝然後入勝處而不能無
邊意解觀然後入一切處無邊青意解觀如
是黄赤白復如是思惟此色何所依觀依地
大種然後入無邊地意解觀餘大亦如是彼

復如是思惟云何昇進謂覺知即先入空處一切處彼覺知何依觀依意識彼即入無邊識處一切處此依更無所依是故上不立一切處滅盡最在後者滅盡正受第一有中攝何以故隨順滅心故次第漸微故易滅問滅盡定不應第一有攝何以故如所說度一切非想非非想處想受滅成就住答第一有攝世尊以彼度諸正受及愛欲故說也學者度正受住故說無學者度愛欲故說復次度一切非想非非想處者此說見道斷想受滅者此說修道斷如是曾習未曾習共不共離欲得及方便得盡當知以勝故不共故界地究竟故二背捨說身作證滅盡正受及入定心是有漏隨順滅心故出定心有漏無漏彼正受方便得非離欲得若退而更起者得未曾得非已曾得餘無漏九地者若餘無漏功德謂三三昧漏盡通在九地謂四禪三無色未來中間有漏三昧在十一地謂此九及欲界亦第一有

三背捨當知　有漏及無漏　定智通已說
其餘悉有漏

三背捨當知有漏及無漏者空處識處無所有處背捨當知有漏亦無漏定智通已說者定前已說諸智神通如智品說其餘悉有漏者餘三通似工巧故受色聲自相故無量者緣衆生故一切處勝處初三背捨得解思惟故第一有正受不捷疾故想受滅心相違故皆悉有漏問背捨勝處一切處何差別答

謂彼性背捨　能勝所緣處　無間普周滿
名如所度說

不向故說背捨勝彼處故說勝處以勝處故世尊說勝處雖非一切修行者能勝彼處但於緣中煩惱不起亦名勝處無邊意解故說一切處復次輭善根說背捨中者說勝處上者說一切處復次因說背捨果說一切處因果說勝處已說諸功德自性成就地有漏無漏謂禪無色三種成就今當說

未離欲當知　成就味相應　離下未至上
成就淨諸定

未離欲當知成就味相應者若彼地未離欲成就彼地味相應離下未至上成就淨諸定者謂離欲界欲非梵天彼成就淨初禪及初禪地餘功德凡夫人成就味相應及淨聖人成就三種

住上應當知　成就下無漏　方便生功德
當知非離欲

住上應當知成就下無漏者聖人生梵天上成就無漏初禪及餘無漏三昧神通等諸功德有漏諸功德生處縛無漏不縛是故離生處捨有漏功德非無漏方便生功德當知非離欲者已說離下地欲成就諸功德當知得非現在前現在前者彼非離欲方便得者謂天眼天耳智此無記性故不入淨無漏味相應是故得彼三種禪時不得作方便已乃現在前六通二是無記解脫道所攝故餘四是善問此諸方便所得功德何等斷煩惱何等不斷煩惱耶答

根本淨初禪　是亦同一縛　不能斷煩惱
無量亦復然

根本淨初禪是亦同一縛不能斷煩惱者根

本淨初禪自地煩惱一縛所縛故不能斷煩惱他地世俗道現在前時乃能捨離如人被縛不能自解彼亦如是自地味所味故不能捨離如人親友雖劣不捨彼亦如是若諸煩惱根本禪對治者彼斷得若不斷得彼非對治是故無漏禪煩惱對治有漏者方便斷如是乃至非想非非想處無量亦復然者無量不斷煩惱緣衆生故法相者斷煩惱復次解脫道攝故無礙道攝者斷煩惱復次緣現在故緣三世者斷煩惱以須臾治故世尊修多羅說慈斷瞋恚須臾治者謂暫息如負債寬期

當知五背捨　及與八勝處　亦十一切處

不能斷煩惱

空處識處一切處及非想非非想背捨此法根本所攝不斷煩惱如前說想受滅背捨心相違故不斷煩惱色背捨勝處一切處亦不斷煩惱自相境界故共相道斷煩惱非自相復次意解思惟故真實思惟斷煩惱非意解復次假想思惟故不假思惟斷煩惱復次事境界故非事思惟斷煩惱復次解脫道攝故無礙道所攝斷煩惱二十三種正受入味相應八淨七無漏問此三昧一一幾種因答

所謂無漏定　一一七種因　味相應因一

謂彼淨亦然

所謂無漏定一一七種因者無漏初禪捨無漏初禪相應共有自分因於無漏三禪三無色自分因如是乃至無所有處此則總說初禪所攝道有六種隨信行隨法行信解脫見到時解脫不時解脫隨信行道六種因隨法

行道三種因信解脫道四種因見到道二種因時解脫道亦二種因不時解脫即不時解脫因味相應因一者味相應初禪味相應初禪因非餘初禪因不相似故非他地因因果斷故彼味相應五種見苦斷乃至修道斷見苦斷見苦斷因如是一切謂彼淨亦然者淨初禪淨初禪因非味相應非無漏不相似故非他地淨因自地繫縛故淨初禪四種退分住分勝分決定分彼退分四種因住分三勝分二決定分唯決定分非餘以劣故當知餘地亦如是問一一次第生幾種答

無漏禪無色　逆順超次第　次第生六種
七八九與十

無漏初禪次第生六種自地淨及無漏第二第三禪亦如是無漏無所有處次第生七自地二上地一下地四無漏第二禪次第生八自地二下地二上地四無漏識處次第生九自地二上地三下地四餘無漏次第生十比智品所攝禪次第九色現在前非法智品所攝法智品者下地依下地緣是故次第無色不現在前

從六至十一　謂淨次第生　次生二至十
味相應非三

從六至十一謂淨次第生者淨非想非非想處次第生六種自地味相應及淨下地四淨及無漏非味相應離欲故淨初禪次第生七自地三上地四淨及無漏淨無所有處次第生八自地三上地一下地四淨第二禪次第生九淨識處次第生十餘十一此說方便得離欲得非生得是故不說上下地味相應生

得淨命終時次第生一切地味相應問何等淨初禪次第生聖道耶答謂決定分若異者不應建立四種次生二至十味相應非三者味相應初禪次第生二種自地味相應及淨非無漏煩惱相違故非上地未離欲故非三者不生三若說三者不然第二禪味相應次第生四自地二除無漏下地二味相應及生得淨謂第二禪愛畏故依淨初禪自護如修多羅說寧依初禪厭離俱思惟正受不依第二禪劣思惟第三禪生五自地二第二禪二初禪一味相應第四禪生六空處七識處八無所有處九非想非非想處十自地二無所有處二下地味相應六謂受生煩惱故問一一緣幾種答

淨與無漏禪　緣於一切地　自地有漏法
味相應所緣

淨與無漏禪緣於一切地者淨及無漏禪緣一切地一切種廣境界故彼無漏比智品緣八地法智品緣一地方便善根緣四諦自地有漏法味相應所緣者味相應初禪緣自地味相應及淨非餘此義使品已廣說不緣無漏及他地

無色則不緣　下地有漏種　謂根本善有
穢汙如味禪

無色則不緣下地有漏種謂根本善有者無色根本淨及無漏不緣下地有漏法離色欲故緣自地及上地故說非下比智品緣下無漏故說非有漏種以方便所攝無礙道緣下地故說根本（世俗道斷結無礙下緣解脫上緣也）味相應緣自地故說善有穢汙如味禪者如味相應禪緣

自地味相應無色亦如是
謂色界有餘　無量諸功德　是則緣欲界
最勝之所說
四無量等諸功德緣欲界前已說除神通故說無量等諸功德彼五神通緣欲色界謂初禪者緣初禪及欲界非上地餘亦如是隨其義說淨禪三種一煩惱勳二道勳三不勳煩惱勳者謂退分（有漏有煩惱氣故名煩惱勳也）道勳者道所勳謂勳修餘者非勳問彼何等禪能勳答
若能勳諸禪　是依第四禪　三地愛盡故
淨居唯果實
依第四禪勳初禪何以故離入事惱亂故於一切依最勝故有五種勳轉中上上中上上此生五種淨居下地亦有五種勳第三禪愛盡故下地不生淨居彼所依或起不起勳（起不）

（起是出定不出定也）方便者以無漏第四禪流注具足正受然後有漏次復無漏於彼流注漸略乃至無漏二剎那次第有漏二剎那現在前此則有漏無漏勳禪方便成若一剎那無漏一剎那有漏復一剎那無漏是名勳禪成有十五心五有漏心十無漏心問何故勳禪答
或有念正受　或畏諸煩惱　或復樂受生
是各隨義說
勳禪有三因緣念正受者謂修行者愛念正受爲現法樂住故畏煩惱者畏退故樂受生者樂生淨居故彼信解脫具三因緣正受見到有二不畏煩惱不退法故時解脫亦二不樂生背一切生故不時解脫唯一愛念正受不畏煩惱不退法故不樂生背一切生故勳禪五陰性有漏及無漏緣四諦（以無漏散有漏如花散支）

提義言勳如是應廣說無漏心勳有漏心如華散
支提問已說三種正受彼云何得答
離欲及受生　而得於淨禪　穢汙退及生
無漏唯離欲
離欲及受生而得於淨禪者淨初禪二時得
離欲界欲及上地沒生梵天問退時亦得謂
初禪離欲退得初禪退分善根何故不說耶
答此中說一切淨先不得而得退時退分善
根雖先不得而得餘三種先成就先失一得三令失二
得一非先都無故非一切不得而得是故不說頗淨初禪離欲
得離欲捨退及受生亦如是耶答有退分初
禪欲界離欲時得梵天離欲時捨梵天離欲時得勝分
等故退分捨梵天離欲退時得欲界離欲退時捨
上地沒生梵天時得梵天沒生欲界時捨乃
至無所有處亦如是非想非非想離欲得非
生得無上地故穢汙退及生者味相應初禪
退時得謂初禪離欲欲界及梵天纏退生得
者謂上地沒生欲界及梵天如是乃至無所
有處非想非非想唯退得無漏唯離欲者無
漏初禪離欲得謂聖人離欲界欲此說次第
人若依初禪超昇離生亦得乃至一切地亦
如是問此諸功德何等斷煩惱答
無漏除煩惱　及正受中間　一切定中間
相應於捨根
無漏除煩惱者無漏根本初禪八地煩惱對
治乃至無所有處二地煩惱對治及正受中
間者正受中間名方便道謂斷下地煩惱乃
至未離下地欲不得根本正受餘非對治一
切定中間相應於捨根者一切方便道捨根
相應未得故不生歡悅問如所說上地無身

識若上欲眼見耳聞身觸時彼云何見聞觸耶答梵世識現在前問上地何故無此識耶答前已說上地覺觀非分故無此三識身上地欲見欲聞欲觸初禪識現在前則見聞觸非欲界非修果故問何時成就答

隨識現在前　上地則成就　捨則不成就

心力羸劣故

乃至此識現在前若眼識若耳識若身識爾時成就心羸劣不隱沒無記故是故剎那成就從彼起已不隨轉問已知善穢汙正受得時及諸識成就彼化心云何得一時得幾心

答

受生及離欲　得是諸化心　二三及與四

亦五一時得

有二因緣得化心受生及離欲或頓得二三四五受生者上地沒生梵天爾時得初禪果二心一欲界二初禪若生二禪得三心一欲界二初禪三即自地生三禪得四心下地三自地一若生四禪得五心下地四自地一是說受生得離欲者離欲界欲得二心如前說初禪離欲得三心二禪離欲得四心三禪離欲得五心是故說或一剎那得化心而不斷欲界離欲時最後無礙道作四句得而不斷者謂初禪地初禪果化心離欲界欲時得初禪果化心此心爲初禪結所縛故不斷斷而不得者謂欲界第二第三第四禪果化心三地化心是欲界法故爲欲界煩惱縛離欲界欲縛斷初禪未離欲故不得也亦得亦斷者謂欲界初禪果化心不得不斷者謂餘化心乃至第三禪離欲隨義說於此十四化心欲界四色界十彼欲界化心化作欲界化色界化心化作色界化自分

故彼化八種生欲界化欲界化自身及他身如是色界生色界亦如是欲界化四入色界化二入何以故不化根故是故化無心一心一化或多但一地也住神足能令住雖涅槃化隨轉如尊者陀驃涅槃已化火燒身尊者大迦葉全身久住世尊化教化非分佛事竟故般涅槃不留化問爲修慧化亦生慧耶答亦生慧（退生得化心故是先離所得修慧也魔天化心是生慧也）如魔化爲佛身魔天女化身詰佛所若化人所食之食若彼化主本欲自養身者彼食即在化主身中消也若本不欲自養身者則彼食但聚在化人處也問成就幾種化心答

或有二三四　五七及與九　增三或亦五
如是成化心

若生欲界欲愛盡梵天愛未盡是生梵天於彼愛未盡是成就二若生第二禪於彼愛未盡是成就三若生第三禪於彼愛未盡是成就四若生第四禪是成就五若生欲界及梵天梵天愛盡二禪愛未盡是亦成就五若生二禪二禪愛盡三禪愛未盡是成就七如是廣說（應說九及增三五第四禪愛盡生第三禪生第二禪更增三生初禪更增五也）問若欲界化初禪果及初禪地化初禪果有何差別答色界界勝故勝又欲界第二禪果色界初禪果欲界去勝（能至二禪故言去勝）色界界勝

一切化皆如是說（離欲得化心及方便得化心各有十四種上地下生時先離欲所得十四種也）

雜阿毗曇心論卷第七

音釋

猗（於羈切輕安也）瘀（依倨切）疲（被爲切勞也）驃（毗召切）

雜阿毗曇心論卷第八上

尊者法救造

宋天竺三藏僧伽跋摩譯

修多羅品第九

已說定修多羅今當說

一切智所說　修多羅妙義　我今當少說

修行宜善聽

知一切故說一切智一切者謂十二入於彼自相共相一切悉知所說者一切智人親自演說妙義者謂甚深性相微妙義也此微妙義是修多羅說故言修多羅妙義今者謂此論少說者以牟尼所說無量無邊故言少說修多羅者凡有五義一曰出生出生諸義故二曰泉涌義味無盡故三曰顯示顯示諸義故四曰繩墨辯諸邪正故五曰結鬘貫穿諸法故如是五義是修多羅義雖義不在說而因說顯現故言說義謂因說名轉因名顯義善聽者宜一其心決定善聽問世尊說施戒修彼一一有幾種答

惠施持淨戒　是名有四種　修禪則有二

說名爲功德

畏三種畏欲方便令度三畏故世尊略說此三種功德彼畏貧窮畏者方便令度是故說施畏惡道畏者方便令度是故說戒畏生死畏者方便令度是故說修問何等爲施性答

無貪相應思　倶起同一果　衆具處所生

此則是施性

無貪善根相應思施物處所生及隨轉身口業是五陰施自性以說色香味等具足故言思願等非施者不然何以故於物說施名世

尊開發施生心故令思願堅牢故於物說施名即是施物處所生問前說四種施何等爲施種答

所謂自攝受　亦復攝受他　或有二俱攝
或二俱不攝

有自攝故施有攝他故施有攝自他故施有報恩故不爲攝自他施（謂阿羅漢供養佛爲報恩故不爲自他也）彼自攝者

若未離欲者　供養於支提　及凡夫離欲
是名自安施

聖人未離欲及凡夫離欲供養支提（請福處名支提）是則自攝施以施受欲界報故謂未離欲者生欲界故凡夫雖離欲生色無色界後還受欲界後報及不定報是名自攝不攝他何以故支提非衆生故

離欲非凡夫　除其現法果　施與諸衆生
是名爲攝他

若阿羅漢若阿那含除起現法果施若餘施爲衆生者是名攝他非自攝阿羅漢生非分故阿那含雖受生在色無色界而不受施果以因果斷故建立界

未離欲界欲　已離欲凡夫　施與諸衆生
當知二俱攝

謂聖人未離欲及離欲凡夫施與衆生當知二俱攝施

離欲非凡夫　除其現法果　供養於支提
是則俱不攝

若阿羅漢若阿那含除起現法果施而供養支提此非自攝亦非攝他阿羅漢無生故阿那含雖有生而欲界非分故不自攝支提非

衆生故不攝他彼憶念本恩爲報恩故佛雖般涅槃猶供養支提復次

或有爲攝他　供養於支提　無量衆見聞
皆生隨喜心

或供養支提亦爲攝他以幢旛華蓋燒香散華供養支提令無量衆生見者隨喜生天解脫因是故世尊修多羅說於未曾立處建立支提能生梵福以攝無量衆生故名梵福問齊何當言梵福答有說除近佛地菩薩諸餘一切衆生能生大富大力等增上果業是梵福量復有說者世界成時一切衆生器世界生此能生器世界業是名梵福量又復此施

謂彼悕望等　七種施非上　第八莊嚴心
是名最勝施

世尊說八種施謂悕望施怖畏施反報施期報施家法施生天施求名施爲莊嚴心爲調伏心爲順修行爲得最上義故施悕望施者選擇福田欲求多果故施來求者施來求者施是舊阿毗曇說悕望施怖畏施者方於忘失施故施謂見有失相寧施不失反報施者曾得彼利云何不報期報施者若施於彼期彼還報家法施者習先人施非自信施生天施者求生天故施求名施者爲稱譽故施此七種施慧所鄙故非上不求生死樂施是名莊嚴心施此道方便施故於財施中最爲第一是名上施已說施施果今當說

壽色力安樂　辯才等五種　施報百千等
施主之所獲

布施如上說五種如世尊施五德修多羅中說食已壽非不食是故施壽乃至辯才亦復

如是相似因生相似果謂得長壽乃至辯才報如種外種隨類收實此亦如是壽者謂人天非惡趣此以持因故說施壽如說離殺生修習多修習得長壽此以招引因故說譬如二種母生母及養母離殺生者如生母施食者如養母施畜生五種報得百倍福謂和合者得如是廣說見道中雖不食而能受施已說施及果謂即施即果今當說

慈無諍滅定　見道及無學　從彼正受起

施者得即果

慈心無諍三昧滅盡三昧見道阿羅漢果從此起已若有施者得即果何以故於無量衆生以安饒益相是慈以慈熏身故從此起已施者得即果無諍三昧令無量衆生煩惱不起以廣攝功德熏身故從此起已施者得即果滅盡三昧以廣功德熏身故似涅槃故從此起已施者得即果見道所斷結永盡以聖道熏身故從此起已施者得即果修道斷結永盡心得自在住阿羅漢果從此起已施者得即果已說即果大果今當說

父母若病人　及與說法師　近佛諸菩薩

施者得大果

施此五種人得大果何以故父母長育生身恩故施者得大果病者無所依怙增悲心故施者得大果說法者增長法身故示人善惡故施者得大果近佛地者積集功德廣攝衆生故施者得大果問爲思願勝令施清淨爲福田勝耶若思願勝者何故世尊讚歎福田若福田勝者何故施一福田而果不得等耶答思願勝故施清淨福田因力故是故先說

思願及眷屬名布施福以淳淨心離身財求隨智慧行如是施者則獲大果若異者彼求名稱施勝福田非大人施若以田力生罪福者不成男等應得無間業而不得故當知思願力也功德福田能起勝思願是故世尊讚歎福田問已知長養生身施長養法身施復云何答

善說諸經法　遠離諸顛倒　不謗於牟尼
是說爲法施

於修多羅毗尼阿毗曇眞實分別不著名利廣攝衆生是名法施彼雖無相著而顛倒說誹謗如來眞實因緣而作異想當知此則亂心因緣雖說不顛倒而心染著如彼商人是故偈說不知牟尼說如刀火及毒於此善分別猶如食甘露復次三種顛倒謂法顛倒人顛倒時顛倒法顛倒者如有說修習淨想斷貪欲人顛倒者謂貪欲者而爲說慈時顛倒者人根未熟爲說眞諦如是比與此相違名不顛倒說法已說法施無畏施今當說

以離等受說　安慰諸恐懼　是名無畏施
能壞貧窮怖

若見衆生今世後世及俱恐怖以離受戒說慈心安慰言衆生勿怖我當爲汝所作令得無畏是名無畏施彼恐怖如貧窮（人於不畏如貧乏財）與彼眞實對治名無畏施已說無畏施大施今當說

普於群生類　等受戒律儀　功德流增廣
是則爲大施

世尊說五戒爲大施攝無邊衆生故起無邊樂故財施者不能攝一切衆生唯受戒則能

已受持五戒已於一切衆生盡形壽念念中得十二種未曾得律儀三善根一一起身口無作彼戒流注相續不斷問已知四種施前說四種戒云何答

欲界及禪生　無漏戒律儀　斷律儀從二
是說律儀種

四種律儀謂別解脫律儀禪律儀無漏律儀斷律儀別解脫律儀者謂七衆所受戒禪律儀者謂有漏隨生戒無漏律儀者謂學無學戒斷律儀者謂離欲界欲九無閡道隨生戒若有漏是禪戒若無漏是無漏戒此律儀業品已說已說四種戒謂餘四今當說

戒以悕望受　戒以恐怖持　有順菩提支
及與清淨戒

有四種戒所謂悕望戒恐怖戒順覺支戒清淨戒悕望戒者謂求生天及餘處故持戒恐怖戒者畏自責畏他責畏罰畏惡趣畏不活畏惡名故持戒順覺支戒者爲莊嚴心故爲方便衆具故求最勝義故持戒清淨戒者謂無漏戒離垢故問云何淨持戒答

根本眷屬淨　不爲覺所壞　攝受於正念
隨順般涅槃

有五因緣戒清淨所謂根本淨眷屬淨不爲覺所壞攝受正念正向解脫根本淨者離越根本業道眷屬淨者離殺生等方便不爲覺所壞者離欲恚害三覺惱亂攝受正念者攝受佛法僧念以是故亦離諸無記心正向解脫者爲解脫持戒不爲身財及餘所作是故亦說隨順覺支此五因緣戒清淨世尊說得大果離一切惱亂故問已知一切正行所依

戒如天德瓶云何二種修答

禪無色無量　得修及習修　不淨安般念

二修　義亦然

此諸禪等功德熏心如熏衣如華熏麻如融金是故如是說如熏衣修如熏麻修如融金修現在者習修未來者得修現在者用故未來者起故現在者作所作未來者當作現在者生故未來者得故現在者現前分未來者成就分禪無色無量定品已廣說不淨觀者無貪性貪對治故又對治四種貪故復說四種謂斷威儀貪故修死屍觀斷色貪故修青瘀等觀斷觸貪故去皮肉修骨鎖觀斷處所貪故（謂有上諸處也）修骨節分離觀此不淨觀復有四種謂退分住分勝分決定分退分者住彼則退住分者住彼不進不退勝分者住彼必昇進決定分者住彼順聖道界者欲色界地者十地欲界禪中間根本四禪及四眷屬依者欲界行者非行緣者緣欲界念處者身念處智者等智非三昧受生故三根相應墮三世過去者緣過去現在者緣現在未來者若生法緣未來若不生法緣三世是善緣無記是非學非無學緣非學非無學是修道斷緣修道斷當言緣義問為方便得為離欲得答亦方便得亦離欲得若離欲界欲得初禪乃至離三禪欲得第四禪後方便現在前問不淨觀云何方便答彼修不淨觀者至塚間極善取彼相取已還至坐處洗足安坐柔輭其身心離諸蓋取彼外緣以方已身繫心在足骨脛骨蹲骨髀骨髖骨髆骨脊骨脅骨手骨臂骨肩骨頸骨頤骨牙骨齒骨髑髏骨若繫

心眉間若樂略觀者先從身念處度若樂廣觀者從眉間觀髑髏乃至足骨從此一坐一房一堂一僧伽藍一村一鄉一國若但從想起者非有是處若周遍大地至眼光者能觀彼處白骨充滿若復略者次第還至眉間繫心眉間是名不淨觀成或有不淨觀緣少非自在少作四句緣少非自在少者謂於自身數數入不淨觀自在少非緣少者謂周滿四海大地不淨一時觀察不能數數入不淨觀緣少亦自在少者謂一時觀察自身不淨而不能數數入不淨觀非緣少亦非自在少者周滿四海大地不淨亦能數數入不淨觀復次不淨觀緣無量非自在無量作四句緣無量非自在無量者謂周滿四海大地不淨而不能數數入不淨觀自在無量非緣無量者謂於自身數數入不淨觀緣無量亦自在無量者謂周滿四海大地不淨亦能數數入不淨觀非緣無量亦非自在無量者謂於自身不能數數入不淨觀已說不淨觀安般念今當說安那者持來般那者持去亦名阿濕婆波阿濕婆婆念者憶念於安那般那審諦繫念心不虛妄修習彼念故說修安般念是慧性於彼品念增故說安般念如念處如念宿命初起者於毋胎中齋處所業生風起或向下或向上向下者造下身分身諸毛孔向上者造上身分身諸毛孔毛孔成已出息最初乃至命終出息最後正受亦爾謂出初入定入初出定六因緣得六種安般念所謂數隨止觀還淨數者修行者巧便繫念數出入息無一出入息而不覺知若心亂者或時減數

或時增數或時亂數減數者以二爲一增數者以一爲二亂數者出作入想入作出想心不亂者名爲等數五出息五入息此名十數若修行者數時於十中間心亂者還從一數起若十數滿已若亂不亂要還從一起畏心散故不過十畏心聚故不減十於上無未曾數故隨者出入息去無所行而隨爲長爲短耶爲遍身耶爲在一處耶入爲遠爲近齊何轉還耶止者隨心所樂於身一分繫心令住而觀察之彼息於身爲益爲損爲冷爲暖如是等觀者修習極修習如憶自已名隨其所欲而現在前還者若依欲覺者少行依出離覺者懃行淨者淨諸蓋彼修行者於出入息作一想觀身如竹筒觀息如穿珠出入息不動於身不發身識是名安般念成有說亦起身識但不傷於身又修行者於出入息以極微壞是名身觀受出入息是名受即觀彼受是名受觀識出入息是名識即觀彼識是名識觀想出入息是名想即觀彼想是名想觀謂極微壞色色盡滅盡然後以喜及想識起令現前便即觀彼三以爲三念處方便種子非入息未滅而有出息生非出息未滅而有入息生是名因安般無常行度入息逼迫故出息滅是名苦行度此名得方便無願解脫門種子出入息生住滅不自在是名因出入息無我行度觀出入息離常等因彼故空行度是名得方便空解脫門種子於出入息生厭心向涅槃是名得方便無相解脫門種子依彼輭三三昧中依中增如是次第暖法乃至盡智無生智問世尊說界此云何答

二十說欲界　色界或十六　無色界有四

處所次第說

二十說欲界者謂八大地獄畜生餓鬼四天下六欲天此二十說欲界此諸衆生以欲受身衆具及第二是故說欲界色界或十六者謂梵身梵富樓少光無量光光音少淨無量淨遍淨無蔭福生果實無煩無熱善見善現色究竟此十六處說色界有欲令十七如前十六及大梵彼衆生受色身非衆具非第二是故說色界無色界有四者謂空處識處無所有處非想非非想處此處衆生不受色身離色欲故名無色界問云何立三界爲愛斷故爲處所故若愛斷者應有九謂欲界愛斷欲界如是初禪乃至非想非非想處若處所故立者應有四十如前說答總愛斷故說謂欲界愛斷欲界如是色界愛斷無色界愛斷無色界欲界不定故一使色無色界定故不一使問云何建立界答處所次第說有說從下次第上謂最下無擇地獄次大熱地獄如是次第乃至色究竟色究竟上復有無擇地獄次第乃至色究竟若離一欲界欲則離一切欲界欲若得初禪神足能到一欲界及一梵世復有欲令周遍傍立界問世尊說七識住此云何答

善趣在欲界　及色界三地　無色三亦然
是說爲識住

欲界善趣謂天及人色界前三地無色前三地此七地說識住有色衆生者成就色身種種身者種種形種種想者苦樂不苦不樂想是名初識住復次種種身者如前說一想者染汙想彼梵身天初生作是念我從大梵天

生大梵天作是念我能生彼尊卑處所故及覺觀識身故梵天有種種身是名第二識住一身者色身形處量等種種想者樂及不苦不樂想根本喜疲厭眷屬捨根現在前捨疲厭已喜復現在前是名第三識住一身一想者一身如前說一想者樂是名第四識住無色衆生者不成就色身離色欲故度一切色想者行離色故說以色想很識相應故若離初禪欲度欲愛行離第四禪欲度行色行以是義故說滅有對想五識身相應故不念種種想者彼種種想謂第四禪地普散以緣種種入故若染汙者緣十入不染汙者緣十二入離欲擾亂故說不念無量者無量行故方便思惟空入空正受故說空處入空處入成就者得成就彼地四陰是名第五識住方便思惟識入識處是名第六識住無量行非分故說無所有處是名第七識住問何以故立七識住答若識於彼樂住故說識住惡道苦逼迫故識不樂住淨居天向涅槃故識不樂住無想衆生無心故餘第四禪或求無色或求淨居或求無想故識不樂住第一有不捷疾故識不樂住復次若彼有壞識法故不立識住惡道者苦根壞故第四禪無想三昧壞故第一有滅盡三昧壞故不立識住問九衆生居云何答

第一有無想　是說衆生居　謂有漏四陰是說四識住

第一有無想是說衆生居者前說七識住及無想天第一有是說九衆生居問惡道何故不說衆生居耶答樂住非分故多苦故不樂

住淨居天疾向涅槃故不樂住餘第四禪如
前說問四識住云何答謂有漏四陰是說四
識住除識陰餘有漏四陰說識住有說衆生
數陰說識住者不然何以故依行緣相應分
義故名爲住依者識所依緣者能緣非所緣分者梵音云何婆他耶義云流
住謂受生胎分相續過去未來雖非衆生數亦有此五義故得爲識住乎無漏法
亦說識住者不然何以故壞染汙識故不立
識住識陰非識住二非分故先後不俱故不
顧自性故自分識住自分陰謂欲界住欲界
如是比不異界不異地不異身問何故自分
陰說識住非不自分答以自分陰攝識故問
不自分心陰及非心陰云何名識住他界心住時名
非自分心陰無心法住時名非心陰也答得相故彼亦識住相
成就若彼自分識生者彼則隨轉彼有住識
義中間因緣闕故識不生非識住非分問世

尊說緣起彼有何相答
煩惱及業事　隨彼次第生　當知是有支
衆生一切生
三分緣起支謂煩惱業事此煩惱業及事於
彼彼生次第起名緣起支當知是緣起支
此諸分建立　謂衆生受生　過二及未生
中間說於八
此諸分建立謂衆生受生者於此三分緣起
說十二支問此云何答過二及未生中間說
於八彼過去生時諸煩惱分說無明過去生
時業說行現在相續說識彼相續已六入分
未滿說名色諸根滿分說六入未能分別苦
樂不苦不樂根塵識合說觸分別苦樂分齊
而未能分別煩惱分齊說受樂受於可愛不
可愛若離若合愚受生說愛現在廣生煩惱

說取更生後有說有現在有種未來陰生說
生未來陰熟說老未來陰捨說死
三有支煩惱　二業事則七　七名前有支
五則說後分
三有支煩惱二業事則七者謂無明愛及取
三有支是煩惱行及有二支是業餘支說事
七名前有支五則說後分者當知無明至受
七支是名前緣起餘五支說後緣起
前支五說果　餘二則爲因　後支三說因
餘二則爲果
前緣起從識乃至受是果無明行是因後緣
起前三支說因後二支說果問有支前後得
展轉合耶答得此云何
前癡後愛取　行有合亦然　名色入觸受
是說同老死　謂初受身識　是則未來生

問已知有支前後展轉相攝彼云何起答
煩惱起惱業　彼業轉生事　事亦生於事
亦復生煩惱
緣煩惱生煩惱者謂緣愛生取緣煩惱生業
者謂緣取生有緣業生事者謂緣有生生緣
事生事者謂緣生生老死事復生煩惱者前
說名色六入觸受即是後支老死以是故說
緣受生愛亦說緣老死無明是名爲無始有
輪問有四種緣起何等爲四答
謂彼相續轉　刹那與連縛　及前謂分段
此則說緣起
相續轉者是無始義因果展轉相縛故說緣
起輪猶如滿月始不可知是故修多羅說有
愛本際不可知應說無不應說不可知自有
有而不可知者不然何以故無言說因故言

說無者若有問言何故無則不容言說因說言不可知者若問何故不可知則答言無何等如滿月輪始不可知如是因緣相續緣起滿月輪始不可知是故言不可知一刹那頃一切有支現在前故說刹那如識身論說於莊嚴事無知故起貪無知者是無明貪者是行於事知者是識識共起四陰是名色名色建立諸根是六入六入所著是觸觸隨覺是受受所喜樂是愛愛俱生纏是取受當來生業是有未來陰起是生陰熟故是老捨陰是死展轉相縛故說連縛因緣根本展轉久遠義非唯十二支說緣起若生若所生一切有爲法說緣起尊者富那耶舍說或緣起非已緣起者謂未來法已緣起非緣起者謂過去現在阿羅漢命終五陰緣起已緣起者除過去現在阿羅漢命終五陰諸餘過去現在法非緣起非已緣起者謂無爲法分段問可得故說分段彼過去生時煩惱分說無明餘如前說問世尊說生及趣（趣者應言到也）爲生攝趣爲趣攝生耶答

生攝一切趣　非趣攝於生　謂生中陰增
當知非趣攝

生攝趣非趣攝生問何故答謂生中陰增中陰者生所攝非趣攝以到故說趣中陰者是去非到是故非趣生者謂四生卵生胎生濕生化生欲界具四生色無色界一切化生地獄化生畜生四種餓鬼化生亦有胎生人四種天化生化生最廣以全二趣三趣少分故此亦最勝問若最勝世尊何故不化生耶答時不俱故若有化生時則無佛出世佛出世

時則無化生人復次一切勝故世尊一切勝所生種性於一切衆生最勝説法信受故及斷種性貢高慢故趣者五趣謂地獄畜生餓鬼人天不可樂故説地獄身横行故説畜生從他悕求故説餓鬼意寂靜故説人光明故説天有欲令阿脩羅與天同趣是故説言汝先是天問若然者何故不見諦耶答諂曲所覆故有説是大力餓鬼天趣不説故問若爾者釋天云何與相習近耶答貪色故負多究槃茶勒叉亦餓鬼趣攝緊那羅毗舍遮醯魯婆迦闍羅頗求羅畜生趣攝問世尊説六界此云何答

所謂四大種　及諸有漏識　亦色中間相
此界説生本

所謂四大種及諸有漏識亦色中間相者四大五識身及有漏意識亦色中間謂眼所受是空界數是名六界問已説十八界何故別説六界耶答此界説生本此界説士夫數建立生根本故是故無漏法不立六界中四大如界品説問諦有何相答

謂性果諸行　有漏是説苦　因性則爲集
滅諦衆苦盡

謂性果諸行有漏是説苦者一切有漏行有因及縳性故説苦因性則爲集者此有漏行是因性者説集諦是故苦集是一物因果故立二諦滅諦衆苦盡者一切有漏法究竟寂滅是説滅諦

若無漏諸行　是説爲道諦　此二因緣故
麤細次第現

若無漏諸行是説爲道諦者一切無漏行説

道諦有相違故問何故說名諦答此二因緣故有二因緣說諦謂自性不虛及見彼得不顛倒覺虛空非數緣滅雖自性不虛無記故無漏故不說諦若法是苦苦因離苦苦對治故彼立諦彼無漏故非苦非苦因無記故非離苦無爲故非苦對治是故說四諦病病因無病藥亦如是說問聖諦有何義答聖於此諸諦起眞實覺及顯示他故說聖諦此逼迫相說苦生相說集寂止相說滅出離相說道問應前因後果何故世尊前說果耶答麤細次第現雖如是以隨順無間等故前說果苦麤故先無間等如是比滅雖微非道先施設說諦求滅麤非道復次易度義故從麤次第立麤者欲界苦彼先無間等後色無色界苦色界苦雖麤非無色界定故不定故是故一無間等問眞諦無間等云何爲自相爲共相耶答諦故自相陰故共相問世尊說四沙門果爲幾事答

聖果事有六　最勝在九地　第三在六地
二種依未來

聖果事有六者六事說沙門果謂無漏五陰及數滅聖道說沙門果彼是此果沙門果擇品當廣說問此果何地攝答最上在九地阿羅漢果九地攝謂未來中間根本四禪及三無色第三在六地者阿那含果六地攝除無色二果依未來者須陀洹斯陀含果依未來未離欲故問道有何相答

隨信行行法　離煩惱遲相　隨法行行法
離煩惱速相

隨信行行法離煩惱遲相者隨信行所行無

漏法軟根品所攝故當知是遲若隨信行所受當知信解脱時解脱亦受同軟根故隨法行行法離煩惱速相者隨法行所行無漏法利根品所攝故當知是速道若隨法行所受當知見到不時解脱亦受同利根故

根本禪地中　當知是樂道　滅及難得故
當知是説苦

根本禪地中當知是樂道者謂根本四禪地軟根法及利根法説樂道止觀等故彼地道樂行滅及難得故當知是説苦者依餘地説苦道以滅故謂未來中間止道滅無色定觀道滅彼方便難得故説苦非聖道是苦受性亦非苦受相應雖苦盡道迹無量分別此地及根建立故説四彼根本禪地若利根説樂道及速道若鈍根説樂道及非速道餘地道若利根説苦道及速道若鈍根説苦道及非速道正升進故説道正向解脱故説道問云何不壞淨答

佛及聲聞法　解脱亦餘因　清淨無垢信
聖戒謂決定

佛及聲聞法解脱亦餘因清淨無垢信者若於佛所得無學法起無漏信是名於佛不壞淨若於僧所行學無學法起無漏信是名於僧不壞淨若於涅槃起無漏信除前所説法謂於餘苦集諦及菩薩無漏功德辟支佛無漏功德起無漏信是名不壞緣法不壞淨（雜緣三寶故曰壞緣）若於佛法辟支佛法聲聞法起無漏信是名壞緣法不壞淨（別緣法寶故言不壞緣也）聖戒者無漏戒是四大淨（信是心淨戒是四大淨）問何故無漏説不壞淨答謂決定故眞實智俱生無漏信

無漏信戒決定有漏信爲不信所壞有漏戒爲惡戒所壞無漏者經生不壞以決定故無漏立不壞淨此義擇品當廣說

雜阿毗曇心論卷第八上

音釋

涌余隴切泉上溢也　阿毗曇梵語也此云無比法　脛下頂切脚脛也　踹市充切脛腸也　髀傍禮切股也　臗苦官切尻也　膠古肴切　脊資昔切背呂也　頤延知切頷也　髑髏髑徒木切髏力侯切　逼迫逼彼側切迫博陌切逼迫窄也　分齊分扶問切齊在詣切分齊限量也

雜阿毗曇心論卷第八下

尊者法救造

宋天竺三藏僧伽跋摩譯

修多羅品第九之餘

問修定有何相答

初禪若有善　說名現法樂　謂得生死智
是說名智見

初禪若有善說名現法樂者淨無漏初禪見法安樂住是名修定得現法樂當知第四禪亦如是初禪亦說後世樂住然不一切若退若生上地若般涅槃後世樂不定故世尊說現法安樂住謂得生死智是說名智見者生死智通是名修定得知見如力處說盡當知

當知分別慧　方便生功德　金剛喻四禪
是名爲漏盡

當知分別慧方便生功德者若方便生諸功德從善法欲聞思修三界善及無漏是一切說名修定得分別慧金剛喻四禪是名爲漏盡者金剛喻定名最後學心相應依第四禪是名修定得漏盡此世尊自已說第四禪一切菩薩無所有處愛盡依第四禪超升離生乃至漏盡問如意足何等自性答

善有爲諸法　方便之所起　佛說如意足
是亦說正斷

善有爲諸法方便之所起佛說如意足者前所說方便所生功德彼一切如意器故說如意足自心自在起種種功德故說如意足彼如意足故說如意足足支俱同一義問何者是答謂三昧彼復四種增上分別若欲增上起三昧名欲定精進心慧增上起三昧亦如

是彼先欲故欲增上欲生已求成故精進增上精進方便已隨順求故心增上於欲精進心正向如意足究竟故慧增上若無慧者餘則失問何等爲如意何等爲足答定爲如意欲等爲足雖有受等諸法生但取此生定故說此爲足此義雜品當廣說是亦說正斷者即此諸功德說正斷以正智火燒諸煩惱草故說正燒此亦斷諸煩惱故說正斷復次滅煩惱最勝故說正勝彼過惡功德捨離長養若防若增堪能故說正斷彼復四種事分別故如一剎那燈作四事謂燒炷油盡器熱破闇如是一剎那精進現在前作四事已生惡法等如修多羅廣說息煩惱種道根斷過去未來煩惱得斷煩惱得斷說過去滅未來不起雖斷一切有漏以惡法極惡故聖道相違故唯說惡法斷生一果故說惡生二果故說不善已生善法相續住故說住軟中上增長故說重修增廣阿羅漢雖無不善法及斷對治而有壞對治毀呰呵責是壞對治也持對治遠分對治故亦說四正斷色無色界亦如是

此說四念處　四聖種亦然　如其增上生
是皆隨名說

此說四念處者謂前說功德亦說念處謂身受心法內外俱自相共相隨順觀故說念處如賢聖品說四聖種亦然者謂前所說功德亦說四聖種聖以此爲種故說聖種聖從彼生故說聖種問聖種何等性答無貪善根性若眷屬是五陰性四種愛取對治故說四因衣生愛因乞食因牀臥具因有無有生愛無有愛者愛斷滅除上三及此也餘愛總名有愛也隨彼次第對治立四

聖種衣乞食攝藥故又不一切不一切時故藥不別立聖種現在境界起故知足立聖種非少欲知足於現在處起少欲於未來處起現在不取一錢難非未來轉輪聖王聖種者於出家者有二種勝謂悕望及受用在家者唯悕望種者是持義是故別解脫律儀以無作爲聖種非作色無色界雖無衣食然有聖種謂無漏律儀問何故此諸功德說如意足乃至聖種耶答如是增上生是皆隨名說此諸功德定增上生故說如意足精進增上生故說正斷念增上生故說念處知足增上生故說聖種問世尊說三十七覺品有幾種性答

淨信精進念　智慧及喜猗　覺品相應捨

思戒三摩提

如所說十事餘覺品分悉入其中此云何謂信是信根信力精進是正斷精進根精進力精進覺支正方便念是念根念力念覺支正念慧是念處慧根慧力擇法覺支正見喜是喜覺支猗是猗覺支捨是捨覺支思是正思惟戒是正語正業正命三摩提是如意足定根定力定覺支正定鞞婆娑欲令戒有二種身口業不壞故說十一事問何故此諸法多種建立答

處方便自在　軟及利亦然　見道亦修道

故說三十七

處者正緣處建立故說念處方便者正方便故說正斷自在者自在功德故說如意足軟者信等五法軟者說根及利亦然者此諸根若增上者說力是故增上義說根難伏故說

力問何者是根云何次第答信精進念定慧是根次第者信因果能爲一切善法根本是故前說信信已捨惡修善故精進方便精進方便已心於境界念住心住已於緣不亂不亂已堪能觀察復次於法觀察已心定心定已隨正念住正念住已正堪能正堪能已信業果是說逆次第問云何立五根答地故建立彼初業地信修（修者應言熏謂以信熏初業下一切修應如是知）導一切勝法故見地精進修見道速進故薄地說念修念住令貪恚癡薄故離欲地說定修定修根本禪故無學地說慧修慧永離無明故說力亦如是見道者見道道支修見道速進故正見乃至正定彼於法顯示自相共相故說正見思量正義故說正思惟邪命所不攝口四惡行數滅離故說正語邪命所不攝身三惡業數滅離故說正業邪命數滅離故說正命正方便堪能故說正方便正念緣不忘故說正念報正一心念故說正定次第如修多羅說正見者彼正見是道亦道支餘者是道支非道如定是禪亦禪支餘者是禪支非禪如說定八種亦如是修道者修道覺支修道所斷煩惱種九品斷頓極覺故以覺義故說覺支彼擇法覺是覺亦覺支餘者是覺支非覺次第如修多羅說問何故喜猗捨立覺支非道支正思正語正業正命立道支非覺支信俱非耶答隨順覺故乃至知緣常生喜乃至生喜常生覺謂息一切事及捨常生覺於進不隨順故非道支進去是道義喜者不去樂住處故猗捨與去一向相違故不說道支戒者於道輪爲轂故立道輪支非相

應故非覺支正思策正見故於進去隨順非覺故立道支非覺支信者始習度覺道者已度是故俱不立是說三十七者此十法各別事分別故世尊說三十七彼初業地說念處於身等分別修故暖法說正方便生聖智火暖故頂法說如意足得頂法功德自在故忍法說根彼於進增上故世間第一法說力住彼勢不可伏故見道說道支速進故修道說覺支覺寤故以數漸增故先覺支次道支四乃至八此諸覺品

二禪三十六　未來亦復然　三四及中間
是悉三十五

二禪三十六者除正思地無思故未來亦復然者未來禪亦三十六除喜難起故（未來難生喜）三四及中間是悉三十五者第三第四及禪中間禪三十五除喜及正思

初禪說一切　無色三十二　最上二十二
欲界亦復然

初禪說一切者初禪具三十七品無色三十二者三無色三十二除喜正思正語正業正命最上二十二者非想非非想處無道支及覺支道支雖有漏在覺支後說當知是無漏是故修多羅說三十七覺品一向無漏故如修多羅說修不淨觀俱念覺支彼以不淨觀調心故然後覺支現在前欲界亦復然者欲界亦二十二問四食在何地有何性答

諸食中摶食　欲界說三入　識食思及觸
是食說有漏

諸食中摶食欲界說三入者摶食是欲界中三入處謂香味觸事則有十三謂十一觸及

香味隨其所應彼或以草或以木或以根或以果或以五穀或以汁或以香或以温暖如是比識食思及觸是食說有漏者謂識思觸若有漏者持生相續及招有故是故說食無漏觸等雖攝持諸根四大而不招有斷有故是故非食問何故色非食答色麤故非食壞色故名食色不能極攝諸根四大攝義是食義此義擇品當廣說問三三昧一一有幾行轉答

無願有十行　二行是空定　四行說無相
是說爲聖行

無願有十行者無願三昧十行轉所謂無常行苦行集四行道四行二行是空定者空三昧空行及無我行轉四行說無相是說爲聖行者無相三昧滅諦四行轉定品已廣說問四顛倒云何斷何等性答

謂彼四顛倒　當知見苦斷　三見自性增
見實者分別

謂彼四顛倒當知見苦斷者一切四顛倒不遠尋根本故苦處起故見苦斷毗婆闍婆提欲令有十二顛倒所謂無常想常倒見倒心倒餘亦如是彼八種見道斷無常無我六此二各心想見故六苦有樂見倒不淨淨見倒四見道修道斷苦及不淨想倒心倒樂淨見一向見諦斷樂淨想二見道修道斷以見諦者見斷而想不盡也如是說者此義不然何以故顛倒是見性故想心爲見所亂故說想心倒受等雖爲見所亂非世所縛故不說若問須陀洹云何染著者煩惱不斷故如在家須陀洹我倒斷猶起男女結非法想起男女結彼亦如是謂上說想心非倒亦如此三見自性增見實者

分別者此四顛倒是三見自性但說少分見眞實者所建立問何故答以增上故若彼見增上分建立顛倒謂如身見中立我見是倒非我所見邊見中立常見是顛倒非斷見見取中立樂淨見是倒非餘（計惡爲好劣爲勝如是一切悉是見取但以輕故不立倒）問何故餘見不立倒答三事故說倒所謂決斷妄置一向倒（一向倒謂正反轉下爲上）謂彼邪見及邊見所攝斷見雖決斷及一向倒而非妄置從壞事生故戒取雖決斷及妄置不一向倒謂少實處起故阿毗曇說身見見取全倒無始久習倒煩惱斷已須陀洹斯陀含猶染著境界問世尊說多見何見攝答五見攝問此云何答

誹謗於眞實　此見是邪見　不實而妄置
是二見及智

誹謗於眞實此見是邪見者若見誹謗眞實謂無有（無有誹謗施戒等）無苦等是說邪見不實而妄置是二見及智者於陰不實妄置我我所是身見妄置樂淨是見取若於餘處所不實而妄置士夫等如是一切是邪智非見

非因而見因　是說爲戒取　若攝受邊見
依斷滅有常

非因而見因是說爲戒取者謂於彼無因而見因是戒取如爲自在天故斷食等求生天能辯性及士夫得解脫性者（世性謂能知世性與士夫異者得解脫）若攝受邊見依斷滅有常者若相似相續隱覆無常行而見常是常見不識因果分相續而見斷是斷見除此五見更無餘見是故說一切見五見攝問此見云何斷答

誹謗及妄置　因見及二邊　於此諸事轉

或見彼則斷

誹謗者說邪見若謗苦當知見苦斷若處起故見集等亦如是見滅道斷見取戒取異處生見異處斷以此義故欲界上緣煩惱亦如是說不實而妄置者說二見彼身見苦處起故見苦斷見取者若於果不實而妄置者見苦斷於因起者見集斷於見滅所斷起者見滅斷見道所斷起亦如是非修斷決斷故戒取者非因見因若於有漏處起者見苦斷若見道所斷處起者見道斷斷常見見苦處起者見苦斷問世尊說二十二根彼云何答

謂眼等四根　身根有三種　意根及與命
是根生死依

謂眼等四根者如界品說身根有三種者身根說三種謂身根男根女根意根者意根前已說以意界即意根故及與命者壽說命根是根生死依者此諸根生死依故立根問根有何義答

增上是根義　五根說四種　當知餘四根
各有二增上

增上是根義者彼增上義是根義端嚴義是根義勝義是根義上義是根義生義是根義雖一切有爲法各各增上然或劣或勝當知勝者立根如人生天主問增上義有幾種答眼等四種增上謂眼等五根四種增上緣所謂令身端嚴導養已身依生識不共事彼眼根令身端嚴者若眼根不具人不喜見多所增惡不爲增上導養已身者若眼見安危去危就安令身久住依生識者依眼生眼識及相應法不共事者唯眼見色非餘耳根令身

端嚴導養已身如前說依生識者依耳生耳識及相應法不共事者唯耳聞聲非餘餘根令身端嚴如前說導養已身者此三根通摶食令身久住依生識者此三根各各生自分識不共事者各行境界當知餘四根各有二增上者男根女根有二事增上緣故勝謂衆生別相別始者一衆生二根生已衆生別及衆生相別復次煩惱清淨故謂此二根具足能作不律儀乃至能作五無間業斷善根清淨者謂受律儀得果離欲種三乘種子若無形二形不能起如是善惡命根者種類相續及持意根者續當來有自在隨轉有相續者如所說香陰有二心展轉現在前若愛若恚自在者如所說心牽世間如是廣說

受或煩惱分　信等依清淨　九根若無漏　此三依於道

受或煩惱分者苦樂憂喜捨受隨順煩惱分爲增上緣謂受勲諸煩惱以受樂著故煩惱樂著復次受爲煩惱清淨分增上緣煩惱分者如所說樂受貪使苦受恚使捨受癡使清淨分者如所說樂已心定因苦習信依六出離捨行信等信等依清淨者隨順清淨故信等五根修清淨分九根若無漏是三依於道者信等五根喜樂捨及意根此九根有漏無漏若無漏者依道故立三根若隨信行隨法行道所攝是未知根若信解脫見到道所攝是已知根若無學道所攝是無知根已說諸根事餘因緣擇品當廣說問此諸根何界繫

答

欲界四善八　色種根有七　心法則有十

一心三根二

欲界四者謂男根女根苦根憂根欲界繫餘色根及意根如界品說如意根信等及捨根亦如是樂根喜根若有漏欲色界繫無漏則不繫命根雜品當說三無漏根不斷故不繫問幾善答善八謂信等五根三無漏根是善愛果故命根及諸受有報章當說餘如界品說色種根有七者眼等七根是色餘者非色問幾性心幾性心法幾非心幾非心法答心法則有十謂信等五根五受根此是心法心相應故一心者意根是心自性得心相故命根等八非心非心法無緣故三根二者無漏三根有二種謂心及心法性多集故問幾有報幾無報答

於此諸根中　一及十有報　十二中是報

命根唯是報

於此諸根中一及十有報者憂根一向有報彼善不善有漏故現在方便生故非報生非威儀非工巧非學習法故亦非無漏從煩惱生故意根善不善有漏是有報無漏無記是無報三受亦如是苦根善不善是有報無記是無報信等五根若有漏是有報若無漏是無報餘命根等八是無報無記性故三無漏是無報問幾是報幾非報答十二中是報謂色根七有是報有非報　如界品說意根及四受或是報或非報若善不善果是報命根唯是報者命根一向是報有欲令是正受果問初生時得幾根報答

二或六七八　最初生時得　當知欲界報

色六無色一

二或六七八最初生　時得當知欲界報者此諸根漸漸生謂胎生　卵生濕生彼初生剎那得二根謂身根命根　彼剎那意根是穢汙非不穢汙心相續受生　故捨根亦如是餘根亦得而不說非報故謂（上界沒生時先所求者今悉得）化生無形六謂五色根及命根　一形七二形八此一向說欲界色六無色一　者色界得六根彼一向化生故無男女前已說無色界唯一命根

問命終時幾根最後捨答

捨四八與九　或復捨於十　漸終及頓沒

善捨各增五

捨四八與九或復捨於十漸終及頓沒者無記心漸命終捨四根謂身意命捨根若無形無記心一時命終捨八根謂眼等五根意命及捨根無記心一形九二形十不善心亦爾

問善心捨幾根答善捨各增五若善心命終各增信等五根是說欲界沒還生欲界者欲界沒生上界者除無形二形離欲俱非分故色無色界命終隨所得根亦如是說無漸命終此說諸根現在前捨非成就捨不隱沒無記說得捨善者於此命終即此生說行捨若生餘處則得捨問幾見斷幾修斷幾不斷答

二斷無斷四　六根則二種　三無漏不斷

餘則修道斷

二斷無斷四者謂意根樂根喜根捨根有三種或見斷或修斷或不斷彼隨信行隨法行道斷說見斷信解脫見到道斷說修斷無漏說不斷六根則二種者謂憂根見斷及修斷信等五根修斷及不斷非見斷不染汙故三無漏不斷者一向無漏故餘則修道斷者謂

餘九根修道斷命根等八不隱沒無記故非見斷墮生故非無斷苦根五識身相應故非見斷從煩惱生故非不斷問若成就根彼成就幾根答

或成就三四　五七及與八　十一與十三
是說定成就

若成就意根必成就三根謂意命捨餘或成就或不成就眼耳鼻舌根若生色界必成就若生欲界得而不失則成就若生無色界及生欲界處胎漸厚諸根未滿及得而失則不成就身根若生欲色界必成就生無色界不成就樂根生遍淨天若下及聖人生上必成就凡夫生上不成就喜根生光音天必成就餘如樂根說苦根生欲界必成就生上界不成就憂根未離欲必成就離欲不成就信等五根不斷善根必成就斷則不成就三無漏根隨地聖人必成就（見地修地無學地也）凡夫不成就如意根命根捨根亦如是若成就身根必成就四根謂身意命捨餘如前說若成就樂根亦成就四根謂命意樂捨若成就眼根必成就五根謂身意命捨及眼根耳鼻舌根亦如是若成就喜根亦成就五根謂喜樂意命捨若成就苦根必成就七根謂身意命四受除憂根若成就男根必成就八根謂前七及一形女根亦如是若成就憂根亦成就八根謂身意命及五受若成就信根亦成就八根謂信等五根及意命捨精進念定慧根亦如是若成就已知根必成就十一根謂意命喜樂捨信等五根及已知根無知根亦如是若成就未知根必成就十三根謂身意命苦樂喜

捨信等五根及未知根問幾根得沙門果答
九根得初果　或獲二沙門　謂以十一根
究竟第四果
九根得初果者九根得須陀洹果謂意根捨根信等五根未知已知根未知根無閡道已知根解脫道俱有七根或獲二沙門者若倍欲盡得斯陀含果九根如前說若欲愛盡得阿那含果亦九根八根如前說三受隨所用說若次第得斯陀含果世俗道七謂意捨及信等五根無漏道八前七及已知根次第得阿那含果亦如是謂以十一根究竟第四果者十一根得阿羅漢果謂意根及三受信等五根已知無知根已知根無閡道無知根解脫道問此云何爲分定爲用定耶若分定者阿那含果亦有三受若用定者無此三用尚無二受一時行何況三耶答用定身故非剎那故謂以樂根得阿羅漢果於彼退已復從喜根得若復退已復從捨根得而阿那含果以此受得若彼退者還從此受得非餘問世尊修多羅說六識身此諸識識何境界答
若取諸相義　五種心境界　若取一切法
是則說意識
若取諸相義五種心境界者色等五境界五識所取眼識取色乃至身識取觸受自相故及現在境界故若取一切法是則說意識者意識緣一切法共相境界故思惟故數數念故此義廣說如界品已說識境界智境界今當說
欲色界諸陰　無色與無漏　有依無依八
及彼二無爲

有十法欲界相應不相應色無色界亦如是
有爲無漏相應不相應二種無爲善及無記
問此十法智所知一一智幾法爲境界答
五法應當知　法智之境界　比智七爲緣
他心境界三
五法應當知法智之境界者謂欲界相應不
相應無漏相應不相應無爲善比智七爲緣
者謂色無色界及無漏相應不相應無爲善
他心境界三者謂欲色界及無漏相應心心
法境界故
有漏當知十　因果智有六　解脫一道二
餘二境界九
有漏當知十者等智行一切十法廣境界故
因果智有六者苦集智知六法謂三界相應
不相應有漏境果故法智比智故解脫一者
滅智緣一法謂無爲善數滅境界故道二者
道智緣二法謂有爲無漏相應不相應學無
學境界故餘二境界九者盡智無生智緣九
法除無記無爲四諦境界故問諸使何所使
答
自地諸煩惱　定使於自地　自種一切遍
隨使於彼種
自地諸煩惱定使於自地者彼欲界煩惱即
使欲界法乃至第一有亦如是勝故對治故
下不使上離欲身行故上不使下自種一切
遍隨使於彼種者自種諸法自種使所使一
切遍亦他種五種境界故
若定三界法　三界使所使　二界生當知
一界亦復然
若定三界法三界使所使者三界所攝五種

法彼三界一切使所使如是一切法隨所應說二界生當知者二界所攝法二界煩惱所使隨其所應謂覺觀欲色界五種彼欲色界一切使所使謂意根三界五種彼三界一切使所使如是一切法隨其所應一界亦復然者若定一界法彼一界使所使謂憂根欲界五種彼欲界一切使所使如是一切法隨其所應

此經牟尼說　其性已分別　識智及諸使
當知是三門

此佛所說修多羅我已具分別當以三門通所謂識門智門使門如施欲界修道斷五陰性彼七智知除比智滅智道智欲界故除比智有漏故除滅智道智三識識謂眼識耳識意識四入攝故欲界一切遍及修道所斷使所使戒八智知除他心智滅智三識識謂眼識耳識意識欲色界一切遍及修道所斷使所使修者不放逸性九智知除滅智意識識三界一切遍及修道所斷使所使一切修多羅皆如是說隨其所應此總說義欲知攝者當觀界建立欲知智門者當觀諦建立欲知識門者當觀入建立欲知使門者當觀種建立如是說者此則易知

雜阿毗曇心論卷第八下

音釋

修多羅梵語也此云契經　鞞駢迷切　摶度官切捏聚也　閡五溉切阻也　數數所角切頻也

雜阿毗曇心論卷第九

尊者法救造

宋天竺三藏僧伽跋摩譯

雜品第十

已分別諸法　一一定相續　於上衆雜義
是今當略說

已分別諸法一一定相續者已說諸法展轉相續種種品類於上衆義（謂決定應相續說者已說竟即此義）（上衆雜義於此品說）是今當略說

有緣亦相應　有行亦有依　心及諸心法
是同一義說

此是諸心心法名差別有彼緣故說有緣於境界轉故時依行緣事俱轉故說相應有行者是慧智品已說彼於緣作行故說有行依他轉故說有依

從緣生亦因　有因亦有爲　說處及與道
有果應當知

此是諸有爲法名差別彼彼緣和合等生故說從緣生生餘法故說因由因力故說有因因緣等作故說有爲能生說故名說處過去未來現在道所攝故說道彼有果故說有果

有罪亦隱沒　穢汙下賤黑　善有爲說習
亦復說名修

有罪亦隱沒穢汙下賤黑者此是不善及隱沒無記諸名差別與罪俱故說有罪是可惡猒義煩惱上煩惱所覆故說隱沒是漏所覆義煩惱垢所汙故說穢汙極鄙故說下賤闇冥故說黑黑者有二種穢汙黑及不可意黑此說穢汙黑不說不可意黑以不可意黑亦有不善報黑故善有爲說習亦復說名修者

此是善有爲法諸名差別彼善法所攝及愛果故說善增長功德故說習及修此說得修及習修（親近是習義種義是修義現在名習未來名修）故說善有爲對治修斷修者一切有漏法亦說修問何等爲心不相應行答

無想二正受　亦衆生種類　句味與名身
命根與法得

無想者彼無想衆生受生心心法滅有說無想正受果有說名第四禪眷屬果有說乃至有心是有心果無心是無心果問爲前心多爲後心多答有說後心多前心少樂欲速入無想如是說者此不定或前多或後多若以此威儀入無想正受即以此威儀入無想住從彼起已謗涅槃乘後報業生欲界彼報業盡不起餘業故二正受者無想正受滅盡正受無想正受者遍淨愛盡上愛未盡先作出離想思惟心心法滅從欲界起非餘此根利故凡夫起非聖人無有聖人於有作出離想方便得非離欲不退轉問無想正受無想何差別答無想正受是因無想是果此善彼無記此有報彼是報此有行彼無行滅盡正受者離無所有處欲先止息想思惟心心法滅問此正受云何答心心法滅相續中間心不相應行隨流四大諸根住是說滅盡正受餘如定品說種類者衆生身諸根支節事業飲食相似彼種類有六種所謂界種類趣種類生種類處所種類自身種類性種類界種類者欲界衆生欲界衆生種類色無色界亦如是趣種類者於一趣生一趣種類生種類者受一生一生種類處所種類者生無擇獄無

擇獄種類乃至第一有亦如是自身種類者同生一界一趣一生（一生者四生中一也）而有種種自身如衆鳥如是比性種類者所禀性同是性種類若六種類相似者是名種類句者集諸名味究竟顯義味身者是字身（味者是字梵音中有味聲謂是字之模法非今形色字也）名者名諸法以名顯義如名男女命者壽謂得陰界入不壞問命行壽行何差別答有說無差別有說宿業果名壽修果名命問世尊何故捨第五分壽答善究竟佛事故餘事聲聞究竟故復次住四聖種故有及衆具盡無餘故得者得諸法得成就同一義後當廣說

謂彼凡夫性　及諸法四相　非色不相應

說是有爲行

凡夫性者謂不得聖法四相者謂生住老無常行品已說非色者此諸法非色性四種及造色非分故不相應者無緣故說是有爲行者他爲故爲他故問此諸行幾善幾不善幾無記答

二善五種三　當知七無記　二在於色中

一在無色地

二善者無想正受滅盡正受是善修性故五種三者得生住老無常善中善不善中不善無記中無記生等與法一果故得者非不自分故當知七無記者無想種類句味名命根凡夫性問此諸法幾欲界繫幾色界繫幾無色界繫答二在於色中謂無想天無想正受色界繫無想天第四禪果故無想正受第四禪攝故一在無色地者滅盡正受無色界繫第一有攝故

二界說有三　餘在於三界　有漏無漏五
餘則盡有漏
二界說有三者句味名身在欲色界非無色界語非分故餘在於三界者種類得命根凡夫性諸得相在三界普遍故問幾有漏幾無漏答有漏無漏五謂四有爲相在無漏法中則無漏有漏法中則有漏與法一果故得者若得有爲亦如是若得數滅或有漏或無漏共凡夫故若得非數滅是有漏無記故即以此義說繫不繫餘則盡有漏者無想天無想正受滅盡正受衆生種類命根句味名凡夫性一向有漏有攝故問離聖法名凡夫性云何捨云何斷答
初無漏心中　當知捨不得　凡夫流諸界
離欲時滅盡
初無漏心中當知捨不得者聖人初無漏心生時捨凡夫性初無漏心謂苦法忍相應彼生時捨凡夫性若言起已捨者彼住苦法忍時應非聖人不捨凡夫故是故說生時是故佛說二法生時究竟其事內事謂苦法忍眷屬外事謂諸光明凡夫流諸界者凡夫流諸界時若此地命終即捨此地若生彼地即得彼地不隱沒無記故非究竟捨不得聖法故離欲時滅盡者若離此地欲若凡夫及聖人爾時斷此地凡夫性不隱沒無記故問三無爲有何相答
煩惱斷離繫　是名爲數滅　無諸障閡相
是說爲虛空
煩惱斷離繫是名爲數滅者以智慧斷身見等煩惱及眷屬得於此得離繫此諸離繫名

數滅（謂藥病種數相對也）有說唯一滅事無自分故有衆多得若此得滅得證即此涅槃是故涅槃不共毗婆沙說於此繫事即此離繫事若異者見苦所斷結種斷餘煩惱亦應斷作證一事故若爾者後諸對治則應無用但未究竟故是故事各別無自分因故說無自分此無自分因亦不與他苦法忍及眷屬雖無自分因而與他自分因彼品非分故說非品煩惱滅故說涅槃無邊說故言非說勝一切法故說最勝智果故說智不種故說無生在解脫道邊故說邊出一切法故說出離無常等過故說妙無諸障閡相是說爲虛空者謂不障閡種種色以有來去等故說虛空譬喻者說虛空非色亦非非色言虛空者隨順世間故說有說非無虛空容有故若無虛空者不應容有容有故是故有虛空事

依於諸緣法　有依及境界　不具則不生

此滅非是明

一切有爲法依緣及境界力生羸劣故彼非分則不生如眼識依眼色明空及彼憶念和合故生一一不具則不生餘識現在前時念念頃餘眼滅餘眼生衆緣不具故眼識不得生若眼識應依彼眼生者則不生依等已滅故至竟不生以先無方便而滅故說非數滅如眼識一切識身亦如是又無漏者隨信行道進得隨法行道非數滅一切道亦如是隨其義盡當知問若此勝進道得何故非道果攝答爲餘事故斷煩惱故勤方便不爲非數滅故是故非道果攝問一切有爲法說因誰爲誰因答

前因相似增　或俱依倚生　二因及一緣
一向已生說

前因相似增者前法爲後相似法因及增因非軟因謂修法時若住若增非減或俱依倚生者謂相應因及共有因二因及一緣一向已生說者謂自分因已生說非未生前者後因未生者無前後故一切遍因亦如是次第緣亦已生說因緣義行品已說問報當言衆生數非衆生數耶答

報謂衆生數　有爲解脫果　有緣說俱行
謂於他相轉

報謂衆生數者報說衆生數不共故不以他眼見亦不成就餘報義亦如是衣食等衆具當知是功用果增上果非衆生數以共故問果云何答

有爲解脫果　一切有爲法　說果有因生
故及數緣滅

亦說道果果義業品已說問心心法云何於緣轉答有緣說俱行若有緣法俱於緣中轉辦一事故問於何緣轉答謂於相地轉心心法緣他法非自性何以故無二決定不自行故亦不緣相應一行一緣故亦不緣共有同一果故此義擇品當廣說問心心法爲有方處爲無方處答

普因無方處　生時心解脫　煩惱在道心
乃至滅時捨

普因無方處者心心法普因生謂因二眼生一識耳鼻識亦如是若有方處所者應於一眼中轉若然者應一眼見色不應俱見此義界品已說若言二識俱生者不然何以故第

二次第緣非分故一識住二眼見色者不然無分故若一識住二眼中者應有分生若住左眼者非右眼方處別故此則非說無色無分故若復一識住二眼者彼二眼間身根中亦應生若爾者眼識即身識若中間不生者應斷作二分非一前已說無二識俱生故問何世心解脫答生時心解脫道生時是煩惱滅時是故道生時心解脫如堤塘漏近水先出彼亦如是又說一切未來心解脫非獨生時但以初解脫故說生時問道生時斷煩惱爲不答煩惱在道心乃至滅時捨道滅時滅煩惱事究竟故生時是未來云何未來道能究竟事是故說無閡道滅時斷煩惱問有愛有幾種答

有愛有五種　無有唯一相　愛事餘煩惱
滅盡是三界

有愛有五種者有愛貪於有有五種謂見苦集滅道修道斷以五行種有貪故無有唯一相者無有愛謂見斷已於自報斷生樂著是修道斷何以故見貪見道斷此貪隨報無常起報者修道斷不隱沒無記故報無常亦如是與報同一果故非見道斷貪緣修道斷非一切遍故此無有愛須陀洹斯陀含不斷而不行斷見所長養故如悔疑所長養須陀洹斯陀含亦不行問世尊說三界斷界無欲界滅界此云何答愛事餘煩惱滅盡是三界彼愛盡是無欲界事盡是滅界餘煩惱盡是斷界取近對治故論者如是說世尊偷多羅說一切行盡名斷界無欲界滅界亦如是問十二法欲界善不善隱沒無記不隱沒無記色

界三除不善無色界三亦如是及學無學此十二法幾穢汙心中得幾善心中得幾無記心中得答

若得九種法　當知穢汙心　善心得六種
無記即無記

若得九種法當知穢汙心者界及地來還時欲色界得七心(上界沒還生色界時得欲界化無記心及色界三心)及欲界善善根續時得退時得三界穢汙及學心餘不得者謂無色界善不隱沒無記及無學雖無色界善少有退得謂退分但此中說悉不成就而得此則通說非一人一心中得九法善心得六種者善心中得六心欲界不隱沒無記色界善不隱沒無記無色界善及學無學此亦通說非一時無記即無記者不隱沒無記即得無記非餘羸劣故問道品十法幾根性幾非根性答

道品有六法　當知是根性　諸法若相應
是說爲他性

道品有六法當知是根性者信等五根及喜覺支當知是根性得根相故餘者非根性問相應者爲自性爲他性答諸法若相應是說爲他性諸法他性相應非自性無有一性二剎那俱起故前與後不合故自性不自爲故此義行品已廣說問於何解脱答

縁中得解脱　大仙之所說　亦有斷而縛
見道及修道

縁中得解脱大仙之所說者當知縁中得解脱不能於相應解一剎那故心與煩惱俱生故衆生於縁中愚即彼起不愚煩惱解脱問斷即解脱耶答若解脱即是斷亦有斷而縛

有少斷非解脱謂苦智生集智未生見苦所斷煩惱斷見集所斷一切遍使縛彼緣未斷故及修道一品斷餘八品縛乃至八品斷第九品縛一使故彼八品先斷後解脱第九品即斷即解脱餘一切亦如是問見諦云何得不壞淨答

二解於三諦　四由見正道　而得不壞淨

修習於二世

二解於三諦四由見正道而得不壞淨者苦集滅無間等得法不壞淨及聖戒道無間等得四不壞淨此義擇品當廣說問何等世修答修習於二世現在者習修現在前故未來者得修不現前故得隨續故過去非修現在因非分故問何等法隨心俱轉答

一切諸心法　說與心俱轉　亦此心諸相

餘相及所作

一切諸心法說與心俱轉者一切心法與心俱轉與心同一果故亦此心諸相者此心生等相亦與心俱轉亦與心同一果故餘相者此心法相亦與心俱轉及所作者作名無作戒由心故亦與心俱轉亦與心同一果故問斷法云何答

斷法謂有漏　智者亦無垢　滅未來說遠

餘則說於近

斷法謂有漏者有過故如衣有垢則浣非無垢彼亦如是問知法云何答知者亦無垢若有漏無漏法一切說知隨其事何以故除無知故問遠法云何答滅未來說遠過去未來法說遠遠現在識故此說時遠四遠義行品已說餘則說於近者現在說近與識身俱故

無爲說近不繫方處故隨彼彼方得滅由道故非數滅離懃求故世義界品已廣說問定法云何答

所謂無間業　及諸無漏道　慧說名爲定
見處謂有漏

所謂無間業及諸無漏道慧說名爲定者無間業說邪定定趣地獄故無漏行說正定定趣解脫果故餘者不定問世尊於菩提樹下於一切衆生建立三聚爲建立衆生分齊耶爲建立法分齊耶若衆生分齊者云何說不得衆生邊而衆生無邊若法分齊者聲聞亦應建立法云何說如來不共耶答有說衆生分齊總相非自相謂說四生除此更無衆生問若然者聲聞亦應建立如來聲聞何差別答有差別如來自力建立聲聞從佛聞此則差別又說如來建立衆生分齊聲聞緣覺建立法分齊世尊建立三聚衆生已今猶安樂衆生大悲故晝夜三時以佛眼觀察衆生問見處云何答見處謂有漏一切有漏法是見處所穢汙見俱若法穢汙見緣使及相應使彼說見處又說緣自界見力故有漏法得見處名非餘緣使非分故如是好者謂前說問若衆生成就根彼成就幾根答

說有十九根　謂成就極多　極少成就八
曉了根所說

說有十九根謂成就極多者聖人極多成就十九根謂未離欲具諸根若住見道除已知無知根及一形若住修道除未知無知根及一形凡夫不斷善根具諸根及二形除三無漏根極少成就八曉了根所說者極少成就

八根謂餘謂身根漸死餘有少分也身根善根斷漸命終
生無擇地獄大山所迫唯有身根命根意根
及五受根若生無色界凡夫意命捨信等五
根問有幾種觸答

增語以多名故說增語也及有對　明無明處中
所謂得果者　是則雙道事

增語及有對明無明處中者增語者若意識
身相應觸緣一切法故說增語又緣多名故
說增語雖第五觸亦緣多名彼初得名故無
過若五識身相應觸依有對根故說有對無
漏者說明觸明相應故穢汙者說無明觸無
明生故不穢汙有漏者說非明非無明觸俱
不相應故此五觸隨順不隨順相應依分別
故說十六種隨順不隨順建立者謂愛恚相
應觸相應分別故說苦樂不苦不樂觸依分
別故說眼耳鼻舌身意觸問得果者爲無閡
道爲解脫道答所謂得果者是則雙道事雙
道俱得果無閡道及解脫道無閡道斷煩惱
得解脫道得解脫證又說無閡道得果解脫
道護彼所作事令不失故如是說問世尊說
猒巳離欲云何猒云何離欲答

若智在苦因　及忍說爲猒　能離貪欲故
說四爲離欲

若智在苦因及忍說爲猒者緣苦集智及忍
說猒緣可猒事故苦集諦惡行煩惱所依故
說爲猒事能離貪欲故說四爲離欲者若忍
及智於四諦轉盡說爲離欲壞貪欲故雖離
一切煩惱但貪欲是諸煩惱足是故說離欲
彼憎不樂背惡此猒之差別離欲滅解脫斷
盡此離欲之差別問阿羅漢住何心般涅槃

答

羅漢住報生　及與威儀心　隨順心滅故

趣向般涅槃

阿羅漢住報生及威儀心而般涅槃何以故隨順心滅故善心堅住於心滅不隨順無記心羸劣羸劣故於心滅隨順復次少過故善心依果報果門過生故無記唯有依果門無報果門復次背諸趣故若向諸趣者彼必善心懃現在前莫令我生惡趣中是故彼背一切趣故住常性心有時彼身分中善心空如斷善根不善心亦空如離欲界欲復次漸離生死故謂欲界離欲離不善心第一有離欲離染汙心無記心現在前離善心命終心現在前離無記心尊者說曰此達磨多羅以古昔達磨多羅為尊者懃相續者善心彼命終時不隨轉也有說欲令下地有不苦不樂報者彼說欲界乃至第四禪報生及威儀心般涅槃無色界唯報生非威儀色非分故有欲令下地無不苦不樂報者彼說欲界乃至第三禪唯住威儀心般涅槃餘如上說問幾種有答

生有及壞有　本有亦復中　當知二剎那

一染三有二

生有及壞有本有亦復中者生有者謂生分五陰與生俱故名生有相續心俱生義壞有者死邊五陰與死俱故名死有沒心俱起義本有者除生分死分五陰彼中間有本業所種久住故故名本有中有者死已乃至未得餘生有於其中間向受生有五陰趣所不攝於二中間起故名中有問此諸有幾剎那幾久住答當知二剎那死有及生有各剎那頃

不久住故以此義當知本有中有久住問幾染汙幾不染汙答一染三有二生有一向染汙以染汙心故生相續非不染汙彼欲界凡夫三十六使一一使令生相續聖人修道斷四使一一亦如是色界凡夫三十一使一一使令生相續聖人三使無色界亦如是使令生相續非纏垢餘有染汙不染汙問修行者幾時極爲業所障閡答

若離欲界欲　越度第一有　及與起忍法
極爲業障閡

於此三時修行者業極作障閡謂聖人離欲界欲時彼欲界業極作障閡義言汝若離欲我於何處受報以聖人離欲界欲不受欲界生永得蘇息故以不退果命終故謂取阿羅漢果時彼受後生報業極作障閡義言汝度第一有無復生處我於何處受報謂住頂法起忍時彼受惡趣報業極作障閡以起忍法永離惡趣故餘如前說問事有幾種答

當知有五種　自性及與因　繫縛若攝受
一切境界事

五種事所謂自性事因事繫事攝受事境界事自性事者若法自己性以事名說如所說若得事是成就彼事因事者如所說云何有事法答言有因繫事者如所說若此事愛結繫即彼事瞋恚繫耶彼五種法以事(五種法是五行也)名說攝受事者(如受邪之受也)如所說田事家事如是此境界事者如所說一切法智所知隨其事若法彼法緣以事名說復有異五種事

說陰即爲事　界入事亦然　及與世刹那
是名五種事

若說陰即以陰爲事非餘種如是乃至說剎那即以剎那爲事非餘種如是略說同實異名盡當知問如業品說五種果云何唯此果復有餘耶答有欲令更有四果

育多婆提說　安立及方便　亦說和合修
是名爲四果

安立果者如水住風輪水輪是風輪安立果如是一切方便果者謂從不淨觀方便乃至起盡智無生智彼盡智無生智是不淨觀方便果如是一切方便（此是以因求果趣向方便也）盡當知和合果者謂眼色明念和合眼識生如是法和合生法此法是和合果修果者謂色界道欲界化化及作欲界語彼化及語是色界修道果如是一切問神足幾種（梵言栗地或言神足或言如意足或言自在或言富滿皆義出耳悉不全得本名也）答

運身及意解　意念自在通　意念唯如來
當知二則共

三種自在運身自在意解自在意念自在運身自在者舉身陵虛猶若鳥飛意解自在者遠作近解屈伸臂頃至色究竟意念自在者如眼識至色頂隨意即至此意念自在者唯佛非餘一切智所知到彼岸故當知二則共者運身自在及意解自在如來緣覺聲聞共是禪果故問一切阿那含入色無色界不一切信解脫得見到不一切退法者必退不答

入色無色界　亦復增益根　及與賢聖退
生中間定無

聖人還受生者如前所說餘因緣定無（還受生者定不至上二界亦不增進根亦復不退也）還受生者謂欲界得果還生欲界者猒於處胎見有之過不入色無

色界以壽長故也久修聖道故不能增進根如下親友不能捨離彼亦如是生中間修習聖道故不退問何時佛出世何時轉輪聖王出世何時辟支佛出世答

劫減佛興世　增時轉輪王　二時辟支佛
如是應當知

劫減時佛興於世順解脫師故佛是解脫師爲捨生死出世說法增時衆生向生死見轉勝樂故若爾時佛出世者則爲空出以衆生不能捨生死極著樂故減時衆生背生死見煩惱惡行極增上故能捨生死是故乃至百歲衆生時佛乃出世非減也若減者爾時衆生非法貪不正貪悉行邪法勲利煩惱非善法器故轉輪聖王多於增時出于世間能以十善建立衆生是故減時不出以彼衆生向惡行故是故增時易化時淳故初減時轉輪聖王亦出於世猶淳故辟支佛二時出世作自事故問得爲有得得爲無若得復有得者此得復應有餘得云何非無窮若無得得者得云何成就答

若彼諸法生　二得共俱起　二得俱生者
當知有得得

若諸法生即彼法二得俱生得及得得彼得力故成就法及得得得得力故成就得以得及得得故俱一心中展轉相得是故非無窮彼色陰行陰一得得餘陰亦如是（初得能得一陰及小得也）有爲無爲一得得（初得能得無爲及小得也）欲界善戒惡戒若過去者三世得若現在者現在未來得若未來者即未來得欲界善及穢汙四陰色界善五陰及穢汙四陰無色界善及穢汙

四陰無漏五陰變化心共生四陰三世三世得隨其類得威儀四陰多以世斷及刹那斷得若彼善修者三世得工巧亦如是無記色及報生四陰以世斷及刹那斷得過去過去未來未來現在現在問苦法忍有幾得乃至道比忍有幾得答

諸得有十五　得於苦法忍　其餘見增道
當知一一滅

諸得有十五得於苦法忍者苦法忍有十五得以見道十五心故一切心彼得生一得與彼忍俱生十四後生其餘見增道當知一一滅者見道名見慧增上故餘見道漸度一一心中得轉減苦法智十四得一俱生十三後生無前生未曾得故（苦法智俱生得今始起故無前生故十四餘無前生故漸少也）苦比忍十三得一俱生十二後生苦比智十二得一俱生十一後生乃至道比忍一得俱生無後生者見道究竟故無前生未曾得忍故（既無後起又無前生故唯一也）問解脫得何地攝答

若於彼地中　斷及壞對治　即攝解脫得

法智比智品

若於彼地中斷及壞對治即攝解脫得者有說若彼地斷對治彼解脫得即彼地攝由斷對治故如是說者謂欲界見道修道斷解脫得禪未來攝初禪地未來初禪及中間攝第二禪四地攝即前三地及第二禪第三禪五地攝即前四地及第三禪第四禪見道修道斷及無色見道斷六地攝即前五地及第四禪空處修道斷七地攝即前六地及空處識處修道斷八地攝即前七地及識處無所有

處及非想非非想處修道斷解脫得九地攝未來中間根本四禪及三無色又有說者若彼地攝斷對治及壞對治此說欲色界見道修道斷無色界見道斷解脫得六地攝無色界修道斷如前說法智比智品者又復有說若地法智品欲界見道修道斷解脫得即彼地攝若地比智品色無色界見道修道斷解脫得即彼地攝此說欲界解脫得六地攝色無色界解脫得九地攝問若道俱起得彼得是俱起道因不（唯除所作因餘通問）答

與道俱起得　俱起而非因　道亦非彼因

後起或有無

與道俱起得俱起而非因者（俱起道與得既非共因又無餘因故相與無因也）道俱起得彼非道因不一果故不一果則無共因義道亦非彼因者得俱起道亦非得因亦不一果故問後起得云何答後起或有無前起道於後起得或有因或無因與後相似增道得相似增解脫得因非軟道得軟道解脫得因（此是自然因故不爲中上因非中上下因）謂苦法忍一得俱生彼得非忍因忍亦非得因苦法智三得俱生二道得一解脫得苦法智非彼諸得因彼諸得亦非苦法智因彼苦法忍三得因苦比忍四得俱生三道得一解脫得苦比忍非彼諸得因彼諸得亦非忍因苦法智三得因非苦法忍得因以忍劣故（比忍比智及解脫得）苦比智六得俱生四道得二解脫得苦比智非彼諸得因彼諸得亦非智因苦比忍三得因非三得因謂法智品中得乃至道比忍二十二得俱生十五道得十解脫得道比忍非彼諸得因彼諸得亦非忍因道法智三得

因法智自於未來得解脫得及比忍得作自然因下諸得劣故得因也非餘因問空空何行何自性何緣何地攝耶答

空行有垢住　是說為空空　說無學境界

在於十一地

空行生已空空後起空行觀五盛陰空彼空空起於彼空思惟空如人燒死屍時執杖轉側然後燒杖彼亦如是有垢者謂有漏義繫聖道故空空繫聖道不以聖道繫聖道以無漏猒行不緣無漏故住者三昧自性空空者於空行空義無學境界者以無學為緣義謂無學空行是彼緣又說緣空行俱生五陰十一地者有漏故普境界故空空十一地欲界乃至非想非非想處問云何無願無願答

行於無常行　是無願無願　俱在於不動

欲界餘如前

行於無常行是無願無願者無常行相應無願觀五盛陰無常於彼後起無願無願思惟無願無常苦苦行者則為顛倒聖道非苦性故亦非因等行與聖道相違故以無願無願與聖道相違故不作因等行也若作因等行者應順聖道然彼繫聖道以違聖道故亦不作道等行以道等行樂道故俱在於不動者謂前說空空及無願無願此二是不動法阿羅漢能現在前三昧有勢力故離煩惱故見到者雖利根得自在三昧然未離煩惱故時解脫雖離煩惱不得自在三昧鈍根故不時解脫者得自在三昧利根故離三界欲故是故能現在前非餘欲界者欲界現在前多從說力起故非餘除鬱單曰餘三方餘如前者餘事如空空說

謂無相無相　彼行於寂止　行於記無滅

餘則如前說
謂無相無相彼行於寂止者無相者於數滅
觀寂止於彼後起無相無相行義言汝非數
滅亦寂止問彼何緣答行於無記滅非數滅
是彼緣是無記亦不起非數滅不起如前說
以是義故不說滅行以有二種滅謂非數滅
無常滅若言行滅行者不知何等滅亦非妙
出行以無記非妙非出故非三相所成故止
餘如前說者餘如空空說又彼三昧利根者
盡智生時得後方便現在前佛不方便辟支
佛少方便聲聞或中或上空空無願無願法
智比智苦智後現在前無相無相法智比智
滅智後現在前若欲界三昧禪未來所攝聖
道後起若非想非非想地無所有處聖道後
起餘者自地次第問超越三昧云何正受答

超越三摩提　上下至第三　及不念思惟
於緣超亦然
超越三摩提上下至第三者謂超越三昧正
受時有漏初禪次第有漏第二禪現在前如
是次第乃至非想非非想處然後次第還乃
至初禪於此諸地善修習已起無漏初禪次
第乃至無所有處又復次第還至初禪又此
地善修習已復起有漏初禪正受從初禪起
超入有漏第三禪第三禪起已入空處空處
起已入無所有處逆超亦如是此地善修習
已然後起無漏超正受是名超越方便然後
能有漏初禪起次第入無漏第三禪正受無
漏第三禪次第有漏空處有漏空處次第無
漏無所有處逆超亦如是是名超越正受成
就也相遠故不起第四正受也三方不時解

脫能起非餘何以故離煩惱故自在三昧勢力故如前說及不念思惟於緣超亦然者若不穢汙而斷境界者彼因不憶念思惟境界有聞名爲聞名爲斷或有染心而緣斷境界又舉不染以別之因不念思惟者率爾能緣超至三也亦至第三謂初禪緣欲界次第上緣初禪二禪而正受此中明境界超而文言唯次第將先後超如上三昧中故舉始以明終耳緣初禪次第下緣欲界次第上緣第二第三禪也初禪緣二禪次第下緣欲界及初禪上緣第三第四禪如是一切地盡當知無色不緣下前已說雖苦法智次第苦比忍生乃至緣第一有此不斷境界故相接不斷故雖遠非超也淨背捨次第雖緣自地心起或緣上地但彼染汙問佛語當言善爲無記耶答

佛語善無記　如彼初心轉　究竟亦復然

無記或清淨

佛語善無記者若調伏處方便而說是善如說一切行無常一切法無我涅槃永滅如是比若彼不方便說是無記如問阿難何故園中高聲大聲如是比如彼初心轉究竟亦復然無記或清淨者世尊以善心發語即以善心究竟無記心發語或無記心究竟或善心究竟無有善心發語無記心究竟說時轉增不減故問聲聞云何答

聲聞則不定　究竟及與轉　說時不退減

唯是佛世尊

聲聞則不定究竟及與轉者聲聞善心發語或善心究竟或無記心究竟無記心發語或善心究竟或無記心究竟問何故世尊善心發語善心究竟聲聞善心發語無記心究竟耶答說時不退減故唯是佛世尊唯佛世尊

說時不退聲聞者舍利弗等說時猶退問幾
入可燒幾入能燒答
諸入中有四　可燒亦能燒　可稱亦能稱
斷能斷無或
諸入中有四可燒亦能燒者色香味觸可燒
亦能燒不相離故有說此四入可燒不相離
故更有一入能燒謂火大得燒相故可稱亦
能稱者即前說四入可稱亦能稱不相離故
有說四入能稱一種可稱得重相故斷能斷
無或者即前說四入可斷亦能斷此中無或
說問地地界何差別答
地謂色形處　堅相說地界　餘二亦二種
風即風或異
地謂色形處者色形處是地色入所攝眼識
識此世間名地界說堅相者堅相是地界觸
入攝身識識此則第一義餘二亦二種者水
及火亦二種色形處是水濕潤是水界色形
處是火熖熱是火界餘如前說風即風或異
者有說風即風種以非世間立名故有說此
亦世間立名有塵風無塵風如是比問善根
有幾種答
福分說一種　及與解脫分　於福決定分
第四離諸漏
福分說一種者若欲界聞思慧勝進施戒等
俱生得轉輪王帝釋及餘欲界大力自在身
報及色無色界勝進善根能得有果者是名
福分及與解脫分者解脫分亦是欲界聞思
施戒等俱生背諸有向解脫殖此諸善根者
中間雖斷善根猶名逆流何以故必得涅槃
故是故如是說寧為調達不為外道鬱頭藍

子調達雖造三逆斷諸善根滅善根滅善種子入無間地獄阿毗至阿者無毗至者擇也間也以因無善種子故果名無種餘二義如舊地獄罪畢於四萬歲壽人中得辟支佛證諸根猛利勝舍利弗等鬱頭藍子雖離八地生第一有於彼報盡命終來生於法林中作著翅飛狸殘害一切水陸衆生死墮無間地獄世尊不記得解脫時種解脫種者有如是相處聽法坐若聞法時悲泣流淚身毛爲豎見生死過涅槃善利敬信正法及說法者於福決定分者觀察眞諦暖等善根於諦決定故於諦滿足故順向聖道故名決定分彼賢聖品已說第四離諸漏者無漏善根謂學無學彼前已說問云何於惡趣得非數滅答

當知布施等　能轉於惡趣　必定與忍俱　施等同或異

當知布施等能轉於惡趣者或有施不墮惡道或戒或聞或思或暖或頂若見生死過涅槃善利故背生死向涅槃而行布施如此施者能轉惡道餘善根亦如是布施能轉惡道而非頂若謂不爾者不能何以故背生死故或有未得決定善根而能極猒生死非得決定善根者復次施與惡趣煩惱業極相違非頂是故無過問若諸善根不必定離惡趣者何者必定答必定與忍俱頓捨惡道必在於忍忍與一切惡趣煩惱業相違故捨忍者惡趣煩惱業尚不起況不捨施等同或異者從施乃至頂或時離惡趣或不離以非一切施能違惡趣煩惱業故餘善根亦如是已說轉惡趣因緣謂意識不共今當說意識有六事不與五識共

離欲及退時　受生亦命終　斷善及相續
當知是意識

此六事說住意識思惟故普緣故世尊雖說眼見色耳聞聲身覺觸退彼亦牽意識現在前故退問住何等受命終及受生答

謂一切衆生　悉住於捨受　命終及受生
以不捷疾故

謂一切衆生悉住於捨受命終及受生者一切衆生住不苦不樂受命終及受生問何故答以不捷疾故一切分中生分死分不明了不覺悟故於諸受中不苦不樂受最不捷疾不明了故是故一切衆生住不苦不樂受命終及受生問若然者不苦不樂受應無無漏聖道捷疾故答非不苦不樂受無無漏聖道力能令利故如水在辛則辛在苦則苦甜醋鹹淡亦如是

雜阿毗曇心論卷第九

音釋

羸劣 羸力追切瘦也 劣力輟切弱也 浣 胡玩切洗也 軟 而兖切 屍 書之切 殖 常職切種也 欝頭藍 梵語也此云猛喜 欝紆勿切 狸 呂支切獸名 醋 倉故切 鹹 胡讒切

雜阿毗曇心論卷第十上

尊者法救造

宋天竺三藏僧伽跋摩譯

擇品第十一之一

雖已說多法　決定衆雜義　於彼無量處

當復擇其要　牟尼說見道　疾故名法輪

或說學八枝　轉至於他心

牟尼說見道疾故名法輪者滅二種癡故說牟尼寂滅滿足故說牟尼說者顯示也彼見增故說見道以慧增故求爾炎故至非品故說道疾者速進也見道是捷疾道不起定故一品道頓斷九品結是法故說法離衆生故捨此至彼故說輪謂捨苦至集乃至捨滅至道復次似輪故說輪如輪下轉至上上轉至下如是見道輪下忍轉至上智復轉至忍復次上下義故說輪如輪下至上上至下如是見道輪緣欲界已上緣第一有緣第一有已下緣欲界復次降伏諦方故說輪如聖王輪或說學八枝轉至他心名轉法輪是故說如來於波羅柰仙人住處轉法輪以是義故別於二乘聲聞辟支佛自力轉法輪雖拘隣等自轉法輪自修道非他然由開悟因緣故說世尊轉法輪雖苦法忍起已轉但道比智起說名爲轉以彼處具五因緣故所謂捨曾道得未曾道結盡得一味頓得八智一時修十六行拘隣等五人及八萬四千諸天見諦彼先見諦故以拘隣爲因緣世尊及拘隣起世俗心地神知故於大力尊天所聞故踊躍歡喜故本常守護故近住地神舉聲大唱遠住地神展

轉宣告非彼自力知見是常勝心非劣心境界故如是須臾頃虛空神天展轉唱聲乃至梵天不至上地以彼自地耳識非分故有說以梵名名阿迦膩吒天聲雖念念滅而相續起故言聲至梵天轉輪王出世以十善業道化導衆生以十善業道欲界受報是故轉輪王出世聲至他化自在天以未離欲故不至離欲地梵天勸請世尊轉法輪故是故聲至梵天淨居天勸發成無上道故是故聲至淨居天成稱業故聲有齊限問云何爲梵輪答

佛說具足道　廣大名梵輪　齊輻輞具足
對治非梵行

一切八聖道共依廣大故名爲梵輪彼正語正業正命不壞故名爲齊齊轂也正見正思惟正方便依戒立故廣緣故名爲輻正念正定攝正見正思惟正方便輻故名爲輞煩惱名非梵不愛果故道者對治非梵煩惱是故名梵輪已說梵輪賢聖八支成就齊本音優波婆素如下釋今當說

謂優波婆素　受時他二說　具足一日夜
離嚴飾威儀

優波者近婆素者住近盡壽三婆遲住故說近住三者等婆遲者護謂等護一切衆生一切經論中言律儀者悉應言等護也是故說隨一切衆生慈心住得律儀彼若作是念於此受不於彼受不得律儀心不淨故別受不得律儀律儀離增減故受者受取由作故非發心而得時者謂明相出時受他者從他人受從衆生故不從非衆生數不言語故非嬰孩非眠非癡非狂不解齋法故彼此和合故得受若得犯戒及

煩惱起能見過者從彼受二俱說者授者受者二皆說授者先說受者隨說若授者不說則不成授授不成故受亦不成若受者不說則不成受無受說故非無說而作業生作不生故無作亦不生無作不生故則無餘識俱生功德若二人一時說者亦不成受無授故具足者聖八枝成就如比丘不具足律儀則非比丘此亦如是一日一夜者第三分齋非分故有二分齋如前說齋律儀得日夜分齋餘律儀得盡壽分齋離嚴飾威儀者謂瓔珞被服爲嚴飾故著者悉應捨雖住威儀受以莊嚴爲放逸足故調伏住則不放逸放逸者不應作而作壞威儀者不恭敬故不得律儀黃門時黃門無形二形不生律儀何以故貪欲增故無慚愧增故在人趣依三方非餘捷疾知覺故五種清淨因緣修多羅品已說問齋幾是尸羅枝幾是不放逸枝幾是持枝答

尸羅枝有四　不放逸枝一　餘則是持枝
齋枝慧所說

前四是尸羅枝（尸羅譯言修習亦言正順三昧亦言清涼亦言安眠）捨性罪自性戒故不飲酒是不放逸枝飲酒是放逸足令心失念故是故離彼名不放逸枝餘則是持枝者隨順戒故有說離非時食是齋餘者齋枝復有說離非時食是齋亦齋枝餘者是枝如等見是道亦道枝擇法覺是覺亦覺枝彼亦如是若說九枝者不然何以故離高大牀塗身香華共立一枝俱莊嚴處起故如老死立一有枝俱熟故彼亦如是問離兩舌惡口綺語等是離性罪何故不立齋律儀耶答難護故常習近故出家者尚難護以

常行故況復在家如是難護者諸威儀除不飲酒餘遮罪亦不立齋枝問已知惡戒熱所燒齋律儀栴檀塗令當說何故無不具足律儀優婆塞何所疑俱見其過若有不具足優婆塞律儀優婆塞者何故無不具足沙彌律儀沙彌耶若無者何故說一行等優婆塞何得所說非無義答

具律優婆塞　比丘律儀一　以彼缺減義

牟尼說少分

具律優婆塞比丘律儀一者有一說具足優婆塞律儀名優婆塞非不具足沙彌比丘亦如是如說我某甲歸依佛兩足尊歸依法離欲尊歸依僧諸衆尊我是優婆塞當證知盡壽捨衆生受歸依心清淨乃至第三口作得優婆塞律儀問此是離殺生口作云何得餘律儀耶答當知除等故應說我盡壽捨衆生等如戒等取除等故名戒取彼亦如是復次捨衆生者謂捨自衆生故從今乃至捨自衆生所受戒終不毀犯復次波羅提木叉律儀於衆生處得彼作是說我從今日不殺衆生亦於彼不盜不邪婬不妄語以護彼故不飲酒是故一切遮罪中離飲酒立優婆塞律儀以飲酒一切放逸足故自所受難護故是故說離他婬當知兩舌惡口綺語亦如是說以彼聖人經生猶故知而不說犯若言無一行等優婆塞者不然實有一行等優婆塞建立此云何以彼缺減義牟尼說少分佛以缺戒者故說少分優婆塞具戒優婆塞若持一不持四是名一行持二不持三是少分餘亦如是謂所得戒令知故為說非無義問若人九

歳十歳受優婆塞律儀然後取妻以彼女人爲妻分先於彼女人所爲得律儀不若得者云何不犯戒若不得者何得非少分答得枝非具足得不他婬處不得離非梵行處謂爲妻分已不起他婬所不應作亦如是優婆塞受沙彌戒不捨優婆塞戒得沙彌戒以勝爲名故不名優婆塞若彼沙彌還俗時說言我作優婆塞當諮知即是優婆塞若異者應更受優婆塞律儀比丘亦如是已說律儀律儀比類今當說

二律儀妙行　業道初解脫　說業及尸羅
如是七種名

波羅提木叉律儀作時即彼剎那無作凡有七種名一名律儀二名波羅提木叉律儀三名妙行四名業道五名波羅提木叉六名業七名尸羅彼一切惡戒對治故名律儀防護惡戒故入七衆故名波羅提木叉律儀於一切衆生所得故善作故名妙行得愛果故思願道故名業道思願從彼道轉故彼最初隨順解脫故名波羅提木叉隨一切衆生慈心得故業者作所起作故言是思者不然是說波羅提木叉故以此當知亦非後三業道尸羅者淳善義不害心起故後諸無作有五種名除波羅提木叉及業道除波羅提木叉者非前故除業道者在業起思願後故已說律儀比類名謂身身業成就不成就今當說

成就身非業　或說業非身　或有身業俱
或亦不俱說

成就身非業者謂或有凡夫人處卵胎迦羅羅胞肉段堅厚前身作已捨此身未成未能

起作無麤心現在前故麤心現在前能起身業而彼細心現在前如是内向外向内事外事盡當知復次彼分中極苦逼迫故不能動轉何能起作若生欲界不住律儀亦非不律儀處身無作若眠若狂若醉無求無方便捨作因緣業品已說或說業非身者謂聖人生無色界彼成就道共身業非身彼色非分故或有身業俱者聖人處母胎迦羅羅胞肉段堅厚若生欲界處律儀波羅提木叉禪無漏住不律儀不住律儀亦非不律儀身有作有作不失若生色界此諸身色衆生居故身業者或有說律儀或說不律儀或不捨作故或亦不俱說者無色界凡夫非身無色故非身業凡夫故口業亦如是問世尊說四種入胎此云何答

謂入不正知　及住與出胎　乃至入正知
住出亦復然

彼少福衆生入母胎顛倒想轉顛倒解所謂風飄雨雪大寒大闇多衆擾亂聲入華問林中草窟華窟樹下墻間住於母胎亦顛倒想及顛倒解所見如前說出胎亦顛倒想解所見如前多福衆生見園林浴池殿堂樓閣跏趺端坐餘如前說是名第一入胎第二入胎者自知入胎不顛倒想不顛倒解而住出顛倒如前說第三入胎者自知我如是入胎如是住胎出則顛倒如前說第四入胎者自知我如是入胎住時自知我如是住胎出時自知我如是出胎問此諸入胎者說何等人答

初者不淨業　亦復不求智　中二各成一
第四俱成就

彼初者善業不清淨亦不求智第二者業清淨而不求智第三者求智業不清淨第四者俱成就又說初入胎者一切衆生第二轉輪王第三辟支佛第四如來問須陀洹有不善業耶若有者何故不墮惡趣若無者應離欲離欲者無有是處答

住於初果者　一種不淨業　而不墮惡趣　業不具足故

須陀洹唯有修道斷不淨業無見道斷業無對事故是故不墮惡趣故不具不具足故如車二輪具能有所運一輪壞則無所堪彼亦如是鳥譬亦然愚者墮惡趣非智者凡夫墮惡趣非聖人犯戒墮惡趣非持戒惡心墮惡趣非善心如修多羅品說食擇品今當說

四食在欲界　四生趣亦然　三食上二界　摶食彼則無

四食在欲界者欲界有四食四生趣亦然者四生五趣亦有四食地獄中鐵丸洋銅雖復增苦壞飢渴故名食及冷風觸身亦名爲食三食上二界摶食彼則無者色無色界無摶食身輕微故無色故問諸趣一一趣何食增答

於彼餓鬼趣　意思食爲增　及與諸卵生　三無色亦然

於彼餓鬼趣意思食爲增者餓鬼趣意思食增以彼意行多故及與諸卵生者彼亦意思食增以彼處卵生常念毋故得不爛壞三無色亦然者除非想非非想餘三無色亦意思食增意行多故

胎生摶食增　謂彼人趣中　地獄識食增

第一有亦然

胎生摶食增謂彼人趣中者胎生者人趣中摶食增多以摶食持身故地獄識食增第一有亦然者地獄識食增識持名色故非想非非想亦識食增以識持名故

欲天如人趣　色界觸食增　及與畜生趣

濕生亦復然

欲天如人趣者欲界天摶食增色界觸食增者色界天觸食增受修禪故及與畜生趣濕生亦復然者畜生趣中濕生者觸食增持義是食義如枝持瓶安住不壞如是以食持身身則不壞牽有故說食問若然者一切有漏法是食牽有故答增上故說力能牽有故說食有二事故名食謂前方便牽牽已復長養問何故說四是食答此不應問一切難趣但隨量所應故說四彼摶食者長養諸根四大故說食觸者長養心心法故說食意思者長養當來有故說食識者長養名色故說食是故說四食問若歸依佛法僧者為何所歸三寶各二種佛有二種身謂生身及法身法亦二種謂第一義涅槃法及一切無我法僧亦二種謂第一義僧及等僧為歸何等（梵音中三寶名覆護歸依趣向義應云歸趣佛覆護法僧亦如是也）答

歸依彼諸佛　所得無學法　涅槃無上法

僧學無學法

諸佛所成就無學法名為佛歸者歸佛所得無學法名歸佛不歸佛所成就無諍等諸有漏法自性不解脫故以是故當知亦除生身若言於如來所起惡心傷足出血不得無間罪者不然何以故起惡心故謂於佛所得無

學法起惡心而傷足故得無間罪復次壞佛所得無學功德所依故所依壞故依者亦壞如瓶壞乳亦壞歸依愛盡名歸法善故常故當知除餘法以餘法無善及常故歸依僧所得學無學法名歸僧不歸僧所成就非學非無學法及生身以有漏故亦非等僧可壞故問歸依以何爲自性答有說口業自性言說假合故復有說亦身口業自性戒自性故問歸依有何義答覆護義是依義安慰義是依義以是因緣故歸依是受律儀問修多羅品說四不壞淨言擇品當廣說今當說

緣覺菩薩道　及與三眞諦　於彼無垢信

辟支佛所得三根及眷屬一切菩薩所修行是法不壞淨

道及苦集滅諦緣此諸法起無漏信是名不壞緣法不壞淨壞緣後當說

隨生清淨戒　佛僧如歸說　此事有二種

說有四種名

隨生清淨戒者謂無漏隨生身口業是賢聖所重戒是名戒不壞淨佛僧如歸說者佛及僧當知如前歸依說彼緣佛法無漏信是於佛不壞淨緣僧法無漏信是於僧不壞淨若緣佛所得無漏法及菩薩所得學法是名壞緣法不壞淨如是緣佛辟支佛法聲聞法乃至一切學無學法是亦名壞緣法不壞淨問不壞淨有幾事答此事有二種謂信及戒信者心淨戒者四大淨說有四種名者事緣建立故有四以信緣別故爲三種知淨者若知若得若持清淨問何所知答四眞諦復有說者名不壞淨如首羅長者復次勇猛故不斷

有說者名不壞淨如依長者（此二長者皆得初道魔不能壞）（不能斷各依己自說爲名）問云何次第答佛知淨在前佛是根本以說故問佛何所能答曰覺法問誰持法答曰僧問彼僧云何得一味答曰聖戒復次能說者爲佛何所說謂法爲誰說謂僧誰持法謂戒復次良醫者佛治病者法看病者僧藥者聖戒是名次第說彼於苦集諦及下根於道諦一因緣得不壞淨謂信也（三根於苦集盡生信猒下根於道未能愛樂惟信也）彼於滅諦及上中根於道諦二因緣得不壞淨謂信及欲樂（三根於滅悉皆愛樂中上根於道乃能愛樂信俱有也）修多羅品說沙門果擇品當廣說今當說

所謂沙門果　無爲亦有爲　有爲學果三
無學果第四

二種沙門果有爲及無爲有爲學果有三有爲無學果第四一切無爲悉非學非無學

八十九聖人　沙門無爲果　亦說於有爲
一切沙門道

彼見道八忍是沙門八智是沙門有爲果八種煩惱斷是沙門無爲果欲界修道離欲九無礙道是沙門九解脫道是沙門有爲果九種煩惱斷是沙門無爲果如是乃至非想非非想離欲盡當知顯現故世尊說四以此處五因緣具故謂捨曾道得未曾道結盡得一味解脫頓得八智一時修十六行以此處道決定及決定究竟故若斷者所作及所作究竟問頗一念頃一智知一切法耶答無也何以故

雖知一切空　而非知一切　除其共相應
自性亦復然

若此智生知一切法空及無我而不知自巳若性不自顧如指端不自觸此亦如是又無二決定故無有一智二決定自知知他亦不知相應法共一行一緣故一切相應品法同行同緣不知共有法一果故同決定轉故此智聞慧思慧非修慧何以故修慧者分段緣故是故説欲界色界無色界聞思非分故問對治幾種答

所謂斷對治　壞持及遠分　此四應當知
是名對治種

有四種對治所謂斷對治壞對治持對治遠分對治斷對治者無礙道斷煩惱得故壞對治者於緣中作過行故謂無常苦空非我等如是比持對治者與煩惱斷得合謂解脱道及後諸餘與煩惱斷得合遠分對治者解脱道爲首苦法忍是見苦所斷煩惱斷對治及壞對治於餘欲界繫法壞對治若欲愛盡超昇離生苦法忍亦是遠分對治如是一切道隨其義盡當知修多羅品説修義擇品當廣説今當説

初得若習行　對治及斷修　當知此四種
是名爲修義

四種修謂得修行修對治修斷修得修者謂初得未曾得有爲功德習修者謂曾得善法相續生對治修者謂修四種對治名爲對治修是有漏法敵對治道斷修者謂斷煩惱故修道是斷煩惱得義（上取能治能斷爲修今取所治所斷爲修依下四句可知）有法得修及習修非對治修斷修作四句初句無漏有爲法第二句不善法無記有爲法第三句善有漏法第四句無爲法有説

六種修前四及分別修防護修分別修者如修多羅說謂此身上髮毛爪齒如是比防護修者謂根如所說善調御六根如是廣說如是好者謂四種修如前說此二種修斷修對治修所攝已說見道修道決定相差別義今當說

煩惱通三界　若見斷二種　二斷則三種
俱見道前行

若煩惱三界繫見諦道斷謂五見及疑此見道前行二種五見疑定見道前斷愛慢無明與見俱滅實雖未盡名已悉攝隨見受名名爲前行下修道不待見道故修道前行或見道斷或見道修道斷云何見道斷若結非想非非想處繫隨信行隨法行無間忍斷彼非想非非想處繫此以地定故說隨信行隨法行此以人定故說無間忍此以對治定故說斷者此以所作定故說云何見道修道斷謂八地若凡夫斷修道斷若聖人斷見道斷問何故凡夫斷煩惱一向修道耶答凡夫不能部分捨煩惱如是見斷如是修斷復次凡夫不能一種道斷九種故若三界五種謂愛慢無明此見道前行三種或見道斷或修道斷或見道修道斷若彼煩惱非想非非想處繫隨信行隨法行無間忍斷是見道斷若九地學見迹修道斷是修道斷餘八地若凡夫斷修道斷若聖人斷見道斷

若欲界煩惱　五行有二種　彼修齊限故
說修道前行

若欲界五行彼修道前行二種或修道斷或見道修道斷若學見迹修道斷是修道斷餘若凡夫斷修道斷若聖人斷見道斷彼決定

前斷是故說前行問前說緣此諸緣何時作事答

次第緣所作　說彼法生時　緣緣所作業
彼法滅時說

次第緣所作說彼法生時者生時是未來與轉俱故亦應說轉時彼法生時次第緣爲作業與處義故名次第緣彼法生者得處故若言色及一切心不相應行亦得而生應說次第緣者不然彼事行品巳說緣緣所作業彼法滅時說者法滅時緣緣爲作業以法滅時是現在能攝受境界非未來未起故非過去巳滅故

三因所作業　謂彼法生時　二因之所作
當知滅時說

三因所作業謂彼法生時者法生時三因作業所謂自分因一切遍因報因自分因力故法生相似相續是故法生時自分因作業一切遍因報因隨順建立生法故彼法生時作業總說故說法生時三因作業除初無漏餘善除報餘不隱沒無記自分因作業染汙者自分因一切遍因作業報者自分因報因作業二因之所作當知滅時說者有緣法滅時相應因共有因作業業同故一果故不相應法共有因無緣故增上緣者一切時不障礙住是故不說不待說故所作因亦如是問云何一切衆生等心起等心住等心滅爲不耶所以問者有衆生身或大或小爲身大則心大身小則心小耶爲一切等又衆生進止遲速不同爲遲行心遲速行心速爲悉等耶復次衆生或有安靜知覺如山或有不住動若

風塵爲靜者心遲動者心速爲悉等耶答

一切衆生類　心起住滅等　貪欲等相應

不相應亦然

一切衆生類心起住滅等者一切衆生心等起等住等滅時無多少何以故剎那故亦無大小非色故四大所起差別故身大小身輕者速身重者遲心轉多緣故則覺飄動心止一緣則念安靜貪欲等相應不相應亦然者若心有貪無貪彼一切心俱起俱住俱滅剎那故貪心不作業故現重無貪心作業故現輕乃至有解脫無解脫盡當知有貪無貪如界品說

雜阿毗曇心論卷第十上

音釋

膩女利切

輻方六切

輞文兩切

邏郎佐切

胞班交切胎衣也

雜阿毗曇心論卷第十下

尊者法救造

宋天竺三藏僧伽跋摩譯

擇品第十一之二

問已說有心分一切衆生心俱起俱住俱滅無心分復云何等謂入無想滅盡正受者此心滅餘衆生心起還從定覺此心生餘衆生心滅云何等答當知此說有心者然無心者亦同謂入無想滅盡正受者彼餘衆生心起此初正受刹那亦起從定覺時餘衆生心滅此後正受亦滅若住定時餘衆生心亦起亦滅此正受亦起亦滅復有說言一切心起不必同或有心起不滅作四句初句從無想滅盡正受起第二句入正受時第三句有心者第四句住正受時此無有小大無形故已說諸心起滅廣心義今當說

欲界中有四　色無色各三　亦學無學心
說此次第生

欲界中有四色無色各三亦學無學心者有十二心所謂欲界繫善心不善心隱沒無記心不隱沒無記心色界繫善心隱沒無記心不隱沒無記心無色界亦如是及學心無學心問十二心云何建立答繫不繫界種建立繫及不繫立二心繫者界種分別立十心不繫者種分別立二心是故說十二心說此次第生者此諸心一一次第生諸心今當說

欲界善生九　亦復從八起　二穢汙生四
亦從十心生

欲界善生九者欲界善心次第生九心欲界四自地故色界善心謂初方便入正受時彼

隨順故此則總說非色界一切有說未來禪攝非餘又說未來及初禪又復說中間禪尊者瞿沙說乃至第二禪如超越正受從四禪起越第二禪及眷屬第三禪現在前此亦如是色界穢汙心謂受生時此善心命終彼穢汙心相續生無色界穢汙心亦如是及學無學心彼亦隨順故色無色界不隱沒無記心不次第現在前心縛自地故無色界善亦不現在前極相遠故此亦從八起者欲界善心亦從八心次第生欲界四自地故色界善及穢汙善心如前說穢汙者謂初禪地煩惱所惱即依欲界善心防護故從學無學心起欲界善心現在前二穢汙生四者欲界不善心及隱沒無記心次第生自界四心非上地相違故亦從十心生者彼欲界二種穢汙心從十心次第生自界四色無色界六謂受生時

無記次生七　亦復從五起　色界善十一
亦從九心生

無記次生七者欲界不隱沒無記心次第生七心自界四色界善謂變化心次第生隱沒無記謂受生時無色界亦隱沒無記心亦復從五起者欲界不隱沒無記心從五心次第生自界四色界善次第生謂變化心色界善十一者色界善心次第生十一心除無色界不隱沒無記心亦從九心生者色界善心從九心次第生除欲界二穢汙心及無色界不隱沒無記心

色界穢汙六　亦從八心起　無記次生六
從三次第生

色界穢汙六者色界隱沒無記心次第生六

心自界三欲界三除欲界不隱沒無記亦從八心起者色界隱沒無記心從八心次第生除欲界二穢汙及二無漏無記次生六者色界不隱沒無記心次第生六心自界三欲界二穢汙無色界穢汙從三次第生者從自界三心次第生

無色善生九　亦從六心起　穢汙心生七
彼亦從七生

無色善生九者無色界善心次第生九心除欲界善不隱沒無記心及色界不隱沒無記心亦從六心起者無色界善心亦從六心次第生自界三色界善及二無漏穢汙心生七者無色界穢汙心次第生七心自界三色界善心及穢汙欲界二穢汙心彼亦從七生者無色界隱沒無記心亦從七心次第生自界三欲色界善及不隱沒無記心

無記心生六　亦復從三起　學心生於五
亦從四心生

無記心生六者無色界不隱沒無記心次第生六心自界三下界穢汙三亦復從三起者無色界不隱沒無記心從自界三心次第生非餘報數故學心生於五者學心次第生五心二無漏及三界善心非穢汙性相違故非不隱沒無記性不捷疾故亦從四心生者學心亦從四心次第生即學心及三界善心非無學是因故亦非餘如前說

無學心生四　亦從五心生　已說十二心
二十應當說

無學心生四者無學心次第生四心即無學心及三界善心非學是果故非餘如前說亦

從五心生者無學心從五心次第生二無漏及三界善心已說十二心二十應當說者已說十二心次第生如此十二心分別爲二十今當說

二善二穢汙　報生及威儀　工巧諸禪果
欲界中八心

欲界八心謂方便生善心及生得善不善及隱沒無記不隱沒無記無記有四種報生威儀工巧變化心

除不善工巧　餘則在色界　離禪果威儀
餘四在無色

除不善工巧餘則在色界者色界有六心除不善及工巧餘如前說離禪果威儀餘四在無色者無色界有四心除威儀及變化心色無色界除工巧無事業故除不善離無慚無愧故無色界除威儀往來非分故除變化心枝所攝禪非分故

學與無學心　此則爲二十　彼心次第生
各隨其義說

學與無學心此則爲二十者學與無學心及前十八是爲二十心繫不繫界種分別此差別者前總說善及不隱沒無記今亦種分別彼心次第生各隨其義說者謂此心展轉次第生今當說

欲方便生十　亦從八心起　生得次生九
亦從十一生

欲方便生十者欲界方便善心次第生十心自界七除變化心以彼淨禪次第生故色界方便善心及學無學心亦從八心生者彼欲界方便善心從八心次第生自界二善心及

二穢汙心色界方便善心穢汙心及學無學心生得次生九者欲界生得善心次第生九心自界十除變化心色無色界穢心亦從十一生者欲界生得善心從十一心次第生自界七如前說色界方便善心穢汙心及學無學心

二穢汙生七　亦從十四起　報生威儀八
是亦從七生

二穢汙生七者欲界不善及隱沒無記次第生自界七心除變化心亦從十四起者此二穢汙從十四心次第生自界七除變化心色界四種除方便善心及變化心無色界三除方便善心報生威儀八者欲界報生及威儀次第生八心自界六除方便善心及變化心色無色界穢汙心是亦從七生者此欲界報生及威儀心亦從自界七心次第生除變化心

工巧心生六　亦復從七起　變化生心二
亦即從二生

工巧心生六者欲界工巧心次第生自界六心除方便善心及變化心亦復從七生者彼亦從自界七心次第生除變化心變化心生二者欲界變化心次第生二心欲界變化心及色界方便善心亦即從二生者亦即從此二心次第生

色方便十二　是亦從十起　生得次生八
亦從五心生

色方便十二者色界方便善心次第生十二心自界六欲界三方便善心及生得善心變化心無色界方便善心及學無學心是亦從

十起者色界方便善心從十心次第生自界四除威儀及報生欲界二万便善心及變化心無色界二方便善心穢汙心及學無學心生得次第生八者色界生得善心次第生八心自界五除變化心欲界二穢汙心無色界穢汙心亦從五心生者色界生得善心從自界五心次第生除變化心

色穢汙生九　亦從十一起　威儀心生七
從五次第生

色穢汙生九者色界穢汙心次第生九心自界五除變化心欲界四二善二穢汙心亦從十一起者色界穢汙心從十一心次第生自界五除變化心欲界三生得善威儀及報生無色界三除方便善心威儀心生七者色界威儀心次第生七心自界四除方便善心及變化心欲界二穢汙無色界穢汙從五次第生者色界威儀心從自界五心次第生除變化心

當知色報生　亦如威儀說　謂彼諸禪果
當知如欲界

當知色報生亦如威儀說者色界報生心次第生七心亦從五心生如威儀說謂彼諸禪果當知如欲界者色界變化心次第生二心色界方便善心及變化心亦即從此二心次第生

無色初生七　是亦從六生　生得亦生七
當知從四起

無色初生七者無色界方便善心次第生七心自界四色界方便善心及學無學心是亦從六生者無色界方便善心從六心次第生

自界三除報生色界方便善心及學無學心生得亦生七者無色界生得善亦次第生七心自界四下界三穢汙當知從四起者彼從自界四心次第生

穢汙生八心　是從十心起　報心生於六
是亦從四生

穢汙生八心者無色界穢汙心次第生八心自界四欲界二穢汙色界方便善心及穢汙心是從十心起者無色界穢汙心從十心次第生自界四欲界三生得善威儀及報生色界亦如是報心生於六者無色界報生心次第生六心自界三除方便善心下地三穢汙心是亦從四生者彼報生心從自界四心次第生

學心次生六　從四次第起　無學心生五
是亦從五生

學心次生六者學心次第生六心三界方便善心欲界生得善（欲界生得善強而利二界弱而鈍也）及學無學心從四次第起者學心從四心次第生三界方便善心及學心無學心生五者無學心次第生五心三界方便善心欲界生得善及無學心亦從五心生者三界方便善心及學無學心問何故方便善心次第生威儀工巧及報生心此諸心何故不次第生方便善心耶答威儀工巧自樂所作故報生心羸劣故無所作故謂威儀心樂習威儀故是故次第不起方便善心出心不懃方便故方便善心次第生威儀心工巧心亦如是報生心羸劣無所作故本業所種故是故入彼心者不能出心不懃方便故從方便善心次第生若言

穢汙心樂著境界及羸劣故不應從穢汙心境界次第生方便善心者不然何以故境界不異故見過故不羸劣故於彼境界過惡轉即彼起功德是故彼境界不異於彼行煩惱疲猒故即彼境界觀察生長夜習煩惱故穢汙心不羸劣是故彼應次第生方便善心欲界生得善心雖捷疾而非方便以捷疾故從彼色界方便善心及學無學心次第生以非方便故不能次第生彼諸心色界生得善心不捷疾亦非方便不捷疾故不從學無學心及無色界方便善心次第生非方便故故不次第生彼諸心無色界亦如是色界穢汙心次第生欲界生得善心以捷疾故無色界穢汙心不次第生色界生得善心以不捷疾故

問云何正法答

經律阿毗曇　是名俗正法　三十七覺品
是說第一義

經律阿毗曇是名俗正法者修多羅律阿毗曇是言說正法依名處起故前已說佛語是語自性語則依名轉以他處轉故是故名俗數顯第一義故名正法以名顯義故三十七覺品是說第一義者三十七覺品是第一義正法離名起故有漏修慧雖離名轉有垢故不說第一義正法如正法有二種行法者亦二種修法及修修法者謂誦習修者謂修禪彼俗數正法者是修法是持義第一義正法是修是故謂修行法者住則正法住修行者滅則正法滅世尊勸發修行者故不說分齊如前說金剛三昧擇品當廣說今當說

五十二及餘　亦復說八十　或有說十三

是金剛三昧

有說五十二金剛三昧禪未來所攝若依禪未來苦比智得阿羅漢果於非想非非想處四陰無常苦空非我思惟若集比智得者集諦四行一一行思惟若滅法智欲界繫行滅滅諦四行思惟若道法智斷欲界繫行道道諦四行思惟若滅比智或初禪地繫行滅思惟或乃至非想非非想繫行滅思惟若道比智於彼九地比智品道四行思惟得阿羅漢果如是智行緣分別則五十二苦異故滅異情隔故觀別是以八地滅有二十二行道則類爾通異地同性情無礙故觀通通觀地唯有四行合前四諦十六行爲五十二也如禪未來乃至第四禪亦如是空處二十八自地苦集八行四空滅諦十六行九地道四行於上滅漸少故識處二十四隨處滅四無所有處二十以無色無法智法智緣欲界故非無色下地行滅緣下地苦非境界故下地對治緣展轉因故有說禪未來八十金剛三昧是中差別者說道比智亦一一地對治緣得阿羅漢果觀七地道比智地亦四行有二十八合前五十二爲八十也如禪未來乃至第四禪亦如是空處四十識處三十二無所有處二十四尊者瞿沙說禪未來所攝金剛三昧十三見道四比忍相應四三昧修道非想非非想離欲九無礙道相應九三昧彼一切第一有對治金剛三昧世俗道非境界故乃至第四禪亦如是空處九乃至無所有處亦如是此是總說若說忍智行種緣分別禪未來所攝則有一千四百九十二金剛三昧乃至第四禪亦如是空處四百六十八識處三百二十四無所有處二百一十六問彼智品所說神通彼神通爲一切善爲非答

三通則說善　餘二是無記　當知依欲色
世尊說慧性

三通則說善者神足智他心智宿命智此三通說善何以故愛果故極方便所起故調伏他故不信樂者令信樂故此三通令他極調伏故歡喜歡喜心相應慧是善信心相應故餘二是無記者謂天眼天耳此二神通是無記愛果及極方便非分故又受色聲起是故無記問何處現在前何等性答當知依欲色世尊說慧性此神通欲色界現在前非餘依色故彼先欲界起故後色界能現在前彼非初業堪能非分故是智慧性從分別起故依成依者故（此釋通有眼名由眼起故）如施設經說爾時色界四大造眼處周圍天眼淨如修多羅品說諸根事言擇品當廣說今當說

當知彼諸根　慧者善分別　名有二十二
事則說十七

佛說諸根名有二十二事有十七以男女根及三無漏根無別事故不立事餘根攝故男女根離身根更無故是故說云男根身根少分女根亦如是又一識依故若識依身根起即依男女根無異相根共生一識三無漏根九根合成故九根者意根樂根喜根捨根信等五根此九根道及人分別故立三根道分別者見道說未知根修道說已知根無學道說無知根人分別者隨信行隨法行說未知根信解脫見到身證說已知根慧解脫俱解脫說無知根問等及第一義有何相答

若事分別時　捨名則說等　分別無所捨
是則第一義

若事分別時捨名則說等者若事分別時捨名者此則等事等事梵音云三比栗提譯言等集亦言等積聚凡會有三無者名等集也非第一義決定事不可得故如瓶分別色香味觸時捨瓶名非捨色香味觸別有瓶名是故名等事如是一切分別無所捨是則第一義者若事分別時不捨名是第一義如五盛陰名苦諦若分別五時亦不捨苦名以色是苦故乃至識亦如是彼色復十一種一一入皆苦乃至剎那及極微分別時亦不捨苦名彼得相故如是一切如雜品說中陰擇品當廣說問爲定爲不定答

界趣地必定　中陰五無礙　說名爲香食
求有乘意行

界趣地必定者中陰界趣地不轉欲界中陰必生欲界色界生色界如是地獄趣生地獄乃至人趣生人四天王生四天王乃至阿迦膩吒天亦如是乃至地獄亦如是中陰五者中陰五陰性有去來故非離色有去來是故欲色界有中陰非無色界色非分故無礙者極微故一切形障所不能礙業力故住母胎若異者不應住胎名爲香食求有乘意行者以香爲食故說香食若薄福者食諸穢香若大力者食諸淨香求於生有故說求有從意生故說乘意行此諸衆生或業生謂地獄如所說彼諸衆生業所縛或煩惱生謂人及欲天或報生謂飛鳥或從意生謂無色界天及劫初人化及中陰二有中間起雜趣故是故說中陰問中陰幾時住答

七日或七七　乃至彼和合　或裸形食香
諸根悉具足

七日者有說中陰七日住身羸劣故問若和合者應爾若彼父母異處者是人命終當云何答當觀是衆生業轉不轉若於母可轉於父不可轉者彼父則從他女人令中陰會於父緣可轉者亦如是若二俱不可轉者此人未死而彼先和合此說常行欲者若時節行者彼衆生業因緣故令彼非時亦行有說或於相似處生謂若應生時行處者非彼時故則於相似常行處生隨其類說七七者有說七七日住乃至彼和合者復有說不定乃至未和合間常住問中陰有衣無衣答或裸形色界中陰有衣色界慚愧增故如彼法身不裸形生身亦爾欲界菩薩及白淨比丘尼中陰有衣餘衆生無衣無慚愧增故問中陰何食答香食欲界中陰以香爲食前已說色界離摶食貪身極微故唯三種食問具諸根不答諸根悉具足中陰具諸根何以故中陰報淳故又彼衆生求有故於六入門常求有問形爲云何答

隨行量不定　或有見不見　入則從生門
或生顛倒想

隨行者各如其趣地獄中陰如地獄形乃至人天如人天形問中陰云何行身量云何答行量不定中陰行及身量不定地獄中陰足上頭下而行天中陰上升如箭射空餘中陰側身傍去如畫人飛量者色界中陰量如本有欲界菩薩中陰亦如本有三十二相莊嚴其身是故菩薩中陰光明徹照百億天下言白象身入母胎者不然已離畜生故菩薩從九十一劫來常離畜生順相書故令菩薩母

見如是夢欲界餘衆生中陰身量如有知小兒形諸根猛利故以顛倒想入胎問中陰中陰爲相見不答或有見不見或中陰以中陰爲境界不一切有說地獄中陰見地獄中陰如是一切又說地獄中陰見地獄中陰畜生見二趣餓鬼見三趣人見四趣天見五趣生陰眼則不見若天眼極清淨者能見問從何處入胎答入則從生門從生門入是故雙生兒後生爲長問以何想入胎答或生顛倒想非一切衆生顛倒想入母胎除近佛地菩薩彼近佛地菩薩於母母想於父父想餘衆生悉顛倒想入胎若男中陰者於母染想於父恚想彼作是念若無此男者與此女會想見男去而與女會見彼精時而謂已有即生歡喜生歡喜故陰則漸厚陰漸厚已依母右脅向背蹲坐女則相違說中陰因緣後當說

雜阿毗曇心論卷第十下

音釋

捷（疾葉切敏疾也）裸（郎果切赤體也）脅（虛業切腋下也）蹲（徂尊切踞也）

雜阿毗曇心論卷第十一

尊者法救造

宋天竺三藏僧伽跋摩譯

擇品第十一之三

問知法識法明法此云何答

知者一切法　識明亦復然　智及意識明
彼各隨事說

彼苦智知苦乃至道智知道無漏智分段緣故善等智者亦知苦乃至虛空數非數滅普緣一切法故識者亦識一切法彼眼識識色乃至身識識觸攝受自相故意識識眼色眼識如是一切普緣故明者亦明一切法隨其事彼苦忍苦智明苦乃至道忍道智明道分段緣故善有漏慧亦明虛空非數滅問劫云何過答

刀兵病饑饉　說名中劫過　除地餘三種
說名大劫過

刀兵病饑饉說名中劫過者三種中劫過謂刀兵疾疫饑饉刀兵劫者謂乃至人壽十歲時貪麤惡境界行諸邪法各住害心手執草木皆成刀劒更相殺害如是經七日刀兵中劫過疾疫劫者亦壽十歲時多諸疾病無有醫師方藥瞻病薄福德故遇病輒死如是經七月七日疾疫中劫過饑饉劫者亦壽十歲時飢渴增上體極羸劣普天亢旱種殖不收數米而食煎煑人骨以飲其汁如是經七年七月七日饑饉中劫過如是說者若於今世一日一夜持不殺戒終不生彼刀兵劫中以一呵梨勒果施僧福田終不生彼疾疫劫中若以一食施僧福田終不生彼饑饉劫中此

閻浮提惡劫至起餘方則少有相似如此間刀兵劫起彼唯瞋恚增上如此間疾疫劫起彼唯羸劣少力如此間饑饉劫起彼唯增飢渴問云何大劫過答除地餘三種說名大劫過三大種說大劫過謂火水風非地種何以故不利故利者壞大劫復次地種壞劫者壞劫應至第四禪而未曾至第四禪問何故壞劫不至第四禪答淨居天故彼無上地生即彼般涅槃故亦不下生下地非數滅故若彼住經壞劫者亦不然增上福力生彼處故內擾亂非分故若彼地內有擾亂者則外有災患彼初禪內有覺觀火擾亂故外為火災所燒第二禪內有喜水擾亂故外為水災所漂第三禪內有出入息風擾亂故外為風災所壞問第四禪未曾有擾亂者何得不常答剎那無常所壞故如是說者第四禪地不定相續隨彼天生宮殿俱起若天命終彼亦俱沒

問何等劫盡最初答

七火次第過　然後一水災　七七火七水
復七火後風

七火次第起者謂最初火劫起如是說言若火劫將起爾時人壽八萬歲地獄命終者不復還生當知劫盡乃至地獄無有一衆生住是名地獄劫盡如地獄劫盡畜生餓鬼亦如是若畜生於人有用者與人俱盡是時閻浮提唯有一人無有教者能入初禪從初禪起已舉聲唱言離生喜樂甚為快樂如是音聲展轉相告遍閻浮提諸餘衆生亦無師教悉入初禪乃至閻浮提無一衆生住是名閻浮提劫盡唯除鬱單曰欲界一切善趣亦復如

是鬱單曰命終無得禪者離欲非分故又於彼時初禪一衆生無有教者而入第二禪從禪起已舉聲唱言定生喜樂甚爲快樂如是音聲遍至梵天餘諸衆生亦復如是乃至初禪無一衆生住是名衆生世劫盡是時世界久遠虛空乃至七日出問曰從何處出答有說劫成時由乾陀山後有七日輪住從彼而出有說一日分爲七分復有說一日七倍熱復有說從無間地獄火出如是說者衆生業力故增上果器世界起彼業盡如是擾亂生乃至梵天燒然如是七火次第過然後一水災者七火災過已然後一水災乃至壞第二禪問水從何處起答有說從第三禪際雨熱灰水復有說水輪涌出擾亂起如前說七七火七水者七火災次第過然後一水災如是七七火災一七水災復七火後風者後復七火災過然後一風災水災風災從火災次第起此則善說是遍淨天六十四劫壽也水災所漂乃至第二禪風災所壞乃至第三禪百億四天下一時俱壞十九中劫世間空一中劫器世界壞一中劫器世界成十九中劫漸次第住若處最初空是處最後住若處最後空是處最前住問云何心亂答

錯亂本業報　恐怖及傷害　若彼解肢節
聖說水火風

錯亂本業報怖畏及傷害者四因緣心亂謂四大錯亂本業報恐怖及傷害身四大錯亂者飲食不適故四大錯亂四大錯亂故令彼心亂本業報者本造心亂業報已熟問何者是答好傳衰禍令他愁苦或復罵言汝癡狂

心亂驅迫衆生令墮嶮處焚燒山澤强與人酒或以妄想倒說佛語如是比業得心亂果恐怖者見非人形來驚畏恐怖故彼則心亂傷害身者爲非人所打故彼以不淨汙大衆會處及佛僧塔故彼處非人瞋節節打故彼則心亂此說凡夫人聖人無本業行報心亂若先種定報業者先受報已然後超升離生若種不定報業者若超升離生彼業則滅心亂者在欲界彼地獄不心亂常亂故畜生餓鬼及人則心亂除鬱單曰欲界天亦有心亂問何等聖人心亂答須陀洹斯陀含阿那含阿羅漢辟支佛唯佛心不亂聲不壞髮不白面不皺不漸般涅槃世尊擾亂業久已滅盡行妙行故亂者意識非五識心不分别故有漏心亂非無漏眞實行故是故若說心狂亂是散亂也作四句初句謂狂者善有漏心不隱沒無記心第二句謂自相住者穢汙心第三句謂狂者穢汙心第四句謂自相住善心及不隱沒無記心問何等大能解支節耶答若能解支節聖說水火風三大能解支節非地大不利故火大解支節者謂命終時火大增遍燒筋燒筋已節節解節節解已不久命終水大解支節者謂節節解時先令筋爛筋爛已餘如前說風大解支節者令筋碎筋碎已餘如前說支節解已不過日夜命終四大錯亂故地獄無解支節支節常解故業報故不死畜生餓鬼及三方解支節除鬱單曰無罪業故天亦如是凡夫聖人解支節唯除佛罪報者解支節佛無罪報故已說解支節退今當說

退法有三種　得未得習行　或一人一退
未得退說二　謂彼習行退　三聖俱亦然
退法有三種得退未得退習行退得退者所得功德遇退緣則退未得退者應得功德放逸故不得習行退者已得功德有因緣故不得習行問何等人何事退答或一人一退若得退者是鈍根聲聞非利根利根者三昧力故是故說問云何知有得退答以說二種阿羅漢故謂退法不退法若言道退果不退者不然何以故斷得與道合故得者道諦攝是故道退非斷者不然若言離煩惱種云何生者應說如初無漏心無前因而生彼亦如是彼次有自分因分故從無際生死煩惱自分因分生言煩惱於三處起非說者不然何以故為起煩惱具滿故說衆生起煩惱具有三因緣謂因力境界力方便力彼欲愛使未斷未知是因力(斷者無礙知者解脫)欲愛纏所著法是境界力彼不正思惟是方便力是彼說意若從彼說不正思惟者前不正思惟非分則不起若有前不正思惟此則無窮又復善無記心至竟不生(若不正思惟相續無窮則餘念不得生也)若不生者解脫亦非分燒諸煩惱不應還生如火燒木為灰至竟為灰不復為木如是阿羅漢以智火燒煩惱薪不應復為煩惱彼不應如是何以故譬不合故云何如燒薪有灰若如是阿羅漢煩惱有餘如灰耶若有餘者非阿羅漢有煩惱故若無者不如上譬然非彼聖道如火燒薪但聖道起斷煩惱得解脫得作證彼若離聖道亦捨解脫得繫得還起如諸退相違經說當知說不時解脫故未得說退二者若

彼未得退者謂聲聞辟支佛非佛住一切最勝根故聲聞者不得佛辟支佛勝根辟支佛不得佛勝根是故有未得退略說一切衆生若修行皆應得聖慧眼若不修行入名色者是爲未得退問云何知有未得退答信佛說故如世尊說諸天及世人退於智慧者深著於名色不見聖諦故謂彼習行退三聖俱亦然者若習行退者謂聲聞辟支佛如來三聖悉有以中間諸因緣故所得功德不能常現在前問云何知有習行退答說心心法退故如世尊說於此四種心心法得現法安樂住我說彼一一退如修多羅廣說又復說不動意解脫身作證成就遊者彼不退以是故知世尊亦有習行退是故說世尊多遊未至非根本地何以故近欲界故雖不動意解脫有習行退然彼成就修得故彼一切現在時得常隨轉彼心心法者現在修謂不現在前者名爲退習行退最多者謂世尊何以故功德無邊故如轉輪聖王廣受境界又說攝他故名不動自攝故名心心法世尊多攝他少自攝如是世尊大悲大捨問何處不退答

諸天則不退　果退終不死　亦不造彼業
住果所不爲

諸天則不退者諸天不退以利根天得果故利根者則不退若鈍根人得果然後生天亦不退經生故聖人經生不退此前已說退具非分故世尊說五退具多事業等五退法彼天則無是故不退以天不退故當知退者必人中以退具可得故果退終不死者果退者終不死要還得果何以故下地生非數滅故

非數滅法終不更現在前不生法故以果所攝道決定及決定究竟故以果道蘇息處故彼人得蘇息又果處善自護故以果處具三因緣及五因緣故前已說彼三果退非須陀洹果見道斷煩惱非對事故見道斷煩惱依我處轉而無有我修道斷煩惱是對事修道斷煩惱淨處轉彼有淨想不淨想彼思惟諸行不淨得離欲淨思惟於見不淨退無有法我我所思惟於非我見退復次須陀洹果方便廣前施戒修等向解脫如是比又須陀洹果見道得故無有見道退速道故利故非想非非想處對治故若阿羅漢果退至須陀洹果當知退三果彼對治煩惱得成就故亦不造諸業如彼住於果者若得果人所不爲彼退果人亦不作何以故得不作律儀故聖道已滅惡行故如曾服藥復次悕望具足故彼人悕望滅果對治惡行故問齊何當言菩薩答

若修諸相好　方便起彼業　從是轉增進
說名爲菩薩

若有衆生以一食施起決定心發無畏言我當作佛能起相報增長彼業齊是名菩薩以能從此作相似相續業故若不如是但有空名菩薩雖有初起不退心是則菩提決定非趣(趣應言到與趣同名)決定謂造相報業已是則俱決定是故齊相報業爲名以彼離四因緣故謂離惡趣離非男離卑姓離不具根得一因緣謂生性識宿命以生識宿命故聞即受持眷屬信受離衆生過度三阿僧祇劫於百劫中種相報業除釋迦牟尼釋迦牟尼菩薩精進

故除九劫餘九十一劫有說二三阿僧祇非劫阿僧祇謂劫阿僧祇生阿僧祇善行阿僧祇問相報業爲何等性答身業口業增上意業又是思慧性非聞慧以劣故非修慧欲界不定故閻浮提種非餘方男子非女人佛出世非不出世見佛非不見佛緣造業非緣餘有說一思願種三十二相業後種種業滿又復說一定心一行一緣衆多思願現在前有願足下安平住果有願乃至肉髻彼一一相百福眷屬福量者有說一轉輪聖王福是名一福量又復說一帝釋福有說劫成時一切衆生業增上器世界生是名福量有說除近佛地菩薩諸餘衆生福樂自在業是名一福量佛無學法是菩提謂盡智無生智薩埵求此故名菩提薩埵得此菩提覺一切法故名爲佛唯相報業後得轉輪聖王而聖王相者當知是餘業報問幾種薩婆多答

一種異分別　或有說相異　或說分分異
或復說異異

此四種薩婆多一種異分別者彼說諸法隨世轉時分異非事異如乳變爲酪捨味力饒益不捨色如金銀器破已更作餘器捨形不捨色法從未來至現在亦如是當知此是轉變薩婆多相異者過去法與過去相合不離未來現在相如人著一色非不著餘彼亦如是此說有過若過去諸法不離未來現在相者竟何所成亦成合義若爾者則世亂如人著一色於一色愛著亦行亦成就於餘成就而不行是故彼說世亂譬亦相違分分異者說諸法隨世轉時分分異非事異此則不亂

建立世何以故業別故謂法未作業說未來作業說現在作業已說過去彼異異者彼說諸法隨世轉時前後相待非事異亦非分異如一女人亦名女亦名母前後相待故謂觀女則知母觀母則知女此最亂建立世彼說過去世一剎那有三世說言觀前起相名未來觀後起相名現在問諸師說諦無間等各各異薩婆多及婆蹉部說次第諦無間等曇無得等說一無間等何者爲實答今當以五支如實說五支者一曰宗二曰因三曰譬四曰合五曰結六曰義如下偈說

次第無間等　智諦異相故　見瓶不見衣
是故彼亦然

修行者先苦無間等後乃至道問何故答智諦異相故苦集滅道智各異相行別故若行是苦智此行非餘智若不爾者無四智建立諦亦異相彼逼迫是苦相生起是集相寂滅是滅相出離是道相非不異智異相諦一無間等譬如見瓶時不見衣以瓶衣異相故以異相故見瓶不見衣見衣不見瓶彼亦如是於異相諦見苦時不見餘如是一切是故次第無間等說一無間等者彼說於諦一無間等何以故信聖賢故如世尊說比丘於苦無疑集亦無疑滅道亦如是如燈俱作四事熱器燒炷油盡破闇如是一智知苦乃至修道是故一無間等彼說智諦異相者不然一相故一切慧一智相於一切法境界作無我行如世尊說一切法無我智慧者能見彼厭於苦時是即道清淨諦相亦如是說瓶衣異相者此亦不然何以故自相無間等非分故共相境界無間等非自相謂色等五陰壞相壞相

即無常相共境界智一無間等若異者則自生過次第無間者言汝言賢聖說者此則容語此說有餘義如世尊說若苦無疑於一切無疑爲彼疑行故說若彼苦無間等生彼疑至竟不行非數滅故爲除有餘說故世尊說給孤獨修多羅如是說言長者於四聖諦次第無間等如是廣說所說如燈者燈有多性多業過我不取燈事若分別時燈捨自名前已說彼明色入攝力能破闇彼熱觸入攝能作餘事若不爾者壞決定義甚不如是若言同者則有過若言一相者此亦不然行別故無常行智異苦空無我等行智亦各異如是比若不爾者無解脫門不壞行是解脫門離觀名爲壞三脫異觀故不壞如汝說緣一切法作無我行以頓觀一切法故此則不定思惟分定思惟行各別

諦緣是故不應說彼厭於苦時是即道清淨不可以厭行緣於滅道滅道是可樂事故一切緣者不通一切相違故以無我行不即行此無我行故自性不自觀故亦無二決定性亦不觀相應共一行一緣故亦不觀共有共一果一決定故又說一切行無常者亦非無常行作滅無間等滅者常故當知彼行遠以向真諦故說如所說觀此衆生長夜成就身口意惡行言此衆生即是地獄及餘惡趣實非此人即是地獄以向地獄故說彼亦如是又復是空無間等者則非無願無相彼一切法境界非分故莫言有過是故一切法無我行是不定思惟定思惟者有漏緣若不爾者解脫門滅若言自相無間等非分者不然何以故以觀故是自相共相謂逼迫相是苦相

觀三諦故是自相觀陰故是共相如是一切當知皆以觀故說自相共相言不爾者不然何以故以不壞觀故前已說前說中陰後當說今當說問爲有中陰爲無答

當知有中陰　世尊之所說　譬如村間道

彼則有俱過

此說有中陰何以故世尊所說故如世尊說七士夫趣有中般涅槃若無中陰者則無中般涅槃若言有中天從彼般涅槃者不然天趣中不說故世尊修多羅說四天王天乃至非想非非想處不說有中天餘亦有過若說生般涅槃復有名生天耶如是一切阿那含亦應如是說過是故彼是妄想說若言壽命中間般涅槃者不然除鬱單曰及後邊菩薩多有衆生不盡壽而死此皆是中般涅槃耶是故此皆有過問此云何答譬如村間道如從一村至一村如是死陰生陰從死陰趣生陰亦如是如阿濕波羅延經說若彼處處來如是廣說若無中陰者則無去來是故應有中陰若言爲除有餘說修多羅故世尊說修多羅及偈言五無間罪作已次第生無間地獄中又復爲梵志說偈言少爲老病漂到於閻王所梵志無住處亦無有資粮是故無中陰者此不然何以故業趣無間故說修多羅及偈謂作無間業已必先受無間報然後受餘業報亦必生地獄趣中非餘趣如汝所解世尊說修多羅五無間業作已次第生地獄中爲要五無間生地獄中爲二三四耶爲更餘罪生地獄中耶當知此經及偈意若言如影者如月極遠影現水中非彼月來至水中

如是死陰生陰如影衆生生何用中陰爲者此亦不然何以故彼則有俱過月及水俱死陰生陰不俱是故有過眼識足下身識譬亦如是若先取生陰而捨死陰如折樓蟲者不然何以故趣不別及二識合過故是故說有中陰如所說四種薩婆多問爲有一切有爲無答

當知一切有　非有一切相　一切無一切
無有他相法

此有是薩婆多所立一切者謂十二入彼諸入有自相非餘一切相所作別故作業別前已說一切無一切者謂學法中有學法無無學法無學法中有無學法亦無學法如空中亦無有跡如是比問此說有云何無有答無有他相法如眼相是眼入無餘入相相別故以是故說一切法不雜

一切世悉有　不違其所應　牟尼之所說
聲聞僧無佛

有三世薩婆多此薩婆多所立問何故現在世者觀過去未來故施設答若無過去未來者則無現在世現在世無者亦無有爲法是故有三世莫言有咎若言久遠是過去當有是未來非是有唯有現在者此不然何以故有業報故世尊說有業有報非是業報俱現在若業現在當知報在未來若報現在當知業已過去若言俗數說者亦說作者不可得若言俗數說有業有報者此亦不然世尊亦說作者不可得此亦俗數說耶神口所說第一義空修多羅而汝妄想說此有故彼有如是比當知如汝說久遠是過去當有是未來

非是有唯現在是有者莫作是說我亦能說現在者於既往是未來於當有是過去此非智者說如所說若無信等五根我說是凡夫輩若學人纏所纏信等五根不現在前道與煩惱不俱故是故應知有過去未來若異者聖人應是凡夫若言得隨生此亦不然無法得非分故依處非分故聲聞僧無佛者聲聞僧不攝佛何以故三寶不減故若世尊聲聞所攝應有二寶非三佛無別體故歸依及不壞淨念等亦如是莫言有過是故聲聞僧不攝佛如世尊修多羅說憍曇彌施僧亦是供養我當知是說比丘僧聖僧福田僧世尊者彼三僧所攝破煩惱故聖故第一義福田故非聲聞僧自覺故

設令廣章句　群生大恐怖　無勝甚深相

我今但略說

若廣說者衆生怖畏是故我今不廣說章句深遠阿毗曇明淨智慧所解諸論音聲妙義於此略說

古昔諸大師　演說無量義　我今隨所解

分別說少分

我於尊者法勝所說中以少智慧思量撰集造立章句將以申述助宣遺法悲欲憍慢求名稱故如彼所說若生諸煩惱是聖說有漏滅道亦生煩惱而非有漏增煩惱非分故無漏緣煩惱減而不增前已說是故我說增也無漏緣轉中上不增者不然依增故

決定知此論　章句微妙義　於彼智慧衆

勇猛無所畏

於此論章句義味能決定智善分別說者於

諸智慧衆生中心無怯畏善解法相故
今我增益論　其心無所貪　爲令智者樂
疾得寂滅樂
經本至略義說深廣難可受持如虚空論難
可了知前已說是故增益論本隨順修多羅
義令易了知以知義故煩惱則斷
論品第十二
已說擇品今當略說諸論令智者欣樂
雜律不律儀　而得於律儀　不因彼致勝
能決定者說
答有謂無色界没生色界時無色界凡夫名
非律儀非不律儀無色界善惡律儀非分故
從彼命終生色界時得善律儀色界律儀與
心俱故非勝進無色界界勝故
頗得沙門果　賢聖離諸過　得有爲善法
不名爲修習
答有謂果所攝聖道滅已然後退不增進根
還得彼先過去果所攝道先滅故非修現在
因非分故離諸過者非世俗故有爲者非無
爲故善者非不善無記故
道未興起時　遠離諸過咎　解脱時離惡
能決定者說
答有謂修行者住金剛三昧除初盡智諸餘
無學法是未起時不向故解脱時者一切無
學道頓解脱初盡智生時是生時是解脱時
離諸過惡者非有漏故
頗光音纏起　是彼定相應　清淨初禪退
而得於退法
答有謂阿羅漢第二禪纏退時盡智所得初
禪退與盡智合故有退熏修初禪與第四禪

合故阿那舍亦爾言淨者明所退非無學故
頗於見諦道　得彼諸善法　彼法是有緣
聖智不見緣
答有謂與苦比智俱欲界等智苦無間等邊
修亦不見彼智緣以彼緣欲界而苦比智不
緣欲界故集滅無間等邊亦如是道比忍得
緣三諦智而不觀彼諦住異境界故如住學
法得無學法得無學法非學法如是從法智
品至比智品比智品復至法智品
頗果有漏慧　無漏慧所斷　彼果所因起
謂不離欲慧
答有謂聖人離欲界欲未離初禪欲欲界初
禪果化心離欲欲界愛盡故初禪慧未離欲
彼愛未盡故一切化心亦如是隨其義除自
地果

頗住無礙道　而得於諸滅　此相違煩惱
非彼無漏見
答有謂凡夫人修神通時無礙道斷神通相
違煩惱而得諸滅非無漏見相違何以故聖
人離欲時法忍現在前得忍相違煩惱滅故
頗諸煩惱滅　離欲者獲得　不斷於煩惱
而得無垢盡
答有謂上地命終生梵天時得欲界煩惱滅
而不斷彼煩惱先已斷故餘一切地亦如是
頗無垢淨地　未曾得而得　非離欲非退
不依於見道
答有謂初禪離欲依初禪及眷屬超昇離生
道比智生成就三地阿那含果從彼定起入
第二禪得第二禪無漏得彼無漏時非離欲
先離欲故非退勝進故非見道見道究竟故

當知上地及增益諸根亦如是
頌獲未曾得　而得於寂滅　不捨彼不得
若能知者說
答有謂除苦法忍眷屬得得餘無漏道得彼初無漏捨一切凡夫性不得餘不捨先已捨故
若成就八忍　亦成就七智　此諸無漏見
不見何無漏
答有謂此人住道比忍成就一切見道慧見一切滅一切道唯除道比忍眷屬彼忍不見自性不自觀故無二性故亦不見相應一行一緣故不見共有一果一決定故
頌法未曾得　有漏邊境界　唯有不動者
彼能擊善法
答有謂無相無相於無窮生死未曾得而得空聖道故說有漏緣非數滅故說邊境界餘非分故說唯不動空聖道故說擊善法
已起無漏慧　於彼未起者　前生非後因
若能知者說
答有謂前增非後輭因彼果相似及增故
頌離六地欲　聖亦成彼果　不成無漏禪
若能知者說
答有謂空處離欲依禪未至超昇離生苦法忍生道比智未生以八十九沙門果故故言成彼果以苦法智是苦法忍依果及功用果見苦所斷煩惱盡是解脫果及功用果而不成無漏禪未得故
頌諸無漏法　而為果所攝　能生彼法者
不入彼界中
答有謂無漏戒彼界所攝非漏所攝戒者四

大所造彼果故四大者觸界所攝身識境界故

頌一大種滅　於禪地不起　二大種在前

若能知者說

答有謂聖人生欲界無漏初禪次第有漏初禪現在前一種四大滅謂欲界四大以無漏隨轉若於彼生現在前即彼地四大造故二種四大現在前者謂欲界及初禪地大道共戒名無漏隨轉若於彼欲界生即彼欲界四大造故此四大與無漏俱起滅也

頌法因三道　是三種自性　謂三種一地

亦復在三地

答有謂無學慧以彼見道修道學道爲因盡智無生智無學等見是自性輭中上分別故說三種無學地所攝故說一地有覺有觀等分別故在三地

頌有有漏受　二成一不成　二根二種成

是說爲身證

答有謂身證人依初禪初禪眷屬及第二禪增進根上地不現在前成就苦根有漏樂根此人先得第三禪地無漏樂根以轉根故捨復未更得以依下地增進根故不修上地學道如得學果一憂根不成就離欲故喜根捨根各有二種謂有漏無漏起悉成就以禪未至中間攝捨根是故得捨根初禪二禪攝喜根是故得喜根

九地煩惱滅　而得於諸禪　不得無色定

或復得當說

答有謂阿羅漢能得禪定非無色諸禪亦得亦現在前無色者成就而不行

一法衆多性　或一三有無　彼是無學法

因力所長養

答有謂無知根建立一根故說言一九根和合故說衆多性以衆多性故說非一一無學地故說一地覺觀分別故說三地有者謂有名無者無別事無學得故說無學法三因成故說因長養

頌法是有分　與彼餘有分　相似生住壞

若能知者說

答有謂色入是餘有分彼相與入俱生住滅共一果故色入者不作業故說餘有分彼相者法入攝故是有入

頌諸相應法　或說餘有分　或復說有分

若能知者說

答有謂未來不生法意入是餘有分不作業故餘心法是有分法入攝故

頌二阿那含　共生於一地　第一法或成

俱得一地果

答有謂一阿那含依第二禪超升離生第二阿那含依第三禪彼命終俱生第三禪彼依二禪超升離生者增進禪故捨世間第一法即依第三禪者成就不捨上諸地亦如是得一地果者謂無覺無觀禪

頌有不動法　俱受於一有　一成就九地

善有漏一無

答有謂一生欲界一生初禪生欲界者九地有漏法成就生初禪者八地除欲界地增捨俱受一有故說一有有漏者以無漏生上成就下故說有漏

頌住一刹那　得捨三脫門　或復捨於二

一捨還復得

答有謂生無色界當得阿羅漢住金剛三昧得無學三脫門捨學三脫門捨滅受想定及非想非非想處捨一切退分得一切勝分一念中亦捨亦得故言一念滅受想定及非想得斷知言捨二捨退得勝故捨一得一也

頗成沙門果　成就聖非聖　而不得斷知

若能知者說

答有謂無間等苦智生集智未生爾時於八十九沙門果分成就於四沙門果不成就亦不得斷知

度彼無勝海　少力所不住　今我隨所能
宣說甚深義　世間貧窮人　彼可卒令富
無智則不然　要須大方便　世間寶易得
慧寶甚難獲　是故應勤學　漸入甚深智
正解涅槃路　邪惑生死徑　慧能滅癡闇
如日除幽冥　為求解脫故　當懃修智慧

薩婆多比丘莊嚴阿毗曇偈頌令一切衆生智慧漸增疾得解脫

雜阿毗曇心論卷第十一

音釋

饑饉（饑居依切穀不熟也饉渠推切菜不熟也）疫（營隻切瘟疾也）皺（側救皮縮也）筋（舉欣切骨絡也）髻（古詣切綰髮也）